Sonar 33

Oleg Senzow, geboren 1976 in Simferopol auf der Halbinsel Krim, ist ukrainischer Autor und Filmemacher. Am 11. Mai 2014 wurde er mit drei weiteren Aktivisten wegen angeblicher terroristischer Handlungen vom russländischen Inlandsgeheimdienst FSB festgenommen. Er wurde zu zwanzig Jahren Haft verurteilt. Menschenrechtsorganisationen schätzten das Verfahren und Urteil als politisch motiviert ein und stellten gravierende Verstöße gegen internationale Rechtsnormen fest. Im September 2019 wurde Senzow nach einem großen Gefangenenaustausch freigelassen und ist in die Ukraine zurückgekehrt.

Claudia Dathe, geboren 1971, studierte Übersetzungswissenschaft (Russisch, Polnisch) und Betriebswirtschaftslehre in Leipzig, Pjatigorsk (Russland) und Krakau. Nach längeren Auslandstätigkeiten in Kasachstan und der Ukraine arbeitet sie seit 2005 als literarische Übersetzerin und Kulturmanagerin. Sie übersetzt Literatur aus dem Russischen und Ukrainischen, u.a. von Andrej Kurkow, Serhij Zhadan, Ostap Slyvynsky und Yevgenia Belorusets. Im Jahr 2021 wurde sie für ihre Übersetzungen aus dem Ukrainischen mit dem Drahomán-Preis ausgezeichnet.

us dem Russischen von Claudia Dathe

OLEG SENZOW
NOTIZEN UND GESCHICHTEN

VOLAND & QUIST

 УКРАЇНСЬКИЙ
ІНСТИТУТ
КНИГИ

Die Arbeit der Übersetzerin am vorliegenden Text wurde vom Deutschen Übersetzerfonds gefördert im Rahmen des Programms »Neustart Kultur« aus Mitteln der Beauftragten der Bundesregierung für Kultur und Medien sowie vom Ukrainischen Buchinstitut.

Ein Einblick in den Übersetzungsprozess von Claudia Dathe findet sich auf der Website von TOLEDO – Übersetzer·innen im Austausch der Kulturen (www.toledo-programm.de).

Originaltitel: Хроника одной голодовки, 4 с половиной шага
© Oleg Senzow, 2020
Originally published by Wydawnyztwo Staroho Lewa (The Old Lion Publishing House), Lwiw, Ukraine
Aus dem Russischen von Claudia Dathe

Sonar 33

Deutsche Erstausgabe
© Verlag Voland & Quist GmbH, Berlin und Dresden 2021
Lektorat: Helge Pfannenschmidt
Umschlaggestaltung: HawaiiF3
Umschlagfoto: Eva Vradiy
Satz: Fred Uhde
Druck und Bindung: CPI Books GmbH, Leck

ISBN 978-3-86391-292-5

www.voland-quist.de

Inhaltsverzeichnis

Vorwort 7

Chroniken eines Hungerstreiks. Tagebuch 11

Viereinhalb Schritte. Erzählungen 339

Glossar 423

Vorwort

Der Schriftsteller Andrej Kurkow schrieb in seinem Vorwort zu Oleg Senzows Buch »Leben« Folgendes: »Gewiss werden Ihnen beim Lesen dieses Buches Fragen kommen, die Sie dem Autor gern stellen würden. Rechnen Sie nicht so bald mit der Möglichkeit, diese Fragen auf einer Lesung in Berlin oder zur Frankfurter Buchmesse von ihm beantwortet zu bekommen.« Es war Februar 2019. Doch er sollte nicht recht behalten. Am 7. September desselben Jahres hat Oleg Senzow, verurteilt zu zwanzig Jahren wegen vermeintlichem Terrorismus, die Strafkolonie IK-8 (genannt Eisbär) im russischen Labytnangi am Polarkreis Gott sei Dank verlassen.

Als Oleg Senzow endlich freikam, war ich erleichtert, aber gleichzeitig aktivistisch schon sehr ausgebrannt. Ich hatte einfach genug von der Tänzerei vor den Botschaften und dem Überzeugen der Öffentlichkeit und Medien, dass Menschenrechte wichtig sind. Und dass wir Tschechen, jetzt, da wir frei sind, uns auch für die Welt und Menschenrechte interessieren können, dass es sogar unsere Pflicht ist. Als Senzow in März 2020 wegen des Filmfestivals »One World« Prag besuchte und ich ihn getroffen habe, ist mir trotzdem ein bisschen schwindlig geworden. Jemand, über den ich so viel nachgedacht habe, den ich nicht kannte und nie kennenlernen würde, verkörperte sich vor mir. Ein Verhältnis fast vergleichbar mit dem zu literarischen Figuren, um die man sich Sorgen macht und mit denen man sich freut, wenn es dazu einen Grund gibt.

Ich kenne Oleg Senzow nicht, ich habe nie mit ihm gesprochen, ich habe ihn also nie gefragt, ob er unsere Briefe bekommen hat und von unseren Demos wusste. Von der Dichterin und Fotografin Liu Xia, der Witwe des chinesischen Menschenrechtlers Liu Xiaobo, weiß ich, wie anstrengend es ist, durch die Welt zu reisen und sich überall bedanken zu müssen. Freiwilliger unbezahlter Aktivismus ist ja auch so eine Sache, die man nicht nur für die Welt tut, sondern auch für sich selbst. Und man soll es nicht unterschätzen, aber auch nicht überschätzen.

»Haft« zu lesen ist für mich ein psychosomatisches Erlebnis – genauso wie damals die ganzen einhundertfünfundvierzig Hungertage durch Medien, soziale Netzwerke und vor allem durch die Informationen von Senzows Anwalt mitzuerleben. Es mag pathetisch klingen, aber ich erinnere mich bis heute daran, wie ich mich schämte, dass ich gegessen habe, etwas Kleines oder auch Großes, etwas Gutes oder auch nicht so Tolles, aber auf jeden Fall, dass ich esse. Und ER nicht. Was soll man dazu sagen?

Das Buch ist aus mehreren Gründen interessant. Erstens, man ist dabei. Man weiß, wie es ausgeht. (Er nicht: »Aber warten wir es erst einmal ab, eine Chance gibt es immer, für das Tagebuch und auch für mich.«) Trotzdem ist man buchstäblich körperlich davon bewegt. Die Schilderung davon, wie sein Körper langsam den Dienst versagt, ist einfach, aber sehr eindringlich. Zweitens, es passiert wirklich nicht viel, aber so ist es halt im Leben allgemein. Ich mag Texte, in denen nichts und gleichzeitig alles passiert, Texte, die einfach ein detailreiches Protokoll davon sind, was gerade passiert: »Es ist schwierig, die Wahrheit zu schreiben und erst recht die Wahrheit über sich selbst, aber ich werde mir Mühe geben.« Man ist dabei. Man lebt durch den Augenblick. Und das ist für mich Literatur.

Drittens finde ich spannend, dass Oleg im Gefängnis viel gelesen hat. Man ist durch die Lektüre seiner Chronik auch in anderen Chroniken: Murakami, Steinbeck usw. Die Notizen über seine Lektüre zeugen auch von der Masse der Zeit, die er dort verbringen musste. Einer Zeit, die normalerweise so kostbar ist. Im Gefängnis bekommt man aber plötzlich eine andere Beziehung zur Zeit. »Vier Monate Hungerstreik sind vorbei. Ich fühle mich wie in einem dunklen Wald. Woher ich komme und wohin ich gehe, wo der Weg ist – alles ist unklar. Ich bewege mich tastend weiter. Das Ziel und der Weg liegen hinter hohen umzingelnden Bäumen verborgen. Gehen muss ich dennoch – hier stehenzubleiben, würde erst recht zu nichts führen.«

Ich bin sehr glücklich darüber, dass Oleg Senzow Oleg Senzow geblieben ist – wenigstens meiner Meinung nach und nach allem, was ich verfolgen kann. Bei einigen befreiten politischen Häftlingen sieht man, wie Ruhm und plötzliche Macht sie verändern, sie wollen sich plötzlich auf Verhandlungen mit dem Teufel selbst einlassen. Senzow wusste, dass er ein Filmemacher ist, der Pech hatte und von Putins Regime als Terrorist bezeichnet wurde. Er macht jetzt weiterhin Filme und engagiert sich gleichzeitig für andere politischen Häftlinge. Er tut das, was er gut kann.

Am meisten bewegen mich an der »Haft« Kleinigkeiten: die Schilderung der Aufseher, die manchmal aus ihrer Rolle fallen, der Briefe, in denen sich Leute Senzow mit ihren Problemchen anvertrauen, der Wetterlage, die in Labytnangi am Polarkreis extrem ist und die Gesundheit des Häftlings zusätzlich angreift. Und die Schilderung der Träume. Eine Freundin und ich haben ja an alle möglichen ukrainischen sowie russischen politischen Häftlinge eine kurze Anleitung zur Traumdeutung geschickt. Und sofort muss ich daran denken, dass ich wieder einen Stapel von solchen Briefen schicken soll, und schäme mich dafür, dass ich es nicht schon längst getan habe.

Deswegen möchte ich mit demselben Plädoyer abschließen wie Andrej Kurkow: Schreiben Sie an die politischen Häftlinge. Und denken Sie nicht nur an die ukrainischen. Es gibt auch zahlreiche russische, weißrussische (und auch andere …), die Hilfe brauchen. Das ist das Wenigste, was ein Westeuropäer tun kann. Sich damit rausreden, das man nicht Russisch kann, funktioniert dank Internet nicht mehr. Und jetzt schreibe ich etwas, was Sie lieber nicht in die Briefe schreiben sollten: Героям слава! (Ruhm den Helden!)

Tereza Semotamová
Prag, Juni 2021

Chronik eines Hungerstreiks.
Tagebuch

Ich habe nie Tagebuch geführt, noch nicht mal während der Pubertät, da machen das ja viele. Das hier ist mein erstes und wohl auch mein letztes Tagebuch. In vielerlei Hinsicht. Später möchte ich auch noch Aufzeichnungen machen, genauer gesagt Notizen zu konkreten Projekten. Das ist aber noch lange hin, im Moment sitze ich hier in der Zelle, also werde ich darüber nicht schreiben. Ich verrate meine Pläne sowieso nicht gern. Nicht etwa, weil ich so verschlossen oder gar wortkarg bin, sondern weil es mir einfach peinlich wäre, etwas anzukündigen, das dann nicht klappt, peinlich vor allem für mich selbst, und wenn alles gelingt wie angekündigt, wäre es für die anderen ja keine Überraschung mehr.

Den Entschluss, Tagebuch zu schreiben, habe ich am dritten Tag meines Hungerstreiks gefasst. Es ist schwierig, die Wahrheit zu schreiben und erst recht die Wahrheit über sich selbst, aber ich werde mir Mühe geben. Ich wollte immer lesbar, authentisch und interessant schreiben. Ob mir das bisher gelungen ist, weiß ich nicht, aber jetzt hält mich ja nun wirklich nichts ab. Ich weiß nicht mehr, wie ich auf die Idee mit dem Tagebuch gekommen bin, da war ein erster Gedanke, dann gab es ein paar Sätze, es kamen weitere hinzu, neue Gedanken, und da habe ich beschlossen, alles aufzuschreiben, eigentlich war das gar nicht geplant. So ist das bei mir immer, zumindest bei den kreativen Dingen, aber eigentlich auch im normalen Leben. Der Autor existiert ja nicht getrennt von seinem Leben. Sein Schaffen ist ein Teil davon.

Nachdem ich meinen Entschluss gefasst hatte, habe ich lange überlegt, ob ich die beschriebenen Blätter verstecken oder ob ich offen damit umgehen soll. Ich habe mich für Letzteres entschieden, ich habe ja nichts zu verbergen. Ich versuche, das Lager nicht so oft zu erwähnen, damit sie mir nicht vorwerfen, ich würde das Wach- und Sicherheitssystem der Anstalt beschreiben, und mir die Hefte unter diesem Vorwand wegnehmen. Ich werde mir Mühe geben, aber die Chancen, dass das Heft die Lagermauern überwindet und nach draußen gelangt, sind trotzdem ziemlich gering. Genauso wie meine, das zu erreichen, weswegen ich in den Hungerstreik getreten bin. Aber warten wir es erst einmal ab, eine Chance gibt es immer, für das Tagebuch und auch für mich. Weil ich weiß, dass das alles wahrscheinlich nie jemand lesen wird und dass die Sache womöglich ein trauriges Ende nimmt, schreibe ich authentischer. Wie es so schön in einem Lied von Jurij Schewtschuk heißt: »Je näher die Leute dem Tod sind, umso reiner ist ihr Herz.«

[...]

Tag 1

Um sechs Uhr morgens, nach dem Wecken, habe ich dem Beamten die Hungerstreik-Erklärung übergeben. Der ist wütend geworden und hat das Blatt Richtung Nachttisch geschleudert. Es ist allerdings nicht weit genug geflogen, sondern auf dem Boden gelandet. Milizionäre mögen es nicht, wenn jemand in den Hungerstreik tritt. Dann hat er mich in die Dienststube geschleift.

Der diensthabende Major ist auch erst mal ausgeflippt, hat sich aber dann zusammengerissen und einen auf verständnisvoll gemacht. Fünfzehn Minuten hat er mit mir überwiegend in Monologform gesprochen und ist zum Schluss auf die Ukraine gekommen, er stammt zwar ebenfalls von da, ist aber mittlerweile ein glühender Putin-Anhänger. Anschließend hat er mich zur Tür begleitet und mir mitgeteilt, ich solle meine Erklärung vor dem Frühstück abgeben und die Leute nicht am frühen Morgen schon verrücktmachen. Er hat sich natürlich geärgert, dass es ausgerechnet in seiner Schicht zu diesem Zwischenfall gekommen ist, alle ärgern sich, wenn in ihrer Schicht etwas Unangenehmes passiert, als würden am Jahresende dafür schlechte Noten verteilt. Also gut, das Frühstück ist um acht, dann warte ich eben so lange.

Ich wurde in die Abteilung zurückgebracht und um acht wieder in die Dienststube, da war die *Natschalstwo*, die Leitung, da, um mit mir zu reden. Also haben wir geredet. Als die Beamten hörten, dass ich – wenn auch utopische – politische Forderungen stelle, waren sie sichtlich erleichtert. Sie baten mich, eine schriftliche Erklärung abzugeben, dass ich keine Beschwerden gegenüber dem Lager erhebe. Ich habe das abgelehnt: Meine Worte reichen ihnen nicht, sie brauchen unbedingt ein Papierchen, hinter dem sie sich verstecken können. In diesem System vertraut man niemandem, einem Knacki sowieso nicht, aber auch niemandem andern. Ich solle doch, schlugen sie mir vor, auf meinen Anwalt warten und die Entscheidung mit ihm zusammen treffen. Ich habe das abgelehnt: Meine Entscheidung ist gefallen, meinen Anwalt brauche ich dazu nicht. Sie wollten sich noch einmal vergewissern, dass ich keine Beschwerde gegen das Lager einreichen will. Ich bestätigte das ein weiteres Mal und verwies darauf, dass ich in den ganzen vier Jahren Haft noch keine einzige Beschwerde eingereicht hätte. Keine Ahnung, ob sie mir geglaubt haben, jedenfalls war das Gespräch zu Ende. Ich kam ins *Stakan*, das ist so ein vergitterter Käfig, in dem sie einen stehen und warten lassen. Ein Gitterkäfig in der Dienststube. Ich musste vier Stunden stehen. In der Zeit kam praktisch die ganze Leitung vorbei, einer nach dem anderen. Ein und dieselben Fragen und Antworten. Sie waren höflich, haben mir nicht gedroht, sondern mich nur vor den Folgen gewarnt, vor allem für meine Gesundheit. Haben mich beschuldigt, ich würde mit anderen Häftlingen ein Komplott schmieden und mit ihnen verdächtige Dinge anstellen. Haben behauptet, ich ließe mich ausnutzen. Darauf habe ich ihnen geantwortet, ich würde alles allein machen und ließe mich nicht manipulieren. Die stundenlangen Gespräche endeten alle mit demselben Dialog: »Wir haben dich nicht hier eingesperrt!« – »Ich kämpfe ja auch nicht gegen euch!«

So viele nette Milizionäre habe ich nicht mal in Fernsehserien über nette Milizionäre gesehen. Nach drei Stunden im *Stakan* bekam ich sogar einen Hocker. Natürlich sind die Vollzugsbediensteten in Gefängnissen und Lagern keine Milizionäre, aber die Häftlinge sagen trotzdem oft »Miliz«, wenn sie kein Jargonwort verwenden können. Irgendwann gegen Mittag haben sie mich gefilzt und in eine Einzelzelle gebracht. Das war zu erwarten, wer in den Hungerstreik tritt, wird isoliert. Damit der Hungerstreik auch tatsächlich korrekt durchgeführt wird und man den renitenten Geist in der Nähe hat, um ihn entsprechend zu bearbeiten. Bearbeiten werden sie mich nicht, so viel ist klar, aber sie werden auf mich einreden und warten, bis ich von selbst aufgebe.

Die Zelle kannte ich, nach der Ankunft im Lager war ich hier gleichzeitig in Quarantäne und in Einzelhaft gewesen, fünfzehn Tage lang. Ein kleines, einzeln stehendes Gebäude des Sicherheitsdienstes, im ersten Stock sind ein paar Büros, unten ein paar Zellen und die Kleiderkammer. Die Zelle ist geräumig, wie für ein Double, zehn Quadratmeter, für einen Einzelnen ein richtiges Gemach, bis jetzt hatte ich immer irgendwelche winzigen Einzelzellen. Die Ausstattung war Standard: hochklappbare Doppelpritsche, Tisch mit Sitzbank, Hockklo, Waschbecken, kleines Regal. Und natürlich eine doppelt vergitterte Tür und ein schmales, doppelt vergittertes Fenster mit einer kleinen Lüftungsklappe. In der Ecke lauerte wie eine Spinne das allsehende Auge der Videodauerüberwachung. Knast all inclusive. Der einzige – tatsächlich schwerwiegende – Nachteil war der zwar große, aber kaum wärmende Heizkörper, die Zelle war ein Eckraum und deshalb kalt. Wie gemacht für lästige Hitzköpfe, hier konnten sie ein bisschen abkühlen. Das war ja auch der Sinn der Sache. Ich bekam Kleidung von hier, die genauso aussah wie meine, nur älter war, und die gleiche warme Unterwäsche. Warum auch immer. So ist es vorgeschrieben. Eine Logik sucht man in diesem System sowieso vergeblich. Hier geht's nicht nach dem gesunden Menschenverstand, sondern nach den IDB[1].

Ich habe mich schnell eingerichtet. Wie gesagt, kenne ich die Zelle ja schon, bis jetzt habe ich weder meine noch irgendwelche anderen Sachen bekommen. Ich schlage die Zeit tot, wärme mich an der lauen Heizung oder gehe in der Zelle auf und ab. Der hiesige Schlüsselwart hat mir vor dem Einschluss eine Matratze und Bettwäsche gegeben. Wir haben uns ein bisschen unterhalten. Der Schlüsselwart ist ein Häftling, der für die Verwaltung arbeitet, *Sawchos* und Aufseher in einem. Zertrümmerte Nase und Augen wie ein Folterknecht. Als ich

---

1 IDB für Interne Durchführungsbestimmungen von PWD, Prawila Wnutrennego Rasporjadka – die Regeln, an die sich der Gefangene zu halten hat. Hier und im Weiteren, falls nicht anders angegeben, die Anmerkungen des Autors.

vor einem halben Jahr hier in dieser Hütte[2] saß, bin ich ihm zum letzten Mal begegnet. Dreizehn Jahre Knast, der hat alles gesehen. Er wollte wissen, warum ich das mache, er sucht nach verborgenen Motiven, Komplotts und den unweigerlichen Folgen. Sein Fazit am Ende des Tages: »Entweder bist du total bescheuert oder total schlau.«

Die Fressluke[3] klappt zu. Einschluss. Ich lege mich in meinen Kleidern schlafen, ich habe den ganzen Tag gefroren. Der neue Ort, die Kälte, der Hunger, ich dachte, ich würde ewig nicht einschlafen, aber dann war ich ganz schnell weg.

Tag 2

Wecken ist immer um sechs. Draußen wirbelt Schnee, aber in der Nacht habe ich nicht gefroren, das ist gut, das hätte mir gerade noch gefehlt, dass ich vor Kälte nicht schlafen kann.

Alle zwei Stunden kommt ein Beamter und erfasst mit einem Registriergerät, dass ich anwesend und nicht geflohen bin. Schon seit ich hier bin, seit einem halben Jahr also, trage ich den roten Streifen für »Flieger«[4]. Tagsüber registrieren sie dich wach, mit dem Familiennamen und allem Pipapo, nachts schlafend, dazu wird eine kleine Lampe am Registriergerät eingeschaltet. Manche Beamten leuchten dich aus einem gewissen Abstand an, um dich nicht zu wecken, andere zielen absichtlich ins Gesicht, um das Gegenteil zu bewirken. Ein Milizionär ist der andere Feind. Außer der Registrierung gibt es noch die Kontrolle. In meiner Zelle, die offiziell als GH[5] bezeichnet wird, geht

---

2 Zelle
3 Kleines Fenster in der Zellentür zur Essensausgabe oder Kommunikation mit dem Wachdienst
4 Obligatorische Kennzeichnung eines Häftlings, bei dem Fluchtgefahr besteht; seine Anwesenheit wird alle zwei Stunden kontrolliert.
5 GH für Gesicherter Haftraum von BM – Besopasnoje Mesto, eine normale Isolierzelle, in die Gefangene gebracht werden, wenn von anderen Gefangenen oder Bediensteten eine Gefahr für ihr Leben ausgeht, im Haftalltag werden die Zellen für die verschiedensten operativen Ziele genutzt.

die Kontrolle schnell: Ein Bediensteter kommt und kontrolliert innerhalb von einer Minute, dass du da bist, zweimal pro Tag, morgens und abends. Das hat gewisse Vorteile, wenn du nämlich in einer Baracke lebst, musst du mit dem ganzen Lager auf dem Platz in Reih und Glied antreten, mit Musik, und warten, bis alle durchgezählt sind. Das dauert ungefähr eine Stunde und ist ziemlich anstrengend, besonders bei minus 20 Grad und Wind. Bei unter minus 25 Grad findet die Kontrolle in den Baracken statt, das ist natürlich viel angenehmer, kommt aber nur selten vor, nur bei wirklich starkem Frost.

Es gibt noch ein weiteres obligatorisches Ritual: die Essensverweigerung, auch sie wird per Registriergerät erfasst, dreimal pro Tag. Und einmal pro Tag findet die obligatorische Durchsuchung statt. Das ist auch schon alles, den Rest des Tages habe ich frei und kann machen, was ich will, ich versuche vor allem, warm zu werden. Es ist nicht erlaubt, sich auf den Sack[6] zu setzen oder sich gar hinzulegen, darüber wacht die unermüdliche Videokamera in der Zimmerecke. Und auch der Schlüsselwart ist immer in der Nähe, auf seinem Posten. Auch wenn man ihn den ganzen Tag nicht sieht, ist er doch im rechten Moment zur Stelle.

Nach der Morgenkontrolle kamen der Lagerleiter und der Menschenrechtsbeauftragte. Hoch im Rang, Dienstgrad Oberst. Wer von beiden mich nun bewachen und wer mich schützen soll, ist schwer zu erkennen. Der *Natschalnik* trägt jedenfalls eine Karakulmütze, und der sich angeblich für mich einsetzen soll, eine einfache Mütze. Das ist der einzige Unterschied. Mein scheinbarer Fürsprecher ist sogar mehr besorgt um das Lager als der eigentliche Chef, er sagt, der Hungerstreik sei eine Ordnungswidrigkeit, und erzählt mir was von Zwangsernährung. Ich antworte, Zwangsernährung, das ist, wenn man festgehalten und mit dem Löffel gefüttert wird, das gilt als Folter, in Frage käme höchstens eine medikamentöse Unterstützung für den geschwächten Organismus. Das haben wir ausführlich diskutiert. Wahrscheinlich endet die Freundlichkeit der Milizionäre mit dem Rang des Majors. Und

---

6   Gefängnisbett, Pritsche

denjenigen, die sich für meine Rechte einsetzen sollen, geht sie total ab. Die »Freundlichkeit« der Ersteren ist allerdings auch höchst zweifelhaft und höchstwahrscheinlich nicht von Dauer.

Gegen Mittag wurde ich zu meinem Anwalt gebracht. Wir unterhielten uns zwei Stunden lang konstruktiv, wie er sich ausdrückte. Er fliegt heute zurück, nimmt Briefe von mir mit und auch eine unverschlossene Notiz mit der Erklärung des Hungerstreiks und den dazugehörigen Erläuterungen. Und vor allem einen Brief an meine Tochter. Gestern Abend wurde mir der langersehnte Brief von ihr und meiner Mutter ausgehändigt, und da gebe ich meinem Anwalt gleich die Antwort mit, meine Tochter verreist ja demnächst, da würde sie die Antwort auf dem normalen Postweg womöglich nicht mehr erreichen. An meine Mutter schreibe ich heute Abend und schicke den Brief mit der normalen Post, sie ist ja zu Hause und freut sich immer, wenn sie Nachricht von mir erhält. Nachdem ich gestern Abend die Briefe bekommen und ein paar Mal gelesen hatte, fühlte ich mich allerdings ziemlich niedergedrückt. Plötzlich wurde mir klar, wie lang die Liste derer ist, die ich unglücklich gemacht habe, und dass das alles Menschen sind, die mir nahestehen, die Spalte derer, die ich glücklich gemacht habe, ist gähnend leer.

[...]

Der heutige Abend war viel angenehmer – ich bekam die Sachen, um die ich gebeten hatte, und dazu noch einen kleinen Fernseher, um den ich nicht gebeten hatte. Außerdem wurde mir ein Heizlüfter in Aussicht gestellt, da das Thermometer beim Messen in der Zelle nur 16,5 Grad zeigte. Nach den offiziellen Festlegungen ist das ein halbes Grad über Minimaltemperatur, also eigentlich alles im grünen Bereich. Aber sie wollen mich nicht frieren lassen, das freut mich natürlich. Wenn der Anwalt da ist, kennt die Freundlichkeit der Milizionäre keine Grenzen. Ich habe nichts dagegen.

Vor dem Einschluss habe ich mir die Nachrichten angesehen, sonst lief auf den zwei Kanälen, die die Kiste hat, nichts Interessantes, also bin ich ins Bett gegangen. Der Schlüsselwart hat mir einen kleinen Heizlüfter gebracht, und in der letzten Stunde vor der Nachtruhe wurde es in der Zelle ein bisschen wärmer, aber über Nacht hat er mir den Lüfter wieder weggenommen. Ich habe Wasser heiß gemacht und gierig getrunken. Als ich mich etwas erwärmt hatte, beschloss ich, meine Sachen auszuziehen und in der Thermowäsche zu schlafen. Das sollte sich als Fehler erweisen.

Tag 3

Der Tag war verkorkst, schon allein wegen der Nacht. Die Gefängniskluft ist zwar dünn, aber offenbar hat sie gefehlt, damit ich halbwegs ruhig schlafen kann. Ich habe gefroren und bin ständig aufgewacht. Nachts bin ich irgendwie nicht auf die Idee gekommen, mich wieder anzuziehen. Stattdessen hatte ich das Bedürfnis, aufs Klo zu gehen. Ich bin zwar eigentlich nicht abrupt aufgesprungen, trotzdem wurde mir schwindlig und schwarz vor Augen, als würde ich gleich in Ohnmacht fallen. Das ist mir schon lange nicht mehr passiert, es war auch schnell wieder vorbei, aber das ist kein gutes Zeichen, vor allem weil es so früh auftritt, mit dieser Art special effects hatte ich jetzt eigentlich noch nicht gerechnet.

Am Morgen habe ich mir Wasser heiß gemacht und den Fernseher eingeschaltet. Abgesehen von den Nachrichten kam auch am Vormittag nichts Sehenswertes, und das würde bis zum Abend so bleiben. Diese dämlichen Serien und Shows finde ich schon lange zum Kotzen. Die Nachrichten waren auch nicht wirklich interessant, aber immerhin noch besser als der ganze andere Mist. Dasselbe wie gestern: Putin fährt in einem LKW über eine neue Brücke auf die Krim, wie symbolisch! Die Nachrichten auf dem zweiten Kanal unterscheiden sich nicht von denen auf dem ersten, als hätte man sie einfach übernommen, nur die Szenen wurden hier und da getauscht und anders geschnitten, aber Putin hinterm Steuer ist überall Szene Nummer eins. Ansonsten im Wechsel Lobhudeleien auf Russland und Wut auf den Westen und die Ukraine. In den vier Jahren im Lager habe ich gelernt, aus dieser Flut von Schmutz und Lüge winzige Bröckchen an Wahrheit herauszufiltern, aber das ist eine sehr mühsame Beschäftigung. Zum Glück gibt es noch Zeitungen und Briefe, um wenigstens irgendetwas Substantielles und Reales zu erfahren. Wie lange wird sich dieser Berg aus falschen Informationen wohl noch halten? Ich hatte damit gerechnet, dass er einstürzt und seine Schöpfer unter sich begräbt, aber nein, den Nachrichten nach zu urteilen, wächst er weiter zur schönsten Zufriedenheit. Die einzige nützliche Information kam in der Laufzeile, dass nämlich heute Jurij Schewtschuk Geburtstag hat, der nämliche, den ich neulich zitiert habe. Es finden sich eben doch überall unerklärliche und unsichtbare Verbindungen. Wie dem auch sei – herzlichen Glückwunsch, Jurij! Danke, dass es dich gibt. Aber das war's auch schon mit den guten Nachrichten.

Nach den morgendlichen Kontrollen und Registrierungen kam wutschnaubend der Diensthabende, genau der, der als erster von meinem Hungerstreik erfahren hatte und an dem Tag recht freundlich und höflich gewesen war. Aber die Freundlichkeit eines Milizionärs währt nicht ewig, vor allem wenn der Anwalt gerade abgereist ist. Er nahm den Fernseher und ein paar andere Sachen mit und klappte die Pritsche hoch. Vor allem aber beschlagnahmte er auch den Wasserkocher! Auf den Fernseher und den anderen Kram lege ich keinen großen Wert, aber der Wasserkocher? Schließlich ist das meine einzige Quelle für warmes Wasser und Wärme! Den Heizlüfter habe ich schon abgeschrieben, aber das heiße Wasser? Der Beamte zischte, ein Wasserkocher stünde mir nicht zu, ich sei ja im Hungerstreik. Wie immer entbehrt das jeder Logik, denn sogar in dem Reglement, das an der Zellentür zu lesen steht, ist der Wasserkocher in der Liste der erlaubten Gegenstände aufgeführt. Aber viele Milizionäre kennen das Reglement entweder gar nicht oder legen es nach eigenem Gutdünken aus. Es war sinnlos, sich mit ihm anzulegen, als Reaktion ließ der Bedienstete seine Augen umherschweifen, um zu prüfen, was er in der ohnehin spärlich ausgestatteten Zelle noch konfiszieren könnte. Was soll's, ich werde mich später an einen zugänglicheren Beamten wenden, außerdem darf der Schlüsselwart mir auf mein Verlangen hin heißes Wasser machen. Das ist nicht ganz so einfach, ich bitte nicht gern um etwas, auch wenn es nur eine Kleinigkeit ist. Aber das ist alles unerheblich. Das Herz und der Schwindel machen mir mehr Sorge. Die Pumpe will nicht recht, das spüre ich, und das schon am Anfang des Marathons.

Am Nachmittag wurde ich in den Krankentrakt gebracht. Der leitende Arzt, im Rang eines Oberstleutnants, ist ganz in Ordnung, hat aber seine Grillen. Das ist ja bei Ärzten nicht so selten. Von nun an muss ich mich täglich dieser Untersuchung unterziehen. Puls und Blutdruck liegen noch im Normalbereich, allerdings an der unteren Grenze. Es wurden Proben genommen. Das Blut strömte nur langsam aus dem angepiksten Finger – das Herz hatte tatsächlich Mühe. Im Urin war bereits Azeton nachweisbar, und der Arzt hatte gleich etliche schaurige Storys parat: wie der Organismus langsam das körpereigene Eiweiß abbaut, über irreversible Prozesse, über die individuellen kritischen Schwellenwerte. Nach seinen Abschreckungsversuchen kam er auf die Politik zu sprechen, und eine halbe Stunde später war er wenig überraschend bei der Ukraine gelandet. Ich habe es längst aufgegeben, irgendwelche Argumente anzuführen; wenn mir irgendwann das Wort erteilt wird, beschränke ich mich auf ein konstatierendes: »Wir werden sehen.« Dem lässt sich kaum widersprechen, und auch der Oberstleutnant, der gerade seine fünfte Zigarette aufrauchte, widersprach nicht, obwohl seine eindeutig russophile Position mit einem gewissen Hang zum Orthodox-Imperialen vielleicht sogar interessant gewesen wäre. Aber ganz gewiss nicht für mich – von Psychiatrie habe ich keine Ahnung.

Zum Schluss musste ich noch auf die Waage. 84 Kilo ohne Kleidung. Noch ein Kilo drauf für die letzten drei Tage. Dann habe ich den Hungerstreik also mit 85 Kilo begonnen. Mmh, das ist mein Minimalgewicht, so viel habe ich in meiner mageren Jugend gewogen und manchmal im Gefängnis. Normalerweise wiege ich 90, bei regelmäßigem Training im Fitnessstudio durchaus auch 95. Mein Gewicht ist Substanz, ich hatte nie überflüssige Pfunde und Fett schon gar nicht. Ich habe mich auf den Hungerstreik vorbereitet, indem ich auf alle zusätzlichen Rationen aus dem hiesigen Kiosk verzichtet und mich im letzten Monat nur noch von *Balanda* ernährt habe, damit mir der Wechsel in den Hungerstreik nicht schwerfällt. Und tatsächlich habe ich gar keine Probleme: Der Magen rebelliert nicht, und ich habe überhaupt kein Hungergefühl. Allerdings treten Schwindel, Schwäche und Ohrensausen auf. Ich spüre, wie das Herz schlägt. Vielleicht hätte ich eine andere Taktik wählen sollen – lieber zunehmen, damit ich etwas zum Zusetzen habe? Ich hatte allerdings keinen Ernährungswissenschaftler, den ich hätte zu Rate ziehen können. Aber jetzt ist es sowieso zu spät: Der Rubikon ist überschritten, unsere Armeen stehen auf der anderen Seite, aber bis nach Rom ist es noch ein ordentliches Stück, ohne Kampf geht's gewiss nicht ab ...

Tag 4

Das wichtigste Ereignis des Tages: Ich bekam Bettruhe verordnet. Ich darf mich also jetzt auch tagsüber auf die Pritsche legen. Ich wusste, dass das irgendwann kommen würde, hatte aber nicht so zeitig damit gerechnet. Beim Hungerstreik ist das eine große Unterstützung: Man kann sich aufwärmen und ausruhen, spart Energie und Wärme und muss nicht die ganze Zeit auf der kleinen Bank sitzen und sich an den lauwarmen Heizkörper pressen oder sich mit dem Abschreiten der Zelle warmhalten.

Aber das geschah erst gegen Mittag. Am Morgen, als ich meine Matratze in den Flur trug und die Doppelpritsche hochklappte, merkte ich, wie schwach ich war. Ich merkte, dass mir das von Tag zu Tag schwerer fallen würde. Wie hatte ich nur früher 100 Kilo schwere Hanteln gestemmt? Und jetzt ist plötzlich alles anders: Ich muss die Matratze nicht mehr in den Flur tragen und auch die Pritsche nicht mehr anheben – ich kann schlafen oder rumliegen, so viel ich Lust habe. Allerdings werde ich versuchen, nicht unnötig viel Gebrauch davon zu machen, sonst kann ich nachts nicht mehr schlafen und wache zerschlagen auf, um dann tagsüber wieder zu schlafen, und dann ist der ganze Rhythmus kaputt. Ein paar Stündchen habe ich tagsüber dann doch gelegen und bin auch eingeschlafen. Ich habe von meinem Vater geträumt, er stand neben seinem roten Moskwitsch, und ich saß in meinem vorletzten Peugeot. Die Bremsen waren kaputt, und ich konnte nicht neben ihm einparken, mein Vater schaute gar nicht zu mir, stattdessen stand er an einem Kiosk und unterhielt sich. All das passierte in meinem Dorf, an der Kreuzung der Straße, die von der Garage, in der mein Vater arbeitete, zum Kindergarten führte, in dem meine Mutter beschäftigt war. Irgendwann hatte ich das Steuer wieder unter Kontrolle und parkte weiter oben ein, neben anderen Autos, nicht an dieser gefährlichen Einmündung. So war der Traum. Kurz, aber klar wie die Wirklichkeit. Wenn man mit Toten spricht, ist das ja angeblich kein gutes Zeichen, aber wir haben uns nicht unterhalten, er hat mich nicht einmal angeschaut.

Die gesundheitlichen Probleme werden nicht mehr lange auf sich warten lassen, aber heute fühle ich mich besser – langsam gewöhnt sich der Organismus an den Nahrungsentzug. Der Schwindel hat etwas nachgelassen, allerdings laufen die Zehennägel bisweilen blau an. Vielleicht kommt das von der Kälte, vielleicht ist es auch das Herz, das es nicht schafft. Ich musste wieder zum Arzt. Der hat den Blutdruck gemessen und sich gewundert, dass ich so kalte Hände habe. Bei mir in der Zelle hätte er auch kalte Hände, habe ich ihm erklärt, im Sprechzimmer sind 22 Grad, er sitzt im T-Shirt da. Heute hat er mir von seiner Heimat in Tadschikistan erzählt. Er ist zwar Russe, stammt aber von dort. Es ging um den Bürgerkrieg, der dort schon seit zehn Jahren tobt und von dem ich nichts wusste.

[...]

Draußen schneit es wieder. Schnee im Mai ist für mich, der ich aus dem Süden komme, ein absurder Anblick, um diese Zeit ist es bei uns schon richtig heiß, und die Erdbeeren sind reif. Dann war der *Otrjadnik* da, der Chef von meiner Abteilung, Hauptmann, ein netter Typ. Am ersten Abend hatte er mir die beiden Briefe von meiner Familie gebracht. Heute habe ich ihm den Antwortbrief an meine Mutter übergeben, dann musste ich ein Papier unterschreiben, in dem ich erkläre, dass ich im Fall der medizinischen Indikation zwangsernährt werde. Wir haben zusammen im Strafgesetzbuch der Russischen Föderation gelesen, die entsprechenden Paragrafen diskutiert, und er hat meine Version bestätigt: Tropf – ja, Einführung von Nahrung in den Mund – nein. Ich wollte ihm noch sagen, dass es, wenn alle Milizionäre so wären wie er, wahrscheinlich weniger Verbrecher gäbe. Leider bin ich nicht mehr dazu gekommen. Das nächste Mal dann.

Tag 5

Die Nacht war übel. Weil ich gestern tagsüber ein paar Stunden geschlafen hatte, habe ich lange wachgelegen, und außerdem hatte ich schrecklich kalte Füße. Ich hatte zwar Socken an und lag unter der Decke, trotzdem sind die Füße zu Eisklumpen erstarrt. Vielleicht schafft es das Herz nicht, das Blut bis dahin zu pumpen, vielleicht liegt es auch an der Kälte, die Hände sind jedenfalls unter der Decke warm geworden und waren nicht mehr blau. Ich glaube, wenn ich liege, macht die Pumpe besser mit, dann ist es nicht so anstrengend wie im Sitzen oder Stehen. Als ich nachts mal rausmusste – aufgesprungen bin ich eigentlich nicht –, ist mir schlecht geworden, so ein Flimmern wie kurz vor der Ohnmacht. Ich habe es nur mit Ach und Krach wieder zurück ins Bett geschafft. Halb so schlimm, danach konnte ich mich ja ausruhen.

[...]

Halb sieben erschienen der Diensthabende und der Suppenkapo[7] und brachten mir meine Ration direkt in die Zelle. Meine dreimal täglich auf dem Registriergerät erfasste Verweigerung der Essensauf-

---

7 Häftling, der in der Kantine arbeitet und die *Balanda* austeilt.

nahme genügte nicht mehr, sie beschlossen, mich zu versuchen wie Jesus. Auf meine Frage, was dieser Zirkus solle, hieß es: »Das Essen wird dir zugeteilt, ob du es isst, ist deine Sache. In zwei Stunden holen wir es wieder ab.« Na, wenigstens nicht erst in zwei Tagen. Sie denken, der Anblick des Essens lässt mich schwach werden. Die *Balanda* verströmt keinen allzu starken und appetitlichen Geruch, außerdem habe ich Schnupfen, weil es in der Zelle so kalt ist, der Geruch ist also gar kein Problem. Damit mich das Essen auf dem Tisch, an dem ich sitze, lese und schreibe, nicht stört, stelle ich es weg, auf die obere Liege, direkt unter die Videokamera. Der Sack ist übrigens sehr gut, er ist lang, aus Winkelstahl geschweißt und hat eine Holzauflage. Wie praktisch! Trotz meiner Größe habe ich genug Platz, und er ist nicht kalt. Alle Zellen, in denen ich bislang saß, auch die Einzelzellen, hatten Eisenbetten, die kurz und unbequem waren. Auf denen schläft man miserabel und friert sich alles Mögliche ab, zumal die Matratzen in den Arrestzellen und Durchgangsgefängnissen furchtbar sind. Damit verglichen ist das hier schon fast ein königliches Lager.

Seit dem zweiten Tag, an dem ich meine Sachen einschließlich zweier Bücher bekommen habe, lese ich Murakami. Ich mag den Autor, habe schon viel von ihm gelesen und fand das meiste gut. Das jetzige Buch heißt »Die Chroniken des Aufziehvogels«. Murakami hat einen unnachahmlichen Stil, er schreibt einfach, im Wesentlichen über den Alltag, das Leben, die Beziehungen, ein bisschen Mystik und Philosophie sind auch dabei. Das ergibt einen coolen Mix. Hemingway schreibt auch einfach, aber seine Einfachheit ist anders, irgendwie rau, wie eine abgetragene Armee- oder Jägerjacke. Murakamis Einfachheit erinnert eher an das Hemd eines Schülers, Studenten oder kleinen Beamten. Habe ich eigentlich einen Stil, und wie ist er? Sein eigenes Schaffen kann man ja selbst nur schwer beurteilen. Ich bin ziemlich selbstkritisch, aber ich schreibe trotzdem weiter, wahrscheinlich weil ich einfach Spaß daran habe. So wie auch jetzt: Ich hatte mir das mit dem Tagebuch gar nicht vorgenommen und habe trotzdem angefangen, und eigentlich geht es ja ganz gut, wie gut, ist schwer zu sagen, aber vielleicht auch nicht nötig. Aber wie nenne ich denn nun mein Werk? »Tagebuch eines Hungerstreiks« oder »Chroniken eines Hungerstreiks«? Der erste Titel ist genauer, der zweite schöner. Sollen doch die Lektoren entscheiden. Wenn der Text überhaupt bei ihnen ankommt. Wenn ich es wirklich bis zur Redaktion des Textes schaffe, werde ich nichts mehr ändern, es kann ruhig so bleiben, wie es ist, das ist dann authentischer und ehrlicher.

Der tägliche Gang zum Krankentrakt. Ich habe es nicht weit, nur bis ins Nachbargebäude, eine halbe Minute. Draußen scheint die Sonne, die Temperaturen steigen spürbar. Der Polarwinter geht zu Ende. Vielleicht wird es dann auch in meinem Verlies wärmer. Gewichtskontrolle, Puls, Blutdruck, eine weitere Urinprobe. 82 Kilo, Azeton und Eiweiß im Urin. Der Kommentar des Arztes: »Nichts Außergewöhnliches«, alles wie erwartet, so ist es nun mal im Hungerstreik. Er wollte wissen, wofür ich zwanzig Jahre bekommen habe. Eine gute Frage. Das würde mich auch mal interessieren.

Hin und zurück werde ich vom DGLL[8] begleitet. Er kontrolliert auch alle zwei Stunden die Anwesenheit und steht dem feierlichen Auftragen der Tagesration und deren Abtragen zwei Stunden später vor. Dieser Vorgang hat heute Formen eines Rituals angenommen. Der Suppenkapo, der an der Essenausgabe normalerweise nicht mal den *Buschlat* ablegt, schlüpft jetzt in eine weiße Uniformjacke – wie ein richtiger Koch –, und in diesem Aufzug trägt er unter der Aufsicht des Diensthabenden den Teller in die Zelle. Gefängnis-Feng-Shui oder Zirkus mit Pferdenummer. Wenn jetzt nur noch der DGLL, der in seiner Schicht eigentlich für das ganze Lager zuständig ist, zu mir Zutritt hat, wird die Sache langsam ernst. Offenbar ist die Miliz unzufrieden und zieht die Zügel an. Über Funk bringen sie jetzt jeden Tag einen einstündigen Vortrag zu den Internen Durchführungsbestimmungen, das hat es in den letzten Tagen nicht gegeben. Das Hin und Her mit dem Wasserkocher geht indessen weiter. Ein anderer Vollzugsbeamter hat auf meine Nachfrage bezüglich des konfiszierten Wasserkochers mit dem Verweis auf eine Verfügung der Leitung reagiert. Obwohl er

---

8 DGLL für Diensthabender Gehilfe des Lagerleiters von DPNK – Deschurnyj Pomoschtschnik Natschalnika Kolonii

ganz genau weiß, dass das eine Regelverletzung ist. Dieses System hat ein distinktives Merkmal: Wenn es einen Fehler gemacht oder eine offensichtliche Dummheit begangen hat, rudert es nicht zurück, sondern hält verbissen an der Entscheidung fest, woraus neue Fehler und Dummheiten resultieren, und zwar auf allen Ebenen, egal ob es nun um den Wasserkocher geht oder um eine zwanzigjährige Haftstrafe. Zum Glück kriege ich vom Schlüsselwart wenigstens immer mein heißes Wasser, manchmal ist es allerdings nur lauwarm, weil er nicht versteht, dass ich das Wasser nicht nur trinken, sondern mich auch daran wärmen will. Ich habe versucht, ihm das zu erklären, aber er ist im Moment nicht scharf auf ein Gespräch mit mir – er spürt, dass sich da über mir was zusammenbraut, also verschwindet er so schnell wie möglich in seinem unterirdischen Labyrinth.

Tag 6

Die Nacht war wieder nicht gut, ich konnte lange nicht einschlafen und bin immer wieder aufgewacht. Vor Kälte. Die Füße sind bis zum Morgen überhaupt nicht warm geworden. Der Allgemeinzustand hat sich allerdings etwas verbessert, der Schwindel hat nachgelassen, das Ohrensausen klingt nicht mehr wie das Heulen eines Flugzeugs im ständigen Startmodus. Außer dem Herz, das regelmäßig Signale ans Gehirn sendet, dass irgendetwas nicht in Ordnung ist, machen sich jetzt auch die Nieren bemerkbar, die vor allem auf den Rücken ausstrahlen. Die Fußsohlen sind eiskalt. Oft auch die Hände. Die Knie erinnern sich an das chronische Rheuma und knacken wie bei einem alten Mann. In der Leiste hat sich ein bohrender Schmerz eingestellt, entweder sind das die Gelenke oder die Lymphknoten, es ist noch nicht klar. Der Magen grummelt von Zeit zu Zeit unzufrieden. Das Gehirn sendet daraufhin ermutigende Signale an die Organe: Haltet durch, das muss so sein, alles wird gut. Und so sind eigentlich alle ganz gelassen. Das Unterbewusstsein spielt langsam verrückt, es spürt, dass seine Zeit gekommen ist, wenn nämlich einer der wichtigsten Instinkte – der Hunger – die Oberhand gewinnt, dann kann es das Bewusstsein von der Führung verdrängen. Noch ist es nicht so weit, und ich hoffe, dass es noch ein bisschen dauert. Jetzt aber flutet das hinterhältige Unterbewusstsein das Gehirn mit Essenspropaganda und bombardiert es mit verschiedenen Bildern von Speisen, die der Körper irgendwann in seinem Leben zu sich genommen oder auch einfach nur gesehen hat oder es erfindet einfach irgendwas unglaublich Leckeres. Noch zeigt das keine Wirkung. In einem Menschen hausen viele Dämonen, die ihm ständig ihren Willen aufzwingen wollen. Ich habe die gefährlichsten dieser Gesellen längst vertrieben, die anderen müssen nach meiner Pfeife tanzen. Aber vielleicht nutzen sie die Situation jetzt aus und nehmen Rache. Mal sehen. Die Versuchung mit dem Essen, das fast den ganzen Tag bei mir in der Zelle rumsteht, funktioniert jedenfalls nicht.

Die Miliz pflegt nun mir gegenüber einen distanzierten Ton, außer zum Diensthabenden habe ich keinerlei Kontakte – wenn ich im Lager unterwegs bin, werden alle Hofkäfige[9] eingefroren und alle Personen angehalten.

Heute habe ich die Zelle geputzt. Bislang stand das jeden Tag auf dem Plan, und einmal in der Woche war Großreinemachen, aber jetzt beschränkte ich mich auf ein paar Mal pro Woche – es ist irgendwie dämlich, auf allen Vieren mit dem Lappen über den Boden zu kriechen, Energie ist wichtiger als absolute Sauberkeit. Dabei habe ich auch die Fensterklappe geöffnet, um zu lüften, das mache ich sowieso mehrmals am Tag. Ich brauche immer frische Lust, in Kälte und Muff zu hocken, ist doppelt belastend.

Am Morgen hat sich das Wetter wieder verschlechtert: Nebel, Sprühregen, Nässe. Der Norden. »Bei uns ist es drei Monate im Jahr kalt, und der Rest ist voll für'n Arsch«, wie es ein Typ von hier neulich beschrieb.

---

9 Kleine abgegrenzte Fläche vor einer Baracke, die für den Freigang, Appelle, Sport und andere Aktionen genutzt wird. »Alle Hofkäfige wurden eingefroren« bedeutet, dass sie abgeschlossen werden, falls sie offen waren, oder es wird untersagt, sie zu öffnen, das bedeutet, dass die Häftlinge für eine bestimmte Zeit nicht im Lager unterwegs sein dürfen.

Das Auftragen des Essens hat sich vollends zu einem Ritual entwickelt. Der Diensthabende öffnet die Tür und verkündet feierlich, dass die Zeit gekommen sei, das Essen einzunehmen. Der Suppenkapo in Weiß trägt die Speisen herein und stellt sie auf den Tisch. Beide Seiten verabschieden sich höflich, und die »Gäste« ziehen sich zurück. Ich hebe den Teller auf die obere Pritsche – weg von mir, direkt vor das allsehende Auge. Wenn ich das Brot und den Teller mit dem Brei oder der Suppe anfasse, habe ich komischerweise nicht das Verlangen, das zu essen. Das hat sicher mit meinem festen Vorsatz zu tun oder kommt daher, dass der Hungerstreik noch nicht allzu lange dauert. Wir werden sehen. Der Allgemeinzustand hat sich heute übrigens stabilisiert, nur im Mund hatte ich plötzlich einen unangenehmen Geschmack – vielleicht verdaut sich der Magen mittlerweile selbst. Zwischen Gürtel und Bauch hatte am Anfang der Woche nur der Mittelfinger Platz, mittlerweile passt die ganze Faust dazwischen.

Ich bin heute in die *Banja* gegangen. Nicht allein natürlich, sondern in Begleitung des Diensthabenden, die Häftlinge sagen immer von sich »bin gegangen« oder »bin gefahren«, wenn sie doch eigentlich gebracht oder gefahren wurden. Eine Illusion von Selbstständigkeit. *Banja* ist freilich eine Übertreibung – es ist ein größerer Waschraum mit zwei Dutzend Kannen und Bänken. Wenn sich hier eine ganze Truppe wäscht, gibt es Schlangen und ein riesiges Gedränge. Aber ich war allein. Getrennt von den anderen. Ich hatte zwanzig Minuten, um zu duschen. Das ist gut, mancherorts kriegt man nur fünfzehn Minuten, manchmal sogar nur zehn. Zehn Minuten Hochgenuss unter dem heißen Wasser. Ich habe mich geduscht und die Unterwäsche gewaschen. Mein Körper war dankbar, besonders meine Beine. Am Ende war mir ein bisschen schwindelig, das ist aber nicht so schlimm.

Danach habe ich mich gleich noch rasiert. Der Klingenwart hat mir meinen Rasierer und die Rasiercreme ausgehändigt – das hat er nämlich alles in Verwahrung, damit ich mir nicht aus Versehen die Pulsadern aufschneide. Beim Rasieren habe ich mich zum ersten Mal in dieser Woche im Spiegel angeschaut. In der Zelle gibt es nur einen kleinen Spiegel, der über dem Waschbecken in die Wand eingelassen ist, ziemlich weit unten, ich muss mich bücken, wenn ich mich darin sehen will. Weil ich so groß bin und sowieso nicht gern in den Spiegel schaue, habe ich hier in der Zelle noch gar keinen Blick hineingeworfen. Noch nicht einmal beim Zähneputzen. Obwohl ich keinen Zahnbelag habe, putze ich meine Zähne zweimal täglich, denn unter diesen Umständen verliert man schnell mal einen Zahn, diese Erfahrung musste ich vor Kurzem machen, und die Zähne wachsen ja leider nicht nach. Mein eigener Anblick war natürlich nicht sehr erfreulich: Die Backenknochen sind hervorgetreten, die Wangen eingefallen und zu Flecken geworden, die Augen liegen tief in den Höhlen, Falten haben sich in die Stirn gegraben, und die Stirn selbst ist nicht nur von geschwollenen Adern bedeckt, nein, sie drängt auch den Haaransatz zurück. Die Haare weichen, langsam und unweigerlich, und lassen nach dem Kampf nur kahles Terrain zurück. Nichts Erfreuliches, ich hätte mir den Anblick besser erspart. Ich musste daran denken, wie der Vater eines Freundes an Leberzirrhose erkrankt war und eines Tages mit seiner Familie zu uns zu Besuch kam. Alle unterhielten sich und lächelten ihm zu, als wäre nichts, als wüssten sie nicht, wie schlimm es um ihn stand. Auch er lächelte alle an mit seinem zahnlosen Mund im knochigen Schädel, nichts als die Augen waren ihm geblieben, und selbst die sahen so aus, als würden sie jeden Moment herausspringen. So weit war es bei mir zwar noch nicht, aber ich war schon auf dem besten Wege dahin.

Tag 7

Die Nacht verlief wie erwartet schlecht. Obwohl ich seit Langem in Unterwäsche und Häftlingskleidung schlafe und mich zudecke, friere ich, besonders an den Füßen. Die Decke ist eher ein dicker Überwurf, aber egal. In der Nacht macht sich noch ein weiterer Störfaktor bemerkbar. Die Zelle hat eine typische Gefängnistoilette: ein Loch im Boden, das mit einem Stöpsel an einer Schnur verschlossen wird, das Wasser kommt aus dem Waschbecken, was keine glückliche Konstruktion ist, und nicht vom Spülkasten über ein Rohr, wie es eigentlich sein sollte. Das wäre nämlich besser, effizienter. Aber der Spülkasten ist alt, die Konstruktion marode, er gibt ständig traurige Töne von sich: tropf, tropf oder energischer: klatsch, klatsch. Tagsüber hört man das so gut wie gar nicht, und es stört auch nicht. Auch wenn man schläft, hört man es nicht. Aber wenn man nachts wachliegt, gehen einem die Geräusche auf die Nerven. Reparaturversuche bringen auch keinen dauerhaften Erfolg. Der Kasten ist fünf Minuten still, und dann beginnt sein monotones Lied von Neuem. Manchmal stellt er seine Lebenszeichen von selbst ein, aber das hält meist nicht lange an.

[...]

Der Morgen begann wie gewöhnlich. Es ging mir ganz gut, aber ich fühlte mich sehr schwach. Ich schaffte es kaum, mein Bett zu machen, die Zähne putzte ich mir im Sitzen. Vielleicht würde es tagsüber besser werden, wenn ich erst mal in Schwung gekommen war. Als ich mich wusch, stach es in meinem Augenwinkel, eine harte Borke. Ich schaute in den Spiegel, und so war es auch: Das rechte Auge war ganz rot. Eine Bindehautentzündung als kleiner Bonus zu allem Übrigen. Wo habe ich mir die denn eingefangen? Ich hatte doch eigentlich die ganze Woche mit niemandem weiter Kontakt, und auf Sauberkeit achte ich auch unter allen Umständen. Ach, das geht schon vorbei, halb so schlimm.

Die Miliz hat das Servierritual um ein neues Element erweitert. Im Schlussteil. Der Diensthabende filmt den ganzen Vorgang mit seinem Registriergerät, und wenn der Suppenkapo das unberührte Essen an ihm vorbei aus der Zelle trägt, richtet er das Gerät auf den Teller und konstatiert: »Das Essen wurde nicht verzehrt.« Vorhang zu.

[...]

Ich lese immer noch Murakamis »Die Chroniken des Aufziehvogels«. Es gefällt mir. Ich mag Murakami und auch dieses konkrete Werk. Es gibt gute Bücher, die man verschlingt, und dann gibt es welche, die man langsam liest und sich das Vergnügen einteilt. Dieses Buch hier genieße ich langsam, Stück für Stück. Es ist ziemlich dick, und ich bin schon über der Hälfte. Ich merke, dass es diese Lektüre zu Wochenbeginn war, die mich dazu veranlasst hat, Tagebuch zu schreiben. Deswegen soll das Buch zu Ehren von Murakami »Die Chroniken eines Hungerstreiks« heißen. Da brauchen sich die Lektoren keine Gedanken mehr zu machen. Murakamis Protagonist hat im Übrigen drei Tage in einem trockenen Brunnen gesessen und gehungert und gefroren. Um sich selbst zu finden. Kommt mir bekannt vor. Gibt es tatsächlich jemanden, der glaubt, im Leben sei alles Zufall und ohne jeden Zusammenhang? Ich nicht. Der Hunger hat dem Protagonisten im Übrigen sehr zu schaffen gemacht, sein Magen hat gestochen und sich zusammengekrampft. Das ist bei mir nun überhaupt nicht der Fall, mein Magen ist ganz friedlich. Vielleicht hat das damit zu tun, dass ich einen gleitenden Übergang zum Hungerstreik hatte, mich vorbereitet und meine Ration immer weiter verkleinert habe? Vielleicht gibt es auch noch andere Gründe. Ich habe viel vom Heilfasten gehört, es aber selbst nie ausprobiert, allerdings durchaus schon mit dem Gedanken gespielt. Und nun bietet sich mir die kostenlose Gelegenheit. Reinigung des Organismus, Ausscheidung von Schlacken usw. Schlacken habe ich zwar noch keine ausgeschieden, aber warten wir mal ab. Wir sollten die ganze Sache zunächst nicht als politisch motivierte Aktion betrachten, sondern als Kur! Wer ist dafür? Ich sehe keine Hände!

Tagsüber sind meine Füße nicht so kalt wie nachts unter der Decke, wahrscheinlich weil ich am Tag immer irgendwie in Bewegung bin. Ich habe die Fensterklappe geöffnet, um zu lüften. Die Luft draußen ist immerhin schon weniger stechend und eisig, warm würde ich sie aber auch noch nicht nennen. Der frisch gefallene Schnee auf den Wegen wurde weggefegt, ein Teil ist in der spärlichen Sonne getaut, aber in den Ecken türmen sich noch immer trübe, graue Haufen. Zwanzigster Mai. Angeblich kann es hier sogar im Juli schneien. Das möchte ich lieber nicht sehen.

Der unangenehme Geschmack im Mund wird stärker, außerdem fühlt sich die Mundhöhle trocken an. Das heiße Wasser hilft nur kurz. Leitungswasser möchte ich nicht trinken, außerdem ist es ungesund. Komischerweise hat schon etliche Tage keine Durchsuchung stattgefunden. Seit sie mir den roten Streifen für »fluchtverdächtig« aufs Namensschild geklebt haben, ist kaum ein Tag vergangen, an dem ich nicht gefilzt wurde. Am Anfang, als ich in dieser Zelle hier saß, waren sie besonders eifrig: haben das Unterste zuoberst gekehrt, mich bis auf die Unterhose oder ganz nackt ausgezogen und gründlich abgesucht. Später, in der Abteilung, hat ihr Eifer etwas nachgelassen. Und jetzt kommen sie gar nicht mehr. Merkwürdig. Das heißt aber nicht, dass das so bleiben muss.

Mein Traum von letzter Nacht ist mir wieder eingefallen, eigentlich ist es eher eine Aneinanderreihung verworrener Situationen ohne jeden Zusammenhang. Irgendwelche Leute, Autos, Busse, Züge, ich bin mit all dem unterwegs, allein, manchmal auch in Begleitung. Bahnhöfe, Gleise, Stationen. Ich sitze im Bus und habe die Füße auf der Rückbank gegen die Kopfstützen gelehnt. Meine Oma und meine Tante fahren auch mit, sie sitzen in einer anderen Reihe, meine Tante isst Eis, aber sie sehen ganz anders aus als meine richtigen Verwandten. Ich nehme die Füße herunter, weil sich das nicht gehört. Dann stehen wir auf dem Bahnhof an einem Gleis, meine Tante und meine Oma wollen sich in ihrem Tagebuch Notizen machen zu einem Jungen, der eben eine Heldentat vollbracht hat – er hat jemanden unter einem durchfahrenden Zug hervorgezogen. Der Junge und sein Vater stehen neben uns, aber einen Stift für die Notizen hat niemand. Obwohl um uns herum viele Leute stehen, springe ich über die Gleise auf den Nachbarbahnsteig, erkläre die Situation und frage einen vorbeilaufenden Hauptmann und seine Familie nach einem Stift. Dann springe ich zurück. Meinem Verhalten nach bin ich wohl in dem Traum auch noch klein. Für mich bergen Träume keine Zeichen und Omen. Sie haben eher etwas mit der Vergangenheit zu tun. Sind ein Mix aus Erinnerungen, durchlebten Gefühlen, verborgenen Gedanken oder Wünschen. Spannend sind Träume trotzdem.

Tag 8

Der achte Tag brach an. Wie in der Bibel oder bei Thornton Wilder. Die erste ruhige Nacht, ich habe fast gar nicht gefroren, sogar meine Füße sind warm geworden. Obwohl die Temperaturen in der Druckkammer und außenbords unverändert sind. Ich habe ganz gut geschlafen, nachdem ich erst lange wach lag. Ich habe mir die ganze Zeit vorgestellt, was ich alles mit den Kindern koche, wenn wir wieder zusammen sind. Illusionen und Trost für Gehirn und Magen.

Mein Allgemeinbefinden ist eigentlich auch ganz in Ordnung. Allerdings ist bei Weitem nicht alles verschwunden, was mir Sorgen macht. Weder die Schwäche noch der Schwindel noch das Ohrensausen noch der ganze andere lästige Kram, aber der Körper reagiert nicht mehr so stark, er hat sich daran gewöhnt. Er reagiert nur, wenn etwas Neues dazukommt oder vorhandene Beschwerden stärker werden, das ist aber im Moment nicht der Fall, also vorläufig Feuerpause an vorderster Front.

Eine Woche ist seit dem Beginn des Hungerstreiks vergangen. Wie lange werde ich durchhalten? Diese Frage interessiert sicher nicht nur die Milizionäre, sondern auch meine Unterstützer jenseits des Zauns und natürlich auch mich selbst. Wir werden sehen. »Wir werden sehen«, sang einst D'Artagnan in einem sowjetischen Film, »wer in welchen Kanonenstiefeln am Ende des Tages die Knie beugt.« Der Musikwart lässt im Flur den ganzen Tag Pop laufen. Nicht zum Aushalten. Ein Glück, dass es nicht so richtig bis zu mir dringt. Die ganze Woche kein einziger vernünftiger Song. Jetzt habe ich vage bekannte Töne gehört. Ich bin zur Tür gegangen und habe genauer hingehört. Das ist tatsächlich »Für die Wächter« von Boombox. Ein guter alter Song. Ich habe zugehört und mich nicht von der Stelle gerührt. Drei Minuten Vergnügen. Wie unterscheidet man einen guten Song von einem schlechten? Ein guter Song veraltet nicht. »Für die Wächter« ist nicht veraltet, kein einziger Takt.

Überhaupt bedeutet mir Musik sehr viel. Gute Musik. Die Lieder von Viktor Zoi haben meine Persönlichkeit wahrscheinlich stärker geprägt als alle Personen in meinem Umfeld zusammen. Deswegen kann ich es überhaupt nicht leiden, wenn er schlecht gecovert wird. Ich kann mich noch erinnern, das war auf einem großen Filmfestival in Minsk, auf der Abschlussveranstaltung, da wollte ein bekannter russischer Schauspieler, der aus der Ukraine kam – als Programmhighlight – das geschätzte Publikum mit seinem stimmlichen Talent erfreuen. Mit seinem Talent war es nicht weit her, aber die Leute taten so, als gefiele es ihnen, schließlich war es die Abschlussgala, und danach würde es einen Empfang geben. Als er als drittes Stück »Gruppa krowi« von Zoi sang, verlor ich schon nach dem ersten falschen Ton die Nerven. Ich stand auf und ging raus. Das war gar nicht so einfach: ein riesiger Saal mit tausend Leuten, und ich saß in der zweiten Reihe in der Mitte, zwischen anderen Teilnehmern, die Hälfte musste zusammenrücken, um mich durchzulassen. Den Sänger brachte das nicht raus (obwohl: schlechter ging's eigentlich gar nicht mehr); als ich über den breiten Mittelgang dem Ausgang zustrebte, setzte er noch einen drauf und sang mir verdrehte Zeilen einer weiteren Strophe hinterher. Keine schöne Erinnerung.

Es gibt auch schöne Erinnerungen, allerdings nicht mit Zoi. Nach einer schweren und schlaflosen Nacht im Arrest saß ich im Büro des Ermittlers im früheren Geheimdienst der Krim. Ich hatte gerade einen Anwerbeversuch abgelehnt und mich stattdessen für die zwanzig Jahre entschieden. Routiniert besiegelte der Ermittler das Protokoll und mein Schicksal, ich saß in Handschellen da und wartete darauf, in die Zelle zurückgebracht zu werden. Das Radio lief. Leise. Ein ukrainischer Sender, den man offenbar noch nicht abgeschaltet hatte. Da kam auf einmal »Wojnow sweta« von Ljapis. Die inoffizielle Hymne des Maidan. Hier, auf der Krim, die schon besetzt war, in meiner Situation. Als hätte mir jemand ein Zeichen geschickt: »Halte durch, Junge, alles wird gut.« Ich habe mich gleich besser gefühlt. Ich hatte niemanden verraten. Weder mich noch die anderen. Noch das Land, noch die hundert Jungs, die es seinerzeit auf der Instytutska erwischt hatte. Der Ermittler sagte, ich hätte mein Schicksal selbst besiegelt. Ich war der Meinung, dass ich die einzig richtige Entscheidung getroffen hatte. Und die Musik, die da aus den Lautsprechern kam, gab mir recht.

Ich war beim Arzt. Gewicht, Blutdruck, Puls, Temperatur – das Gewicht sinkt. Ich wiege noch knapp über 80 Kilo. Das Thermometer zeigt 36,2 Grad. »Du kühlst aus«, stellt der Arzt fest. Wir haben darüber diskutiert, bei welcher Raumtemperatur es sich am besten hungern lässt. Ich bin der Meinung, dass es sich im Warmen besser hungert, da der Körper keine zusätzliche Energie aufwenden muss, um die Temperatur zu halten. Der Arzt glaubt, man könne einen Hungerstreik bei Kälte besser durchstehen, dann würden sich nämlich die Stoffwechselprozesse im Körper verlangsamen, Anabiose und so. Was nun stimmt, ist unklar. Jeder bleibt bei Seinem: Er sitzt im T-Shirt in seinem warmen Sprechzimmer, ich in meiner eiskalten Zelle.

Der für die Rechtsaufsicht zuständige Staatsanwalt ist gekommen, hat sich von mir eine Erklärung der Gründe für den Hungerstreik geben lassen und meine Höhle und meine Krankenakte in Augenschein genommen. Die unwichtigen Dinge und Mängel habe ich in der Erklärung nicht erwähnt. Ich kämpfe nicht dagegen. Mein Hauptkampffeld ist woanders.

Tag 9

Das Leben stabilisiert sich langsam und läuft in gewohnten Bahnen. Die Tage folgen aufeinander wie eine kopierte Seite der anderen. So ist es immer in diesem System, wenn man an einem neuen Ort Fuß gefasst hat. Tagsüber fühle ich mich einigermaßen, nur die Schwäche macht mir zu schaffen, besonders morgens, es kostet mich Kraft, das Bett zu machen und die Zähne zu putzen. Nachts friere ich schon weniger. (Letzte Nacht habe ich allerdings wieder lange wach gelegen und mir vorgestellt, dass ich mit meinen Kindern eine Wanderung mache.)

Das Ritual des Auf- und Abtragens der *Balanda* wird ständig erweitert. Jetzt trägt der Suppenkapo außer der weißen Kochjacke noch Gummihandschuhe. In dem halben Jahr, in dem ich in der Kantine gegessen habe, konnte ich bei keinem seiner Kollegen je Handschuhe entdecken, ohne größere Sorgfalt wanderten da die Finger von einem

Teller zum nächsten. Und plötzlich wird auf Etikette Wert gelegt. Es dauert wahrscheinlich nicht mehr lange, und der Suppenkapo rückt in Kochmütze oder zumindest Barrett an.

Draußen ist Wind aufgekommen. Ein starker, kalter, schneidender Wind. Er rüttelt an der Scheibe, es klingt wie ein Stöhnen und Quietschen. Wer an einem großen Fluss im Norden lebt, weiß Bescheid. Wenn die Eisdecke reißt, wenn der Fluss aufbricht, wird eine große Menge Kälte frei, und dann bilden sich gegen Frühjahrsende starke Winde. So war es in Jakutsk, wo die Lena fließt. So ist es auch hier in Labytnangi am Ob. Der Wind weht eine Woche oder länger, und danach wird es warm. So haben mir zumindest die Einheimischen den Sachverhalt erklärt, und so ist es auch meistens. Wenn der Wind vorbei ist, wird es also endlich warm.

Das nächste Gespräch mit dem nächsten Leiter. Los ging's ganz förmlich – Befinden, Beschwerden, Haftbedingungen, dann ging's um banalere Dinge: Warum machst du das eigentlich, ändern kannst du sowieso nichts, du ruinierst dir bloß die Gesundheit, für immer und ewig usw. Dann kam wieder die Politik: Ein Saustall ist das da bei euch, die Ukraine fällt sowieso bald auseinander, du wirst doch nur ausgenutzt, solange sie dich brauchen, bist du gut genug, dann lassen sie dich fallen. Ich habe es aufgegeben, auf diese Floskeln irgendetwas zu erwidern, ich warte einfach, bis die übliche Tirade zu Ende ist. Dieser Mensch ist in seinem ganzen Leben noch nie in der Ukraine gewesen, war weder auf dem Maidan noch bei der Besetzung der Krim dabei und will mir als Experte erzählen, wie es dort wirklich aussieht. Das klassische Wissensrepertoire eines russischen Milizionärs, das sich aus der Rezeption lokaler Fernsehkanäle speist. Sogar 1:1 dieselben Formulierungen. Die ganzen vier Jahre, die ich hier bin, ein und dieselbe Leier. Noch ist die Ukraine allerdings nicht auseinandergefallen und noch hat mich niemand vergessen. Es steht also unentschieden. Wir beendeten unser Gespräch.

Ich war beim Arzt. Der hat mich zwei Tage nicht gesehen und sagt, ich sei eingefallen. »Du trocknest aus.« Er empfiehlt mir, mehr Wasser zu trinken. Was, noch mehr? Ich trinke ja schon sechs Tassen heißes

Wasser pro Tag. Das sei zu wenig, sagt er, aber mehr schaffe ich nicht. Der Doktor ist sehr aufmerksam und fürsorglich, sogar einen Pickel auf der Stirn nimmt er ernst. Wie mir die Sonderbehandlung und Effekthascherei in diesem System auf die Nerven geht, um den einen springen alle rum und der andere muss sich die Pulsadern aufschneiden, damit er zum Zahnarzt darf, weil er die Schmerzen nicht mehr aushält. Gleichheit und Gerechtigkeit kannst du im Gefängnis voll vergessen.

Auf dem Weg »nach Hause« mischte sich Hagel in den Wind. Er flog fast parallel zum Boden und stach in die Augen. In Labytnangi ahnt wahrscheinlich niemand, dass die Leute woanders im Mai zum Picknick ins Grüne fahren.

Kaum habe ich an die Fressluke geschlagen, kommt der Wasserwart schon mit dem dampfenden Wasserkocher, er weiß immer schon im Voraus, was ich von ihm will. Er ist höflich und lächelt, aber auf persönliche Gespräche lässt er sich nicht mehr ein, offensichtlich hat er neue Anweisungen erhalten.

Ich lese Murakami zu Ende. Man verdirbt sich natürlich die Augen, wenn man bei diesem funzligen Licht in der Zelle liest, und ich habe schon vor längerer Zeit festgestellt, dass sich mein Sehen über die Jahre im Knast verschlechtert hat. Aber so lange ich noch etwas erkennen kann, lese ich weiter. Da stellt sich die philosophische Frage, was besser ist: als belesener Mensch im Dunkeln oder sehend in der Umnachtung der eigenen Unwissenheit zu sitzen? Ich bin hier vielen Menschen begegnet, die erst in der Einzelzelle angefangen haben zu lesen, vor Langeweile, und kaum waren sie entlassen, sind sie wieder in ihre alten Gewohnheiten verfallen: *Tschifir* trinken, rauchen, leeres Geschwätz. Ich habe meine Entscheidung schon längst getroffen.

Ich bin fertig mit Murakami. Ein sehr gutes Buch, wahrscheinlich eines seiner besten. An bestimmten Stellen erinnert es mich an David Lynch, nur eben in gedruckter Form. Murakami ist natürlich breiter. Ich denke, bei einem guten Autor oder Regisseur erwachsen alle Werke irgendwie aus einem Universum, und je größer, vielfältiger und ganzheitlicher das ist, umso begabter ist der Künstler. Murakami verfügt auf jeden Fall über eine eigene Welt, und ich finde sie spannend.

Ein großes Dankeschön an ihn. Als ich das Buch zugeschlagen habe, war es, als würde ich mich von einem guten Freund verabschieden, mit dem ich eine Woche zusammen war, weil ich abreisen muss. Abgereist ist allerdings eher er, ich bleibe hier.

Tag 10

Der Tag begann mit dem traditionellen Wassersuppenritual. Kaum waren die zwei weg und ich hatte mich hingelegt, um ein Nickerchen zu machen, war der DGLL schon wieder da, um die Temperatur zu messen. In der Zelle, nicht bei mir. Das Thermometer zeigte die üblichen 16,5 Grad. Der Bedienstete kratzte sich am Hinterkopf und drückte auf das Thermometer. »Wir sollten die Tür zumachen, sonst zieht es«, sagte er. Er legte das Thermometer wieder auf den Tisch und schlug den *Robot*[10] zu. Es war noch keine Minute vergangen, und schon zeigte das Thermometer 18 Grad. Entweder hatte er es mit seiner Hand angewärmt oder in der Zelle war es wirklich wärmer geworden, immerhin fror ich nachts schon weniger, der DGLL verließ die Zelle in dem guten Gefühl, seine Pflicht getan und sogar ein wenig Fürsorge gezeigt zu haben.

Das war jetzt schon die dritte mehr oder weniger ruhige Nacht. Die schlaflosen Stunden habe ich dieses Mal mit Erinnerungen an alle Kneipen und Bistros in Simferopol gefüllt, die ich gern aufsuchte oder in denen ich zumindest einmal gewesen war, und ich habe mir all die leckeren Speisen ausgemalt, die es dort gab. Offensichtlich sind hier Bewusstsein und Unterbewusstsein Hand in Hand gegangen und haben mich im Duett mit diesen Bildern gequält. Eigentlich nicht weiter schlimm, diese kleine kulinarische Nostalgie. Aber ich muss aufpassen, sonst falle ich nicht bloß auf diesen Schnickschnack herein, sondern vergreife mich an den Nudeln auf dem Teller. Ich muss diesen Gedanken und Erinnerungen Einhalt gebieten.

---

10 Zellentür aus Stahl, sie öffnet sich gewöhnlich langsam, schwer und quietschend.

Nachts habe ich vom Meer geträumt, ich habe gebadet und bin getaucht, im Wasser gab es Quallen, eine war ganz groß. Dann habe ich als ungelernter Arbeiter Asphalt gehackt, Warnzeichen standen da und ein Pärchen, das mich von der Arbeit abgehalten hat. Das Traumfinale: eine Partisaneneinheit, Hinterhalt, Kampf, und ich liege da mit einer Maschinenpistole. Markant und verwirrend wie immer.

Am Tag brachte mir der umtriebige Diensthabende eine Psychologin. Wir haben durch das Gitter gesprochen, das die zweite Zellentür bildet. Um die anderen vor mir zu schützen und für ebensolche Fälle. Ein richtiges Gespräch kam allerdings nicht zustande, weil ich erklärt habe, dass ich keinen Psychologen brauche. Die Dame hielt mir daraufhin einen kurzen Vortrag, der so wirr war wie meine Träume. Nur gebrochene Menschen entschlössen sich zu einem solchen Schritt, Sie sind doch kein gebrochener Mensch, Sie müssen auch an Ihre Gesundheit denken, nehmen Sie doch Vernunft an, Sie sind doch ein kreativer Mensch, Sie haben andere Mittel und Wege, das übliche Repertoire. Ich musste daran denken, wie andere Häftlinge, die sich wohl für klüger hielten oder dachten, ich hätte ein Leben lang nur auf ihre Ratschläge gewartet, zu mir sagten: Warum hast du eigentlich diesen Widerstand geleistet gegen die Besetzung der Krim? Hättest du doch lieber einen Film gedreht, das wäre viel besser gewesen. Genau, als Hitler einmarschiert ist, hätte man auch ein paar kleine Filme drehen sollen, anstatt Panzer anzuzünden, die hätte man dann in irgendwelchen sibirischen Kinos zeigen können, woanders wäre es ja nicht gegangen. Mit dieser Psychologin habe ich übrigens vor ein paar Monaten schon mal gesprochen oder besser gesagt nicht gesprochen, ich hatte damals schon die Unterhaltung mit ihr verweigert. Sie fragte erstaunt: »Und Sie wollen wirklich keine Tests machen? Wollen Sie denn nichts über Ihre Persönlichkeit erfahren?« Ich habe ihr geantwortet, ich wisse eigentlich alles über mich und käme ganz gut klar. »Sie glücklicher Mensch«, erwiderte sie, die bis zu einer solchen Antwort offenbar noch einen langen Weg vor sich hat.

Ein Ereignis von globaler Tragweite: Ich habe einen Heizlüfter bekommen. Nicht den, den ich letztes Mal hatte, so ein kleines Gerät mit Motor, sondern einen ziemlich großen, einen Ölradiator. Ich habe ihn eingeschaltet, er heizt gut, viel besser als die Heizung. Jetzt wird es in meiner Zelle also endlich warm. Nach der Bettruhe das zweite Zugeständnis binnen zehn Tagen. Liegend und im Warmen halte ich lange durch. Hoffe ich mal. Auf jeden Fall schreibe ich was Nettes ins Gästebuch.

Heute ist so gut wie kein Wind, dafür hat es am Abend angefangen zu regnen. Ich stand an der geöffneten Fensterklappe und habe die frische Luft eingesogen. Nach dem Regen ist die Luft immer besonders sauber und riecht gut. Das ist der erste Regen, den ich hier in Labytnangi sehe, dann ist der Winter wahrscheinlich doch irgendwann zu Ende.

Tag 11

Es weht wieder ein heftiger Wind, es sind Plusgrade, und eine grelle Sonne scheint. Verzweifelt versucht sie die Schneehaufen, die nach dem gestrigen Regen noch da sind, zum Schmelzen zu bringen, bislang vergeblich, sie halten sich zäh. Die nördliche Sonne ist keine liebe Sonne.

[…]

In der Nacht habe ich geträumt, dass eine Frau im Gebirge von einer Lawine erfasst wurde und ich mit ihrem Kind, einem fünfjährigen Mädchen, zurückblieb. Es war nicht erschrocken, fragte nicht nach seiner Mutter, wir machten uns auf einen langen Weg ins Tal. Ich erzählte ihr und zeigte ihr etwas, und ständig hob ich große runde Bonbons auf, die sie verlor, weil sie sie nicht festhalten konnte. Ich musste ihr Vater sein, sagte ihr das aber nicht. Sie ähnelte meiner Tochter, als sie klein war, und trug auch denselben Namen. Träume sind nicht logisch. Wir kamen in die Stadt und gingen zu unserem Haus. Ich wollte einem Mädchen, das dort mit seiner Mutter und Großmutter stand, ein Bonbon schenken, aber das Kind wollte es nicht haben.

Erst als sie ins Haus gingen, sah ich, dass das Mädchen behindert war. Das Treppenhaus war breit und hatte auf jeder Seite einen Ausgang, und während ich unter irgendwelchen Rohren hindurchkroch, war meine Tochter schon nach draußen geschlüpft. Ich folgte ihr, aber sie war verschwunden. Die Straße oder besser gesagt die Uferpromenade war belebt und voller Menschen. Ich rief ein Mädchen in einer ähnlichen Jacke, aber das war nicht sie.

[...]

Länger als eine Stunde war der Strom weg. Wegen des Windes vielleicht oder aus irgendeinem anderen Grund. Da ging natürlich auch der Radiator nicht, und mein kleines Refugium kühlte sofort aus, Luftzug, dünne Wände, Ecklage. Ich laufe nicht mehr so viel in der Zelle herum, ich sitze öfter oder liege.

Ich war beim Arzt. Draußen hätte mich der Wind beinahe umgeweht. Heute ist er stärker als vorgestern. Die Sonne hat sich versteckt, die Temperatur liegt gefühlt bei null Grad.

Der Arzt war mit meinem Zustand und meinen Werten gar nicht zufrieden. Er hat mir eine Infusion verordnet. Die ist ein paar Stunden durchgelaufen. Ein Liter Flüssigkeit: Glukose, Vitamine, Salze. Der Doktor ist nicht einfach ein Gefängnisarzt oder Leiter des Krankentraktes, sondern er hat die gesamte Medizin der Einrichtung unter sich, der Krankentrakt ist nur sein Stützpunkt. Vor allem aber ist er ein guter Fachmann und Mensch. Er kümmert sich persönlich um mich. Offenbar auf Anweisung von oben, und ich glaube, er mag mich auch. Als ich am Tropf hing, haben wir über unsere Familien gesprochen, er hat auch zwei Kinder, im selben Alter wie meine. Manchmal gibt es tatsächlich Zufälle. Oder es gibt sie besser gesagt nicht. Mit den unterstützenden Präparaten bin ich langsam wieder zu mir gekommen, er hat seinen Papierkram erledigt und am Computer gesessen. Auf seine Anweisung hin wurde mir die Infusion in seinem Sprechzimmer verabreicht. Ich habe mich auf die kleine Liege gelegt, er hat netterweise einen Stuhl unter meine langen, herabhängenden

Beine geschoben und sie zugedeckt. VIP-Behandlung im Gefängnis. Aus den Lautsprechern kam eine entspannende Komposition von Splin. Wir mögen die Gruppe beide. Von der Infusion wurde der Arm angenehm kühl, allmählich habe ich mich besser gefühlt. Und gute Musik gab es auch. Einer der wenigen angenehmen Momente in der letzten Zeit. Der Doktor hört die Songs auf seine eigene Weise. Genauer gesagt hört er immer nur einen einzigen Song, den spielt er rauf und runter. So eine Art Meditation. Liebe bis zum Gehtnichtmehr. Weil er heute einen Gast hatte, ließ er es ausnahmsweise bei zehn Wiederholungen bewenden. Als die Infusion durchgelaufen war, schaute mich der Arzt an und sagte, ich sähe jetzt schon viel besser aus. Und ich fühlte mich auch besser. Wir verabschiedeten uns.

Der Wind hatte nicht nachgelassen, aber ich ließ mich nicht mehr so zausen.

Tag 12

[…]

Ich schaue aus dem Fenster. Es ist nicht groß, aber für eine Einzelzelle auch nicht zu klein. Ein Fenster mit Doppelrahmen und Doppelgitter, doch ich sehe trotzdem etwas. Die Aussicht ist mittelmäßig. Die Wand und das Dach der Baracke ein paar Meter weiter nehmen den größten Teil ein. Oben ist ein Stück Himmel. Der ist heute blau und von weißen Wolken durchzogen, keine grauschwarze Wolkenwand wie sonst. Immerhin ist ja Frühling. Wenn ich mich neben das Fenster stelle, sehe ich ein Stück Weg, auf dem manchmal Häftlinge in Reih und Glied marschieren oder ein Bediensteter vorbeiläuft. Zäune, Beete, die eher wie Sturzäcker aussehen, Stacheldraht. Etwas weiter weg sieht man noch eine Baracke, das Wirtschaftsgebäude und Versorgungsleitungen. Die Reste der Schneeberge, die dachten, die würden ewig hier liegen, was sich als falsch herausstellte, und die deswegen schwarz geworden sind vor Wut. Und direkt dahinter, etwas weiter unten, liegt die Stadt. Holzhäuser, Schuppen und Zäune, ebenfalls aus Holz, und weiter weg dann modernere Fünfgeschosser, die Rohre des Kesselhauses, andere Hochhäuser. Wegen der hinteren Baracke ist der Sperrstreifen, der das Lager von der Stadt trennt, nicht zu sehen, sodass der Eindruck entsteht, als befände sich das Lager mitten in der Stadt. Als müsste man bloß vor die Tür treten und auf dem schmalen Weg abwärts gehen, und schon stünde man in diesen Straßen, zwischen vereinzelten Autos und Menschen. Aber so ist es nicht. Das ist eine Illusion. Illusionen führen zu nichts.

In den verschiedenen russischen Gefängnissen, die ich in all den Jahren durchlaufen habe, hatte ich viele verschiedene Fenster, ich kann sie gar nicht alle zählen. Es war meistens schwierig, einen Blick nach draußen zu werfen, und wenn es doch ging, war die Scheibe meist so verstaubt, dass ich nichts erkennen konnte. Ein Fenster hatte so viele Gitter, dass ich selbst um die Mittagszeit, wenn die Sommersonne versuchte, zu mir vorzudringen, nur vier kleine Lichtpunkte auf dem Boden sah. In den Gefängnissen des russischen Geheimdienstes waren die Fenster auch klein, aber sauber, dafür allerdings mit einer dünnen Folie überzogen, meist befanden sie sich irgendwo oben in der Nähe der Zimmerdecke. Sie verrieten nur, ob draußen Tag oder Nacht war. In einer anderen Zelle ging das Fenster auf die Wand des Nachbargebäudes hinaus, es lag praktisch direkt an, drei Monate saß ich da im Halbdämmer, mit künstlichem Licht, und wusste mitunter nicht einmal, welche Tageszeit war. In seltenen Fällen fand ich in der Zelle ein normales, fast standardmäßiges Fenster vor. Ich kann mich an zwei solche Fenster erinnern. Aus beiden konnte ich die Stadt, die Natur, die weite Ferne und die untergehende Sonne sehen. Beide Male wurde mir ein solches Fenster zuteil, nachdem ich schwierige Zeiten in Stahlbetonhöhlen durchstehen musste, in denen ich schon vergessen hatte, was Sonnenlicht ist. Ich stand dann den halben Tag am Fenster und starrte auf die Landschaft. Kein freier Mensch würde dem auch nur die geringste Beachtung schenken: eine schmutzige Vorstadt, eine Straße, Steppe oder ein graues Wäldchen am Horizont. In diesem Moment waren sie für mich schöner als alle Gemälde dieser Welt.

An meinem jetzigen Fenster habe ich beim letzten Mal, nach meiner Ankunft, nur kurz gestanden, der Blick ist nicht so faszinierend, jetzt stehe ich sowieso selten am Fenster, vorher war ich in einem Lager, in dem ich den Himmel sehen konnte, und nicht in einem Keller. Ich habe am Fenster gestanden und leise Wyssozkis »Es ist noch nicht Abend« rezitiert. Das ging ans Herz, die Augen wurden feucht. Wyssozkis Gedichte haben es in sich, auch ohne Gitarre.

In den vielen Briefen, die ich früher bekommen habe, stand oft das Wort »Heldenmut«. Ich weiß nicht, ob ich heldenmütig bin, ich kann mich selbst schwer einschätzen. In einem Buch bin ich einmal auf eine Erklärung für dieses Wort gestoßen: Heldenmut ist, wenn jemand eine Sache in Angriff nimmt, obwohl er von vornherein weiß, dass sie scheitern wird. Ich falle nicht ganz unter diese Definition. Oft, ja sogar meistens habe ich Dinge in Angriff genommen, die andere für undurchführbar oder sogar für verhängnisvoll hielten. Ich war nie dieser Meinung, auch wenn ich damit allein dastand. Komischerweise hatte ich meistens früher oder später Erfolg. Es war mir auch egal, wie sich die anderen, die zunächst gezweifelt hatten, dann dazu äußerten, allerdings war ich, auch wenn ich mein Ziel erreicht hatte, danach nie richtig glücklich. Entweder war die ganze Aktion zu anstrengend oder ich hatte mich zu schnell an das Ergebnis gewöhnt oder was herausgekommen war, entsprach nicht ganz meinen ursprünglichen, idealen Vorstellungen, keine Ahnung. Wahrscheinlich hat das eher mit der Psyche zu tun: In der Vorstellung ist alles immer viel toller und angenehmer als in der Wirklichkeit. Vielleicht geht es allen Menschen so, vielleicht auch nur mir. Wir möchten glücklich sein, sind es aber nicht immer.

[…]

Draußen ist es wieder windig, gleichzeitig scheint die Sonne grell. Zwischenergebnis des Tages: Ich habe eine neue Gewichtsklasse erreicht: 79 Kilo.

Den ganzen Nachmittag dröhnte im Flur Rammstein in voller Lautstärke. Wahrscheinlich haben sie sich im ersten Stock mal wieder Problemfälle oder Neuzugänge vorgeknöpft. *Grillrunde* nennen sie das hier. Die laute Musik schluckt alle Töne, die bei dieser physischen und psychischen Akkordarbeit anfallen. Gegen Abend brach die Musik ab, draußen trampelte der Inspektor vorbei, um die »Bearbeiteten« abzuholen, die ihm, dem Lärm nach zu urteilen, auf der Treppe entgegengestolpert kamen, vielleicht hatte jemand nachgeholfen. Ein kurzer Dialog des eintreffenden Milizionärs und der beiden malträtierten Häftlinge fürs Registriergerät. Auf ein schwungvolles: »Klagen über die Gesundheit?« ein stockendes: »Nein, Bürger Natschalnik.« Die Gruppe entfernte sich. Die Erziehungsmethoden des russischen Strafsystems im aktiven Einsatz.

Tag 13

Mein neues Problem ist die Schlaflosigkeit. Wieder habe ich lange wachgelegen. Ich habe mir immer wieder vorgestellt, wie ich mit meinen Freunden in den Karpaten Silvester feiere, wie ich auf dieses und jenes Filmfestival fahre, und trotzdem konnte ich nicht einschlafen. Ich bin aufgestanden, habe den Heizer ausgeschaltet, weil ich ihn übertriebener Betriebsamkeit verdächtigte, und die Fensterklappe geöffnet, um frische Luft einzulassen. Der mitternächtliche Kontrollgang war lange vorüber, also musste es schon gegen eins sein. Draußen war es taghell. Der Polartag war angebrochen.

Die Polarnacht hat mir ganz schön zu schaffen gemacht – vier Stunden trübes Licht, die übrige Zeit finsterstes Dunkel und Nacht. Ich hatte immer nur einen einzigen Wunsch: dass endlich der Einschluss käme, ich mich hinlegen und schlafen könnte. Aber der endlose Tag macht mir noch mehr Mühe. Ich kann nicht schlafen und fühle mich kaputt.

[…]

Der Duft der frischen Suppe dringt allmählich durch meine verstopfte Nase, erreicht das Gehirn und den Magen. Appetit weckt das nicht, geht aber auf die Nerven. Nur kurz allerdings, dann wird die Suppe kalt und steht irgendwo rum, ohne die Geruchsrezeptoren weiter zu reizen. Die Miliz weiß, dass das Servieren der Suppe irgendwann seine Wirkung entfaltet.

Ich war beim Arzt. Der ist extra wegen mir am Samstag zum Dienst gekommen. Der Puls und der Blutdruck waren ganz niedrig. Also hat mich der Doktor nach bereits bekanntem Muster wieder an den Tropf gehängt und mir eine zweistündige Infusion mit verschiedenen Präparaten verabreicht. Es gefiele ihm, sagte er mit dem Blick auf mich, wenn er ein direktes und unmittelbares Ergebnis seiner Arbeit am Menschen registrieren könne und nicht nur irgendwelche Papiere hin und her schieben müsse: Meine Lippen hätten wieder eine rosige Farbe angenommen und den bläulichen Ton, wie man ihn von Hühnern in der Auslage sowjetischer Fleischtheken kenne, verloren. Während der Infusion haben wir uns wieder unterhalten. Der Doktor hat mir die Funktion der Nieren und die Übertragungswege der Tuberkulose erläutert. Ich habe ihm von meiner kurzen, abrupt unterbrochenen Karriere als Regisseur erzählt. Wir waren uns einig, dass es sich in einem eigenen Haus mit einem einfachen und gemütlichen Hof am besten lebt. Der Doktor will unbedingt eine Wirtschaft mit ein paar Tieren und sogar Ziegen. Ich will keine bäuerliche Wirtschaft und habe ihm gesagt, dass ich das schon hinter mir hätte. Er stellt sich das für die Zukunft vor. Im nächsten Monat hat er Geburtstag, vielleicht wird er zum Oberstleutnant ernannt und kann dann auf eigenen Wunsch vorzeitig in Rente gehen. Deswegen macht er sich Gedanken. Er würde sich gern mit seiner Frau und seinen zwei Kindern in einem weißen Haus mit Kirschgarten niederlassen. Allerdings zieht er auch in Erwägung, im Norden zu bleiben. Ich habe mir die Bemerkung erlaubt, dass es mit den Kirschbäumen hier oben eher schwierig wäre. Ich wollte ihm gerade vorschlagen, sich irgendwo in Rosselló, bei Athos' Haus niederzulassen, da wurden die Träume von der Kirschbaumblüte jäh von einem Zwischenfall unterbrochen. Dem Kater, der im Krankentrakt lebt, war schlecht, und zwar schrecklich schlecht. Zwei Häftlinge brachten den Herrn Kater herein, weil er sich nicht mehr bewegen konnte – seine vier Pfoten waren wirr ineinander verschlungen. Es war ein ganz gewöhnliches Tier, eine Promenadenmischung. Die Tierrettungssanitäter erklärten, er sei schon seit einer halben Stunde in diesem Zustand und hätte gerade etwas Violettes erbrochen.

Es wurden kurze und intensive Nachforschungen angestellt. Der Doktor brillierte wie Nero Wolfe, er blieb dabei in seinem Sessel sitzen und rauchte zwei ganze Zigaretten. Die Version mit der Lebensmittelvergiftung wurde ebenso schnell verworfen wie die Seekrankheit. Der zentrale Verdacht richtete sich auf einen Diversionsakt eines der etwa ein Dutzend Häftlingspatienten, die auf dieser Etage in drei Krankenzimmern untergebracht waren. Die Verordnungen wurden kontrolliert: Wer hatte an diesem Tag irgendwelche Psychopharmaka oder Mittel mit ähnlicher Wirkung erhalten, die einen violetten Überzug aufwiesen. Der Detektiv hatte sofort eine Vermutung, wer es gewesen sein konnte, jetzt mussten die Unterlagen nur noch den Beweis liefern. Und tatsächlich, ein rücksichtsloser Typ war der Täter. Der Arzt strich ihm sofort alle Medikamente, sagte allerdings, die Strafverfolgungsmedikation sei in seiner Einrichtung noch nicht abgeschafft worden, deswegen könne sich der Tierquäler am Montag auf etwas gefasst machen. Und er täte gut daran, für die Genesung des Katers zu beten, da die Höhe der Medikation vom Befinden des Tieres abhängen würde. Dem Kater ging es indessen noch nicht besser. Jemand schlug vor, ihn zu reanimieren oder zumindest stabilisierende Maßnahmen zu ergreifen. Außer dem Chef kamen alle angerannt. Sie wollten dem Kater die Pfote rasieren und waren schon im Begriff den Rasierer zu holen, aber es fand sich kein Experte, der sich sicher war, dass er die Vene des Tieres treffen würde. Also nahm man vorerst Abstand von einem medizinischen Eingriff und beschloss zu beobachten, wie sich der Zustand des armen Tieres entwickeln würde. Der Kater bekam Wasser eingeflößt und wurde in ein Bett gelegt.

Der Arzt war aufgebracht und wütend. Dabei konnte er Katzen eigentlich gar nicht leiden. Er ging ihnen aus dem Weg, denn er hatte eine Katzenhaarallergie. Er hatte erlaubt, dass der Kater angeschafft wurde, kam aber niemals in seine Nähe. Er war verärgert, weil sich jemand diesen bösen Scherz erlaubt hatte. Für Tiere, selbst für Katzen, hatte der Doktor mehr übrig als für böse Menschen. Als ich fertig war, ging es wahrscheinlich nicht nur mir, sondern auch dem Kater besser – er kam langsam zu sich und konnte sogar an der Wand entlangkriechen.

Als ich aus der *Banja* kam, war ich erschöpft und außer Atem, als wäre ich einen Cross gelaufen. Draußen war heute kein Wind, aber auch keine Sonne, nur Wolken, die nichts Gutes verhießen, außer vielleicht Regen, immerhin keinen Schnee.

Tag 14

Wieder stand die Nacht unter dem Stichwort Schlaflosigkeit namens Polartag. In den kurzen Traumfetzen arbeitete ich in einer Fabrik. Ich war in einem Bus mit einer weiteren Schicht von Arbeitern gekommen, aber ich durfte die Arbeit nicht antreten, weil ich keine Mütze hatte, jemand anders hatte sie aus Versehen in der Umkleide aufgesetzt. Wir waren alle irgendwie Militärangehörige, trugen aber Lagerkleidung, das Gefängnis hinterließ seine Spuren in den hiesigen Träumen. Dann kaufte ich mir eine Straßenbahnfahrkarte, zu der komischerweise auch eine Platzkarte gehörte, aber ich konnte meinen Platz nicht finden, es gab keinen Sitzplatz mit dieser Nummer. Ich stieg sogar an einer Haltestelle aus und hielt Ausschau, ob die Nummer etwa an den dort stehenden Bänken geschrieben stand. Als ich einen Bekannten sah, der mit einem LKW unterwegs war, bat ich ihn, mich mitzunehmen, aber im Wagen war kein Platz. So schlug ich die Zeit bis zum Morgen an der Haltestelle tot, ehe ich irgendwann erwachte.

Draußen ist es immer noch unfrühlingshaft trübe, es regnet zwar nicht, aber dafür ist es windig. Das Wetter hier im Norden ist nicht nur kalt, sondern auch sehr wechselhaft, ständig schlägt es um, ändert sich abrupt mehrmals pro Tag. Sollte es am Abend schneien oder sehr sonnig werden, es würde mich nicht wundern.

Ich sitze in einer Einzelzelle, und wer in einer Einzelzelle sitzt, hat Anspruch auf eine Essensration, die größer ist als die in der Kantine des allgemeinen Lagerbereichs. Ich kriege also immer einen Teller mit einem kleinen Berg Grütze, und die Kohlsuppe steht bis knapp unter den Rand. Wenn ich nun diesen vollen Suppenteller mit meinen unsicheren Händen zu einem anderen Platz trage, habe ich immer Angst, etwas zu verschütten. Dass ich dann den Boden wischen müsste, ist das kleinere Übel, aber die Beamten fotografieren die Ration mit dem Registriergerät, und wenn die Menge der Suppe beim Abtragen geringer ist, gilt der Hungerstreik als beendet. Deswegen schütte ich die Suppe auch nicht in den Ausguss. Es ist sowieso nicht in Ordnung, Essen wegzuwerfen. Deswegen muss ich mich damit abfinden, dass das Essen viele Stunden in meinem Zimmer steht.

Den ganzen Vormittag habe ich am Fenster gestanden und beobachtet, wie ein Dutzend Häftlinge einen großen Eisenzylinder mit einem langen Griff über eine eingezäunte Fläche rollten. Was sie mit diesem manuellen Asphaltieren bezweckten, verstand ich nicht. Zuvor waren hier eine ganze Woche lang drei arme Schweine mit Schaufeln und unterschiedlichem Erfolg damit beschäftigt, dieselbe Fläche umzugraben. Die Antwort folgte nach dem Mittagessen, als auf dem Terrain, das nunmehr eine wunderbar glatte Fläche war, auf einmal Häftlinge mit einem Ball hin und her rannten. Ein Minifußballfeld also. Und da eine Hälfte der Spieler zerschlissene rote Straßenarbeiter-Shirts über der Häftlingskluft trug, handelte es sich offenbar um einen Wettbewerb. Klar, heute war ja Sonntag, da stand laut dem allgemeinen Erziehungsplan entweder eine Kultur- oder eine Sportveranstaltung auf dem Programm. Heute also Sport. Leider konnte ich den Ball nur schwer verfolgen, weil mein Sichtfeld begrenzt war. Aber ich wusste auch so, dass hier nur *Böcke* spielen, Gefangene, die für die Verwaltung arbeiten, weil sie sich die Beamten gewogen machen, Belohnungen erhalten und ihre vorzeitige Entlassung erreichen wollen.

Kurze Zeit später entluden sich die Wolken doch in Niederschlag: Mal fiel er in feinen Flocken, mal als Sprühregen. Aber das Spiel wurde nicht unterbrochen, man wollte die Lagerleitung nicht verstimmen. Vielleicht hatte die Jungs aber auch einfach der Spieleifer gepackt, und ihre über den Winter steif gewordenen Körper waren dankbar für die Bewegung. Als das Spiel zu Ende war, kam die Sonne hervor. Ich glaube, alle waren zufrieden, selbst wenn der eine oder andere dabei nass geworden sein sollte, die spärlichen Zuschauer, die man als Wettkampfkulisse herbeizitiert hatte, eingeschlossen.

[...]

Zwei Wochen sind nun seit dem Beginn des Hungerstreiks vergangen. Die zweite Woche war erwartungsgemäß leichter als die erste. Ich habe mich daran gewöhnt, und die Infusionen helfen. Jetzt wird es von Tag zu Tag schwerer, das ist klar, die negativen special effects werden zunehmen, besser wird es nicht mehr. Aber ich gebe nicht auf, Hauptsache, mein Körper macht mit.

Tag 15

Die Schlaflosigkeit lässt mich nicht los, sondern laugt mich aus wie eine anspruchsvolle Geliebte. Die Nacht hat mir weder Erholung noch Erleichterung verschafft. Wieder bin ich sehr spät eingeschlafen und schon vor dem Wecken aufgewacht. (»Vor Sonnenaufgang« trifft es nicht, denn der Sonnenaufgang ist genauso verschwunden wie der Sonnenuntergang.) Ich bin noch gar nicht richtig zu mir gekommen und habe noch nicht einmal die Augen geöffnet, da war ein kleiner innerer Teufel schon in Schwung: Er sprang auf den »inneren Marktpatz« und wollte alle anderen Dämonen dazu verführen, sich über die Morgenmahlzeit herzumachen, ehe noch der Herr des Hauses munter war. Die anderen Dämonen – sicher verwahrt hinter einem soliden Zaun – tuteten ins selbe Horn. Endlich war ich wach, schlug die Hungerrebellion nieder und jagte die Dämonen zurück unter ihre Bänke und in ihre Hütten. Ich sagte ihnen, dass wir uns so wacker halten würden wie die Waräger nach dem zwölften Einschlag eines feindlichen Geschosses. Wahrscheinlich macht der Hunger dem Gehirn mehr zu schaffen als dem Magen.

Am Morgen fiel feiner Schnee, dem lediglich die entscheidende Portion Frechheit fehlte, um größere Flocken zu bilden, obwohl der pfeifende Wind ihn nach Kräften anstachelte. Der Musikwart hat einen Knastsong runtergeladen und spielt ihn den ganzen Tag rauf und runter. Ich finde, diese Lieder sind überhaupt nicht authentisch, die Interpreten singen über Dinge, die sie nie erlebt haben, und das merkt man, da nützen auch die heiseren Stimmen, Slangwörter und Subsprachen nichts. Die einzige Ausnahme ist wahrscheinlich Krug, der hat zwar nicht gesessen, aber er kann sich gut in einen Häftling reinversetzen, und das kommt dann auch rüber. Im Knast wird *Chanson* heute vor allem von den Leuten über 40 gehört, die jüngeren hören Gangsta-Rap oder Pop. Der *Bock* in meinem Gebäude ist übrigens einer von diesen alten Säcken, die in Bezug auf die Musik nicht besonders anspruchsvoll sind, wenn ich nach dem gehe, was da in den letzten zwei Wochen so aus seinem Rekorder zu hören war. Was mich aber viel mehr erstaunt, ist der Umstand, wie jemand, der sich von den normalen Formen des kriminellen und profanen Lebens verabschiedet und sich auf die Zusammenarbeit mit der Verwaltung eingelassen hat, und noch dazu in einem für normale Knackis so traurigen Bereich wie dem Sicherheitsdienst, nichts dabei findet, Songs laufen zu lassen, in denen die kriminelle Romantik und die Gemeinheit der Miliz besungen wird. Jeder Mensch findet eben eine Rechtfertigung für das eigene Verhalten und hält sich für einen guten Menschen.

Ich lese Jewgeni Ilf und Ilja Petrow. Gestern habe ich »Die zwölf Stühle« zu Ende gelesen, heute beginne ich »Das goldene Kalb«. Ich habe dieses Buch mit dreizehn schon einmal gelesen, und damals hat es mich nicht besonders angesprochen, was auch nicht verwunderlich ist, ich war einfach noch zu jung. Die Bücher sind nicht besonders dick, aber ich lasse mir Zeit. Allerdings ziehe ich die Lektüre nicht so in die Länge wie bei Murakami, irgendwie fehlt mir auch die Kraft zum Lesen. »Die zwölf Stühle« ist natürlich ein gutes Buch, aber die

Verfilmungen gefallen mir besser. Vielleicht weil ich sie zuerst gesehen und mir seitdem noch mehrmals angeschaut habe, vielleicht kann ich überhaupt mit Filmen mehr anfangen als mit Büchern, vielleicht gibt es auch noch ganz andere Gründe. Das Original von Ilf und Petrow kommt mir ein bisschen blass vor, wie eine Schwarz-Weiß-Vorlage zum Ausmalen. Die Drehbuchautoren und Regisseure haben alles Überflüssige weggelassen, darunter auch die zeitbezogene Satire, von der es in beiden Büchern eine ganze Menge gibt, und sich auf das Wesentliche konzentriert. Sie haben die zeitlosen Protagonisten und die spannende Handlung aufgepeppt, Kernaussagen gefunden, sie mit Hilfe großartiger Schauspieler in Szene gesetzt, und so sind alle drei sowjetischen Verfilmungen Meisterwerke, gegenüber denen die literarische Vorlage abfällt, zumindest für mich. Ich habe auch andere, postsowjetische und sogar ausländische Verfilmungen dieses zeitlosen Stoffes gesehen, aber an die drei Streifen kommen sie nicht heran. Wobei Gaidais Film meiner Meinung nach schwächer ist. Er hat die Ironie der Autoren nicht richtig getroffen. Er zeigt viele professionelle Gags, originelle Einfälle und seine gewohnte Brillanz, aber trotzdem fehlt etwas. Und Bender ist bei ihm nicht der geniale Schlaukopf, sondern eher ein hektischer kleiner Betrüger. Sacharow indessen hat »Die zwölf Stühle« in einem eher gemächlichen Rhythmus aufgenommen, der später zu seinem berühmten Theaterstil geworden ist. Mit dem ehrwürdigen und intelligenten Mironow in der Hauptrolle und seinem wundervollen Partner Papanow. Abgesehen von gewissen Längen, die dem Fernsehserienformat geschuldet sind, passt der Film besser zu Ilf und Petrow und gefällt mir besser als Gaidais Streifen. Und die älteste Schwarz-Weiß-Verfilmung der »Antilope« ist sowieso ein kleines Meisterwerk. Leider kann ich mich an den Namen des Regisseurs nicht mehr erinnern[11], aber er hat so viel Klasse und Talent gezeigt, dass der Film einfach über jede Kritik erhaben ist. Vielleicht wagt sich deswegen niemand an eine Neuverfilmung, obwohl der Film schon fünfzig Jahre alt ist. Das lässt sich einfach nicht überbieten! An dem Film kann man lernen, wie es geht.

11 Gemeint ist die Verfilmung von Michail Schweizer aus dem Jahr 1968, Anm. d. Red.

Besuch im Krankentrakt. Proben, Untersuchung, Infusion. Dem Kater geht es besser, aber der Doktor befürchtet neuropsychologische Folgen der Arzneimittelvergiftung. Der Tierquäler hat ein Geständnis abgelegt und zeigt Reue. Noch hat ihm der Doktor nicht verziehen, aber immerhin pumpt er ihn nicht länger mit Neuroleptika voll. Aus den Boxen an seinem Computer tönt ein Lied, ein Mix aus: »Gott schütze den Zaren« und »Das Imperium vergeht nicht, und ich weiß, die Seele kann nicht sterben«. Der Track des Tages, wenn der Vorhang fällt.

Tag 16

Die Nacht verlief überraschend ruhig. Ich bin schneller als sonst eingeschlafen und habe mich gut erholt. Schon gestern Abend waren Wolken aufgezogen, heute Morgen waren sie immer noch da und hatten Dächer und Erde weiß überstäubt. Der Neuschnee knirschte angenehm unter den Füßen der Passanten, als ich am Morgen die kleine Fensterklappe öffnete, um zu lüften.

Seit dem Morgen ist der Strom weg, aber noch ist die Zelle nicht ausgekühlt. Wie angenehm es doch ist, wenn man nicht ständig frieren muss. Ich schreibe diese Zeilen im vagen Licht eines nördlich-winterlichen Maimorgens. Es ist kaum heller als das, was in der Nacht durchs Fenster dringt und das Dauerlicht in der Nacht übertrifft. Ich fühle mich zwar schwach, aber ich zwinge mich, in der Zelle auf und ab zu gehen, wenigstens ein paar Schritte, mehrmals am Tag. Die Muskeln sind erschlafft, aber irgendeine Form von Bewegung brauchen sie doch. Ich habe so ein Gefühl der Schwere in den Beinen, als würde ein Gewicht dran hängen. An dieser Stelle musste ich an Arthur Burton mit der Fußfessel und der Eisenkugel und an seinen schlurfenden Gang denken.

Gegen Mittag war die dünne Schneeschicht getaut, und obwohl vom Himmel Verstärkung in Form von feinen Flocken kam, konnte sie ihre Position auf der feuchten Oberfläche nicht länger halten. Die

Temperatur um den Gefrierpunkt tat ein Übriges. Kurze Zeit später wurde eine Gruppe von Häftlingen mit langstieligen Schrubbern auf die nasse Straße gejagt, als ginge es ans Wischen von Fußböden. Sie fegten die Reste von Wasser und Schmutz auf, manchmal auf die Schaufel, meistens einfach an den Rand. Im Ergebnis war die Straße mit ihrem Betonbelag blitzblank. Offiziell hieß sie Hauptallee, sie durchzog das kleine Lager in gerader Linie und war so breit wie eine zweispurige Straße. Alle Bewegungen der Häftlinge und alle Kontrollen – der Zählappell zweimal pro Tag – spielten sich dort ab. Alle Gebäude und Baracken mit ihren Zäunen, dem Stacheldraht und den winzigen Hofkäfigen schmiegten sich an sie. Alles war kompakt, lag dicht beieinander, die Wege waren kurz. Ein kleines Lager wie eine Stadt en miniature mit einer einzigen Straße und einem Dutzend Häuser. Von meinem Fenster aus konnte ich den letzten Abschnitt dieser Allee sehen, es war praktisch eine Sackgasse.

Die Häftlinge in der Allee, die ihre zwei Stunden Arbeit zur Verschönerung des Lagers geleistet hatten, darunter auch sogenannte Freiwillige, also solche, die nicht unter Zwang, sondern auf eigene Initiative hin tätig waren, weil sie sich so eine vorzeitige Entlassung erhofften, waren so was wie *Aktivisten*[12] auf einer halben Stelle. Die *Böcke* legten natürlich nicht mehr selbst Hand an, sondern gingen zu zweit neben dem Putztrupp auf und ab und sorgten für ordentliche Arbeit und Disziplin. Geputzt wurde jeden Tag, manchmal sogar zweimal täglich. Welche Gerätschaften dabei zum Einsatz kamen, hing vom Wetter ab. Mal Schaufeln für den Schnee, mal Schrubber, mal Besen. Manchmal war es sinnvoll, ein anderes Mal – wie etwa heute – nicht. Aber eine Regel wurde – selbst wenn sie noch so absurd war – nicht in Frage gestellt, also wedelte man wenn nötig mit einem Feger auf der sauberen Allee herum oder jagte – wie jetzt – ein paar Wassertropfen nach, die ohnehin vor den Schrubbern in die unzähligen Spalten flohen, von denen die Betonplatten auf der Straße über-

---

12 Die Aktivisten sind *Rote*, *Böcke*: Gefangene, die mit der Verwaltung kollaborieren, in der Kantine, Kleiderkammer, als Bibliothekare oder Barackenälteste verrichten sie die unterschiedlichsten Tätigkeiten.

zogen waren. Da ich den roten Streifen für »fluchtverdächtig« trug, musste ich mich nicht mit dem sinnlosen Beseitigen von Niederschlägen abplagen, solche wie ich wurden nicht ohne triftigen Grund nach draußen gejagt. Alles hat eben auch seine gute Seite.

Gestern habe ich endlich meine Zeitungen bekommen! Ganze zwei Wochen hatte ich darauf gewartet, nun wurden sie mir endlich ausgehändigt. Ich habe hier die Nowaja Gaseta abonniert, die lese ich mit Unterbrechungen schon die ganzen vier Jahre, seit ich in Haft bin. Dank dieser Zeitung weiß ich wenigstens, was in Russland, in der Welt und vor allem in der Ukraine passiert. Das ist wahrscheinlich eine der letzten normalen Zeitungen hierzulande. Sie berichtet vorwiegend über Politik, Wirtschaft, Gesellschaft, Kultur und Sport. Das Übliche eigentlich, aber die Artikel sind gut, interessant und vor allem wahrheitsgetreu geschrieben. Allein das reicht schon aus, um in der heutigen russischen Gesellschaft als Oppositionelle, Volksfeinde und Erfüllungsgehilfen des State Department zu gelten. Obwohl die Volksfeinde normalerweise nicht in kleinen Redaktionen, sondern in geräumigen Büros sitzen. Die Zeitung erscheint dreimal pro Woche, aber die Ausgaben treffen hier im Lager mit ein- oder zweiwöchiger Verspätung ein. Ich bin froh, dass sie mir den Fernseher und nicht die Zeitung weggenommen haben. Lieber erfahre ich die Wahrheit mit zwei Wochen Verspätung, als dass ich jeden Tag mit neuen Lügen gefüttert werde. Eine Ausgabe ist ausschließlich den Kriegsgefangenen während des Zweiten Weltkrieges gewidmet. Sehr interessant. Der Krieg – für mich nach wie vor eines der spannendsten historischen Themen – ist wie ein riesiger schwarzer Brandfleck auf der ganzen Menschheit. Hier geht es um die Menschen, die vielleicht mehr gelitten haben als alle anderen, um die Kriegsgefangenen. Du liest die ganzen Geschichten und begreifst, dass das, was mit dir passiert, nicht mal ein Zehntel so schlimm ist wie das, was jeder Einzelne von ihnen durchgemacht hat. Die heutigen Bedingungen sind mit denen von damals gar nicht zu vergleichen. Die größte Tragödie der sowjetischen Kriegsgefangenen bestand aber gar nicht einmal darin, dass zwei Drittel von ihnen in der Gefangenschaft gestorben sind, und auch nicht darin, dass sie furchtbare Entbehrungen und Qualen erleiden mussten, zu denen das Fehlen jeglicher Nahrung und oftmals Schwerstarbeit gehörten. Sondern darin, dass viele nach ihrer Rückkehr ins Gefängnis mussten und mit Verachtung gestraft wurden, und selbst wenn ihnen das Gefängnis erspart blieb, war die Verachtung bisweilen schlimmer. In der Heimat hielt man sie für Feiglinge und Verräter und behandelte sie entsprechend. Sie mussten mit diesem nicht zu tilgenden Fleck auf ihrer Biografie und vor allem in ihrem Inneren leben, so wollte es die Stalinsche Politik, und so wurden sie vom sowjetischen Volk behandelt, das der Partei und dem Führer ergeben war. Ein verfluchter Staat. Ungerechtigkeit ist meiner Meinung nach einer der zentralen Begriffe in diesem Krieg.

Ein Artikel hat mich dann wieder zu dem Buch von Murakami zurückgebracht, das ich kürzlich gelesen habe, und zwar zu den Episoden über die japanischen Gefangenen, die in einem Lager in Irscha (Krasnojarskij Kraj) unter unmenschlichen Bedingungen gearbeitet haben und umgekommen sind. Murakami ergreift Partei für seine Landsleute, das merkt man dem Text an, das ist auch normal. Beiläufig erwähnt er die Exekution von mehreren Chinesen in der von Japan besetzten Mandschurei, angeblich war da alles rechtens, und trotzdem hatte der junge Offizier, der die Hinrichtung befehligte, große Gewissensbisse, zusammen mit dem Autor natürlich. Schön, elegant und nachvollziehbar beschrieben. Leider hat Murakami vergessen, wie die Japaner die von ihnen festgesetzten Engländer und Amerikaner behandelten, unter welchen Bedingungen sie lebten und wie hoch ihre Sterblichkeit war. Und die Millionen von getöteten chinesischen Zivilisten sind sowieso ein Thema für sich, das Japan nicht gerade zu Ehren gereicht. Jeder Staatsbürger und erst recht jeder Patriot versucht die Leistungen und Leiden des eigenen Volkes und Landes in den Vordergrund zu stellen und die Verbrechen zu ignorieren, unter den Teppich zu kehren oder nur am Rande zu erwähnen. Die Nowaja Gaseta schreibt über dieses Lager in Irscha, nicht nur Japaner, sondern auch Gefangene aus anderen unterlegenen Kriegsparteien und sowjetische Häftlinge mussten in den dortigen Bergwerken arbeiten. Im ersten Winter sind tatsächlich mehr

Japaner als andere gestorben, aber das hatte nichts mit den Bedingungen zu tun, die waren für alle gleich, die Japaner sind einfach mit dem harten Klima in Sibirien und dem ungewohnten Essen nicht zurechtgekommen. Es dauerte keine drei Jahre, bis sie alle repatriiert wurden und auf ihre Insel zurück durften, aber Stalins Maschinerie zermalmte weiter menschliche Leben und Schicksale, wobei sie keinen großen Unterschied zwischen Russen, Japanern oder wem auch immer machte.

In der Zwischenzeit haben wir wieder Strom, und draußen scheint die Sonne.

Das Leben geht weiter.

Tag 17

Eine schwere Nacht. Ich habe wieder schlecht geschlafen und war lange vor dem Wecken munter. Es gibt kaum etwas Schlimmeres, als morgens mit Kopfschmerzen aufzuwachen. Später habe ich dann in mehreren Anläufen noch ein bisschen Schlaf nachgeholt. Wieder Schwindel, dunkle Punkte vor den Augen und Ohrensausen. Heute bekomme ich wieder eine Infusion, was soll's, das hilft immerhin.

Über Nacht hatte sich Schnee auf die Barackendächer gelegt, aber der feuchte Morgen hat ihn schnell vertrieben. Ein paar besonders hartnäckige, hohe Schneehaufen, die schon mächtig geschrumpft sind, leisten noch Widerstand und verteidigen verzweifelt ihre Streifen an den Zäunen wie die Deutschen Berlin.

Heute ist ein ganzer Haufen Natschalniki mit vor Sternen strotzenden Schulterklappen dagewesen. Sie haben mich gefragt, ob ich an einer Videokonferenz mit einem Bonzen aus Moskau, einem Mitglied des Föderationsrats, teilnehmen würde. Ich habe kurz überlegt und zugesagt. Manchmal muss man einfach Verhandlungen mit dem Feind führen, und sei es nur, um seine Kapitulation entgegenzunehmen. Dazu wird es hier sicher nicht kommen, wahrscheinlich wird er nichts sonderlich Konkretes sagen, sondern sich wie üblich nach meinen Haftbedingungen und meinem Befinden erkundigen. Aber eine offizielle

Persönlichkeit von diesem Rang wird wohl kaum aus eigener Initiative und ohne die Zustimmung oder eine Anweisung von oben den Kontakt zu mir suchen. Das ist natürlich ein gutes Zeichen, aber warten wir erst einmal das Gespräch ab, die Tatsache, dass es stattfindet, ist wahrscheinlich wichtiger als sein Inhalt.

Aus der Kleiderkammer habe ich eine neue Häftlingsuniform, Hausschlappen, Bettwäsche und drei Paar Socken bekommen. Eine merkwürdige Zusammenstellung, vor allem wenn man bedenkt, dass ich eigentlich nichts davon brauche. Aber das ist hier immer so: Wenn du was brauchst, kannst du betteln, bis du schwarz wirst; wenn du nichts brauchst, schmeißen sie dir irgendwas hin, was ihnen gerade in die Hände fällt, nur damit sie in ihrem Bericht vermerken können, dass sie sich gekümmert haben.

Heute habe ich fast einen halben Tag im Krankentrakt zugebracht. Wieder Proben, dieses Mal auch noch Blut aus der Vene. Es wollte nicht in den vorgesehenen Behälter laufen: niedriger Blutdruck und zu dickflüssig, sie mussten den zweiten Arm nehmen. Untersuchung. Der Oberdruck ist tatsächlich unter hundert. Die anderen Parameter sind ganz in Ordnung, die Werte sind nicht exzellent, aber auch nicht schlecht. »Bislang ohne besondere Vorkommnisse«, wie sich der Arzt auszudrücken beliebte. Der richtige Einbruch käme nach der dritten Woche. Schauen wir mal, ich dachte, nach der zweiten. Sie haben ein EKG gemacht, das war auch unauffällig. Gut, dass es noch halbwegs in Ordnung ist. Aber das kommt sicher von den Infusionen, danach fühle ich mich immer besser und sehe, meint der Arzt, auch frischer aus. Diesmal waren es schon anderthalb Liter. Die Menge wird langsam gesteigert, und vielleicht kommen auch noch andere Substanzen hinzu, schließlich hat mein Körper keine endlosen Reserven. Wenn sie zu Ende gehen, wenn der kritische Punkt erreicht ist, würde der Doktor mich, das hat er schon angekündigt, zwangsernähren, sterben lassen würde er mich nicht. Nicht wegen mir, sondern wegen meiner Mutter und den Kindern. Künstliche Ernährung, das sind dann keine Nährlösungen aus der Flasche mehr, sondern ein Gummischlauch, der durch die Nase in den Magen führt. Eine ganz unangenehme Sache.

Ich hoffe, dass es nicht so weit kommt. Und wenn doch, dann kann ich mit Sicherheit keinen Widerstand mehr leisten oder irgendwelche Erwägungen anstellen. Diese Grenze ist bei jedem Menschen individuell. Mal sehen, wo sie bei mir liegt.

Dann musste ich zum Psychiater und zum Endokrinologen. Bei allen dasselbe, sie machen sich Sorgen und kündigen Kontrollen an. Für den Psychologen hat meine Kraft nicht mehr gereicht, ich habe abgesagt. Wieder Kärtchen sortieren, auf dämliche Fragen antworten und diesen unglückseligen Gefängnispsychologen, die eigentlich selbst Hilfe brauchen, ins Gesicht sehen, dazu war ich nicht mehr in der Lage. Ich hatte heute schon genug Aufmerksamkeit von Seiten der Miliz, mehr als genug. Und sie steigert sich von Tag zu Tag, das macht mich stutzig. Dafür hat mir der Doktor ein paar frappierende Geschichten aus seiner fünfzehnjährigen Dienstzeit als Lagerarzt erzählt, sein Fundus ist unerschöpflich. Besonders beeindruckend fand ich die Geschichte von einer älteren alleinerziehenden Mutter und ihrem Sohn, einem aidskranken Ex-Junkie, der in dem Lager hier saß. Wie er über und über mit Einstichstellen bedeckt war und sie die finstersten Spelunken abgeklappert hat, um ihn aufzuspüren. Wie er sich angesteckt hat und dann eingerückt ist. Schon damals ging es ihm gesundheitlich nicht besonders gut, obwohl er noch nicht alt war, und im Knast wurde es nicht besser. Der Doktor hat ihn bestmöglich versorgt und schließlich erreicht, dass er *aktiviert* wurde – vorzeitig entlassen wegen seines schlechten Gesundheitszustandes. Wie er den Burschen schließlich unterhakte und nach draußen führte, während der sich mit der anderen Hand auf einen Stock stützte, weil er kaum noch laufen konnte. Wie die Mutter die beiden sah und ihnen an dem langen Zaun aufgelöst entgegenkam. Wie sie weiter telefonisch in Kontakt blieben und der Doktor ihn behandelte, weil die medizinische Versorgung draußen nicht unbedingt besser war. Er spritzte sich nicht mehr – weil er nicht mehr wollte und auch nicht mehr konnte. Wie es ihm schlechter ging und er ein halbes Jahr später nicht mehr laufen konnte. Fünf Jahre hat er noch gelebt, die er mit seiner geliebten Mutter verbrachte. Für die beiden war das eine gute Zeit, weil sie zum ersten Mal wirklich glücklich waren.

Tag 18

Die Nacht war recht ruhig, ich habe lange geschlafen und bin ausgeruht. Am Morgen musste ich allerdings drei, vier Mal aufstehen: Erst das Ritual des feierlichen Auf- und Abtragens der Speisen, dann die Kontrolle, dann die Registrierung ... Heute kam direkt nach dem Wecken der Diensthabende mit einem Thermometer, weil er die Temperatur in der Zelle messen wollte. Ich habe ihn abgewimmelt und gesagt, ich würde nicht mehr frieren.

Trotz der vielen Unterbrechungen am Morgen hat sich der Schlaf wie aus einem Guss angefühlt. Im Gefängnis hat man ja einen besonders empfindlichen Schlaf. Ich wache nicht auf, wenn ich geweckt werde oder wenn die Zellentür plötzlich quietscht, sondern schon lange vorher, wenn jemand auch nur vor der Tür stehen bleibt oder spätestens wenn das eingeschaltete Videoregistriergerät leise piepst. Das Gefängnis lehrt den Menschen, immer auf der Hut zu sein, *Antenne an*, wie sie hier sagen, selbst wenn du schläfst. [...] In der Nacht hatte ich wieder mehrere Träume, sie waren kurz, bewegt und wie immer zusammenhanglos. Einen Traum habe ich mir gemerkt. Ein großer Asteroid raste auf die Erde zu, und weil der Untergang der Menschheit unmittelbar bevorstand, wurde eine Generalamnestie verkündet. Meine Familie holte mich ab, wir waren im Auto unterwegs. Wir hielten an einem Laden. Ich ging hinein, um einzukaufen, und als ich wieder auf den Parkplatz kam, tauchte am dunklen Abendhimmel dieses Objekt auf. Weil der Himmel bewölkt war, konnte ich es nicht genau erkennen, aber den Umrissen nach musste es riesig sein, dutzende Male größer als der Mond in der Nähe. Die Leute neben mir blieben auch stehen und schauten nach oben auf diese dunkle Silhouette. Wir hatten weder Angst noch eine Vorahnung, dass wir gleich alle umkommen würden, es war eher wie ein apokalyptisches Ergötzen an einem ungewöhnlichen Regenbogen oder einer Finsternis. Aber natürlich war da auch so etwas wie Ausgeliefertsein und Bedrückung. Dann änderte sich das Licht, und das Objekt geriet aus dem Blickfeld, obwohl natürlich alle begriffen, dass es immer noch da war und unaufhaltsam näher kam. Die Leute wandten sich wieder ihren Beschäftigungen zu, aber ohne jede Eile, und wir fuhren weiter. Wohin, war unklar: entweder nach Hause, um Abendessen zu machen, oder an einen sicheren Ort, obwohl es den nicht gab. Wie in »Melancholia« von Lars von Trier. Schrecklich und faszinierend zugleich.

Am Morgen reichte die Kraft des Schnees lediglich für spärlichen Reif auf den Dächern, der später taute, aber der Tag blieb trotzdem sehr kalt und windig. Ihn als frühlingshaft zu beschreiben, weigert sich der Stift. Es heißt, wenn das Eis von den Flüssen verschwunden ist, wird es wärmer. Das kann ich nur schwer glauben. Ich fürchte eher, dass es hier nie wärmer wird. Morgen ist immerhin Sommeranfang …

Ich wurde zu dem gestern angekündigten Videoanruf gebracht. In dem kleinen Telefonraum saßen so viele Natschalniki, dass sich nur mit Mühe ein Platz für den Stuhl fand, auf dem ich sitzen sollte. Vor dem Guckloch standen noch weitere Schulterklappenträger. Ein Event in der Provinz. Die Videoverbindung wurde nicht über die offizielle Leitung hergestellt, sondern einfach über Skype mit Laptop und Webkamera. Die Verbindung war wackelig, aber Bild und Ton funktionierten.

Der offizielle Vertreter war erstens eine Vertreterin, Ljudmila Borissowna, und zweitens die Mutter von Xenia Sobtschak. Das fand ich während des Gesprächs heraus. Eine ziemlich nette Frau, sie war zwar Duma-Abgeordnete, hatte den Anruf aber selbst initiiert. Weil sie sich nach meinen Befinden, den Haftbedingungen und den anderen üblichen Dingen erkundigen wollte. Ich sollte ihr noch einmal erklären, was ich bezweckte und ob ich nicht etwa aufgeben wolle. Ich wiederholte das, was ich schon dem Anwalt gesagt hatte, als ich den Hungerstreik begonnen hatte, vielleicht etwas ausführlicher. Das Gespräch war zwar anfangs etwas förmlich, was ich auch erwartet hatte, aber es wurde in einem vertrauensvollen und wohlwollenden Ton geführt. Etwas später trat auch Xenia in Erscheinung. Zunächst hörte man ihre Sätze aus dem Off, dann kam sie selbst ins Bild: Zuerst sah man die Haare, dann die Brille, dann die Augen, dann war sie ganz da, teilte sich den Bildschirm mit ihrer Mutter und übernahm irgendwann natürlich die

Initiative. Worte der Unterstützung, die Bitte aufzuhören, Infos über Solidaritätsaktionen. Alle redeten durcheinander. Die ständigen Lags[13] im Skype taten ihr Übriges, um das Chaos zu verstärken. Xenia zeigte ein T-Shirt mit der Aufschrift »Freiheit für Senzow«. Ich machte das Victory-Zeichen und rief »Ruhm der Ukraine!«. Aus dem seriösen Gespräch war eine lustige Show geworden, aber wir drei waren zufrieden. Ich sagte ihnen, meine Mutter hieße auch Ljudmila, was sie allerdings schon wussten. Ich kann mich nach wie vor schwer an den Umstand gewöhnen, dass fremde Menschen so viel über mich wissen. Wir verabschiedeten uns gut gelaunt, sehr vertraut.

Als die Vorstellung zu Ende war, schaute ich die Beamten an – zufrieden war keiner, Fragen hatte auch niemand. Ich verabschiedete mich von denen, die sich zu dieser Schau versammelt hatten, und ging mit dem Diensthabenden in meine Klause. Die Freundlichkeit, mit der sie mich einlullen wollen, reichte heute übrigens so weit, dass sie mich mehrmals nicht mit dem Familiennamen, sondern mit dem Vornamen ansprachen. Ich bin gespannt, ob sich diese Tendenz nach dem heutigen Videoanruf fortsetzt oder ob es nur eine aufgesetzte Freundschaft auf Zeit war.

Gegen Abend brach draußen ein Schneesturm los: Wind, Schnee, Feuchtigkeit und Nebel.

Tag 19

Der erste Sommermorgen sieht in Labytnangi wie folgt aus: Die Dächer, die Fenster, die Erde, der kleine Platz, auf dem die Häftlinge neulich Fußball gespielt haben, ist von Schnee bedeckt, Schneestöße fegen über die zentrale Allee. Der Wind heult wie eine hungrige Wölfin. Die Sicht beträgt ungefähr fünfzig Prozent, weil mein Fenster von der anderen Seite auch von Schneeflocken zugeweht ist. Ich möchte keinen Kommentar zu dieser Situation abgeben.

---

13 Lag, Gamersprache, Unterbrechung des Spiels aufgrund technischer Probleme

In aller Frühe sind zwei Vollzugsbeamte mit einem großen Thermometer gekommen und haben ein weiteres Mal die Temperatur in der Zelle gemessen. Über 20 Grad. Zufrieden sind sie wieder gegangen. Ich bin schon längst zufrieden, seit ich nämlich den Elektroheizer habe. Nach dem gestrigen Telefonat nimmt die Freundlichkeit und Aufmerksamkeit der Milizionäre absurde Züge an. Da ich im gestrigen Gespräch erwähnt hatte, dass ich hier im Norden im letzten halben Jahr schon zwei Zähne verloren habe, waren die oberen Chargen allgemein beunruhigt und behelligten den Doktor mit Anrufen, da sie meine gesundheitliche Verfassung und die Berichte über den Zustand dieser zwei Zähne alarmierend fanden. Einen halben Tag lang gab der Doktor zähneknirschend und – meistens – geduldig am Telefon Auskunft und schickte entsprechende Bescheinigungen nach oben. Grundtenor: Die Zähne seien nun mal futsch, da sei nichts mehr zu machen, da sie wohl kaum nachwachsen würden. Der Zustand des geschätzten Patienten bewege sich indessen weitestgehend im Normbereich, wobei er natürlich nicht vollkommen normal und schon gar nicht gut sein könne, was aber am Hungerstreik liege. Nahezu täglich würden Untersuchungen gemacht und Proben genommen und die medizinische Versorgung sei tadellos, man solle sich da oben um die eigenen Angelegenheiten kümmern, ihm obläge die Verantwortung für den Patienten wie im Allgemeinen für den gesamten Krankentrakt, dessen Arbeit nun wegen dieses Großalarms für mehrere Stunden praktisch zum Erliegen gekommen sei. Auch hier spare ich mir den Kommentar, die Situation ist auch so klar.

Es wurde extra ein Kardiologe her beordert, der mich untersuchen sollte. Hat er gemacht. Und gesagt, dass bis jetzt alles in Ordnung sei. Das ist erfreulich, weniger erfreulich war sein Ausdruck »bis jetzt«. Aber bis jetzt brauche ich mir darüber noch keine Gedanken zu machen. Als die Infusion gelegt wurde, ist die Vene geplatzt, die Lösung ist unter die Haut gelaufen, und es hat sich eine Blase gebildet. Also kam der andere Arm an die Reihe, die Beule, hat die Schwester gesagt, würde »sich verlaufen«. Sie hat dann für alle Fälle eine kleinere Nadel genommen, weswegen die ganze Prozedur geschlagene vier Stunden gedauert hat statt der üblichen zwei. Ich fand das total mühsam, ist echt anstrengend, so eine Infusion, besonders wenn sie sich so in die Länge zieht.

Dann war noch irgendein Vorgesetzter von meinem Doktor da, auch ein Oberstleutnant. Hatte einiges zu erledigen, ist aber natürlich auch wegen mir gekommen. Es dauert nicht mehr lange, und der ganze Apparat ist nur noch mit einem einzigen Patienten beschäftigt. Er hat auch einen Blick auf meine Werte geworfen. Berauschend sind sie natürlich nicht, aber für die Länge des Hungerstreiks auch nicht völlig katastrophal. Für Montag wurde ein Konzil mit einem knappen Dutzend Ärzte anberaumt. Nicht von hier, sondern von draußen. Anfang nächster Woche wird es also hektisch: *Awtosak*, Transport durch die Stadt, Gang durch das zivile Krankenhaus in militärischer Begleitung und Verschrecken des Personals und der Besucher durch verstörenden Anblick. Unser Zirkus gibt ein eintägiges Gastspiel in der Stadt. Keine Ahnung, wozu das nötig ist, hat wahrscheinlich was mit der von oben verordneten Fürsorge zu tun, die mir langsam auf die Nerven geht.

Draußen heult unterdessen der Sommer à la Labytnangi.

Tag 20

Der Allgemeinzustand hat sich stabilisiert, der Schlaf ist ruhiger geworden, ich kann länger schlafen, obwohl ich nach wie vor Thermounterwäsche und Socken trage, das ist nicht besonders angenehm, aber warm. Komischerweise fühle ich mich jetzt besser als zu Beginn des Hungerstreiks. Der Organismus hat sich offenbar umgestellt, und die Infusionen zeigen Wirkung. Die Schwäche macht mir natürlich zu schaffen, aber was soll's, wo soll die Kraft auch herkommen.

[...]

Heute Morgen war der Beamte mit seinem Thermometer wieder da – wir haben also ein neues Ritual. Als das Mittagessen gebracht wurde, kam anstelle des Diensthabenden sein Stellvertreter aus der anderen Schicht, das war der, den ich ganz zu Anfang mit meiner Hungerstreik-Erklärung »überfallen« hatte. Er war damals ziemlich erschrocken und hat mich praktisch am Schlafittchen in die Dienststube geschleift, denn die Erklärung eines Hungerstreiks ist ein besonderes Vorkommnis, und kein Beamter möchte, dass sich so etwas in seiner Schicht ereignet. Jetzt war er gar nicht wiederzuerkennen, hinsichtlich Moral und Kultur ein ganz anderer Mensch, wahrscheinlich machte er auch beim Flashmob »Der nette Milizionär« mit. Ich musste lachen, als ich hörte, wie der Suppenkapo ihn vor der Tür instruierte und ihn über alle Facetten des Essensverweigerungsrituals in Kenntnis setzte. Der Milizionär mit seiner neu erworbenen Höflichkeit war zum ersten Mal an diesem Spektakel beteiligt und wollte sich keine Blöße geben, der Suppenkapo veranstaltete die Show dreimal täglich, weswegen er jedes Detail bis ins Letzte auswalzte. Kaum betrat nun ein neuer Schauspieler die Bühne, kam es auch schon zu einer kleinen Irritation. Die große Stahltür an der Zelle verfügt neben dem Schloss auch noch über eine Kette. Sie verhindert, dass sich die Tür sofort vollständig öffnet. Normalerweise schiebt der Beamte erst den Kopf, dann die Hand durch den Türspalt und, prüft mit einem Rütteln, ob die zweite, die Gittertür, auch verschlossen ist. Erst danach wird die Kette abgenommen, und es folgt der übliche Begrüßungsdialog. Ich drehe mich mit dem Gesicht zur Wand, dann wird die Gittertür geöffnet, und der Suppenkapo kommt mit seinen Tellern hereinspaziert. Heute allerdings war die Kette nicht vorgelegt, und die Stahltür sprang sofort auf. Der Milizionär war völlig perplex, hatte sich aber schnell gefasst und spielte seine Rolle weiter. Er schloss die Tür wieder, hakte die Kette ein und wiederholte den Vorgang nach dem vorgeschriebenen Muster, obwohl die ganze Aktion bar jeder Vernunft war. Es ist zwecklos, in diesem System nach irgendeiner Form von Vernunft zu suchen. Man kann diese Provinzposse nur mit einem müden Lächeln quittieren.

Der Wasserwart ist inzwischen zu einem Wart der Stille geworden. Er bringt mir nach wie vor mein heißes Wasser, aber er spricht nicht mit mir, höchstens ganz kurz, angelegentlich, wenn er mir den Rasierer gibt oder etwas anderes. Sein Gesicht habe ich schon lange nicht mehr gesehen, ich begnüge mich mit seiner Stimme und seinen Händen, was mir aber vollkommen ausreicht.

Inzwischen projizieren meine Dämonen abends keine Restaurantspeisen oder Hausmannskost mehr vor mein inneres Auge. Sie suchen sich etwas so Konkretes und Realistisches wie die *Balanda* und fallen nicht mehr auf meine kulinarischen Wahlkampfversprechen herein. Sie beknien alle und jeden in meinem Gehirnkasten, versuchen, ein Komplott mit den Händen zu schmieden, um ein paar Löffel Grütze oder Suppe abzufassen, wenn ich mit dem Rücken zur Zellenwand stehe. Die Dämonen kennen keine Moral, sie verstehen nicht, dass man jeden täuschen kann, sogar die Videokamera, nur nicht sich selbst. Denn damit muss man leben, und leben soll man ja, das wissen wir von Solschenizyn, nicht mit der Lüge. Als die Dämonen gemerkt haben, dass aus ihrem Plan vorerst nichts wird, bilden sie einen Hungerkreis und träumen von einer Diät, von einer doppelten Ration also, die ich bekomme, wenn ich den Hungerstreik beende. Brot mit Butter, besser gesagt mit Margarine, ein bisschen fetteres Fleisch auf der Suppe, eine halbe Tasse Milch statt einer kleinen Pfütze. Aber ich löse die Dämonenversammlung auf. Für eine doppelte Ration oder einen gestohlenen Löffel Suppe werde ich meine Prinzipien nicht verraten.

Als ich so zehn, elf war, bekamen wir im Sommer immer Besuch von Verwandten. Es waren viele, die meisten lebten im Ural, auf der Krim waren wir die einzigen. Also kamen sie zu Besuch oder auf Urlaub oder machten bei uns Station auf dem Weg in den Urlaub, es waren in jedem Sommer mehrere Delegationen, manchmal kamen sie auch für länger und verbrachten ihre ganzen Sommerferien bei uns. Das war in der Sowjetunion so üblich, und zwar nicht nur unter Verwandten und Freunden, sondern auch unter Bekannten. Die Leute waren freundlicher und offener, auch unsere Familie, wir hatten immer gern Gäste. Neben dem Ökotourismus auf dem Dorf und am Meer waren Ausflüge auf der Halbinsel ein Muss. Mit diesem Besuch fuhren wir nach Bachtschissaraj, sahen uns den Palast des Khans an, in dem sich ein

Museum befand, und was es da sonst noch Sehenswertes gab. Ich war bestimmt vorher schon mal in dem Museum gewesen und später noch viele weitere Male, aber dieser Ausflug ist mir im Gedächtnis geblieben. Weniger der Ausflug an sich, der fast den ganzen Tag dauerte, als der Besuch des besagten Khanspalastes. Und es war auch weniger das Abschreiten der Gemächer, das Betrachten der Ottomanen, auf denen sich der Khan mit seinen Kissen gerekelt hatte, es waren nicht die kleinen Innenhöfe mit den Springbrunnen usw. Der Palast machte keinen großen Eindruck, schon gar nicht auf Erwachsene. Der damalige Herrscher der Krim lebte nicht luxuriös, und wenn man das sieht, ahnt man, wie schlecht es den einfachen Menschen gegangen sein muss. Ich fand etwas anderes beeindruckend – ein Bild, nicht seinen ästhetischen Wert, sondern das, was auf dem Bild dargestellt war. In einem Raum, offensichtlich in diesem Palast, stand ein Mann, seiner Kleidung nach zu urteilen slawischer Herkunft, umringt von verstörten und erschrockenen Dienern, Hofleuten und der Leibgarde des Khans. Der Herrscher saß auf seinem Thron, trampelte wütend mit den Füßen und schaute den Gast zornig an. Dieser stand würdevoll und gelassen da und blickte dem Khan direkt in die Augen. Die Reiseleiterin erzählte uns die Begebenheit, die dem Bild zugrunde lag. Ich kann mich nicht mehr an alle Einzelheiten erinnern, aber die Geschichte war ungefähr folgende: Bei dem Mann handelte es sich um einen Gesandten, der zum Khan geschickt worden war und sich nicht vor ihm niederwerfen wollte, was nach hiesigen Gepflogenheiten als unverschämt galt. Der Khan wurde zornig und warf ihn ins Verlies, in dem er zwanzig Jahre saß und als kranker Greis starb. Diese Geschichte hat mich damals sehr beeindruckt. Es kam mir schrecklich und unmöglich vor, auf das Leben, auf die Sonne im Sommer und alles andere verzichten zu müssen, nur weil man sich nicht vor dem Herrscher verneigen wollte. Der Zehnjährige von damals war nicht zu der Haltung bereit, die der abgebildete Abgesandte hatte, und blieb fasziniert vor dem Gemälde stehen. Ich bin froh, dass im Leben dieses Jungen viele Dinge geschehen sind, die ihn stark verändert haben, und als der Moment gekommen war, den er weder erwartet noch herbeigesehnt hatte, konnte er die richtige Entscheidung treffen. Zwanzig Jahre Kerker sind durchaus ausgemessen, um einem Tyrannen wenigstens einmal die Verbeugung zu verweigern.

Inzwischen sind das Fenster, die Dächer und auch der Weg wieder schneefrei, aber es fallen immer noch feine Flocken, am Straßenrand liegen Schneehaufen, die die Häftlinge mit großen, haarsträubend quietschenden Schlitten auf der Betonstraße abtransportieren.

Heute geht's in die *Banja*. Ich habe meine kleine Hütte geputzt, die Bettwäsche und die Unterwäsche gewechselt, mich geduscht und rasiert. Ich fühle mich herrlich erfrischt, aber auch so schlapp, als hätte ich einen ganzen Anhänger Kohle entladen. Das Wort des Tages des diensthabenden Wachmanns, der mich heute begleitet hat: »Von dir gibt's ja eine Menge interessantes Zeug auf YouTube.«

Tag 21

In der Nacht habe ich geträumt, ich bin bei der Amtseinführung von Putin dabei und stehe in einer vorderen Reihe vor der Bühne. Mit Tränen in den weit aufgerissenen Augen singt der Führer ein Lied, und die Menge singt mit. Ich singe nicht, obwohl ich wie viele andere auch ein Mikro vor mir stehen habe. Danach kommt ein Ethnofilm über zwei indianische Mädchen aus Mittelamerika, die sich im Wald eine Hütte bauen. Nur das eine Mädchen wohnt dort, das andere kommt mit dem Fahrrad zu Besuch, um ihr zu helfen. Zum Schluss bin ich auf einem Empfang in einem Luxushotel, mit Taschen aus dem Knast, die Dame an der Rezeption will mich nicht einchecken lassen, obwohl sie sagt, es sei alles in Ordnung, das Zimmer sei bis zum Ende des Festivals für mich reserviert und ich würde schon von allen erwartet. Dann kommen Dmitri Malikow und seine Frau oder Freundin. Wir begrüßen uns, er setzt sich neben mich auf einen Hocker, sie umarmt mich von hinten, sie sagen, wie froh sie seien, mich zu sehen. Was wollen die denn hier? Träume haben ja ihre eigene oder besser gesagt keine Logik. Es lohnt sich nicht, nach einem tieferen Sinn zu suchen.

Am Morgen hatte der Schnee wieder alle Flächen in Beschlag genommen und nur wenige schwarze Punkte und Streifen in der Landschaft unberührt gelassen. Dann folgte sein hartnäckiger Kampf gegen die Feuchtigkeit, die sich ein Stück Straße und einen Teil der Dächer zurückeroberte. Die eingeteilten Häftlinge kratzten mit ihren Schaufeln und Schlitten über die zentrale Allee. Sie waren kaum zu sehen, dafür aber gut zu hören. Die gestrige Vertretung des Diensthabenden, ein baumlanger Dagestaner, kam heute gegen Ende der Schicht ein letztes Mal, um die Essensausgabe zu kontrollieren und die Raumtemperatur zu messen. In seinen riesigen Pranken wirkte das ziemlich große Außenthermometer spielzeugklein. So viele nette Bemerkungen, wie er in den letzten vierundzwanzig Stunden geäußert hat, hat er mit Sicherheit während seiner gesamten Dienstzeit nicht von sich gegeben. Normalerweise gebraucht er ganz andere Ausdrücke, und wenn ihm die Worte ausgehen, nimmt er die Fäuste zu Hilfe. Aber hier ist er ein ganz anderer.

Gestern und heute musste ich in den Krankentrakt zur Untersuchung, also eigentlich alles wie immer, nur dass ich dieses Mal nicht von meinem Doktor, sondern von anderen Ärzten untersucht wurde. Der Doktor hatte nämlich gestern Geburtstag, fünfundvierzig ist er geworden, ein kleines Jubiläum. Er hat zwar behauptet, er trinke nicht besonders viel und wolle nicht groß feiern, vor allem damit ihm der Kater am Tag danach erspart bleibt, aber nach seiner zweitägigen Abwesenheit zu urteilen, muss irgendwas schiefgelaufen sein. Gestern hat die Krankenschwester die Untersuchung vorgenommen. Eigentlich war das gar keine richtige Untersuchung: Blutdruck, Puls, Temperatur, Gewicht, »wie ist Ihr Befinden?« Als einzige medizinische Fachkraft ist sie für eine Viertelstunde in die Rolle des Arztes geschlüpft, hat nachgefragt, sich erkundigt und banale und uns beiden ohnehin bekannte Tatsachen verkündet. Jeder will wichtig aussehen, besonders wenn der Chef nicht da ist. Heute war ein junger Arzt in derselben Weise zugange, ewig verschlafen, wie ein Hamster, den man aus dem Winterschlaf gerissen hat. Ich habe ihn im Krankentrakt schon ein paar Mal flüchtig gesehen, er sah immer gleich aus: aufgedunsen und angeschlagen. Muss irgendwo hier, ganz in der Nähe seinen Bau haben. Er hat dieselben Messungen vorgenommen, dabei aber keinen übermäßigen Eifer an den Tag gelegt. Wer ein Arztdiplom in der Tasche hat und ständig im Halbschlaf ist, gibt sich nicht mit solchen billigen Zurschaustellungen ab. Ich wiege heute nur noch 77 Kilo. Der Doktor hat das junge Murmeltier angerufen und gesagt, er käme gegen Abend und würde mich an den Tropf hängen. Alle Anwesenden äußersten einvernehmlich ihre Zweifel an dieser Ankündigung. Umso besser. Von den dauernden Infusionsnadeln und Blutabnahmen tun mir schon die Venen weh, die am linken Arm ist sogar entzündet und verhärtet.

Der Doktor und ich sind praktisch befreundet. Ich habe zwar eigentlich in den vier Jahren in diesem System nie den Wunsch gehabt, jemandem näherzukommen, der Schulterklappen trägt, mir Befehle erteilt und mich beaufsichtigt. Aber der hier ist in erster Linie Arzt, militärisch ist an ihm nur die Uniform, nicht sein Wesen. Zu Beginn war es allerdings anders. Im ersten halben Jahr hier im Lager sind wir uns nur ein paar Mal begegnet und immer aneinander gerasselt. Er wollte sich mit verbalen Interventionen hervortun, aber ich bin keiner, der den Kopf einzieht und irgendwelche Bemerkungen schweigend über sich ergehen lässt. Deswegen waren unsere ersten Gespräche kurz und explosiv. Auch die erste Unterhaltung, nachdem ich in Hungerstreik getreten war, kann ich nicht als angenehm bezeichnen. Der Doktor sagte, er hätte für solche Sachen nichts übrig, es wäre sowieso alles für die Katz. Dann hielt er einen Monolog zu politischen Themen: dass die Ukraine für ihn kein richtiger Staat sei, dass Russen und Ukrainer ein Volk seien, dass wir unsere Nationalisten abschütteln und reumütig in den mütterlichen Schoß zurückkehren sollten. Solche Sprüche bin ich von russischen Milizionären gewöhnt. Meistens sind sie aber auch noch glühende Anhänger der Sowjetunion und von WWP, der ihnen die Illusion gibt, die Sowjetunion werde zu neuem Leben erwachen. Der Doktor steht auch auf Putin, aber für die Sowjetunion und die Kommunisten hat er nichts übrig, denn er ist Monarchist, verehrt Nikolaus II. und ist orthodox. Bei derart entgegengesetzten Positionen war die Lage für uns eigentlich ziemlich aussichtslos. Mit der Zeit – wir hatten ja dann oft und lange miteinander zu tun – hat sich herausgestellt, dass wir uns in anderen, alltäglichen Dingen sehr ähnlich sind. Politische Themen meiden wir seither, ich zumindest, ansonsten ist mir der Doktor sehr gewogen, und ich erwidere diese Aufgeschlossenheit. Er hat zwei Kinder im selben Alter wie meine. Er ist auch nicht von hier, sondern aus dem Süden. Seinen Wehrdienst hat er in der Ukraine abgeleistet und nur gute Erinnerungen an die Leute dort. Wir haben ähnliche Vorlieben, was Essen und Trinken, Lebensart und Lebensansichten angeht. Zu guter Letzt haben wir festgestellt, dass wir beide leidenschaftlich gern das ukrainische Computerspiel *S.T.A.L.K.E.R.* spielen. Da ging das Herz des Doktors auf. Ich bin ja ein alter Gamer, *S.T.A.L.K.E.R.* ist einfach klasse, es ist eins meiner Lieblingsspiele. Der Arzt war Anfänger, *S.T.A.L.K.E.R.* war sein erstes Spiel und seine einzige Cyberliebe. Dann hat er sich über mich im Internet informiert, weil ihm, wie ich später erfuhr, plötzlich Zweifel kamen an meinem Urteil, nun wusste er alles einzuordnen. Ich habe ihn gewarnt, dass sich ein allzu vertraulicher Umgang mit mir negativ auf seine Karriere auswirken könnte. Woraufhin er sich eine Zigarette ansteckte und sagte: »Drauf geschissen. Wenn ich will, kann ich jederzeit in Rente gehen.« Damit war die Sache geklärt.

Trotz aller Unkenrufe erschien der Doktor am Nachmittag bei der Arbeit. Frisch, munter und fröhlich, wie es sich für ein Geburtstagskind gehört. Gestern hat er nicht gefeiert, sondern will heute, aber nur im engsten Familienkreis. Auch das haben wir gemeinsam: Ich feiere auch lieber im engen Familienkreis als in einer großen lauten Runde. Also hat er mich flugs untersucht, die entzündete Vene mit einem Jodgitter bepinselt und gesagt, es sei alles halb so wild, solange die Nieren nicht versagten, er würde aber versuchen, diesen Moment vorherzusehen, und riet mir, auf der Hut zu sein, immerhin ginge es ja um mich. Der Doktor gab seinem jüngeren Kollegen eine Anweisung für die Infusion und trollte sich Richtung Heimat. Der junge Arzt erwies sich als geschickt und war gar nicht mehr so jung, sein Sohn kam in diesem Jahr in die Schule, er sah einfach nur aus wie ein ewig verschlafener Student. Wie der Doktor zu sagen pflegte: »Ein kleiner Hund ist auch im Alter noch ein Welpe.«

Draußen hatte es inzwischen aufgehört zu schneien, alles taute und matschte. Der Sommer in Labytnangi erinnerte an den Winter auf der Krim.

Tag 22

Seit dem Morgen ist draußen wieder Neujahr. In der Nacht hat es geschneit, und wieder ist alles zugeweht. Es fehlt nur noch der Weihnachtsmann auf seinem Schlitten mit den Glöckchen. Statt des Weihnachtsmanns kommt der *Awtosak*, und ab geht's ins städtische Krankenhaus zu einem wissenschaftlichen Symposium, das sich mit der Gesundheit von O. G. Senzow befasst.

Ich war vor einem halben Jahr schon mal hier, weil mein Herz untersucht und ich wegen meines Rheumas geröntgt wurde. Damals waren zwei Kleintransporter unterwegs: im ersten fuhr ich in einem Käfig unter Aufsicht, im zweiten saß die Verstärkung: eine Spezialeinheit in schwarzen Sturmhauben mit Maschinengewehren und Hund. Als wir in dieser Besetzung am Haupteingang der Klinik aufkreuzten, pressten sich die Patienten gegen die Wand, schließlich wurde ein gefährlicher Terrorist eingeliefert, den man wie den Bär an der Kette hereinführte. Heute hatte ich etwas Ähnliches erwartet und mich schon auf das unangenehme und fast vergessene Gefühl von Handschellen eingestellt. Doch alles war viel simpler, ohne Spezialeinheit und Maschinengewehre. Ich wurde in einer GAZelle transportiert, einer kleinen grünen Minna, Handschellen wurden keine angelegt. Zugeständnis an einen Hungerstreikenden. Vielleicht hatten sie auch verstanden, dass ich es trotz des roten Flieger-Bändchens nicht darauf ankommen lassen würde. Begleitet wurde ich im Wesentlichen von leitenden Beamten, alle mindestens im Rang eines Majors. Der Sicherheitschef, der Kommandeur der Wachkompanie und sogar der Lagerleiter empfingen uns am Klinikeingang und waren bis zum Abschluss aller Untersuchungen anwesend. Die Natschalniki verhielten sich außergewöhnlich höflich und korrekt. Besonders bemüht war ein junger Sicherheitsdienstler, wie der Kornett auf seinem ersten Ball. Wahrscheinlich dachte er, ich hätte vergessen, wie er, als ich nach meiner Ankunft im Lager registriert und gefilzt wurde, mich nackt ausziehen und hinkauern musste, damit sie überprüfen konnten, ob ich etwas im Darm versteckt habe, von der Seite an mich herantrat und mich hysterisch anschrie, ich hätte ihm noch keinen Gruß entboten. Er schrieb dazu sogar einen Bericht, aber in der Dunkelzelle konnte er mich nicht einbunkern, ich war nämlich schon in Einzelhaft, deswegen bin ich ohne Strafe davongekommen. Heute ist er ein anderer. Die Menschen können sich ändern, wenn sie wollen. Hier ist es allerdings nicht die Änderung der inneren Einstellung, sondern die äußere Anpassung.

Wir mussten nicht lange fahren, vorn lief die ganze Zeit Krug. Ich wundere mich nicht, dass die Beamten häufig *Chanson*, Gangsta-Rap hören. Der Knast mit seinem ganzen Drum und Dran durchdringt ihr Leben bis in die kleinsten Poren, sie haben den Knastslang besser drauf als alle Knackis. Deswegen ist es auch nicht weiter verwunderlich, wenn man in der Grünen Minna Songs von Krug hört. Zumal er immer authentisch ist, das geht ans Herz, da spielt es keine Rolle, in welcher Kluft du steckst: in der eines Milizionärs oder in der eines Häftlings. Diesmal betrat unser netter Trupp das Gebäude durch den Hintereingang und kam in die Aufnahme, in der das gesamte Konzil dann auch abgehalten wurde. Ich gab Proben ab, überall und nirgends wurden irgendwelche Werte genommen, ein EKG-Gerät wurde gebracht, ein Ultraschallgerät hereingerollt. Das volle Programm. Der Raum war ziemlich groß, außer den Beamten in Uniform und ein paar Genossen in Zivil waren auch noch etliche MTA der verschiedensten Fachrichtungen in den unterschiedlichsten Kitteln zugegen. Ein Dutzend Untersuchungen und mindestens genauso viele Messungen. Alle Ärzte waren freundlich und zuvorkommend, wie es sich für Ärzte gehört. Nur einer war grob und taktlos, er duzte mich, als hätten wir zusammen schon eine Kiste Kognak geleert und sähen uns hier nicht zum ersten Mal. Als ich ihm Paroli bot, stutzte er, nicht jeder kann halt das Echo vertragen. Wie sich herausstellte, war das der Intensivmediziner, die sind große Zyniker, der hier war einer von der schlimmsten Sorte, weswegen ihn alle im Krankenhaus hassten, was er mit ebensolchem Hass erwiderte. Die Anwesenden wollten wissen, warum ich in Hungerstreik getreten war, und keiner glaubte an einen Erfolg. Ich kam mir vor wie auf einem Fließband, nach zwei Stunden war alles vorbei. Berichte gibt es noch keine, aber das Grundergebnis ist klar: Noch ist nichts Schlimmes passiert.

Auf dem Rückweg sah ich mein Spiegelbild in der polierten Scheibe des FSVD[14]-Busses: ein Knacki, ein Knastbruder reinsten Wassers, die Fresse, die Jacke, die Mütze. Kein Wunder, dass so viele Ärzte zusammengelaufen waren, um dieses merkwürdige Wesen in Augenschein zu nehmen, das man auch noch anfassen konnte, schließlich war man hier im Streichelzoo. Nach drei Wochen Hungerstreik fühlte ich mich jetzt besser als zu Beginn. Angeblich hat sich mein Organismus umgestellt, entschlackt und regeneriert, es war nicht nur eine Schwäche, sondern auch eine Leichtigkeit eingetreten, die das Heilfasten hervorbrachte. Aber das würde höchstens noch eine Woche andauern, dann käme der Abfall: Von da an würde sich der Organismus langsam selbst verzehren, Azeton und Eiweiß würden in den Nieren vermehrt auftreten und weitere negative Effekte würden sich einstellen. Aber was soll's. Lassen wir es auf uns zukommen, momentan ist alles noch im grünen Bereich.

Ein Natschalnik war da, ich wurde in sein Büro im ersten Stock zitiert. Es ging darum, dass zwei Personen auf einmal gekommen waren und mich besuchen wollten. Da ich aber nur eine Person empfangen durfte, sollte ich mich entscheiden. Der erste war der Erzbischof der Krim, der offenbar auf Anweisung von Filaret, dem Kiewer Patriarchen, und meiner Mutter angereist war. Der zweite war Askold, mein Freund in der Ferne und Kollege, der einen Film über mich dreht[15]. Ich sagte dem Geistlichen ab und entschied mich für Askold, er stand mir näher und würde mir vielleicht ein paar interessante Dinge erzäh-

---

14 FSVD für Föderaler Strafvollzugsdienst, Strafvollzugsbehörde in der Russischen Föderation
15 Es handelt sich um Askold Kurow und seinen Film »The Trial: The State of Russia vs Oleg Sentsov«, der die Inhaftierung und den Schauprozess gegen Oleg Senzow thematisiert (Anm. d. Übersetzerin).

len, mit den Popen habe ich es nicht so, im Gegensatz zu Gott, außerdem weiß ich da ohnehin schon, worauf das Gespräch hinausläuft.

[...]

Gleich im Anschluss an das Treffen mit Askold kam Dima, mein Anwalt. Wir haben bis acht Uhr abends geredet. In diesem dreistündigen Gespräch habe ich mehr erfahren als im ganzen letzten halben Jahr. Die Aktien von mir und den anderen politischen Gefangenen sind auf der ganzen Welt im Umlauf. Breit gestreut, angefangen von den einfachen Leuten bis hin zu den Führern der G7, die auf ihrem nächsten Treffen unter anderem auch diese Frage besprechen wollen. Die Welle rollt an, ich hätte nicht erwartet, dass sie so groß wird. Vier andere politische Gefangene haben sich mit mir solidarisiert und sind ebenfalls in einen Hungerstreik getreten, unter anderem Sascha Koltschenko, mein Mitstreiter und Berater, ein echter Revolutionär, mit dem ich zusammen vor Gericht stand. Aber wie will Tundra[16] denn hungern! Er hatte schon immer eine labile Gesundheit und sah aus wie ein Darsteller aus einer Massenszene in einem Film über Konzentrationslager. Aber er ist innerlich stark, und das ist viel wichtiger. Ich habe niemanden aufgefordert mitzumachen, aber sei's drum, herzlich willkommen, Leute! Zusammen und bis zum Ende!

Der Tag heute war sehr ausgefüllt: Klinik, die Rolle im FSVD-Film, Askold, mein Anwalt, neue Zeitungen sind da, ich habe ausgelesene gegen neue Bücher getauscht, auf meine Bitte hin die Körperhygieneutensilien aus meiner alten Einheit ausgehändigt bekommen, dafür Zeitungen, die ich durchgelesen habe, dorthin abgegeben, da sitzen auch ein paar Jungs, die ganz wild sind auf ein paar Happen verspäteter Wahrheit. Gerade mal zwei Stunden war ich heute in meiner Zelle, die ganze restliche Zeit irgendwo unterwegs. Sechs Visitationen musste ich über mich ergehen lassen. Jetzt brauche ich ein paar Tage Zeit, um alle Informationen und Eindrücke zu verdau-

---

16 Spitzname des ukrainischen politischen Gefangenen Alexander Koltschenko noch aus Zeiten vor der Haft

en. Morgen kommt mein Anwalt noch mal kurz vorbei, und zwar mit diesem Popen. Die heutige Information der Natschalniki, ich müsse mich für einen Besucher entscheiden, war falsch, denn Geistliche darf ich jederzeit empfangen. Der Priester ist mit Askold und meinem Anwalt angereist, er will mich nicht von meinem Vorhaben abbringen oder bekehren, sondern mich kennenlernen und mit mir ins Gespräch kommen. Er missioniert nicht, sondern unterstützt viele ukrainische politische Gefangene, er ist so was wie ein orthodoxer Menschenrechtler. Also wurde ein neuer Antrag aufgesetzt. Vielleicht darf der Priester dann morgen zu mir.

Inzwischen ist es Frühling geworden: Seit Mittag scheint die Sonne, sie hat den Schnee schon fast zum Schmelzen gebracht. Es heißt, das Eis auf den Flüssen sei getaut und nun würde es bald warm werden. Heute habe ich gemerkt, dass in der Ferne dicke Eisschollen bersten. Das Geräusch hört man bis hierher.

Tag 23

Seit dem Morgen ist es sonnig und ziemlich warm. Das Wetter ist wirklich umgeschlagen. Mein Befinden ist gut. Die Nacht war auch ruhig, trotzdem bin ich für meine jetzigen Verhältnisse ziemlich früh aufgestanden.

Die ersten zwei Stunden habe ich damit zugebracht zu überlegen, wie der Regisseur heißt, der »Odyssee im Weltraum«, »Uhrwerk Orange«, »Shining« und andere Meisterwerke gedreht hat. Seine Arbeiten gefallen mir, er hat ganz unterschiedliche Filme gemacht, ich habe viel über ihn gelesen, aber sein Name war mir entfallen, und ich konnte mich partout nicht erinnern. Irgendwann ließ die Gedächtnisschwäche nach, und die Erleuchtung kam: Stanley Kubrick! Natürlich! Manchmal fallen einem tatsächlich die großen Namen nicht ein. Ich musste an ihn denken, weil ich gestern meine Bücher getauscht und ein paar Science-Fiction-Werke bekommen habe: Stanisław Lem und Arthur C. Clarke. Weil ich in Einzelhaft bin, darf ich nicht in die Bibliothek, deswegen habe ich aus dem Gedächtnis was von dem bestellt, was vorhanden ist. Für eine Lagerbibliothek ist der Bestand gar nicht schlecht, ich habe schon fast die gesamte Klassik durch, jetzt will ich mal was Leichteres. Science Fiction habe ich schon lange nicht mehr gelesen. Als sowjetischer Teenie mochte ich Science-Fiction und historische Romane, wie jeder Jugendliche. Ich habe den traditionellen Ray Bradbury, den spannenden Robert Heinlein und den mitreißenden Harry Harrison gelesen und noch viele andere, aber diese drei haben mir besonders gut gefallen. Die Erwachsenen haben immer fasziniert von den Brüdern Strugazki gesprochen und sie »legendär« genannt. Ich habe »Der Knirps« und »Picknick am Wegesrand« gelesen, fand es aber nicht besonders spannend. Als ich dann in der zweiten Hälfte der Dreißiger war, wenige Jahre, bevor meine Gefängnis-Odyssee begann, habe ich sie wieder zur Hand genommen, war begeistert und habe praktisch alles gelesen, gedruckt oder als E-Book, das war mir egal, ein Jahr lang war ich im Strugazki-Fieber. Für mich sind sie »große Schriftsteller«. Bessere Science-Fiction-Autoren habe ich nicht gefunden, wahrscheinlich gibt es auch keine. Nicht alles hat mich in absolute Begeisterung versetzt, aber die meisten Werke haben mich sehr berührt. Typisch für die Strugazkis ist ein minimalistischer Stil, in dem der Mensch, seine Welt und seine Beziehungen im Vordergrund stehen und die erfundene Umgebung lediglich dazu dient, all das zu enthüllen, das ist es, was mich an ihren Büchern reizt. Ihrem Renommee nach zu urteilen, geht es anderen auch so. Jetzt will ich mal Lem und Clarke lesen. Bislang habe ich nur die klassischen Verfilmungen ihrer Werke gesehen: Tarkowski und Kubrick. Allerdings haben die Regisseure die Originaltexte stark verändert. Jetzt möchte ich sie und die anderen Werke in den beiden Sammelbänden lesen. Mit Ostap Bender bin ich fertig. »Die Antilope«, die ich als älteres Kind schon einmal gelesen hatte, ist natürlich nicht so lustig wie »Die zwölf Stühle«, dafür aber spannender. Das Buch hat einen starken Schluss, in dem der Protagonist sein Wesen offenbart. Trotz seiner Leichtigkeit und Sorglosigkeit ist er einsam und unglücklich. Er sucht die Nähe zu seinen eigentlich geringgeschätzten und erbärmlichen Mitstreitern! Eine Waise will eine Familie, egal welcher Art. Bender hat gemerkt, dass ein Leben ohne Liebe, Familie, Freundschaft und nahestehende Menschen sinnlos und unbefriedigend ist, selbst wenn man einen Koffer mit einer Million hat. Warum haben die Autoren Benders Abenteuer eigentlich nicht noch auf einen dritten Band ausgeweitet? Hatten sie das Gefühl, dass sie das Niveau nicht halten können, oder haben sie gedacht, ihr Protagonist müsse so und nicht anders enden? Leider kann ich sie nicht mehr fragen.

Gegen Mittag ging der zweite Teil der Serie über Miliz und Geistlichkeit über die Bühne. Die pikierten Beamten rückten mit ihrem Geistlichen an und löcherten mich eingehend, warum ich gestern noch nicht an Gott geglaubt habe, heute aber plötzlich glaube und einen Geistlichen sehen will. Ich konnte nur auf die Erleuchtung meiner sündigen Seele verweisen sowie darauf, dass mir tags zuvor niemand erklärt hat, dass ich Geistliche immer empfangen darf, unabhängig von den geltenden Besuchsregeln. Es entspann sich eine recht rege Diskussion über Geistliches und Administratives. Besonders eifrig beteiligte sich der Priester, den mir die Miliz anstelle des angereisten empfehlen wollte, wo ich doch nun den Wunsch geäußert habe, mich in den Schoß der Kirche zu begeben. Ich sagte, Pope sei nicht gleich Pope und der mit der Uniform unter der Kutte stünde für mich nicht zur Debatte, ich wollte den sehen, der von der Krim gekommen sei. Die Diskussion wurde hitziger und engagierter. Am meisten ereiferte sich ein Oberstleutnant, der als »Menschenrechtsbeauftragter« gekommen war, sich also eigentlich für mich hätte einsetzen sollen, aber er benahm sich so, als sei er der »Verwaltungsbeauftragte«. Ich verfasste eine Verzichtserklärung für diesen Geistlichen, und die beiden Seiten des Konfessionskonflikts gingen auseinander. Daraufhin fragte der Pope empört, was denn der Priester der Ukrainischen Orthodoxen Kirche auf dem Gebiet der Russischen Orthodoxen Kirche zu suchen habe? Er hätte ja gar keine Befugnisse, hier irgendwelche Handlungen auszuüben. Dieser Diener Gottes war, wie sich herausstellte, in erster Linie ein Diener des Staates. So geriet ich aus Versehen in die große Schlacht zwischen dem Moskauer und dem Ukrainischen Patriarchat. Und da anschließend einen halben Tag lang Schweigen herrschte – ich wurde weder zu dem Priester noch zu meinem Anwalt gebracht –, nahm ich an, dass sich das Epizentrum der Auseinandersetzungen in höhere Sphären verlagert hat.

Und so war es auch. Erst gegen Abend konnte ich meinen Anwalt treffen. Zusammen mit dem Priester hatte er einen ungleichen Kampf gegen die Mächte der Finsternis geführt und versucht, zu mir vorzudringen. Die Natschalniki hatten unter den verschiedensten Vorwänden Zeit geschunden und fast noch den Metropoliten bemüht, zu guter Letzt verweigerten sie dem Priester von der Krim und mir ein Treffen. Sie beriefen sich auf das Fehlen entsprechender Dokumente und Genehmigungen, es ginge eben nicht. Zu anderen Gefangenen in anderen russischen Gefängnissen war er bereits vorgelassen worden, aber diesen Versuch hier hatte die Russische Orthodoxe Kirche erfolgreich verhindert. Sei's drum. Ich setzte ein kurzes Schreiben für den heldenhaften Priester von der Krim auf und übergab es meinem Anwalt, ich entschuldigte mich für die entstandene Situation, bat ihn, wieder zurückzufahren und die ukrainischen politischen Gefangenen vor Ort und auch andere zu unterstützen, nicht noch länger vor dem Lager auszuharren und hier anzuklopfen, weil das im Moment keinen Sinn hatte. Er war gekommen, um mich zu unterstützen, ich schrieb ihm, dass ich eigentlich keine Unterstützung brauche, dass ich innerlich stark sei und – falls nötig – selbst noch ein gutes Dutzend Leute unterstützen könnte. Ich tauschte mich kurz mit meinem Anwalt über unsere Angelegenheiten aus, schrieb für einige wichtige Personen noch ein paar Zeilen, und dann musste er auch schon mit Askold und dem Priester zum Flugzeug. Er versprach, in zwei, drei Wochen wiederzukommen. Seine heutigen Nachrichten waren nicht erfreulich: das Hin und Her mit dem Priester, meine Tochter konnte ihre Auslandsreise nicht antreten und an anderen Stellen gab es auch Probleme.

Draußen fiel den ganzen Tag ein feiner Herbstregen. Das musste an dem Tag liegen.

Am Abend ist das wichtigste Ereignis des Tages eingetreten – ich wurde aus der Einzelzelle in den Krankentrakt verlegt! Der Doktor hatte gesagt, er werde sich darum bemühen, aber ich habe nicht geglaubt, dass er das schafft, hat er aber, also habe ich meine Habseligkeiten zusammengepackt und bin dem Diensthabenden gefolgt. Hier ist es natürlich besser. Aber darüber schreibe ich morgen, jetzt ist es schon zu spät.

Tag 24

Zu Ehren meiner Verlegung hat der alte Stift seinen Geist aufgegeben, also nehme ich einen anderen. Wegen der interkonfessionellen Auseinandersetzungen, meines Umzugs und Einrichtens auf der Krankenstation habe ich meine Infusion erst am Abend bekommen, und die ganze Prozedur hat sich bis nach Mitternacht hingezogen. Das ist aber nicht so schlimm, im Revier geht es nicht so streng zu, und der Doktor ist hier der Boss.

[...]

Der Krankentrakt ist ein zweistöckiges, eher kleines Gebäude. Im Erdgeschoss sind die Behandlungs- und Untersuchungsräume, der Zahnarzt, das Röntgen und andere Funktionsräume. Im ersten Stock sind ein paar Büros, in einem davon sitzt mein Doktor, ein kleines Sprechzimmer, und die andere Hälfte der Etage, hinter einer vergitterten Stahltür, ist die Station. Sie ist ebenfalls nicht groß: fünf Zimmer, ein kleiner Speisesaal, ein Fernsehraum und ein Waschraum mit Toilette und Dusche.

Ich habe ein eigenes Vierbettzimmer in der Nähe des Eingangs zugeteilt bekommen, die bisherigen Patienten kamen raus, dafür kamen zwei Videokameras rein, extra für meine Wenigkeit. Das Zimmer ist recht geräumig, vier Betten und genauso viele Nachtschränke und Hocker. Mir reicht eins von jedem. Außerdem gibt es zwei große Fenster, wie zu Hause, ohne Gitter. Die Aussicht ist allerdings nicht besser, da nützt auch der erste Stock nichts, dieselbe zentrale Allee und vis-à-vis eine Baracke, eine andere allerdings. Die Hälfte des Ausschnitts ist

Himmel, das ist gut, heute gibt's allerdings nichts Spannendes zu sehen: grau in grau und Sprühregen, fein dosiert. Gewöhnliches Herbstwetter, ungewöhnlich nur für Anfang Juni. Das geht aber nur mir so, die Einheimischen finden nichts dabei. Die Heizkörper wärmen zwar nicht, aber immerhin ist es hier drin nicht kalt.

In der letzten Nacht habe ich – das erste Mal seit drei Wochen – ohne Socken geschlafen, ein seliges Gefühl. Geschlafen habe ich an dem neuen Ort allerdings schlecht, gegen Morgen habe ich sogar leicht gefroren. Ich bat um eine zweite Decke, die mir sofort gebracht wurde. Unter der liege ich jetzt, trinke heißes Wasser aus einem Becher, der neben mir auf dem Fensterbrett steht, und schreibe diese Zeilen. Es fühlt sich so an, als wäre ich nicht aus einer Einzelzelle in den Krankentrakt verlegt worden, sondern hätte mich in einem Fünf-Sterne-Hotel behaglich eingerichtet. Mein Befinden ist auch normal, aber der Doktor hat mich vorgewarnt, das würde nicht mehr lange anhalten, eine Woche höchstens, dann käme es zu einer Verschlechterung mit ungewissen Folgen: eine Krise. Ich lasse es auf mich zukommen und genieße den Moment.

Im Krankentrakt arbeiten drei *rote* Häftlinge und mehrere *Entwürdigte*[17]. Die *Roten* sind als medizinische Fachkräfte (einer hat eine Ausbildung für EKG und Röntgen), Krankenpfleger und Sanitäter beschäftigt. Die *Entwürdigten* putzen die Räume und die Toilette und entsorgen den Müll. Das Übliche also. Die Leute sind aber ganz in Ordnung, der Doktor duldet hier keine unangenehmen Typen. Gerade mal ein Dutzend Häftlinge liegen auf Station, darunter vier *Muschiki*[18]: Einer liegt fest, einer sitzt im Rollstuhl, einer hat keine Beine und geht an Krücken, und der letzte hinkt bloß. Ein Trupp aus Versehrten sozusagen. Da habe ich wenigstens ein bisschen Unterhaltung, anders als mit dem schweigenden Schlüsselwart. Auf der Station sind auch noch andere erkrankte Häftlinge aus den verschiedenen Kasten: *Rote*, ehemalige

---

17 Die unterste Kaste (*Schlag*): *Hähne* (Schwule) und *Unberührbare* (Vergewaltiger)
18 Anständige Häftlinge, die *schwarze Kaste*, die *Masse*, der Stamm der Unterwelt

Aktivisten, *Entwürdigte* und andere *Wolle*[19]. Aber die halte ich mir vom Leib. Mit denen habe ich keine Themen. Sie sind angehalten worden, sich nicht mit mir einzulassen, na klar. Ich bin hier auch nicht auf der Suche nach Freunden, das Gefängnis ist dafür der denkbar schlechteste Ort, die zwischenmenschlichen Beziehungen sehen hier anders aus. Die Jungs nehmen ihre Mahlzeiten im Speisesaal ein, mir wird das Essen – dem Ritual gemäß – aufs Zimmer gebracht und im Beisein des Vollzugsbeamten auf den Nachttisch gestellt. Der Suppenkapo ist einer von hier, auch er wirft sich einen weißen Kittel über, und nun ist endlich auch die weiße Mütze als Requisite da. Zwar noch keine Kochhaube, aber immerhin.

Das Temperaturmessungsritual ist vereinfacht worden – das Thermometer, das angenehme 21 Grad zeigt, hängt direkt im Zimmer, der Wert wird allerdings trotzdem mit dem Registriergerät dokumentiert. All inclusive. Im Fernsehzimmer gibt es natürlich einen Fernseher, eingeschaltet wird er nach Plan, zweimal pro Tag, morgens und abends. Das finde ich eigentlich in Ordnung, da kann ich mir die Nachrichten ansehen, alles andere interessiert mich kaum. Am Sonntag würde ich mir allerdings gern Kisseljows Talkshow ansehen, seine Grimassen habe ich in den letzten drei Wochen wirklich vermisst.

Heute Morgen waren hier alle auf den Beinen und haben die Station auf Hochglanz gebracht. Hoher Besuch aus Moskau wird erwartet. Die Frau Oberst kommt wahrscheinlich wegen mir, sie ist auch eine medizinische Koryphäe. Der Doktor ist von ihrem Besuch ganz und gar nicht begeistert, offenbar hat man ihr die Hölle heiß gemacht, denn, ich zitiere: »Nicht jeder Natschalnik wagt bei diesem Wetter eine Überfahrt auf dem Ob.«

Die unangenehme Natschalniza ist dann gar nicht gekommen. Es kursieren Versionen von einem gekenterten Kanu und einem defekten Fallschirm. Dafür erschienen Heerscharen anderer Delegationen. Zuerst kamen die ranghöchsten Milizbeamten mit einem Fotoapparat und einem grauhaarigen Onkel mit gefärbtem Schnurbart. Ich hatte

---

19 *Wolle* – Häftlinge, die nicht mehr zu den *Muschiki*, den Anständigen, gehören, weil sie sich irgendetwas haben zuschulden kommen lassen.

ihn zuvor schon ein paar Mal gesehen – er ist der oberste Menschenrechtsbeauftragte hier in der Region. Während seiner früheren Besuche versuchte er mir immer weiszumachen, er sei gerade zufällig vorbeigekommen und habe einfach mal reinschauen wollen, obwohl er bis dato hier höchstens ein bis zwei Mal pro Jahr gesehen wurde. Dieses Mal verheimlichte er nicht, dass sein Weg oder besser gesagt die gerade wieder in Betrieb genommene Fähre ihn direkt zu mir geführt hatte. Wir sprachen über mein Befinden, die Haftbedingungen und das Übliche. Der Mann bietet immer wieder Anlass zum Staunen. Erst sagte er, ich hätte mich in den drei Monaten seit unserem letzten Treffen gar nicht verändert, stimmt schon irgendwie, mir ist in der Zeit kein zweites Paar Ohren gewachsen, und 15 Kilo weniger fallen ja nicht wirklich ins Auge. Dann sagte er, er könne es nicht gutheißen, dass ich hier eine privilegierte Behandlung erfahre. Woraufhin ich wissen wollte: welche genau? Ich habe nicht um ein Einzelzimmer gebeten, und die zwei installierten Videokameras sind nicht mein Eigentum, also bin ich auch nicht besser gestellt als die anderen Häftlinge hier im Revier. Zum Schluss sagte er, ich sei kein politischer Gefangener, sondern ein ganz gewöhnlicher Verbrecher, da ich nach einem Paragrafen des Strafgesetzbuches verurteilt worden sei. Seiner Meinung nach käme deshalb ein Austausch politischer Gefangener gegen Straftäter nicht in Frage. Ich antwortete mit einer Gegenfrage: Hat das russische Recht denn spezielle Paragrafen, nach denen politische Gefangene verurteilt werden? Von dieser Frage fühlte er sich mitsamt seiner Logik in die Enge getrieben, befreite sich aber kurzerhand, indem er an seinem schwarzen Schnurbart zog. Noch so ein »Verwaltungsbeauftragter«, nur ohne Uniform, aber die hatte er wahrscheinlich nach langem Tragen vor nicht allzu langer Zeit abgelegt, denn sie hatte ihm ihren bleibenden Stempel aufgedrückt. Irgendwann lief das Gespräch dann in ruhigeren Bahnen, er musste feststellen, dass ich nicht vorhatte, den Hungerstreik früher oder später abzubrechen, und gab mir zum Abschied die Hand.

Genau eine halbe Stunde später erschien eine leicht veränderte Delegation, dieses Mal mit zwei Rechtsaufsichtsbeamten an der Spitze. Ihre Äußerungen waren förmlicher und kürzer. Wieder kam die

Frage nach den Haftbedingungen und danach, ob meine Meldungen und Beschwerden abgesandt würden. Ich sagte, dass ich bislang keine Meldungen und Beschwerden verfasst hätte, und schon gar nicht an ihre Organisation. Darüber waren diese Personen, die Äußerungen von Gefangenen prinzipiell ignorieren, etwas erstaunt, sie zuckten mit den Schultern und traten ab.

Ihnen folgten, beinahe auf dem Fuß, zwei Beamte niederen Ranges, der Chef des Sicherheitsdienstes und ein Mitarbeiter. Sie wollten wiederum wissen, wer mich auf die Idee gebracht hat, meinem Anwalt einen Brief an die Führer der G7 zu übergeben. Sie glauben, die Regierungschefs hätten auf meine Initiative hin ihre Tagesordnung so geändert, dass sie anstatt über das Klima nunmehr über politische Gefangene aus der Ukraine sprachen. Immerhin haben sie mich nicht verdächtigt, ich hätte die Einberufung des Treffens zu verantworten. Das würde ihnen ähnlich sehen, so indoktriniert, wie sie sind. Gegen Ende kam die Frage: »Gegen wen führt die Ukraine einen Hybridkrieg?« Ich sagte, ich sei außerstande, auf rhetorische und dumme Fragen zu antworten. Andere Themen hatten sie nicht vorzubringen und machten sich langsam ans Verabschieden. Auf meine Frage bezüglich der Briefe erhielt ich die Antwort, die Post – auch der Mailverkehr – würden schlecht funktionieren, ich solle warten. Was nun glaubwürdiger war – ihr Lächeln oder ihre Worte –, wusste ich nicht. Die Natschalniki gingen weg, und ich blieb auf dem Bett sitzen. Dieses Mal hatte ich während des Gesprächs gesessen, und sie hatten gestanden. Normalerweise war es umgekehrt, für hungernde terroristische Verbrecher waren heute andere Regeln zur Anwendung gekommen.

Gegen Ende des Tages bat mich der Doktor, die Urinmege zu erfassen und zu notieren. Das konnte ich ihm nicht abschlagen, zumal wenn es erforderlich war. Ich bekam einen kleinen Eimer mit Markierungen und ein Tagebuch zur Erfassung der ausgeschiedenen Flüssigkeit. Ab morgen führe ich Buch.

Tag 25

Mit zwei Decken war die Nacht warm und angenehm, ich habe gut geschlafen. Dabei ist es schwer mit dem Schlaf – vom Licht her lassen sich Tag und Nacht überhaupt nicht mehr unterscheiden, auch tagsüber dringt kaum Sonne durch den verhangenen Himmel. In den letzten Tagen war mein Befinden im Prinzip stabil, obwohl ich schwach war und mir die Kraft gefehlt hat. Ich stehe nicht abrupt aus dem Bett auf, sonst wird mir schwindelig, und ich muss erst Kraft dafür sammeln, die innere Batterie ist so gut wie leer. Ich habe überhaupt keine Lust, in meinem neuen Domizil auf und ab zu gehen. Ich möchte lieber sitzen und noch lieber liegen. Ich bewege mich nur, wenn es nötig ist: Toilette, Wasser holen, ärztliche Untersuchungen, Proben, Behandlungen und zweimal pro Tag die Fernsehnachrichten. Heute Morgen habe ich mich besonders schlecht gefühlt. Es kam plötzlich und war sehr heftig. Bei der Untersuchung wurde der Blutdruck gemessen: der Oberdruck war 73, kein Wunder, dass ich mich so schlapp fühle. Nachher kommt die Infusion, danach ist es immer besser.

Was angenehm ist: Mein Bett steht direkt am Fenster, und wenn ich mich mit dem Rücken gegen das Fensterbrett lehne, kann ich bei Tageslicht lesen. Nach so vielen Jahren Lesen bei künstlichem Licht ist das einfach eine Wonne. Meine Augen freuen sich. Aber ich merke, dass meine Sehkraft abgenommen hat, was natürlich nicht verwunderlich ist. Die Tür meines Zimmers Nummer 1, die zur Hälfte verglast ist, liegt direkt neben der Stationstür, dem Waschraum und dem Speisesaal, bei mir kommen also alle vorbei. Mich interessiert es kaum, was da draußen im Korridor passiert. Aber die Leute, die vorbeigehen, interessieren sich brennend für das Leben und den Alltag des gefährlichen Häftlings. Ich bin so etwas wie der einzige Teilnehmer der Reality Show »Hinter der Scheibe«. Ich nehme das nicht weiter tragisch, das erste Interesse wird sich sowieso bald legen, das ist ja immer so. Im Erdgeschoss des Krankentraktes sitzt rund um die Uhr ein Milizionär, der die Häftlinge in der Ambulanz und auf der Station kontrolliert. Er führt jetzt bei mir die Kontrollen und Registrierungen im Zwei-Stunden-Takt durch. Der DGLL muss sich mit diesen niederen Tätigkeiten also nicht mehr befassen, beaufsichtigt aber weiterhin das ritualisierte Auf- und Abtragen der Speisen sowie das Messen der Raumtemperatur.

Als ich neulich geduscht habe, war ich nicht nur von dem Skelett frappiert, das mich aus dem Spiegel anblickte, sondern auch von dem netten Duschkabinchen. Obwohl die Verniedlichungsform für dieses Plastikmonster eigentlich nicht angebracht ist. So etwas habe ich noch in keinem Gefängnis gesehen, normalerweise gibt es einfache Blechkannen ohne Trichter, zwei Wasserhähne und ein Loch im Boden. Eine Gummimatte ist schon Luxus. Und hier steht nun so ein zwar leicht ramponiertes, aber ganz modernes Schickimicki-Teil. Da könnten gut und gern zwei Personen zusammen duschen, das ist allerdings unter Knackis nicht üblich. Die Dusche hat ein elektronisches Bedienfeld für verschiedene Modi, mehrere Strahlarten, einen Sitz für Wassermassage und so weiter und so fort, es gibt sogar eine Lichtorgel und Lautsprecher. Ich singe nicht gern unter der Dusche, deswegen habe ich keine Backing-Tracks eingestellt, aber die Duschkabine nötigt mir Respekt ab, wenn auch ihre meisten Funktionen außer Betrieb sind. Das Geheimnis, wie dieses Wunderding auf die Krankenstation gekommen ist, lässt sich schnell lüften. Der Arzt hatte die Wunderdusche für seine frühere Wohnung angeschafft, in der sie fast das ganze Badezimmer einnahm. Sehr zu seinem Verdruss, aber seine reizende Gattin hatte sie sich nun einmal gewünscht. Als der Umzug ins neue Heim anstand, stellte sich heraus, dass das Bad dort noch kleiner war, und deswegen musste man sich des Duschmonsters entledigen. Freudig übereignete der Arzt die Duschkabine der Krankenstation. Manche Leute schleppen von der Arbeitsstelle Sachen weg, andere welche hin. Je nachdem, ob man sich mit seiner Arbeit identifiziert oder nicht. Der Doktor gehörte zu der Sorte, die alles hinschleppen. Ins Revier.

In der Laufzeile der Nachrichten wurde heute gemeldet, dass Kira Muratowa, die bekannte Regisseurin, in Odessa gestorben ist. Das ist traurig. Mit dreiundachtzig war sie natürlich nicht mehr ganz jung. Und sie hat wirklich einiges geleistet. Ich habe sie nicht persönlich gekannt, aber ihr Beitrag zur Kunst, ihre unverwechselbare Filmsprache verdienen Respekt. Sie gehörte nicht zu meinen Lieblingsregisseuren, aber ihre frühen Arbeiten gefallen mir, besonders der Film »Langer Abschied«, vieles hat mir sehr geholfen, als ich in meinem ersten Spielfilm die Beziehung zwischen Mutter und Sohn dargestellt habe, Muratowa ist natürlich ein anderes Kaliber. Möge sie als Regisseurin unvergessen bleiben und als guter Mensch in Frieden ruhen.

Die kleinen Teufel, die tief in meinem Inneren immer noch am Leben sind, spielen ihr altes Spiel – sie setzen allen einen Floh ins Ohr, wollen einen Kanten Brot mausen, um ihn nachts, unter der Bettdecke, heimlich und von den Kameras unbemerkt zu essen. Ich habe sie mit Knüppeln in ihre Höhlen zurückgescheucht, die anderen sind unters Bett geflüchtet.

[...]

Die so furchtbar erwartete Kontrollbeamtin aus Moskau ist eingetroffen. Statt der vermeintlich giftigen Megäre (die offenbar nicht übersetzen konnte) kam eine nette Blondine im reifen Alter. Aufgeschlossen, intelligent, fachlich versiert, humanistisch gesinnt. Natürlich hat sie auch einen Blick auf das Lager und den Krankentrakt geworfen, aber es war klar, dass ihr Besuch dem Häftling im Hungerstreik galt. Sie studierte meine Krankenakte, meine Werte, den Bericht des Konzils, den Medikationsplan. Im Großen und Ganzen zeigte sie sich zufrieden mit der Arbeit meines Doktors und war einverstanden mit dem, was er unternehmen wollte, wenn eine Verschlechterung eintreten würde, was schon bald der Fall sein konnte, da einige Werte bereits abgefallen waren. Dann sprachen wir unter vier Augen, aber es ging weniger um mich als um die Krim, die sie im letzten Sommer besucht und die ihr sehr gefallen hat. Danach fuhr sie ins städtische Krankenhaus, in dem ich diese Woche untersucht worden war, und nahm dessen technische Ausstattung in Augenschein, insbesondere die Intensivstation, um sich ein Bild davon zu machen, was mich erwarten würde, sollte ich langsam »wegtreten«. So gingen wir auseinander und hatten, so schien es, bei dem anderen jeweils einen guten Eindruck hinterlassen. Wenn man überraschend einem netten Menschen begegnet, ist man immer positiv berührt.

[...]

Tag 26

Die Krise, die der Doktor angekündigt hat, ist eingetreten. Gestern hat sie sich schon angedeutet, heute schlägt sie mit voller Wucht zu. Der Abfall ist plötzlich gekommen und war heftig. Ich merke ganz deutlich, dass die Pumpe nicht mehr mitmacht. Meine Hände und Füße sind eiskalt, fast blau. Ich kriege keine Luft. Mir ist schwindelig, ich fühle mich benommen. Der Organismus hat seine Reserven aufgebraucht und greift auf die eigene Substanz zurück. Am Morgen lag der systolische Wert bei siebzig, der diastolische war gar nicht zu messen, der Puls auch nicht. Ich fühle mich beschissen. Dabei ging die Infusion gestern fast fünf Stunden, sogar mit neuen Präparaten mit Aminosäuren und anderen ergänzenden Substanzen, aber auch das hat die Lage nicht gerettet. Nach dem Tropf wollte ich schnell zur Toilette und wäre dort beinahe zusammengeklappt. Mit letzter Kraft habe ich mich zurück ins Bett geschleppt. Viel Wasser getrunken. Da war es schon fast ein Uhr. Geschlafen habe ich eigentlich gut, aber ich habe sehr gefroren, die Heizung ist nämlich abgestellt, seit es draußen wärmer ist. Dabei ist es bedeckt, es fällt Regen, der immer wieder in Schnee übergeht. Das passt zu meiner Stimmung. Alarmiert und kämpferisch. Auch die Werte sind auf breiter Front im Keller. Das Azeton im Urin hat zugenommen, seit zwei Tagen spüre ich es auch im Mund. Er fühlt sich extrem trocken an, obwohl ich sehr viel trinke. Obwohl mit den Infusionen Flüssigkeit zugeführt wird, zeigt die Wasserbilanz, dass ich mehr ausscheide als aufnehme. Die Entwässerung hat eingesetzt, der Körper kann das Wasser nicht mehr speichern. Das ist gefährlich für die Nieren. Den Ärzten bereitet allerdings das Herz die meisten Sorgen: Auf dem EKG sieht man, dass es unerfreuliche Entwicklungen gibt, der Herzschlag ist verlangsamt, und es gibt Herzrhythmusstörungen.

Die drei sind fast seit dem frühen Morgen da. Mein Doktor, sein Vorgesetzter aus der Verwaltung und die Kontrolltante aus Moskau. Drei Oberstleutnante mit Approbation sind mit einer einzigen Frage beschäftigt: wie sie meine Gesundheit retten können. Zum Glück versuchen sie nicht, mich zum Aufgeben zu bringen, sie wissen, dass das zwecklos ist. Der Vorgesetzte von meinem Doktor und die Kontrolltante haben sich offenbar von der Idee verabschiedet, an ihre Arbeitsplätze in der Verwaltung zurückzukehren, und bleiben hier, bis sich die Lage geklärt und stabilisiert hat. Der Doktor hat mehr Angst als ich. Ich muss ihn beruhigen und aufbauen. Seine Hände haben heute fast unmerklich gezittert. Es ist ihm anzusehen, dass ihm mein Zustand sehr nahegeht. Nicht etwa, weil er Angst hat, dass die Mortalitätsrate im Lager steigen könnte, sondern aus anderen, rein menschlichen Gründen. Es wurde ein weiteres Konzil im städtischen Krankenhaus einberufen, um die Meinungen und Ratschläge der dortigen Kollegen einzuholen. Laut Plan hätte das Konzil morgen stattfinden sollen, aber aufgrund der aktuellen Lage wurde es für heute Nachmittag anberaumt.

Jetzt stehen mir wieder Transport, Eskorte, Krankenhaus und Untersuchung bevor. Das wird natürlich anstrengend, vor allem in meinem derzeitigen Zustand, aber es muss sein, ich verstehe das, es ist keine bloße Formalität. Die freien Ärzte wollen mich vielleicht gleich dabehalten, aber ich werde mich weigern. Dazu besteht keine Veranlassung, ich vertraue ihnen weniger als den Ärzten im Gefängnis. Das klingt vielleicht komisch, ist aber so. Die da draußen wollen mich gleich zwangsernähren. Das ist sehr erniedrigend, erst kriegt man was gespritzt, damit man nicht verkrampft und keinen Widerstand leistet. Ich will auf keinen Fall wie ein willenloses Stück Gemüse mit einem Schlauch in der Nase daliegen, durch den Sondenkost fließt. Meine Ärzte vom FSVD versuchen das bislang zu verhindern, und das finde ich gut. Bislang läuft es doch, mit den Infusionen. Von jetzt an gibt's die einfach täglich, viel und noch mit anderen Sachen.

Während die Miliz den Transport vorbereitet und die Ärzte die letzten Untersuchungsergebnisse in die Formulare eintragen, liege ich im Bett und schreibe diese Zeilen. Im Gefängnis fehlt vieles, was es draußen gibt, dafür gibt's das, was draußen meistens fehlt – Zeit. Zeit im Überfluss. Der eine sitzt zehn Jahre, der andere zwanzig. Da ist viel Zeit zum Nachdenken. Was zum Beispiel den letzten Lebensabschnitt ausgemacht hat, was gewesen ist, was man erlebt hat, die Fehler, das Scheitern, die Verluste. Ich bin dem Schicksal dankbar für mein kompliziertes und interessantes Leben, aber ich würde das alles trotzdem nicht noch einmal durchmachen wollen. Ich bereue nichts und würde auch nichts ändern wollen. Und nicht nur, weil es nicht geht. Sondern weil es eben so kommen musste. Nichts passiert zufällig. Als ich an meinem zweiten Film – »Rhino« – gearbeitet habe, wollte ich die Gedanken des Protagonisten skizzieren, der über sein schweres Schicksal sinniert. Er dachte: »Wozu das Ganze?« Zum Ende hin findet er eine Antwort: »Nicht *wozu*, sondern *wofür*?« Jetzt bin ich selbst in dieser Situation. Und es geht auch schon aufs Ende zu. Nie war der Ausdruck »Sieg oder Tod!« für mich so konkret wie jetzt. Und nachdem Putin seinem Volk gegenüber wieder einmal offen erklärt hat, mich nicht austauschen zu wollen, ist der Sieg in weite Ferne gerückt, wohingegen sich der Tod bereits anschleicht.

Wir fuhren also in die Klinik zum zweiten medizinischen Symposium, das sich dem nunmehr kritischen Zustand des Patienten Senzow widmete. Wieder war ein buntes Gemisch, bestehend aus mehreren Natschalniki von der Miliz, allen drei leitenden Ärzten und einer ganzen Horde Fachärzten zugegen. Das Gespräch war kurz und heftig. Während sich die Ärzte meine letzten Werte und das EKG ansahen und sich austauschten, musste ich draußen in der Grünen Minna bleiben. Es waren so viele Milizionäre mitgefahren, dass für zwei kein Platz blieb und sie im *Stakan* sitzen mussten. Was nicht geschadet hat, dann haben sie wenigstens mal gemerkt, wie eng die Dinger sind. Nachdem wir hoch in die Aufnahme gegangen waren, konfrontierten mich die Ärzte mit den Fakten und meinen Wahlmöglichkeiten. Die Fakten waren: Mein Zustand hatte sich so rapide verschlechtert, dass reale Lebensgefahr bestand. Das Herz schlug nur noch halb so oft, wie es der Norm entsprach, und die winzige Reserve würde höchstens noch für zwei Tage reichen. Entweder würde ich also den Hungerstreik sofort beenden oder man würde mich wegen der kritischen Befunde auf die Intensivstation verlegen. Dort würde man mich ans Bett fesseln, mir einen Krampflöser spritzen und über die oberen und unteren Körperöffnungen Nährlösungen zuführen, alles andere wäre eine Frage von Stunden.

Ich weigerte mich, den Hungerstreik zu beenden. Es entspann sich ein kurzer, hitziger Dialog im Format »einer gegen alle« in Gegenwart etlicher Zuschauer. Ein Kompromissvorschlag wurde unterbreitet: Man würde mir die Substanz oral verabreichen, wenn ich mich einverstanden erklärte, was hieß, ich müsste sie schlucken und dürfte sie nicht wieder ausspucken. Die Entscheidung lag bei mir, es entstand eine Pause, alle schwiegen, die Stille sprang auf dem gekachelten Boden auf und ab wie ein Tennisball aus Plastik. Ich schaute den Ärzten ins Gesicht und begriff, dass sie es ernst meinten und ich binnen einer Stunde von zwei Schläuchen umwickelt sein würde – einen im Mund und einen im After. Ich sagte, ich würde mich der Ernährung über den Mund nicht verweigern. Alle atmeten erleichtert auf. Die Versammelten gingen auseinander. Ich unterschrieb den Verzicht auf die Einlieferung ins städtische Krankenhaus und die Einwilligung in die Aufnahme der Nährsubstanz. Als ich zur Unterschrift ansetzte, fiel ein Tropfen aus meinem Finger, der eben für die Blutentnahme angestochen wurde, aufs Papier. Damit hatte ich den Vertrag praktisch mit Blut besiegelt. Bloß gut, dass es kein Pakt mit dem Teufel war.

Im Revier gab es die erforderlichen Spezialpräparate nicht, aber der Intensivmediziner, der »nette« Doktor mit der Goldkette, mit dem ich mich das letzte Mal angelegt und mit dem ich so aneinandergeraten war, zeigte sich plötzlich von seiner generösen Seite, spendierte etwas aus seinen Vorräten und gab sogar noch ein paar Tropfpräparate dazu. Die Anspannung legte sich, schließlich unterhielten wir uns in einem normalen Ton und knurrten uns nicht mehr an. Angeblich sind alle Intensivmediziner so, sie wissen das meiste, weil sie am häufigsten mit dem Tod in Berührung kommen. Und deshalb ist das menschliche Leben für sie nichts Abstraktes, sondern etwas ganz Konkretes, mit dem sie jeden Tag zu tun haben. Deswegen hatte ich keine Wut auf ihn, außerdem war es in dem Gespräch um das Wesentliche gegangen. Er sagte schließlich, das Präparat sei keine endgültige Lösung, kein Allheilmittel, es könne die Nahrung nicht ersetzen, sei nur ein Aufschub, und wie lange ich damit durchhalten würde, sei ungewiss, denn der Organismus sei bereits sehr geschwächt. Das nächste Mal würde er mich in jedem Fall auf die Intensivstation einweisen – die er, wie sich herausstellte, leitete – und die Maßnahmen anordnen, die er für richtig hielt. Einige andere Ärzte stießen in dasselbe Horn: Wieso karrt ihr den Typen hierher zu uns, wenn er partout nicht leben will, und haltet uns von der Arbeit ab, lasst ihn hier, wir werden es ihm schon zeigen. Deswegen will ich auch nicht hierbleiben: Für die freien Ärzte bin ich ein Knacki, für die Ärzte im Knast ein Mensch. Also fahre ich lieber mit meinen Ärzten zurück nach Hause, ins Revier.

Hier rückt mir wieder die Psychologin auf die Pelle – mit ihren traurigen Augen und den üblichen Floskeln. Sie weiß, dass unsere Unterhaltungen nicht immer kurz sind, deswegen hat sie mir eine Infobroschüre über die Schädlichkeit des Hungerns dagelassen. Sie enthält Bilder über Hungernde, in der Phase 20+ ist eine Person dargestellt, die nur noch aus Schädel besteht. Heute jedenfalls tritt der Tod nicht ein, heute weicht er zurück. Jetzt geht's erst mal zur Infusion, die sich wahrscheinlich bis in die Nacht hinziehen wird. Draußen hat der Regen aufgehört, aber die Wolken haben sich noch nicht verzogen.

Tag 27

Vom frühen Morgen an Sonne und blauer Himmel. Im Gegensatz zu den beiden letzten Tagen steht mein Befinden heute im Einklang mit dem Wetter. Es passt sich irgendwie immer meinem Zustand an oder umgekehrt. Gestern hing ich wieder bis Mitternacht am Tropf, geschlagene sieben Stunden. Um das Prozedere etwas zu vereinfachen und die Venen nicht vollkommen zu ruinieren, sie sind nämlich schon völlig zerstochen und kaum noch zu finden, wurde ein Venenkatheter gelegt. Ich weiß, wie die alten, sowjetischen Exemplare funktionieren, und war nicht besonders scharf darauf. Aber die heutigen Modelle sind anders: Sie werden am Unterarm eingesetzt, es tut nicht weh, und wenn sie nicht in Betrieb sind, stören sie eigentlich nicht, lange Infusionen lassen sich mit ihnen viel besser ertragen. Den Katheter und die Infusion hat der Arzt gelegt, der dem verschlafenen Frettchen ähnelt. Er ist eigentlich gar kein Arzt, sondern nur Krankenpfleger, aber es hat ihm geschmeichelt, als die Kontrolltante ihn als Hilfsarzt bezeichnet hat. Er ist zwar kein diplomierter Mediziner, aber geschickt und flott, und es tut nicht weh, er hat es drauf. Gestern früh, als ich schon am Wegtreten war und das noch nicht einmal mitbekam, hat sich die ewig jammernde Schwester mit mir abgegeben, sie fand weder Puls noch Blutdruck. Sie erzählte was von einem präkollaptischen Zustand, dass man solche Patienten früh gar nicht munter kriegt, »und dann fasst man sie an, und sie sind schon kalt ...« Während sie mein EKG aufzeichnete, offenbarte sie auch noch ihr Talent als professionelles Klageweib. Mir wurde das zu viel und ich bat sie, diese ganzen Geschichten für sich zu behalten und mich mit ihrem Gruselkram zu verschonen. Meine Stimmung entsprach meiner Lage. Die Schwester ist natürlich an die Decke gegangen und hat mir gedroht, mir nichts über meine EKG-Werte zu sagen, obwohl sie furchtbar schlecht seien, als würde ich gleich ins Koma fallen. Man ändert die Menschen nicht, jeder fühlt sich berechtigt und im Recht. Sie wiederum ist gar keine Schwester, sondern Ärztin. Es gibt hier nicht so viel Personal, ein knappes Dutzend Mitarbeiter, trotzdem bringe ich ihren Status manchmal durcheinander, ich hatte ja bislang immer nur mit dem Chef zu tun und war in seinem Sprechzimmer. Gestern hatte er allerdings eine Sitzung nach der anderen und war mit zwei vorgesetzten Kollegen damit beschäftigt, Berichte über meine Gesundheit und deren Stabilisierung zu verfassen und nach oben zu übermitteln. Deswegen habe ich die Infusion gestern bei mir im Zimmer bekommen und so die anderen Mitarbeiter kennengelernt.

Man kann nicht behaupten, dass sich alles nur um mich dreht, obwohl es sich manchmal wirklich so anfühlt. So vergesse ich wahrscheinlich bald, dass ich immer noch im Gefängnis sitze. Die Vollzugsbeamten erinnern mich allerdings hin und wieder daran. Jetzt gibt es wieder jeden Tag die Routinekontrollen, nachdem sie drei Wochen lang unter den Tisch gefallen waren. Ein äußerst passender Moment. Ich habe es zum Glück gerade noch geschafft, auf den Katheter hinzuweisen, als die plötzliche Leibesvisitation begann. Der Nachttisch und das Bett wurden auch durchwühlt. Was suchen die da eigentlich ständig? Einen Totmacher? Kein normaler Knacki würde ein Messer zwischen seinen Sachen bunkern, das wäre saugefährlich, Verstecke gibt es viele, »Nester«, aus denen man sich das – anonyme – Ding wenn nötig holen kann. Oder suchen sie etwa unter dem Kopfkissen oder in den Socken ein Stück Brot, das mir die Dämonen, über die ich schreibe, ständig unterschieben wollen? Aber weder die Miliz noch die Dämonen verstehen, dass eine Brotrinde gegenwärtig mein Verderben und nicht meine Rettung wäre. Wer klug ist, wird nicht Vollzugsbeamter. Heute Morgen wurden mir zwei neue Ausgaben der Nowaja Gaseta gebracht. Neu, naja, für die hiesigen Gefilde neu, sie waren wie immer zwei Wochen alt. In beiden Nummern waren einige Artikel herausgeschnitten. Wahrscheinlich ging es darin um mich. Und was soll das? Sie denken, dass sie meine Informationen irgendwie beschränken können, und verletzen das Gesetz über den freien Zugang zu letzteren, indem sie die arme Zeitung, die ich schließlich über sie abonniert habe, zerfleddern. Über die Folgen dieser Dummheit macht sich irgendwie keiner Gedanken. In den ganzen vier Jahren habe ich mich immer noch nicht an die Dummheit und Kurzsichtigkeit der Miliz gewöhnt. Dem ukrainischen Priester den Zutritt verweigern, Briefe zurückhalten, die mir der Anwalt mitgebracht hat, und jetzt eine offiziell erschienene Zeitung zensieren. Wo ist da die Logik? Die Antwort ist Stille und ein schwaches Wimmern in den leeren Gehirnkästen.

Das Wichtigste ist, dass ich mich heute wirklich besser fühle. Als wäre ich aus einer Höhle gekrochen und auf einen Hügel gestiegen.

Der Blutdruck ist zwar niedrig (80/60), aber nicht kritisch, der Puls ist auch sehr schwach, aber immerhin vorhanden. Es wäre auch merkwürdig gewesen, wenn keine Verbesserung eingetreten wäre, wenn man bedenkt, was sie mir gestern alles infiltriert haben. Die Nährpräparate entfalten natürlich auch ihre Wirkung. Zuerst dachte ich, das sei so was wie Babynahrung oder Proteine, weil es so aussieht. Aber als ich die Zusammensetzung auf der Packung gelesen habe, ist mir aufgefallen, dass die Substanz nur wenig Eiweiß und Kalorien enthält und zu achtzig Prozent aus Vitaminen, Mineralien und anderen für einen geschwächten Organismus wichtigen Substanzen besteht. Umso besser, ich dachte, ich hätte mit dem Beginn der oralen Ernährung meinen Hungerstreik schon zur Hälfte abgebrochen. Es ist aber keine Nahrung, es sind nur stärkende Substanzen, das ist in Ordnung. Deswegen spare ich mir das Theater mit dem Füttern vom Löffel und nehme die Masse selbstständig ein. Die Substanz wird mit ein paar Löffeln Wasser aufgelöst und mir alle vier Stunden verabreicht. Die Portionen sind klein, aber es reicht, um die Hosen oben zu halten. Die warme Flüssigkeit kleidet den Magen angenehm aus und schützt zugleich die Schleimhaut, die bei einem Hungerstreik extrem in Mitleidenschaft gezogen ist. Der Brei schmeckt nach Milch und Chemie. Wonach genau, kann ich nicht sagen, die Rezeptoren im Mund bilden sich langsam zurück. Der Doktor sagt, der Geschmack käme irgendwann zurück, wenn auch vielleicht nicht ganz. Meine Zunge hat jedenfalls die Farbe der Zimmerwände: helles Beige. Das Azeton im Mund spürt und riecht man. Es wird bleiben, mich bis zum Schluss begleiten, denn es fehlt dem Organismus ja weiter an Nahrung, er verzehrt sich selbst, und das ausgeschiedene Azeton ist nur ein sekundäres Symptom dieses unerfreulichen Prozesses.

In den letzten vier Wochen habe ich sozusagen auf praktischem Wege sehr viel über die Medizin im Allgemeinen und über den menschlichen Organismus im Besonderen gelernt. Ich will immer wissen und verstehen, was um mich herum passiert, im vorliegenden Fall ist es das, was in mir drin passiert. 76 Kilo. Das Gewicht nimmt jetzt nur sehr langsam ab, aber im fortgeschrittenen Stadium eines

Hungerstreiks ist das immer so. Ich hatte nie Übergewicht, und Muskeln werden langsamer verbrannt als Fett.

Der Arzt hat mich untersucht und gesagt, ich solle mich nicht zu früh freuen, das Herz sei noch immer schwach und instabil, aber die Situation sei auf jeden Fall schon besser als gestern. Die Kontrollärztin hat im Übrigen, wie es so schön heißt, einen angenehmen Eindruck hinterlassen und ist gestern Nacht nach Moskau zurückgeflogen, um ihre Vorgesetzten davon zu unterrichten, wie unter ihrer aktiven Mitwirkung der Hungerstreikende gerettet wurde. Heute bekomme ich wieder eine mehrstündige Infusion. Dieses Mal hat mir eine Schwester kurz vor der Rente, die ich noch nicht kannte, den Zugang gelegt. Sie ist vielleicht ein guter Mensch und schafft es, den Häftlingen Analgin zu verabreichen, aber eine Infusion, noch dazu mit einem Katheter, ist nichts für sie: Sie hat sich und mich reichlich gequält. Dafür hat sie zu mir gesagt, nach den sechs Stunden Tropf sähe ich schon viel besser aus und mein Gesicht hätte nicht mehr diesen erdbraunen Ton vom Morgen. Ein Glück, dass sie mich gestern nicht gesehen hat …

Ich habe mich geduscht und rasiert. Aus dem Spiegel schaut mich noch immer dieser ausgezehrte knochige Kerl an. Im Vergleich zur letzten Woche sieht er nicht besser aus, im Gegenteil. Er hat einen überproportional großen Kopf, dafür aber kein Gesicht mehr. In den letzten Tagen hatte ich gar keinen Sinn für Körperhygiene, also nutze ich jetzt den Moment, in dem es besser geht. Normalerweise brauche ich für die beiden Verrichtungen zwanzig Minuten. Heute habe ich mehr als eine Stunde damit zugebracht. Ich habe mich gefühlt wie ein hundertjähriger Greis: kraftlos, alles dauert lange und kostet Mühe. Außerdem fand ich den Plastiktütenarm mit dem Katheter hinderlich. Aber halb so wild, es ging schon.

Ich habe das Bett frisch bezogen und mich hingelegt. Die heutige Linderung ist natürlich keine grundlegende Verbesserung. Das ist klar. Der Zustand ist momentan stabil, hat der Doktor gesagt, aber wie lange es dauert, bis der nächste Zusammenbruch kommt, weiß keiner. Und dass er kommen wird, ist sicher, und sicher ist auch, dass die zweite Krise heftiger werden wird als die erste, dann werde ich der diabolischen Intensivstation nicht entkommen. Ich hoffe, dass der Organismus noch zwei Wochen durchhält. Ich glaube, in den nächsten zwei Wochen entscheidet sich die Sache. Hoffentlich schaffe ich das.

Einschluss. Das elektrische Licht wurde abgeschaltet, aber im Zimmer ist es so hell, dass ich lesen und schreiben kann, auch wenn ich mich nicht ans Fenster setze. In den Abendnachrichten hieß es, die Präsidenten der Ukraine und Russlands hätten miteinander telefoniert. Die Themen sind immer die gleichen: Donbass, Waffenstillstand, Kriegsgefangene. Sie sind übereingekommen, dass Besuche von Bürgerbeauftragten in den Gefängnissen organisiert werden sollen: ihre Leute bei ihren Gefangenen, unsere bei uns. Wenn es das erste Gespräch gewesen wäre, hätte ich mich vielleicht gefreut, aber das gab es schon so oft im Laufe der vier Jahre, dass ich seit Langem nur noch an mich selbst glaube und mich nur noch auf mich verlasse. Abwarten. Zwei Wochen.

Tag 28

In der Nacht war es kühl. Ich bin mit einer kalten Nase und kalten Ohren aufgewacht. Aber immerhin ausgeruht. Ich hatte wieder Träume, was in den letzten schweren Tagen nicht der Fall war. Draußen Regen, Wind und Nässe, null Grad, ein schmutziggrauer Schleier liegt über dem Himmel. Vorbei das gestrige Frühlingsintermezzo, als sogar ein paar Schäfchenwolken über den Himmel gewandert sind. Aber bei diesem Wetter schläft es sich gut, viel besser als in den stillen hellen Polarnächten.

[…]

Der letzte Tag der äußerst anstrengenden vierten Woche mit ihren vielen Ereignissen und Neuigkeiten war ganz einfach und wenig produktiv. Genauso wie in der Bibel, als Gott am siebten Tag müde geworden war, ruhte und uns dasselbe gebot. Die erste Tageshälfte hing ich am Tropf. Es wurde ein neuer Venenkatheter gelegt, am anderen Arm, und wieder wurden über zwei Liter verschiedenster Flüssigkeiten infiltriert, auch die Präparate, die uns vorgestern der Intensivmediziner zur Bekämpfung des kritischen Zustands ausgehändigt hatte. Dazu trinke ich jeden Tag mehr als vier Liter Wasser, mehr als fünf Liter scheide ich aus, bleibt ein Liter, der irgendwo da drin rumblubbert. Der Doktor sagt, der restliche Liter würde auch ausgeschieden, über den Atem und den Schweiß. Aber jetzt verliere ich etwas weniger Flüssigkeit als vorher, ich habe sogar fast ein Kilo zugenommen, aber das ist nur das Wasser im Magen, das gluckert wie bei einem Wassermann.

Gegen Mittag war der Doktor kurz da und wollte wissen, wie es mir geht. Soweit ganz gut. Morgens ist mein Befinden normal, erst gegen Abend fühle ich mich schwach. Morgen sind wieder Proben und ein EKG fällig.

Die zweite Tageshälfte habe ich mit anderen Häftlingen vorm Fernseher verbracht, wir haben diese Serie über die Drachen und die sieben Königreiche geschaut. Eigentlich mag ich keine Serien, aber die ist nett. Ich sehe sie schon zum dritten Mal, seit ich im Gefängnis bin, und sie wird mir nicht langweilig. Eine tolle, originelle Handlung, gute Schauspieler, Filmkünstler, special effects. Mit dieser Sympathie bin ich nicht allein – diese Saga schauen alle. Abends, zwischen den letzten Teilen der Staffel, wurde während der Werbung für ein paar Minuten zu Kisseljow umgeschaltet. Zwei Mal genau in dem Moment, als es um meine Situation ging. Zuerst kommentierte Putin auf irgendeinem Briefing das gestrige Gespräch mit Poroschenko über die Freilassung von Gefangenen. Und beim zweiten Mal verkündete der wandernde Fernsehguru höchstpersönlich den Vorschlag aus Kiew, mich gegen Wyschinski auszutauschen. Der Grundtenor dabei war, wer würde denn ernsthaft den Tausch eines ehrbaren Journalisten gegen einen gewalttätigen Terroristen in Erwägung ziehen, als Illustration diente ein Foto von mir. Zwar haben sich weder der große Landesvater noch sein treuer Diener vollkommen ablehnend zu dieser Idee geäußert, was in gewisser Weise Hoffnung macht, aber so richtig glauben kann ich daran nicht. Andererseits, wie wahrscheinlich war es, in den kurzen Reklamepausen zweimal auf einen Beitrag über mich zu stoßen? Vielleicht wollte mir einer von da oben ein kleines Zeichen geben und hat mit dem grünen Schild »Notausgang« gewinkt? Das wird sich alles schon bald zeigen.

[...]

Tag 29

Die fünfte Woche beginnt. Wie sie wird – aussichtsreich, kritisch oder entscheidend – kann keiner sagen. Wir sehen es dann, an den Ergebnissen. Ich habe bis fast neun Uhr geschlafen, mit kurzen Unterbrechungen für die üblichen Zeremonien und Rituale. Ich habe wieder gut geschlafen und fühle mich ganz passabel, was mich natürlich freut. Wieder hatte ich eine ganze Palette von Träumen, an die ich mich am Morgen sehr klar erinnere und die sich bis zum Mittag bis auf kleine Fetzen auflösen wie Nebelschwaden. Ein Traum ist mir im Gedächtnis geblieben: Ich laufe mit einem Freund von der Krim über einen Trampelpfad in einem verschneiten Park, vor uns seine Frau und seine Schwiegermutter. Die beiden können mich nicht ausstehen. Ihren nahen »Verwandten« offensichtlich auch nicht, deswegen biegen sie irgendwann ab, ohne sich zu verabschieden und ohne sich umzudrehen. Ich mache meinen Freund darauf aufmerksam, aber er winkt nur ab, ach, das ist schon lange so, in der Familie knirscht es gewaltig. Wir laufen weiter schweigend nebeneinander her. Es ist ein guter, ein langjähriger und treuer Freund. Die letzten vier Jahre hat er allerdings nichts von sich hören lassen. An den Aktionen auf dem Maidan und auf der Krim hat er sich nicht aktiv beteiligt, aber mitgefiebert und Unterstützung signalisiert. Vom Sofa aus. Ich möchte lieber glauben, er sei irgendwo im Donbass umgekommen, als denken, er könnte seine Meinung geändert haben, weil ich des Terrorismus verdächtigt worden war. Natürlich sind meine Überlegungen fragwürdig: Wem der Mut für den Maidan fehlt, der wagt sich sicher kaum in die Reihen der Anti-Terror-Einheiten. Aber man will natürlich immer an das Gute im Menschen glauben. Und niemanden verurteilen. Jeder geht seinen eigenen Weg und trifft seine eigene Entscheidung.

Die Proben wurden entnommen. Jetzt wird der Tropf bestückt, und gleich beginnt diese eigentlich gemütliche, aber anstrengende Prozedur. Der Katheter von gestern ist kaputtgegangen. Also geht's heute wieder mit den üblichen Nadeln weiter, die Venen sind in den letzten drei Tagen ganz gut verheilt und konnten sich regenerieren. Ich habe einen Notfallknopf bekommen, mit dem ich die Schwester rufen kann, denn gestern, als die Ampulle gewechselt werden musste, konnte ich eine halbe Stunde lang weder sie noch die *roten* Sanitäter erreichen, die sonst eigentlich ständig auf dem Gang herumscharwenzeln. Den Notknopf habe ich in den Nachtschrank geschmissen: Wenn es ganz schlimm kommt, finde ich ihn blind, die freiwilligen Helfer werfen jede Viertelstunde einen Blick durch die Scheibe – ob ich nicht etwas brauche.

Ich habe keine Ahnung, warum ich diese ganzen Kleinigkeiten hier aufschreibe, es gibt eigentlich nichts sonderlich Notierenswertes. Aber für mich ist dieses Tagebuch nicht nur eine Aufzeichnung der Ereignisse oder ein seelischer Ausgleich, sondern auch so eine Art inneres Stimmungsbarometer: Wird die Schrift wackelig, oder schreibe ich irgendwelchen Blödsinn? Bei einem langen Hungerstreik können nämlich auch das Gehirn und das Bewusstsein in Mitleidenschaft gezogen werden. Bislang ist alles noch im grünen Bereich. Andere wichtige Organe, die unter dem Hungerstreik leiden, sind die Nieren, die Leber und das Herz. Mit den ersten beiden habe ich eigentlich keine großen Probleme, aber das Herz ist wegen meiner Vorerkrankung als Kind besonders anfällig. Es ist zwar auch nicht gut, dass der Organismus das Wasser nicht speichern kann – weil die Nieren nur noch schlecht filtern – und ich dauernd den Azeton-Geschmack im Mund habe, aber das Herz ist doch wichtiger. Und in meinem Fall ein größeres Problem. Jetzt hat sich die Lage Gott sei Dank stabilisiert, sowohl was meinen Zustand als auch mein Befinden und die Werte angeht. Sie sind zwar nicht gut, aber auch nicht mehr so kritisch. Der Doktor sagt trotzdem, ich solle mich keinen allzu großen Hoffnungen hingeben. Die Intensivtherapie mit den Präparaten, die uns von der Intensivstation in der freien Klinik mitgegeben wurden, hat geholfen. Aber die Vorräte sind aufgebraucht, es stehen nur noch jene Substanzen zur Verfügung, die wir vor der Krise hatten, dazu mehrmals täglich je ein halber Becher Nährmasse. Der Doktor ist der Meinung, das reiche nicht aus. Die Präparate von der Intensivstation hätten mich vor dem Absturz bewahrt und ein bisschen stabilisiert, aber wie lange dieser Zustand anhält und wann der nächste Schub kommt, wisse er nicht. Ich sagte ihm, dass ich noch zwei Wochen durchhalten müsse. Der Arzt ist sich nicht sicher, dass ich eine schaffe. Lassen wir es auf uns zukommen. Keinesfalls möchte ich diese raren und teuren Präparate von der Intensivstation, wo sie denen zugute kommen, die sie wirklich brauchen – Menschen mit Brandwunden, nach einem Koma, nach schweren Unfällen und Operationen –, noch einmal in Anspruch nehmen. Dafür sind sie da. Ihnen retten sie das Leben. Ich kann darauf verzichten, denn ich mache das alles aus freien Stücken, und die anderen können nichts dafür, dass sie im Krankenbett gelandet sind, von dem aus es nicht weit ist bis auf die Pritsche, die in die Leichenhalle rollt.

Draußen versucht der Frühling stets aufs Neue, die schweren Wolken zu bezwingen. Die Sonne scheint von einem blauen Himmel herab, wärmt, sogar ein paar Vögel zwitscherten schüchtern. Vielleicht sind das auch nur die Spatzen, die nach dem endlos langen Winter ihre Hüllen abgeworfen haben, aber das ist auch nicht schlecht. Wärme dringt in die Seele. Plötzlich trübt sich der Himmel wieder ein, böiger Wind kommt auf, es tröpfelt. Ein, zwei Stunden später scheint wieder die Sonne. Kampf zwischen Frühling und Herbst. Das Wetter erinnert mich in diesen Tagen sehr an meinen Zustand, an mein Befinden und meine Werte. Wärme, Frühling und dann Sommer, sie werden kommen.

Gedanken ans Essen quälen mich schon lange nicht mehr, weder abends noch sonst irgendwann. In meinem Kopf gibt es keine Bilder mehr von irgendwelchen Speisen, von jetzt auf gleich sind sie verschwunden, nur noch Medikamente. Selbst die kleinen Dämonen sind weg, vielleicht sind sie vor Hunger in ihren Löchern verreckt. Wenn ich die *Balanda* in der Zelle sehe – das so genannte Speiseritual hat noch niemand abgeschafft – oder die Jungs, wie sie essen, empfinde ich gar nichts und schon gar kein Verlangen. Das kann in Zukunft Probleme machen, soweit ich weiß. Manche Menschen haben nach einem langen Hungerstreik keinen Appetit mehr, das geht bis hin zur Anorexie. Ich glaube nicht, dass ich da gefährdet bin. Aber wer weiß. Befassen werde ich mich mit den Problemen jedenfalls erst dann, wenn sie auftreten. Im Moment ist das kein Problem, sondern eher ein Plus, weil da kein Appetit ist, der stören könnte. Der Doktor kommt mir wieder mit dem Brei, diese chemischen Substanzen mit ihrem lächerlichen Gehalt an Kalorien und Eiweißen seien schließlich keine richtige Nahrung, sie könnten die schädlichen Prozesse nur verlangsamen, nicht aber aufhalten. Ich habe wieder abgelehnt. Man kann die Miliz austricksen, die Videoüberwachung, wen auch immer. Aber nicht sich selbst, damit muss man dann ein Leben lang klarkommen. Der Doktor hat mir ein Holzstäbchen gegeben – extra für die Verbohrten und Prinzipientreuen –, damit ich den weißen Belag von meiner Zunge abkratze, der ist nämlich schädlich. Diese Prozedur vor dem Spiegel hat mich eine Viertelstunde gekostet. Jetzt ist nur noch die eine Hälfte der Zunge weiß, die andere rot. Sieht schön aus, schade, dass ich es niemandem zeigen kann.

Tag 30

Ein kleines Jubiläum. Ein rundes Datum. Ich bin am Morgen aufgewacht und habe draußen einen klaren, ganz blauen Himmel gesehen, völlig makellos. Das war das allererste Mal in meiner Zeit hier oben im feuchten, polaren Labytnangi. Die Sonne war nicht zu sehen, sie kam irgendwo von der Seite, aber sie schickte mir schöne Grüße – in Form von Lichtprojektionen des Fensters an der Zimmerwand. Echter Frühling in der Saretschnaja-Straße in unserem separaten Lager. Befinden und Stimmung passen dazu.

Nicht nur ich begehe heute einen Feiertag. Heute ist Russland-Tag, das kam im Fernsehen. Es ist einer dieser neuen, nichtsowjetischen Feiertage, der hier begangen wird. Dekretiert von oben, wie immer, die Leute können damit nichts anfangen. Der Feiertag ist noch unter Jelzin eingeführt worden, nach dem Zerfall der Sowjetunion. Damals haben sich alle Sowjetrepubliken abgekoppelt wie Einheiten eines Sputniks und von da an die Unabhängigkeitstage in ihren Ländern gefeiert. Bei manchen war es ernst, bei anderen eher pro forma. Die Ukraine hat erst vor Kurzem ihren wirklichen Preis für die Unabhängigkeit gezahlt, und die Menschen dort – ich nehme mich da nicht aus – haben eine ganz neue Einstellung zu diesem Wort entwickelt, nachdem sie seinen Wert und seine Bedeutung verstanden haben. Russland konnte sich von niemandem abkoppeln und die Unabhängigkeit feiern, weil sich die anderen Länder ja gerade von Russland lossagten. Damals hat man diesen aufgesetzten Feiertag ins Leben gerufen, obwohl manche Sowjetjünger den Tag lieber als Tag des Kummers begehen möchten, und zwar unter anderen, passenderen Bezeichnungen, wie: »Abkehr-Tag«, »Tag der Abhängigkeit von unseren Ambitionen«, »Gedenktag für das verlorene Imperium« und so weiter. Die einfachen Menschen allerdings, zumindest jene, mit denen ich hier bin, wüssten gar nichts von dem Feiertag, wenn er nicht nonstop in den Nachrichten beschworen werden würde. Die aggressive Propaganda und die primitivsten Talkshows leisten da kontinuierlich ihren finsteren Beitrag. Die Leute umnachten und verblöden. Furchtbar. Das ist eine Sackgasse. Und vor allem ist völlig unklar, wo's rausgeht. Wenn der jetzige Kapitän unter Orchesterdröhnen und Schluchzen und Zurufen aus der Menge endlich von Bord geht – so hat man den Eindruck –, kriegen der Staat und vor allem die Menschen richtig Probleme. Weil sie alle mit drinhängen, tief und von allen guten Geistern verlassen. Vielleicht taucht irgendwo ein Lichtstrahl oder eine Perspektive auf, aber ganz sicher nicht hier an dem Ort, wo ich mich gerade befinde. Ein Beispiel. Wir sehen uns mit der ganzen Meute hier die Lokalnachrichten an. Aus Anlass eines Staatsbesuchs von Putin in China, mit dem er ein weiteres Mal versucht, freundschaftliche Beziehungen aufzubauen, wimmelt es auf dem Sender nur so von Beiträgen und Dokumentationen darüber, wie Tianxia so lebt. Es lebt gut. Sehr gut. Und höchstwahrscheinlich wird es noch besser leben und vor allem länger. Aber all das wird so dargestellt, als wäre das ein Verdienst des russischen Präsidenten oder würde sich doch zumindest mit seinem Einverständnis vollziehen. Dieser unterschwellige Gedanke wird vermittelt, und das Ergebnis folgt auf dem Fuß. Mein rechter Nachbar fragt mich als »politischen Experten«, weil ich ja vorgestern auch im Fernsehen war: »Werden sich Russland und China bald vereinigen?« »Wie meinst du das?« »Na ja, dass es ein Staat wird.« »???« »Wir haben doch so viele Gemeinsamkeiten!« »Vielleicht. In hundert Jahren oder ein bisschen früher. Aber sie werden sich nicht vereinigen, der eine wird den anderen schlucken, und der heißt dann mit Sicherheit nicht Russland.« Trotz der territorialen Größe, des Erdöls und des Gases, der Panzer und Atomraketen bleibt Russland ein Fake-Staat. Nehmt es nicht persönlich, ihr lieben Russen, alles Gute zum Feiertag! Feiert schön, China läuft schon nicht weg. Zurückziehen wird es sich allerdings auch nicht.

In den Nachrichten wurde auch das Thema Ukraine angerissen. In Berlin haben sich die Außenminister im Normandie-Format getroffen. Das letzte Treffen hat vor anderthalb Jahren stattgefunden. Es bewegt sich nichts. Ein und dieselben Fragen. Dieselben Worte und Erklärungen. Nach wie vor kein Ergebnis. Die russische Führung verzögert die reale Regulierung des Konflikts, »Hammerklappern« nennen die Häftlinge das. Und irgendwo da weit weg in den Schützengräben oder in den Häusern sterben immer noch Menschen. Mein Zustand ist zwar stabil, und ich fühle mich weniger schwach, besonders am Morgen (weil ich gut schlafe), aber heute hatte ich plötzlich ein Stechen im Herzen und Schüttelfrost. Ich habe mich mit Sachen und in einem Häftlingspullover unter die Decke gelegt, der Heizlüfter brummt fleißig, draußen ist es sonnig, aber ich fröstle trotzdem.

Vielleicht werde ich krank? Habe ich mich womöglich bei irgendwem angesteckt? Der Doktor sagt, mein Immunsystem sei völlig im Keller, das wäre also kein Wunder. Na gut, schauen wir mal, wie es am Abend ist, nach der Infusion.

Vor ein paar Tagen habe ich den Lagerleiter mit Hilfe des Doktors von der Dummheit seiner Untergebenen in Kenntnis gesetzt, dass sie nämlich aus der Nowaja Gaseta Artikel ausgeschnitten haben. Ich ließ ihn wissen, dass ich das auf jeden Fall an die Öffentlichkeit bringen würde, die Konsequenzen müsse er tragen, und sie würden mit Sicherheit nicht positiv sein. Als der Diensthabende mir heute das Mittagessen servierte, händigte er mir feierlich, mit Erfassung auf dem Registriergerät, die entfernten Artikel aus. Ich sagte ihm, dass der Fall erledigt sei. Wie ich vermutet hatte, ging es in den Artikeln um meinen Hungerstreik, etwas Neues konnte ich den zwei Wochen alten Berichten natürlich nicht entnehmen. Vielleicht haben sie gedacht, ich würde, wenn ich von der breiten Unterstützung las, unter keinen Umständen aufgeben? Sie begreifen nicht, dass ich nicht mal dann aufgebe, wenn sie mich von jeglichen Informationen abschneiden. Sie wissen wahrscheinlich nicht, dass ich nicht mal dann aufgebe, wenn sie mir den Sauerstoff entziehen. Die Logik von Milizionären begreifen zu wollen, ist ein hoffnungsloses Unterfangen.

Die zweite positive Nachricht des Tages: Ich durfte ein Telefongespräch führen. Eigentlich hat es bislang nur Soja Swetowa, die bekannte Moskauer Journalistin und Menschenrechtlerin geschafft, mich über den normalen Anschluss hier zu erreichen. So auch dieses Mal. Ich erzählte ihr kurz von meinen Angelegenheiten, sie berichtete mir von den Neuigkeiten aus der Welt draußen. Im Großen und Ganzen sind die Stimmung und die Erwartungen in Bezug auf mein Schicksal durchaus ermutigend. Das habe ich hier zum Glück schon mitbekommen. Sie hat mir von verschiedenen Unterstützungsformen erzählt, von Briefen und erwiderten Grüßen, darüber, dass sie sich sogar nett mit Macron unterhalten habe, als sie im Rahmen einer zivilgesellschaftlichen Delegation mit anderen Unterstützern wegen Senzow bei ihm vorsprach. Sie hat meine schlimmsten Befürchtungen zerstreut, alles würde sich nur um die Freilassung einer Einzelperson drehen, denn das – allein freikommen – widerspricht meinen Zielen und würde mir schwer zu schaffen machen. Es geht offenbar um alle, um die Freilassung einer ganzen Gruppe. Gott sei Dank! Natürlich nicht alle auf einmal, das ist klar, aber je mehr, umso besser. Dann habe ich noch erfahren, dass mein Mitstreiter Sascha Koltschenko seinen Hungerstreik nach einer Woche beendet hat. Sehr gut! Bei seinem Gewicht und seiner Gesundheit ist ein Hungerstreik keine gute Idee! Aber er ist trotzdem ein klasse Typ, hat mich unterstützt, hat durchgehalten, solange das Bewusstsein noch mitgemacht hat. Das Gespräch verlief insgesamt informativ und produktiv. Ich mag solche Gespräche: kurz, an der Sache orientiert, interessant und wohlwollend.

Zum Telefonieren wurde ich aus der Krankenstation in die Dienststube gebracht. Durchs ganze Lager. Sage und schreibe 70 Meter. Das Wetter flüstert heute. Es ist warm, sonnig, die Spatzen tschilpen (andere Vögel habe ich bislang nicht gesehen), Windstille, Idylle. Das passt auch wieder sehr gut zur aktuellen Lage der Dinge.

Tag 31

Gegen Abend hat sich das Wetter wieder verschlechtert, aber nur leicht – es sind zwar Wolken aufgezogen, doch Wind und Regen gab es nicht. Mir ging es auch nicht besonders, ich hatte Herzstechen und zu gar nichts Lust, schon gar nicht zum Schreiben. Anabiotischer Zustand, du liegst unter der Decke und hast keine Kraft, dich zu bewegen. Aber in der Nacht habe ich mich ausgeruht, der Motor macht wieder mit, ich habe gut geschlafen, und mit der Sonne am Morgen sind die Kräfte zurückgekehrt. Schüttelfrost habe ich allerdings immer noch und nun auch Halsschmerzen, da ist entweder eine Angina oder eine Erkältung im Anzug, bislang jedoch ohne Fieber.

Ich habe Kraft für einen halben Tag, beim Wetter ist es genauso. Der Doktor ist mit meinen Befunden nicht zufrieden. Sie sind nicht alarmierend, aber auch nicht gut. Er macht sich besonders Sorgen um mein Herz, das EKG ist wieder miserabel, der Herzmuskel bekäme nicht ausreichend Sauerstoff, um normal zu funktionieren, erklärt er. »Soll ich etwa mehr atmen?«. Der Doktor lächelt. »Nein, der Sauerstoff wird mit den Nährstoffen aufgenommen, und die fehlen dem Muskel genauso wie dem übrigen Organismus.« Er schlägt vor, die Menge der Nährstoffzufuhr zu erhöhen. Ich lehne ab, das ist der maximale Kompromiss, mehr kann ich mir nicht erlauben.

Seit gestern bekomme ich wieder die üblichen Infusionen wie vor dem Zusammenbruch, denn die zusätzlichen Aufbaupräparate in den großen Zwei-Liter-Beuteln sind aufgebraucht. Mehr rückt die Intensivstation nicht raus, und ich will das auch nicht. Der Doktor hat es manchmal schwer mit mir, obwohl er behauptet, ich sei ein guter Patient. Auf jeden Fall gibt er eine pessimistische Prognose für die nächsten zehn Tage, die ich noch durchhalten muss. Wenn ich mich nicht verrechnet habe. Bislang läuft alles nach Plan, sogar besser, als ich vermutet hätte, aber wie der Lauf am Ende ausgeht, ist offen. Im Wettlauf gegen den Tod interessiert den Doktor nur die Gesundheit des Sportlers. Was gut ist, denn so kann ich an etwas anderes, Wichtigeres denken.

Heute ist es genau einen Monat her, dass ich den Hungerstreik begonnen habe. Das Ende des zweiten Monats werden wir nicht feiern, das ist klar, so lange hält der Körper nicht durch. Das spüre ich auch selbst. Außerdem fällt dieser Tag mit meinem Geburtstag zusammen. Ich werde dann zweiundvierzig. Es ist mein fünfter im Gefängnis. Feiern werde ich natürlich nicht. Nicht etwa, weil ich auch die anderen Geburtstage in Haft nicht gefeiert habe, die Mitgefangenen wussten noch nicht mal Bescheid. Dieses Datum war für mich schon lange vor meiner Haft, in meinem früheren Leben, nichts Besonderes, kein Grund zum Feiern mehr. Geburtstage sind was für Kinder und junge Leute, auf der Auswechselbank des Lebens bin ich längst in die Kategorie »reifes Alter« gerutscht. Gefeiert habe ich nur mit den Kindern: Kinder brauchen das, sie sind an diesen Tagen glücklich, und das macht auch dich glücklich. Ein Feiertag kommt nicht von einer roten Zahl im Kalender, sondern von der inneren Verfassung. Deswegen feiere ich, wenn mir danach ist, und nicht wenn es auf dem Kalender steht.

Der Blutdruck ist nach wie vor niedrig, fällt aber nicht mehr besorgniserregend ab. Das Gewicht stockt und hat sich zwischen 76 und 77 Kilo eingependelt. Das kommt vom Wasser. In einem späten Hungerstreikstadium sinkt das Gewicht immer langsamer – um 100 Gramm pro Tag, manchmal auch weniger. Der Körper hat zu diesem Zeitpunkt schon alle leicht zugänglichen Reserven verbraucht und greift die schwer zugänglichen an, die eigenen Organe und vor allem die Leber.

Gegen Mittag kommt eine Delegation örtlicher Natschalniki mit einem Obernatschalnik an der Spitze. Nettes Lächeln und Sorge, der sanfte Rat, die Sache zu beenden, du hast doch schon geschafft, was du wolltest. Ich weigere mich natürlich, genauso nett, schließlich habe ich noch gar nichts erreicht. Mit der Bemerkung, ich sähe entschieden besser aus als letzte Woche (was im Übrigen auch denen ins Auge fällt, die nicht ständig die Befunde lesen), verabschieden sie sich höflich und wünschen mir gute Besserung. Es fehlt bloß noch eine Tüte mit Obst und Gebäck, dann hätte ich sie glatt für Verwandte gehalten.

Das war noch nicht der letzte Kontakt mit der Leitungsetage für heute. Zunächst brachten sie mir ein Papier, mit dem ich den Verzicht auf den Besuch des ukrainischen Geistlichen erklären sollte, das war der Nachklang zu den Ereignissen von letzter Woche. Der Ton des Schreibens versetzte mich allerdings in Erstaunen. Das Schreiben begann mit »Sehr geehrter« und dem Vor- und Vatersnamen und endete mit »Hochachtungsvoll!«, Unterschrift von soundso. In offiziellen Schreiben draußen in der Freiheit sind Formulierungen wie diese durchaus üblich, nicht aber drinnen im Knast, wo der Beamte das Gesuch eines Häftlings mit einer Ablehnung beantwortet. Der Ton ist normalerweise trocken, die Anrede besteht nur aus dem Familiennamen und den Initialen, manchmal steht noch »Der Verurteilte«, damit du deine Position ja nicht vergisst. Aber natürlich wird nicht jeder Häftling im Fernsehen gezeigt und zweimal pro Woche von Putin erwähnt.

Später kam der Lagerleiter noch einmal persönlich vorbei, der *Hausherr*, wie er hier genannt wird. Korrekt und höflich hat er sich nach dem bevorstehenden Besuch der ukrainischen Bürgerbeauftragten erkundigt. Er weiß nicht, wann sie kommt, hat keine Informationen erhalten, von ihrem Besuch hat er – genau wie ich – aus dem Fernsehen erfahren. Nervös ist er aber nicht wegen ihr, sondern wegen der Journalisten, die sie womöglich begleiten, und er weiß nicht, was er machen soll, wenn sie unbedingt zu mir wollen. Ich habe ihm dann versichert, dass ich prinzipiell nicht mit Medienvertretern spreche, solange ich inhaftiert bin, und dass ich nicht vorhabe, hier eine Ausnahme zu machen. Ich vertraue, habe ich noch gesagt, nur meinem Anwalt und meiner Cousine Natascha. Er ist froh, dass ich nicht scharf auf Pressekontakte bin und dass ich kein Interesse an Publicity habe, aber die Erwähnung meiner standhaften Cousine hat ihn verdrossen. Er ist regelmäßig auf ihrer Facebook-Seite, und da gibt es vieles, was ihm nicht gefällt. Ich habe ihm gesagt, dass ich da nichts machen könne. Natascha würde sich sehr wundern, wenn sie wüsste, wie viel geheime Follower sie unter den FSVD-Beamten hat. Ich habe den Natschalnik dann noch um die Erlaubnis gebeten, mir auch außerhalb der festgelegten Fernsehzeiten die Fußballübertragungen ansehen zu dürfen. Der *Hausherr* hat das genehmigt und erklärt, sie hätten eine Verfügung bekommen, wonach das Verfolgen der Fußballübertragungen während der WM im eigenen Land, die morgen startet, großzügig zu handhaben sei. Er ist selbst ein begeisterter Fußballfan, und so haben wir über Fußball geredet. Ich bin zwar kein Ultra, eher ein moderater Fan, aber seit ich vierzehn bin, verfolge ich alle WM- und EM-Spiele und natürlich auch die Champions League. Die anderen unbedeutenden Turniere interessieren mich nur, wenn es spannende Spiele gibt. Ich wollte die Erlaubnis nicht nur für mich, sondern für alle Häftlinge und Mitarbeiter der Krankenstation. Der Natschalnik war auch damit einverstanden. In meiner jetzigen Lage hätte ich ihn wahrscheinlich sogar um einen Fußball mit dem Autogramm von Dsjuba bitten können. Mit Sicherheit hätte den jemand beschafft, aber was hätte ich dann damit gemacht, wer hätte diese merkwürdige Reliquie gekauft? In den vier Jahren Gefängnis habe ich mir angewöhnt, die Miliz um nichts zu bitten, damit ich nicht in Abhängigkeit gerate. Und prompt deutete der Beamte, als wir das

Gespräch beendet hatten und uns verabschiedeten, an, es sei doch nun an der Zeit, endlich mal ein paar Löffel Brei zu essen. Wie im Kindergarten, Gott noch mal. Da vergisst du glatt, in was für einem Lager du dich befindest. Das darfst du aber keinesfalls, denn nicht jeder wird hier angelächelt, mit Vor- und Vatersnamen angesprochen und mit »Hochachtungsvoll« gegrüßt. Vielleicht gab's für jemand anders beim Sicherheitsdienst heute den ganzen Tag Rammstein.

Tag 32

Die Erkältung, das Virus (oder was auch immer ich mir da eingefangen habe) macht sich bemerkbar. Halsschmerzen, Schnupfen, Kopfweh und leichtes Fieber, halb so schlimm, und ein ständiger leichter Schüttelfrost. Die Hände und Füße sind wieder kalt und werden kaum warm. Obwohl das wahrscheinlich eher daran liegt, dass es das Herz nicht schafft. Man kann noch so viele EKGs machen, die Leistung wird davon nicht besser. Die Frequenz der Herzkontraktionen liegt weiterhin unterhalb der Norm, der sich verlangsamende Herzrhythmus und die schwindenden Kräfte sind auch offensichtlich, selbst auf einem schiefen Kardiogramm. Gestern Abend kam noch ein Endokrinologe von draußen. Seine Prognose war ebenfalls alarmierend. Der Herzmuskel hat sich zwar stabilisiert, aber auf keinem guten Niveau. Wie lange er noch mitmacht, ist unklar, er ist ja schon seit der Kindheit geschädigt. Er kann sich nicht regenerieren, weil es an Nahrung fehlt, also verschlechtert sich sein Zustand. Die Unterversorgung mit Sauerstoff führt erst zur Minderdurchblutung des Herzes und dann zum Infarkt. Der im vorliegenden Fall hausgemacht wäre. Trotz der ganzen ärztlichen Schauermärchen und Versuche, mir Angst einzujagen – ich merke auch so, dass mein Lebensmotor stottert – werde ich nicht aufhören. Wenn ich dem Herz mit diesem Hungerstreik vielleicht auch nicht den Rest gebe, so füge ich ihm doch bleibende Schäden zu, und das kostet mich höchstwahrscheinlich Lebenszeit, das weiß ich, aber es gibt keinen anderen Ausweg. Anderthalb Wochen muss ich noch durchhalten, falls ich richtig gezählt habe. Weiter will ich mal nicht spekulieren. Es wäre natürlich ziemlich ärgerlich, vor dem Sieg *in die Chucks zu beißen*[20]. Ich will ja nicht behaupten, dass der Tod nun schon unmittelbar bevorsteht, aber falls die Sache schiefgeht, spüre ich keine Enttäuschung mehr, weil ich dann nämlich gar nichts mehr spüre. Um das Herz zu stärken, nehme ich das weithin bekannte Meldonium ein. Das Präparat heißt irgendwie anders, weil es in Russland hergestellt wird, aber der Wirkstoff ist derselbe, Mildronate. Wenn man die Kapseln aus der Verpackung nimmt, gehen sie oft auf, die Qualität ist also wahrscheinlich nicht besonders, und die Wirkung ist gleich null.

Draußen hängt der Himmel wieder voller Wolken. Es ist kalt und feucht. Ich habe mich in der letzten Zeit so dran gewöhnt, dass mein Befinden vom Wetter abhängt, dass ich es schon als gegeben hinnehme, obwohl ich früher nie wetterfühlig war und schon gar nicht hypersensibel. Meinem Doktor erzähle ich das nicht, sonst denkt der noch, *mein Flachmann pfeift*[21]. Und von meinen Herzproblemen sage ich auch nichts, sonst kriegt er noch schlimmeres Herzrasen als ich.

Wegen der ganzen aufregenden Ereignisse in der letzten Woche, des – wenn auch nur stundenweise – genutzten Fernsehers und der Stapel veralteter, aber immerhin unterhaltsamer Zeitschriften bin ich gar nicht dazu gekommen, Stanisław Lems »Solaris« zu lesen. Gestern habe ich das Buch nun endlich zur Hand genommen, heute werde ich fertig. Es liest sich gut, aber ich habe natürlich ständig Assoziationen und Szenen aus Tarkowskis Film vor Augen. Die Verfilmung ist eindeutig besser. Der Regisseur hat den ganzen überflüssigen Technikkram weggelassen und sich auf das Wesentliche konzentriert – das Menschliche, das, was ihn am Original fasziniert hat. Ich will allerdings kein vorschnelles Urteil fällen. Ohne Lems Roman hätte es den Film jedenfalls nicht gegeben.

Ich habe »Solaris« zu Ende gelesen. Ich bin kein Kritiker und nicht in der Lage, fremde Werke mit schönen Begriffen zu analysieren. Aber

---

20 Jargonausdruck für »sterben«
21 Jargonausdruck in der Bedeutung: sich nicht angemessen verhalten, verrückt werden

der Film hat mir besser gefallen als das Buch. Das hat nichts damit zu tun, dass ich Filme lieber mag als Bücher und Tarkowski zu den Besten seiner Zunft gehört. Der Film hat meiner Meinung nach die Akzente besser gesetzt, Fehlendes ergänzt, und die Filmsprache gibt Lems Idee besser wieder als sein eigener Text. Auch das Ende ist anders und ebenfalls besser. Es geht um Vater, Haus, Boden und Land. Im Buch hält der Protagonist an der Hoffnung fest, den bunten Ozeanplaneten zu überwältigen, und sieht ihn als einen falschen Gott seiner Kindheit. Tarkowski stützt sich auf Lems Gedanken und entwickelt ihn weiter: Der Mensch braucht nicht den Kosmos zu erobern, der Mensch braucht den anderen Menschen. Tarkowski wendet sich so seinem beliebtesten und wichtigsten Thema zu – dem Göttlichen, nähert sich ihm aber auf eine andere Weise: über die Liebe. Damit kann ich mehr anfangen. Lem hat Tarkowskis Auslegung überhaupt nicht gefallen, und ich kann ihn verstehen: Buch und Film sind zwei unterschiedliche Dinge. Andrej Tarkowski hat drei Filme nach literarischen Vorlagen (außer »Solaris« noch »Iwan« und »Picknick am Wegesrand«) gedreht, aber mit Hilfe der Autoren oder Drehbuchautoren hat er sie so stark bearbeitet, so viel Eigenes hinzugefügt, dass die literarischen Vorlagen kaum noch zu erkennen sind. Das hat auch sein Gutes: Tarkowski hat nicht einfach nur einem fremden Text mit Bildern Leben eingehaucht, sondern seine eigene Sicht, seine Welt und seine Ideen auf die Leinwand gebracht. So muss man als Autor eine Verfilmung angehen.

Schon den x-ten Tag juckt mir der Bauch. Manchmal kratze ich, bis rote Striemen entstehen. Entweder bin ich auf irgendein Medikament allergisch, oder sie haben die Thermowäsche in der Wäscherei mit einem Pulver gewaschen, das solche Hautreaktionen hervorruft. Das ist nicht so schlimm, das ist das kleinere Übel. Doch ich komme mir jetzt manchmal wie ein räudiger Obdachloser vor.

Heute ist noch eine andere Ärztin gekommen, um mich zu untersuchen, aus der Klinik draußen, die Frau, die auf dem zweiten Konzil so laut wie kein anderer geschrien hat, man hätte ihnen einen Halbtoten gebracht. Heute war sie viel wohlwollender, hat sich mit meinen Befunden und dem Untersuchungsergebnis zufrieden gezeigt; im Unterschied zum letzten Mal, als sie mich gesehen habe, sei das alles ganz passabel. Sie leitet auch irgendeine Abteilung und ist fachlich versiert. Auch sie hat darauf hingewiesen, dass das Herz das Hauptproblem sei, noch ginge es, aber was weiter käme, sei unklar, also nichts anderes, als ich in der letzten Zeit von allen Ärzten gehört habe und auch spüre. Sie hat mir geraten, an die Zukunft zu denken. Ich habe ihr geantwortet, dass ich das bereits getan hätte.

Das Ereignis des Tages! Die Schwesternmumie will vorzeitig in Rente gehen – im Revier stiehlt diese Kunde dem heutigen WM-Eröffnungsspiel die Show. Die Sache mit dem Katheter hat ihr offenbar den Rest gegeben. Der Doktor hat sich einen Glukose-Spiritus-Mix anrühren lassen und davon ein paar Messgläser gekippt. Die Matrone hat wahrscheinlich einen guten Riecher – gerade war im Fernsehen davon die Rede, dass das Rentenalter deutlich angehoben werden soll. Die Wahlen sind vorbei, da steht dem nichts mehr im Wege, und die Mehrwertsteuer wird auch gleich mit erhöht.

Außerdem kam in den Nachrichten, dass Goworuchin gestorben ist. Und wenn er dreimal ein Putin-Anhänger war, aber seine Filme mag ich trotzdem und halte ihn für einen begabten Regisseur. Der nächste. Möge er in Frieden ruhen.

Tag 33

In der Nacht saß ich am Steuer eines großen Lieferwagens. Auf einer feuchten Schnellstraße warf es mich aus der Kurve, und ich geriet auf eine Piste, die durch einen alten verwilderten Garten oder Wald führte. Es dämmerte, wurde dunkel, die Straße war schmal, ich konnte nirgends wenden und musste weiter geradeaus fahren, herabhängende Zweige schlugen gegen das Fahrerhaus und die Frontscheibe. Kurz darauf stieß ich gegen ein verschlossenes Tor, konnte aber den Wagen etwas drehen. Der Wachmann stoppte mich, und ich fragte ihn, ob er nicht meine Ladung – Obst – kaufen wolle. Er zeigte kein besonderes Interesse, und als wir einen Blick in den Laderaum warfen, sahen wir, dass das ganze Obst verfault war, der Wachmann würde es nicht mal geschenkt für Maische nehmen. Das habe ich geträumt. Die Freudianer und anderen Traumdeuter würden hier mit Sicherheit die verschiedensten Zeichen sehen, aber ich glaube nicht daran. Der Traum ist nur ein Traum und kein Guckloch für die Zukunft. Die Zukunft hängt nur von dir selbst und von Gott ab. Tu, was du zu tun hast, und komme, was wolle.

Seit dem Morgen ist der Himmel eigentlich wolkenlos, aber es ist irgendwie ein schmutziges Blau, die Sonne dringt funkenförmig durch einen Fensterspalt und ist gleich wieder verschwunden. Mein Zustand ist genauso wie gestern, weder besser noch schlechter, nur ein trockener, unangenehmer Husten hat sich dazugesellt.

In Erinnerung an Goworuchin wird im Fernsehen sein Film »Das letzte Weekend« gezeigt. Ich habe gerade noch den zweiten Teil erwischt. Ein sehr guter Film, ein weiterer Fall, in dem die Verfilmung viel besser ist als das Original. Der Krimi von Agatha Christie, der dem Film als Vorlage dient, ist nicht halb so spannend wie der Film. Der Regisseur hat dem Film ein anderes Ende gegeben, und Psychologie und Spannung entfalten sich auf einem ganz anderen Niveau. Mir gefallen eigentlich alle Inszenierungen von Goworuchin aus der sowjetischen Zeit, angefangen von »Die Schwarze Katze« mit der Geschichte von Scheglow, die alle Milizionäre mögen, bis zu »Die Kinder des Kapitän Grant«. Ich habe diese Filme unzählige Male gesehen und mag sie sehr. Er war eben doch ein großer Könner. Trotz seines schematischen Zugriffs kann man die Filme immer wieder sehen, also hat er gutes Kino gemacht. Ein guter Film ist für mich einer, den ich immer wieder sehen möchte.

»Das letzte Weekend« wurde sogar mit einem kleinen schwarzen Streifen in der Ecke gezeigt, als Zeichen der Trauer um den verstorbenen Regisseur. Aber nicht auf dem zentralen landesweiten Sender, dort haben sie dafür keine Antenne, dort läuft das Nonstop-Fußballfest, dessen pathetischer Eröffnung Begeisterung und Hysterie über den 5:0-Kantersieg gegen die Araber folgt. Jetzt trifft Russland auf ernstere Gegner, und wenn es die Mannschaft nicht schafft, diese schwache Vorrundengruppe zu überstehen, werden die Erinnerungen an die gestern demontierten Saudis die Russen auch nicht retten: Die heute noch triumphierenden Fans werden die Spieler dann ihrerseits demontieren. Lassen wir es auf uns zukommen. Ich jedenfalls halte auf Deutschland, die Ukraine ist ja nicht qualifiziert.

Die Eröffnungsfeier ging erwartungsgemäß mit riesigem Pomp vonstatten, die Kommentatoren haben sich in ihren Beiträgen förmlich überschlagen. Sie haben sich gar nicht mehr eingekriegt und behauptet, eine derart grandiose Eröffnungsfeier würde für hunderte von Jahren in der Fußballgeschichte präsent bleiben. Eine mehr als umstrittene Behauptung, die dem Bild nur vage entspricht. Robbie Williams hat gesungen; er war der tragende Pfeiler des Programms, wahrscheinlich hat er nicht geahnt, dass ihn die Presse nach der Rückkehr in seine Heimat, also nach England, an ebendiesem Pfeiler kreuzigen würde – weil er für Leute gesungen hat, die am helllichten Tag in den Parks des guten alten England andere Leute vergiften. Putin hat eine Rede gehalten, aber nichts Neues gesagt – das einzig Attraktive an seinem Auftritt war der Pappelstaub, der durchs Bild flog. Ich kann mir gut vorstellen, dass ein paar Ausländer – von den Milliarden, die laut den Kommentatoren das Geschehen an den Bildschirmen gespannt verfolgten – der Meinung waren, hier fiele russischer Schnee. Aber mehr schockiert war ich vom Chef der FIFA, der nach dem großen Führer das Wort ergriff. Er sprach kurz, tat dabei aber, grob gesagt, einen Griff ins Klo. Er sagte: »Ich glaube, Russland erobert jetzt den Fußball und danach mit dem Fußball die ganze Welt …« Hat der Mann überhaupt begriffen, was er gesagt hat? Gut möglich, dass manche Russen das Wort »Fußball« vergessen, der Wunsch zu »erobern« jedoch bleibt.

[…]

Ich bekam die Nowaja Gaseta, gleich fünf Ausgaben! Der Beamte frotzelt, die Prämie hätte ich dem gestrigen 5:0 zu verdanken. Die neueste Nummer ist von vor zehn Tagen – für hiesige Verhältnisse ist die sozusagen druckfrisch. Es werden keine Artikel mehr ausgeschnitten.

Selbst Milizionäre haben lichtere Phasen. Sonst müssten sie ja an jeder Ausgabe herumschnippeln, die Nowaja hat sich offenbar mit mir solidarisiert. Das Blatt hat mich eigentlich schon immer unterstützt, aber jetzt bringen sie in jeder Nummer was zu meinem Hungerstreik. In der letzten Ausgabe nimmt mein konzentriertes Gesicht gleich die ganze erste Spalte ein. Dem Datum nach zu urteilen, muss diese Ausgabe nach dem Besuch meines Anwalts und der landesweiten Solidaritätsaktion erschienen sein, von der mir Sobtschak schon berichtet hatte.

Es ist natürlich ungewohnt, über sich selbst zu lesen. Als hätte derjenige, über den hier so viel geschrieben und wohl auch viel gesprochen wird, mit dir, der du hier leibhaftig mit dieser Zeitung im Bett liegst, gar nichts zu tun. Nicht mal seinem Foto siehst du wirklich ähnlich. Ich möchte mal wissen, ob es mir und den anderen gelingt, diesen Senzow, den richtigen, mit dem da, dem virtuellen, zusammenzubringen. Das gibt sicher einen interessanten, aber komplizierten Effekt, vielleicht sind dann viele enttäuscht, mit imaginierten Helden passiert das ja oft.

In der ersten Nummer hat mich ein langer Artikel über den Aufstand von Norilsk 1953, fast unmittelbar nach Stalins Tod, gefesselt. Die Geschichten und Materialien, der Schreibstil sind überwältigend. Im Vergleich zu diesen Menschen und ihren Entbehrungen fühle ich mich einmal mehr als »Kindergartenhäftling« und schäme mich. Ein verfluchtes Land. *SSSR – Strana Sles, Stradanij i rabstwa*, die Sowjetunion – Land der Tränen, Qualen und der Sklaverei, so dechiffrierten die Ukrainer die Abkürzung SSSR, die zuerst 1939 von den Sowjets, dann 1941 von den Deutschen und 1944 ein zweites Mal von der Roten Armee erobert wurden. Sie haben von dieser Macht nie etwas Gutes erfahren. Und für Versuche, sich zu wehren, oder für Hilfe oder auch einfach nur für Mitgefühl mit den nationalen Aufständischen wurden sie umgebracht, in Gefängnisse und Lager gesteckt und deportiert. Sie bildeten den Hauptteil der vor fünfundsechzig Jahren in den Stalinschen Lagern der Norilsker GULAG-Verwaltung rebellierenden Häftlinge, auch in anderen Lagern waren sie maßgeblich an Aufständen beteiligt. Ein guter, richtiger Artikel. Der Hauptgedanke ist äußerst treffend, er passt mehr denn je in unsere heutige Zeit, in eine Zeit, in der eine neue Generation von Ukrainern Widerstand leistet. »Fast immer bringen die Schwachen die Starken zu Fall. Eine Handvoll Christen hat das eherne Rom gestürzt. Es kommt der Tag, an dem sich zeigt, dass weder Raketen noch Großkonzerne noch Tonnen von Geld die Welt regieren, sondern der reine Idealismus und eine Handvoll Geächtete, die irgendwo in den Bergen ausgesetzt wurden, aber geistig stark sind. Das ist das Einzige, was immer siegt. Der freie Geist weht, wo er will.«

Heute vertritt mal wieder dieser grizzlyähnliche Dagestaner den diensthabenden Beamten. Er hat diese Rolle nur selten inne, deswegen nimmt er sie sehr ernst, besonders das Ritual mit der Essensration, das er persönlich mit dem Registriergerät filmt. Dann schaltet er das Gerät und auch seinen offiziellen Ton ab und setzt sein selten gebrauchtes Lächeln auf. Heute ist er aufrichtig. Er will wissen, wie es mir geht und wie es um meine Gesundheit bestellt ist. Er schnalzt mit der Zunge und wackelt mit dem Kopf, als er hört, wie lange ich schon durchhalte. Er sagt, ich hätte noch mehr abgenommen, dabei wäre es ja merkwürdig, wenn ich bei dieser Diät zunehmen würde. Er erwähnt den gestrigen Sieg der russischen Fußballer. Wahrscheinlich treiben die meisten Milizionäre zwei Fragen um: Ob Russland die Gruppenphase übersteht und wie lange Senzow noch durchhält. Prognosen, Wetten. Dabei glaubt wahrscheinlich niemand an einen Sieg des einen oder anderen in diesen beiden Wettbewerben.

Gerade lese ich in der Zeitung, dass Alexander Askoldow, der Regisseur des Films »Die Kommissarin«, bereits Ende Mai verstorben ist. Was ist denn das! Der dritte große Regisseur in drei Wochen! Wir leben ja alle nicht ewig, aber so schnell nacheinander? Die Zeitung hat ein älteres Interview mit ihm abgedruckt. Wie sehr ihm das System das Leben zur Hölle gemacht hat. Vor »Der Kommissarin« und während der Dreharbeiten und vor allem auch danach, als er zum Freiwild gestempelt wurde und Berufsverbot hatte. Wie viele gute Filme hätte er drehen können, wäre das Sowjetsystem nicht gewesen. Die Anhänger der Sowjetunion loben sie dafür, dass zu Sowjetzeiten viele gute Filme entstanden sind, und begreifen nicht, dass die besten Filme nicht wegen, sondern trotz des Systems gedreht wurden. Und wie viel im Entstehen Begriffenes wurde zermalmt? Abgehauen und erstickt? Hinter all dem stehen Biografien von Menschen. Ein Leben für die Kunst in Fesseln. Mögen sie in Frieden ruhen.

Ich habe einen ganzen Stapel Briefe bekommen – sechzehn an der Zahl. Ich lese sie. Manche sind von Bekannten, manche von Menschen, die nur ihren Vornamen hinterlassen haben, aber keinen Familiennamen und keine Adresse. Ein Akt der Zivilcourage mit gewissen Vorsichtsmaßnahmen.

Tag 34

Gestern haben wir bis spät in die Nacht, bis nach dem Einschluss, das wunderbare Spiel Spanien-Portugal gesehen. Ein ausgezeichnetes Duell, tolle Spielzüge und Tore. Anderthalb Stunden Vergnügen. Das war mit Sicherheit die beste Partie der Gruppenphase, obwohl das Spiel, das schließlich 3:3 unentschieden endete, von der Atmosphäre und dem Niveau her auch gut das Finale hätte sein können. In der Nacht habe ich dann geträumt, dass ich mit meinen Mitgefangenen Fußball spiele – mit einem Pappkarton, direkt in der Dienststube, allerdings waren wir nur zu dritt, ein kleines Fenster in einer vergitterten Wand war unser Tor. Dann wurden mir meine Sachen ausgehändigt und ich erfuhr, dass ich wegen eines Diebstahls noch was obendrauf kriege, und ich wurde entweder in ein anderes Lager oder in eine andere Baracke verlegt. Sie war riesig, mit Etagenpritschen in endlosen Reihen. Während ich mich einrichtete, klaute mir jemand ein riesiges Stück Speck und ließ mir nur ein winziges Fitzelchen übrig. Gerade wollte ich den mickrigen Rest mit einem Stück Schwarzbrot verspeisen, da war es auch schon Zeit zum Aufstehen, die Morgensuppe wurde gebracht.

[...]

Das war mein erster Traum vom Essen in diesem Monat, Hunger hatte ich trotzdem nicht, ich war eher wütend, dass jemand so gemein sein konnte. Als ich richtig munter war, stellte ich fest, dass mir niemand etwas gestohlen hatte, weil ich ja gar keinen Speck hatte, dass ich immer noch im Revier lag und nicht in einer neuen Baracke mit einem neuen Strafmaß. Ich atmete erleichtert auf.

Draußen ist es kühl, der Himmel ist bedeckt, ab und zu fällt leichter Regen. Träge lösen sich schwere Tropfen vom Dach und klatschen auf den Sims auf der anderen Fensterseite.

[...]

Durch den Krankentrakt schlurfen zwei Häftlinge, zwei Schlucker. Ein *Roter*, der war *Sawchos* und hatte es für hiesige Verhältnisse eigentlich ganz gut getroffen. Bis er irgendwo eine Planke gerissen hat – eine saftige Strafe bekam, seinen Posten los war, und von den Milizionären im Sicherheitsdienst in die Mangel genommen wurde. Um sich aus der Affäre zu ziehen, verschluckte er eine Bohrschraube und kam ins Revier, doch irgendwann stand die Schraube in seinen Därmen hochkant, und er musste im Krankenhaus draußen operiert werden, jetzt läuft er rum, drückt die Hand gegen seinen geflickten Bauch und sinniert über sein weiteres Schicksal. Der andere ist ein *Muschik*, ein Usbeke, Moslem. Äußerlich ein ruhiger und unauffälliger Typ, aber mit Grillen im Kopf. Als er ins Lager kam, das war vor drei Jahren, haben sie ihm beim *Einrücken* so übel mitgespielt, dass er heute immer noch humpelt und bis ans Ende seines Lebens ein Krüppel bleibt. Er hasst die Miliz aus tiefster Seele: Er glaubt, die Beamten und die *Aktivisten* würden ihn schlimmer schikanieren als die anderen, obwohl das nicht stimmt. Er sieht das anders. Er war der Ansicht, dass er im normalen Lagerbereich seine Religion nicht ausreichend praktizieren kann, deswegen wollte er *unters Dach*[22]: in

---

22 Dach von Kryscha (russ.), Sammelbegriff für alle Zellen mit verschärften Haftbedingungen

eine Arrestzelle[23] oder in einen Sonderhaftraum[24]. Dort sitzen üblicherweise Schwerverbrecher, seine muslimischen Brüder sind fast alle da, und er hat geglaubt, er hätte es dort leichter. Er war schon drauf und dran, nachts einen *Roten* abzustechen oder sogar über einen Beamten herzufallen, aber irgendjemand hat ihn zurückgehalten und davon abgebracht. Er hätte das durchgezogen, denn er sitzt im Knast, weil er draußen einen abgestochen hat. Stille Wasser, wie es so schön heißt … Aber dann hat er den Weg der Selbstverstümmelung gewählt – und gleich drei Nägel auf einmal verschluckt. Sie sind durch den Darm gewandert, haben sich irgendwo verfangen und wollen nicht wieder raus. Rausschneiden lassen kommt für ihn nicht Frage, also schleppt er sich durchs Revier und beißt die Zähne zusammen, obwohl er sich verdammt quält. Wie es weitergehen soll, ist unklar. Der Doktor hat ihn längst aufgegeben, er hält ihn für durchgeknallt. Ich komme mit ihm gut klar, weil ich weiß, dass jeder Mensch anders tickt und dass es vergebliche Liebesmühe ist, verstehen zu wollen, wie. Jeder macht das, was er für richtig hält, und fühlt sich im Recht. Deswegen gibt es ja auch immer wieder Konflikte. Ich bin da keine Ausnahme, ich mache auch immer nur das, was ich für richtig halte. Allerdings bin ich nicht immer im Recht, das habe ich immerhin gelernt. In den letzten Jahren versuche ich meistens, Konflikten aus dem Weg zu gehen. Nicht etwa, weil ich Angst hätte, sondern weil ich einfach keine Notwendigkeit und keinen Sinn sehe. Wenn ich einem Konflikt nicht aus dem Weg gehen kann, versuche ich, mich auf eine Seite zu schlagen, und zwar auf die Seite der Wahrheit.

[…]

Ich habe die Briefe von gestern noch einmal durchgelesen und einen Teil beantwortet. Manche waren auch gar nicht auf eine Antwort ausgelegt, sie enthielten Worte der Unterstützung, gepaart mit gekonnt

---

23 Arrestzelle von SUS – Strogije Uslowija Soderschanija (russ.), verschärfte Haftbedingungen. Ein separater Raum für Schwerverbrecher.
24 Sonderhaftraum von PKT – Pomeschtschenije Kamernogo Tipa (russ.)

verschleierten Überredungsversuchen, den Hungerstreik aufzugeben. Bisweilen appellieren die Leute auch direkt, ich solle mich nicht ins Grab bringen. Manche Briefe sind ganz normal auf Papier gekommen, in einem Umschlag, andere als E-Mail: Zu diesen kann der Autor direkt eine Antwort anfordern, die du auf einem separaten Blatt verfasst, und ein paar Tage später schon kommt sie beim Absender an. Das ist eine feine Sache, die Korrespondenz geht binnen einer Woche hin und her. Es dauert zwar länger als bei einer normalen E-Mail, wo man die Antwort binnen weniger Minuten erhält, aber es ist trotzdem immer noch viel schneller und zuverlässiger als normale Briefe auf Papier, die monatelang unterwegs sind und außerdem oft verloren gehen. Ich habe meinen Freunden und Bekannten geantwortet, zwei von ihnen kommen übrigens von der Krim, sie unterstützen mich eigentlich nicht, sondern versuchen mich mit dem Verweis auf meine Kinder umzustimmen. Sie haben auch den Maidan nicht unterstützt, obwohl sie trotzdem zu mir stehen. Mit den Kindern hätten sie mir lieber nicht kommen sollen ... Ich mag das nicht. Als ob ich die Wahl hätte: den Hungerstreik fortzusetzen oder zu meinen Kindern nach Hause zurückzukehren, als würde ich aus Stolz und Sturheit weiter hungern, anstatt zu meinen Kindern zu fahren. Ich habe versucht, ihnen das in meinen Antwortbriefen zu erklären.

Es ist natürlich sehr interessant, Briefe von draußen zu erhalten, das ist wie die Korrespondenz mit Außerirdischen oder eine spirituelle Sitzung mit dem Jenseits. So vieles ist anders: wo und wie die anderen leben und wo und wie ich jetzt lebe. Es gibt Briefe, bei denen ich gar nicht weiß, was ich antworten soll. In der letzten Post war zum Beispiel ein Brief dabei, in dem es darum ging, dass ich nicht das Recht hätte, von Wladimir Putin etwas zu fordern, denn Putin sei Gott auf Erden, und Gott könne man nur bitten. Immerhin hat mir der Absender nicht empfohlen, zu ihm zu beten. Und das Schlimmste ist, dass das kein Witz ist. Als ich den Brief zu Ende gelesen hatte, wusste ich, dass der Schreiber einfach krank ist.

Wir haben heute mit der ganzen Truppe zwei phantastische, sehr ähnliche Spiele gesehen. In beiden Partien spielten die Gruppenfavoriten gegen eher mittelmäßige Mannschaften. Die Matadore trafen trotz ständigen Angriffsspiels kaum, die Underdogs schlugen sich wacker und boten Paroli. Australien hatte etwas weniger Glück und unterlag am Ende Frankreich mit 1:2, Island trotzte Argentinien mit dem genialen Messi als Kapitän, der heute nicht recht ins Spiel fand und sogar einen Elfmeter verschoss. So kam es zu einem umkämpften 1:1. In beiden Spielen habe ich eher auf die schwächeren Mannschaften gehalten, aber insgesamt natürlich auf den guten Fußball. Der offizielle Videobeweis funktioniert gut, die Torlinientechnik auch. Wir leben eben im 21. Jahrhundert. Vielleicht erlebe ich es sogar noch, dass beim Fußball in den Spielunterbrechungen die Zeit angehalten wird wie beim Eishockey.

Das Tournier ist spannend und attraktiv für die Zuschauer. Und trotzdem muss ich ständig, wirklich ständig, an die Olympiade 1936 in Berlin denken. Ich kann einfach nicht ausblenden, dass dieses Fußballfest von Schurken veranstaltet wird, die hinter der schönen Fassade ihre Verbrechen verbergen und die Weltgemeinschaft ablenken wollen. Die so tun, als gäbe es weder die besetzte Krim noch die zehntausend Toten im Donbass noch die abgeschossene Boeing, das zerbombte Aleppo und, und, und. Ein fader Beigeschmack bei den Übertragungen. Bei den Spielen mag es noch gehen, Fußball bleibt Fußball. Aber wenn ich die Nachrichten einschalte oder in den Halbzeitpausen die enthusiastischen Stimmen der Kommentatoren und gekauften Claqueure höre, wird mir übel. Die ewig gleichen verlogenen und enthusiastischen Stimmen der russischen Propaganda.

In der Halbzeitpause wurde auf die Nachrichten umgeschaltet. Die Menschenrechtsbeauftragte Russlands wurde gezeigt. Sie sollte sich mit ihrer ukrainischen Amtskollegin treffen, und gemeinsam wollten sie einem ukrainischen Häftling in einem Lager in Omsk einen Besuch abstatten. Aber irgendwie hat die eine die andere missverstanden, und so haben sie sich verpasst, wie zwei Freundinnen, die sich im Park verabredet haben. Die ukrainische Bürgerbeauftragte ist zu mir gereist, wurde aber nicht vorgelassen, und ihre russische Kollegin steht nun vor dem Lager in Omsk und schildert verwirrt die Situation.

Das Wichtigste: Sie sagte, ohne den für das russische Fernsehen als Unwort geltenden Begriff »Austausch« in den Mund zu nehmen, sie wollten alle russischen Häftlinge, die in ukrainischen Gefängnissen sitzen, und alle ukrainischen Gefangenen in russischer Haft – zweiunddreißig Personen laut Liste – gemeinsam besuchen. Das ist immerhin ein gutes Zeichen, mal sehen, wie es weitergeht. Sicher werden sie sich in den nächsten Tagen treffen und bei mir vorstellig werden, vielleicht kriege ich dann Genaueres heraus.

Kurz vor dem Einschluss begann es draußen heftig zu regnen, dann blitzte es, und entfernt grollte Donner. Fast im selben Moment ging das Licht im Revier aus. Das war aber nicht so schlimm, es war ohnehin Schlafenszeit. Fast wie bei Schewtschuk: »Ein Maidonner grollte ...« Sei es einen Monat oder sogar vier Jahre später, aber irgendwo donnert es mit Sicherheit ...

Tag 35

In der Nacht hatte ich zwei Träume. Im ersten war ich auf einer Beerdigung und legte meinen Kranz in einen riesigen Haufen Blumen, der vor der Witwe lag, sie sah aus wie eine Nachbarin aus der Straße in meinem Dorf. Ich konnte meinen Kranz nicht aufs Grab legen, dort türmte sich bereits ein ganzer Berg aus Mitgefühl in Form von Blumengebinden. Gebeugt und allein stand die Witwe da und weinte leise. Ich überlegte lange, ob es angebracht sei, ihr Geld zu geben, ich hatte sogar schon ein paar kleinere Scheine hervorgekramt, da riss der Traum ab. Woher er kam, ist klar. Gestern haben sie in den Nachrichten einen Beitrag über den Abschied von Goworuchin gebracht. Der zweite Traum war übers Gefängnis, das kommt oft vor. Ich bin in einer großen Zelle, in der viele Leute sitzen. Der Wärter kommt und holt mich mit meinen Sachen. Ich packe schnell zusammen und weiß noch nicht, was mich erwartet: Umzug in eine andere Zelle, Verlegung oder die ersehnte Freilassung. Ich habe nicht viele Sachen. Je länger du sitzt, umso weniger Dinge brauchst du und umso weniger Zeug schleppst du mit, wenn du verlegt wirst. Meine wichtigste Fracht sind Briefe, Bücher und der Stapel Notizbücher, das Wertvollste, was ich habe. Von der zweiten – halbleeren – Tasche, in der meine auf ein Minimum reduzierten Häftlingshabseligkeiten liegen, könnte ich mich jeden Augenblick trennen. Habe ich aber nicht gemacht, weil mir der Wärter nicht gesagt hat, wo's hingeht. Meistens wissen die das auch gar nicht, die Aufgabe des Wärters ist es, mich an der Schleuse abzuliefern, wo mich andere Mitarbeiter abholen. Ich habe trotzdem ein paar Sachen, die ich nicht mehr brauche, an andere Häftlinge verteilt. Das ist unter den Gefangenen nämlich so üblich: Du gehst unbeschwert, ganz ohne Besitz, du verteilst die Sachen und lässt sie da, wo sie nötiger gebraucht werden, denn für dich beginnt ja ein neues Leben. Aber da ich nicht wusste, wo's hinging, habe ich nicht alles weggegeben.

Ich bin in meiner Zelle aufgewacht, als die Schwester mit der Morgenration meines chemischen Milchmix kam. Natürlich wollte mich niemand freilassen, ja, es forderte mich noch nicht einmal jemand auf, meine Sachen zu packen. Der Traum kam von der Sendung über die verirrten Menschenrechtsbeauftragten gestern. Aber enttäuscht bin ich nicht. Ich sitze schon zu lange im Gefängnis, um mir diesen Traum zu Herzen nehmen, und es ist nicht der erste mit einem solchen Inhalt.

Der Regen in der Nacht hat schon wieder aufgehört, auch Blitz und Donner waren nur eine einmalige Erscheinung, der Strom ist wieder da.

Durch die aufgelockerten Wolken blinzelt schüchtern die Sonne und hat die zentrale Allee schon getrocknet. Draußen sind angeblich 15 Grad. Kann ich mir gar nicht vorstellen, wahrscheinlich sind es höchstens zehn, den Gefangenen nach zu urteilen, die da unten in ihrer grauen Formation durch die Allee ziehen und noch immer ihre *Buschlats* tragen.

Das Befinden ist eigentlich normal. Sogar die Erkältung ist abgeklungen und hat nur den Husten zurückgelassen – um ihren Rückzug zu bemänteln. Dafür hat sich der Juckreiz jetzt über den ganzen Körper ausgebreitet und macht mir trotz des gestrigen Bades zu schaffen. Meine schlimmste Sünde sind allerdings die Medikamente, seit vier

Wochen kriege ich ununterbrochen irgendwelche Infusionen. Aber ohne sie hätte ich mit Sicherheit nicht so lange durchgehalten. Schon morgens fehlt mir die Kraft; ich sitze lange im Bett und sammle Energie, damit ich es schaffe, mich anzuziehen und ins Bad zu gehen.

Ich glaube, die meisten Menschen haben zu wenig Selbstvertrauen. Deswegen brauchen sie ständig äußere Dinge zur Selbstbestätigung: die Religion, den Aberglauben, Horoskope, Wahrsagerei, nächtliche Vorahnungen, Ratschläge von Psychologen oder Bekannten. Warum wenden sich die Menschen nicht ihrem Inneren zu und suchen die Kräfte dort? Jeder kann stark werden, nicht nur physisch, auch psychisch. Diese Dinge kann man sich genauso antrainieren wie Muskeln oder die lange Gerade. Ich erinnere mich noch, wie ich als Kind und Jugendlicher war, wie schwach und kraftlos. Physisch und psychisch. Ich weiß nicht mehr, was den Anstoß gegeben hat und in welchem Alter das genau passierte, als ich begriff: Ich muss mich verändern, an mir arbeiten. Carnegie zur rechten Zeit. Ich dachte, ich könnte nie so werden wie diese Menschen. Da muss ich so um die dreizehn gewesen sein. Die Musik von Zoi hat mich unheimlich gepusht. »Was wiegen tausend Worte, wenn die Stärke der Hand zählt? Da stehst du am Ufer und fragst dich, schwimm ich los oder nicht.« Ich habe mich damals entschieden und bin losgeschwommen. Nach meiner schweren Krankheit als Kind durfte ich keinen Sport machen. Ich habe trotzdem begonnen. Laufen, Liegestütze, Kraftsport, Reck und immer so weiter. Auch mit meinen Charaktereigenschaften war ich nicht zufrieden, ich habe sie förmlich gehasst. Ich war schwach, verletzlich, schüchtern und so weiter und so fort. Ich habe mir einen Zettel genommen und in die eine Spalte das geschrieben, was ich loswerden wollte, und in die andere, wie ich werden wollte. Seitdem sind fast dreißig Jahre vergangen. Ich kann mich nicht mehr erinnern, was genau auf dem Zettel stand, danach gab's noch etliche andere – ein paar Jahre später, als es langsam klappte mit dem, wonach ich strebte. Zettel schreibe ich jetzt nicht mehr, ich habe meine Ziele im Kopf, aber es vergeht kein Tag, an dem ich nicht an mir arbeite. Selbst jetzt gibt es noch Dinge zu verbessern, zu ergänzen, dazuzulernen. Natürlich ist man nie perfekt, aber man muss sich Mühe geben. Ich weiß nicht, was ich in den letzten Jahren alles verbessert habe, aber eine Sache habe ich verstanden: Wenn du ein Ziel vor Augen hast und wenn du – ungeachtet der Umstände – alles unternimmst, um das Ziel zu erreichen, wirst du es früher oder später schaffen.

Der Doktor und ich unterhalten uns in letzter Zeit weniger. Nicht etwa, weil sich unser Verhältnis verschlechtert hätte, keinesfalls. Ich kriege die mehrstündigen Infusionen jetzt bei mir im Zimmer und verbringe dort, im Bett, auch den größten Teil meiner restlichen Zeit. Jetzt schaut der Doktor auf einen kleinen Plausch bei mir vorbei. Er hat auch ohne mich genug zu tun, außerdem hat sich für nächste Woche wieder eine mehrköpfige Kommission angekündigt, und darauf muss er sich vorbereiten. Ich gehe nur zu ihm ins Sprechzimmer, wenn ich ein Anliegen habe. Ich dränge mich nicht gern auf und hasse Reden um des Redens willen. Ist das eigentlich eine positive oder eine negative Eigenschaft?

Die Venen sind wieder überstrapaziert und reißen unter den täglichen Infusionen. Heute sind sie an beiden Armen zwei Mal geplatzt, die Flüssigkeit ist unter die Haut gelaufen, es haben sich große blaue Flecken gebildet. Die Sache muss genauestens beobachtet werden, vielleicht brauche ich bald wieder einen Katheter, damit die Venen sich regenerieren können.

Heute ist hier wieder dieser Typ mit dem frisch gefärbten Schnurrbart aufgekreuzt, der angeblich Menschenrechtsbeauftragter ist. Er kam mit einer kleinen Schar FSVD-Natschalniki[25], seiner Entourage. Der Typ nahm das Revier in Augenschein und kam anschließend zu mir. Ich hing gerade am Tropf, und er ließ sich die Gelegenheit nicht entgehen, seine medizinischen Kenntnisse zu demonstrieren, die nur ausreichen, um seine Ignoranz zu zeigen. Gegen Ende seines – diesmal erfreulicherweise kurzen Besuches – wollte er – eher pro forma – wissen, ob ich mir die Sache mit dem Hungerstreik nicht inzwischen anders überlegt und ob ich Fragen an ihn hätte.

---

25 Also mit Verwaltungsbeamten des Föderalen Strafvollzugsdiensts Russlands im Autonomen Kreis der Jamal-Nenzen

Ich antwortete, es sei alles beim Alten, ich hätte es mir nicht anders überlegt und meine einzige Frage sei, in welchem Rang er in Pension gegangen war. Er stutzte und sagte dann, er sei Oberst der Staatsanwaltschaft a. D. und Generalmajor der Justiz noch irgendwo. Gegen Ende seines Coming-outs ließ er – offenbar ganz nach Gewohnheit – durchblicken, dass er stolz auf seine Leistungen ist, merkte aber, dass irgendwas nicht ganz stimmte. Ich sagte, wenn sich die Sache so verhielte, hätte ich keine weiteren Fragen, und er verließ den Raum mit einer gewissen Nachdenklichkeit. Wie kann denn jemand, der sein Leben lang andere Menschen ins Gefängnis gebracht hat, mit dem Pensionsantritt plötzlich ihre Rechte verteidigen? Wen wollen sie täuschen? Wenn das der einzige Fall wäre! Aber in Russland gibt es nur solche Milizrechts-Beauftragte, mit einer Bürgerbeauftragten an der Spitze, die gestern aufgelöst vor dem Knast in Omsk stand.

Tag 36

Draußen ist es endlich wärmer geworden. Schon gestern Nachmittag schien die Sonne angenehm warm und heute Morgen auch. Die Häftlinge, die unten auf der Straße zum Morgenappell angetreten waren, konnten endlich ihre Winterjacken ablegen. Nicht auf eigenen Wunsch natürlich, sondern auf Kommando. Hier läuft schließlich alles auf Kommando. Der Krankentrakt ist an diesem regimekonformen Ort diesbezüglich die einzige Oase des Abhängens. Der Appell findet im Gang statt und dauert nur ein paar Minuten statt einer geschlagenen Stunden im Freien. Die Miliz krätzt nicht rum wegen einem offenen Knopf irgendwo am Ärmel. Ich werde ja oft im Bett kontrolliert und registriert. Entweder hänge ich am Tropf oder habe irgendeine andere Behandlung oder man lässt den liegenden Hungerleider einfach in Ruhe. Ein Häftlingsparadies.

Statt Kisseljows wöchentlichem Auftritt haben wir gestern Abend Fußball geschaut. Zwei wundervolle und wiederum sehr ähnliche Partien, in denen die schwächeren Mannschaften den Favoriten Paroli boten. Die Schweiz schaffte gegen Brasilien ein Unentschieden: 1:1. Die fünffachen Weltmeister konnten trotz Traumbesetzung und ihrem wie immer unnachahmlichen Sturm die zähe Schweizer Garde nicht bezwingen. In der ersten Halbzeit stand der Superstar Neymar auf dem Platz, in der zweiten humpelte er, weil er ständig gefoult und gnadenlos attackiert wurde, sodass er nicht zur Entfaltung kam. Die Schiedsrichter lassen bei diesem Turnier das Spiel länger laufen, englischer Stil, sie pfeifen seltener, und so kommt es zu interessanteren Zweikämpfen. Deutschland als amtierender Weltmeister konnte in der ersten Halbzeit seinen berühmten Motor ganz und gar nicht auf Touren bringen und hat sogar ein Gegentor von den Mexikanern kassiert, die wiederum eine glänzende Partie spielten. In der zweiten Halbzeit standen die Deutschen praktisch dauerhaft vor dem gegnerischen Tor, aber genützt hat es ihnen nichts – 0:1, die erste Sensation des Turniers.

Mein Gesamtzustand ist stabil, die Werte sind ganz passabel, aber ich spüre, wie meine Kräfte von Tag zu Tag schwinden. Gestern habe ich nur mit Mühe bis zum Ende der Fußballübertragung durchgehalten und mich mit letzter Kraft ins Bett geschleppt. Als ich lag, kam der Husten und hat mich lange gequält. Das Gehirn macht nicht mehr richtig mit, du verblödest, vergisst alles, ich muss mir immer wieder vorsagen, was ich gerade eben gemacht habe, und trotzdem bin ich mir manchmal unsicher. Das kommt davon, dass das Gehirn hungert und genauso wie das Herz runterfährt. Das sind die einzigen beiden Organe, die keine eigenen Energiereserven haben, deswegen sind sie von dem Hunger besonders in Mitleidenschaft gezogen. So hat es mir jedenfalls die Ärztin neulich erklärt. Ist nicht weiter schlimm, da müssen sie durch.

[...]

Die vergangene fünfte Woche war eine Übergangswoche. Etwas Wichtiges ist nicht passiert, das ist schlecht, aber auch nichts Kritisches, und das ist gut. Ich muss mich weiter zusammenreißen. Die sechste Woche hat begonnen, nach meinem Kalkül sollte sie die entscheidende werden. Wird sie aber wahrscheinlich nicht. Ich muss also noch über den vierzigsten Tag hinaus weitermachen. Wenn nur da draußen endlich was passieren würde und es nicht zu einem Patt kommt. Dann gibt es nur noch einen Ausweg: die Flutventile öffnen.

Draußen haben die von allen Seiten anrückenden Wolken den zaghaft einsetzenden Sommer vertrieben wie die Polizei die Demonstrierenden.

Heute wurde mir ein Katheter gelegt und die Infusion darüber verabreicht, aber er tut furchtbar weh wie auch die zerstochenen Venen, die unter den Strapazen leiden.

Ich habe in der Nowaja Gaseta einen ausgezeichneten Artikel zu Zidane gelesen. Ich hatte nie Vorbilder, denen ich nacheifern, ähnlich sein wollte, höchstens als Kind, wie alle anderen auch. Ich war auch nie neidisch, ich habe mich immer über fremde Erfolge oder große Siege gefreut, weil ich nachvollziehen konnte, wie schwer das ist, mich hat das motiviert. Zidane hat mir tatsächlich immer imponiert, mit seinem Spiel, seinen Leistungen, seinem Verhalten und seiner männlichen Erscheinung. Er ist einundvierzig. Er hat alles erreicht. Er ist Weltmeister. Millionär. Er trainiert eine Mannschaft, die unter seiner Leitung dreimal in Folge die Champions League gewonnen hat. Auf dem Gipfel des Erfolges tritt er jetzt ab. Wie damals, in seinem letzten Finale, als er den italienischen Spieler, der ihn beleidigt hatte, mit dem Kopf rammte, die rote Karte bekam und seine Mannschaft in der Niederlage allein ließ. Damals war ihm die Ehre wichtiger als der Sieg. Heute ist ihm das Leben wichtiger als das Räkeln auf dem Olymp. So muss man wahrscheinlich Abschied nehmen. Wenn man ganz oben ist. Denn von da aus geht es nur noch bergab. Man sollte es lieber nicht so machen wie der Ausnahmeathlet Bjørndalen, der sich mit seinen krummen Skistöcken am entgleitenden Siegertreppchen festgeklammert und gewartet hat, bis ihn die neuen Meister in Rente schicken. Man sollte selbst abtreten. Zidane tritt ab. Ins Nirgendwo. Um einfach zu leben. Alle Achtung!

Wir sind ein Alter. Ich bin auch einundvierzig. Ich habe nichts. Keine Erfolge, kein Geld, nur zwanzig Jahre Knast. Er hat in diesem Alter schon alles erreicht und tritt ab. Ich habe nichts erreicht, und ich kann noch nicht mal abtreten: Gitter, Zäune und schießende Wachleute. Wenn ich Glück habe, werde ich noch etwas erreichen. Wenn ich Glück habe und mir noch Zeit bleibt. Wenn der Weg nicht zu kurz ist und hier, in Labytnangi, zu Ende geht, falls ich verliere. Oder zu lang, aber auch hier – falls ich aufgebe. Vierzig Jahre bin ich auf der Stelle getreten, Zidane hat in dieser Zeit alles erreicht und ist jetzt frei. Hoch sollst du leben, Zidane! Schäm dich, Senzow!

Tag 37

Ich habe geträumt, ich komme mit einem Häftlingstransport ins Lefortowo-Gefängnis, und an der Schleuse, in der Eingangshalle, ist ein Imbissstand. Auf einem kleinen Tisch liegen Schokoriegel, Keksrollen und andere Snacks. Die Häftlinge haben tatsächlich Bargeld dabei und könnten sich was kaufen, allerdings sind es Hunderter-Scheine und noch dazu Hrywnja. Kaufen können sie also nichts, denn der Verkäufer kann nicht wechseln. Ein Knastbruder, der irgendwann in den *Tubonar*[26] verlegt wurde, kommt auf mich zu und fragt, ob ich die Ware, die Sondenkost, für ihn dabei hätte. Nein, antworte ich erstaunt, davon weiß ich nichts, die Sondenkost habe ich schon längst aufgegessen. Ein normaler unlogischer Traum, wie er im Gefängnisumfeld immer wieder vorkommt, die meisten Häftlingsträume spielen nämlich im Gefängnis.

Draußen ist das Wetter endgültig umgeschlagen: Wolken, Wind und Regen. Ein gewöhnlicher nördlich-herbstlicher Sommer. Mein Befinden passt dazu. Gestern Abend war es besonders schlimm. Ich habe es beim Fußball kaum ausgehalten, aber liegen konnte ich erst recht nicht, abends macht mir der Husten furchtbar zu schaffen, vor allem im Liegen. Deswegen beiße ich die Zähne zusammen und versuche mich mit Fußball abzulenken, dann schlafe ich gleich ein, als würde ich in eine dunkle Grube fallen.

---

26 Lungenklinik, in die Tuberkulosekranke eingewiesen werden und aus der längst nicht alle zurückkehren

Die vormittägliche Energie ist auch passé. In der ersten Tageshälfte fühle ich mich halbwegs, in der zweiten lala bis mies, gegen Abend wird's dann noch schlechter. Tagebuch schreibe ich jetzt überwiegend am Vormittag, später habe ich dazu weder Kraft noch Lust, deswegen schildere ich die Ereignisse mit einer gewissen Verspätung.

Gestern konnte ich lange nicht einschlafen – der Husten hat mich wachgehalten, und das Herz hat so heftig geschlagen, als wäre ich in den neunten Stock gerannt und wäre völlig außer Atem. Dabei habe ich vor dem Schlafengehen nichts weiter gemacht als die Zähne geputzt. Die kann ich übrigens noch so oft reinigen, genauso wie die Zunge, die nach wie vor weiß ist, der widerliche Geschmack nach Azeton und irgendeinem anderen ekelhaften Zeug bleibt. Der kommt ja nicht vom Mund. Ich habe in den Spiegel gesehen. Schon wieder Bindehautentzündung, dieses Mal gleich auf beiden Augen. Jetzt sehe ich aus wie ein Vampir: blass und dürr, mit rot geädertem Augenweiß und ungesund glänzenden Pupillen.

Als ich heute am Tropf hing, hatte ich nicht mal mehr Kraft, laut nach den über den Flur schlendernden *roten* Sanitätern zu rufen, damit sie der Schwester Bescheid sagen, dass sie die Infusionsflaschen wechselt. Eine totale Schwäche, jetzt sogar schon in der Stimme. Jede Bewegung und sogar Gespräche fallen mir schwer. Das ist über die letzten drei Tage langsam und irgendwie unbemerkt gekommen. Der Doktor bestätigt meinen Zustand mit aktuellen Werten – sie sinken, besonders die Proteine im Blut, und die sind entscheidend für Leben und Energie. Das habe ich heute bereits ohne ihn begriffen: Die erwartete zweite Krise ist da. Dieses Mal ist sie nicht plötzlich eingetreten, sondern hat sich langsam, aber sicher aufgebaut und nimmt nun weiter zu. Als der Doktor die Bögen mit den Analyse- und EKG-Werten durchgesehen hat, haben seine Hände gezittert, wie beim letzten Mal. Das EKG ist natürlich auch nicht erfreulich: Die Ischämie, die mangelnde Sauerstoffversorgung des Herzens, nimmt zu. Wieder steuere ich langsam, aber sicher auf den Abgrund zu. Der Doktor will mich eigentlich nicht wieder zu einem ärztlichen Konzil ins freie Krankenhaus schicken. Da gehe ich völlig mit.

Mit ihren professionellen, ewig verärgerten Stimmen werden sie mir auch nichts Neues sagen. Das Einzige, was mich dort erwartet, ist ein Zimmer auf der Intensivstation, ein Bett mit Riemen und Nahrungsschläuchen, die sie mir überall reinstecken, und natürlich ihre Wunderinfusionen. Die Flüssignahrung wird allerdings nicht mehr reichen, das haben sie ja schon angekündigt. Zehn Tage bin ich damit gut gefahren, aber jetzt ist das nicht mehr genug. Außerdem ist das Präparat in der einzigen Apotheke, die es vorrätig hatte, ausgegangen, sagt der Doktor, und wann die nächste Lieferung vom Festland eintrifft, ist unklar. Die Vorräte reichen nur noch bis Ende dieser Woche. Dass sie, diese Woche, die entscheidende wird, glaube nicht mal mehr ich. Trotzdem will ich den Doktor dazu bringen, sie noch abzuwarten. Er ist sich nicht sicher, ob ich so lange durchhalte. Er deutet es nicht mehr nur an, sondern rät und insistiert sogar, meine Ration wenigstens um irgendein Lebensmittel zu ergänzen. Ich lehne wieder ab, denn das wäre dann kein Hungerstreik mehr, sondern Schwindel. Der Doktor hat Angst, dass er wegen der Kommission, die gestern angereist ist und die er überall in der Verwaltung herumführen muss, keine Zeit für mich hat und mich womöglich verliert. Ich baue ihn auf und sage, ich würde mir Mühe geben, nicht in seiner Abwesenheit die Augen auf null zu stellen. Ich verlasse sein Sprechzimmer. Als ich draußen bin, zündet sich der Arzt eine Zigarette an.

Zum Glück gibt es Fußball. Mit den Spielen kann man abschalten und die freie Zeit füllen. Ich hatte zwar im Gefängnis nicht einen Tag Langeweile, aber trotzdem kommt jede Abwechslung gelegen. Gestern fanden drei Partien statt. Die ersten beiden habe ich nur in Ausschnitten gesehen, sie waren langweilig. Schweden und Belgien besiegten mit einer unterschiedlich starken Leistung ihre schwächeren Kontrahenten. Im dritten Duell traten England und Tunesien gegeneinander an. Die Nordafrikaner waren natürlich nur mittelmäßig, die Engländer dagegen habe ich mit Interesse verfolgt. Nach vielen Jahren haben sie endlich mal wieder eine starke Mannschaft und machen sich Hoffnung auf einen der vorderen Plätze, wenn nicht gar auf den Titel. Sie haben wirklich gute Spieler, aber bislang ist es noch keine Mannschaft. Mit der Menge der erfolglosen Torschüsse haben sie gestern alle bisherigen Teams im Turnier übertroffen. Nach unzähligen halbherzigen Angriffen und einem erzielten Treffer lag eine Niederlage in der Luft. Aber Tunesien hielt dagegen und verwandelte im Gegenzug einen Elfmeter. Das Unentschieden schien schon besiegelt, denn England vertändelte in der zweiten Halbzeit das Spiel und wirkte verloren, erst in der Nachspielzeit schafften sie einen weiteren Treffer – 2:1. In der ersten Runde haben natürlich die Spanier den stärksten Eindruck hinterlassen. Aber die Weltmeisterschaft ist ein einmonatiger Marathon, und oft geht denen, die fulminant starten, im Turnierverlauf die Puste aus, und Mannschaften, die anfangs plump und unreif wirken, kommen von Spiel zu Spiel besser in Form und nehmen dann die Medaillen mit nach Hause. Das macht die WM interessant. Warten wir es ab. Hoffentlich halte ich durch. Auf der Intensivstation gibt es sicher keinen Fernseher. Und im Leichenschauhaus erst recht nicht.

Tag 38

Das Wetter verschlechtert sich. Es wird kälter und fühlt sich an, als wollte es jeden Moment schneien. Die Häftlinge, die unten durch die Allee laufen, haben ihre *Buschlats* aber bislang noch nicht wieder bekommen.

Mein Zustand hat sich etwas stabilisiert, warten wir ab, was dieser Tag und die nächsten Untersuchungen bringen. Gestern Nachmittag hatte ich sogar genug Kraft, eine Erzählung zu schreiben. Als hätte ich eine Altlast getilgt. Das war nämlich eine Erzählung für einen Gefängnisband, die ich schon im Lager in Jakutien geschrieben hatte, aber hier, in Labytnangi, sind mir noch zwei neue Ideen gekommen. Eine davon habe ich gleich in einen Text umgesetzt, mit der zweiten habe ich mich schwergetan. Erstens war sie noch nicht richtig ausgereift, und zweitens versuche ich immer, mit einem gewissen zeitlichen Abstand über Ereignisse zu schreiben, wenn die Eindrücke schon ein bisschen verblasst und nicht mehr ganz frisch sind. Damit werden die Ideen gewissermaßen einer Prüfung unterzogen: Mit den Monaten oder besser noch mit den Jahren verschwinden die überflüssigen, leeren und schwachen Gedanken, und die besten und stärksten bleiben, sie reifen und gewinnen an Gewicht. Mit dieser Methode gelingt es nicht nur, die wichtigsten Themen herauszufiltern, sondern auch aus einer gewissen Distanz, also authentischer zu schreiben, besonders wenn es sich nicht um etwas Fiktionales, Ausgedachtes, sondern um Erinnerungen oder Biografien handelt. Ich weiß, dass die Erinnerung das Bewusstsein im Lauf der Zeit schont oder verhätschelt, indem sie die Vergangenheit abschleift oder schönt. Trotzdem empfinde ich die beschriebene Vorgehensweise für mich als sinnvoll und passend. Manchmal wende ich eine Idee jahrelang in meinem Kopf hin und her wie der Pillendreher seine Kugel und mache mir dabei keinerlei Aufzeichnungen oder Notizen, dann setze ich mich irgendwann hin und schreibe ratzfatz in ein, zwei Wochen ein ganzes Drehbuch oder irgendetwas anderes runter. In der letzten Zeit arbeite ich allerdings intensiver und effizienter: Ich mache mir viele Notizen, weil ich Angst habe, Details zu vergessen, ich erstelle Rohfassungen für später und habe es mir angewöhnt, mich gleich frühmorgens an die Arbeit zu setzen und nicht mehr auf die spärlichen nächtlichen Inspirationen zu warten. Und der Abstand zwischen einem Ereignis oder einer im Kopf aufblitzenden Idee und dem Erstellen einer Rohfassung, die sich im Übrigen dann nicht mehr wesentlich von der Endfassung unterscheidet, ist auch von einer Spanne, die mehrere Jahre umfassen konnte, auf einen Zeitraum von wenigen Monaten oder Wochen geschrumpft. Trotzdem lasse ich das Material in meinem Kopf arbeiten, abkühlen und reifen und greife erst dann zum Stift, wenn die Samen, die mir in die Seele gefallen sind, aufgegangen sind. Zusammengefasst würde ich meine Methode wie folgt beschreiben: Ich überlege lange, schreibe schnell und redigiere wenig. Ich redigiere nicht etwa deshalb wenig, weil ich faul bin, das kann mir wohl kaum jemand vorwerfen, sondern weil ich die Unmittelbarkeit des ursprünglichen Impulses, der ursprünglichen Formulierungen gern erhalten, eine gewisse Rauheit des Textes, auch eine gewisse Nachlässigkeit beibehalten möchte, damit die Authentizität gewahrt bleibt. Wie Schenja, meine Mitstreiterin, zu sagen pflegt: »Der erste Gedanke ist von Gott.« Aber in der letzten Zeit, hier, in der Haft, wo ich auch ab und zu etwas schreibe, nehme ich mir mehr Zeit fürs Redigieren, die Verbesserung des Textes und versuche, den ursprünglichen Impuls zu bewahren, also das Beet mit den gerade aufgehenden Samen behutsam zu jäten. Ich bin mit dem Ergebnis zufrieden, also werde ich diese Methode weiterentwickeln. Der Band mit den Gefängniserzählungen ist genauso geschrieben, nach der einfachen Version meiner Methode. Eine letzte Erzählung stand noch aus, und ich habe das Schreiben immer wieder aufgeschoben, weil ich auf den richtigen Moment gewartet habe. Der wollte und wollte nicht kommen, also fing ich nicht an. Man sollte lieber überhaupt nicht schreiben als irgendwie. »Wenn du nicht schreiben musst, schreib nicht« ist eines meiner Hauptprinzipien in der Literatur. Aber diese Erzählung musste geschrieben werden, also habe ich mich hingesetzt und mir was aus den Fingern gesaugt. Die totale Pleite. Manche Leute scheitern bei der ersten Geschichte, bei mir war's die letzte. Und die Idee ist nun auch futsch: Ich schreibe einen Text nie um, dann verstecke ich ihn schon lieber hinterm Ofen oder versenke ihn in der Schublade. Ich habe übrigens noch nie einen Text in den Ofen gesteckt, theatralische Gesten mag ich nicht, aber dieses Pulver habe ich nun umsonst verschossen. Und mich ein weiteres Mal davon überzeugt, welche traurigen Folgen es hat, wenn man im Leben und in der Literatur von seinen Prinzipien abweicht.

[...]

Fußball. Gestern gab es zwei ganz passable Spiele in der letzten Gruppe, die eigentlich keinen klaren Favoriten hat, die Mannschaften sind mittelmäßig, deswegen versprachen die Partien interessant zu werden. Und sie waren es auch. [...] Der gestrige Höhepunkt war freilich die Partie Russland gegen Ägypten. Vom Spielausgang hing ab, ob Russland in die K.o.-Runde einziehen würde. Und alle wollten natürlich wissen, ob der 5:0-Sieg über Saudi-Arabien eine Eintagsfliege war. War er nicht. Trotz vieler Schwächen machte die russische Auswahl wiederum ein gutes Spiel und errang ihren zweiten Sieg – 3:1. Ägypten konnte nur mit Hilfe eines Elfmeters verkürzen. Russland überstand zum ersten Mal seit zweiunddreißig Jahren die Gruppenphase. Im Fernsehen ein einziges Lobhudeln, dessen Echo nicht einmal nach dem Abschalten des Geräts verstummen wollte. Jeder sprechende Kopf ist plötzlich ein Fußballfreund und -experte. Wo sind all jene, die seit Jahr und Tag nichts anderes machen, als die Gehirne der Russen mit den angeblichen Machenschaften des Westens und der Faschisten in der Ukraine zu verkleistern, eigentlich früher gewesen? Warum denken in diesem Land alle wie auf Knopfdruck nur dann an den Sport, wenn ein internationaler Wettbewerb ansteht, und auch das nur, wenn er im eigenen Land ausgetragen wird? Warum kann dieses Land nicht über den Ballsport mit anderen freundschaftlich verbunden sein, sondern bringt ständig Panzer zum Einsatz? Auf andere Druck auszuüben – mit Gas, mit dem roten Knopf, mit Fußball – ist der einzige Weg der russischen Politik, der von einer begeisterten Mehrheit der Bevölkerung unterstützt wird. Dabei ist ständig von der Friedenspolitik des Staates die Rede. Aber es genügt ein Blick auf die Karte, um zu begreifen, dass das nicht stimmt: Riesige Territorien wie diese schließen sich nicht freiwillig zusammen, das sitzt im Blut. Sich Land unter den Nagel zu reißen und andere zu unterdrücken, das ist die einzige Politik dieses Landes.

Wieder rückten die ganzen hohen Natschalniki mit dem schnauzbärtigen Beauftragten an der Spitze an. Wieder verkündete er, er sei zufällig vorbeigekommen und hielte sich eigentlich wegen anderer Dinge im Lager auf. Warum sagt er das ständig und gibt nicht zu, dass er den Auftrag hat, mich zu kontrollieren? Heute ist mir endlich eingefallen, an wen er mich erinnert, und zwar an einen Unterfeldwebel a.D. aus einem schmissigen Singspiel. Der Schnauzer marschierte durch mein Krankenzimmer, schnipste mit dem Finger gegen die Flasche mit der Infusion, die gerade durchlief, und fragte mich viermal, wie ich mich fühle. Viermal bekam er ein und dieselbe

Antwort: normal, dann wechselte er das Thema, damit das Gespräch nicht abriss. Als er das Buch von Stanisław Lem auf meinem Nachttisch liegen sah, griff er mit beiden Händen danach. »Was liest du denn da?« Als er den Titel auf dem Umschlag entziffert hatte, rief er: »Solaris – Philosophie ...« »Eigentlich ist das Science Fiction.« Der Schnauzer legte das Buch samt der literarischen Diskussion ad acta, da er sich mit Medizin und Menschenrechten besser auskannte, allerdings nur im Paradeschritt, würde ich sagen. Dann stellte der Unterbeauftragte fest, dass es in meinem Zimmer keine Toilette gab, und fragte mich, ob ich überhaupt auf die Toilette ginge. Es gibt Fragen, die bringen dich in eine Zwickmühle, die lassen sich nicht mal mit einem Knurren beantworten. War er tatsächlich der Meinung, ich müsse nicht zur Toilette, nur weil ich nichts aß? Ich erklärte ihm, dass ich drei bis vier Liter Wasser pro Tag trank und dass es in der Krankenstation eine Toilette gab. Der Schnauzer nickte zufrieden. Dann sagte der Bürger Rechtsvertreter, dass die ukrainische Bürgerbeauftragte ihn gebeten habe, ein Foto zu machen und ihr zuzuschicken. An dieser Stelle klopfte er sich theatralisch auf die Hosentasche – am Gefängnistor war ihm das Handy abgenommen worden. Auf mein Nicken in Richtung Lagerleitung und den Vorschlag, sie zu bitten, mich zu fotografieren, hob er wie Pierrot abwehrend die Hände und sagte, das könne er nicht tun, dazu sei er nicht befugt. Die Natschalniki fletschten die Zähne und taten so, als sei das ein Lächeln. Heute folgt wirklich eine Posse der nächsten, beim letzten Mal haben sie den Schnauzer und mich mit ihren Handys aus den verschiedensten Perspektiven geknipst. Der Schnauzer schüttelte den Kopf wie ein Schlachtross und schlug mit den Hufen, dann gab er mir Zeit zum Nachdenken (worüber, war mir unklar) und galoppierte weiter.

Die Natschalniki blieben noch – für ein paar Minuten. Sie umringten mein Krankenlager und setzten mir lang und breit auseinander, dass ich mein Ziel doch schon erreicht hätte: Die Resonanz sei groß, meine Angelegenheit würde ganz oben besprochen, und deshalb sei es doch wirklich höchste Zeit, an die Gesundheit zu denken und endlich wieder brav den Brei zu essen. Ich antwortete, ich sei kein Kind, das man überreden musste, damit es aß. Sie antworteten, sie seien auch erwachsen und wollten niemanden überreden, woraufhin sie in Reih und Glied abmarschierten, die Reihung entsprach der Rangfolge der Dienstgrade.

Gestern Abend, ich war schon am Einschlafen, wollte ich mal zählen, seit wie vielen Tagen ich schon in Haft bin. Ich kam auf genau 1500. Bei dieser runden Zahl musste ich lächeln, und gleichzeitig bin ich erschrocken – was für ein trauriges Jubiläum. Manchmal haut mich das richtig um, wenn ich realisiere, wie lange ich schon im Knast bin.

Tag 39

Heute Nacht habe ich geträumt, ich hätte mich mit den *Roten* eingelassen. Ich kann mich nicht mehr an die Gründe und Einzelheiten erinnern, nur noch daran, dass ich mich »gewendet« habe. Ich wachte schweißgebadet auf und atmete erleichtert auf – es war nur ein Traum, ich gehörte doch noch zum anständigen Schlag. Die *Muschiki* in der Baracke hätten ein solches Verhalten von mir nicht gutgeheißen. Nur von draußen, von der Freiheit aus, hat es den Anschein, als wären alle Häftlinge gleich, weil sie die gleiche Häftlingskluft tragen, aber in Wirklichkeit ist ihre Welt viel komplizierter und sehr differenziert. Nur bleibt das eben verborgen, und der Blick von außen nimmt diese Dinge nicht wahr.

Wieder Regen und Feuchtigkeit, allerdings ohne Wind und strenge Kälte.

Am Morgen ist mein Befinden normal, besser als in den letzten Tagen. Wahrscheinlich weil ich ausgeschlafen und mich fast bis zur Neun-Uhr-Kontrolle im Bett gewälzt habe. Mit allen Unterbrechungen und allem Hochtreiben, in diesem ganzen obligatorischen Morgengewusel. Aber ich bin jedes Mal gleich wieder eingeschlafen. Ich brauche auf jeden Fall mehr Schlaf – der Organismus hält nicht so lange durch wie ohne Hungern, im Zustand der Anabiose fühlt er sich wohler. Der Juckreiz ist fast verschwunden, genauso plötzlich, wie er gekommen ist, nur ein leichtes Prickeln ist noch geblieben. Dafür hat mir der Husten gestern den ganzen Abend zugesetzt, mich beim Fußballschauen gestört und später am Einschlafen gehindert. Er ist trocken und hartnäckig. Dem Doktor gefällt er nicht. Er hat Angst davor, dass ich richtig krank werden könnte, denn ein Virus oder auch nur eine Angina zu kurieren, ist bei meinem geschwächten Organismus nicht so einfach. Ich sagte ihm, ich würde mir Mühe geben, an nichts dergleichen zu erkranken, könne es aber nicht versprechen. Außerdem hat er mich gebeten, weniger Wasser zu trinken: Die Proteine nehmen stark ab, die Nieren sind verstopft und schaffen es nicht, der Doktor hat Angst, dass sich in den Körperhöhlen Wasser ansammelt, was sehr schlecht ist. Gern reduziere ich die Wassermenge von 4 bis 4,5 auf 3 Liter. Vielleicht fühle ich mich dann endlich nicht mehr wie eine gluckernde Blase, und die entstandenen »Wasserkilos« verschwinden – heute hat die Waage 77,5 Kilo gezeigt, obwohl ich nicht aussehe, als hätte ich zugenommen.

Gestern kam der Doktor am Nachmittag zum Dienst und wurde von einer Moskauer Inspektorin aus einer interdisziplinären Kommission begleitet, die bis zum Ende der Woche bleibt. Die Tante ist Amtsärztin in der Zentralverwaltung des FSVD, im Rang eines Obersts, fachkundig und verbindlich, den Kommandoton in ihrer Stimme kann sie natürlich nicht ganz verbergen. Auf Bitte ihrer Vorgesetzten widmet sie sich in erster Linie mir und meiner Krankenakte. Sie hat sich als Außenstehende, mit einem frischen Blick, mit meiner Situation vertraut gemacht und ist grundsätzlich zufrieden, sowohl damit, wie ich nach dieser langen Hungerstreikdauer aussehe, als auch mit den stabilisierenden Maßnahmen, die der Doktor ergreift. Herz und Nieren bereiten ihr allerdings Sorgen. Letztere sogar noch mehr. Diese zweite Krise sei breit aufgetragen wie Butter auf einer Scheibe Brot, ich schlittere auf den Rand zu, und irgendwann, wenn dieses oder jenes Organ versagt oder möglicherweise alle gleichzeitig, komme der Absturz. Es ließe sich nicht vorhersagen, wann der Moment eintrete, klar sei nur, dass er kommen und fatale Folgen haben werde. Mich schrecken diese Gruselgeschichten nicht, ich höre sie jetzt schon über einen Monat, und es ist ja auch wirklich was dran. Ich weiß das alles. Aber ich werde von meinem Vorhaben nicht abrücken, das habe ich der Frau Oberst auch gesagt. Sie antwortete, sie könne mich nicht überreden, setzte daraufhin zu einem langen Monolog an und wiederholte gute zehn Mal den Satz »Wir sind doch alle erwachsene Menschen«, den ich heute schon von den anderen Natschalniki gehört habe, als es darum ging, dass das Präparat keine Nahrungsersatz sei. Zwei Mal kam sie auf Honig mit Dörraprikosen zu sprechen. Wenn ich das zu mir nähme, würde das keinen Abbruch meines Hungerstreiks bedeuten, sondern einfach das Herz schonen oder doch zumindest die Nieren, die ja bekanntlich mit Politik nichts zu tun hätten. Ich lehnte dieses Menü höflich ab und erklärte, mein Herz und meine Nieren lägen auf dem »Tablett« des revolutionären Kampfes, und sie herunterzunehmen, hätte ich nicht das Recht. Damit verabschiedeten wir uns und wünschten uns zu guter Letzt Gesundheit und Erfolg.

Im Waschraum traf ich später den Doktor – er war zum Rauchen dorthin gegangen, da er sich nicht traute, vor den Augen der Inspektorin, die sein Sprechzimmer okkupiert hatte, sich eine Zigarette anzuzünden. Der Doktor war gut drauf, obwohl die Kommission ihn schon ziemlich geschafft hatte. Ich erzählte ihm von meinem Treffen mit dem Schnauzer, was ihn zusätzlich erheiterte, und bereitete ihn schon mal darauf vor, dass die Bürgerbeauftragten eine unabhängige medizinische Kommission zu meiner Begutachtung schicken wollten, wie ich von dem Operettengeneral heute erfahren hatte. Letzteres verdross den Doktor, denn diese Kommission konnte er nun hier gar nicht brauchen und ich genauso wenig. Wie oft habe ich schon betont, dass meine medizinische Versorgung hier ausgezeichnet ist, aber die Leute draußen sind irgendwie immer der Meinung, sie wüssten besser, wie und womit mir zu helfen sei. Ich habe es satt, dagegen anzukämpfen und zu erklären: Wenn mir etwas fehlt, melde ich mich zum gegebenen Zeitpunkt. Diese übertriebene Sorge und das sinnlose Gewusel bringen nichts, manchmal schadet es eher. Die Leute draußen hinterm Zaun begreifen nicht, wie fragil hier drinnen alles ist. Aber sei's drum, ich weiß ja, dass sie sich bloß Sorgen um mich machen, manchmal ist es auch zu viel des Guten, natürlich wollen sie die größtmögliche Aufmerksamkeit und Zuwendung zeigen, manchmal aber auch nur, um gesehen zu werden. Wenn mein Anwalt Ende dieser Woche wie geplant kommt, versuche ich über ihn zu vermitteln, dass es eine solche Kommission nicht braucht.

Inzwischen hat sich mein Leben hier im Revier eingespielt, ich funktioniere von früh bis spät wie ein Automat, und das hat was für sich. Wecken, Frühstück auf dem Tablett, der weiße Kittel und der Diensthabende mit dem Registriergerät, Nährmasse, Medikamente, medizinischer Check, Messungen, Werte, Infusion, Buch, Mittagsmahlzeit mit denselben Protagonisten, Messungen, Nährmasse, Tagebuch, Ruhepause, Nachrichten, Abendessen, Fußball, Nährmasse, Nachtruhe. In den Pausen gehe ich zur Toilette oder in den Waschraum, zweimal pro Woche zum Duschen. Das war's. Die freudigen und originellen Höhepunkte des Tages sind die Unterhaltungen mit dem Doktor, die in letzter Zeit allerdings seltener geworden sind und nur bei konkreten Anlässen stattfinden. Das Grauen des Tages sind die Besuche der Offiziellen.

Heute war wieder ein Oberst aus der Justizbehörde da, mit einer ganzen Entourage. Irgendein neuer, ich habe ihn noch nicht gesehen, obwohl sich hier bei mir im letzten Monat eigentlich alle lokalen – und nicht nur die lokalen – Natschalniki die Klinke in die Hand gegeben haben, es nimmt einfach kein Ende. Dieser wollte gleich andere Saiten aufziehen: Wieso ich mich nicht rasiert hätte, wieso ich einen Pullover trüge und keine Häftlingskleidung und so fort. Er hätte sicher auch noch gefragt, warum ich liege, aber sein Blick fiel auf den Infusionsständer. Da wurde er netter und wollte wissen, was ich draußen so gemacht hätte, und sagte zu jemandem, man müsse mich irgendwo unterbringen. Als hätte er einen Welpen auf der Straße gefunden. Der hiesige Natschalnik sagte, man hätte mir verschiedene Möglichkeiten eröffnet, damit ich mich als Regisseur entfalten könne: in einem Klub, im Kabelfernsehen des Lagers und sogar in einem Computerkurs. Alle hätten sich gewundert, dass ich diese – aus der Sicht eines *Bocks* – attraktiven Posten abgelehnt hatte, aber ich ließ wissen, dass ich für die

Anhebung des hiesigen Amateurniveaus nicht zur Verfügung stünde. Der Oberst knurrte und nannte mich zweimal »noch ziemlich jung«, dann erfuhr er, dass ich schon einundvierzig bin, woraufhin er wieder knurrte und sich entfernte. Alle traten ab, wie sie eingetreten waren: in Reih und Glied und streng nach Rangfolge.

Trotz meiner jetzigen hageren Erscheinung, der tiefer werdenden Falten und zunehmend grauen Haare halten mich komischerweise alle immer noch für jünger, als ich wirklich bin. Apropos Haare. Hier im Lager werden die Haare alle zwei bis drei Wochen auf null Millimeter geschoren, egal ob man das will oder was die Internen Durchführungsbestimmungen sagen. Ich habe meine neue Lage ausgenutzt und mir die Haare schon seit anderthalb Monaten nicht schneiden lassen. Sie sind etwas nachgewachsen, aber das macht es nicht besser. Die beginnende Stirnglatze ist überdeckt, aber dafür ist mir aufgefallen, dass ich schon zur Hälfte grau bin. Ich hatte schon ziemlich früh graue Haare, die ersten weißen Härchen hatte ich schon mit Anfang zwanzig, und je weiter ich in meinem mehr oder weniger interessanten Leben vorangeschritten bin, umso mehr sind es geworden. Mit den Ereignissen der letzten Jahre sind die grauen Haare zu einem Großangriff übergegangen und befinden sich mittlerweile in der Überzahl. Gestern in der Dusche habe ich diesen garstigen Alten gesehen: Mit den grauen Zotteln sieht er noch schlimmer aus. Das ist sogar dem Doktor aufgefallen, deswegen wird zum nächsten Duschtag der Bader einbestellt, damit der mir einen der Lagermode angemessenen Schnitt verpasst. Der bleibt mir dann wahrscheinlich auch draußen erhalten. Das macht aber nichts, ich hatte schon immer einen Kurzhaarschnitt, ich bin gern bereit, dem Gefängnis meine Haare zur Erinnerung zu überlassen, Hauptsache, ich komme hier raus.

Die Lagerordnung sieht vor, dass das weibliche Personal bei Häftlingskontakt von einem männlichen Mitarbeiter begleitet wird. Diese Vorschrift erstreckt sich auch auf den Krankentrakt. Hier werden die Regeln allerdings nicht so streng gehandhabt, denn das ist hier in gewisser Weise eine Oase. Da ich von zwei Videokameras überwacht werde, geht es bei mir zu wie beim Feng Shui: Die Schwester kommt mit der Spritze, und der Mitarbeiter neben ihr zeichnet mit Knüppel und vorgehaltenem Registriergerät jede Bewegung auf. Ich bin noch nie so oft aufgenommen worden. Schwestern gibt es auch verschiedene. Die eine rennt zehnmal hin und her, ehe sie die Sachen für die Infusion zusammen hat, obwohl es immer dieselben sind, aber sie hat ständig was vergessen. Die andere gießt so viel Spiritus auf die Watte, dass Personen, die eine gewisse Schwäche für Alkohol haben, damit ihren Kater bekämpfen können. Ein ewig müder Pfleger lässt sich überhaupt nicht aus der Ruhe bringen und ist so langsam, dass er die Einstichstelle des Öfteren mit einem bereits getrockneten Wattebausch abtupft. Dafür ist er aber der einzige, der einen Katheter vernünftig legen kann.

Heute hat wieder der dagestanische Bär Dienst. Als er nach meiner offiziellen Nahrungsverweigerung das Registriergerät abgeschaltet hat, lächelt er mich an, als hätte er auf einer Hochzeit einen Verwandten getroffen. Er erkundigt sich nach meinem Befinden und wünscht mir zum Abschied »Kräftigung, Gesundheit und Gelingen.« Wahrscheinlich hat er in einem Wettbüro Geld auf mich gesetzt und kann sich auf die Auszahlung des Gewinns freuen, wenn ich bis zu dem von ihm fixierten Datum durchhalte.

Gestern haben drei interessante Partien stattgefunden, mit haargenau gleichem Spielverlauf. Uruguay, Portugal und Spanien bezwangen ihre schwächeren Gruppengegner gleichermaßen 1:0. Obwohl die weniger renommierten Kontrahenten durchaus nicht schwach waren. Sie hielten sich wacker, wurden gefährlich und kamen dem ersehnten Unentschieden denkbar nahe. Aber es fehlte an spielerischer Klasse. Das Spielniveau der Mannschaften – das konnte man heute wieder sehen – gleicht sich immer weiter an, und das Turnier ist sehr interessant.

Aber der Höhepunkt des Tages war ein anderer. Gestern kamen Briefe. Dieses Mal war das Bündel kleiner als neulich, aber immerhin. Ein paar Ansichtskarten aus England, eine von einer Freundin, die wohl gerade in Bulgarien Urlaub macht und mit ihrem Gruß den Duft nach Meer und Wasserspritzern verbreitet, ein paar Mails aus der

Ukraine und ein Brief von meiner Mutter. Ich traute mich nicht, ihn zu öffnen. Ich hatte Angst, dass sie mich verurteilt, mir Vorwürfe macht und mich anfleht, die Sache zu beenden. Ich faltete ein kleines Blatt auf, mehr hat sie nicht geschafft. Sie schrieb, ihr und den Kindern ginge es gut, sie könne das, was ich mir antue, zwar nicht gutheißen, unterstütze mich aber trotzdem und stehe hinter mir, da sie an mich glaube und ich ihr Sohn sei. Mir ist ein Stein vom Herzen gefallen. Die meisten Sorgen habe ich mir gemacht, wie sich mein Hungerstreik wohl auf ihre Gesundheit und ihr Befinden auswirken würde. Aber ich habe eine wundervolle und sehr starke Mutter. Ich habe ihr das geschrieben und auch, dass ich sie sehr liebe. Schade, dass ich ihr das früher, als ich noch in Freiheit war, nie gesagt habe. Aber besser spät als nie.

Tag 40

Ich bin heute zeitig aufgestanden, nach dem Wecken, und habe danach nicht mehr geschlafen, deswegen ist mir seit heute Morgen etwas schwindelig, aber im Großen und Ganzen ist mein Befinden in Ordnung.

Am Himmel steht eine schreckhafte Sonne mit halb gebleichten Wolken.

Heute ist mein nächstes kleines Jubiläum – vierzig Tage. Ich weiß nicht, irgendwie habe ich von dem Tag etwas Besonderes erwartet, habe gedacht, es würde etwas Wichtiges passieren. Heute ist das vorbei. Wahrscheinlich funktioniert so die Hoffnung: Man legt einen Glückstag fest, und wenn er näher rückt, verschiebt man den Tag auf ein anderes Datum.

»Etwas Besonderes« ist gestern übrigens doch passiert. Gegen Abend wurde ich zu meinem Anwalt gerufen, er ist gekommen, wie er es versprochen hatte. Den Brief an meine Mutter erhält er vom Zensor, wenn der ihn durchgelesen hat, aber das erfahre ich erst morgen, wenn mein Anwalt ein zweites Mal kommt. Er hat mir viele interessante Neuigkeiten und Briefe mitgebracht, aber zu unserer Situation konnte er nichts Konkretes sagen, da es keine offiziellen Verlautbarungen von Regierungsseite gibt, obwohl hinter den Kulissen bezüglich der ukrainischen politischen Gefangenen und der Ukraine einiges in Bewegung ist. Bislang gibt es allerdings weder Ergebnisse noch Ankündigungen. Ich hoffe, dass dieses ganze Gewusel nicht für umsonst ist und dass die Ergebnisse noch kommen, dann, wenn alles ausgehandelt ist. Ich freue mich, dass ich, wenn ich diesen neue Etappe der Gärung auch nicht eingeleitet, so doch zumindest mit Hand angelegt habe, genauer gesagt, den Magen.

Der erste Brief war ein offizielles Schreiben, auf einem Briefbogen mit einem goldenen Dreizack, vom Präsidenten der Ukraine. Schöne Worte und eine heroische Rhetorik an meine Adresse, ein kurzer Bericht über die unternommenen Bemühungen um meine Freilassung, der Wunsch nach einem baldigen Treffen. Auch hier keine konkreten Informationen. Entweder gibt es wirklich keine oder es ist noch nicht in dem Topf, in dem es kochen soll. Dafür habe ich auf jeden Fall Verständnis. Eine Antwort habe ich nicht verfasst: Ich habe nichts mitzuteilen, ich tue etwas, ich hoffe, er auch, und zwar nicht nur für mich. Wenn es um die Freilassung von Gefangenen geht, sind Selektivität und Exklusivität sehr unangenehme Dinge.

Briefe von Freunden waren auch dabei. Aus Kiew und von der Krim, von engen Vertrauten, mit denen ich meine Filme gedreht habe. Am überraschendsten – deswegen besonders berührend – war der Brief von Schenja. Meiner einzigen Freundin, meiner engsten Vertrauten, ohne die es meine Filme nicht gegeben hätte oder zumindest nicht in der Form. Wir sind beide nicht einfach und haben lange gebraucht, ehe wir miteinander etwas anfangen konnten, aber seit wir uns gefunden haben, sind wir ganz eng. Schenja hat mit Politik nichts am Hut, aber das ist nicht der Grund, warum sie mir in all den Jahren so selten geschrieben hat, obwohl sie einmal sogar nach Moskau zum Gericht gefahren ist. Engen Vertrauten fällt es in solchen Situationen, wenn man einen Kloß im Hals hat, schwer, die richtigen Worte zu finden. Meine engsten und besten Freunde haben mir in diesen vier Jahren praktisch nie geschrieben, ich verstehe sie sehr gut und werfe ihnen das nicht vor. Im Gegenteil, ich bin ihnen sehr dankbar für diese wortlose Unterstützung, denn ich spüre, dass sie sich keinen Zentimeter von mir entfernt haben. Über manche Dinge kann man eben kaum sprechen und schon gar nicht schreiben, wenn es jemanden betrifft, der einem wirklich nahesteht. Schenja gehört zu genau zu diesen Freunden. Ihr Brief klang allerdings sehr nach Tod und Abschied, ich habe sie dann in meiner Antwort beruhigt, dass ich noch nicht vorhätte zu sterben, sondern einfach bis zum Schluss weiterkämpfen wolle, was nicht ein und dasselbe sei. Natürlich besteht derzeit das Risiko zu sterben, sollten die Nieren oder das Herz versagen, aber das sind sozusagen die kalkulierten Verluste der Aktion, deren eigentliches Ziel der Sieg ist. Um jeden Preis. Außerdem hat sie noch geschrieben, sie hätte geheiratet, ihre Tochter Eva zur Welt gebracht und sei glücklich. Sie lebe jetzt auf den Seychellen, da ihr Mann als Arzt dort einen Zwei-Jahres-Vertrag habe. Ich freue mich sehr für sie. Sollte ich es schaffen, dem Tod hier von der Schippe zu springen und wieder Filme zu drehen, würde sie wenn nötig vom anderen Ende der Welt kommen, um an meiner Seite zu sein, da bin ich mir sicher. So sollten Freunde sein.

Ich war verwundert, als ich von meinem Anwalt hörte, dass nicht der ukrainische Staat die Kosten für seine Reisen und Honorare zahlt, sondern dass russische Regisseure zusammenlegen. Das ist peinlich, ihr Herren Beamte! Danke, ihr Kollegen vom Film!

Anschließend haben mein Anwalt und ich andere Angelegenheiten besprochen. Wie immer konkret und sachorientiert. Ich mag kein leeres Geschwätz und Gehabe, PR-Rummel und Trubel. Mein Anwalt ist genauso, ein lockerer Typ. Mit ihm habe ich wirklich Glück. Danke, Dima, für deine Arbeit, die du für mich und die anderen politischen Gefangenen machst, um sie aus den Fängen dieses Molochs zu retten.

Auf dem Rückweg von meinem Treffen in den Krankentrakt habe ich kurz die *Muschiki* aus meiner Baracke gesehen, die an unserem Hofkäfig standen, sie haben sich getraut, mich offen zu grüßen, was von der Verwaltung geahndet wird. Ich habe den Gruß erwidert und in ihren Gesichtern nicht nur Solidarität, sondern auch Erstaunen registriert – sie hatten mich lange nicht gesehen, und der Anblick meines eingefallenen Gesichts war ihnen sichtlich unangenehm.

Als ich in Begleitung des Wachhabenden die paar Minuten durch die Allee ging, ist mir aufgefallen, dass es draußen viel wärmer ist, als es mir von drinnen schien. Ich hatte keinen *Buschlat* an, und mir war warm. Drinnen habe ich immer mal wieder Schüttelfrost, denn während des Hungerstreiks sinkt die Körpertemperatur, und man friert immerzu.

Gestern habe ich noch ein paar Mails bekommen. Besonders gefreut habe ich mich über eine, in der eine Frau schrieb, sie fotografiere immer wieder mein Porträt mit der Anzahl der Hungerstreiktage vor dem Denkmal irgendeiner geistigen Größe – Puschkin, Tolstoi, Wyssozki … Sie denkt, sie würden mich unterstützen, wenn sie noch am Leben wären. Das Foto von Tag siebzehn hat sie mir geschickt – ich glaube, es war das Denkmal von Brodsky (der Ausdruck war leider schlecht). Mich erinnert das an den Film »Die fabelhafte Welt der Amélie«, in dem die Freundin der Protagonistin, die als Stewardess arbeitet, um die Welt fliegt, einen Gartenzwerg vor den verschiedensten Sehenswürdigkeiten fotografiert und diese Fotos Amélie schickt. Reizend, was sich die Lady da ausgedacht hat.

In den Abendnachrichten wurde gestern berichtet, dass Poroschenko erneut mit Putin telefoniert hat, wonach dieser sogar seinen Sicherheitsrat zusammenrief. Das Thema ist immer noch dasselbe: der Donbass, die Friedenstruppen, der Gefangenenaustausch. Macht nicht den Eindruck, als wäre das nur leeres Geplänkel. Vielleicht ist es das, worauf meine Intuition gewartet hat? Nun gut, ich werde es erleben. Wenn ich es erlebe.

Die gestrigen Spiele waren nun schon erwartungsgemäß gut, auch die weniger wichtigen. Wobei ja für jede Mannschaft ihr Spiel wichtig ist. […]

Heute habe ich endlich den Science-Fiction-Band von Stanisław Lem zu Ende gelesen. Der zweite Roman »Der Unbesiegbare« hat mir sogar besser gefallen. Vielleicht liegt das daran, dass ich die Handlung von »Solaris« schon kannte und das Buch immerzu mit

Tarkowskis Film verglichen habe, der meiner Meinung nach deutlich besser ist als das Buch. Vielleicht aber auch weil hier viel mehr passiert als im ersten Roman mit seiner statischen Handlung und den vier Protagonisten, die auf der Forschungsstation und in sich selbst festhängen. Im »Unbesiegbaren« geht es zwar auch um die Kontaktaufnahme, genauer gesagt um den Versuch der Kontaktaufnahme, mit etwas Außerirdischem, Unverständlichem und Aggressivem. Und während es sich in »Solaris« um einen lebenden Ozean handelte, ist es hier die evolutionierte Technik auf einem verlassenen Planeten, die nicht denkt, sondern ihren ungerichteten, reflexhaften Mechanismen gemäß agiert. Das Leitmotiv des Buches lautet: »Nicht jede Sache und jeder Ort sind für uns gemacht.« Habe ich mit Interesse gelesen. Ist »Der Unbesiegbare« eigentlich verfilmt worden? Wenn nicht, dann wartet das Buch auf einen Regisseur mit Hollywood-Zugang, würde ich mir gern anschauen.

Tag 41

Ich bin wieder zeitig aufgestanden, hatte aber ausgeschlafen. Wahrscheinlich weil ich gestern Nachmittag abgeklappt bin und tagsüber geschlafen habe. Die ganze Nacht war ich in einem Stolypin-Waggon unterwegs, er glich allerdings eher einem Zug mit offenen Wagen, aus denen man einen guten Blick auf die vorbeiziehenden Wälder und später auf das stille, endlose Meer hatte, auf weit entfernte, in der Nacht leuchtende Hochhäuser und ein Flugzeug mit eingeklappten Tragflächen, das über die Landebahn eines Flughafens rollte. In einem Waggon saß gar eine junge Frau mit einem unscheinbaren Gesicht, die ein weißes Karohemd trug. All das fühlte sich mehr nach einer normalen Reise in einem Abteil mit drei Reisegefährten an. Aber Gefängnisträume sind eben deshalb Gefängnisträume, weil du selbst im Traum ganz deutlich spürst, dass du gefangen bist, und dich deshalb nie ganz frei fühlst. Das ist kein angenehmes Gefühl, aber ich habe mich längst daran gewöhnt.

Der nördliche Sommer draußen erinnert eher an einen schüchternen halbwüchsigen Frühling. Die Sonne scheint zwar und es ist warm, aber auch windig. Genauso wie gestern, wir haben scheinbar endlich eine stabile Wetterlage. Hätte nicht gestern Abend der Wind aufgefrischt, hätten sich nicht Regenwolken zusammengezogen und wäre es nicht so kalt geworden, dass in der Krankenstation alle Lüftungsfenster geschlossen wurden.

Obwohl es relativ warm ist, trage ich tagsüber einen Pullover unter meiner Häftlingskluft, und nachts schlafe ich in Thermowäsche unter zwei Decken. Eigentlich ist es nicht mehr so kalt, allerdings auch nicht heiß. Immerhin muss ich den Heizlüfter nicht mehr einschalten.

Mein Befinden ist ebenfalls »warm«. Zwar bin ich morgens nicht mehr so frisch, fühle mich aber wenigstens nicht schlecht oder schlapp. Schwäche und Müdigkeit stellen sich nach wie vor eher abends ein, aber es ist nicht mehr ganz so schlimm wie am Anfang der Woche, als ich schon dachte, es käme ein neuer Einbruch, aber es war nur eine vorübergehende Verschlechterung. Die Inspektorin, Frau Oberst aus Moskau, die mich gestern zum zweiten Mal untersucht hat, hat mir das genau so erklärt, damit ich mich nicht falschen Illusionen hingebe: Mein Organismus passt sich nicht etwa an die negativen Veränderungen an, er gewöhnt sich vielmehr daran und reagiert nicht mehr, deswegen müsse ich jeden Moment auf eine Verschlechterung gefasst sein. Aber der Doktor und ich haben sowieso ständig *die Antenne an*. Dass es nicht alles so ungetrübt ist wie der Himmel heute, weiß ich auch ohne sie – der wiederholte Druck in der Brust, der leichte stechende Schmerz auf der linken Seite und das Ziehen in den Nieren verhindern, dass ich alles auf die leichte Schulter nehme und mir einrede, alles sei bestens.

Die Kontrolltante und die anderen Ärzte aus der Kommission wohnen im selben Hotel wie mein Anwalt. Das hat er mir erzählt, als ich mich gestern ein weiteres Mal mit ihm getroffen habe, bevor er abgereist ist. Dima und die FSVD-Beamten haben sich *angestochen* und registriert, aber keinen Kontakt zueinander aufgenommen, sondern sich lediglich gegenseitig mit unfreundlichen Blicken bedacht. Ihr Zusammentreffen war kein Zufall, denn in Labytnangi gibt es nur einen Ort, der mehr oder weniger den Namen Hotel verdient.

Das zweite Gespräch mit meinem Anwalt war auch interessant und sachorientiert. Ich habe ein paar offizielle Schreiben an Bekannte und Freunde verfasst, unter anderem auch einen offenen Brief an die russischen Regisseure, die mich unterstützen. Mein Anwalt hat mich von den Neuigkeiten unterrichtet, von allem, was unsere Aktionswelle betrifft. Sie ist wirklich beachtlich, versandet nicht und wächst. Die Angelegenheit ist sogar schon bis zum UN-Generalsekretär vorgedrungen, der eine Erklärung zu mir und den anderen ukrainischen politischen Gefangenen abgegeben hat und gestern nach Moskau gereist ist. Wahrscheinlich nicht extra wegen uns, aber hoffentlich auch. Der ganze internationale Protest, der sich im letzten Monat erhoben hat, und die Aufmerksamkeit für unsere Gefangenen sind ausschließlich meinem Hungerstreik zu verdanken, sagt mein Anwalt, denn um das Thema war es schon beinahe still geworden. Ich freue mich, dass mein ursprünglicher Plan bislang gelingt, dass mein Kalkül aufgeht und ich in gewisser Weise der Katalysator in diesem Prozess bin. Es hat lange gedauert, bis die Basis endlich da war, aber es gab keine Rückschläge, also habe ich das Feuer entfacht, und es ging los. Jetzt muss ich die Sache allerdings am Laufen halten, damit am Ende auch etwas herauskommt, und darf nicht völlig verbrennen. Die gute Nachricht ist, dass die Miliz meiner Mutter den Brief ausgehändigt hat. Die schlechte Nachricht ist, dass meine Tochter ihre geplante Reise nach Kanada nicht antreten konnte, entweder wegen der Prüfungen, die sie mit gut und sehr gut bestanden hat, oder aus einem anderen Grund, ich weiß nichts Genaueres, aber ich bin sehr traurig, man soll ja Kinder nicht belügen oder etwas versprechen, was man nicht halten kann. So etwas habe ich nie gemacht, und jetzt ist es doch passiert, und obwohl ich es nicht beeinflussen konnte, fühle ich mich schuldig.

Wir haben die Termine für unsere nächsten Treffen festgelegt: Mein Anwalt kommt in einem Monat wieder, weil er dazwischen Urlaub hat, und Natascha kommt – für einen Kurzbesuch – in zwei Wochen.

Natürlich nur, wenn meine kleine heldenhafte Cousine es zeitlich einrichten kann. Vier Jahre kämpft sie nun schon um meine Freilassung, und in der letzten Zeit hat sich der Kampf verschärft, ist in die Endphase eingetreten, und in Kiew zerren sie einfach von allen Seiten an ihr. Sie hat es nicht einmal geschafft, dem Anwalt einen Brief für mich mitzugeben, sondern ihm lediglich am Telefon einen Zehnzeiler diktiert und gesagt, sie käme überhaupt nicht zum Schreiben, denn Olegs Angelegenheiten nähmen ihre ganze Zeit in Anspruch, und dann hat sie aufgelegt. Meine arme Cousine, ich habe sie in dieses ganze Hin und Her reingezogen! Aber das ist nicht so schlimm, für mich ist die Aktionswelle selbst wichtiger als die Berichte darüber. Irgendwann werde ich schon alles erfahren, aber nach dem Sieg ist das vielleicht auch unwichtig. Hauptsache, ich vergesse nicht, was diese Gruppe von Leuten – und allen voran Natascha – für mich getan hat.

Seit Kurzem haben wir einen Alten, einen Langzeitler, bei uns im Revier. Iwanytsch. Fünfundzwanzig Jahre, achtzehn hat er schon abgesessen. Spuren eines neurochirurgischen Eingriffs auf dem kahlen Schädel, schlurfender Gang, ein Mund, der den Tee zum Brot laut schlürft. Ein dürrer, aber lustiger Mensch, dessen Gehirn noch einigermaßen funktioniert. Gestern hat er allerdings einen gucken lassen. Wir sitzen abends beim Fußball. Nigeria gegen Island. Iwanytsch verfolgt die rennenden Afrikaner in Ballbesitz und fragt irgendwann: »Ist Nigeria eigentlich ein kapitalistisches Land?« »Was schwafelst du da, Iwanytsch, du sitzt doch nicht seit den Achtzigern, was sind denn das für Sowjetfloskeln?«, sage ich. »Die haben aufgehört, die Kommunisten zu spielen, als Schluss war mit den Geldkoffern aus Moskau.« »Vielleicht sind die hier ja standhaft geblieben?« »Die standhaften« dunkelhäutigen Jungs haben den Ausdruck »sozialistisches Land« vermutlich noch nie gehört, können aber sehr gut Fußball spielen, das haben sie den Wikingern mit ihrem 2:0 gestern auch gezeigt und ihnen damit praktisch jede Chance aufs Achtelfinale genommen, das doch schon zum Greifen nahe schien. Jetzt müsste Island Kroatien schlagen, was im Moment schwer vorstellbar scheint. Dafür können sich nun die Argentinier berechtigte Hoffnungen machen, wenn sie nicht gegen Nigeria verlieren, was aber nun vielleicht des Guten zu viel wäre. Die Schweizer bahnen sich – wenn auch mühsam – einen Weg in die K.-o.-Runde, in einem hektischen Spiel haben sie Serbien mit 2:1 besiegt. Nachdem sie in der sechsten Minute ein schnelles Tor kassiert hatten und dann noch lange dem Druck des serbischen Sturms ausgesetzt waren, konnten sie gegen Ende der zweiten Halbzeit das Spiel kippen – sie haben zweimal getroffen und das Spiel gedreht, durchhalten lohnt sich eben. Noch dramatischer war die Partie zwischen Brasilien und Costa Rica. Eigentlich ein klarer Favorit gegen einen hoffnungslosen Außenseiter, trotzdem fiel in neunzig Minuten kein einziges Tor. Die Brasilianer zeigten Nerven, sammelten grundlos gelbe Karten, und Neymar – der teuerste Spieler der Fußballgeschichte – verstieg sich sogar zu einer Schwalbe: Bilderbuchreif fiel er im fremden Strafraum, nachdem der gegnerische Verteidiger ihn lediglich mit der Hand touchiert hatte. Doch der Brasilianer ruderte mit den Armen und stürzte, als hätte ihn ein feindliches Geschoss getroffen. Im Eifer des Gefechts pfiff der Schiedsrichter Elfmeter. Alle kamen angerannt und schrien, es roch nach Skandal und Handgreiflichkeiten. Aber dann teilte der Video-Assistent dem Hauptschiedsrichter per Funk mit, dass die Sache nicht so schön war, wie sie ausgesehen hatte, und so trabte dieser zum Häuschen der Fairness, um sich die Aufzeichnung der Szene persönlich anzusehen. Dann kehrte er auf das Spielfeld zurück und annullierte den Elfmeter. Das Spiel lief weiter, der Videobeweis funktionierte, und Neymar hat sich für etliche Jahre im Voraus blamiert. Der Schiedsrichter gab ihm für diese Schwalbe nicht einmal eine gelbe Karte – die bekam der brasilianische Superstürmer kurze Zeit später, als er nach dem Pfiff den Ball wütend auf die Erde warf. Es sah so aus, als würde es auf eine Sensation mit einem Hauch von Skandal hinauslaufen. Aber in den sechs Minuten Nachspielzeit ereignete sich ein Wunder. Eigentlich waren es nur die letzten vier Minuten, die das Spiel sehenswert und für manch einen das Leben erst lebenswert machten. Die brasilianische Auswahl schoss ein tolles Tor und atmete erleichtert auf, zusammen mit Millionen Fans; nachdem die Spannung von ihnen abgefallen war, zeigten die Spieler couragiert den hochklassigen leichtfüßigen Fußball, für den sie alle lieben. Als der langersehnte Ball endlich im Netz war, kam die ganze Bank mit dem Trainer an der Spitze auf den Rasen gerannt, um die Mannschaft zu umarmen, wobei der Coach über die Rasenkante stolperte, hinfiel und übers Feld rutschte. Die Authentizität dieses Sturzes wurde von niemandem angezweifelt. In den letzten Minuten dieses in jeder Hinsicht dramatischen Spiels erzielte Neymar ein weiteres – noch schöneres – Tor und stellte damit seine Reputation wieder her. Als anschließend der Schlusspfiff ertönte, saß er auf dem Spielfeld und weinte, die Hände vors Gesicht geschlagen, als hätte er gerade gleichzeitig das Finale verloren und gewonnen.

Ich bin sehr froh, dass dieses überaus interessante Turnier in die zweite, schwere Hälfte meines Hungerstreiks fällt – es ist eine ausgezeichnete Ablenkung. Und ich schaffe es immer noch, den sauberen Sport von der schmutzigen Politik drum herum zu trennen.

Tag 42

Gestern Nachmittag hat es mich wieder erwischt, von Stunde zu Stunde schlimmer. Mir war schwindlig und übel, ich hing schlapp im Bett. Abends wurde der Blutdruck gemessen. Der Oberdruck war knapp 70, der Unterdruck völlig im Keller. Es wurde ein EKG gemacht. Die Werte waren ebenfalls schlecht, der Herzrhythmus ist erneut auf knapp 40 gefallen. Nun wusste ich, was mich so umgehauen hat, aber davon wurde es nicht besser. Heute ging's wieder, aber das Herzstechen war immer noch da. Wahrscheinlich bin ich in den mehr als zwei Jahren, die ich in den Lagern hier im Norden sitze, wetterfühlig geworden. Das kommt aber weniger vom strengen Klima als von den starken Temperaturschwankungen und den ständigen Wetterwechseln. Bluthochdruck-Patienten und Herzkranke halten hier nicht lange durch. Gestern zum Beispiel wurde Labytnangi blitzartig – wie die Sowjetunion von Deutschland – vom Sommer überfallen, woraufhin es mir gleich massiv schlechter ging. Kein Wind und keine schweren Wolken, nicht einmal Quellwolken. Die Sonne scheint von einem blauen Himmel herab, die Temperaturen liegen weit über 20 Grad. Endlich habe ich mich von meinem Pullover getrennt und sogar bei offener Lüftungsklappe geschlafen, ohne Thermounterwäsche, aber immer noch mit zwei Decken. War das angenehm – ohne zusätzliche Kleidungsstücke schlafen, nicht frieren und ausschlafen! Abends im Bett bekam ich allerdings kaum Luft, als wäre nicht genügend Sauerstoff da, aber die Ursache war klar – das Herz hat Probleme gemacht. Na, halt noch ein bisschen durch, Liebes.

Die Angst, den Pullover auszuziehen und zu frieren, ist eher psychischer Natur. Ich musste an den Maidan denken: Nach diesem schrecklichen, drei Tage währenden Kampf an der vordersten Linie trug ich noch eine ganze Woche lang die kugelsichere Weste und legte sie nur in meinen kurzen Schlafpausen ab, das hat mir Sicherheit gegeben. Wir hatten zwar zu dem Zeitpunkt schon gewonnen und ich musste nicht mehr befürchten, dass jemand auf mich schießen würde, aber tief im Inneren fühlte ich mich noch immer bedroht. Irgendwann hat sich das gelegt, wie gestern mit dem Pullover.

Der Doktor hat an meinen ständig roten Augen eine Bindehautentzündung diagnostiziert und mir ein Fläschchen Augentropfen verschrieben. Gestern ist wieder eine Kommission da gewesen. Dieses Mal eine nichtstaatliche Kommission mit einem schüchternen und verschreckten jungen Vorsitzenden, in Begleitung der Lagerleitung. Er war schon mal bei mir, ganz am Anfang, worauf er mich mit Nachdruck hinwies, aber ich erinnerte mich auch so an ihn. Außerdem brüstete er sich damit, ein neues Mandat erhalten zu haben, und erwartete wahrscheinlich, dass ich ihm dazu gratuliere, dabei wollte ich ihn eigentlich nur fragen: »Ist Ihnen das Mandat im Smolny ausgehändigt worden?« Aber ich sagte lieber nichts – der GBK-Mandatsträger[27] war sehr verunsichert und lief nur noch seitwärts, wahrscheinlich hatte er Angst, die Milizionäre würden ihn demnächst nicht mehr begleiten, sondern bewachen, in Häftlingskluft stecken und ihm einen Schlafplatz in ei-

---

27 GBK von ONK – von Obschtschestwennaja Nabljudatelnaja Komissija (russ.), Gesellschaftliche Beobachterkommission zum Schutz der Menschenrechte in Einrichtungen des Strafvollzugs, Anm. d. Red.

ner Baracke zuweisen. Der Funktionär fragte mich mehrmals, ob ich Fragen hätte, und als er mir nicht eine einzige abringen konnte, seufzte er erleichtert und trat mit umherirrenden Blicken, als hätte er etwas gestohlen, ab. Wem kann der hier eigentlich Schutz bieten oder helfen? Er bedarf selbst der Obhut, am besten mittels einer bewaffneten Wache. Wieder so ein sinnloser Aufriss.

Gestern ist der Friseur da gewesen. Der Häftling kam mit der Maschine und schor alle ohne viel Aufhebens und Berücksichtigung von Wünschen auf 0 Millimeter. Von mir verlangt keiner der hiesigen Natschalniki, dass ich mir die seit anderthalb Monaten gewachsenen Haare oder auch nur den Bart scheren lasse – als politischer Häftling im Hungerstreik genieße ich hier großzügige Privilegien. Aber ich möchte ja selbst nicht wie Struwwelpeter aussehen, deswegen habe ich meine grauen Zotteln dem mechanischen Messer überlassen, rasieren kann ich mich selbst. Der alte Sack im Badezimmerspiegel ist davon nicht hübscher oder jünger geworden, jetzt sieht er noch mehr wie ein Skelett aus. Immerhin läuft es und liegt noch nicht.

Heute hat es mich auch wieder ziemlich durchgeschüttelt, allerdings nicht so schlimm wie gestern. Deswegen habe ich mir die meisten Spiele nicht angesehen, sondern bin im Bett geblieben. Belgien und Mexiko besiegten ihre Kontrahenten ohne größere Schwierigkeiten und schafften quasi problemlos den Einzug ins Achtelfinale, angeschaut habe ich mir nur die wichtigste Partie heute, die unter dem Motto stand »Deutschland versucht Schweden zu schlagen«. Die Deutschen hatten sowohl den Ball als auch das Spiel unter Kontrolle, aber (zum zweiten Mal in Folge) haperte es am Abschluss. Nachdem sie in der ersten Halbzeit einen Gegentreffer hinnehmen mussten, waren sie drauf und dran, die nächste Partie – wie schon gegen Mexiko – zu verlieren und sang- und klanglos auszuscheiden. Der Trainer des amtierenden Weltmeisters verfiel vor aller Augen, als er das schwache Spiel seiner Mannschaft mit ansehen musste. Mitte der zweiten Halbzeit nutzte Deutschland endlich seine zehnte Torchance und schoss ein. Aber ein Unentschieden reichte nicht, denn auch damit wäre ein Weiterkommen keinesfalls sicher gewesen. Ein

Sieg musste her – die Deutschen spielten nach vorn und ließen auch dann nicht nach, als ihr wichtigster Verteidiger wegen zweier gelber Karten vom Platz musste. Als Antwort darauf wechselte der Bundestrainer einen weiteren Stürmer ein. Alle Mann an Deck oder – wir verteidigen nicht, wir greifen an. Die letzten zehn Minuten waren an Dramatik kaum zu überbieten. Obwohl die Schweden ganz offensichtlich auf Zeit spielten – ihnen würde ein Unentschieden nützen –, wollte der Ball einfach nicht ins Tor und traf mal den Pfosten, mal war der Keeper noch mit den Fingerspitzen dran. Und erst in der letzten, der fünften Minute der Nachspielzeit, ließ der Fußballgott, nachdem er die Nerven der deutschen Mannschaft und ihrer Fans mehr als strapaziert hatte, den deutschen Stürmer das entscheidende und sehenswerte Tor schießen, mit dem letzten Freistoß, Sekunden vor dem Schlusspfiff. Ein bemerkenswertes Spiel wie das Turnier insgesamt. Man denkt, man hat das beste Duell schon gesehen, und am nächsten Tag kommt ein weiteres, das noch beeindruckender ist.

Um zwölf Uhr nachts bin ich auf die Toilette gegangen. Das Fenster geht zur gegenüberliegenden Seite hinaus, man sieht die Stadt, den Wald, den fernen Ural und den Sonnenuntergang. Zum ersten Mal habe ich die untergehende Mitternachtssonne gesehen. Aber sie blieb nicht lange hinter dem Waldsaum verborgen, sie verkroch sich nur und tauchte die Landschaft in einen schwachen Dämmer, um zwei Stunden später auf der anderen Seite wieder aufzutauchen und den Beginn eines neuen langen Tages im nördlichen Sommer zu verkünden, der dann gestern auch anbrach.

Tag 43

Ich habe ausgeschlafen, das Befinden ist normal, obwohl ich gestern zum Abend hin wieder kaum die Beine heben konnte, aber das ist jetzt der Standardfall. Schlecht ist es, wenn ich nicht mal morgens richtig aufstehen kann. Draußen ist es wieder warm und sonnig, ein wundervoller Tag.

Die sechste Hungerstreikwoche ist zu Ende gegangen, wider Erwarten hat sie nichts Neues oder Wichtiges gebracht. Jetzt muss ich mir ein neues Ziel setzen. Dann geht es leichter. Ein großes Projekt, dessen Realisierung aussichtslos scheint, teilt man in viele kleine Unteraufgaben, die man kontinuierlich und nacheinander abarbeitet, und irgendwann hat man es geschafft. Einen großen Stein, der scheinbar unbeweglich mitten im Weg liegt, zerschlägt man in kleinere Brocken und räumt sie nacheinander beiseite. Einen aufragenden Berg besteigt man in Etappen: zuerst bis zu dem Hügel, bis zu dem Baum, bis zu dem Felsen – und schon steht man oben. Diese Methode funktioniert auch bei einer langen Haftstrafe: Du setzt dir ein Datum, bis zu dem du ausharren, durchhalten willst. Und auch wenn du weißt, dass bis zu diesem Zeitpunkt nichts Wesentliches passieren und sich das Wichtigste – deine Freilassung – mit Sicherheit nicht ereignen wird, setzt du dir eben trotzdem eine kleine Markierung in der Zukunft, in nächster Zeit. So lässt es sich leichter aushalten, in kürzeren Zeitabschnitten. Du erreichst den Punkt und setzt dir ein neues Ziel ... und das vier Jahre lang. Mein letzter Abschnitt waren vierzig Tage, der 23. Juni, die Sommersonnenwende und so weiter. Passiert ist nichts, aber das ist nicht schlimm. Hangeln wir uns weiter. Schlagen wir – wie die Bergsteiger – neue Haken ein, 13. Juli – immerhin mein Geburtstag –, Tag sechzig des Hungerstreiks, das Ende der Fußball-WM – und hangeln uns weiter am Abgrund entlang. Darüber hinausgehende Prognosen abzugeben, ist schwierig, sowohl was meine Gesundheit als auch was die allgemeine Lage der ukrainischen politischen Gefangenen angeht.

Mich erinnert das mehr an die gute alte sowjetische Berg- und Talbahn, auf der wir mit den Kindern gefahren sind, wenn wir im Stadtpark waren. Da geht's mal hoch und mal runter – in Bezug auf das Befinden. Die Kinder sind zwar jetzt nicht hier, sie sind weit weg, sind ohne mich groß geworden, also werde ich allein durchgeschüttelt, ein Ende des schrecklichen Karussells ist nicht in Sicht. Wahrscheinlich habe ich eine Dauerkarte. Dafür habe ich viele Zuschauer, die sogar mitfühlen und mitfiebern: Wann werde ich denn nun herausgeschleudert und von der letzten Gondel überfahren oder wann flehe ich endlich um Gnade und der Diensthabende drückt auf den Knopf?

Die Leute um mich herum, sogar diejenigen, die mich oft sehen, sagen, ich sei in letzter Zeit stark abgemagert. Komisch, ich kann es natürlich schwer beurteilen – ich sehe mich ja auch nicht jeden Tag im Spiegel, aber das Gewicht nimmt derzeit nur sehr langsam ab, 100 Gramm pro Tag, mehr nicht. Ich trinke jetzt genau 3 Liter Wasser pro Tag, um den Flüssigkeitshaushalt des Körpers stabil zu halten. Damit es nicht wieder zur Dehydrierung kommt, die Nieren nicht zu stark belastet werden und sich kein Wasser in den Körperhöhlen ansammelt. Die Waage hat heute 76,5 Kilo gezeigt. Die Häftlingskluft, unter der ich wegen der jetzigen höheren Temperaturen keine Pullover und keine Unterwäsche mehr trage, hängt wie ein Sack an mir, als wäre ich in die Kleider eines Fettwanstes gestiegen.

Da gestern Sonntag war, sahen wir uns alle zusammen eine weitere Staffel der amerikanischen Serie Game of Thrones an, in der die sieben Königreiche um den Eisernen Thron kämpfen. Iwanytsch, unser Fossil, hatte etwa in der sechsten Folge wieder einen Auftritt. »Welches Jahrhundert ist das eigentlich?«, lautete seine Frage dieses Mal, die alle – auch die Schauspieler auf dem Bildschirm – verstummen ließ, woraufhin er selbst die Antwort gab und mit Splittern von Wissen und Hirnschwund aufwartete: »16. wahrscheinlich.« »Aber sicher doch, Iwanytsch! 16. Jahrhundert, was denn sonst! Gleich nach der Bartolomäus-Nacht. Allerdings heißt die hier warum auch immer Blutige Hochzeit! Die Drachen werden gerade flügge.« »Die Drachen?«, fragte der Alte mit seinem gekrümmten Rücken. »Drachen hat es zu der Zeit nicht mehr gegeben. Dann muss es also noch früher gewesen sein ...« Iwanytsch hört und sieht nicht nur schlecht, er schnallt es auch nicht, aber er versucht, bei den gemeinsamen Aktivitäten mit dem Kollektiv mitzuhalten.

Die gestrigen Fußballspiele waren nicht so interessant wie die bisherigen. [...]

Die Dämonen, von denen schon eine Woche lang nichts zu hören war, haben sich gestern während der Übertragung, als Werbung für

McDonald's lief, allesamt darauf gestürzt und die ganze Speisekarte durchprobiert. Als sie beim Eis und den anderen Desserts angekommen waren, habe ich dic hungrigen Gesellen verscheucht, woraufhin sie sich kleinmütig in ihre Ecken verzogen, ohne wie früher erbitterten Widerstand zu leisten.

Das Beste, was ich von meinen zwei Fenstern aus sehe, ist der Himmel: Er ist schön, und er ist oben. Die lange Nachbarbaracke und die unten in Reih und Glied marschierenden Häftlinge schaue ich mir selten an – die zurückliegenden Monate in diesem Lager haben mich dieses Anblicks überdrüssig werden lassen. Aber die Kommandotöne und die vertrauten Schritte höre ich ständig – durch die geöffnete Fensterklappe. Geführt werden die Häftlinge nicht von einem Milizionär, der begleitet den Zug nur und selbst das nicht immer, sondern von einem kommandierenden *Bock*, der ist dafür zuständig. Er passt auf, dass sich alle gerade halten, sich gleichzeitig zur richtigen Seite drehen und jeden vorbeilaufenden Natschalnik in einem einträchtigen Chor grüßen. Natschalniki kommen alle Nase lang vorbei. Der Zug muss halten, sich zu dem vorbeilaufenden Beamten umdrehen, dann ruft der *Bock* laut: »Guten Tag, Bürger Natschalnik!«, und der elende Häftlingschor wiederholt schmetternd diesen Gruß, der allen schon längst zum Halse heraushängt. Der Beamte, selbst wenn es nur ein Unteroffizier ist, nickt flüchtig, und dann dürfen die Häftlinge weiterlaufen, zum Beispiel in den Speisesaal. Eigentlich ist das nicht weit, hier liegt alles dicht beieinander, zu dicht sogar, aber da es nur eine einzige Lagerstraße gibt und sie von allen benutzt wird, wobei sich die Häftlinge immer auf der einen und die Miliz auf der anderen Seite hält, kommt es permanent zu solchen Zusammentreffen mit zeremoniellem Gruß, man schafft es praktisch nie ohne Unterbrechung irgendwohin. So wird hier die seltsame Regel aus den IDB gehandhabt, die den Häftling verpflichtet, einen Verwaltungsbeamten zu grüßen, selbst wenn er ihm zum sechsten Mal an einem Tag begegnet. Besonders in der Baracke kotzt einen das an, wenn ein kleinlicher Beamter Kontrolldienst hat, seine Runden dreht und dann erwartet, dass alle ihn wie die Papageien pausenlos grüßen. Zu Beginn, wenn die Natschalniki die Neuen grillen – damit diese auch begreifen, wo's hier langgeht – müssen sie jeden Beamten um Erlaubnis fragen, an ihm vorbeigehen zu dürfen. Die Natschalniki stehen dann in dieser schweren Zeit, wenn die Neuen auf dem Gang hin und her gehetzt werden, praktisch an jeder Ecke, und das nicht mal einzeln. Solche Schikanen sind vor allem im örtlichen Untersuchungsgefängnis und in der Quarantäne üblich, im Lager gibt es andere Methoden. In den schon erwähnten IDB steht, dass die Häftlinge während ihrer Fortbewegung die Hände auf dem Rücken halten müssen, aber nicht im Paradeschritt laufen dürfen. Dieser Punkt wird in unserem Lager peinlich genau befolgt, es ist schon fast eine heilige Regel, allerdings nur der erste Teil davon. Deswegen gibt der *Bock*, der in dem Moment »am Ruder ist«, das Kommando: »Auf links, im Gleichschritt – Marsch! Eins ... Eins ... Eins, zwei, drei« – und dann achtet er darauf, dass alle im Gleichschritt laufen. Anderenfalls lässt er den Zug halten und beginnt von vorn. Wenn ein Trupp *zottelt*, also mit Absicht ungleichmäßig läuft oder nach Ansicht der *Böcke* oder Natschalniki sonst wie hudelt, geht's nach dem Essen nicht zurück in die Baracke, sondern zum Marschieren. Dann wird der Zug eine Stunde lang auf der Allee hin und her gejagt, wo ständig Heerscharen von Natschalniki der verschiedensten Dienstränge unterwegs sind – und jeder zu grüßen ist. Solche Momente gibt es hier sehr viele. Sie alle haben ein einziges Ziel: die Menschen zu animalischen Wesen zu machen, sie in Zombies zu verwandeln, in eine gefügige Masse, in der keiner sich gegen das System erhebt, weder einzeln noch als Gruppe.

Wenn ich mir früher als Kind Kriegsfilme angeschaut habe, konnte ich nie verstehen, wie es ein paar Begleitsoldaten gelingen konnte, eine klaglose Masse von tausenden Gefangenen unter Kontrolle zu halten, und wieso diese sich nicht getraut haben, die Bewacher zu überfallen – schließlich hätten die Soldaten weder genügend Patronen noch genügend Zeit gehabt, um alle zu erschießen. Als ich älter wurde, begriff ich, dass etwas gibt, was Menschen in solchen Situation abhält: die Angst. Zu der sich vielleicht Erschöpfung und Auszehrung, vor allem aber Niedergeschlagenheit und der Herdeninstinkt gesellen. Allerdings wusste ich das nur theoretisch, gesehen hatte ich es höchstens im Fernsehen. Und erst als ich hierher kam, habe ich begriffen, wie es tatsächlich funktioniert. Ich war an vielen verschiedenen – zum Teil sehr traurigen – Orten, aber dieses Lager hier übertrifft alles. Nachdem die erste Druckwelle auf mich, den neu eingelieferten Sträfling, den Terroristen und Russlandfeind, der die »Rückkehr der Krim« nicht begrüßte, nachgelassen hatte, ich mich sortiert und umgesehen hatte, hörte ich auf, die Dinge zu tun, die nicht in den IDB standen, zu denen die Beamten die Häftlinge aber dennoch nötigten. Am deutlichsten zeigte ich meine Gesinnung, als ich mich weigerte, mit den anderen im Gleichschritt zu laufen. Als Flieger mit dem roten Bändchen musste ich ganz vorn, in der ersten Reihe marschieren, damit man mich immer im Blick hatte. Und alle, die da vorn ständig im Blick waren, liefen auf links los, nur ich begann mit rechts. Eine Lappalie, möchte man meinen, allerdings nur bei flüchtiger Betrachtung. Es war ungefähr dasselbe, als würde man auf einer faschistischen Kundgebung den Hitlergruß verweigern oder beim Erklingen der sowjetischen Nationalhymne sitzen bleiben. Wegen mir marschierte der Zug ungleichmäßig, ungestalt, der reibungslose Mechanismus geriet ins Stocken. Als Erstes reagierte der »Zugführer«: Er ließ halten und sagte mir persönlich, wir würden auf links loslaufen. Ich antwortete laut, der Paradeschritt stelle eine Verletzung der IDB dar und ich ließe mich nicht zum Gleichschritt nötigen. Der *Bock* schluckte das, und wir marschierten weiter. Als Nächstes wurde ein Milizionär aufmerksam, und die Geschichte wiederholte sich. Ich wurde in die Dienststube gebracht. Sie ließen mich zwar vier Stunden im *Stakan* schmoren und sagten mir viel Unschönes, wagten es aber nicht, die Hand gegen mich zu erheben – irgendwann schickten sie mich zurück in meine Baracke. So begann unser kleiner Krieg. Nach dem Widerstand gegen den Gleichschritt weigerte ich mich, wegen jeder Kleinigkeit ein Erklärungsschreiben zu verfassen, wobei ich mich auf Artikel 51 der Verfassung der Russischen Föderation[28] berief, einen Mitarbeiter auf seinem Rundgang ein zweites Mal zu grüßen und noch vieles andere mehr, was die Miliz in diesem Lager regelwidrig einge-

---

28 In dem Artikel heißt es, dass keiner gegen sich selbst aussagen muss.

führt hatte, um dessen Insassen endgültig in eine Masse unterwürfiger Zombies zu verwandeln. Die Beamten ergriffen im Handumdrehen Gegenmaßnahmen, an denen sich die *Böcke* der Baracke besonders aktiv beteiligten, wobei sie wie immer heimlich agierten und die Rückendeckung der Natschalniki suchten. Ständige Visitationen und das mehrmals tägliche Filzen meines Betts, Schikanen mit und ohne Anlass, Drohungen, Einschüchterungen. Der Versuch, über die *Muschiki* auf mich Einfluss zu nehmen – bedankt euch bei ihm für euer neues Ungemach. Die Schaffung einer Entfremdungszone um mich herum – wer zum Beispiel mehr als einmal mit mir *Tschifir* getrunken hat, wird am nächsten Tag in eine andere Baracke verlegt. Und noch viele andere Gemeinheiten, die man in diesem widerlichen Loch jedem Menschen in unendlicher Menge zufügen konnte – und ganz besonders einem, der sich den Regeln widersetzt.

Die *Oberböcke* und die *Sawchosy* liefen natürlich nicht in Formation, sie waren in kleinen Gruppen unterwegs oder sogar allein, denn manche hatten sogar Generalschlüssel für die Hofkäfige. Das ganze System der Unterdrückung der Persönlichkeit war gegen jene gerichtet, die nicht mit der Verwaltung kollaborierten, gegen die *Muschiki* und die anderen armen Schweine.

Zweimal pro Tag wurde ich in die Dienststube gebracht. Oft gleich früh am Morgen, direkt nach dem Frühsport, zu dem ich mit den anderen antrat, den ich aber mehr schlecht als recht absolvierte, im Gegensatz zur willigen Mehrheit. Während ich im *Stakan* stand, erklärte ich den wütenden Natschalniki, ich hätte die Regeln keineswegs verletzt, sondern sei vorschriftsmäßig zum Frühsport angetreten, wie ich diesen absolvierte, sei in den IDB nicht vorgeschrieben, deswegen würde ich die Übungen im Rahmen meiner körperlichen Möglichkeiten machen. Die Milizionäre kochten vor Wut, wenn sie mit mir sprachen, und explodierten oft, aber meist nur verbal. Mich zu schlagen, trauten sie sich nicht, genauso wenig wie sie mich in Einzelhaft sperrten, sie verfassten nicht mal mehr Berichte, weil ich dafür nämlich eine Erklärung hätte schreiben müssen, was ich aus Prinzip nicht mehr tat, und dann hätten sie damit nur noch mehr Probleme gekriegt. Später, kurz vor ihrer Kapitulation, schleppten mich die Beamten nicht mehr ständig auf die Dienststube, wo der DGLL gegen mich auch nichts ausrichten konnte, sondern sperrten mich kurzerhand in einen kleinen Hofkäfig, damit ich ein bisschen runterkam. Ein paar lange Sonnenaufgänge im Polarwinter werden mir noch lange im Gedächtnis bleiben. Irgendwann gaben die Milizionäre auf. Wir verkündeten keinen Waffenstillstand und unterzeichneten auch keinen Friedensvertrag. Nach ein paar kampffreien Monaten war der Druck auf einmal weg, und ich wurde mehr oder weniger in Ruhe gelassen, meine erkämpften Positionen gab ich allerdings nicht auf. Als Einziger lief ich demonstrativ auf rechts los, und alle taten so, als müsste das so sein.

Als die *Muschiki* sahen, dass ich es geschafft hatte, saßen wir beim *Tschifir*, und ich sagte, es sei eigentlich gar nicht so schwer. Sie hatten zwar Respekt vor meiner Courage, erwiderten aber, ich würde besonderen Schutz genießen, würde nicht angefasst, mit ihnen würde nicht mal jemand sprechen. Zuerst würden in der Dienststube alle Milizionäre einer Schicht über sie herfallen, dann würde man sie in den Sicherheitsdienst schleifen, wo sich die ganz routinierten *Operatiwniki* ihrer annehmen würden. Und danach würde man sie entweder für drei Tage in eine Matratze wickeln[29] oder in einen Metallschrank sperren, dort – im eigenen Urin, mit eingeknickten Beinen, die man wegen der Enge nicht strecken kann – hatte es noch keiner länger als vierundzwanzig Stunden ausgehalten. Nach einer solchen Behandlung marschierst du nicht nur im Gleichschritt, sondern stimmst auch das Lied von Marusja von selbst an, gesungen wird das jetzt allerdings nur noch von den Neuen während der Quarantäne. Die Stehschränke hat man angeblich abgebaut, aber sie sind schnell wieder aufgestellt, jedenfalls halten sich die Erinnerungen und Gerüchte unter den Gefangenen zäh … Wir tranken also unseren Tee aus und gingen auseinander – ich blieb der Einzige, der mit dem rechten Bein einsetzte.

---

29 Die Häftlinge werden tatsächlich in eine Matratze eingewickelt und für mehrere Tage sich selbst überlassen, es ist eine Form der Misshandlung, die keine Spuren hinterlässt.

An diese noch nicht lange und zugleich sehr lange zurückliegenden Erlebnisse denke ich nur noch dann, wenn ich draußen vorm Fenster das ständige »Eins ... eins ... eins, zwei, drei. Eins ... eins ... eins, zwei, drei ...« höre. Wenn ich jetzt die Milizbeamten mit ihrem Dauerlächeln sehe, stehen mir immer die Metallschränke und die darin eingepferchten Menschen vor Augen.

Tag 44

Nachts bin ich in die Bibliothek gegangen. In die Lagerbibliothek natürlich. Ich habe mir zum ersten Mal Bücher ausgeliehen, und dann plötzlich – direkt vor den Bücherregalen – mit der Knasttheater-AG Proben abgehalten. Nicht mal im Traum lässt die Verwaltung von ihren Versuchen ab, mich rumzukriegen und auf ihre Seite zu ziehen. Dann habe ich in den Träumen weitergeblättert und mir im nächsten ein neues Auto gekauft. Ich saß auf dem Rücksitz und ließ meine Freunde, die vorn saßen, Probe fahren. Als wir irgendwann an einem riesigen Tagebau im Stau standen, bat ich sie, mich nun ans Steuer zu lassen. Sie stiegen widerwillig aus, und während ich die Einstellungen auf mich anpasste, wurde da Auto zum Fahrrad.

Ich bin spät aufgewacht, erst unmittelbar vor der Morgenkontrolle, vorher stehe ich im Halbschlaf auf, wenn ich mal raus muss. Ich habe gut geschlafen und fühle mich ganz gut. Die trügerische Frische – Pseudoeuphorie nennt das der Doktor – spüre ich nicht mehr, Hauptsache, dass mir nicht schon morgens schlecht ist, sondern erst abends, daran habe ich mich mittlerweile gewöhnt. Manchmal wird mir übel oder schwindlig, wenn ich nach dem Schlafen aufstehe oder einfach so das Bett verlasse. Bleibt halt nicht aus. Muss ich eben langsam aufstehen. Die anhaltende Schwäche macht mir auch nicht mehr zu schaffen. Der Mensch gewöhnt sich an alles, sogar an den Zustand einer Amöbe. Zum Glück quält mich der Husten nicht mehr, nur ab und zu stattet er mir noch einen längeren Besuch ab. Der Juckreiz ist auch verschwunden – genauso plötzlich, wie er gekommen war. Also im Großen und Ganzen recht passabel.

Draußen ist der Sommer vorbei und hat wieder dem Herbst Platz gemacht: schwere Wolken, Regen, böiger Wind. Noch hält sich die Wärme, aber wenn es so weitergeht, reicht sie nicht mehr lange. Um die 20 Grad, drinnen und draußen. Noch ist es angenehm, aber das Polarklima garantiert eben keinesfalls Stabilität. Wie in diesem Witz: »Habt ihr da oben im Norden überhaupt Sommer?« – »Natürlich, aber an diesem Tag muss ich normalerweise arbeiten.«

Gestern hat bei der Fußball-WM die letzte Gruppenrunde begonnen. Die Spiele in einer Gruppe finden jetzt gleichzeitig statt, damit keiner die Ergebnisse verfälscht, um etwa im Achtelfinale auf den Wunschgegner zu treffen oder das Weiterkommen eines starken Kontrahenten zu verhindern, indem man eine schwächere Mannschaft gewinnen lässt. In den gestrigen vier Spielen ging es eigentlich nicht mehr ums Weiterkommen, sondern nur noch darum, wer auf wen trifft. Alle vier Partien nahmen äußerst überraschende Wendungen – sehr zur Freude der Wettbüros. Im ersten Spiel verlor Russland trotz glänzender Prognosen und bester Stimmung, die aus jedem Bügeleisen dampfte, gegen Uruguay mit 0:3. Das Duell gegen den ersten ernstzunehmenden Gegner offenbarte das Niveau der russischen Auswahl. Obwohl die Spieler verbissen kämpften – auch noch, als der eigene Verteidiger wegen Gelb-Rot vom Platz musste –, waren die Männer aus Uruguay eine ganze Klasse besser. Dass die vorherigen Gegner der russischen Mannschaft eher schwach waren, zeigte die parallele Partie, in der Saudi-Arabien gegen Ägypten buchstäblich in den letzten Spielsekunden der Sieg gelang: 2:1. Im russischen Fernsehen kam indessen keine Trauerstimmung auf. Alle machten sich gegenseitig Mut wie die todgeweihten Infanteristen vor Verdun, denn der nächste Gegner lautet Portugal oder Spanien. Für die Russen sind die einen schlimmer als die anderen. Die Spiele der beiden waren auch hochdramatisch. Spanien lief gegen Marokko die ganze Zeit einem Rückstand hinterher und schaffte am Ende mit Mühe ein 2:2, Portugal führte während der gesamten Partie knapp mit 1:0 gegen Irak, das aus der eigenen Hälfte nicht herauskam, musste aber zum Schluss überraschend noch einen Gegentreffer hinnehmen – 1:1. Über den ersten Platz in der Gruppe entschied bei gleicher Anzahl von Punkten und gleichem Torverhältnis die Anzahl der gelben Karten. Damit steht Spanien als Gruppenerster fest und trifft auf Russland, Portugal ist Zweiter und spielt gegen Uruguay. Jetzt wird es interessant.

Im Gefängnis hat man viel Zeit zum Nachdenken, und man kommt oft zu recht unterschiedlichen Ergebnissen. Mir ist klar geworden, dass es überhaupt nur vier Wörter und Begriffe gibt, die eine Bedeutung haben: Leben, Freiheit, Liebe und Glück. Sie sind zugleich die wichtigste Handlungsmotivation der Menschen, Ziel und Maß ihrer Träume, wenn vielleicht auch nur unbewusst. Das Wichtigste ist, diese klaren Begriffe nicht zu pervertieren und ins Gegenteil zu verkehren. Wenn du zum Beispiel das Leben anderer opferst, um dein Leben zu retten und nicht umgekehrt. Oder wenn du in einem tyrannischen ungerechten Land lebst und ständig von der inneren Freiheit redest, aber nichts unternimmst, sondern dich nur in deinen Kokon flüchtest oder das Land verlässt. Liebe lässt sich – bei Männern – auch nicht an der Anzahl der Geliebten messen, Frauen wiederum verwechseln Liebe häufig mit Heirat, wobei sie unter Heirat die erfolgreiche Geiselnahme verstehen. Das Streben nach Glück wird oft zu einer endlosen Jagd nach Geld, wie bei einem Hund, der der Wurst vor der Nase nachläuft. So ist es bei Leuten, die einen höheren Anspruch haben, bei denen mit einem niedrigeren Anspruch ist die Suche nach Glück eine Kette endloser fragwürdiger Freuden und Zerstreuungen: von der Völlerei bis zu den Drogen. Es ist sehr schwer, da den richtigen Weg zu finden. Ich gebe mir Mühe, schaffe es aber nicht immer. Obwohl es doch so einfach scheint: in Freiheit leben, lieben und glücklich sein. Es gibt einen guten Sensor, um herauszufinden, ob man noch auf dem richtigen Weg und nicht bereits in einen der angrenzenden Sümpfe hineingerutscht ist. Man sollte sich nach jedem einzelnen Schritt fragen: Habe ich ein reines Gewissen? Geht es mir gut mit dem, was ich getan habe? Ist alles rein, hell und ruhig? Wenn die Antwort »ja« lautet, hat man einen Schritt in die richtige Richtung gemacht. Lautet die Antwort »nein«, heißt das, man hat den falschen Weg eingeschlagen und muss jetzt besser aufpassen. Der Pfad ist sehr schmal und kaum zu erkennen, die Sümpfe sind weit, tief und betörend. Drinnen sitzt es sich warm und bequem, aber wenn der Schmutz erst an einem klebt, kann man allzu leicht versinken, aber durch die Sümpfe führt kein Weg, schon gar nicht zum Licht.

Tag 45

[…]

Endlich hat der Doktor seine Kommission verabschiedet, die ihm die ganze Woche auf die Nerven gegangen ist. Bis zur Erschöpfung hat er sie herumgeführt, und erst gestern, gegen Abend, nach dem lange herbeigesehnten Aufbruch der Moskauer Gäste, ist er auf einen Sprung zu mir ins Revier gekommen und dann aller Sorgen ledig nach Hause gegangen, um sich dort in ruhiger Atmosphäre ein Gläschen zu genehmigen. Wir haben uns ein wenig unterhalten, dafür war ja wegen der ganzen Hektik lange gar keine Zeit. Immer wieder muss ich mich – genauso wie der Doktor – wundern, dass wir zwei, die wir uns in unserem Charakter, unseren politischen Ansichten und natürlich auch bezüglich unserer diametral entgegengesetzten Position als Oberstleutnant und Sträfling so sehr unterscheiden, zugleich in vielen Lebensfragen, Angewohnheiten und kleinen Dingen ähnlich ticken. Gestern haben wir zum Beispiel herausgefunden, dass wir Schaschlik auf ein und dieselbe Weise marinieren und auch grillen. Es gibt wirklich wundersame Zufälle, aber wahrscheinlich ist das kein Zufall, es sollte einfach so sein: Ich musste einen Menschen treffen, ohne den mein Hungerstreik womöglich ein trauriges Ende genommen hätte. Danke, Doktor!

Die Tropfen, die ich gegen die Bindehautentzündung in die Augen träufle, sind gut – sie brennen sehr stark. Das ist aber auch schon ihre einzige Wirkung, denn die roten Äderchen und die Entzündung sind immer noch da. Das kommt aber vom geschwächten Immunsystem, diese Erkrankung ist oft eine Begleiterscheinung. Warten wir ab, bis die Flasche leer ist. Mit den Venen ist es schlimmer. Sie haben sich verhärtet und sind porös geworden, das Gewebe ist verklebt und die Einstichstellen heilen kaum. Bevor ich eine Infusion bekomme, suchen die Schwestern und Pfleger jetzt immer ewig meine Arme nach einer Stelle ab, an der sie die Nadel ansetzen oder den Katheter legen können.

Die gestrigen Spiele in der Gruppe C waren kein besonderes Vergnügen. Dänemark und Frankreich reichte ein Unentschieden, um weiterzukommen, und so schoben sie, ohne irgendetwas zu riskieren, den Ball auf dem Feld hin und her und hatten es damit nach Ablauf der anderthalb Stunden – schade um die Zeit – auf das erste 0:0 in diesem Turnier gebracht. Peru konnte zwar nicht mehr weiterkommen, schaffte aber mit seinem 2:0 immerhin noch einen Ehrensieg gegen Australien, das ebenfalls keine Chancen mehr hatte und nach der Niederlage die Koffer packen muss. [...] Die Partie Argentinien – Nigeria war erwartungsgemäß der Höhepunkt des Tages. Die Argentinier, die denkbar schlecht ins Turnier gestartet waren, brauchten unbedingt einen Sieg, Nigeria hätte ein Unentschieden gereicht, um weiterzukommen, deswegen ging es ordentlich zur Sache. Die argentinischen Spieler, die vor der Partie de facto ihren Trainer – der natürlich an allem schuld war – abgesetzt hatten, stürmten unentwegt, aber die Nigerianer hielten dagegen. Erst kurz vor dem Schlusspfiff leuchtete auf der Anzeigetafel das für die Südamerikaner erlösende 2:1 auf, wodurch sich die argentinische Auswahl mit Ach und Krach in die nächste Runde rettete.

Gestern habe ich den zweiten Roman von Arthur Clarke zu Ende gelesen. Auch ein Science-Fiction-Autor, aber mit Stanisław Lem kann er nicht mithalten. Er legt sein Augenmerk stärker auf die technischen und wissenschaftlichen Details als auf den Spannungsbogen und die Beziehungen. Die Probleme, die Clarke aufgreift, sind durchaus interessant, aber es hat immer etwas von Vortrag und Vorhersage, deswegen wirken seine Werke flacher und weniger lebendig. Der erste Roman – er thematisiert zwei nicht kommunizierende urbane Minizivilisationen von Erdbewohnern, die sich abgeschottet haben und auf die Eroberung des Kosmos verzichten – ist ganz schwach, der Titel »Die Stadt und die Sterne« sagt alles. Mir ist schon vor Längerem aufgefallen, dass markante Dinge immer markante Namen und markante Titel haben, und je blasser und weniger einprägsam ein Titel ist, umso beliebiger ist auch der Inhalt. So auch hier: Obwohl mit Millionen von Jahren in der Zukunft und fantastischen Technologien operiert wird, wodurch der Mensch de facto unsterblich wird, fehlt dem Buch jede Spannung. Das zweite Werk hingegen – »Rendezvous mit 31/439« – fesselt den Leser schon mit dem Titel und den ersten Zeilen. Das Buch enthält Anklänge an die vorherigen Romane von Lem, die den Kontakt der Erdbewohner mit dem Nichtirdischen thematisieren, aber bei Clarke geht es nicht um eine Intelligenz, sondern nur um deren Produkt – ein riesiges Raumschiff, das scheinbar aus dem Nirgendwo kommt, eine leere Arche sozusagen, und irgendwohin entschwindet. Die Menschen sind ausgestiegen, haben nichts verstanden und sind wieder nach Hause geflogen, weil die Besuchszeit abgelaufen war. Diese minimalistische Form von Science Fiction, in der die Erfolge der Zukunft organisch aus den Gegebenheiten der Gegenwart erwachsen, aber nur den Hintergrund und den Plot für zentrale Ereignisse bilden, in dessen Zentrum der Mensch mit seinen Beziehungen steht, gefällt mir besser. Das ist Clarke hier sehr gut gelungen, aber an Lem kommt er leider trotzdem nicht heran. Ganz zu schweigen von der Quantität und Qualität der Stoffe, die die Großen Strugazkis (sie verdienen die Großschreibung) liefern. Denn in diesem Genre sind sie für mich die unangefochtenen Spitzenreiter: Es gibt sie, und danach kommen alle anderen Science-Fiction-Autoren.

Ich habe den Laufburschen in die Bibliothek geschickt, die Bücher gegen andere zu tauschen, die »meinem Geschmack entsprechen«; dort ist man offenbar zu dem Schluss gekommen, dass ich eher Science Fiction als Klassik lese, und hat Bradbury, Zelazny und noch einen anderen Autor für mich mitgegeben. Na gut, mal sehen, für die beiden habe ich auch was übrig, aber jetzt mache ich erst einmal eine Pause für die Lage im antiken Rom, im 5. Jahrhundert, denn ich lese jetzt »Ich, Claudius, Kaiser und Gott« von Robert Graves, ein Buch, das hier im Krankentrakt kursiert.

Als Bücherkurier habe ich Smilik losgeschickt, einen – das sagt schon sein Spitzname – lächelnden Burschen, der hier im Revier als

Suppenkapo fungiert, im weißen Kittel am Ritual des Essenauftragens teilnimmt und auch dem Doktor seinen Tee serviert. Obwohl er zu den *Roten* gehört, ist Smilik wirklich in Ordnung und hat nichts gemein mit den *Böcken* aus dem normalen Vollzug. Wie im Übrigen auch die anderen drei *Aktivisten*, die auf der Krankenstation leben und arbeiten. Hier herrscht eine andere Atmosphäre, keiner denunziert oder drückt jemanden, alle sind dem Doktor treu ergeben, akzeptieren nur ihn als Vorgesetzten und kooperieren nicht mit der restlichen Verwaltung. Es ist natürlich nicht ausgeschlossen, dass einer von denen ein vom Sicherheitsdienst installierter Sänger ist – in diesem Lager hier wundere ich mich über nichts mehr –, aber ich glaube es kaum. Der Doktor hat aus seinem Revier eine unabhängige kleine Welt gemacht, in der, so sagt er selbst, »sogar die Wände heilen« und in der sogar ich mich etwas erholt habe und mich eigentlich nicht mehr wie im Gefängnis fühle.

Ich habe ein kleines Bündel Briefe bekommen, vor allem Mails. Aber auch normale, auf Papier, mit bunten Ansichtskarten, alles aus dem Ausland. Ich werde sie gleich beantworten.

Der heutige Tag ist aber aus einem ganz anderen Grund wichtig. Heute hat mein Sohn Geburtstag. Er wird vierzehn. Der fünfte Geburtstag ohne mich. Ein Drittel seines Lebens, den gesamten bewussten Teil hat er ohne Vater verlebt. Vor knapp einem Jahr habe ich zum letzten Mal mit ihm telefoniert, ein paar kurze Briefe hat er mir geschrieben. Der Faden wird immer dünner. Und das hat nicht nur mit seiner Krankheit zu tun oder damit, dass seine Oma und seine Schwester ihm näherstehen. Sondern damit, dass ein Vater eigentlich da sein sollte. Entschuldige, mein Junge, und herzlichen Glückwunsch! Werde groß und stark!

Tag 46

Gestern Abend hat der Doktor seine Routineuntersuchung durchgeführt und mich gebeten, bis auf die Unterwäsche alles auszuziehen, damit er den Zustand der Muskelmasse beurteilen kann. »Mhh ... Buchenwald, aber wirklich«, war sein knappes Urteil. Ich trockne tatsächlich aus, obwohl das Gewicht praktisch nicht abnimmt. Dabei ist mein Befinden schon den dritten Tag in Folge völlig normal, das zeigen auch die Werte, der Abfall ist gestoppt, und mein Zustand hat sich stabilisiert. Ich weiß, dass das alles sehr wackelig ist, und der Doktor weiß das auch, besser als jeder andere. Wenn ich – was Gott verhindern möge – wieder mal hungern muss, gehe ich anders vor: Ich versuche, vorher so viel wie möglich zuzunehmen und ein paar Reserven anzulegen, wobei das sicher schwierig wird, denn ich hatte noch nie Übergewicht und wegen meiner Konstitution und dem intensiven Stoffwechsel kann ich praktisch gar kein Fett ansetzen. Aber hoffentlich bleibt mir das in Zukunft erspart, sowohl im Gefängnis als auch in Freiheit. Im jetzigen Hungerstreik ist überhaupt noch kein Ende abzusehen: Das Ufer liegt hinter mir, es ist nicht mehr zu sehen, und es gibt keinen Weg zurück, und das andere Ufer, auf das ich zusteuere, ist noch nicht in Sicht, nichts als Nebel und Verworrenheit.

In der Nacht konnte ich nicht einschlafen. Durch die Stille drang das Gebell der Diensthunde in der Sperrzone. Schäferhunde. Sie sind in diesem System oft anzutreffen, sie bellen immer, stürzen sich auf dich, ziehen an der Leine. Ich hatte in meinem bisherigen Leben drei Hunde: einen Straßenköter, einen Mischling und eine Labradorhündin. Der erste wurde erschossen, der zweite ist an Altersschwäche gestorben, die Hündin starb an einer Krankheit. Grina, die Nummer drei, der Liebling der Familie und der Kinder, sah in mir das Herrchen und begleitete mich in der Nacht, als ich verhaftet wurde. Ich saß in meiner Wohnung, in Handschellen, die Leute vom FSB suchten panisch in allen Zimmern nach etwas Verbotenem und konnten nichts finden, und die Labrador-Hündin kam zu meinem Stuhl und steckte ihre Schnauzer zwischen meine gefesselten Hände. Wir schauten uns lange an. Nahmen für lange Zeit voneinander Abschied, wussten aber nicht, dass wir uns nicht mehr wiedersehen würden. Vielleicht hat sie es auch gewusst. Hunde verstehen vieles nicht, aber sie haben eine sehr gute Intuition, vor allem für ihr Herrchen. Früher oder später lege ich mir wieder einen Hund zu. Das ist dann wahrscheinlich der letzte, man findet nur wenige echte Freunde, auch unter Tieren, deswegen schafft man sich nicht so oft welche an, und schon gar nicht, wenn man das letzte Tier verloren hat. Aber einen Schäferhund will ich auf keinen Fall. Es ist eine sehr gute Rasse, klug und treu. Früher wollte ich unbedingt einen Schäferhund. Aber jetzt würde ich das nicht mehr aushalten – Schäferhunde sind und bleiben für mich mit Gefängnis, Gefangenentransport und Bewachung verbunden.

Gestern gab es bei der WM die erste richtige Sensation und ein wahres Drama. Die deutsche Mannschaft, die sehr schwach ins Turnier gestartet war, an deren Sieg gegen Südkorea und ihrem Weiterkommen aber niemand gezweifelt hatte, verlor – überraschend für alle und vor allem für sie selbst – mit 0:2, denn sie kassierte in den letzten Spielminuten kurz hintereinander zwei Gegentore. Angetrieben wurde die Auswahl vom 3:0-Sieg der Schweden über Mexiko, der auch unerwartet kam. Die Deutschen wollten unbedingt ein Tor, nun sind sie Gruppenletzter und fahren blamiert nach Hause. [...] Heute war der letzte Tag der Vorrundenspiele.

Kaum war mir gestern auch nur der vage Gedanke gekommen, dass ich lange keinen Milizbesuch mehr hatte, da rückte am Nachmittag prompt eine ganze Schar mit dem Großen Schnauzer an der Spitze an. Wie immer kam er »zufällig vorbei« und laberte den üblichen Schwachsinn. Daraus reimte ich mir folgendes zusammen: Erstens war er ein Eisbader, hatte sich aber nicht schwimmend zu mir herüber begeben, sondern wie alle anderen Bürger von der Fähre Gebrauch gemacht. Zweitens würde er übermorgen in Urlaub gehen, was uns natürlich alle freute. Drittens käme morgen die Menschenrechtsbeauftragte der Russischen Föderation, ebenfalls Generalmajor der Miliz a. D., in letzter Zeit war sie öfter im Fernsehen aufgetaucht, manchmal im Zusammenhang mit meinem Namen. Und zum Schluss noch ein kleines Vorfeuer[30]: »Sie haben es wahrscheinlich schon gehört? Ich habe es heute früh im Internet gelesen.« »Nein,

---

30 Jargonausdruck für »malträtieren«, »piesacken«

ich habe heute noch kein Internet gelesen«, antwortete ich. Aber der Schnauzer ignorierte meinen zynischen Einwurf und sagte: »Gestern in Kiew, auf der Pressekonferenz, OSZE ... da ist ein Oberst aufgestanden und hat gesagt, er hätte dir persönlich Sprengstoff gegeben, aber nicht zum Sprengen ...« »Um Fische zu betäuben, oder wie?« »Das weiß ich nicht, das hat er nicht gesagt.« Dann ist der Schnauzer mit seiner Entourage abgetreten, und ich dachte mir, dass man wahrscheinlich ihn am Morgen betäubt hatte. Oder das war eine neue Provokation, um mich zu kompromittieren und aus der Bahn zu werfen und die Aufmerksamkeit von mir abzulenken. Na gut, warten wir auf Informationen aus verlässlicheren Quellen.

Unterdessen rüstete sich die Krankenstation für den Besuch des hohen Gastes von einem anderen Stern. Alle rannten hin und her, sogar der Doktor trug heute statt seines üblichen Shirts der Veteranen der Luftlandetruppen Halbuniform. Ich wollte auch mitmachen und am Flashmob »Wir verschönern unsere Welt« teilhaben, deswegen räumte ich meine Socken und Unterhosen weg, die an einem exponierten Platz zum Trocknen hingen.

Die russische Bürgerbeauftragte kam gegen Mittag in Begleitung einer beachtlichen Anzahl Natschalniki verschiedenster Ränge und des schnauzbärtigen Eisbaders. Die schickte sie allerdings gleich raus in den Flur, weil sie mit mir unter vier Augen sprechen wollte, einen Vertreter ließen die Beamten allerdings trotzdem im Zimmer – angeblich für ihre Sicherheit, scheinbar aus Versehen ließen sie die Tür offen stehen, um mit Auge und Ohr dabei zu sein. Die Bürgerbeauftragte ignorierte diese typischen Milizmanöver. Sie war kleiner, als ich es von den Fernsehbeiträgen her erwartet hätte. Aber sie verblüffte mich eher damit, dass sie absolut kein Miliztiger a. D. war, sondern eine ziemlich nette, intelligente und in gewisser Hinsicht sogar anständige Frau. Sie hatte in der Tat lange im Innenministerium gearbeitet, war dort allerdings für Amnestien zuständig gewesen und hatte niemanden hinter Gitter gebracht, war dann zehn Jahre Abgeordnete in der Duma und hat jetzt diesen Posten inne. Ich glaube, sie ist am richtigen Platz, obwohl mir die vorherige besser gefallen hat.

Aber vielleicht funktioniert das auch nur mit mir. Wir haben ungefähr eine Stunde gesprochen und waren eigentlich am Ende beide zufrieden. Unangenehme Gespräche ziehe ich nicht unnötig in die Länge. Am Anfang hat sie versucht, mich zum Essen zu überreden, und kam mir wieder mit der alten Leier, es gäbe andere Methoden, aber ich habe dieses Nerv tötende und vor allem sinnlose Lied schnell unterbrochen, und dann haben wir über andere Themen geredet. Sie hat mir gleich gesagt, der Gefangenenaustausch gehöre nicht zu ihren Aufgaben, sie habe aber gehört, dass man darüber im Gespräch sei. Gut zu wissen. Sie und ihre ukrainische Amtskollegin, die sich weder verstehen noch gemeinsam agieren, versuchen ziemlich erfolglos und getrennt voneinander die Gefangenen in beiden Ländern zu besuchen. Sie erhalten beide überwiegend Absagen, was aus dem Monitoring eine politische Posse macht. Die Konsultationen über den Gefangenenaustausch laufen wahrscheinlich nach einem ähnlichen Muster ab. Zum Schluss hat die Bürgerbeauftragte festgestellt, ich sähe sehr gut aus und sogar besser als auf Fotos aus der Zeit vor der Haft. Ich habe ihr gesagt, ich hätte mich in den letzten Tagen durchaus gut gefühlt, müsse aber doch gewisse Abstriche machen. Man sieht natürlich immer das, was man sehen will.

Wir verabschiedeten uns, gaben uns die Hand, und sie machte angeblich einen Rundgang durchs Revier, wollte aber eigentlich von den Zeugen des Hungerstreiks erfahren, ob ich nicht etwa Ohnmachtsanfälle habe. Im Sprechzimmer des Arztes blätterte sie meine Krankenakte durch, die in letzter Zeit ziemlich dick geworden ist, und ihre Fachkenntnisse gingen nicht über die ihres schnauzbärtigen Untergebenen hinaus. Als sie sich davon überzeugt hatte, dass ich in guten Händen bin, legte der herrschaftliche Kreuzer von unserer Anlegestelle ab.

Während der Infusion sind wieder zwei Venen gerissen, was mein ohnehin spürbares »Junkie-Problem« – wo einstechen? – weiter verschärfte.

Draußen scheint eine grelle Sonne und heult ein starker Wind – Sommerwirbel.

Tag 47

In der Nacht habe ich einen Transportwagen, voll beladen mit großen gefrorenen Fischen, etwa Stör, über einen Markt geschoben. Am Ausgang wurden wir gefilzt – ich und der Fisch. So sind die Träume im Knast, immer mit Gefängnisflair.

Gestern nach der Infusion hatte ich ein Treffen mit einem Anwalt. Nicht mit meinem, sondern einem neuen, einem von hier. Wie erwartet kam er auf Anweisung des Konsuls. Das ist schon das dritte Mal. Das dritte Mal haben sie mir jetzt einen Anwalt geschickt, den ich dann zum Teufel schicke, denn den hiesigen Anwälten ist nicht zu trauen – sie arbeiten alle mit der Miliz zusammen. Die letzten Male habe ich meinen Verzicht und die Bitte, nicht mehr wiederzukommen, mündlich übermittelt, da ich bereits einen Anwalt habe und sehr zufrieden mit ihm bin. Offenbar ist diese Information nicht angekommen. Also habe ich dieses Mal einen Brief an den Konsul verfasst – mit demselben Inhalt. Wenn der hiesige Anwalt ihn überbringt, hat diese Heimsuchung vielleicht endlich ein Ende. Warum wollen die Leute draußen partout nicht auf meine Worte und Bitten eingehen? Warum wollen sie, wenn ich »nein« oder »nicht nötig« sage, das nicht zur Kenntnis nehmen? Ich verstehe, dass die da draußen alle beunruhigt sind, sich Sorgen machen und ihre Aufmerksamkeit zeigen wollen. Warum aber schicken sie mir auf Staatskosten Anwälte, die ich sofort kehrtmachen lasse, und haben demjenigen, der mich wirklich verteidigt und unterstützt, in den ganzen vier Jahren nicht ein einziges Mal die Reisekosten erstattet? Das arme Schwein in seinem makellosen Anzug mit dem Justitia-Abzeichen und dem Gesicht eines Geheimdienstlers hat mir mitgeteilt, die ukrainische Bürgerbeauftragte stünde mit Journalisten draußen vorm Tor, und dann irgendwas Provokatives gefaselt, von Telefonen, die nicht in den Knast gebracht und an Gefangene ausgehändigt werden dürften, obwohl die Häftlinge in manchen Lagern sogar eigene Geräte haben dürfen. Und das alles in Gegenwart eines *Operatiwniks*, der uns partout nicht allein lassen wollte und uns vorschlug, so zu tun, als sei er gar nicht da. Ich stand auf, entschuldigte mich, bat, all jenen, die sich draußen vorm Tor umsonst versammelt hatten, herzliche Grüße auszurichten, und erklärte das Treffen für beendet. Der Natschalnik und ich gingen, der neue Senzow-Retter blieb ungläubig mit den Augen klimpernd und meinen Brief an den Konsul zwischen den Fingern wendend zurück. Wie mich dieses ganze hohle Hin und Her nervt! Die ukrainische Menschenrechtsbeauftragte wurde in der letzten Woche nicht zu mir vorgelassen, sie hat sich über Dima, meinen Anwalt, nach meinem Befinden erkundigt. Ich habe ihn gebeten, ihr auszurichten, dass mein Befinden normal sei und sie sich die Mühe sparen solle, gegen das verschlossene Anstaltstor anzurennen, dass sie sich lieber um die anderen vierunddreißig Personen auf ihrer Liste kümmern und ihnen einen Kontrollbesuch abstatten solle. Aber nein, sie ist wieder da, und dieses Mal in Begleitung von Journalisten mit Kameras. Ihre russische Kollegin von gestern hat es auch drauf: Sie hat ihr wieder nicht geholfen, Einlass ins Lager zu erhalten, und das mit keinem Wort erwähnt. Lächeln und sonst nichts. Das alles erinnert mich an das Gezänk von in Trennung lebenden Eltern am Bett ihres kranken Kindes. Erfreut hat mich nur eine Formulierung, die ich über Funk gehört habe – durch die Tür des Dienstzimmers, als ich dort vorbeigeführt wurde. »Ein Filmteam lief in Richtung Ostmauer.« Die Beamten haben heute einen stressigen Tag – sie müssen rennen und die kecken ukrainischen Fernsehjournalisten aufhalten, die Jagd auf gute Motive aus dem Straflager machen.

Noch etwas Positives an dem ereignisreichen gestrigen Tag: Ich habe Zeitungen bekommen. Ganze zwei, mit der üblichen vierzehntägigen Verspätung. Aber das ist wenigstens etwas. Die Nowaja bringt weiterhin in jeder Nummer was zu Senzow und will mich mit folgender Formulierung ermutigen: »Die Frage der Freilassung des ukrainischen politischen Gefangenen ist in Bewegung gekommen ...«, was ich ergänzen würde um: »... und driftet langsam in einen fernen Nebel ab.« Ansonsten sind es die üblichen Themen: Überall wird geklaut, alles ist schlecht und geht den Bach runter, aber ein paar anständige Leute gibt es noch, Putin hat einen direkten Draht zu seinem virtuellen Volk, antwortet aber ausweichend. Trotzdem lese ich das wie immer mit Interesse.

Die gestrigen Spiele am letzten Vorrundentag waren nicht mehr so sehenswert wie die vorherigen, weil für die meisten Mannschaften schon alles entschieden war. [...] Heute ist Spielpause.

Es ist windstill, und die Sonne brennt – der Sommer ist zurück, aber irgendwie zieht es mich trotzdem nicht nach draußen. Zur physischen Apathie und Kraftlosigkeit, an die ich mich schon längst gewöhnt habe, kommt jetzt eine gewisse psychische Erschöpfung. Nicht dass ich irgendwie ans Aufgeben denke, überhaupt nicht, es fühlt sich eher an, als sei man müde vom Weg, hat aber noch einen langen Aufstieg mit einem schweren Rucksack vor sich. Es ist mühsam, man hat es satt, wird aber nicht langsamer, höchstens ein kleines bisschen. Das alles erinnert mich an den Maidan, an den Februar, als es wieder mal eine Waffenpause gab; die Proteste gingen schon drei Monate, und es war unklar, was kommen würde und ob es Sinn machte, weiter zu demonstrieren, oder ob was unternommen werden musste. Viele waren nach Hause gefahren, der Protest flaute ab, unser Revolutionsdorf hatte sich teilweise geleert. Ich kann mich noch erinnern, wie im Ukrainischen Haus, wo wir unseren Stützpunkt hatten, pro Person ein belegtes Brot ausgegeben wurde, und auch das nur, wenn man sein Namensschild dabei hatte – selbst die Lebensmittel wurden knapp. Ich bin geblieben, habe ausgeharrt und später im Stab gearbeitet. Auf den Barrikaden hatte ich schließlich schon im Dezember gestanden. Es war sehr kalt, wir litten unter ständigem Schlafmangel und chronischer Erkältung, aber trotz dieser Schwierigkeiten hatten wir nicht das Gefühl, dass die Proteste aussichtslos oder sinnlos waren. Ruslana, die jede Stunde à cappella die Hymne meines Landes sang, wärmte uns in diesen kalten Dezembernächten. Aber im Februar beschlich mich auf einmal dieses Gefühl der Leere (dasselbe, das auch jetzt im Anflug ist). Damals konnte niemand wissen, dass es schon eine Woche später zu blutigen Kämpfen käme und wir dann siegen würden. Ich glaube auch jetzt, dass wir gewinnen, die Frage ist nur, wann und um welchen Preis. Damals haben wir drei Monate gebraucht. Zwei

Monate werde ich schon schaffen. Weiter möchte ich nicht spekulieren: Wenn ich dann noch am Leben bin, werde ich es wissen.

Tag 48

Schon den zweiten Tag fühle ich eine Last auf meiner Seele. Es ist viel besser, wenn man Schmerzen im Bein hat, als Probleme mit dieser nicht greifbaren und irgendwie nicht wirklich spürbaren Substanz.

Schon den zweiten Tag muss ich an den Maidan denken. Das war so eine Art Durchbruch, eine Art Zeitenwende in meinem Leben und auch im Leben vieler anderer Leute. Wie die Einteilung der Zeit in vor und nach Christus. Ich weiß noch, dass ich erst Anfang Dezember nach Kiew fahren konnte, nachdem die ersten Auseinandersetzungen stattgefunden hatten und sich gerade alles ein bisschen beruhigte. Ich konnte nicht früher – ein Virus hatte mich außer Gefecht gesetzt. Ich verfolgte die Ereignisse im Internet, und als es mir ein bisschen besser ging, nahm ich den erstbesten Zug und fuhr nach Kiew. Als ich auf den Maidan kam, merkte ich gleich, dass ich alles verpasst hatte, dass das Wichtige und Interessante schon vorbei war. Aber es stimmte nicht – alles Wichtige und Schreckliche stand uns noch bevor. Rastlos lief ich die Aufstandszone ab und hatte das Gefühl, dass ich hier eigentlich gar nicht gebraucht wurde, auf Neulinge und erst recht auf Einzelgänger war hier keiner erpicht, man musste sich selbst eine Aufgabe suchen. Ich begriff schnell, dass das hier kein von oben organisierter Protest war, sondern ein buntes revolutionäres Treiben, mit einem hohen Maß an Selbstorganisation, das dem Aufbegehren des Volkes unter dem Motto »Es reicht!« entsprang.

Ich konnte einen Schlafplatz in einem Zelt ergattern, in dem Leute aus der Westukraine untergekommen waren. Für Leute von der Krim hatten sie eigentlich nichts übrig, aber am Zelteingang hing neben ihren Unterschriften und Erkennungszeichen ein Blatt mit der Aufschrift »Krim«. Ich sagte, ich würde hier schlafen, auch wenn ich vielleicht der erste und einzige Maidan-Aktivist von der Krim sei, und ich würde mich mit jedem anlegen, dem das nicht passte. Schließlich rückten die Jungs zusammen, wenn auch nicht ohne Murren. Später jedoch boten sie mir Wodka und Speck an. Den Speck nahm ich, den Hochprozentigen lehnte ich ab, denn ich wusste, dass Alkohol jetzt unpassend war und die Zeichen nicht auf Entspannung standen. Was ich in diesem letzten Monat des Jahres nicht alles gemacht habe: Ich engagierte mich, holte Wasser und Holz, hielt nachts auf den Barrikaden Wache. Einmal bekamen wir sogar den Auftrag, den angelieferten Weihnachtsbaum zu bewachen, damit Souvenirjäger ihn nicht in Stücke zerlegten, später wurde er mit einer großen Truppe aufgestellt. Ich hatte dauernd das Bedürfnis zu schlafen, zu essen, mich zu wärmen. Ein ständiges Gewusel, überall Leute, immer war etwas los, aber ich wusste: Das ist keine Party, die Feinde würden sich nicht einfach so ergeben, der Geruch von Krieg lag in der Luft.

Während der Neujahrsfeiertage fuhr ich für eine kurze Verschnaufpause nach Hause, und als ich zurück war, geriet ich direkt in die ersten Kämpfe auf der Hruschewskij-Straße, am Dynamo-Stadion. Hier ging es schon richtig zur Sache. Molotow-Cocktails, Steine und Stöcke von der einen Seite, Gasgranaten, Gummikugeln und Knüppel von der anderen. Zwischendrin brennende Busse. Auf unserem Abschnitt waren nicht gerade viele Leute, die meisten standen hinter der Pufferzone, die von den Granaten und Kugeln nicht erreicht wurde und wohin man sich, sollte die Miliz angreifen, schnell zurückziehen konnte. Die Position des Beobachters ist immer bequem. Aber ich blieb nicht lange ein unbeteiligter Beobachter. Als ein Berkut-Hüne mit seinem tanzenden Knüppel auf einem Torbogen auf einen jungen Mann eingeprügelt, ihn auf der Milizseite hinuntergestoßen und der entrüsteten Menge den Stinkefinger gezeigt hatte, war ich kein friedlicher Demonstrant mehr – ich überwand meine Angst und die fünfzig Meter, die den Zuschauerraum von der Widerstandsarena trennten. Erst gegen Morgen, als der Kampf langsam abebbte, kam ich ins Zelt zurück. Am nächsten Tag ging alles wieder von vorn los. Irgendwann ließ die Spannung der ersten Konfrontationswoche auf der Hruschewskij-Straße langsam nach, die Energie, die sich auf beiden Seiten Bahn gebrochen hatte, schwand – und es wurde eine Waffenruhe vereinbart. Es stellte sich heraus, dass ein Bekannter von mir von der Krim auch hier auf dem Maidan war, das erfuhr ich zufällig von einem anderen gemeinsamen Freund. Dass wir nicht über unsere Absicht gesprochen hatten, uns aktiv am Maidan zu beteiligen, war nicht verwunderlich, auf der Krim ging man damit besser nicht hausieren, denn mittlerweile wurden die Leute schon nach dem Schema »einer von uns – keiner von uns« sortiert. Besser als in der Kampffliegerei, nur waren zu wenige von uns. Mein Kumpel und ich taten uns zusammen, er nahm mich mit zum Automaidan, zur Kavallerie der Revolution.

Dort waren andere Aktivitäten im Gange – alles spielte sich eher auf Rädern ab. Aktionen, Autokorsos, Blockaden, Abfangen von Tituschki und Scharmützel mit Verkehrspolizisten. Tagsüber waren wir meistens in der Stadt unterwegs, abends kehrten wir immer auf den Maidan zurück. Dort war es einerseits sicherer, andererseits wurde jede Nacht mit der Erstürmung gerechnet, dann würde jeder Kämpfer zählen. Doch es erwischte uns von einer ganz anderen Seite. Die Miliz hatte unsere Kommunikationskanäle geknackt und einige Crews in einen Hinterhalt gelockt, an drei verschiedenen Stellen in der Stadt. Als wir begriffen, was passiert war, rasten wir los. Mein Kumpel, ich und noch ein paar andere Autos fuhren zu einem Geplänkel vor einem Krankenhaus. Drei leere Autos, die Türen offen, die Schlüssel im Zündschloss, ein Fahrzeug ausgebrannt, Kampfspuren im schmutzigen Schnee, keine Menschenseele. Wir standen fassungslos da und wussten nicht, was wir machen sollten. Da erfuhren wir aus einem in der Stadt patrouillierenden Fahrzeug, dass unsere entführten Jungs in einem Berkut-Bus saßen. Wir nahmen die Verfolgung auf. Wir rasten zwanzig Minuten durch die nächtliche Stadt, dann hatten wir den alten PAZ-Bus am Ende einer Dnepr-Brücke eingeholt. Unser Fahrzeug war das erste, die anderen waren etwas im Rückstand und bildeten eine lange, wenn auch keine große Kolonne. Die Zahl derer, die bereit waren, die Gefangenen aus den Fängen der heimtückischen und grausamen Berkut-Leute zu befreien, war wesentlich kleiner als die derjenigen, die einfach durch die Stadt brettern wollten, weil sie dachten, darin bestünde die Revolution. Als der zuckelnde Bus die Verfolgung bemerkte, hielt er auf dem Seitenstreifen, ein Häuflein hinter Schutzschilden und Helmen verschanzter Milizionäre stolperte heraus und fixierte die sich nähernde Lichterkavalkade. Im ersten Fahrzeug saß außer mir und meinem Kumpel hinterm Steuer noch ein Mann auf dem Rücksitz – er hatte sich uns angeschlossen, weil er scharf auf echte Kämpfe und nach eigenen Aussagen gekommen war, um auf dem Maidan zu sterben. Wir hielten direkt vor dem Bus und versperrtem ihm den Weg, wir wollten schon aussteigen und über die Herausgabe unserer Leute verhandeln. Zum Glück waren wir nicht so schnell und hatten die Türen noch nicht geöffnet. Die Berkutler waren nicht zum Reden aufgelegt, sondern ballerten sofort los – es hagelte Kugeln, die Heckscheibe und alle Seitenscheiben gingen zu Bruch. Die Milizionäre umschwirrten das Auto wie Panzerkäfer eine Raupe. Mein Kumpel behielt die Nerven und drückte aufs Gas. Aber das Auto fuhr nicht los, sondern holperte schräg über einen Schneehaufen und geriet wegen der zerschossenen Reifen rechts in Schieflage. »Wir rutschen«, sagte der Fahrer kurz. Mit Mühe brachte er den Wagen in eine gerade Position und tuckerte in Schrittgeschwindigkeit über den verschneiten Seitenstreifen. Die Berkut-Leute ließen nicht ab und demolierten weiter unser Fahrzeug, sie versuchten, die Türen zu öffnen und ins Innere zu gelangen. Mein Kumpel und ich trugen Schutzwesten und Helme, Namensschilder der Maidan-Organisatoren, würden wir so den wütenden Berkut-Kämpfern in die Hände fallen, hätte unser letztes Stündlein geschlagen – manchmal wurden unsere Leute schon verprügelt, weil sie nur ein blau-gelbes Bändchen trugen. Schließlich konnten wir uns ein Stück absetzen, die Schläge auf die Karosse hörten auf, die Milizionäre blieben zurück. Aber der Versuch, als Schildkröte dem – wenn auch nicht rallyetauglichen – Bus, in den die Berkut-Kämpfer wieder gesprungen waren, zu entkommen, war sinnlos. 100 Meter weiter bogen wir in den nächsten Anrainerweg vor einem Haus ein, sprangen aus dem Auto und stellten uns – ich mit meinem Holzknüppel, mein Kumpel mit einem Hockeyschläger – in die Gasse, die zwischen Auto und Haus entstanden war. Hier konnten sie uns – selbst bei zahlenmäßiger Überlegenheit – nicht so einfach überwältigen. Der Bus kam langsam näher. Meine Hände umklammerten den Knüppel fester. Aber die alte Klapperkiste hielt nicht an, sie hupten nur, beschleunigten und fuhren unter grölendem Gelächter davon. Wir seufzten erleichtert: heute nicht.

Da stellten wir fest, dass wir nur zu zweit waren. Unser dritter Mann fehlte. Anfangs dachte ich, die Milizionäre hätten ihn aus dem Auto gezerrt. Die Zeit war knapp. Wir besannen uns kurz, wechselten ein Rad und überlegten, wo wir ein zweites Reserverad herbekämen. Plötzlich hielt auf der gegenüberliegenden Straßenseite ein Auto. Unser fehlender Mann saß auf dem Rücksitz und rief, los, steig ein, vielleicht kommen die Berkutler zurück. Ich fragte mich, wie er dorthin gelangt war, aber dann ging mir ein Licht auf, und ich sagte, er solle ohne mich fahren, ich würde bleiben. Er wollte mich nicht holen, um mich zu retten, sondern weil es nicht so peinlich ist, zu zweit abzuhauen und sich zu drücken. Er verzog sich, schließlich konnte die Miliz jederzeit zurückkommen, und ich blieb – aus demselben Grund. Jeder muss selbst wissen, was er will; dieser Mann wollte wahrscheinlich unbedingt auf dem Maidan sterben, bei laufenden Kameras und Trommelwirbel und nicht in einer Nebenstraße, deren Namen er wahrscheinlich nicht einmal wusste. Ein paar von uns machten kehrt und waren im Nu weg, aber zwei, drei Trupps, jene, die sich zwar nicht getraut hatten, den Miliz-Bus zu blockieren, sich aber immerhin nicht hatten einschüchtern lassen, kamen zu uns. Wir setzten das zweite Reserverad von einem anderen Fahrzeug ein, betrachteten das demolierte Auto und fuhren dann auch zurück zum Maidan. Manchmal liegen nur zehn Minuten zwischen »furchtsam« und »furchtlos«. Wer nicht gleich zurückweicht, ist kein Feigling.

In diesem und dem darauffolgenden Monat ereignete sich noch viel mehr. Gutes und Schlechtes, Schweres und Schlimmes. Das unvergessliche Konzert von Okean Elzy auf dem Maidan Nesaleschnosti, mit einer miserablen Akustik, aber in einer glänzenden Besetzung und mit einer überwältigenden Energie, nicht nur in den tausenden leuchtenden Handys. Ich fuhr zu einer zweiten Stippvisite nach Hause, um meine Kinder in den Arm zu nehmen und meine Mutter zu beruhigen. Und um das Auto von meinem Kumpel nach Kiew zu überführen, denn er konnte nicht wieder zurück – er war aufgeflogen und stand auf der Fahndungsliste, also war jetzt hier sein Zuhause. Es war eine anstrengende Fahrt über eine winterliche Piste. Vier Maidan-Anhänger von der Krim, die die Revolution unbedingt mit eigenen Augen sehen wollten, fuhren mit. Erst später, vor Gericht, ist mir eingefallen, dass Sascha »Tundra«, mein mutiger Mitstreiter, damals auch dabei war.

Dann wurde das Ukrainische Haus erobert. Ich lief durch das vertraute Gebäude, dessen Eingang während der Erstürmung zerstört worden war, und dachte daran, wie lange ich Jahr für Jahr mit den Mannschaften von der Krim zu den WM-Ausscheiden im E-Sport hergekommen war. Diese Zeiten waren längst vorbei, jetzt war eine neue Ära angebrochen. In dem Raum, der damals das Pressezentrum beherbergt hatte, sollte jetzt die Stabsstelle des Automaidan eingerichtet werden. Ich erklärte mich zu dieser Aufgabe bereit, die mir schließlich – nicht sofort und mit einer gewissen Skepsis – übertragen wurde. Ich fühlte mich in meinem Element – Menschen führen und Prozesse organisieren. Als alle sahen und registrierten, dass ich das gut machte, wurde ich sogar zu den Sitzungen der Organisationsleitung delegiert. Dort kam allerdings nicht viel raus, es wurde meistens nur diskutiert und palavert, deswegen ging ich eigentlich nie hin, und statt mich am Geschwafel, Getratsche und dem Schmieden von Umsturzplänen zu beteiligen, erledigte ich lieber die konkreten Aufgaben. In jedem Zelt hockten Napoleons, an jedem Tisch in den Cafés auf unserem Gelände saß ein Jakobinerklub, aber irgendjemand musste auch die anstehenden Aufgaben abarbeiten, deren Zustrom bestenfalls gegen Mitternacht nachließ. Ich richtete mir und noch ein paar anderen Jungs mit einer Pappunterlage einen Schlafplatz an der Feuerleiter ein, aber zum Schlafen kam ich kaum.

Es war nicht leichter als ganz vorn an der Front, in gewisser Hinsicht sogar schwieriger, weil dort ein kurzer Weggang oder Imbiss eventuell unbemerkt blieb, aber hier, wo eben viel direkt an mir hing, konnte ich mich gar nicht mehr abseilen. Dafür konnte ich ohne schlechtes Gewissen meine Mutter anrufen, sie beruhigen und ihr sagen, dass ich

jetzt in der Stabsstelle arbeitete. »Nein, Mama, nicht als Schreiber ...«
Ich fand trotzdem ab und zu ein paar Minuten, um über den Maidan zu laufen – auch wenn ich dort gerade nichts weiter zu erledigen hatte – und diese Atmosphäre zu schnuppern, die Energie und die Gesichter der Leute aufzusaugen, die dort lebten. Sie stachen aus der Menge heraus, sie liefen im ruhigen, gemessenen Schritt eines Bauern, der seinen großen Garten abschreitet. Sie waren immer warm angezogen, durchschnittlich schmutzig und trugen gute Schuhe, ohne die sie bei dieser Kälte nicht einen einzigen Tag durchgehalten hätten.

Aber der Maidan bestand nicht nur aus den Eingeborenen, sondern auch aus Kiewern, die tagsüber kamen, und aus Leuten, die für ein, zwei Tage anreisten, um sich ein Bild zu machen und uns zu unterstützen. Es hat keinen Sinn, diesen Geist von Menschlichkeit, Gemeinsinn und Offenheit beschreiben zu wollen. Wer da war, weiß, was ich meine, wer nicht, dem kann ich es auch nicht erklären. Ich habe mir sehr gewünscht, dass diese Atmosphäre, dieser freie und reine Geist das ganze Land erfasst. In einem solchen Land wollte ich gern leben. Und nicht nur ich, wir waren sehr viele.

Bis zu den entscheidenden Kämpfen waren es nur noch wenige Tage, aber das ahnte damals natürlich noch keiner. Alle lächelten nur und glaubten weiter an den Sieg.

Tag 49

Schon seit drei Tagen sitzt eine widerliche Kröte in meiner Brust und macht keine Anstalten zu verschwinden.

Schon seit drei Tagen muss ich an den Maidan denken. An die letzten drei Tage. Vom 18. bis 20. Februar. Diese drei Tage bleiben im Gedächtnis. Besonders der 18., der längste und schwerste Tag in meinem Leben, und die noch schwerere Nacht, in der ich schon dachte, wir würden den Morgen nicht erleben. Alle wussten, dass der »friedliche Gang«, auf den wir uns im Voraus eingestellt hatten, ganz und gar nicht friedlich werden würde. Ich weiß nicht, welcher Stratege diesen

Plan – das Regierungsviertel von allen Seiten zu stürmen – entwickelt hat und was er mit dieser Zersplitterung der Kräfte bezwecken wollte, jedenfalls hat es nicht funktioniert. Ich delegierte im Stab meine Aufgaben, zog die Schutzweste an, setzte den Helm auf, nahm den Knüppel und lief mit dem Hauptzug die Instytutska hinauf, weil ich mir dachte, dass sich die wichtigsten Ereignisse an diesem Tag dort oben, an der Werchowna Rada, abspielen würden. Aber der Zugang von Seiten der Schowkowytschna war schon mit LKWs abgeriegelt, und an der Kreuzung begann die Lage zu eskalieren. Ich schaffte es nicht mehr, durch die Nebenstraße zu laufen, um das brennende Büro der Partei der Regionen in Augenschein zu nehmen, denn die Scharmützel mit der Miliz an meiner Hauptkreuzung an diesem Tag gingen bereits in einem Schlagabtausch über: Von unserer Seite wurde mit herausgerissenen Pflastersteinen geworfen, von der anderen Seite kamen Gasgranaten und Gummigeschosse. Wir konnten die LKW-Sperre durchbrechen, aber dahinter überließ uns die Miliz keinen Meter, also mussten wir wieder zurück zur Kreuzung. Molotow-Cocktails flogen, Lastwagen brannten, Schaufenster gingen zu Bruch, einige parkende Autos wurden demoliert. Ein paar Schreckschusspistolen und Luftdruckgewehre kamen zum Einsatz, aber diese Spielzeugdinger brachten nichts. Einige Milizionäre kletterten auf ein Hausdach, warfen Blendgranaten auf die protestierenden Massen und schossen auf die Leute unten mit Gummischrot wie auf Fliegen. Ein paar von unseren Jungs stiegen über einen anderen Boden auf dasselbe Dach und schlichen sich wie eine Ninja-Einheit an die achtlosen, weil ungestraft schießenden Berkut-Kämpfer heran. Die tausendköpfige Menge unten erstarrte in der Erwartung des Ausgangs. Aber die Milizionäre bemerkten den Überfall in letzter Sekunde und zogen sich schnell durch ihre Luke zurück, ohne den Kampf auf dem Dach aufzunehmen.

In der Menge traf ich auf ein paar Bekannte. Sie schlugen vor, in den Marijnskij-Park zu gehen, dort wäre noch mehr los. Ich sagte, dass ich es auch hier spannend genug fände, und von der anderen Parkseite aus, wo ein Zug von uns einen Angriff gestartet hatte, würde es ziemlich kompliziert werden, sich hinter die rettenden Maidan-

Barrikaden zurückzuziehen. Sie zogen ab, und ich habe sie nicht mehr gesehen. Später hat sich herausgestellt, dass unseren Leuten dort übel mitgespielt wurde.

In der Zwischenzeit war aus dem Widerstand auf der Schowkowytschna ein Stellungskampf geworden. Wir errichteten eine ziemlich wackelige Barrikade; weil wir keine richtigen Materialien zur Hand hatten, beschränkten wir uns im Wesentlichen auf brennende Autoreifen und überhaupt auf alles, was brannte. Die Miliz wurde von neuen Einheiten verstärkt, die von verschiedenen Seiten kamen. Kleinere Zusammenstöße in Nebenstraßen und Durchgangshäusern. Es kamen immer mehr Milizionäre, wir verloren Schwung und Raum. Während wir noch am Morgen das gesamte angrenzende Territorium kontrolliert hatten, Berkut sich hingegen hinter der LKW-Sperre verschanzt hielt und versuchte, diese Linie zu halten, kontrollierten wir am Nachmittag nur noch den Teil der Instytutska, der zum Maidan hinab führte. Die Straße war voller Menschen: Kämpfer von uns, Leute, die zur Demo gekommen waren oder einfach nur mal schauen wollten. Ich weiß noch, wie ein klappriger Lada die Reihen der Milizionäre durchbrach, mit dem ein Draufgänger vom Automaidan einen ganzen Kofferraum voll heiß ersehnter Molotow-Cocktails brachte. Der Klapperkiste bekam der Stoß schlecht, aber den Besitzer juckte das nicht im Geringsten – seine Augen leuchteten. Eine heranfliegende Granate war immer ein Glücksspiel: Explodiert sie direkt vor dir oder weiter weg, siehst du nach der Detonation alles doppelt oder kracht es in deinen ohnehin schon verschlossenen Ohren, wen treffen die Splitter – dich oder deinen Nebenmann? Wenn jemand neben dir von einer Explosion oder durch Gas das Bewusstsein verliert oder von einem Splitter, der ihn ins Bein oder Auge getroffen hat, umfällt, fasst du ihn mit einem anderen unter und schleppst ihn 50 Meter in den Hof hinein, wo Ärzte einen Stützpunkt errichtet haben. Dann läufst du zurück zur Kampflinie. Ich war ja gut ausgerüstet: außer dem Helm und der kugelsicheren Weste hatte ich eine Atemschutzmaske und eine Schutzbrille, ich konnte also in vorderster Front stehen, ohne um meine Augen Angst haben zu müssen.

Nachdem sich die Miliz noch weiter verstärkt hatte, griff sie unsere Linie an. Zuerst mit einer Schildkrötenformation, dann einfach in einer Welle, aber wir konnten sie immer wieder abwehren. Ein paar Stunden später kamen Wasserwerfer. Zuerst einer, dann ein zweiter, und schon lief es für die Gegner besser. Irgendwann hatten sie unsere brennende Verteidigung gelöscht und gingen zum Frontalangriff über, gleichzeitig kamen sie – aus der Nebenstraße – über die Seiten. Wir schwankten und gingen langsam rückwärts, dann traten wir den Rückzug an, irgendwann rannten wir einfach nur noch weg. Ein rothaariger Wikinger und ich waren die Letzten. Er wollte sich immer noch in den Kampf stürzen, wurde zum Berserker und wollte im Alleingang alle Milizionäre bezwingen; er klirrte mit seiner Tasche voller Molotow-Cocktails, ich packte ihn am Kragen und schrie ihm etwas ins Ohr. Er konnte sich überhaupt nicht damit abfinden, dass für uns hier nichts mehr zu holen war.

An diesem Tag habe ich genau begriffen, was der Unterschied zwischen Rückzug und Flucht ist. Bei einem Rückzug läufst du mit dem Rücken nach hinten und mit dem Gesicht zum Gegner, und wenn du fliehst, wendest du dem Gegner den Rücken zu. Zuerst waren der Wikinger und ich auf dem Rückzug und schleuderten der anrückenden »Schildkröte« Brandmunition aus seinen umfangreichen Vorräten vor die Füße. Als die panische Flucht begann, verlor ich meinen kurzzeitigen Mitstreiter aus dem Blick, da ging's auf einmal drunter und drüber. Leute stolperten, wurden von Berkut-Männern eingeholt und geschlagen, versuchten sich in Hauseingänge zu retten, verbarrikadierten sich oder traten verschlossene Türen ein. Ich floh mit den anderen. Wegen der großen Menschenmenge und der ständigen Hindernisse auf den Bürgersteigen ging das nicht besonders schnell. Ich drehte mich nicht um, denn ich wusste auch so, was da passierte, und Angst hatte ich ohnehin. Ich wusste, dass ich in der letzten Reihe floh, aber wie nah der Gegner war, merkte ich erst, als ich direkt neben mir einen Berkut-Mann sah, der jemanden mit seinem Knüppel erwischte, dann den nächsten und dann noch einen. Alles mischte sich – die letzten Reihen der Flüchtenden und die ersten Reihen der Verfolger. Für viele endete dieses Zusammentreffen sehr traurig und tragisch. Aber ich hatte Glück. Ich schaffte es unversehrt bis zur Kreuzung an der oberen Maidan-Barrikade, und weil ich sah, dass es nicht schlau war, sich durch den schmalen Zugang zu quetschen, bog ich zusammen mit den meisten anderen ab und lief nach unten. Wir verfielen in Schrittgeschwindigkeit, die Berkut-Männer ließen von hinten ihre Knüppel über unseren Köpfen tanzen. Nebenbei packte ich eine schlendernde junge Frau am Kragen, die offensichtlich einfach nur einen Blick auf das Geschehen werfen wollte, aber gar nicht begriff, was hier vor sich ging, deswegen beeilte sie sich auch gar nicht und dachte, obwohl sie ganz hinten war, scheinbar noch immer, das wäre das übliche Gedränge vor dem Eingang zur Metro. Sie beschwerte sich: »Jetzt drängeln Sie doch nicht so, junger Mann!« Ich hatte während dieser Flucht schon genügend aktive Bürgerinnen wie diese über den Boden kullern sehen, die mich jedes Mal zu einem Sprung wie eine Saiga-Antilope genötigt hatten, und war deswegen nicht mehr zu Liebenswürdigkeiten aufgelegt, aber wenigstens diese eine wollte ich aus der Schusslinie schaffen: »Ich halte dich fest, damit du nicht zertrampelt wirst, du dumme Kuh.« Offenbar hatte sie endlich begriffen, dass die Sache hier ernst war, und bat: »Dann packen Sie ruhig fester zu!«

Wir liefen 100 Meter nach unten. Die Berkut-Einheiten verfolgten uns weiter, sie formierten sich zum Sturm auf die oberen Maidan-Barrikaden. In der sich schnell auflösenden Menge gab es Verwundete, die meisten hatten Kopfverletzungen. Wir hielten Autos an, um die Verletzten ins Krankenhaus zu bringen. Ich erinnere mich noch an einen Geschäftsmann in einem teuren Mercedes mit einem Bodyguard im Wagen. Er nahm drei Leute mit. Als ich kurz verschnaufte, sah ich um mich herum nicht nur Autos in privaten Angelegenheiten durch die Gegend fahren, sondern auch Leute in einem Café sitzen und unbekümmert ein Schwätzchen halten. Das war erstaunlich: Den meisten Leuten waren diese Revolution, die den ganzen Tag über andauernden Straßenkämpfe im Nachbarviertel und die Verletzten und Toten schnurzegal. Aber diese Erkenntnis beschäftigte mich nicht allzu lange – ich musste zurück zum Maidan, wo sich jene befanden, denen es nicht egal war, wie es mit diesem Land weitergehen würde.

Ich gelangte durch ein Seitentor ins Lager und lief zum Ukrainischen Haus, zur Stabsstelle des Automaidan. Unterdessen sah ich, wie die entfernten Barrikaden praktisch ohne Gegenwehr fielen. Auf dem Maidan selbst waren nur sehr wenige Leute, und sie gerieten allmählich in Panik. Ich kam genau im richtigen Moment: Es würden nur noch ein paar Minuten dauern, dann würde die Miliz unseren Stützpunkt stürmen – die ganze Hruschewskij-Straße war schon voller Streitkräfte, die über die verlassenen Barrikaden immer weiter nach unten vordrangen. Wir evakuierten die Stabsstelle, ich ergatterte im letzten Auto einen Platz. Als ich mich umdrehte, sah ich einen jungen Mann, der – in jeder Hand einen Stock – gegen zwei Milizionäre kämpfte, die diese lebende Dreschmaschine mit Schilden abwehrten. Es war klar, dass er in die Knie gezwungen werden würde. Wie der ganze Maidan.

Die hinkende Kavallerie der Revolution traf sich in einem heruntergekommenen Café, das nach der Evakuierung als Stabsquartier dienen sollte. Die Stimmung war im Keller. Dreißig, vierzig Personen, die knappe Hälfte Frauen. Irgendjemand brachte belegte Brote, ich aß etwas. Alle starrten auf mein rußschwarzes Gesicht und meine angesengte, schmutzige Jacke. Jemand sagte, ich sei über und über mit Blut bedeckt. Ich antwortete, dass das nicht mein Blut sei – die Flecken kämen von einem jungen Typen mit einer Kopfwunde, die wie verrückt geblutet hatte. Von kleineren Kratzern und blauen Flecken abgesehen war ich unverletzt.

Die Versammlung zog sich bis zum Abend hin, jeder äußerte – in Abhängigkeit vom Grad der eigenen Radikalität – seine Sicht, wie das Land und die Situation zu retten seien: vom Verfassen eines Brandbriefes auf Facebook darüber, dass alle uns verraten hätten, bis zur Erstürmung der Villa des Generalstaatsanwalts. Ein Kumpel flüsterte mir ins Ohr, wenn wir da hin zögen, würden sie uns alle plattmachen. Ich äußerte Folgendes: dass ich nicht vorhätte, hier kleben zu bleiben, sondern zurück auf den Maidan wolle. Irgendwie wollten mich alle davon abbringen: Der Maidan sei gefallen, die Metro fahre nicht, die Stadt sei abgeriegelt und das Militär rücke vor. Ich sagte, ich würde mich nicht auf Gerüchte verlassen, sondern nur auf meine eigenen Augen, deswegen wollte ich hinfahren und mir selbst ein Bild machen, vielleicht hielt sich der Maidan ja noch, und dann sei mein Platz dort. Außer mir wollten nur noch vier andere mitkommen: ein Fahrer, ein junger Lockenkopf und zwei Rentner. Gut kannte ich nur Mischa, einen früheren Militärangehörigen, der bei uns im Stab arbeitete (er registrierte die Neuankömmlinge) und an den ich mich erinnerte, weil er zu mir gesagt hatte, er habe nie einen strengeren und diplomatischeren Vorgesetzten gehabt.

Wir fuhren mit einem Auto los, die anderen blieben mit ihren Befürchtungen, Prognosen und Gesprächen zurück. Als wir angekommen waren, merkte der Lockenkopf, dass diese Spielchen nichts für ihn waren, und er »disconnectete«. Wir anderen griffen uns irgendwelche Waffen und liefen Richtung Unabhängigkeitsplatz.

Es war neun Uhr abends. Der Maidan hielt sich noch. Wie durch ein Wunder. Alle Barrikaden waren gefallen, auch die beiden letzten, die größten und stabilsten. Ein Teil des Lagers war schon gestürmt. Die rauchende Frontlinie verlief etwa 50 Meter vor der Hauptbühne. Auf dem Weg nach vorn sah ich Menschen, die Pflastersteine lockerten und sie über eine Kette nach vorn weiterreichten. Frauen, Rentner, eine geschminkte Dame in High Heels, Teenager, ein Brillenträger mit Professorengesicht. Die Mädels, die die Molotow-Cocktails mixten, waren fast noch Kinder. Ich ging nach vorn und wusste, dass ich mich heute Nacht nicht vom Fleck rühren würde – und sei es nur wegen derer, die jetzt hinter mir standen. Ich rief niemanden an und ging auch nicht ans Telefon – das Brüllen und Krachen war so laut, dass ich sowieso nichts gehört hätte. Wen hätte ich in diesem Moment anrufen sollen und wozu, wo jeder an diesem Platz hier gebraucht wurde, an dem sich das Schicksal der Revolution entschied? Der zweite Rentner, der mit uns gefahren war, wurde gleich durch einen Splitter am Bein verwundet. Der Fahrer brachte ihn ins Krankenhaus, wie auch viele andere in dieser Nacht, wie ich später erfuhr.

Mischa und ich blieben die ganze Nacht stehen, zusammen mit hunderten anderer. Über diese endlose Nacht könnte ich ein endloses

Buch schreiben. Aber ich kann gar nicht alles erzählen und es vor allem denen, die nicht dabei waren, gar nicht vermitteln. Wie eine Schildkrötenformation in einem Miliz-Angriff den Durchbruch schaffte, wie wir schwankten, uns aber ein paar Sekunden später wieder gefangen hatten und uns mit den wildesten Schreien auf sie stürzten, woraufhin sich die Formation ungeordnet zurückzog und etliche Kämpfer verlor. Wie ich zwei Mal mit Molotow-Cocktails einen gepanzerten Wasserwerfer in Brand setzte, der partout kein Feuer fangen wollte, sondern einfach rückwärtsfuhr, sich mit seinem Wasser selbst löschte und wieder Kurs auf unsere Reihen nahm. Wie ich bei meinem dritten Versuch im Dunkel mit meinem Helm gegen den Helm eines Milizionärs knallte, der hinter einer Brüstung lauerte, und er die ganze Munition aus seiner Schrotflinte gegen mich verschoss und direkt auf meine Brust zielte, weil vermutete, ich hätte keine Schutzweste, zum Glück hatte er nur Gummimunition, deswegen ging es glimpflich ab. Wie das Haus der Gewerkschaften brannte – und das nach einer halben Ewigkeit eingetroffene Drehleiterfahrzeug die Unversehrten aus den oberen Etagen rettete. Wie Schenja, die Stimme des Maidan, ganz allein von der Bühne aus die Verteidigung dirigierte, weil sich die gesamte Führung am späten Abend aus dem Staub gemacht hatte. Was ja oft passiert, wenn es richtig brenzlig wird. Und wie er uns alle halbe Stunde Mut machte, die Busse mit der Verstärkung aus der Westukraine seien schon unterwegs und wir brauchten nur noch ein paar Stunden durchzuhalten. Wie ich zur Toilette musste und meine Notdurft hinter der Unabhängigkeitssäule verrichtete, in der Pufferzone, weil ich keine Zeit hatte und weil es kein zweites Mal geben würde, weil sich das ganze Leben jetzt auf diese eine Nacht reduzierte. Wie ich, als ich sah, dass da eine Lücke klaffte, dass es weder eine Barrikade noch einen brennenden Streifen gab und in unmittelbarer Nähe ein Meer schwarzer Berkut-Helme wogte, Leute anstellte, um eine Barriere zu errichten. Wie uns ein Afghanistan-Veteran, der meinte, ihm unterstünde die Verteidigung dieses Abschnitts, stoppte und sagte, für die Miliz sei es hier zu eng und sie würde nicht von dieser Seite anrücken. Und wie sich die Miliz dann zu einem Zug formierte und während des nächsten Angriffs genau an dieser schmalen

Stelle eindrang, die Säule ohne Gegenwehr eroberte und uns schon fast im Rücken stand. Wie wir dann sogar unsere Zelte anzündeten, um das zu verhindern, einen brennenden Schutzstreifen legten und damit eine neue Schutzlinie schufen, wobei wir alles ins Feuer warfen, sogar Kleidung und Flaschen mit Schmalz – weil es in dieser Nacht massiv an Autoreifen mangelte. Wie eine Schildkrötenformation und ihre Unterstützer versuchten, vor der Philharmonie durchzubrechen und neue Löcher in unserer Verteidigung suchte und wie wir sie zurückschlugen, indem wir sie von oben mit Pflastersteinen bewarfen wie die Bergbewohner die römischen Legionen. Wie gegen Morgen beide Seiten die Kräfte verließen und die Miliz keine Angriffe mehr zustande brachte, wir uns aber noch hielten, ohne zu wissen, wie. Die Morgendämmerung kam wie eine Erlösung – der Kampf ebbte ab, beide Seiten blieben auf ihren Positionen und ab und zu flog Munition. Wie wir uns auf eine Treppe setzten und eine junge Frau jedem von uns ein belegtes Brot und einen Becher gab. Und wie wir vor lauter Schwäche gar nichts zu uns nehmen konnten und Schenja plötzlich verkündete, die Berkut-Leute würden sich oben, an der Sophien-Kathedrale formieren, um uns in den Rücken zu fallen, und alle, die dazu in der Lage waren, bat, dorthin zu gehen, um sie aufzuhalten. Und wie ich merkte, dass ich nicht aufstehen konnte, und eine Minute später sah, wie sich neue Züge formierten, und aus dem Gemurmel aufschnappte, dass die Verstärkung aus Lwiw angekommen war und wir ihnen jetzt getrost den Stab übergeben konnten.

Nachdem ich etwas geschlafen hatte, verbrachte ich den ganzen nächsten Tag, den 19. Februar, wieder dort. Wir errichteten Barrikaden an der neuen Kontaktlinie, die jetzt mitten über den Maidan verlief. Es wurden Vorräte, Essen, Reifen, Benzin und Öl für die Molotow-Cocktails gebracht. Es kamen viel mehr Leute, und wir waren auf den Sturm viel besser vorbereitet. Der aber kam nicht – weder am Tag, noch – was wahrscheinlicher war – in der Nacht. Gegen Morgen merkte ich, dass ich mich nicht mehr auf den Beinen halten konnte, und fuhr zu Freunden, um mich zu waschen und zu schlafen.

Nach nur wenigen Stunden, noch am Vormittag des 20. Februar, kam ich zurück. Aber da waren schon alle tot.

Mit dem Gefühl zu leben, dass du den wichtigsten und entscheidenden Kampf in dieser Revolution verpasst hast, ist unerträglich. Zu wissen, dass du seelenruhig geschlafen, dich geduscht und ein Rührei gegessen hast, während andere mit Holzschilden vor den Kugeln der Scharfschützen geflohen sind, ist noch unerträglicher. Zu dem Zeitpunkt wusste keiner, dass es das Ende ist. Ich habe Verwundete und Tote gesehen, habe gehört, wie hier und da trocken ein Scharfschützengewehr krachte. Aber ich bin nicht auf die Idee gekommen zu überprüfen, wie zielsicher so ein Scharfschütze schießt, weil der Kampf in dem Moment ja auch schon vorbei war, unsere Leute auf den Maidan zurückgingen und sich auf den wiedergewonnenen, alten Positionen verschanzten. Auch ich baute eine Barrikade, an unserem Ort, am Ukrainischen Haus. Aber der Sturm, den alle erwartet und befürchtet hatten, blieb in dieser Nacht aus. Genauer gesagt gingen wir zum Angriff über: Der Automaidan errichtete an den Flughäfen Straßensperren. Ich wurde nach Schuljani beordert, wo ich den nächsten Tag verbrachte und alles Nötige in die Weg leitete. Als ich die Sache zum Laufen gebracht hatte, übertrug ich die weiteren Aufgaben an die anderen Automaidan-Leute und fuhr wieder zum Maidan, der junge Typ, der mich fuhr, fragte: »Was machst du eigentlich? Solche Fähigkeiten dürfen nicht verlorengehen …« »Keine Angst«, antwortete ich, »das passiert schon nicht.«

Ich kann mich noch sehr gut an den Abend des 21. Februar erinnern, als ich vom Flughafen ins Lager zurückkam. Der Maidan war voll wie nie zuvor: Menschenmassen, Autos, es türmten sich all die Dinge, die wir vor drei Tagen so dringend gebraucht hätten: Autoreifen, Essen, Molotow-Cocktails, Steine und anderes. Alle rannten geschäftig hin und her, und ich stand stumm auf den Treppen des Ukrainischen Hauses und begriff, dass das alles gar nicht mehr nötig war. Weil wir schon gesiegt hatten. Berkut hatte sich zu seinen Stützpunkten zurückgezogen und wollte nicht mehr für Janukowytsch kämpfen, der offenbar geflohen war, und hunderte Parubijs kontrollierten bereits die Werchowna Rada. Dieses erleichternde Gefühl des lang ersehnten Sieges erfasste mich auf eben jener Treppe, und es wird mir für immer in Erinnerung bleiben.

Dann kam eine sehr schwere Woche im Stab, der nach der Verwüstung wieder neu hergerichtet werden musste. Eigentlich war es doch geschafft, der Sieg war da, doch nein, es gab noch unendlich mehr zu tun als vorher: Es waren Medikamente und Lebensmittel zu beschaffen, Verletzte und Tote zu ihren Angehörigen zu transportieren, die regelmäßige Ablösung der Wachdienste in Meschigorja[31] und an anderen wichtigen Objekten zu organisieren, die verlassen worden waren. An Schlaf war noch weniger zu denken. Und als dieser Berg endlich abgetragen war, besetzten die »grünen Männchen« die Krim, ich übergab meine Aufgaben und geriet in einen neuen Konflikt, nunmehr im Untergrund.

Das kam alles später, in dem Moment stand ich glücklich lächelnd auf dieser Treppe, aß eine Banane und wartete auf einen Freund, um zu ihm zu fahren, etwas Vernünftiges zu essen und zu schlafen. Unterwegs hielten wir an einem Straßenkiosk, ich stieg aus, um Mineralwasser und etwas zum Tee zu kaufen. Vor mir standen zwei Leute – beide trugen einen coolen Nato-Tarnanzug, blau-gelbe Armbinden und andere Accessoires. Sie gehörten also zu uns. Früher wäre es gefährlich gewesen, in einem solchen Aufzug durch die Stadt zu laufen, aber jetzt, nach dem Sieg, ging das, ja, es war sogar angesagt. Ich freute mich riesig, als ich unsere Leute sah, die jetzt ungestört Blau-Gelb tragen konnten, und rief gleich: »Slawa Ukrajini!«. Die zwei jungen Männer drehten sich um, schauten mich irritiert an, nahmen ihren Einkauf und gingen schweigend weg. Ich war völlig baff. Ich verstand überhaupt nicht, was los war, ich gehörte doch dazu, war doch einer von ihnen! Als ich ans Kioskfenster trat, um meine Bestellung aufzugeben, sah ich mich in der Scheibe – und begriff, was die Jungs so verunsichert hatte. Mich schaute ein dreckiger Penner in einem

---

31 Residenz des Präsidenten Viktor Janukowytsch, die von den Revolutionären nach dessen Flucht nach Russland unter Kontrolle genommen wurde. Es war wichtig, dort alles im ursprünglichen Zustand zu belassen, denn in der Residenz, die in ein Korruptionsmuseum umgewandelt werden sollte, fanden sich unzählige Luxusgegenstände, Luxuslimousinen und anderes, was sich diametral von dem unterschied, was der Präsident offiziell vertrat.

fleckigen, stinkenden Anzug an, mit einem rußigen Gesicht ohne besondere Erkennungszeichen, mein einziges blau-gelbes Bändchen war längst schwarz, Helm und Knüppel hatte ich im Auto gelassen. Ein Säufer, der in der unterirdischen Fernwärmeleitung haust, dieser Anblick hatte sie verschreckt. Vielleicht hatten sie Angst, dass ich sie nach der Begrüßung um Geld angehen würde. Ich nahm mein Mineralwasser und das Gebäck, bezahlte und lief – noch immer verwirrt von diesem kleinen Zwischenfall – zurück zum Auto. Unterdessen ging mir ein Licht auf: Die beiden waren in den Tagen nicht dort gewesen, wo ich war, dort sah keiner mehr sauber und adrett aus. Aber ich sah in ihnen keine Feiglinge und verurteilte sie nicht. Jeder geht seinen Weg und trifft seine Entscheidungen. Ich wusste ja auch nicht, wie sich mein Leben weiter gestalten würde. Aber ich bin froh, dass ich in den Tagen, in denen es darauf ankam, vor Ort war.

Tag 50

Ein Jubiläum. Ein rundes Datum. Es gibt zwar nichts zu feiern, aber auch keinen Grund zu klagen. Die Schwermut, die mich drei Tage lang gequält hat, ist genauso plötzlich verschwunden, wie sie gekommen war. In der Zeit, in der ich in Erinnerungen an den Maidan geschwelgt habe, ist im wirklichen Leben nichts weiter passiert. […]

Am Wochenende ist mir das Fieberthermometer kaputtgegangen. Ich war gerade dabei, die Temperatur zu messen, da kam ein Natschalnik rein, ich stand auf, wie es sich gehört, und da ist es mir unter dem Arm rausgerutscht. Die Scherben wurden mit einem Küchentuch aufgelesen und der Rest weggesaugt. Bloß gut, dass wir nicht mehr klein sind und auf die Idee kommen, mit den Quecksilberkügelchen zu spielen.

Mein Zustand ist im Großen und Ganzen stabil. Ich habe immer mal wieder Herzstechen, alles andere verharrt auf gleichbleibendem Niveau: das Gewicht, die Werte, das Befinden und die Stimmung. Wenigstens geht es mit unserem Anliegen ein bisschen voran. Aber in der letzten Woche (die wievielte ist das eigentlich? Die siebte, glaube ich) hat sich nichts weiter getan. Wenn man mal von der provokativen Falschmeldung über diesen ukrainischen Militärangehörigen absieht, der mir den Sprengstoff gegeben haben will. Na ja, das ist eine Finte, um die Aufmerksamkeit von meinem Hungerstreik abzulenken und zu suggerieren, ich sei ein echter Terrorist. Das ist genauso wie mit dem ominösen »Gekreuzigten Jungen«. Irgendwann hat sich herausgestellt, dass das Fake News waren, aber zu einem bestimmten Zeitpunkt hatte die Nachricht eine kurzzeitige Wirkung, und ein Makel bleibt natürlich. Das prägt die heutige Zeit: Postfaktizität und Hybridkriege.

Bis zum nächsten »Hoffnungsfähnchen« sind es nicht mal mehr zwei Wochen, aber große Hoffnungen hege ich nicht, das ist auch leichter, einfach Abschnitt für Abschnitt durchhalten. In zwei Wochen setze ich dann die nächste Frist und dann die nächste, wenn es nötig sein sollte ...

Die ersten beiden Tage der K-.o.-Runde sind schon vorbei. Die Spiele am ersten Tag waren wunderbar. Frankreich warf Argentinien mit 4:3 aus dem Wettbewerb, mit ihrem erstklassigen Niveau meldet die Mannschaft Ambitionen auf den Titel an. Uruguay schlug Portugal verdient mit 2:1. Dieses Siegerpaar trifft jetzt im Viertelfinale aufeinander. Im Gegensatz dazu waren die beiden gestrigen Partien eher lahm, nach der Verlängerung stand es noch immer 1:1, und dann ging's zum Lotteriespiel namens Elfmeterschießen. Russland warf im Elfmeterschießen – überraschend für alle und vor allem für sich selbst – die spanischen Granden aus dem Wettbewerb, konnte aber während des Spiels nicht überzeugen (genauso wenig wie die Spanier, wenn man mal von ihren Pässen absieht). Kroatien und Dänemark agierten rekordverdächtig, indem sie nach einem fulminanten Start in den verbleibenden zwei Stunden einen derart zahnlosen Fußball zeigten, dass ich manchmal mitten in den Angriffen einschlief. Wenigstens hat hier die Gerechtigkeit gesiegt – nach den entscheidenden Elfmetern am Ende des Spiels kam Kroatien weiter. [...]

Ich habe einige Zeitungen und Briefe bekommen. Zwei Briefe aus dem Ausland haben mich zum Schmunzeln gebracht. Der eine kam aus Frankreich, der andere aus Holland, von zwei Filmgesellschaften. Beide enthielten einen identischen computergeschriebenen Text auf Russisch mit den Unterschriften der Chefs, wahrscheinlich ist das eine neue Solidaritätsaktion der Kinoleute. Belustigt hat mich etwas anderes: Sie schreiben, sie würden sich über mein Schicksal auf dem Laufenden halten, der Brief wurde aber an das Lager in Jakutien geschickt, das ihn hierher, nach Labytnangi, übersandt hat. Ganz seid ihr also nicht auf dem Laufenden, liebe Kollegen! Aber ich bin trotzdem für jede Unterstützung dankbar, umso mehr, wenn sie mir ein Lächeln entlockt.

Einer der kranken Mithäftlinge ist zu mir gekommen und hat mir hinter vorgehaltener Hand gesagt, er sei heute in der Zentrale gewesen und habe dort andere Insassen getroffen: »Der Knast interessiert sich für dich ... Die Leute wollen wissen, wie's dir so geht ...« »Sag dem Knast das nächste Mal, ich fühle mich sehr geschmeichelt ...«

In der zweistöckigen Zentrale hängt eine Uhr. Sie steht immer auf zehn vor zwei. Angeblich ist die Uhr vor acht Jahren stehengeblieben, aber keiner will sie reparieren. Sie hängt da als ein Symbol für die Zeit, die im Lager stehen geblieben ist. Früher war hier alles noch schlimmer, doch das heutige Regime stützt sich auf die Erinnerungen an die blutige Ordnung von damals. Zu jener Zeit wehte an einem Fahnenmast vor dem Hauptgebäude die sowjetische Flagge, und mitten in der Allee stand eine Ampel. Wenn eine Einheit Aufstellung nahm, um irgendwohin zu gehen, musste sie erst warten, bis die Ampel auf Grün sprang, sie wurde vom Diensthabenden betätigt, und erst dann konnte der kommandierende *Bock* sein Kommando »auf links ... im Gleichschritt marsch!« geben. Manchmal dauerte es sehr lange, bis die Ampel betätigt wurde, dann standen die Leute auf der leeren Straße wie eine dressierte Herde und warteten auf Grün. Irgendwann wurde die Ampel abgebaut, die rote Fahne eingeholt, heute werden die Neuen zwei Wochen in Quarantäne gesteckt und malträtiert – damit sie beweisen können, wie froh sie sind, dass sie ihre Strafe im »Straflager 8 ›Eisbär‹, Träger des Roten Banners« absitzen dürfen. Die Stellung »Stillgestanden« ist im Übrigen auch noch nicht abgeschafft worden. Und zum Wecken wird sowjetische Marschmusik gespielt wie übrigens auch während des Frühsports und der Aufstellung zum Zählappell. In den vielen Beamtenköpfen in diesem Land steckt die Sowjetunion noch immer tief drin, sie wächst sogar wieder – wie ein Gehirntumor. Und das Schlimmste ist, dass diese Krankheit ansteckend ist und auch die jungen Leute befällt, die die Zeiten des kollabierten Monsters nicht mehr miterlebt haben.

Tag 51

Wieder einmal ist der Sommer zu Ende. Draußen ist es kalt, windig und wolkenverhangen. Die Häftlinge in der Allee tragen wieder ihre *Buschlats*. In meinem Zimmer sind 17 Grad. Ich schlafe wieder in Thermounterwäsche mit zwei Decken, und tagsüber ziehe ich meinen Pullover unter die Häftlingskluft. Wegen des Kälteeinbruchs habe ich meinen Heizlüfter zurückbekommen. Jetzt ist es wieder angenehm, letzte und auch diese Nacht habe ich nämlich gefroren. Meine Füße und Hände sind nach wie vor eiskalt. Aber das kommt nicht nur von den Temperaturen, ich merke, dass der Motor wieder stottert. Ich schlurfe durch den Krankentrakt, die Kurzatmigkeit ist wieder da, selbst wenn ich einfach nur sitze. Dem Herzen macht der Hungerstreik zu schaffen, aber auch das Wetter, das auf und ab springt wie ein verrückter Grashüpfer. Das Gewicht geht auch rauf und runter – wegen des überschüssigen Wassers, aber langsam nimmt es ab. Heute hat die Waage knapp 76 Kilo gezeigt. Mein Anwalt hat erzählt, die Menschenrechtsbeauftragten hätten vor ein paar Wochen verkündet, ich hätte entweder meinen Hungerstreik abgebrochen oder 2 Kilo zugenommen. Wo haben sie das her? Überall wimmelt es vor Gerüchten und in den Köpfen der Menschen erst recht. Oder habe ich vielleicht von diesem kolportierten Sprengstoff zugenommen? Das riecht dann tatsächlich nach Sprengstoffgürtel ...

Gestern kam in den Nachrichten – in der Laufschrift – folgende Mitteilung: Kiew hat diejenigen Russen benannt, die gegen die ukrainischen Gefangenen ausgetauscht werden sollen. Merkwürdig.

Früher hat keiner von »Austausch« gesprochen, und schon gar nicht direkt, zwischen Russland und der Ukraine, jetzt wird eine solche Möglichkeit, andeutungsweise zwar, aber doch immerhin, erwähnt. Entweder wollen sie einfach mal vorfühlen und die Reaktion der Bevölkerung auf eine derartige Aktion testen, oder es bedeutet gar nichts, oder es ist ein neuerliches Ablenkungsmanöver und Aufschieben dieser Frage. Warten wir die nächsten Ereignisse ab – wenn sie denn überhaupt eintreten.

Unterdessen besiegte Brasilien während der Fußball-WM, die leider in diesem Land ausgetragen wird, in einem umkämpften und schönen Spiel Mexiko mit 2:0. Und Japan hätte beinahe eine Sensation geschafft, denn die Mannschaft führte gegen einen Favoriten des Turniers – Belgien – lange Zeit mit 2:0. Die Nachkommen der Flamen konnten mit einem Kraftakt die Kinder der Samurai aber schließlich doch bezwingen: In den letzten 20 Minuten schossen sie drei Tore (wobei das letzte Tor in der letzten Minute fiel, was bei dieser WM schon mehrfach passiert ist) und zogen verdient, wenn auch mit einiger Mühe, ins Viertelfinale ein. Die Japaner müssen nach Hause fahren, kehren aber nach dieser kämpferischen Vorstellung trotzdem als Helden heim.

Ich habe wieder etliche Briefe bekommen und werde mich gleich daran machen, sie zu beantworten. Ein paar sind von Bekannten, die meisten jedoch von fremden Menschen (obwohl man sie nach Briefen wie diesen eigentlich nicht mehr als Fremde bezeichnen kann). Es sind eher weitläufige, unbekannte Angehörige. Mir ist ein doppelter Brief – mit Duplikat – aus Tschechien in Erinnerung geblieben: Dort ist für mich der Platz an einem Tisch reserviert, mit netten Leuten, in dem nicht weniger netten Pub »Kit«. Angenommen. Wenn ich mal dort zu tun habe, schaue ich auf jeden Fall auf ein Eisbein mit Kartoffeln und ein paar Gläser Bier vorbei.

Viele Menschen bitten mich in ihren Briefen, nicht zu sterben. Wie oft habe ich schon erklärt, dass ich kein Selbstmörder bin, dass Suizid Sünde ist und eine Sache für Angsthasen und Schwächlinge. Dass ich nicht hungre, um zu sterben, sondern um zu siegen. Dass es keinen Sinn hat, auf mich einzureden – egal mit welchen Methoden oder Argumenten. Das ist so, als würde man einen Kämpfer während eines Angriffs beknien, er solle nicht sterben. Er will ja nicht sterben. Er läuft auf den feindlichen Schützengraben zu, um seine Feinde zu besiegen. Er weiß natürlich, dass er getötet werden kann, aber was soll er machen, so ist das Leben, er liebt es, aber er kann nicht anders, denn es gibt wichtigere Dinge. Ich bin ungefähr so wie dieser Mann mit dem Gewehr im Anschlag: nur dass ich nicht laufe, sondern liege, und nicht schieße, sondern hungre. Jeder hat eben seinen eigenen Krieg, seinen eigenen Graben und seinen eigenen Feind.

Tag 52

Draußen wurden wieder Sonne und Wärme eingeschaltet. Ich habe den Pullover ausgezogen und den Heizlüfter abgestellt. Obwohl das Wetter schön ist, geht es mir nicht besonders gut. Das merken auch die Leute um mich rum, und ich merke natürlich auch, dass es wieder losgeht. Ich habe es satt, die ganzen Krisen und Wetterwechsel zu zählen. Dieses Mal fallen sie zwar nicht zusammen, aber es ist mir schon egal. Ich fühle eine totale Erschöpfung – auch psychisch – und Apathie, die allmählich in Gleichgültigkeit übergeht. Aber trotz dieses neuen Einbruchs gebe ich nicht auf.

Morgen kommt Natascha, meine Cousine. Ich wusste von ihrem geplanten Besuch, war mir nur nicht mehr sicher bezüglich des Datums. Gestern wurde mir endlich das langversprochene Telefongespräch mit ihr gewährt. Wegen der hiesigen bürokratischen Hindernisse war es immer wieder verschoben worden, gestern haben sie auch wieder irgendwelche Mätzchen gemacht – mit meinem von den Beamten nicht korrekt abgezeichneten Gesuch, der Telefonnummer und anderen Hinhaltemanövern. Wenn die Leute da draußen hinterm Zaun das träge Knirschen der Justizvollzugsmaschine hören und die unlogischen Ergebnisse ihrer Arbeit sehen, kommt es ihnen so vor, als sei das Absicht. Aber wenn du mittendrin bist, zwischen ihren

Mahlsteinen und Zahnrädern steckst, begreifst du, was für ein behäbiges und stumpfsinniges Monster diese Maschine ist. Und sie läuft so, weil sie so läuft, ganz egal, wer sie bedient. Es ist also wie immer: Es gibt mehr einfache Idioten als Idioten, die an Verschwörungstheorien glauben. Ich gehöre auch zu den einfachen.

Natascha ist drei Mal nicht rangegangen, aber ich habe den Chef der Einheit überredet, es ein weiteres Mal zu versuchen – abends. Wir haben es probiert, und es hat geklappt. Das Telefonat hätte ich mir allerdings besser gespart. Außer dass Natascha übermorgen kommt, gab's keine guten Neuigkeiten. Vom Gefangenenaustausch hört man nichts. Und vor allem gibt es nur schlechte Nachrichten von den Kindern. Die Leute, die versprochen hatten, für meine Tochter einen einmonatigen Ferienaufenthalt in Kanada zu organisieren, sind in letzter Minute abgetaucht. Die FSB-Mitarbeiter haben meine Familie gewarnt, sie würden alle Probleme kriegen, wenn sie meine Tochter auf das Kinofestival nach Odessa fahren lassen. Was geht sie das an? Haben sie etwa Angst, dass da alle Welt ein bedauernswertes Kind sieht, dessen Vater in einem russischen Lager sitzt und hungert? Genau diese Rolle wollten wir vermeiden: Sie sollte unter einem Decknamen hinfahren, und dann hätte sie keiner behelligt, sie hätte sich einfach ein paar gute Filme angeschaut und sich ein bisschen erholt. Aber die beschränkten *Silowiki* haben ihre eigene Logik. Obendrein hat sich meine Ex-Frau quergestellt – sie hat ihr Einverständnis verweigert, dass unsere Tochter nach Kiew gehen kann, obwohl sie schon seit drei Jahren nicht mehr bei ihr lebt und sich sowieso von ihr losgesagt hat. Nichts Gutes also. Und dann auch noch diese Nachricht, die mich völlig umgehauen hat: Keiner hat an das Geburtstagsgeschenk für meinen Sohn gedacht – den neuen Laptop, der das zehn Jahre alte Gerät ersetzen sollte, das er von mir übernommen hatte. Das hat mir einfach den Rest gegeben. Seit drei Monaten bitte ich darum und habe es in allen Briefen mit riesengroßen Buchstaben geschrieben, dass es wichtig ist, mit Ausrufezeichen! Rechtzeitig! Das Geschenk für meinen Sohn und die Reise für meine Tochter. Dass ich persönlich weder Päckchen, noch Sendungen noch Geld brauche. Hauptsache, das wird gemacht! Ich halte durch, wenn nur bei meinen Kindern alles in Ordnung ist. Das ist das Einzige, was ich für sie tun kann, aber ich bin weit weg. Mir wurde versichert, dass man sich darum kümmern werde, dass das Kleinigkeiten seien und dass ich mir keine Sorgen machen solle. Ich habe mir aber trotzdem Sorgen gemacht und in all meinen Briefen in Großbuchstaben WICHTIG geschrieben und ein Ausrufezeichen gesetzt. Wieder wurde mir versichert, dass alles erledigt werde, und ich wurde gefragt, was man mir denn persönlich Gutes tun könne. Ich antwortete, dass ich außer dem Genannten nichts brauche, und schrieb wieder das Wort WICHTIG, dieses Mal mit Ausrufezeichen und Unterstreichung. Und das ist nun das Ergebnis. Das hat mich gestern so schockiert, dass ich immer noch nicht darüber hinweg bin – ich weiß gar nicht, was ich Natascha morgen sagen soll. Sie gibt sich – wie auch tausende andere – sehr viel Mühe, um mir zu helfen, aber warum lesen sie nicht einfach, was ich geschrieben habe? Für sie sind das »Kleinigkeiten, die wir nebenbei erledigen«, aber sie haben sie eben nicht erledigt! Und dann kommen wieder die leeren Gespräche und Appelle und Fragen, wie man helfen könne, und alles geht wieder von vorn los. Das ist wie die Sache mit den Wollsocken: Seit fünf Jahren bitte ich darum, mir Wollsocken zu schicken, aber es sind immer noch keine angekommen. Sie schicken mir, was ihnen gerade in den Kopf kommt, aber nicht diese einfache Sache, die man in jedem Gefängnis braucht, vor allem im Norden. Zehn Paar normale Socken anstatt eines Paars Wollsocken, einen Wacholderuntersetzer für die Teetasse, einen Gürtel aus Hundefell, Metalllöffel und -becher, Berge von Schreibwaren wie für einen ganzen Kiosk. Der größte Teil kommt natürlich sowieso nicht bei mir an, weil es ohne vorherige Absprache geschickt wird. Ich verstehe den ehrlichen Wunsch zu helfen, aber warum in aller Welt liest keiner, was ich geschrieben habe? Glauben die da draußen denn, besser zu wissen, was ich wirklich brauche? Der Lärm der Masse von begeisterten Lesern, in der die Stimme meiner kleinen Bitte untergeht. Und so laufe ich weiter ohne Wollsocken herum und ziehe drei Paar einfache übereinander. Das sind alles Kleinigkeiten, Gemecker wegen meines miserablen Zustandes und der ebenso miesen Nachrichten.

Dieser Tage sind ein paar »Jungs« aus der *Schilka*[32] mit Fieber und Erkältung zu uns hoch gekommen. Den einen – den Kahlen – kenne ich flüchtig, der Zweite ist ein Kroate, der erst seit Kurzem im Lager ist. Er ist ein echter Kroate aus Kroatien, lebt schon seit fünf Jahren in Russland, spricht leidlich Russisch und ist hier wegen Mordes für zehn Jahre eingerückt, er ist ein Fußballfan wie auch der Kahle, sodass wir auf der Fantribüne Verstärkung bekommen haben. Er hat erzählt, dass es im letzten Monat, seit sich wegen mir hier die ganzen Kommissionen die Klinke in die Hand geben, bisschen lockerer zugeht. Die Milizionäre machen weniger Stress, verhalten sich ruhig und höflich und schleifen die Neuen in der Quarantäne nicht so schlimm, um sie als *Aktivisten* zu kriegen. Na, da bin ich froh, dass ich den anderen wenigstens ein bisschen helfen kann. Gestern fanden die letzten zwei Achtelfinals statt. [...] Das Viertelfinale beginnt übermorgen, jetzt sind zwei Tage Pause.

Tag 53

Gestern Abend ging es mir gar nicht gut – entweder war es das Wetter oder was anderes. Mir platzte der Schädel, und deswegen habe ich den ewig müden Pfleger um zwei No-Spa-Tabletten gebeten.

Ich habe gut geschlafen, mein Befinden ist normal, das Spiegelbild auch. Ein Glück, dann erschrickt Natascha, die heute zu einem Kurzbesuch kommen soll, nicht so sehr.

In der Nacht habe ich wieder von unserem Haus auf dem Dorf geträumt. Erst habe ich meinen Vater, der einen bandagierten Arm hatte, hingebracht und dann, als ich schon drin war, habe ich lange meine Mutter umarmt. In letzter Zeit träume ich oft von meinen Eltern, das hatte ich früher nicht.

Draußen ist es immer noch warm, aber ich habe kalte Füße – der Winter kommt bald. Im August beginnt hier schon der Herbst.

---

32 *Schilka* von Schilaja sona lagerja (russ.), Baracken, allgemeiner Lagerbereich

Die Waage hat heute knapp über 75 Kilo gezeigt. Ich habe während des Hungerstreiks 10 Kilo verloren und 5 vorher, bei der Vorbereitung. Macht zusammen 15. Eigentlich gar nicht so viel für zwei Monate. Aber wer schlank ist, hat ja auch kaum Gewicht zu verlieren, nicht mal im Hungerstreik. Dicke nehmen in einem solchen Fall nicht nur schneller und mehr ab, mit ihren Reserven sollten sie eigentlich auch länger durchhalten. In der Praxis ist es aber anders: Dicke hängen am Essen, körperlich und mental ist da in ihrem Inneren etwas gestört, deswegen kommen sie mit einem Hungerstreik oder anderen Einschränkungen beim Essen nicht so gut klar – und machen solche Extremsituationen nicht lange mit. Leute mit einem Jagdhundgewicht halten länger und leichter durch, wie eigentlich? Vielleicht weil die drahtigen Gestalten – im Gegensatz zu den schlaffen und weichen – auch geistig stark sind?

Ich ging zu meinem Treffen mit Natascha. Wie immer lief ich in Begleitung des Diensthabenden durch die Allee, im Lager herrschte eine Stille wie im Kindergarten bei der sommerlichen Mittagsruhe. Natascha hat mein Anblick nicht erschreckt – sie war auf Schlimmeres gefasst, vor allem weil ich in etlichen ukrainischen Medien schon einige Mal »gestorben« war und »Russland meine Leiche bis zum Ende der WM versteckt hielt«. Ich war auch sehr froh, sie zu sehen – wenn auch nur durch die Scheibe – und mit ihr zu sprechen – wenn auch nur übers Telefon. In zwei Stunden haben wir im Grunde alles besprochen. Geredet hat allerdings meistens sie, denn außer dass ich mich gut fühle und nicht beabsichtige, den Hungerstreik zu beenden, hatte ich nichts weiter zu berichten.

Meine Cousine erzählte mir von verschiedenen Solidaritätsaktionen in der Ukraine, weltweit und im aufgerüttelten Teil Russlands, aber sie hat kein vollständiges Bild. Es ist sehr schwierig, alle Protestierenden im Blick zu behalten, es sind sehr viele und ständig kommen neue dazu. Manche brennen natürlich aus, werden müde und verschwinden, aber »wo einer fällt, stehen zwei auf«, der öffentliche Druck lässt also nicht nach. Einer nach dem anderen schließen sich auch die europäischen Politiker an, denn sie können den Druck nicht ignorieren. Nächste Woche fliegt Natascha in die USA. Dort ist das internationale PEN-Zentrum, das sich in dieser Sache ebenfalls engagiert, sie werden Kontakte zu Kongressabgeordneten herstellen. Die Sache geht also voran, sogar der russische Föderationsrat hat schon etwas über einen möglichen Gefangenenaustausch verlautbart, solche Dinge geschehen in diesem Land nicht auf eigene Initiative, sondern nur auf Anweisung von oben. Hier geht die Initiative immer von einer Person aus, der alle auf den Mund – und nicht nur dahin – schauen und versuchen, die Wünsche zu erraten und die Gedanken zu lesen.

Außerdem hat mir Natascha noch erzählt, dass sie sie sich mittlerweile auf fünf Interviews pro Tag beschränkt, mehr schafft sie nicht, zu Hochzeiten waren es täglich bis zu siebzehn. Sie spricht von hunderten Anrufen und tausenden Mails – Tag für Tag. Alle schreiben und bekunden ihre Solidarität. Angefangen von Steven King bis zu irgendwelchen Magiern, die um ein altes Taschentuch von mir bitten, um ihre Rituale für meine Freilassung zu vollziehen. Schräge Vögel gibt es in diesem Getöse mehr als genug. Sie machen sich wahrscheinlich besonders stark bemerkbar – laut einer Statistik, der ich vertraue, gibt es hierzulande immer noch mehr gesunde Menschen als kranke. Ausnahmen gibt es natürlich immer. Wie z.B. die Sache mit diesem ATO-Veteranen, der auf einer Konferenz ans Mikro gestürzt ist und mich eigentlich verteidigen wollte, dabei aber erzählt hat, er habe mir Sprengstoff übergeben. Er ist ein zweifach verwundeter, psychisch kranker Mensch, der in psychiatrischer Behandlung ist, und kein bezahlter Provokateur. Aber die russische Propagandamaschinerie hat diese Geschichte eine ganze Woche lang aufgebauscht – und kann jetzt wenn nötig auf diesen Ausbruch der kranken Phantasie verweisen, als sei es eine unumstößliche, bewiesene Tatsache. Der Agitprop und die primitiven Mitläufer folgen einer einfachen Logik: Was im Fernsehen gezeigt wird, stimmt. Und das erstreckt sich auf alles – von den »bilanzierenden« Nachrichten bis zu den bezaubernden Sendungen eines Igor Prokopenko.

Jedenfalls war das Treffen mit meiner Cousine für uns beide angenehm und bereichernd. Ich habe ihr die nächsten Instruktionen für meine Familie und meine Kinder mitgegeben, bei der Verabschiedung haben wir die Handflächen gegen die Scheibe gepresst, jeder auf seiner Seite. Es ist doch sehr cool zu wissen, dass du nicht allein bist in diesem Kampf.

Tag 54

Das Wetter ist wieder down und ich bin es auch. Mein Zustand und mein Befinden sind nicht besonders. Ob das nun von den neuen Substanzen in der Infusion kommt, die mir der Doktor verschrieben hat, oder von irgendwas anderem, keine Ahnung, jedenfalls ist es beschissen. Ein Glück, dass meine Cousine gestern da war und mich nicht in dieser Verfassung gesehen hat. Da wäre sie erschrocken und hätte die anderen mit runtergerissen. Auch wenn's dir total mies geht, sag immer, es sei alles in Ordnung, und lächle. Ich habe kein Recht, Schwäche zu zeigen, und öffentlich schon gar nicht.

Die ganze Woche ist irgendwie leer. Passend zu den Nachrichten und den inneren Gefühlen, genauer gesagt zu deren Fehlen. Weder Lust zu lesen noch zu schreiben noch zu irgendwas anderem. Selbst das Liegen strengt mich an …

Kommissionen und Natschalniki machen sich in der letzten Zeit auch irgendwie rar. Der Lagerleiter hat Urlaub, und seine Stellvertreter haben sich bei mir noch gar nicht blicken lassen. Umso besser – diese endlosen gleichförmigen Besuche, die Sternchenparaden und das Papplächeln auf den Milizionärsgesichtern haben mich geschafft. Etwas Abstand tut uns gut.

Den Doktor sehe ich auch nur flüchtig. Er hat die ganze Zeit mit seinem Papierkram, den Berichten und Dienstreisen zu tun, mit dem täglichen Kleinklein, das er vernachlässigt hat, weil er sich um mich kümmern musste. Jetzt, wo mein Zustand mehr oder weniger stabil ist, arbeitet er das Liegengebliebene ab, er hofft ja immer noch auf seine baldige Ernennung zum Oberst, auf seine Pensionierung oder zumindest auf Urlaub.

Heute sind zwei Briefe gekommen: einer auf Papier und eine Mail. Beide aus Kiew. Der Papierbrief kam von einem Schüler, der Handschrift nach zu urteilen Mittelstufe, aber äußerst klug. Er hat meine Erzählungen gelesen und den Film »Gamer« gesehen. Hat ihm gefallen, er verfolgt auch meine Situation und hat mir die Ergebnisse des Filmfestivals in Cannes geschickt. Sehr nett und rührend – danke! Der zweite Brief war vom Vater eines noch kleineren Jungen, der war erst zehn. Eigentlich sei er kein großer Leser, meine Erzählungen habe er aber gelesen. Sie hätten ihm gefallen, besonders die über den Hund, obwohl sie traurig sei. Als Beweis lag ein Foto des lesenden Jungen bei. Wenn das ehrlich ist und nicht erzwungen, bin ich höchst erfreut und dankbar. Ich musste nämlich gleich daran denken, wie ich vor ein oder zwei Jahren von einer Klasse ein ganzes Bündel Briefe bekam. Die Schüler mussten im Unterricht einen »Brief an einen politischen Gefangenen« verfassen. Der Text war identisch und flach. Die Kinder haben mir leidgetan, sie wurden in der Sozialkunde- oder Klassenleiterstunde gezwungen, patriotische Schriften zu produzieren. Hierzulande schafft man es, alles zu einem Horror zu machen.

Wir haben in unserem Flur auch eine Klingel wie in der Schule, und sie läutet auch regelmäßig. Einmal läuten – und der *Rote*, der hier arbeitet, muss runter zum Posten, entweder zur Krankenschwester oder zum diensthabenden Beamten, bei zwei Mal muss der zweite, bei drei Mal der dritte, beim vierten Mal muss der vierte *Bock* ran. Nach dem fünften – dem *Sawchos*, in der Hierarchie weiter oben – wird nicht geklingelt. In den Einheiten gibt's auch eine Klingel, aber die betätigt der *Dnewalnyj*, der unter der Uhr am Barackeneingang auf Wacht steht – er gibt das Signal, indem er auf den Knopf drückt und das bevorstehende Ereignis laut ankündigt. Aufstehen, Einschluss, Kantine, Dusche, langweiliger Pro-Forma-Vortrag im Klubraum, Zählappell usw. Immer zu ein und derselben Zeit, immer mit ein und derselben tonlosen Stimme. Wie lebendig gewordene Zombies aus einem Film über den Hundezüchter Pawlow kriechen die Strafgefangenen aus ihren Baracken und nehmen Aufstellung, denn allein geht man hier nur zur Toilette. All das erinnert an eine Sonderschule für Schwererziehbare. Nur dass man hier nach dem Unterricht nicht nach Hause gehen darf.

Tag 55

Heute ist es besser als gestern. Gestern Abend hat es mich total umgehauen, das ist sogar den anderen hier aufgefallen, der Doktor hat sich gleich Sorgen gemacht und das neue Aminosäurepräparat abgesetzt. Vielleicht war's das, vielleicht aber auch der erneute Wetterumschwung: Der kurze Sommer heizt jetzt draußen richtig ein. Im Krankentrakt ist es stickig, obwohl alle Lüftungsfenster geöffnet sind. Wegen der Mücken wurden sie mit Gaze verhängt, und die Plagegeister, die es trotzdem geschafft haben, sich einen Weg in unsere Quarantänebedingungen zu bahnen, wurden entweder vernichtet oder starben glückstrunken an einer Überdosis Blut, das sie bei uns gezapft hatten.

Trotz meines miserablen Befindens habe ich gestern Abend mit einem halben Auge die WM verfolgt, es sind nur noch wenige Spiele, alle interessant. Frankreich besiegte Uruguay souverän und umstandslos mit 2:0, obwohl die Südamerikaner erbitterten Widerstand leisteten. Die Franzosen ließen sich davon nicht beeindrucken, jetzt fehlen ihnen noch zwei Stufen bis zum obersten Treppchen, auf das sie zweifelsohne Anspruch erheben. Im zweiten Spiel besiegte Belgien die titelverwöhnten Brasilianer mit 2:1. Es war von der ersten bis zur letzten Minute ein sehr interessantes und spannendes Spiel. […]

Heute findet die Partie Russland – Kroatien statt, der alle lokalen Fernsehsender und Einwohner entgegenfiebern. Der Kroate und ich sind wahrscheinlich die Einzigen, die nicht auf Russland halten. Na, zwei sind immerhin mehr als einer. Der Mann vom Balkan ist überhaupt ein ganz patenter Typ, lustig und aufgeschlossen. In meinen helleren Phasen habe ich mit ihm Schach gespielt. Er ist ganz gut, zieht aber wegen seiner cholerischen Art immer überstürzt, deswegen verliert er meistens, aber er steckt das weg und nimmt es locker. Daran, wie jemand mit seinen – wenn auch unbedeutenden – Misserfolgen und Niederlagen umgeht, erkennt man das Wesen eines Menschen. Der Kroate ist kein grundsätzlich böser Mensch, obwohl er für zehn Jahre eingefahren ist, weil er einen abgestochen hat, einen Serben, einen Kumpel von der Baustelle, auf der sie zusammen gearbeitet haben. Der Kroate hatte da einen kleinen Leitungsposten, der andere war bloß Fahrer, aber das war nicht der Grund und auch nicht die nationalen Konflikte oder der alte Krieg, sondern schlicht der russische Wodka. Dieses Scheißzeug hat schon mehr als eine slawische Seele ins Verderben gestürzt und auch diese zwei Männer vom Balkan erwischt. Hier im Gefängnis wird da über niemanden der Stab gebrochen, es sei denn, einer ist ein Vergewaltiger oder hat Frauen und Kinder umgebracht. Man macht hier nicht viel Aufhebens um das Leben und den Tod von sich und den anderen, besonders wenn es eine Angelegenheit zwischen zwei Männern ist. Keiner macht daraus eine Tragödie. Vielleicht muss das auch so sein. Schließlich sind wir Männer.

[...]

Tag 56

Mein Zustand hat sich etwas gebessert, die Atemnot ist weg, aber das Herz macht mir ständig zu schaffen. Das Wetter ist schlechter geworden, immerhin ist es nicht mehr so schwül. Der Himmel ist wolkenverhangen und weint. Wie auch die Fans der russischen Auswahl. Die unterlag nämlich gestern der kroatischen Mannschaft in einem hektischen, ungleichen Spiel. Die Kroaten waren ständig in Ballbesitz und kontrollierten die Partie, kamen aber selten zum Abschluss. Trotzdem war Russland nicht in der Lage, die Initiative zu übernehmen oder auch nur den Ball in den eigenen Reihen zu halten – da offenbarte sich schließlich das wahre Niveau. Allerdings zeigten sie Biss – mit seltenen, aber teilweise erfolgreichen Kontern. 2:2 nach der Nachspielzeit, Elfmeterschießen. Beide Mannschaften hatten das in ihren vorherigen Spielen schon durch, dieses Mal galt das Glück dem Tüchtigen, 4:3 für Kroatien nach Elfmeterschießen. Wir werden dieses Spiel aus einem anderen Grund nicht vergessen, weil nämlich der vielleicht fieseste Milizionär im ganzen Lager versucht hat zu häckseln[33]. Er heißt Kalmyk und ist dafür bekannt, dass er den Häftlingen ständig eins reinschiebt[34] und keine Gelegenheit auslässt, seine Macht zu demonstrieren. Obwohl wir die offizielle Genehmigung der Lagerleitung haben, dass wir im Revier nach dem Einschluss Fußball schauen dürfen, hat er uns in seiner Schicht schon zwei Mal auseinandergejagt – gestern hat er es wieder versucht. Aber dieses Mal haben wir uns gewehrt. Allerdings nicht alle: Der Kahle und ein anderer haben sich gleich ins Bett verkrümelt, als sie den Kettenhund kläffen gehört haben. Selbst bei solchen Kleinigkeiten zeigt sich der Charakter eines Menschen.

Wovor haben sie eigentlich Angst – vor der scheckigen Uniform und den Schulterklappen? Er erschießt ja keinen und zückt wohl kaum seinen Knüppel – aber hier in dem Lager lassen sich viele einschüchtern. Als Kalmyk in gravitätischem Gang das Gebäude verließ und die Tür zum Hofkäfig laut zuklappte, stellten wir einen Wachposten auf: Am Fenster stand einer Schmiere für den Fall, dass er zurückkommen würde, und wir schauten uns weiter das Spiel an, in dem die entscheidenden Minuten angebrochen waren. Als das Elfmeterschießen begann, bekam der Kroate Nervenflattern und löste den Wachposten ab – die mögliche Niederlage seiner Mannschaft mit anzusehen und zu durchleiden, hatte er keine Kraft. Doch zu seiner Freude und zum Verdruss der anderen gaben sich die Kroaten keine Blöße. Im Gegensatz zu den Russen, im Fernsehen wurden trotzdem die Erfolge der russischen Auswahl gepriesen, sie dürfen nun sogar zu Putin zum Tee.

In der zweiten Partie besiegte England ohne größere Probleme Schweden und trifft übermorgen im Halbfinale auf Kroatien.

Heute habe ich wieder Zeitungen bekommen. In letzter Zeit kriege ich sie irgendwie immer am Wochenende. Ein sehr interessanter Artikel über den GULAG. Man würde ja denken, dass es nach Solschenizyns »Archipel Gulag« zu diesem furchtbaren Thema nichts Neues mehr zu sagen gäbe, aber nein, es kommen immer wieder neue

---

33 Jargonausdruck für »stören«, »verderben«, »zur Räson bringen«
34 Jargonausdruck für »stören«, »Probleme und Unannehmlichkeiten bereiten«

und unbekannte Dinge ans Tageslicht. Weil dieses Grauen so unglaubliche Ausmaße hatte. Fünfzig Millionen Urteile während der Stalinschen Säuberungen. Sie schließen alle ein: die Erschossenen, Inhaftierten, Enteigneten und Deportierten. Manche hat es zwei, dreimal erwischt, schockierend sind die Zahlen trotzdem. Furchtbar ist etwas anderes, die Tatsache nämlich, dass das Volk diesen Unfug unterstützt und seinem Führer geglaubt hat und die Wahrheit gar nicht wissen wollte – als Gemeinschaft und jeder Einzelne, bis er selbst in die Todesmaschinerie hineingezogen wurde. Ein verfluchtes Land. Und jetzt? Die zweite Zahl ist vierzig. Vierzig Prozent der Bevölkerung im heutigen Russland halten die Opfer wegen der hehren Ziele dieses schnurrbärtigen Unmenschen für gerechtfertigt. Es hat sich nichts geändert. Der Fluch wirkt offenbar immer noch, auch auf das Volk. Passend dazu der Aphorismus des Dichters Naum Korschawin, der den Personenkult und seine Folgen am eigenen Leib erfahren hat und unlängst in der Emigration gestorben ist: »Russland überlebt nur, wenn es Stalin angeekelt ausspeit.«

Tag 57

Seit dem Morgen scheint die Sonne ins Zimmer, und mein EKG ist wieder schlecht – die Herzfrequenz sinkt wieder. Ich spüre das auch ohne Messung. Es zieht sich in die Länge: Die Frequenz sinkt immer weiter, aber nicht auf null. Das ist in diesem Fall gut für mich.

Eine weitere, ereignis-, inhalts- und gefühlsreiche Woche ist zu Ende gegangen. Jetzt kommt die nächste, die neunte, glaube ich. Ich erwarte nichts weiter. Das ist sowieso die beste Haltung – vom Leben nichts zu erwarten. Beim Vertrauten, von null anfangen, dann bringt dir alles, was passiert, einen Mehrwert, einen Kick, Vergnügen, Freude. Die bekannte Formel lautet: Glück = das Erhaltene – das Erwartete. Je weniger du erwartest und dir erhoffst, umso glücklicher bist du über das, was du bekommst. Ich versuche schon lange, dieses einfache und richtige Prinzip zu beherzigen, aber es gelingt mir nicht immer. Vielleicht klappt es dieses Mal besser. Mit den Menschen ist es übrigens dasselbe: je weniger Verzückung, umso weniger Enttäuschung.

Ich habe in der Zeitung einen interessanten doppelseitigen Artikel über die sowjetischen Dissidenten gelesen. Vieles wusste ich schon, die Dinge sind ja bekannt, aber es war trotzdem aufschlussreich. Die »Nach-Tauwetter-Zeiten« – von 1968 bis zur Perestroika – waren natürlich nicht so kannibalisch wie die Zeit unter Stalin, trotzdem gab es in vielen Biografien Brüche. Wer widersprach oder einfach »etwas Falsches« sagte, wurde eingesperrt, es fehlte die frische Luft, das Land wurde eingemottet, der Geruch der Stagnation war allgegenwärtig. In dem Artikel wurde auch Anatolij Martschenko erwähnt. Ich muss zu meiner Schande gestehen, dass ich von ihm noch nie etwas gehört hatte, obwohl ich schon mit ihm verglichen wurde, denn auch er war in einen Hungerstreik getreten, um die Freilassung politischer Gefangener zu erwirken. Er hungerte einhundertsiebzehn Tage, bereits ab der zweiten Woche wurde er künstlich ernährt, und wenige Tage, nachdem er seinen Hungerstreik beendet hatte, starb er in einem Krankenhaus. Hat er etwas bewirkt? Vielleicht. Aber das waren andere Zeiten: Gorbatschow und der Beginn der Perestroika. Jetzt haben wir Putin, da riecht's nicht nach Perestroika, bestenfalls nach Stagnation, mit Spuren von Blut und Pulver. Können mein Hungerstreik und sein womöglich trauriger Ausgang irgendetwas bewirken? Ich weiß es nicht. Halte ich so lange durch wie Martschenko? Kann ich auch nicht sagen. Einhundertsiebzehn Tage sind natürlich sehr lange. Aber meine jetzigen siebenundfünfzig wären mir auch sehr lang vorgekommen – ganz am Anfang. Wir werden sehen. Ich habe ohnehin keine andere Wahl, als das Rohr bis zum Ende zu durchkriechen.

Der Diensthabende und der Suppenkapo waren da, haben mir mein Essen gebracht und eine neue Psychologin angeschleppt. Nicht die junge rothaarige in Uniform, sondern irgendeine andere, in Zivil, die hatte einen noch trostloseren Blick. Wieder habe ich die Inanspruchnahme dringender psychologischer Hilfe abgelehnt. [...]

Tag 58

In der Nacht habe ich eine Reise unternommen, offenbar nach Thailand. Komischerweise allein. Zuerst bin ich mit einem Ausflugsboot über die überfüllten asiatischen Kanäle gefahren und danach mit einem Kleinbus zu einem Besuch ins Meeresmuseum. Dort stand ich irgendwie ewig lang am Eingang rum. Erst konnte ich keine Eintrittskarte kaufen und dann bin ich nicht durchs Drehkreuz gekommen. Mein Geld war fast alle, und die Zeit für den Traum lief ab.

Am Morgen bin ich irgendwie falsch aufgetreten, irgendwas hat leise geknirscht und sich verschoben, vielleicht der Meniskus. Deshalb hinke ich heute den ganzen Tag wie ein alter Gaul. Die Knie sind überhaupt bei allen Häftlingen ein wunder Punkt, die lange sitzen, weil sie zu wenig Bewegung haben und der Organismus verknöchert. Deswegen machen viele in ihren Zellen Sport. Vor dem Hungerstreik habe ich das auch regelmäßig gemacht, aber jetzt ist mir nicht nach Gymnastik.

Die Ergebnisse meiner letzten Proben sind gekommen. Der Doktor sagt, das sind die schlechtesten Werte, die ich je hatte. Das merke ich auch ohne die ganzen Zahlen- und Buchstabenkolonnen. Aber auch wenn man sich ständig mies fühlt, gewöhnt man sich dran. Ein Grund für meinen schlechten Zustand und die abgefallenen Werte ist, dass eines der wirksamsten Präparate, das mir jeden Tag verabreicht wurde – eine Aminosäurelösung – nicht mehr vorrätig ist. Es konnte nicht durch ein anderes ersetzt werden, davon ging es mir noch schlechter. Deswegen gibt's jetzt seit vier Tagen nur noch Glukose und Vitamine, aber das reicht zum jetzigen Zeitpunkt nicht mehr aus. Die Schwester mit den Schafaugen, die aus dem Urlaub zurück ist, hat heute für Entertainment gesorgt. Sie ist für die Kollegin gekommen, die ständig alles vergisst und die Wattebäusche mit Spiritus übergießt, bis sie triefnass sind. Ich kenne sie eigentlich noch gar nicht, ich habe sie nur ein paar Mal gesehen, ganz am Anfang, als ich noch in der Einzelzelle saß und nur aller zwei Tage zur Infusion ins Revier kam. Die neue Schwester gab gleich eine Kostprobe von ihrer glänzenden Logik: »Na, Sie habe ich aber lange nicht gesehen!« »Naja, Sie waren ja auch einen Monat im Urlaub, da haben Sie ja wahrscheinlich alle lange nicht gesehen.« »Ich meinte, dass Sie lange nicht bei uns hier waren ...« »Also ich liege hier schon einen ganzen Monat, Sie sind einfach lange nicht da gewesen.« Das Gespräch geriet irgendwie ins Stocken, und sie wandte sich ihren medizinischen Aufgaben zu. Das hätte sie besser nicht getan. Binnen zwei Minuten hatte sie so linkisch zwei Venen an beiden Armen angestochen, dass diese sofort rissen und die Lösung unter die Haut lief. »Ach, was haben Sie denn für Venen?«, rief die Schwester, als sie die erste verpfuscht hatte. »Na, das kann ja heiter werden mit Ihnen.« »Hauptsache, ich muss mich mit Ihnen nicht so abplagen.« Als sie dann, nachdem sie die zweite geschafft hatte, an die dritte, die letzte noch intakte Vene Hand anlegen wollte, sagte ich, für heute hätte sie genug Versuche gehabt. Die Schwester fauchte und wollte sich über mich beschweren. Als Ablösung kam der junge dünne Arzthelfer, aber er war noch schlechter als sie. Ich bestand schließlich auf dem *Sawchos*. Der hat zwar keinen Abschluss, arbeitet aber schon fast zehn Jahre im Krankentrakt. Er hat die Infusion geschickt und flott an der letzten, fragilsten Vene angelegt. Er ist im Übrigen ein klasse Typ, der Fußball auch gut findet. Er muss sechzehn Jahre abreißen (Raubüberfall mit Todesfolge), aber heute früh hat eine Verhandlung über seine vorzeitige Entlassung unter Auflagen stattgefunden, mit positivem Ausgang. Wenn die Staatsanwaltschaft keinen Widerspruch einlegt, ist er in zehn Tagen frei und kann fünf Jahre früher den Abgang machen.

In der Zeitung habe ich einen Artikel über den Besuch von Moskauer Menschenrechtlern im berüchtigten Straflager Nummer 7 in Omsk gelesen, die »Folterkammer 7«, das grausamste Gefängnis in ganz Russland. Die Leute, die dieses Nest von Sadisten und Fieslingen ernsthaft unter die Lupe nehmen, sind großartig. Und großartig sind die »zähen« Häftlinge, die im Beisein der Lagerleitung, ihrer Peiniger und der örtlichen »Verwaltungsbeauftragten« kein Blatt vor den Mund nehmen. Folter, Gewalt, Misshandlungen, Erniedrigungen sind in diesem Lager an der Tagesordnung. In der

Welt der Kriminellen kennen alle die »7«. Auf den Gefangenentransporten bin ich mehreren Leuten begegnet, die aus dieser Hölle auf Erden kamen. Sie hatten alle einen Knacks, waren körperlich und seelisch verkrüppelt, sie fühlten sich schon befreit, als sie nur im Stolypin-Wagen unterwegs waren, denn ein Gefängnis ist dem anderen Feind. In Russland gibt es noch viele finstere Orte wie diesen, und erfreulich ist nur eins: dass es – den Erzählungen der Häftlinge nach zu urteilen – zum Glück allmählich weniger werden. Das Regime haut überall rein, ja, das stimmt, aber das ist nichts im Vergleich mit der Willkür der Miliz oder wenn die *Katzen* den Ton angeben – *Aas, Drücker*[35], die sich nicht an den Knastkodex halten, sondern nur auf das Kommando »Fass!« von der Leitung reagieren. Das Lager in Labytnangi ist früher auch so gewesen. An vielen ehemals brutalen Orten regieren jetzt statt ungeahndeter Grausamkeit nur ein den Willen brechendes Regime und eine bedrückende Atmosphäre von Angst und Denunziantentum. Ja, es gibt *Schikanierzellen*, aber es gibt auch *Schikanierlager*, die »7« gehört zu letzteren. Wo Häftlinge für das kleinste Vergehen und die leiseste Andeutung von Ungehorsam nicht nur geschlagen, gewürgt und für mehrere Tage als »Fahne« an den Handschellen aufgehängt, sondern mit Strom gefoltert werden, den man an die Eier legt, und den *Entwürdigten* baumelnde Penisse vors Gesicht hält, während der restliche Körper in eine Matratze gepresst wird. Ich hoffe, dass solche Orte früher oder später aus dem russischen Strafvollzugssystem verschwinden und dass es zu einem System wird, das straffällig Gewordenen hilft. Vielleicht bin ich aber auch zu idealistisch, wie es mir einmal ein *Operatiwnik* gesagt hat. Besser ein Romantiker als ein Schuft, war meine Antwort.

---

35 Verschiedene Bezeichnungen für Gefangene, die den ungeschriebenen Knastkodex der Häftlinge übertreten: Sie schlagen, quälen und malträtieren einfache Häftlinge auf Geheiß der Verwaltung, aber auch, um von den Opfern Gegenstände und Geld abzupressen oder einfach aus Lust am Quälen.

Tag 59

Gestern Nachmittag war die lästige bebrillte Ärztin von draußen wieder da. Sie sagte, in den zwei Wochen, seit sie mich zum letzten Mal gesehen habe, hätte ich abgenommen und machte einen schlechteren Eindruck. Na, was hat sie denn erwartet? Schließlich bin ich hier im Hungerstreik und nicht auf der doppelten Ration. Sie hat mein Herz abgehört und mit noch finsterer Miene den Kopf geschüttelt. Danach kam ihre übliche Litanei von der sinkenden Herzfrequenz, Sauerstoffmangel, Ischämie und weiteren, einem Herzinfarkt und dem Tod vorausgehenden Zuständen. Auf diesen Sermon reagiere ich schon lange nicht mehr – komme, was wolle, ich werde nicht aufhören, trotz der ganzen Warnungen und negativen Prognosen, und das habe ich ihr auch gesagt.

Gestern war überhaupt ein ziemlich vergeblicher Tag. Der Natschalnik mit dem Dauerlächeln war da und ist mir gehörig auf den Wecker gegangen, er hat mir von einer Bekannten erzählt, mit der ich in letzter Zeit mehrere Mails gewechselt hatte, und sie hat diese Briefe jetzt ins Netz gestellt. Was reitet die Leute, mit persönlichen Briefen an die Öffentlichkeit zu gehen? Ich hab doch an sie geschrieben und nicht an alle Welt. Da gibt es nichts Besonderes und schon gar nichts Persönliches oder Intimes, wir stehen uns nicht wirklich nahe und werden uns jetzt auch mit Sicherheit nicht mehr näherkommen. Aber warum? Ist es tatsächlich dieses unbändige Verlangen, sich hervorzutun? Sich zur Schau zu stellen, zu entblößen? Das ist unangenehm, als hätte dich jemand in Unterhosen an einem belebten Platz erwischt.

Am Abend ging es unangenehm weiter. Wieder hatte dieser widerliche Kalmyk Dienst, wieder wollte er seine unbedeutende Funktion als Gehilfe des Diensthabenden ausnutzen und grätschte dem ganzen Krankentrakt mit dem Fußball rein, noch ehe die Übertragung begonnen hatte: »Senzow hat als Einziger eine Erlaubnis!« Eine Provokation! Hundertmal wurde ihm schon verklickert, dass die Erlaubnis für alle gilt, aber er nutzt den Umstand aus, dass um diese Zeit von der Leitung keiner mehr im Haus ist, und spielt sich auf. Aber Kalmyk kennt mich schlecht – so weit kommt's noch, dass ich mich allein vor den Fernseher setze. Der Ausdruck »Einigkeit unter den Häftlingen« ist für mich keine hohle Phrase.

Am Morgen haben wir uns in den Frühnachrichten die Zusammenfassung der gestrigen Partie angeschaut. Wir haben nichts verpasst, das Spiel war so lala. Die Franzosen gingen am Anfang der zweiten Halbzeit mit 1:0 in Führung und haben dann – erfolgreich – auf Halten gespielt und den Fans damit attraktiven Fußball vorenthalten. Gegen Dänemark haben sie es ähnlich gemacht. Aber es hilft ja nichts, was zählt, ist der Sieg, die Franzosen trennt jetzt nur noch ein Schritt von ihrem zweiten Titel.

Endlich habe ich das Buch über das antike Rom, Claudius, Augustus, Tiberius und die anderen Anhänger von Caligula zu Ende gelesen. Eigentlich ist es gut geschrieben, das Thema interessiert mich und ich kenne mich auch aus, aber beim Lesen hatte ich Mühe. Allerdings habe ich derzeit mit allem Mühe, das Leben ist in der letzten Zeit irgendwie fade geworden, es fehlt an Würze und prägnanten Eindrücken. Ich habe mich heute an den Sammelband mit drei Science-Fiction-Romanen von Roger Zelazny gesetzt. Liest sich auch ziemlich schwer. Aber so fülle ich wenigstens die Leere, damit sich nicht womöglich dumme Gedanken einschleichen.

Schon seit ein paar Tagen haben wir stabiles Sommerwetter, kaum zu glauben. Es ist warm, aber nicht heiß, die Sonne scheint, der Himmel ist wolkenlos, vom Toilettenfenster aus sieht man fernes Grün – wie im Mai auf der Krim. Aber ich bin heute nicht auf der Krim, und wahrscheinlich komme ich nie wieder hin.

Es ist eine neue Lieferung mit Präparaten für mich eingetroffen, jetzt geht es also wieder los mit den endlosen Infusionen. Sie sind anstrengend, aber vielleicht bringen sie was. Heute, als ich schon am Tropf hing, hat nämlich der Doktor zu mir reingeschaut, mich kritisch gemustert und gesagt, von mir sei nichts geblieben als die Ohren auf dem Kissen. Das glaube ich ihm gerne – ich habe mich gestern im Bad gesehen und festgestellt, dass ich inzwischen meinem Mitstreiter

Sascha Koltschenko ähnlich sehe, der von Natur aus an einer ungesunden Dürre leidet. Jetzt sind wir auch äußerlich Kampfgefährten.

Heute war wieder die Psychologin in Zivil da – schon zum dritten Mal. Jedes Mal macht sie ein Gesicht, als würde ihr jede Woche ein Angehöriger wegsterben. Sie ignoriert meine Weigerungen, mechanisch wie ein Roboter lässt sie ihren Text ab. [...]

Tag 60

Das nächste bedeutungslose Jubiläum. Es wird immer schwieriger, etwas zu schreiben, immer schwieriger, überhaupt zu schreiben. Aber ich muss in diesem Tagebuch Halt suchen wie an einem Griff. Zumal der andere Halt demnächst entfällt: Bis zum Ende der Fußball-WM sind es nur noch ein paar Spiele.

Gestern hat das zweite Halbfinale stattgefunden: Kroatien – England. Fast der ganze Krankentrakt, von einer Ausnahme abgesehen, hat mit dem Kroaten auf seine Mannschaft gehalten. Die Engländer schossen fast unmittelbar nach dem Anpfiff ein Tor und konterten trotz des gegnerischen Drucks ausdauernd. In der gesamten zweiten Halbzeit spielten die Kroaten weiter auf Angriff und erzielten gegen Ende den Ausgleich, das hieß Verlängerung, bereits die dritte in der K-.o.-Runde. Auch dieses Mal hätte das Spiel beinahe mit einem Elfmeterschießen geendet, aber zehn Minuten vor Spielschluss konnten die Kroaten den Engländern den Sieg entreißen – 2:1. Somit zog die Mannschaft vom Balkan zum ersten Mal in ihrer Geschichte in ein WM-Finale ein. Dort trifft sie in drei Tagen auf die superstarken Franzosen, aber nichts ist unmöglich, wie es so schön heißt. Unser Kroate ist noch lange durch den Flur gelaufen und hat Fansprüche in seiner Muttersprache skandiert.

Ich habe gestern nur mit Ach und Krach bis zum Ende des Spiels durchgehalten, kaum dass ich antworten konnte, wenn mich jemand angesprochen hat. Laufen fällt mir total schwer, das kommt aber nicht vom Knie, das tut nicht mehr weh, die widerspenstigen Beine haben einfach keine Kraft mehr, den Körper zu tragen. Zwanzig Schritte bis zum

Waschraum und wieder zurück – das ist schon ein richtiges Ereignis, bis zum Fernsehraum ist es nicht ganz so weit, fünfzehn Schritte. Crossläufe werde ich in nächster Zeit wohl nicht schaffen. Bloß gut, dass der Doktor abends nicht da ist. Als er mich heute Morgen gesehen hat, wie ich am Tropf hing, konstatierte er, ich würde abdriften. Wenn die Sache gut ausgeht, sehe ich schon die Journalisten in ihren weichen Studios vor mir, wie sie mich anschauen und mit mitfühlend-begeisterter Stimme fragen: Und wie haben Sie es geschafft, so lange durchzuhalten? Keine Ahnung, weder jetzt noch später. Worte, nichts weiter, ich bin immer für Taten. Wenn die Konstellation ungünstig ist und das Herz versagt, passiert das mit Sicherheit spät abends oder in der Nacht. In den letzten Tagen habe ich intuitiv gespürt, wie gefährlich diese Zeit ist, wie der Organismus runterfährt, wie plötzlich die Luft knapp wird und du das Leben oder besser gesagt die Kehrseite auf einmal deutlich wahrnimmst.

Gestern ist ein gutes Dutzend Briefe gekommen: aus der Ukraine und aus dem Ausland, viele Mails. Manche sind sehr gut. Ich beantworte sie, wenn auch kurz. Am besten haben mir die Fotos von Labytnangi und der Umgebung gefallen, von der Fähre, vom Fluss und von der Natur. Nach dem hiesigen Datumsstempel zu urteilen, hat Natascha die Aufnahmen gemacht, als sie letzte Woche hier war, oder jemand, der sie begleitet hat. Das Leben da draußen, hinterm Zaun, muss sehr schön sein. Es fließt vorüber wie der Fluss auf den Fotos.

Tag 61

Der 13. Juli. 42 Jahre. Zwei Monate Hungerstreik. Keine der Zahlen hat für mich irgendeine Bedeutung. Mich interessiert nur das Datum unserer Freilassung – wenn es das überhaupt gibt und im Buch des Schicksals verzeichnet ist. Aber wahrscheinlich ist dieser Foliant irgendwo in den hinteren Regalen eingestaubt.

Die letzten zwei Wochen haben keinen Fortschritt und keine neuen Informationen gebracht. Niemand will nachgeben, ich auf keinen Fall. Ich hätte nie gedacht, dass ich es schaffe, bis zu dieser Frist und diesem Datum durchzuhalten. Etwas Besonderes oder gar Magisches ist nicht passiert. Wunder zu Geburtstagen und zu Silvester gibt es nur in der Kindheit. Ich hätte schon längst erwachsen werden müssen. Bislang bin ich bloß gealtert.

Gut, dann setzen wir uns eben ein neues Ziel – den 1. August, Tag 80. Das sind noch zweieinhalb Wochen. Die werden mit Sicherheit nicht einfach, und dass währenddessen etwas Entscheidendes passiert, ist nicht gesagt. Aber ich muss mir ein erreichbares Ziel setzen und es in Angriff nehmen. Jetzt ist es da.

Heute fühle ich mich ein bisschen besser. Vielleicht sind das die alten neuen Präparate, die ihre Wirkung tun, vielleicht auch etwas anderes. Der Doktor hat heute festgestellt, dass ich schwanke, wenn ich durchs Revier laufe. Ich merke das gar nicht mehr, aber ihn hat diese Beobachtung nachdenklich gestimmt.

Nach der Mittagspause haben sich wieder die Natschalniki die Klinke in die Hand gegeben. Als Erstes kam der Staatsanwalt. Er wollte wissen, wie mein Befinden sei und ob ich mich noch selbstständig bewege. Ein junger, drahtiger Typ. Wenn ich das nächste Mal wieder am Tropf hänge und so leise antworte, wird er mich wahrscheinlich mit dem Finger antippen, um zu überprüfen, ob ich schon kalt bin, damit er das entsprechend in seinem Bericht vermerken kann. Dann ist er gegangen. Danach kam ein Natschalnik aus dem Lager und wollte wissen, ob ich bereit sei, mit der Menschenrechtsbeauftragten per Video zu sprechen, mit der, die hier vor zwei Wochen angerauscht kam. Ich erwiderte, dass ich mit ihr sprechen würde, vielleicht sagt sie ja irgendwas Neues, glaube ich aber kaum. Sieht eher nach Tamtam wegen meines Geburtstags aus. Dann kam der Chef vom Sicherheitsdienst, ein lustiger und – passend zu seinen Dienstaufgaben – beflissener *Gevatter*. Er hat mir gratuliert, sich nach dem Stand der Dinge und meinem Befinden erkundigt und höflich angedeutet, ich solle mir das mit der Menschenrechtsbeauftragten doch noch mal überlegen. Die Leute sind so eingeschüchtert, dass sie vor allen meinen Kontakten Angst haben, sogar vor Staatsdienern, besonders von außen, aus Moskau. Wenn es so ist, werde ich die Gelegenheit erst recht wahrnehmen. Auf meine

Frage, wovor sie eigentlich Angst hätten, lächelte der *Operatiwnik* wieder, wand sich noch ein bisschen und ging schließlich.

Ich habe wieder ein Bündel Briefe bekommen. Nächste Woche werden es wahrscheinlich noch mehr. Eine Aktionswelle zu meinem Geburtstag. Die Briefe kommen wie immer aus den verschiedensten Orten, es gibt interessante Schreiben und lustige Karten. Heute wird in Odessa das jährliche Filmfestival eröffnet, es ist das bedeutendste in der Ukraine und eins meiner Lieblingsfestivals. Dort gab's immer viele gute Filme, nette Leute, Sommer, Sonne, Meer und eine lockere Atmosphäre, die ich gern auf Vorrat hätte. Ich glaube nicht, dass das Festival in den fünf Jahren, in denen ich es nun gezwungenermaßen verpasst habe, schlechter geworden ist. Ich soll ein Grußwort für die Teilnehmer schreiben und als Regisseur auch eine Idee skizzieren für die Verfilmung meines Theaterstücks, dessen Entwurf auf dem Filmpitching in Odessa vorgestellt wird. Weder zu dem einen noch zu dem anderen fällt mir im Moment irgendwas ein. Aber bis heute Abend werde ich schon was zu Papier bringen. Das mache ich spontan, wie immer, ich hoffe, ich krieg das hin. Hat ja bis jetzt immer geklappt.

Interessanterweise schreibe ich das alles mit einem dicken Notizbuch als Unterlage. Das habe ich irgendwann, vor vielen Jahren, in Odessa geschenkt bekommen. In dem Buch findet sich – neben etlichen anderen Notizen – auch der Entwurf für das besagte Stück. Während der Hausdurchsuchung wurde das Heft wie vieles andere konfisziert, aber dann, ein Jahr später, als ich schon im Gefängnis war, habe ich es zurückbekommen, weil da nichts über meine terroristische Tätigkeit drin stand (wie im Übrigen in allem anderen, was sie aus meiner Wohnung mitgenommen hatten, auch nicht). Und jetzt werde ich, an meinem Geburtstag, mit dem Heft aus Odessa als Unterlage einen Brief für ebendieses Odessa schreiben – für die Projektpräsentation zu meinem Stück, das ich in dem Heft skizziert habe. So schließt sich der dramaturgische Kreis, einer, wie ihn das Leben manchmal auf so überraschende und interessante Weise zusammenfügt, natürlich nur, wenn man das auch sehen will. Oder Gott, der solche Zufälle nutzt, um inkognito zu bleiben. Je nachdem, woran man glaubt. Ich glaube ja nicht an Zufälle.

Tag 62

Mein Befinden hat sich offenbar wieder normalisiert. Wie satt ich dieses Rauf und Runter habe. Der Doktor sagt, die Besserung sei trügerisch, und prophezeit mir den nächsten Absturz. Hauptsache, er kommt nicht plötzlich, binnen eines Tages. Ich kann das alles nicht mehr hören und schon gar nicht mehr darüber nachdenken. Der Doktor zieht auch keine moralische Befriedigung aus den endlosen Rettungsaktionen, denn ich bin weder schwer krank noch tue ich was für meine Genesung, weil ich meinen Hungerstreik ja nicht beende. Dieser endlose Marathon hat mittlerweile alle moralisch und physisch verschlissen. Doch die Zielgerade ist noch nicht in Sicht.

Vor kurzem haben die *Roten* einen DVD-Player und eine Filmsammlung, die im Lager kursiert, ins Fernsehzimmer geschleppt. Für die *Aktivisten* gibt es die verschiedensten Möglichkeiten, den Alltag erträglicher zu gestalten, aber auch für uns, die Normalsterblichen, fällt hin und wieder etwas ab, in diesem Fall Kinokultur, wenngleich der Inhalt eher zweifelhaft ist. Die Sammlung enthält überwiegend Mainstream aus Hollywood, Autorenfilme habe ich allerdings auch nicht erwartet. Ich erwischte zwei aktuelle russische Filme, »Trener« und »Sobibor«. In beiden sind die Hauptrollen mit ganz passablen Schauspielern besetzt: Danila Koslowski und Konstantin Chabenski. Für beide war es der erste Film, in dem sie auch Regie führten. »Trener« – natürlich ein Sportdrama – ist flach und schlecht gemacht. Koslowski gibt sich vor und hinter der Kamera viel Mühe, das sieht man, aber während sein mittelmäßiges Team sich wacker schlägt, bringt er in der künstlerischen Umsetzung des Stoffs letztlich nichts zustande. Geboten wird nichts weiter als eine Unmenge an reproduzierten Gags und Szenen aus dem wirklich coolen amerikanischen Sportfilm »An jedem verdammten Sonntag« von Oliver Stone. Das ist einer meiner Lieblings-Hollywood-Streifen, ich habe ihn schon gut zwanzig Mal gesehen und kenne ihn auswendig. Gestohlene Kohle, Liebe oder – wie in diesem Fall – Ideen bringen kein Glück. »Sobibor« ist natürlich um einiges besser – sowohl in der künstlerischen Umsetzung als auch in der Kameraführung, in der schauspielerischen Leistung und auch hinsichtlich des Themas. Eigentlich passt alles, es gibt keine groben Schnitzer, aber der Film ist nicht spannend. Trotz Krieg, KZ, Authentizität und Prominenz der Geschichte. Nicht einmal der lange High-speed-Lauf der aus dem Lager geflohenen Häftlinge mit dem Haupthelden an der Spitze hat mich berührt. Warum? Ich weiß es nicht. Wie ich auch nicht weiß, warum es mir, wenn ich mir zum fünften Mal das Ende des Films »Byl mesjaz maj« von Marlen Chuzijew anschaue, im Herzen zieht und in den Augen juckt. Dabei ist das nichts weiter als eine Deutschland-Chronik der damaligen Zeit mit einzelnen Aufnahmen aus Konzentrationslagern. Warum gelingt es dem einen großartig und dem anderen gar nicht? Ein Rätsel des Kinos, auf das nicht nur ich gern eine Antwort hätte. Aber es gibt sie nicht. Ich zumindest weiß keine, dafür kann ich gutes Kino von einem lediglich gut gemachten Projekt unterscheiden.

Tag 63

Gestern Abend ging's mit dem Wetter rauf und runter und mit mir auch. Atemnot, Herzstechen und als wäre zu wenig Luft da. Deswegen habe ich in der Nacht schlecht geschlafen, und am Morgen war die Atemnot immer noch da. Der Blutdruck ist niedrig, die Pumpe quält sich, deshalb fehlt der Sauerstoff. Vielleicht wird es nach der Infusion besser.

Gestern gab es ein erfreuliches Spiel um den dritten Platz: Belgien gegen England. Die Belgier erzielten ein schnelles Tor, danach waren die Engländer die ganze Zeit im Angriff und wollten den Ausgleich, in der ersten Halbzeit erfolglos, in der zweiten Halbzeit auch, aber gefährlicher. Irgendwann nutzte die belgische Auswahl das für einen Konter und schoss ein zweites Tor – kurz vor Schluss, sie gewannen verdient mit 2:0 und steigen zum ersten Mal aufs WM-Treppchen, wenn auch vorerst nur mit der Bronze-Medaille. Heute ist das Finale. Frankreich ist Favorit, aber Kroatien wird sicher kämpfen – die Mannschaft steht zum ersten Mal und sehr überraschend im Endspiel.

Während wir Fußball geschaut haben, hat mir der Zigeuner das Ohr abgekaut. Er ist seit Kurzem hier bei uns im Revier, obwohl er nicht gerade krank aussieht. Er ist schon als Minderjähriger eingefahren, wurde dann wegen irgendeiner Nummer bei den Erwachsenen verknackt und sitzt jetzt alles in allem schon dreizehn Jahre. Ein echter Knaster, durchtrieben, schlau, geschwätzig und dreist wie die meisten seiner Landsleute. Überall Tattoos, selbst auf der Stirn, unzählige Schnittverletzungen und Narben, die er sich überwiegend selbst zugefügt hat, wenn er sich immer wieder mit und ohne Grund während der turbulenten Odyssee durch die Gefängnisse und Lager dieses Landes die Pulsadern aufgeschlitzt hat. Er hat auch schon in der Anstaltsklapse gesessen, das sieht man sofort, und er macht auch keinen Hehl draus, dass ihm eine Zacke fehlt. Gestern hat er mir bis ins letzte Detail erzählt, wie er, als er schon im Knast saß, seine Schwiegermutter gebeten hat, einen Kredit für ihn aufzunehmen, damit er auf einem Online-Portal Wetten abschließen kann. Wie viele Zigeuner hatte er früh geheiratet, noch ehe er einrücken musste und volljährig wurde. In einem schwarzen[36] Lager hatte er ein Telefon mit Internet, um Glücksspiele zu machen und damit Geld zu verdienen. Seine Schwiegermutter nahm also für ihn den Kredit auf und überwies ihm den gewünschten Betrag, er schickte ihn Fortuna, und sie betrog ihn: Er verlor seinen Einsatz. Um sich das Geld zurückzuholen und vielleicht auch um sich am weiblichen Geschlecht zu rächen, betrieb der Zigeuner eine unter Knackis mit Internet sehr populäre Form der Einkommenserzielung: das Abzocken von Frauen auf Dating-Seiten. Die Häftlinge stellen falsche Namen und getürkte Fotos ins Netz, lernen damit Frauen kennen, drücken dann auf die Tränendrüse, indem sie vor Innigkeit und Tragik triefende Geschichten zum Besten geben, die nur das Ziel haben, den vertrauensseligen Weibern Kohle abzuluchsen, danach verschwinden sie auf Nimmerwiedersehen und holen sich das nächste Dummerchen. Den Zigeuner drückten Frist und Summe, deswegen suchte er sich ein solches Exemplar, verführte sie mit leidenschaftlichen Reden

---

36 Lager, in dem der Knastkodex gilt und nicht die Regeln der Knastbullen

zu virtuellem Sex, und als seine Partnerin ihm ein paar sehr freizügige Fotos gesandt hatte, sagte er ihr, er werde die Bilder ins Netz stellen, denn er hatte herausgefunden, wo die Dame beschäftigt war. Das »wilde Weibchen«, das im realen Leben einer Schule als Direktorin vorstand, zahlte die geforderte Summe, damit die Beweise ihrer leidenschaftlichen Natur aus dem Verkehr gezogen wurden. Dem Zigeuner gefiel diese Art, Geld zu verdienen, und er setzte seine Jagd fort. Doch die Geschichte seiner nächsten Eroberung konnte und wollte ich mir nicht mehr anhören. Nicht genug damit, dass mir übel war und ich eigentlich Fußball schauen wollte, für solche Methoden habe ich wenig übrig, und das habe ich ihm auch gesagt. Meine Reaktion hat ihn erstaunt, zumal er sich alle Mühe gegeben hat, mit mir ins Gespräch zu kommen wie im Übrigen auch mit allen anderen hier im Revier, entweder weil ihm selbst dran gelegen ist oder weil er »einen entsprechenden Auftrag vom Zentrum« hat. Soviel ich weiß, hat er sich mit der Miliz eingelassen, sie haben ihn mit irgendwas kleingekriegt, aber er ist hochgegangen – *unterm Dach*, in der Arrestzelle, wo er vorher gesessen oder genauer gesagt gearbeitet hat, und dann haben die Sicherheitsdienstler versucht, ihn aus der Schusslinie zu schaffen, zuerst bei sich, in einem GH, und dann mit einer Verlegung zu uns ins Revier. Hier im Lager wimmelt es vor solchen Doppelt-und-dreifach-Häftlingen, die verschiedene Masken anlegen, aber eigentlich alles dem *Gevatter*, dem Chef des Sicherheitsdienstes, hinterbringen. Der andere *Gevatterling*, der sich schon den zweiten Monat hier bei uns auf der Krankenstation verschanzt hat, ist ein junger Typ aus der Ukraine, aus der Gegend von Winniza – ein *Chochol*. Er ist noch keine zwanzig, ein Heimkind, ein Schrank, ein Sportler, der in seiner geistigen Entwicklung im Stadium eines Teenagers stehen geblieben ist. Er wollte nach Russland, um zu dealen, ist aber gleich bei der ersten Tüte hochgegangen – die übliche Methode, wie man ukrainische Tölpel anlockt und einlocht. Körperlich ist er stark, aber sein Geist ist schwach: Gleich bei der ersten *Grillrunde* hier in Labytnangi ist er eingeknickt und hat sich mit den *Roten* eingelassen. Als ganz junger Spund ist er den Nazis nachgerannt, das sieht man an seinen Tattoos: Hitlerporträts, Hakenkreuz und die Zahl 88.

Auch der Ukrainer hat versucht, sich mit mir anzufreunden – wo wir doch beide aus demselben Land kommen. Er hat mir eine – aus seiner Sicht – spannende Geschichte darüber erzählt, wie seine Freunde und er für ihn gefälschte Dokumente beschafft hätten, die ihn als Militärangehörigen und Donbass-Kämpfer auswiesen, wie sie sich damit einen Kredit erschlichen und der Bank 100.000 Hrywnia abgenommen hätten, um diese anschließend zu versaufen. Ich habe dem Milchbubi dann verklickert, dass er dreifach daneben liegt: Er ist ein Nazi, ein Spekulant und ein *Roter*, so viel aus Häftlingssicht. Und außerdem ist er ein Landesverräter, das ist von mir persönlich. Es gibt hier viele Gestalten, denen man gern zeigen würde, was eine Harke ist, aber es geht nicht: Der Krankentrakt ist ein heiliger Ort, da erhebt keiner die Hand gegen einen anderen. Man würde es gar nicht schaffen, dem ganzen Gesocks eine Tracht zu versetzen, es gibt so viele, da muss irgendwo ein Nest sein.

Tagsüber, nach der Infusion, ist es wirklich besser geworden; aber das Herzdrücken ist immer noch da, immerhin kriege ich besser Luft. Den Zustand kann man ganz gut im Knastjargon beschreiben: Fuß vor Fuß.

Tag 64

Gestern Abend war mir wieder schwindlig wie nach einem Knockout oder kurz vor einer Ohnmacht – ich habe schillernde Kreise und schwarze Pünktchen gesehen. In der Nacht habe ich gut geschlafen, habe mich erholt, und jetzt ist es weg. Vielleich kommt es auch davon, dass sie mir die Infusion schon am frühen Morgen gegeben haben (man erwartet heute einen Anruf aus dem Nachbaruniversum, von der Menschenrechtsbeauftragten, und will, dass ich tagsüber keine Verpflichtungen habe), innerlich fühlt es sich nach Licht und Stille an.

Die Sonne heizt auch ordentlich ein – der Sommer in Labytnangi brennt lichterloh.

Das gestrige WM-Finale war sehr interessant. Die meisten Endspiele sind nicht besonders attraktiv – die Mannschaften gehen nicht das kleinste Risiko ein, weil einfach zu viel auf dem Spiel steht. Das war gestern nicht anders, aber die Partie war sehr offen und spannungsreich – insgesamt fielen sechs Tore, was in einem Finale sehr selten vorkommt. [...] Am Ende stand es 4:2. Frankreich errang verdient seinen zweiten WM-Titel. Kroatien holte Silber. Alle sind zufrieden.

Die russische Propaganda schwelgt geradezu im Glück, man wird nicht müde, im Fernsehen über die Super-WM zu tönen, über die ausgelassenen Fans, über das neue Bild von Russland, das alle Ausländer nun endlich gesehen, verstanden und liebgewonnen hätten. Ein Monster mit Karnevalsmaske. Das Fest ist zu Ende, und was nun? Ich glaube nicht, dass sich etwas Grundlegendes ändern wird. Putin hat sich zwar gestern mit Macron getroffen, bricht heute zu einem Besuch bei Trump auf und hat im letzten Monat etliche nachrangige Staatsoberhäupter empfangen, wird aber ganz sicher kein anderer Mensch. Ein Krokodil lässt sich nicht von einem Spiel mit dem Ball rühren, es braucht etwas anderes – das Spiel mit Schicksalen, zum Beispiel von ukrainischen Gefangenen.

Da ich mich heute ganz passabel fühle, habe ich den Zelazny-Band zu Ende gelesen. Nicht schlecht, aber nicht ganz mein Geschmack, fesselt mich nicht, füllt bestenfalls die freie Zeit und lenkt von lästigen Gedanken ab. Das ist eine Abwärtsbewegung auf der schiefen Ebene des ästhetischen Niveaus: von den Brüdern Strugazki zu Stanisław Lem, von diesem zu Clarke und jetzt zu Zelazny. Dann geht's weiter abwärts zu Lukjanenko. Oder nein, morgen erwartet mich der alte Bradbury, ich hoffe, er enttäuscht mich nicht.

In der Zwischenzeit ist meine Zeitung gekommen, es war die vorerst letzte – das Abo für das erste Halbjahr ist zu Ende, für die zweite Jahreshälfte habe ich keins genommen, ich dachte, dann hätte ich alle grandiosen Ereignisse schon hinter mir. Jetzt habe ich mich sogar bis zu diesem Datum geschleppt, von dem ich nicht geglaubt hätte, dass man das schaffen kann. Es gibt kein Zurück – weiter geht's, dann eben ohne die Nowaja Gaseta, aber ich danke ihr, dass sie mich in dieser schweren Zeit begleitet hat.

Tag 65

Ich beginne jetzt schon das vierte Heft für dieses Tagebuch. Ich habe nicht geahnt, dass es so dick werden und die Geschichte so lange dauern würde. Hauptsache, das Ende wird gut oder es gibt irgendwann ein Ende, im Moment ist das jedenfalls nicht abzusehen.

Auf den gestrigen – den allerheißesten – Tag folgte eine stickige, klebrige Nacht, inklusive Mücken. Ich habe mich zwar nur mit einer dünnen Decke zugedeckt und die ganze Nacht das Lüftungsfenster offen gelassen, aber geschlafen habe ich trotzdem sehr schlecht. Am Morgen zogen abwechselnd Regen- und Schönwetterwolken über den Himmel, spärlicher Regen, der etwas Abkühlung brachte, aber gegen Mittag brannte wieder die Sonne. Ich kann mich einfach nicht an das hiesige Klima gewöhnen. Es gibt hier gar kein angenehmes Wetter, ein Extrem jagt das andere, im ständigen Wechsel. Das ist nun mal der Norden.

Putin hat sich gestern mit Trump getroffen, und das Fernsehen tönt schon den zweiten Tag über dieses »historische« und »bahnbrechende« Ereignis – lang und breit und in ein und derselben Leier. Russland will wieder mit Amerika Freundschaft halten und die Welt aufteilen. Einem Schizophrenen kannst du sonst was zeigen, er sieht immer nackte Frauen. Orwells Erbe in Aktion: »Wir haben nie gegen Ozeanien gekämpft, sondern immer nur gegen Ostasien.« Nach ein paar Jahren geht's dann andersrum. Mal ist die Türkei Freund, mal Feind, dann wieder Freund. Mal hindert Amerika Europa daran, sich mit Mordor anzufreunden, mal hindert Europa Amerika. Mal ist Soros an allem schuld, mal hat May jemanden vergiftet, um den Jungs in den weißen *Kossowortki* eins reinzuwürgen, mal legt die widerwärtige amerikanische Elite dem eigenen Präsidenten Zügel an und hindert ihn daran, seinem Kreml-Freund in die Arme zu fallen. Nichts als Feinde und Täter ringsum, abgesehen von den hiesigen Goblins und Orks, die sich natürlich keineswegs für Scheusale halten.

Die zwei Führer haben sich lange über alles Mögliche ausgetauscht und sind dann gemeinsam glücklich vor die Presse getreten. Kurze, glatte Statements von beiden, um etwas Konkretes sagen zu können, ist es natürlich noch zu früh, aber immerhin haben sie sich getroffen und miteinander gesprochen. Die halbe Pressekonferenz lang haben sie sich gegen die Anschuldigungen gewehrt, Russland habe sich in die US-Wahl eingemischt und es habe Abmachungen gegeben. Ein Journalist aus dem offiziellen Kreml-Tross stellte eine verabredete Frage dazu, wer im Syrien-Konflikt am Zug sei. Das erinnerte eher an einen Pass – Putin wurde der Ball zugespielt, und er gab an Trump ab mit den Worten, jetzt sei er an der Reihe. Die typischen abgesprochenen billigen Improvisationen. Die amerikanischen Journalisten haben die Anbiederungsspielchen nicht mitgespielt, sondern frei von der Leber weg geredet, sie haben die Präsidenten zum Beispiel nach ihrer Meinung zum Status der Krim gefragt. Hier unterlief Putin ein Fehler, indem er sagte, Trump hielte die Angliederung der Halbinsel an die Russische Föderation weiterhin für illegal, »aber wir haben das Referendum gesetzestreu abgehalten«. Ein interessanter Freudscher Versprecher. Ungeachtet der ganzen Lächerlichkeit und Steuerung von außen wurde das Referendum offiziell von der Führung der Republik Krim abgehalten und nicht von Russland. Mit seinem Versprecher hat Putin also zugegeben, dass das Referendum eben doch vom russischen Staat, dessen Oberhaupt er ist, durchgeführt wurde und nicht von den Menschen auf der Krim. Ich möchte mal wissen, ob noch anderen diese Formulierung und die doppelte Bedeutung aufgefallen sind. Bestimmt, das Treffen wurde schließlich auf der ganzen Welt mit Spannung verfolgt. Was soll's, vielleicht hat das sogar sein Gutes – das schlechte Gewissen verrät sich selbst, die Zunge plaudert alles aus.

Der für gestern erwartete Anruf der Menschenrechtsbeauftragten ist aus unerfindlichen Gründen ausgeblieben, stattdessen bekam ich ein Päckchen, das mir eine Frau aus Odessa geschickt hat. Es wurde in meinem Beisein geöffnet, der Inhalt wurde detailliert in einem Protokoll festgehalten, das musste ich dann unterschreiben – dann wuselten sie mit dem Päckchen wieder fort, zur Kontrolle. Wie in dem Trickfilm über Prostokwaschino und Onkel Fjodor: »Sie haben ein Päckchen bekommen, aber ich gebe es Ihnen nicht.« Aber nach dem zu urteilen, was drin ist, brauche ich dem Päckchen wirklich nicht nachzutrauern: ukrainische Zeitungen mit einem Janukowytsch-Foto und handschriftlichen Kommentaren am Seitenrand, Ausdrucke, Zeichnungen, Ankündigungen und sonstiger Papiermüll aus dem Schrank einer städtischen Verrückten. Ich bekomme manchmal solche schrägen Sendungen, die fliegen dann sofort in den Papierkorb, aber hier hat sich jemand die Mühe gemacht, gleich ein ganzes Päckchen mit diesem Mist zu schicken. Gegen Abend kam dann die gewöhnliche, die normale Post: hauptsächlich Mails und Glückwunschtelegramme. Manche Telegramme waren auf einfache, identische Postkarten geklebt – offenbar bietet der Föderale Strafvollzugsdienst diesen zusätzlichen Service an. Aber das Highlight war natürlich die Musik-Karte: Wenn man sie aufklappt, plärrt eine elektronische Melodie los. Wie geschaffen für den Knast – man kann sie ein paar hundert Mal aufklappen, bis die Batterie den Geist aufgibt oder man austickt und anfängt, Kommentare auf Zeitungsränder zu schreiben. Auf jeden Fall bin ich dankbar für die Aufmerksamkeit und die netten Worte! Dank euch allen, ihr guten Menschen!

Tag 66

Herzschmerzen sind auf jeden Fall schlimmer als Zahnschmerzen. Ein Messer im Herz – das trifft es exakt. Deswegen hatte ich nachts Schmerzen und Panik. Am Morgen habe ich mich dann gut gefühlt, wahrscheinlich zum ersten Mal seit Langem, als wäre nichts gewesen. Ich dachte, ich hätte das einfach so empfunden im Gegensatz zu der Attacke gestern ... Aber auch der Doktor, der gleich am Morgen bei mir gewesen ist, hat festgestellt, dass ich heute normal aussehe. Das ist gut, denn morgen soll ja mein Anwalt kommen, dann trifft er mich wenigstens in einem normalen Zustand an – statt einen Schreck zu kriegen und womöglich noch anderen mir nahestehenden Menschen einen Schreck einzujagen.

Die Venen kämpfen weiter ihren tagtäglichen Kampf gegen die Nadeln. Sie plustern sich auf, reißen, winden sich, leisten Widerstand. Fast wie ihr Besitzer. Im Revier hat's einen Umschlag[37] der Belegschaft gegeben. Der Zigeuner wurde ins Lager zurückbeordert, sozusagen an eine neue Arbeitsfront versetzt, ob ihm das nun passt oder nicht. Der Kroate, der Kahle und ein paar andere Jungs wurden entlassen, dafür sind drei neue gekommen. Alles *Muschiki*, zähe Burschen, denen der systematische physische und psychische Druck auf die Persönlichkeit nichts anhaben kann. Ein Russe, aus der Gegend hier, wegen eines Blutgerinnsels am Bein kann er kaum laufen. Die zwei anderen sind Moslems, aus dem Kaukasus: ein Aserbaidschaner und ein Tscherkesse. Beide Schwerverbrecher, das heißt, sie haben eine lange Zeit, den größten Teil ihrer Strafe, unter verschärften Bedingungen gesessen – in Arrestzellen, Sonderhafträumen oder Sondereinzelhafträumen[38] – und dementsprechend die ganzen für diese Orte üblichen Schikanen durchgemacht. Ihre Gesundheit ist in den Gefängnissen auf der Strecke geblieben – nicht aber ihr Gewissen und ihre innere Stärke. Jetzt habe ich endlich ein paar richtige, anständige Häftlinge zum Reden, Leute, die aufrecht durchs Leben gehen. Der eine ist erst vor Kurzem gekommen, der macht hier noch seine dreizehn Jahre voll, die Hälfte seiner Strafe hat er *unterm Dach* gesessen, vor sieben Jahren war er nämlich hier im Knast an einer kleinen Revolte beteiligt (damals hatten etliche *Muschiki* rebelliert, die übergriffigen *Böcke* verdroschen und eine Baracke angezündet). Das Lager weist im Übrigen eine interessante Statistik auf: Die *Pikowyje*, also Männer aus dem Kaukasus und Zentralasien, besonders die Moslems, lassen sich so gut wie nie mit dem Vollzug ein. Bei den Slawen – Russen und Ukrainern – genügt die kleinste *Grillrunde* und schon fliegen sie der Verwaltung scharenweise in die Arme. Das sind zwar meistens die Jungen, trotzdem, haben denn die jungen Leute gar keinen Arsch mehr in der Hose? Die Weicheier kommen hier an, als hätten sie gerade noch an Muttis Rockzipfel gehangen, ehe

---

37 Jargonausdruck für »kompletter Wechsel der Belegschaft«
38 Der Sondereinzelhaftraum ist die strengste Form der Isolierung von Schwerverbrechern von anderen Häftlingskategorien während der Strafverbüßung.

sie mit ihrem Spice-Joint[39] geschnappt wurden. Und jetzt können sie sich gar nicht schnell genug ans Hosenbein eines Uniformträgers klammern. Einfach widerlich.

Habe Ray Bradburys Roman »Das Böse kommt auf leisen Sohlen« gelesen. Der alte Knabe hat mich erwartungsgemäß nicht enttäuscht. Science-Fiction ist das allerdings nicht, eher Mystik, auf der Primitivitätsskala irgendwo zwischen Edgar Allen Poe und Steven King, auf jeden Fall aber Literatur. Mystik als Gegenstand, aber auch Lebensphilosophie und das Leben selbst werden thematisiert, überwiegend aus dem Blickwinkel von zwei Jugendlichen. Das Buch ist sehr gut geschrieben, das beklemmende Gefühl der eigenen Kindheit kommt zurück. Als Kind schämt man sich ja immer, dass man noch klein ist, und will möglichst schnell groß werden, um erwachsen zu sein, und wenn man dann endlich erwachsen ist, sehnt man sich ein Leben lang nach der Kindheit zurück. Beim Lesen ist mir auch bewusst geworden, dass ich meinen Kindern mit meinem Verhalten ein Stück Kindheit genommen habe, weder mich noch sie hat das glücklicher gemacht.

Schon lange stelle ich mir das Lebensalter eines Menschen nicht nur als Jahreszeit, sondern als Monat, ja sogar als genaues Datum vor. Wenn ich den 1. März als Anfang setze, entsprechen die ersten 18 Lebensjahre – die Kindheit – dem Frühling, der dann bis zum 31. Mai geht. Die nächste Zeitspanne – von 18 bis 36 – ist die Jugend, der Sommer, der von Juni bis Ende August dauert. Die Lebensphase des Erwachsenen – von 36 bis 54 – ist der Herbst, der vom 1. September bis 30. November geht. Und das Ende des Lebens – von 54 bis 72 – ist das Alter und entspricht dem Winter, von Dezember bis Februar. Von Zeit zu Zeit überprüfe ich anhand dieser Jahresuhr meine Zeit, indem ich fünf Kalendertage für ein Jahr setze. Ich bin jetzt 42 geworden, das heißt? Ich bin am 1. Oktober. Ein bisschen Zeit habe ich noch, um in meinem Leben etwas zustande zu bringen, ehe das Neujahrsfest kommt und mit ihm die Zeit, sich zur Ruhe zu setzen.

---

39 Synthetische Droge, die vorzugsweise geraucht wird, sie wird in Form von Räuchermischungen mit chemischen Zusätzen vertrieben.

Tag 67

Regenwolken, Sonne und Schönwetterwolken ziehen über den Himmel und wechseln sich beinahe alle halbe Stunde ab. Deshalb ist mir wieder schwindlig, aber wenigstens ist die zermürbende Hitze abgeklungen.

Das Herz ist schwer und die Seele trüb. Ersteres ist ein Anzeichen für die fortschreitende Ischämie, und auch Letzteres hat seine Gründe. Ich habe einen unangenehmen Brief bekommen. Gestern sind mit der Post nur Schreiben auf Papier und Karten eingetroffen, fast alle aus dem Ausland. Ein Brief war von einem Kinokollegen und der letzte von meiner Ex-Frau. Ich unterhalte schon lange keinen Kontakt mehr zu ihr, aber trotzdem schickt sie mir immer wieder Briefe, in denen sie gegen alle und besonders gegen mich wettert; sie schwelgt in Selbstmitleid und wärmt Geschichten von vor achtzehn Jahren wieder auf. Ich verstehe nicht, warum sie das macht, warum sie sich quält, Rechtfertigungen abgibt und mich damit behelligt, nur um mir weh zu tun – nach so langer Zeit und aus dieser Entfernung. Ich spiele dieses hirnverbrannte Spiel schon lange nicht mehr mit, aber sie kann sich einfach nicht damit abfinden und ihr Leben neu ausrichten. Na, sei's drum. Die Sendung enthielt außerdem einen Kritzelbrief von meinem Sohn und aktuelle Fotos von meinem Sohn und meiner Tochter. Das hat die unangenehmen Mitteilungen relativiert und mich gleichermaßen erfreut wie bekümmert. Die Kinder sind eigentlich schon ohne mich groß geworden. Trotzdem darf man sich nicht hängenlassen und sich ständig mit der Vergangenheit verrückt machen, und andere schon gar nicht. Egal wie, aber das Leben geht weiter, man muss laufen. Auch wenn unklar ist, wohin genau.

Heute hat sich dazu tatsächlich eine Gelegenheit geboten – mein Anwalt ist gekommen, und ich bin über die zentrale Allee durchs Lager gelaufen. Dafür wurden vorher natürlich alle Leute aus der Allee gefegt, aber die Häftlinge haben trotzdem hinter Fenstern, Gittern, Zäunen und Ritzen gestanden und geäugt. Sie haben gesehen, wer da kam, manche haben mich mit Gesten oder Nicken schüchtern gegrüßt, aber die meisten haben mich nur mit interessierten Blicken verfolgt. So schaut man wahrscheinlich einem nach, der zum Erschießen verurteilt ist.

Das Treffen mit meinem Anwalt war dieses Mal kurz – abends ging schon sein Flieger, und eigentlich gab es auch nichts weiter zu besprechen. Ich habe gleich an Ort und Stelle einen aufmunternden Brief an meine Mutter und die Kinder geschrieben und ihnen ein weiteres Mal gesagt, wie sehr ich sie liebe. Ich sage ihnen das jetzt immer wieder – für jedes Mal, das ich früher versäumt habe. Mein Anwalt hatte seinerseits einen Brief von meiner Cousine Natascha für mich mit kurzen Informationen, so unter anderem mit der Mitteilung, ich sei an meinem Geburtstag hier gestorben (bereits das dritte Mal), sowie Andeutungen, dass sich nach dem 25. hinsichtlich des Gefangenenaustauschs was bewegen soll. Auf inoffizielle Informationen dieser Art kann man sich eigentlich kaum verlassen, zumal diese hoffnungsfrohe Mitteilung schon öfter kursierte, in verschiedenen Jahren, trotzdem ist noch alles beim Alten. Konkreter sind hingegen die Angaben darüber, dass sich der französische Präsident in die Sache eingeschaltet hat und mit Putin im Gespräch ist. Der französische Presseattaché hat meinen Anwalt angerufen und sich nach meinem Befinden erkundigt sowie danach, welche Unterstützung ich benötige, und mir sogar angeboten, mich nach meiner Freilassung in Frankreich behandeln zu lassen. Eine verführerische Offerte; für den Aufenthalt in einem französischen Sanatorium muss ich nur noch aus dem Krankenhaus von Labytnangi entlassen werden, leider hat der Chefarzt im Kreml den entsprechenden Erlass dazu noch nicht unterzeichnet. Außerdem kam die Information, dass sich die Führer der Krimtataren dafür starkmachen, den türkischen Präsidenten für unsere Freilassung einzuschalten. Letzten Oktober hat Putin auf seine Bitte hin zwei tatarische politische Gefangene von der Krim begnadigt. Ich kann mir nicht vorstellen, dass die Sache zweimal hintereinander funktioniert. Aber warten wir es ab, es ist ja nur noch eine Woche, diese Frist ist sogar näher als mein Datum (der 1. August), an dem ich mich festkralle wie mit Steigeisen und auf das ich zu kriechen. Bislang sind nach wie vor Europa und die Ukraine an der Sache dran, die Aktionen verlaufen in Wellen, aber natürlich geht den Leuten langsam die Puste aus. Und nicht nur ihnen. Es kommt zu einer Pattsituation, das hatte ich ja befürchtet.

Tag 68

Die Temperatur ist plötzlich und rapide gefallen. Ich habe nachts meine Thermounterwäsche und meine zweite Decke rausgeholt, weil ich so gefroren habe. Seit ich so dürr bin, friere ich noch mehr.

Mein Zustand ist seit etlichen Tagen stabil, was ziemlich komisch ist. Mein Anwalt hat allerdings gestern gesagt, ich sei weiter eingefallen und gealtert. Tja, von außen sieht man das besser. Das ist übrigens normal. Komischer wäre es, wenn ich jünger aussehen würde.

Der Doktor ist nun endlich zum Oberst ernannt worden und deswegen heute früher gegangen, weil es einen kleinen Umtrunk gibt, schließlich muss auf den neuen Rang angestoßen werden. Er ist nicht gerade scharf auf die Feier, sein neuer Stern wird nämlich in ein Glas mit Wodka geworfen, das er auf ex leeren muss, um ihn rauszuholen. Der Doktor steht nicht auf Mengen wie diese – beim letzten Mal, als der Oberstleutnant begossen wurde, hat er bei der Tilgung der vorgesehenen Dosis auch gleich das fünfzackige Metallstück mit verschluckt. Das Beförderungsschreiben ist übrigens auf meinen Geburtstag datiert. Solche Volten schlägt das Schicksal, es verflicht auf eigene Weise unser beider Leben.

Gestern habe ich im Fernsehen eine Sendung über den sowjetischen Regisseur Stanislaw Rostozkij gesehen, über sein Leben, seine Filme und Dreharbeiten. Ich habe viel Neues erfahren über ihn als Mensch, als Autor und über seinen meiner Meinung nach besten Film »Im Morgengrauen ist es noch still«. Ein sehr bewegender Film über den Krieg, ehrlich, ohne Lüge und Pathos. Basierend auf der Erzählung eines guten Autors und inszeniert von einem hervorragenden Regisseur, beide hatten den Krieg erlebt und wussten, wozu sie schreiben und drehen. Rostozkij hatte eine interessante Methode für Außenaufnahmen, er suchte Authentizität. Wenn er zum Beispiel eine Szene mit dem Tod eines jungen Mädchens oder genauer gesagt die Reaktionen der Kampfgefährtinnen drehen wollte, zeigte er ihnen die geschminkte »Tote« nicht. Die Schauspielerinnen sahen sie im ersten Take zum ersten Mal, das reichte, um natürliche Reaktionen und Gefühle einzufangen. Ich würde auch gern mit dem ersten Take arbeiten und nicht mit dem einundvierzigsten. Da gibt's nur eins: üben und drehen. Abends schlug der Drehbuchautor mit Namen Leben einen dramaturgischen Bogen: Es wurde ein Film auf CD gezeigt, eine moderne Variante von »Morgengrauen«, die der russische Regisseur Renat Dawletjarow vor ein paar Jahren gedreht hat. Ich bin ihm nur ein einziges Mal begegnet, er war erst ewig lange Filmproduzent, ehe er anfing zu drehen, und er kriegt das eigentlich ziemlich gut hin, so auch hier. Die neue Verfilmung der literarischen Vorlage ist praktisch ein komplettes Remake des alten Films. Alles ist identisch: vom Drehort und den Charakteren der Figuren bis hin zu den Dialogen, Szenen und sogar Einstellungen. Ob diese vollständige Plagiierung nun eher vom Respekt für den Originalfilm herrührt oder auf dessen Ignorierung hindeutet, ist nicht ganz klar. Abgesehen von der ausführlicheren Vorgeschichte der Protagonisten ist alles identisch, einschließlich der berühmten Sauna-Szene. Alle spielen gut, der Dreh ist solide, die Schauspieler haben sich bemüht, die Regie ist gut, besonders bei den Kampfszenen, und trotzdem wirkt der Film irgendwie oberflächlich. Immerzu vergleichst du die Neuinszenierung mit dem Film von Rostozkij und begreifst, dass überall, in jedem Moment, bei jedem kleinen Detail das Remake schwächer ist als das Original. Das ist so, als hielte man ein chinesisches Imitat einer großen Marke in der Hand. Rostozkij ist genauer, sinnlicher, stärker. Er wusste genau, was er dreht. Dem neuen Film merkt man ein gewisses Kalkül an. Rostozkij hat mit dem Herzen gedreht, Dawletjarow mit dem Portemonnaie. Neuverfilmungen sind meiner Meinung nach trotzdem sinnvoll, um neues, junges Publikum anzulocken, damit man die beiden Filme vergleichen und besprechen kann. Und damit der Krieg nicht in Vergessenheit gerät. Obwohl die ständige Erinnerung an den Krieg von damals die Russen nicht davon abhält, heute neue Kriege zu unterstützen. Vielleicht hängt das damit zusammen, dass die Geschichte heute von anderen Leuten als Rostozkij erzählt wird?

Heute habe ich Bradbury zu Ende gelesen. Nach dem Roman kamen die Erzählungen. Sind auch sehr gut. Wenig Science-Fiction, aber viel Menschliches. Vielleicht gefällt er mir deswegen so gut: Bei ihm steht immer der Mensch mit seinen Gedanken und Beziehungen im Mittelpunkt und nicht irgendwelches hohles Blech. Ich werde Smilik heute bitten, in die Bibliothek zu gehen und die gelesenen Bände gegen Nabokov zu tauschen – ich habe da die gesammelten Werke stehen sehen, und alles habe ich von ihm noch nicht gelesen, da schließe ich jetzt meine Lücken. Er gefällt mir auch sehr gut.

Tag 69

Ich bin mit Herzschmerzen aufgewacht – nicht das beste Gefühl am Morgen. Doch dann bin ich ein bisschen rumgelaufen, und es wurde besser. Als die Kontrolle kam, bin ich etwas zu abrupt aufgestanden, sodass ich die Augen zusammenkneifen und mich an der Wand abstützen musste, weil mir schwindlig und schwarz vor Augen war, aber halb so schlimm, immerhin keine Ohnmacht.

Das Wetter hat einen halben Tag lang Sommer gespielt, gegen Abend jedoch ist der Herbst heraufgezogen mit schweren Wolken und einer Vorahnung von Regen: Es ist abgekühlt, aber geregnet hat es nicht, trotz der deutlichen Vorboten. Am nächsten Morgen dasselbe Spiel, und so geht das nun schon den dritten Tag.

Entweder macht mich dieses Auf und Ab fertig oder ich bin einfach am Ende: körperlich schon seit Längerem, aber in letzter Zeit auch psychisch. Wahrscheinlich stehe ich kurz vor einem Burn-out. Ans Aufgeben denke ich natürlich trotzdem nicht, und das ist gut. Mein Anwalt sagt, mein Geist sei stärker als mein Körper. Keine Ahnung, vielleicht sieht man das von außen besser.

Gestern hat endlich das lang erwartete Telefonat mit der Menschenrechtsbeauftragten stattgefunden. Sie haben mir gleich hier, im Krankentrakt, in einem Behandlungszimmer einen Laptop hingestellt, und sie hat in ihrem Moskauer Büro gesessen. Wir waren per Video zusammengeschaltet, der Ton war schlecht und das Bild noch schlechter: lauter kleine Quadrate und alles zeitverzögert. Aber wir haben gesprochen. Sie hat mich mit dem Eifer einer Glucke ausgefragt. Ich habe weder Bitten noch Beschwerden geäußert. Sie hat geklagt, im Internet gebe es schon wieder Geschrei wegen meines sich verschlechternden Zustands, dabei sehe und registriere sie ja, dass mit mir alles in Ordnung sei. Sie saß zwar fünf Meter von ihrem Laptop entfernt, in der Totale, aber mit einer Diagnose von Hungerstreikenden über diese Entfernung haben russische Beamte offenbar keine Schwierigkeiten. Nach Ansicht meines Anwalts bin ich übrigens schon fast tot oder doch zumindest der Verwirrung anheimgefallen, weil ich zweimal nachgefragt habe und mich vergewissern wollte, welcher Tag war. Deswegen war es im Internet wieder hoch hergegangen, es wurde über mein endgültiges Dahinscheiden oder zumindest meine geistige Umnachtung spekuliert. So jedenfalls stellte es die Verantwortliche aus Moskau dar. Bloß niemandem vertrauen und schon gar nichts sagen, schreiben oder erklären. Alles wird auf die ungeheuerlichste Weise verdreht, nur mit der Wahrheit hat es nichts zu tun. Ich habe erzählt, dass mir zwei Zähne ausgefallen sind, gleich heißt es, ich hätte Skorbut. Schreibe ich über Haarausfall, bin ich womöglich mit Nowitschok vergiftet worden. Frage ich nach, welches Datum wir heute haben, leide ich an Gedächtnisschwund. Geht's noch, Leute? Wo ist euer logisches Denken, euer gesunder Menschenverstand? Keiner nimmt die Information in ihrer direkten, realen Bedeutung zur Kenntnis – alle gieren nach einer Sensation, je größer, umso besser! Gegen Ende des Gesprächs, bevor wir uns lange und höflich voneinander verabschiedeten, sprachen die Menschenrechtsbeauftragte und ich über meine künstlerische Arbeit, vor allem über das Drehbuch, das ich gerade schreibe. Die – im Raum, abseits der Kamera – sitzenden Beamten nickten. Sie sind im Bilde und finden diese Beschäftigung wahrscheinlich sogar gut, denn sie zeigt, dass ich Kraft habe. Wenn sie wüssten, dass es gar kein Drehbuch gibt, dass das nur eine »Legende« ist, die das Schreiben dieser Tagebücher hier bemäntelt, die ihnen mit Sicherheit nicht gefallen, sollten sie doch eines Tages veröffentlicht werden. Was soll's, »Der Krieg ist ein Weg der Täuschung«, wie es so schön bei Sunzi heißt. Nicht umsonst hatte ich als Kind in zwei ganz unterschiedlichen Truppen den Spitznamen Stierlitz.

Heute wurde mir der ganze Nabokov gebracht oder genauer gesagt die Teile, die ich noch nicht gelesen hatte. Das andere – ausgerechnet die Sachen, die ich schon kenne – hatte gerade jemand anders ausgeliehen. Ein glücklicher Zufall, die vier Bücher liegen jetzt in meinem Nachtschrank. Das reicht für ein paar Wochen, einer der Bände enthält das englische Original und die Übersetzung, da kann ich gleich mein Englisch ein bisschen auffrischen.

Ich habe gleich heute seinen ersten Roman »Maschenka« gelesen. Wie wundervoll er doch schreibt. Wie genau seine Beschreibungen sind. Jeder Satz ist wie ein Bonbon, wie ein verziertes Törtchen in einer drapierten Serviette. Ich schreibe nicht so, ich kann das nicht, das ist nicht mein Stil, aber ich lese das mit großem Genuss.

Tag 70

Ein weiteres rundes Datum ohne Fanfaren und Feierlichkeiten. Eine weitere leere Woche ohne Ereignisse und Neuigkeiten. Die nächste kommt, und höchstwahrscheinlich ist auch sie nicht die letzte.

Draußen haben sie wieder den Sommer eingeschaltet und den Temperaturregler bis zum Anschlag geschoben. Wieder ist es in meinem Zimmer heiß und stickig. Diese endlosen Temperaturumschwünge machen alle fertig, nicht nur die Leute mit Herzkrankheiten und Bluthochdruck. Trotzdem fühle ich mich ganz gut. Ich nutze die lichten Momente zum Lesen. Nabokov macht richtig Spaß, mit ihm fülle ich meine freie Zeit.

Meine inneren Dämonen, die lange Zeit still waren, haben gestern auf dem Tisch einen ganzen Berg Bonbons entdeckt, die die Jungs zum

Tee nehmen, und vor Hunger laut aufgeheult. Ich hatte schon gedacht, die Biester seien verreckt, aber nein, sie leben offenbar ewig. Doch sie lassen sich zähmen, denn sie haben mich nicht dazu verführt, mir offen oder heimlich wenigstens eine klitzekleine Leckerei zu schnappen. Es ist ein gutes Gefühl, wenn man merkt, dass man die niederen Instinkte – wie im Übrigen auch das eigene Leben – in den Griff kriegen und kontrollieren kann und nicht nach ihrer Pfeife tanzen muss. Wenn Leute ins Gefängnis kommen, fangen sie oft an zu naschen. Das merke ich an mir selbst. Draußen ernährt man sich abwechslungsreicher, alle Lebensmittel sind immer verfügbar, und deswegen habe ich draußen nie besonderen Appetit auf Süßes. Aber hier drinnen, nach mehreren Jahren *Balanda*, und wenn man noch dazu in einem Lager ist, wo es mit den Päckchen enger gesehen wird als im Zentralgefängnis, wird der Hang zum Süßen fast schon zur Obsession. Irgendwann habe ich bemerkt, dass das nicht nur mir so geht, das ist eine typische Sträflingskrankheit, da macht sich der Zucker- und Glukosemangel bemerkbar, aber nach der Entlassung, wenn sich die Ernährung normalisiert, lässt der Heißhunger auf Süßes wieder nach. Also reißt euch zusammen, meine lieben Dämonen, hier ist nichts zu holen, draußen werdet ihr dann schon nicht zu kurz kommen. Obwohl ich aus eigener Erfahrung weiß, dass Vorfreude immer die schönste Freude ist, das gilt für eine Torte genauso wie für ein neues Auto.

Und dann hat heute noch meine Schwester Galja Geburtstag. Sie ist zehn Jahre älter als ich, und wegen des großen Altersunterschieds sind wir uns als Geschwister nie wirklich nahe gewesen, aber wir haben uns immer gut verstanden. Bis irgendwann herauskam, dass sie den Krim-Eroberer Putin mehr liebt als ihren Terroristenbruder. Seitdem, also in den letzten vier Jahren, haben wir praktisch keinen Kontakt mehr. Obwohl ich ihr sehr dankbar dafür bin, dass sie sich in der ganzen Zeit, seit ich im Gefängnis bin, nicht schlechter, sondern sogar besser als die leibliche Mutter um meine Kinder gekümmert hat. Danke, Schwesterherz, und herzlichen Glückwunsch! Alles, alles Gute dir!

Tag 71

Ich habe sehr schlecht geschlafen, bin nicht ausgeruht, fühle mich kaputt. Draußen sind an die 40 Grad, drinnen ist es stickig und feucht.

Der Doktor ist übers Wochenende nicht da gewesen – er musste sich erst mal von seinen Beförderungsfeierlichkeiten erholen und hat seine Tochter vom Flughafen abgeholt, die von einer Auslandsreise zurückkam. Er war heute da und hat mir gesagt, ich sähe sehr schlecht aus und spräche verlangsamt. Wahrscheinlich hat er recht – irgendwie so fühle ich mich. Mein Blutdruck ist sehr niedrig, der Puls bei vierzig. Das ist sehr wenig, das Herz läuft auf einer niedrigen Umdrehungszahl. Am Abend kommen die Werte vom Labor und vom EKG. Der Doktor musste dienstlich weg, seine Miene war besorgt. Ich habe ihm versprochen, bis zum Abend, bis zu seiner Rückkehr durchzuhalten.

Wenn du das Gefühl hast, dass es hier und heute zu Ende gehen könnte, wird das Leben plötzlich klar und einfach. Das Herz tut komischerweise nicht weh, nur die Hände sind merkwürdig taub. Wahrscheinlich kommt das daher, dass das Blut nicht mehr bis in die Extremitäten gepumpt wird. Und im Kopf rauscht es. Der Doktor ist übrigens weggefahren, um seinen *Sawchos* zu verabschieden, der vor zwei Wochen die vorzeitige Haftentlassung gekriegt hat und heute rauskommt. Ein anständiger Typ, hat vor zwölf Jahren zusammen mit seinen Kumpels aus heiterem Himmel einen Taxifahrer umgelegt. Einer der wenigen, dem das Gefängnis genützt hat. Fast zehn Jahre hat er als *Roter* für den Doktor gearbeitet, dem ist es zu verdanken, dass er sich zum Besseren verändert hat. Vor seinem Abgang ist der *Sawchos* noch bei mir vorbeigekommen, um sich zu verabschieden – ich hing gerade am Tropf – und hat mir zu guter Letzt noch ein Päckchen mit Toilettenkram gebracht: Shampoo, Zahncremes und Seife. Das reicht bis zum Jahresende. Wenn mein Körper allerdings weiter so verfällt, hält er nicht bis zum Herbst durch. Bloß nicht. Auf den Tag genau vor zweiundzwanzig Jahren ist mein Vater gestorben. Als wäre es gestern gewesen. Ein Jahr zuvor hatte er einen Herzinfarkt, danach eine Thrombose. Wodka und Zigaretten. Ganze sechsundfünfzig Jahre. Hat allerdings schon gehinkt und sah älter aus. Bloß nicht. Nicht heute.

Tag 72

Immer noch diese feuchte Hitze. Die gestrige Kälte in der Brust und die Taubheit in den Händen sind verschwunden, es ist ein bisschen besser. »Du balancierst«, sagt der Doktor.

Gestern ist ein Typ aus meiner Baracke hierher auf die Krankenstation gekommen, Bronchitis, im Sommer. Hat bisschen was Neues erzählt, viel war es nicht, ist irgendwie langweilig und fade da bei denen. Aber sie verfolgen, was mit mir passiert. Ich sei eine Berühmtheit, hat der Typ gesagt. Na und? Das einzig Nützliche, was ich erfahren habe: Ein enger Kumpel von mir, auch aus der Ukraine, der allerdings schon lange hier lebt, ist mit einer Auslieferungsanordnung zurück in die Heimat. Ein halbes Jahr hat er schon gewartet, jetzt hat er's geschafft und will den Rest seiner dreizehn Jahre, von denen er die Hälfte schon weg hat, dort absitzen. Hoffentlich kommt er früher frei, im Gefängnis hat ein Mensch nichts verloren.

Wieder war diese seelenlose Person da, die sich als Psychologin ausgibt. […]

Trotz meines Befindens lese ich weiter Nabokov, meistens tagsüber, wenn ich mich nach der Infusion ein bisschen aufgerappelt habe. Jetzt bin ich bei den Erzählungen. Sein Stil ist einfach irre! Sein Blick macht alle Gegenstände lebendig, die Welt wird reich und üppig. Das kriege ich nie hin – ich verneige mein Haupt vor dem Meister. Überhaupt habe ich festgestellt, dass die kleine präzise Form der Erzählung mir mehr liegt als die schwerfällige, teigartig aufgehende Darstellung im Roman. Eine Erzählung ist wie ein Leben, das in einem Tag gelebt werden will. Für mehr reicht weder der Platz noch die Zeit. Es lässt sich nicht alles unterbringen, also hältst du etwas Kleines und zugleich Großes im Text fest, etwas scheinbar Einfaches und Nebensächliches, das eigentlich die Hauptsache ist. Das praktisch unser Leben ausmacht. Das wär's: einfach und ehrlich schreiben, Kitsch und Schein vermeiden, das Leben dokumentieren und es nicht konstruieren, sodass ein interessanter Text entsteht, der die Leute anspricht, wenn nicht alle, so doch immerhin ein paar …

Tag 73

Immer noch diese zermürbende Hitze. Ich kann nicht so genau sagen, wie es mir geht, aber ich habe wohl immer noch diesen schwankenden Gang. Ich spreche langsam, genauso langsam denke ich übrigens und mache alles andere. Das Herz zieht irgendwie. Die Werte sind wie gehabt schlecht. Jetzt sind auch noch weniger Erythrozyten im Blut und kaum neue Blutkörperchen. Der Doktor sagt, die Funktionen des Rückenmarks, das für die Neubildung der Blutkörperchen zuständig ist, seien beeinträchtigt. Er hat immer ein paar medizinische Schauergeschichten parat, aber ich lasse mich da nicht beeindrucken.

Gestern hatte anstelle des DGLL einer von den Sicherheitsleuten Dienst. Der wollte bisschen Boss spielen. Beim Zählappell hat ihm schon nicht gefallen, wie der Zug, der in der Allee Aufstellung genommen hatte, ihn grüßte. Dreimal mussten die Häftlinge auf seinen Befehl hin ihr »Guten Tag, Bürger Natschalnik« wiederholen. Dann ist er bei mir aufgeschlagen und hat eine außerplanmäßige Durchsuchung durchgeführt – die routinemäßige hatte bereits stattgefunden, tagsüber. Er hat ewig in meinem Nachttisch herumgewühlt und irgendwas mit der Taschenlampe angeleuchtet, hat sich das Tagebuch gegriffen und sich hineinvertieft; damit es ernsthaft wirkt, hat er auch das Tagebuch mit seinem Strahler durchleuchtet. Der Diensthabende hat lange versucht, irgendwas zu entziffern, mir wurden schon langsam die Hände feucht. Aber da meine Handschrift wirklich mehr als unleserlich ist, ich schreibe hintereinander weg, ohne Absätze und Trennstriche (damit das Auge keinen Anhaltspunkt hat), konnte er der Lektüre nichts Vernünftiges entnehmen und hat nur gefragt, was das sei. »Ich schreibe ein Drehbuch«, antwortete ich gelassen, und das Tagebuch wanderte unentdeckt in den Nachtschrank zurück. Die Durchsuchung, die wie immer eher einem Stiften von Unordnung glich, war beendet. Zum Glück gehören die meisten Amtsschließer nicht zu den intelligenten Zeitgenossen.

Gestern sind wieder Briefe gekommen. Ein paar verspätete Geburtstagsgrüße, die den Standardwunsch enthielten, das möge mein letzter Geburtstag im Gefängnis sein. Seit fünf Jahren lese ich diesen Wunsch. Vor allem aber ist ein Brief von zu Hause, von meiner Mutter, eingetroffen. Sie schreibt, alles sei in Ordnung, alle seien gesund, mein Sohn habe endlich seinen Laptop bekommen und meine Tochter sei ins Sommerlager gefahren. Das ist schon mal gut, einige Wünsche gehen in Erfüllung, wenn auch spät. Ich schreibe jetzt nicht zurück, Ende nächster Woche kommt mein Anwalt, dem gebe ich dann einen Brief für sie mit, das ist schneller und sicherer. Offenbar sind nicht alle Briefe von meiner Mutter angekommen. Aber jeder Brief von ihr ist wie ein Fest, wie ein richtiger Geburtstag.

Tag 74

So schlecht wie in den letzten Tagen ist es mir während des ganzen Hungerstreiks noch nicht gegangen. Gestern habe ich den ganzen Tag im Bett zugebracht, ich konnte kaum sitzen, mir ist gleich übel und schwindelig geworden. In der Nacht tat mir wieder das Herz weh. Als ich heute beim Morgenappell stand, hat's mich so geleiert, dass ich beinahe in Ohnmacht gefallen wäre. Ich konnte nicht mehr stehen, bin ins Zimmer und musste mich hinlegen, damit ich nicht zusammenklappe. Im Handumdrehen kam das ganze medizinische Personal samt Doktor angerannt. Abhören, messen, EKG gleich im Zimmer, Infusion – es war alles eins. Das EKG war unterirdisch: Aussetzer, Dystrophie der Herzmuskulatur – Mangel an Nährstoffen und Sauerstoff, präkollaptischer Zustand. Der Doktor ist alarmiert. Alle sagen, ich sähe heute besonders grottig aus, nicht mehr weiß, sondern grün. Ich wollte sagen, dass ich mich noch schlechter fühle, aber mehr als ein Lächeln brachte ich nicht zustande. Dann geht das ganze Gejammer über ein bevorstehendes Koma oder zumindest das Versagen einiger Drüsen – vor allem der Eierstöcke – wieder los. Das wäre ja nun in diesem Fall tatsächlich Kummer sein Kleinster, Hauptsache, ich mache noch mit.

Draußen ist es immer noch heiß, ich habe Schüttelfrost und klappere mit den Zähnen. Der Lagerleiter war da, er ist grade von seinem Krim-Urlaub zurück, braungebrannt. Hat von der neuen Brücke erzählt und dass dort alles super läuft, was alles gebaut wird und wie toll es erst wird, wenn alles fertig ist. Er sagte, ich sähe schlechter aus, wäre noch blasser und hätte noch mehr abgenommen. Komisch, was hat er denn erwartet? Hat mich vorsichtig agitiert, ich solle doch aufhören.

Wenn's mit mir weiter so bergab geht, muss ich wieder in die Klinik draußen, was nichts anderes heißt als: Intensivstation und Fixierung im Bett. Will ich nicht, aber sollen sie doch machen, was sie wollen – machen sie ja sowieso, ohne mich zu fragen. Müdigkeit, Schwäche, Apathie. Wenn ich jetzt aufgebe, verliere ich die Achtung vor mir selbst bis ans Ende meiner Tage, ganz egal, ob sie sich nun drinnen oder draußen abspielen. Vielleicht dauert es auch gar nicht mehr lange: Die ganzen Alarmglocken läuten wegen mir, ich merke das. Vielleicht geht es wirklich schon aufs Ende zu, wenn vielleicht auch weniger erfreulich als erwünscht: Vielleicht flattert im Ziel statt des roten Bändchens auch ein schwarzes.

Tag 75

Mitten in der Nacht bin ich aufgewacht. Entweder weil ich zur Toilette musste oder weil ich Durst hatte, vom Surren einer nahen Mücke oder vom Tuten eines fernen Zuges, jedenfalls konnte ich dann lange nicht mehr einschlafen und habe in der Luft dieser stickigen Nacht um Atem gerungen.

Heute Morgen war es besser als gestern, das Herz zieht zwar, aber es fühlt sich nicht so an, als müsste ich abtreten und schleunigst mein Testament machen. Der Doktor war gestern auch ganz nervös wegen mir, zu Hause hat er sich dann erst einmal einen ordentlichen Schluck genehmigt, und heute ist er gut drauf, besonders nachdem er erfahren hat, dass ich die Nacht überlebt habe. Er sieht die »hellen« und »dunklen« Phasen in meinem Befinden, die manchmal sogar innerhalb eines Tages wechseln, mit dem bloßen Auge. Neben meinem kritischen Zustand hat uns gestern noch ein weiteres Problem beschäftigt, das unter der Bezeichnung »Europäischer Gerichtshof für Menschenrechte« firmiert. Diese karitative Einrichtung, der die Gesundheit von Herrn Senzow am Herzen liegt, hat einen Beschluss verabschiedet mit der Aufforderung an ihn, seinen Hungerstreik zu beenden, sowie an die Russische Föderation, den obengenannten Bürger unverzüglich zur Behandlung in eine medizinische Einrichtung außerhalb des Lagers zu überstellen. Der Föderale Strafvollzugsdienst hat merkwürdigerweise am selben Tag beschlossen »strammzustehen« und will mich nun in die städtische Klinik abschieben. Ich verstehe, was die Leute da in Strasbourg zu dieser Aufforderung bewogen hat, denn dort, in der Ferne, können sie natürlich nicht wissen, dass mich in dem städtischen Krankenhaus eine Pritsche auf der Intensivstation erwartet, auf der ich nackt liege und mit Handschellen angekettet werde, dass sie mir einflößen, was ihnen gerade in den Sinn kommt, mich künstlich ernähren und so den Hungerstreik beenden, während die Schwestern ab und an mal angeekelt die Ente leeren. Abwechslung bieten da nur der sadistische Intensivmediziner und der Wachmann von der Miliz. Keine Briefe, kein Anwalt, keine Nachrichten. Also nein, bitte ersparen Sie mir das, es geht mir auch hier gut. Deswegen hat der Doktor gestern Abend herumtelefoniert und versucht, mich hierzubehalten. Ich habe dann in einem weiteren Schreiben meinen Verzicht auf die Einlieferung ins hiesige Zivilkrankenhaus erklärt – und der Kompromiss war gefunden. Auch das nächste medizinische Symposium soll nun direkt hier, im Krankentrakt stattfinden, allerdings in verkürzter Form.

Alles in allem war gestern ein schwerer Tag. Zum Abschluss gab's als Bonus einen kleinen Stapel Mails, hauptsächlich aus der Ukraine. [...]

Ich habe die »helle« Phase genutzt und Nabokov weitergelesen, genauer gesagt den ersten Band beendet und den zweiten angefangen. Schön und bitter zugleich. Ich bin glücklich, dass ich ein solches Kleinod lesen kann, und traurig, weil ich sehe, wie begrenzt meine eigenen Fähigkeiten sind.

Der Doktor hat heute erklärt, ich sei ein Schaitan, weil ich kein Kreuz trüge, dass mein Hochmut mich zu Fall bringen werde, und wenn ich in die Politik ginge, würde ich unweigerlich in die Luft gesprengt. Angeblich hat er gestern, als er sich zu Hause ein Gläschen genehmigt hatte und auf den Balkon gegangen war, um eine zu rauchen, über mich nachgedacht, sich genauer gesagt Szenarien überlegt, wenn ich wirklich sterben sollte. Schlimmstenfalls droht ihm eine Abmahnung. Seinen Oberst hat er schon, wenn er will, kann er von heute auf morgen in Rente gehen, aber innerlich würde es ihm zu schaffen machen. Er hat im Laufe seiner Karriere mehr als einen Patienten verloren und hatte zu etlichen eine Beziehung aufgebaut. Er kennt das also schon, aber bitter ist es trotzdem. Schriftlich wirken seine Äußerungen zynisch und traurig, aber mündlich, wie er mir das alles erzählt hat, klingt es irgendwie sogar lustig.

Tag 76

Gestern Abend kam noch ein Guss, der war stärker als der am Mittag, aber auch kürzer. Dank dessen war die Nacht frischer, ich habe gut geschlafen und bin heute nicht so kaputt wie an den Tagen zuvor, und zum ersten Mal habe ich kein Stechen in der Brust.

Das Konzil hat dann gestern doch nicht stattgefunden, nicht einmal in verknappter Form, und das ist vielleicht auch besser so – das Urteil wäre sowieso verheerend ausgefallen. Es kamen lediglich zwei beflissene Ärztinnen, erst die eine, dann die andere, die restlichen waren entweder im Urlaub oder hatten keine Zeit. Die Erste, die Internistin, hat mich schon ein paar Mal untersucht, eine strenge versierte Brillenschlange. Als sie mich untersucht und meine Werte gesehen hatte, verkündete sie ein weiteres Mal, alles würde sehr bald und schrecklich enden. Also im Grunde dasselbe, was sie schon vor anderthalb Monaten gesagt hat, als wir uns zum ersten Mal begegnet sind. Neben Kollaps und Herz hat sie diesmal auch noch vor Anämie gewarnt – Blutarmut, die ich wegen der langen Nahrungsverweigerung nun entwickelt habe. Sie hat mich wieder dringend aufgefordert, es mir zu überlegen oder besser noch – es mir anders zu überlegen, und sich dann kopfwiegend entfernt. Als Zweite kam eine Tante von der Psychiatrie. Die hatte ich noch nie gesehen und will sie auch nie wieder sehen. Ein dickes junges Arztweib mit einem aufgesetzten Lächeln, das während des ganzen Gesprächs an mir vorbei auf die Wand schaute. Das zwischen den Themen hin und her sprang, weder Logik noch Argumente gelten ließ und endlos über meine psychische Störung aufgrund der verweigerten Nahrungsaufnahme schwadronierte. Ich hatte den Eindruck, sie war die Patientin und ich der Arzt. Ohne mich ein einziges Mal angesehen zu haben, ging sie hinaus und verkündete zu guter Letzt, ich sollte auf gerichtliche Anordnung hin in eine psychiatrische Klinik zur Zwangsbehandlung und -ernährung eingewiesen werden. Ich kann mir lebhaft vorstellen, was für ein Sturm der Entrüstung draußen losbrechen würde, wenn ich verkündete, dass ich zu einer Zwangstherapie in die Irrenanstalt eingeliefert werde. Wie im FSVD die Köpfe rauchen, wie alle rumrennen, rumtönen und rumwinseln würden. Und die Tussi würde irgendwo in der Ecke sitzen, die Wand anstarren und in ihren Gedanken schwelgen, nachdem sie vorsichtshalber eine Valium eingeworfen hat. Aber ich werde mich hüten, hier irgendwelche Provokationen und Spektakel zu bieten, ich habe genügend Leute um mich rum, die so was veranstalten, und erst recht werde ich dieser gestörten Frau nichts nachtragen, soll sie ihre Ruhe haben.

Gestern sind zwei neue Häftlinge zu uns ins Revier gebracht worden – von *unterm Dach*, aus der Arrestzelle. Beide haben sich gestern – ohne vorherige Absprache – die Pulsadern aufgeschnitten, einer saß in der Zelle des Sicherheitsdienstes, in der *Petrowka* (dort habe ich auch schon gesessen, zweimal sogar, auch zu Beginn meines Hungerstreiks). Als Erster kam ein Rotschopf, direkt aus der Glocke. Er ist ein Langgedienter, obwohl er eigentlich noch jung ist, die Hälfte seiner dreiundzwanzig Jahre hat er schon rum. Er kämpft aus Prinzip gegen die Anstaltsverwaltung im Besonderen und gegen das System im Land im Allgemeinen. Ständig schreibt er Eingaben, *lehnt sich aus dem Fenster* –, erzählt allen Kontrolleuren, wie es hier wirklich ist, und *schnippelt* – schneidet sich aus den verschiedensten Gründen die Pulsadern auf. Der Doktor hat ihn geflickt, und während wir uns kennengelernt und unterhalten haben, wurde der nächste *Schnippler* eingeliefert, Andrjucha. Aber der ist ein *Pfeiffer*, ein Mensch mit einer labilen Psyche: Er hat sich die Pulsadern aufgeschnitten, weil er keine neue Häftlingskleidung bekommen hat. Das ist natürlich kein triftiger Grund für dieses letzte Mittel, das einem Häftling zur Verfügung steht. Er hat die Adern in den Beugen so schlimm mit Glasscherben aufgeschlitzt, dass der Doktor Mühe hatte, sie wieder zu flicken, und bis zum Einschluss damit zugange war. Andrjucha hat viel Blut verloren, aber heute, nach der Infusion, war er schon besser drauf und schlurfte durch den Flur. Wenigstens wird's in unserer Klapse nicht langweilig, der Rotschopf ist ein lustiger, fixer Geselle, er mag auch Kino und verfolgt das politische Geschehen. Aber für lange Unterhaltungen fehlen mir trotzdem die Lust und die Kraft. Ich liege, erhole mich von der letzten Krise und nutze die Atempause im Kampf um meine Gesundheit, um Nabokov zu lesen.

Heute habe ich seine »Einladung zur Enthauptung« gelesen. Ein interessanter Roman, er erinnert an Kafka. Ich finde ihn schwächer als den letzten. Der Protagonist sitzt im Kerker in gequälter Erwartung seines ungewissen Schicksals, die Gedanken der Figuren und die gespaltenen Welten, die ihn umgeben, das Tagebuch, mit dem sich der Hauptheld von der Wirklichkeit abschottet und sich zugleich daran festhält, all das erinnert mich stark an meine Lage. Schließlich entgeht er der Enthauptung – er ist gespalten und entfernt sich vom Schafott. Das Buch über mich ist noch nicht abgeschlossen, noch ist der Protagonist in Erwartung …

Tag 77

Endlich hat sich die Hitze gelegt, es ist sogar kühler geworden. Die Sonne hält sich hinter luftigen Wolken versteckt und hat dem Wind die Bühne überlassen, der sie sich mit dem Regen teilt.

Der Zustand des Patienten ist miserabel, aber stabil. Am Morgen betrug der Puls vierzig Schläge pro Minute, das Herz arbeitet mit niedriger Drehzahl. Das macht nichts, Hauptsache, es läuft nicht plötzlich auf drei Zylindern[40].

Das war die bislang schlimmste Woche hinsichtlich des Befindens und der medizinischen Parameter. Es gibt nichts Neues. Leere steht mir bevor, mein Inneres hat sie schon erfasst. Keine Gedanken, keine Bedürfnisse. Ich schreibe dieses Tagebuch mechanisch, wie aufgezogen. Und so lese ich auch – ich verstehe zwar, was Nabokov schreibt, aber ich finde es sinnlos, noch irgendwas zu lesen und Nabokov sowieso. Ich höre trotzdem nicht auf – weder mit dem Lesen noch mit dem Schreiben. Gestern habe ich mir in der Glotze sogar einen netten Film angesehen. »Interstellar« in der Regie von Christopher Nolan. Ich hatte viel von diesem Film gehört, und anders als sonst sind meine Erwartungen hier nicht enttäuscht worden. Ein sehr guter Film, solide, minimalistische Science-Fiction aus der unmittelbaren Zukunft, schwarze Löcher und Zeitdilatation. Nolan spielt in seinen Filmen generell gern mit der Zeit. Seine früheren Arbeiten haben mir nicht gefallen, aber dieser Film hat mich sehr angesprochen. Nicht wegen der Reisen ins All und der Spezialeffekte, sondern wegen dem, was in jedem Film zentral sein sollte, was überhaupt nur zu faszinieren vermag: die menschlichen Beziehungen. Hier geht es um den Haupthelden und seine Tochter, die er als Zehnjährige auf der Erde zurücklassen muss, um ins All zu fliegen und einen Platz für die Rettung der Zivilisation zu suchen. Sie kann es ihrem Vater ein Leben lang nicht verzeihen, dass er sie und ihren Bruder verlassen hat. Die

---

40 Ausdruck aus der Automobiltechnik, wenn der Motor anstatt mit vier nur mit drei Zylindern läuft, hier gemeint als Analogie mit dem nicht zuverlässig funktionierenden Herzen.

Situation und den Schmerz kenne ich, deswegen hat mich der Film so berührt. Ich hoffe sehr, dass meine Tochter keinen Groll gegen mich hegt. Und wenn doch, hoffe ich, dass wir uns früher begegnen, aussprechen und in die Arme schließen können als die Filmfamilie, die hunderte Lichtjahre auf ihr Wiedersehen warten musste.

Tag 78

Draußen wird allmählich der Herbst installiert. Die Vorbereitung läuft auf Hochtouren: Wolken und Wind, spärlicher Regen und noch spärlichere Sonne, sie scheint zwar noch, wärmt aber nicht mehr. Die Temperaturen sind rapide und empfindlich gefallen. Wenigstens ist die brütende Hitze vorbei, die meine Gesundheit in der letzte Woche so angegriffen hat. Nachts ist es noch hell, aber längst nicht mehr so grell wie zuvor. Der Sommer packt zusammen.

Jeder Diensthabende, der im Laufe seiner Schicht sechs Mal täglich kommt, um das ritualisierte Auf- und Abtragen meiner Ration anzuleiten und zu begleiten, fragt mich jetzt, wie es mir geht. Früher ist mir das bei niemandem aufgefallen. Sehe ich wirklich so schlecht aus? Ende der Woche will mein Anwalt kommen – er hat da einen besseren Blick, weil er mich seltener sieht. Ich selbst nehme mich im Spiegel eigentlich kaum noch wahr. Wahrscheinlich kommt das von der Gleichgültigkeit. Auf die Standardfrage: »Wie geht's?« habe ich zwei Standardantworten: »Gut«, wenn es mir wirklich gut geht, und »Es geht« in allen anderen Fällen. Den Diensthabenden antworte ich, dass es geht, aber selbst an ihren üblicherweise gleichgültigen Gesichtern sehe ich, dass sie mir nicht so richtig glauben.

Vor Kurzem habe ich begriffen, dass jeder, praktisch jeder Mensch auf der Welt, von einigen medizinischen Sonderfällen abgesehen, in der Lage ist, ein Wunder zu vollbringen, einen Zauber zu bewirken. Und das hat nichts mit – weißer oder schwarzer – Magie, Esoterik, Religion oder Zaubertricks zu tun. Jeder Mensch kann ein Wunder vollbringen – nämlich neues Leben schaffen. Mit einem anderen zusammen einen neuen Menschen schaffen, der quasi aus dem Nirgendwo, aus dem Nichts, aus ein paar Tropfen Flüssigkeit entsteht. Und wenn er herangereift ist, kommt er zur Welt – und du kümmerst dich um ihn. Zuerst rein körperlich, in den alltäglichen Dingen, Windeln und Jüpchen. Dann wird's komplizierter: Erziehung, Umgang, potentielle Konflikte, Erwachsenwerden. Dieser Mensch ähnelt dir dann oder auch nicht – das hängt von dir ab, aber nicht nur. Doch das ist unwichtig, wichtig ist, dass erst nichts da war und plötzlich ein Mensch da ist, das größte Wunder auf dieser Welt. Und du hast ihn mit hervorgebracht, du Zauberer. Wenn du darüber genauer nachdenkst, stellst du fest, dass im Vergleich dazu alle anderen Beschäftigungen, Tätigkeiten, Handlungen und Taten völlig nichtig sind. Vielleicht und sogar sehr wahrscheinlich ist das der Sinn des Lebens. Dass das Leben weitergeht, dass es endlos ist, dass du in deinen Nachkommen weiterlebst. Frauen begreifen das. Für sie gibt es nichts anderes, nichts Wichtigeres. Nicht für alle, aber für die meisten. Ich verstehe das inzwischen besser. Ich verstehe nicht nur, warum sie so leben, sondern ich teile und unterstütze eine Lebenshaltung, in der die Kinder der Mittelpunkt sind. Natürlich unterscheidet sich das Leben von Männern von dem von Frauen, ein Mann kann sich nicht nur auf die Kinder konzentrieren, irgendwer muss den Mammut erlegen und die Hypothek abzahlen. Mein Leben ist da keine Ausnahme. Aber die Kinder stehen für mich trotzdem ganz im Zentrum, da, wo das Herz ist. Wenn du selbst Kinder hast, verstehst du auch deine Eltern besser, weil du selbst Vater oder Mutter bist und dir klar wird, dass sie das alles schon durchgemacht haben. Und es wahrscheinlich viel schwerer hatten: ohne Waschvollautomat und Wegwerfwindeln, ohne lange Elternzeit, stattdessen mit Geburten auf dem freien Feld. Ein Mensch ist erst dann erwachsen, wenn er Kinder hat. Erst dann, wenn er dieses Wunder vollbracht hat, auch wenn er es nicht ganz versteht.

Tag 79

Gestern Abend war es wieder richtig schlimm: entweder das Herz oder was anderes, keine Ahnung. Ich bin liegen geblieben und nicht rumgekrochen.

Heute Morgen war der Normalzustand wieder da – genauso wie die Sonne. Weder das eine noch das andere hat etwas Wärmendes; das alles ist nicht von Dauer, ich weiß, aber jeder Tag zum Durchatmen ist eine Wohltat.

Heute habe ich wieder Post bekommen. Die letzten Glückwünsche, auch aus dem Ausland, verbunden mit Einladungen, zum Beispiel nach London. Ich komme bei der nächsten Gelegenheit vorbei! Ich muss die Natschalniki heute mal fragen, wann der nächste Zug in die englische Hauptstadt geht. Überhaupt haben sich über die Zeit hinweg schon so viele Einladungen angesammelt, dass ich – sollte es mit meinen Projekten in der Freiheit nicht richtig laufen – reisen werde, nicht auf eigene Kosten, sondern mit diesen Übernachtungsgelegenheiten. Ich komme an, halte den verschlafenen Leuten ihren Brief unter die Nase, ich reise gewöhnlich spät an und habe meinen Besuch natürlich nicht angekündigt (um die Leute nicht zu verschrecken). Dann werde ich – während meine neuen Gastgeber sich noch sammeln, sich angestrengt die Stirn reiben und überlegen, wann genau sie so leichtsinnig waren, diesen Brief zu verfassen – mich schnell im besten Zimmer der Wohnung einquartieren und eine Forderung nach der anderen stellen: Essen, Internet, Freizeitunternehmungen, das volle Programm. Ich glaube nicht, dass es wirklich dazu kommt, aber es kann nicht schaden, so eine Idee in petto zu haben – wer weiß, wie das Leben in sechzehn Jahren aussieht, wenn ich sie denn tatsächlich samt und sonders hinter Gittern verbringen muss. Das wünscht sich natürlich keiner, aber ausschließen kann man diesen traurigen Gang der Dinge auch nicht.

Tag 80

Der 1. August. Ich habe es, wenn auch mit Mühe, bis zu diesem Datum geschafft.

Zwei Tage schon habe ich keine Aminosäuren bekommen, mit dem Präparat hatte ich mich noch irgendwie über Wasser gehalten, wann es wieder verfügbar sein wird, weiß nicht mal der Doktor. Gestern ging es mir ganz schlecht, besonders am Abend. Nicht nur die Hände, auch andere Körperteile, auch der Rumpf und der Kopf waren plötzlich taub. Der Doktor sagt, das käme von der mangelnden Blutzirkulation: Der niedrige Puls, gepaart mit der Anämie, erzeugen diesen negativen Effekt. Mein Gesicht sähe mittlerweile fahl aus, sagt er. Schon möglich, ich selbst kann mich ja nicht richtig sehen – wegen der Kreise und Punkte vor den Augen. Immer, wenn ich aufstehe, wird mir schwindelig, manchmal auch, wenn ich einfach nur sitze. Präkollaptischer Dauerzustand. Die Nägel sind wieder blau. Ich friere, die Körpertemperatur beträgt 35,5 Grad, nicht einmal unter zwei Decken sind meine Beine in der Nacht warm geworden. Wahrscheinlich wird diese Woche noch schlimmer als die letzte. Gestern hatte ich wirklich Angst einzuschlafen – ich hatte das Gefühl, dass ich nicht wieder aufwache.

Zum Glück ist nichts passiert. Am Morgen stellten sich eine leichte Ruhe und eine geringfügige Verbesserung ein. Ich habe dieses kurze Aufreißen genutzt und Nabokov gelesen, aber es ging nicht lange: keine Kraft und keine Lust, ich möchte einfach nur mit geschlossenen Augen unter der Decke liegen. Ich lese Nabokovs Erinnerungen. »Andere Ufer«. Selbst in seinen Memoiren schreibt er phantastisch – anders als dieses monotone, ereignisarme und stilistisch schwache Tagebuch. Wenn ich über seine Kindheit lese, entdecke ich doch tatsächlich Parallelen zu meiner Kinderzeit. Dasselbe haben Leute mir geschrieben, als sie meine Erzählungen gelesen hatten. Wahrscheinlich ist das normal, wahrscheinlich ist das richtige Literatur: Wenn der Autor über sich schreibt und der Leser über sich selbst liest. Ich muss mir den nächsten Meilenstein vornehmen, die nächste Markierung auf der Skala, das nächste Fähnchen setzen. Ich nehme den 10. August, in zehn Tagen. Ändern wird sich wohl nichts, es wird nur schlechter (bezogen auf die Gesundheit), aber ich brauche ein klares Ziel, dann bekomme ich auch ein klares Ergebnis. Ich habe ein einziges Ziel – durchhalten. Jetzt habe ich auch ein Datum: bis zum 10. August.

Tag 81

Draußen fängt der August an, es wird Herbst in Labytnangi. Der trübe Himmel hat die Sonne endgültig verschlungen. Mit jedem Tag wird es kälter. Langsam, aber unaufhaltsam. Wieder schalte ich regelmäßig den Heizlüfter ein und trage Thermounterwäsche. Eigentlich wärmt die auch, aber irgendwie von außen, innen fühlt es sich kühl an. Mein Zustand ist schlecht, aber stabil. Es geht rauf und runter wie auf einer Sturmwelle: Ich mache ein, zwei Atemzüge und sehe das Licht, dann überrollt mich von hinten etwas Dunkles und zieht mich nach unten, wirft mich um, zerrt an mir – dann geht's wieder kurz nach oben. Rauf und runter, ohne Halt, weder oben noch unten. Der Organismus kämpft mit dem Hungerstreik so gut er kann, ich bin nur Beobachter.

[...]

Tag 82

Nichts Neues oder Erfreuliches. Das physische Bedürfnis macht sich bemerkbar, dass der Organismus Nahrung braucht. Das ist kein Hunger, der vom Appetit kommt, der fehlt und war schon von Anfang an nicht vorhanden. Und es ist auch nicht das dürftige psychische Verlangen nach Essen, das normalerweise von den längst besänftigten Dämonen kommt. Es ist ein neues Gefühl – als würde der Körper signalisieren, dass es nicht mehr weitergeht. Was nach dieser langen Zeit im Prinzip nicht verwunderlich ist. Die Nährpräparate reichen schon lange nicht mehr aus und können den normalen Zustand nicht mehr aufrechterhalten, es wird schlimmer, obwohl es immer so aussieht, als ginge das eigentlich gar nicht. Der Organismus gibt deutliche Signale: Schluss, die Reserven sind aufgebraucht. Er warnt und zeigt das immer wieder an. Wie die Nadel auf dem Tankmelder, die unter null gerutscht ist, noch unter das rot leuchtende Warnlämpchen. Wenn sie so weit gefallen ist und sich gar nicht mehr bewegt, heißt das nur eins: Das Auto bleibt bald stehen. Ich hoffe, ich fahre noch ein paar Kilometer, mache noch ein paar Tage mit.

Mein Anwalt ist bislang noch nicht aufgetaucht, jetzt ist Freitagabend, da kommt er wohl auch nicht mehr, sicher kann ich dann am Montag mit ihm rechnen. Vielleicht hat er Neuigkeiten, vielleicht auch nicht. Ich warte darauf, mehr aus Gewohnheit, und warte zugleich nicht, weil ich das Ganze einfach nur noch satt habe.

[...]

Tag 83

Draußen sind graue Wolken, und in meinem Inneren sieht es ähnlich aus. Ich träume jeden Tag, aber nicht immer ergeben die Träume einen Sinn, sie verfliegen praktisch gleich nach dem Erwachen und sind vergessen. Letzte Nacht habe ich alles Mögliche geträumt, ein Traum beschäftigt mich immer noch. So klar habe ich noch nie von meiner Freilassung geträumt. Ich wurde im *Awtosak* zum Flugzeug gebracht, bekam die Begnadigung verlesen und wurde entlassen. Ich war allein, sonst war niemand da, es gab keinen Austausch und keine anderen Freigelassenen. Dann saß ich auf einer Kreuzung, zugedeckt mit einer Decke oder einem Handtuch, weil ich nur mit einer Turnhose bekleidet war, neben mir stand meine Tasche. Die Kreuzung sah aus wie in Simferopol, aber ich merkte, dass das Kiew und ich frei war, doch ich stand nicht auf, ich tat gar nichts, ja, ich freute mich nicht einmal. An der Kreuzung versammelten sich Menschen – offenbar suchten und erwarteten sie mich, aber ich ging nicht zu ihnen hin. Vielleicht war mir mein Aufzug peinlich oder die ganze Aufmerksamkeit. Schließlich bildeten die Leute Kolonnen und marschierten organisiert ab. Erst danach stand ich auf und ging die Straße entlang. Plötzlich lief ich durch mein Dorf, bog aber nicht zu meinem Haus ein, sondern in die Nachbarstraße, am Zaun stand der Traktorfahrer, der schon lange tot ist, und sagte, nachdem ich ihn gegrüßt hatte, er würde es bedauern, dass ich ihn angerufen hätte.

Ich wachte schweißgebadet auf, trotz der kühlen Luft im Zimmer. Wenn man sich ausgezogen oder nackt sieht, deutet das bekanntlich auf Krankheit hin, wenn man mit einem Toten spricht, auf Schlimmeres. Aber ich glaube weder an Omen noch an Wahrträume. Ein Traum ist eine Widerspiegelung unserer Erlebnisse am Tag und unserer inneren Erwartungen. Die Freiheit ist für mich so weit weg wie nie zuvor.

Ein junger umtriebiger Staatsanwalt ist da gewesen und hat mir eine schriftliche Erklärung über den Verzicht auf die Einweisung in das städtische Krankenhaus abgenommen. Offenbar zufrieden mit seiner erfüllten Mission, zog er wieder ab. Danach kamen Natschalniki und haben mir den nächsten Popen gebracht. Ich habe gesagt, ich wolle nicht beichten und für die letzte Ölung sei es noch zu früh, er solle noch etwas warten. Ich habe die Beamten gefragt, ob ich nächste Woche meine Mutter anrufen könne. Sie haben es mir mehr oder weniger versprochen. Ich habe während des Hungerstreiks noch nicht mit ihr telefoniert, weil ich Angst hatte, dass sie weinen und versuchen würde, mich abzubringen. Aber den Briefen nach zu urteilen, hält sie sich wacker und unterstützt mich sogar in gewisser Weise. Also werde ich sie mal anrufen, vielleicht erwische ich auch meine Kinder, ich würde meine Mutter wirklich gern mal hören und ihr etwas Nettes sagen. Vielleicht ist es das letzte Mal.

Die Proben waren wieder sehr schlecht, die Werte haben sich nicht verbessert, sondern sind praktisch in allen Kategorien im Keller. Der Doktor ist so besorgt, dass er wahrscheinlich selbst schon kränkelt. Er sagt, die Sache würde schlimm enden und es wäre auch bald soweit. Das höre ich ja nun nicht zum ersten Mal, und dass es schlimm steht, merke ich selbst. Eine Anämie habe ich mir schon geholt, als nächstes kommt der Herzinfarkt, weiter fehlt mir die Phantasie.

Tag 84

Wir haben eine neue Krankenschwester. Eine gestandene und eigentlich erfahrene Frau, aber fachlich nachlässig und hektisch. In ihrer ersten Schicht hat sie gleich die erste Vene getroffen, heute erst die dritte, nachdem sie zwei gründlich lädiert hatte. Über solche Nebensächlichkeiten sehe ich inzwischen hinweg. Während die Infusion lief, kamen von draußen oder genauer gesagt von der Außenwand der Krankenstation komische Geräusche. Ein Kratzen, unterbrochen von gelegentlichen Schlägen gegen die Wand – als würde jemand abwechselnd sägen und Mauerstücke herausbrechen. Die Geräusche hörten nicht auf, sondern rückten immer näher. Kurz darauf tauchten vor dem Fenster zwei Häftlinge auf – und das Rätsel war gelöst: Mit Drahtbürsten schabten sie die alte Farbe von der Wand und stellten mit einem lauten Ruck die Leiter um. Als sie alles abgekratzt hatten, was sich der Wand abringen ließ, trugen sie frische rote Farbe auf. Die geübten Häftlinge aus dem Wirtschaftsbereich arbeiteten professionell, leise und routiniert, sie taten so, als würden sie nicht ins Fenster schauen, bekamen aber trotzdem alles mit. Schon vor Längerem ist mir aufgefallen, dass Ausbesserungsarbeiten jeglicher Art in allen russischen Haftanstalten, die ich kenne, überaus beliebt sind. Denn das ist sehr profitabel: Die Arbeitskräfte sind billig, und mit diesen Leistungen können beliebig hohe Beträge abgeschrieben werden, Grenzen setzen hier nur die Phantasie und das vorhandene Budget. Das Gewissen als natürliche Beschränkung greift bei den Natschalniki nicht, es ist genauer gesagt vollständig atrophiert.

Als ich gestern beim Doktor war, habe ich von dem Besuch des Popen erzählt und dabei die Tage verwechselt. Ich war mir sicher, dass er nicht an dem Tag, sondern tags zuvor da gewesen war. Als herauskam, dass ich mich geirrt hatte, mussten wir über meine beginnende Sklerose lachen, aber vielleicht ist das gar kein Witz, und auch der Doktor weiß das. Vielleicht fange ich an zu spinnen, ohne es selbst zu merken. Ich muss mich aufmerksam beobachten und den Moment abpassen, wenn ich anfange, den Verstand zu verlieren. Das ist aber sicher noch keinem Geisteskranken gelungen. Ich will natürlich keinesfalls in die Anstaltsklapse einrücken und womöglich dort meine Tage beschließen. Aber unseren Weg können wir uns nun mal nicht aussuchen, auch wenn es uns so vorkommt, als könnten wir etwas entscheiden oder beeinflussen. In Wirklichkeit sind wir nichts als Passagiere im Zug namens »Leben«, in dem jeder seinen Wagen, seine Reisegefährten und seinen Zielbahnhof hat. Wir können höchstens durchs Fenster auf die vorbeiziehenden Landschaften blicken und die öde Reise durch stumpfsinnige Gesprächen mit Mitreisenden verkürzen oder im äußersten Fall aus lauter Langeweile betrunken einen Krawall anzetteln.

Gestern war Badetag, und ich habe mir wieder meine Null-Millimeter-Häftlingsfrisur schneiden lassen. Ich wüsste gern, ob ich beim nächsten Mal noch hier frisiert werde oder schon in der Irrenanstalt.

Tag 85

Das Wetter ist trist und deprimierend wie eine weitere – wieder ergebnislos – zu Ende gegangene Woche. Diese Leere ist zermürbend.

Die weißen Nächte sind endlich vorüber, nachts ist es dunkler, und im Knast werden wieder die Lampen angeknipst. Eine scheint mir direkt ins Bett. Aber ich schlafe nicht deswegen schlecht. Nach zwei Wochen ist heute allerdings der erste Tag, an dem ich mich gut fühle. Das passiert komischerweise oft, wenn mein Anwalt kommt, und wenn er abfährt, darauf kann ich warten, geht's mir wieder schlechter. Womit das zusammenhängt, weiß ich nicht, wohl kaum mit der Psychologie, ich erhoffe mir ja von seinem Besuch nur Informationen und keine Rettung, deswegen nehme ich das alles eigentlich ganz gelassen.

Ich habe den Lichtblick heute genutzt und den dritten Band von Nabokov mit den Erzählungen gelesen, die er in Amerika auf Englisch verfasst hat. Ein dünnes Büchlein, ich war schnell durch. Ob es nun daran liegt, dass er damals seinen Zenit schon überschritten hatte oder dass die Übersetzung nicht von ihm ist, jedenfalls fand ich diese Texte weniger spannend und faszinierend als die vorherigen auf Russisch. Zwei, drei sind großartig, die anderen höchstens mittelmäßig. Es ist schwer, immer das hohe Niveau zu halten. Allerdings geht das Faszinierende und Kunstvolle seiner Bilder auch in der Übersetzung verloren. Morgen versuche ich ihn auf Englisch zu lesen, im Original, wenn's mich nicht wieder auf den Sack brettert.

Die Natschalniki suchen seit heute Morgen meinen Antrag auf das Telefonat mit meiner Mutter – er ist wie vom Erdboden verschluckt. Wenn nötig, kann ich ihn noch mal schreiben. Aber eigentlich müsste ich die Erlaubnis kriegen.

Der Doktor verlegt sich nicht mehr auf Andeuten, Mitfiebern und Überreden, sondern fordert mich ganz direkt auf, den Hungerstreik zu beenden, solange noch die Chance besteht, ernsthaften Schaden vom Herz und Gefäßsystem abzuwenden. Ich nicke verständnisvoll, als würde ich ihm zustimmen, spiele aber auf Zeit, damit er sich beruhigt, mich nicht bedrängt und sich nicht gänzlich weigert, sich weiter mit mir abzugeben. Sonst werde ich auf die Intensivstation in der Stadt verlegt, wovor ich aber eigentlich auch keine Angst mehr habe, vor allem anderen übrigens auch nicht, nicht mal mehr vor Bruder Hein.

Tag 86

Genau einen halben Tag hat das gute Befinden angehalten, danach hat's mich wieder durchgeschüttelt, besonders im Kopf. Wie immer wegen des Wetterwechsels. Seit dem frühen Morgen regnet es. Fein und leise, ganz herbstlich. Ich habe dagelegen und auf den Regen gelauscht. Wenn du zu Hause bist und nicht zur Arbeit musst, hat er etwas Behagliches. Mit geschlossenen Augen stellst du dir vor, du bist daheim, es ist Wochenende und du musst nicht zur Arbeit. Deine Familie ist auch da – du könntest sie sehen, wenn du die Augen öffnen würdest. Aber das machst du nicht, um diese Illusion von Wärme und Glück noch kurz zu genießen.

Mein lang erwarteter Anwalt war dann gestern doch nicht da. Er ist erst heute gekommen, hatte aber keine wichtigen und fallentscheidenden Nachrichten im Gepäck: Um unsere Angelegenheit – wie übrigens auch um viele andere Fragen – ist es still geworden an der politischen Front. Dafür hat er mich mit einem ganzen Haufen Briefen von Bekannten, Freunden und anderen überschüttet. Und so habe ich die meiste Zeit des Besuchs damit zugebracht – direkt in seinem Beisein – Antworten zu verfassen. Vor allem habe ich ihm einen Brief an meine Mutter und die Kinder mitgegeben, damit sie sich keine Sorgen machen, ich habe geschrieben, was ich so den lieben langen Tag mache und wie es mir gesundheitlich geht, leicht beschönigend, damit meine Lieben zu Hause nicht nervös werden.

Der nächste Priester ist im Anmarsch, es kommen die nächsten Petitionen mit der Bitte, den Hungerstreik zu beenden, die nächsten Versuche über den Europäischen Gerichtshof, mich in ein Lager in Wohnortnähe, genauer gesagt auf die Krim oder besser noch in ein dortiges Krankenhaus zu verlegen. Ich habe alles abgelehnt: Einen Priester brauche ich nicht, den Hungerstreik werde ich nicht beenden und meine Forderung besteht nicht darin, an einen anderen Ort verlegt zu werden, es gibt also nicht zu verhandeln.

Mit der Verfilmung meines Stücks geht es gut voran. Ich habe vorgeschlagen, meiner Mitstreiterin und Co-Regisseurin Schenja die Leitung der Inszenierung zu übertragen, obwohl ich nicht weiß, ob sie ihre tropische Insel verlassen und mit dem kleinen Kind kommen kann. Sie ist die einzige Person, der ich die filmische Umsetzung meines Werks anvertrauen würde – die anderen kriegen das mit Sicherheit nicht so hin. Und ich schaffe es wahrscheinlich nicht, die Dreharbeiten aus der Ferne, von hier aus, anzuleiten.

Irgendwo da draußen geht das Leben weiter und brodelt, und heute konnte ich ein bisschen mitmachen und an der fremden Wärme teilhaben.

Tag 87

Ich habe mich schon so sehr an den Geschmack von abgekochtem Wasser als einzig verfügbarem Getränk gewöhnt, dass ich es inzwischen richtig gern mag. Wie Tee schmeckt, vergesse ich langsam, und der Geschmack von Getränken wie Kaffee, Saft, Sprudel und Bier ist längst in Vergessenheit geraten.

Im Revier wechselt ständig die Besatzung: Der eine geht, der andere kommt. Zu den Alteingesessenen gehören nur ich und ein paar Schwerbeschädigte, die noch so lange im Krankenhaus bleiben können, neue Beine werden ihnen nicht wachsen. Unter den Neuzugängen sind auch ein paar Bekannte, die ich früher manchmal drüben in der Baracke getroffen habe. Sie suchen den Kontakt, aber mir steht überhaupt nicht der Sinn nach irgendwelchen Gesprächen. Alle Stimmen von außen erreichen mich wie durch eine Mauer aus Watte und verlieren sich in meinem dröhnenden Kopf. Während des Hungerstreiks verbringt man die Zeit am besten im Liegen.

Ich versuche, Nabokov auf Englisch zu lesen. Noch habe ich damit Mühe, besonders wenn er seine kunstvollen Formulierungsfäden spannt und Bilder webt, denen ich mit meinem Sprachniveau nicht gewachsen bin.

Der Doktor war gestern sehr ungehalten über meine Weigerung, den Hungerstreik zu beenden. Er ist der Meinung, ich hätte die Grenze längst überschritten und es sei sinnlos weiterzumachen, für mein Anliegen sei es regelrecht kontraproduktiv. Ich habe drauf verzichtet, ihm den Kopf zu waschen, und ihm einfach gesagt, ein Abbruch käme für mich nicht in Frage. Wir trennten uns distanziert.

Schon mehr als eine Woche keine Briefe. Entweder ist der Zensor im Urlaub oder krankgeschrieben. Ohne Post ist es total öde, selbst mit dem anglovaganten Nabokov.

Tag 88

Wieder mal macht das Wetter Bocksprünge. In der Nacht hat es geregnet, am Morgen strahlte die Sonne wie aus einem Scheinwerfer, gegen Mittag zogen sich Wolken zusammen und schickten sich an zu regnen.

Bei mir ist es auch am Morgen heiter, und gegen Abend zieht es sich zu – also wie immer. Besser, als wenn es den ganzen Tag auf und ab geht. Vielleicht kommen die lichteren Phasen auch daher, dass wieder Aminosäuren da sind und mir verabreicht werden, vielleicht gibt es auch einen anderen Grund. Ich werde nicht mehr schlau.

In meinem morgendlichen Zustand schaffe ich es, diese Zeilen zu schreiben und ein paar Seiten Nabokov in der Fremdsprache zu lesen. Unterstützung bekommt er von einem Englisch-Wörterbuch aus der Bibliothek, das so schwer ist, dass man damit problemlos ein paar Milizionäre ins Jenseits befördern könnte. Nach dem musealen Staub auf dem Buchschnitt zu urteilen, sehnt sich das Wörterbuch danach, in die Hand genommen zu werden, es ist ihm ein Vergnügen, mir Nabokov verständlicher zu machen.

Der Doktor hat einen Anruf aus Moskau gekriegt und ist von seinen Vorgesetzten gerügt worden, dass ich meinen Hungerstreik noch immer nicht beendet habe. Ihren Berechnungen zufolge müsste ich längst draufgegangen sein oder den Hungerstreik abgebrochen haben. Da muss ich sie enttäuschen. Der Doktor hat mich nicht allzu schlimm zur Brust genommen – sein Rücken tut nicht mehr weh, und schon schaut er versöhnlicher auf die Welt.

Gestern kam der nächste Staatsanwalt und hat sich von mir wieder irgendeine Erklärung geben lassen. Dann kamen noch andere Natschalniki, hiesige, untere Ränge. Sie waren so höflich und zuvorkommend, dass mir richtig übel wurde. Einer ist ein heimlicher Fan von mir, er hat sich hinter vorgehaltener Hand bei mir erkundigt, was er noch von mir lesen oder ansehen könne. Ich habe ihm gesagt, dass ich leider mit nichts aufwarten könne, und schon gar nicht mit etwas Neuem. Angeblich sind keine Mails angekommen, weil der FSVD-Server spinnt, aber jetzt soll's wohl wieder gehen, also müssten eigentlich wieder Briefe kommen. Die Stimmung ist gelassen bis abwesend, trotz der negativen Aussichten an allen Fronten. Die Monotonie macht einen natürlich fertig – bei mir ist nicht Murmeltiertag, sondern Murmeltierdasein. Aber eins macht Mut: Nichts währt ewig, weder das Gute noch das Schlechte. Und da ich meiner aktuellen Lage absolut nichts Positives abgewinnen kann, sind alle Veränderungen willkommen. Hauptsache, ich halte durch, bis sie eintreten.

Tag 89

Gleich vom frühen Morgen an herrscht Gewusel in unserem Irrenhaus. Es hat sich wieder irgendwer angekündigt, irgendeine hohe Kommission, aber wer genau, hat nicht einmal der Doktor erfahren. Die *Roten* und die *Entwürdigten* wienern das Revier. Mein Zimmer wurde zweimal geputzt, die Tür mindestens fünf Mal abgewischt. Ein Natschalnik war da und hat meine Wenigkeit mit der Registrierkamera aufgenommen, aber kein Wort über die Gründe oder die Auftraggeber des Fotoshootings verloren. Eigentlich müssten sie bald hier sein. Dem Aufriss nach zu urteilen, wird hier mindestens der Direktor des FSVD oder der stellvertretende Minister erwartet. In meinem Zimmer wurden zehn Stühle aufgestellt, es sieht jetzt aus wie ein kleines Studio für eine Talkshow oder einen Vortrag. Dann kam der Doktor, hat die Stuhlreihen gesehen und an die Vernunft appelliert. Die Hälfte der Stühle wurde wieder hinausgetragen, danach zwei weitere. Schließlich kam ein weiterer Natschalnik, und die restlichen drei Stühle wurden auch noch entfernt.

Alle haben hier mit wer weiß was für schrecklichen Besuchern gerechnet, und dann kamen bloß eine zurückhaltende junge Frau von der GBK und der Pope, der das letzte Mal schon da war, heute allerdings in Zivil. Ach, nö! Alle atmeten enttäuscht auf. Dem Angstberg war eine Menschenrechtsmaus entsprungen. Begleitet wurden sie indessen von etlichen Vollzugsbeamten der verschiedensten Ränge. Es kamen drei extra Stühle. Ich musste gegenüber den Beobachtern Platz nehmen.

Ein weiteres hohles und sinnloses Gespräch. Wie geht es Ihnen? Wie lange wollen Sie den Hungerstreik noch fortsetzen? Wie finden das Ihre Angehörigen? Und so weiter. Die meisten Fragen stellte die Frau, der junge Priester wollte eigentlich auch ein bisschen glänzen, haute aber leider gründlich daneben: »Wie werden Sie denn hier verpflegt, sind Sie zufrieden?« »Ich bin doch im Hungerstreik.« »Ach ja, ich meine, ist die medizinische Versorgung gut?« Das war vergebliche Mühe, sie würden mir nicht helfen können, so viel war klar.

Als alle weg waren, kam ein Natschalnik zurück und teilte mir mit, dass der Antrag auf das Telefonat mit meiner Mutter doch verloren gegangen sei. Ich habe gleich einen neuen geschrieben und ihn dem Beamten persönlich in die Hand gedrückt. Mal sehen. Post gibt es immer noch keine.

Mein letztes Zwischenziel ist erreicht. Ich setze mir das nächste – in zwei Wochen, der Tag der Unabhängigkeit der Ukraine. Jetzt geht es mir schon den zweiten Tag in Folge gut, deswegen glaube ich, dass ich es schaffe. Aber wissen kann man es nicht – die schwarze Welle kann mich von einem Moment auf den anderen überrollen, sodass es zappenduster wird und ich nicht nur vergesse, welchen Tag wir heute haben, sondern sogar, wie ich heiße. Aber trotzdem gebe ich die Hoffnung nicht auf, obwohl ich den endlosen schwarzen Tunnel vor mir nur noch schemenhaft erkenne.

Tag 90

Der nächste Nicht-Feiertag. Neunzig.

Als der Doktor mich von Weitem in Unterhosen gesehen hat – eine neuerliche Miliz-Visitation –, sagte er, aus der Ferne sähe ich aus wie das Klappergestell eines neunzigjährigen Greises. Glaube ich gerne, ungefähr so alt fühle ich mich auch.

Draußen gibt's mal Regen, mal Wolken. Mein Befinden schwankt mit. Das Konzil und die Proben gestern haben allerdings ergeben, dass es gar nicht so schlecht aussieht. Dass ich immerhin nicht gleich morgen sterbe, weitere Prognosen wollten sie allerdings nicht geben. Zumindest keine positiven. Die Herzmuskeldystrophie und die fortschreitende Anämie sind immer noch da.

Die einzige langersehnte Freude am heutigen Tag war das Telefonat mit meiner Mutter, das endlich stattgefunden hat. Sie war auf diese freudige Überraschung gar nicht gefasst. Morgen hat sie Geburtstag – das ist ihr schönstes Geschenk. Wir haben besprochen, was wir geschafft haben, eine Viertelstunde ist ja immer verdammt kurz. Es geht ihnen gut, das ist die Hauptsache: Sie sind gesund und munter, warten auf mich, geben die Hoffnung nicht auf und halten sich wacker. Meine Familie eben. Kurz habe ich mit meinem Sohn gesprochen. Er ist im Stimmbruch und trägt schon Schuhgröße 43. Bald passen uns dieselben Skier. Meine Tochter habe ich nicht erwischt: Sie ist zurück aus dem Sommerlager, offenbar zufrieden, und war gerade zu Freunden abgezwitschert für einen Trip in die Stadt. Eigentlich ist so weit alles in Ordnung, aber ob sie nach Kiew übersiedeln und eine Reise nach Europa unternehmen kann, ist nicht sicher: Meine Ex-Frau verweigert meiner Tochter die Umzugserlaubnis. Warum baut sie solche Hürden auf, wo doch weder ich noch meine Tochter in den letzten Jahren mit ihr gelebt haben und wir nicht einmal Kontakt hatten? Ohne mich kriegen sie das wahrscheinlich nicht geregelt – das wird enden wie mit der Reise nach Kanada.

Tag 91

Schon den x-ten Tag verfolgt mich ein und dieselbe Darstellung, ein Bild, eine Film- und Lebensszene. Vor längerer Zeit, vor zehn Jahren etwa, habe ich den Film »Blow« mit Johnny Depp in der Hauptrolle gesehen, einen Streifen über einen einflussreichen Drogenboss, der auf der Woge des Erfolgs nach oben steigt und dann genauso schnell abstürzt. Er verliert sein illegales Business, sein ganzes Geld und seine Frau, ihm bleibt nur noch seine kleine Tochter, die ist zehn und kommt ins Heim, weil der Held für seine Abenteuer mehrere Jahre ins Gefängnis muss. Als er freikommt, will er ein neues Leben beginnen, er hat keine Wahl, und auch das Mädchen will er aus dem Heim holen, denn sie ist das Wertvollste in seinem Leben, allerdings hat er das erst jetzt bemerkt und begriffen. Er trifft sich also mit seiner Tochter und verspricht ihr, sie am nächsten Tag abzuholen. Doch er braucht Geld, das will er sich schnell beschaffen, nach alter Manier, indem er dealt, nicht in dem großen Stil wie früher allerdings. Er wird auf frischer Tat ertappt und kriegt als Wiederholungstäter eine lange Strafe aufgebrummt. Seine Tochter sitzt mit dem gepackten Koffer an der Haltestelle und wartet den ganzen Tag auf ihn. Am Ende des Films wird ein Foto eingeblendet, auf dem ein alter Mann in Häftlingskleidung und eine Frau Anfang dreißig zu sehen sind. Vater und Tochter, eine authentische Geschichte, auf der der Film basiert. Er sitzt noch immer hinter Gittern. Die Szene mit dem Mädchen auf der Bank hat sich mir eingebrannt. Ich weiß, dass jeder Mensch Intuition und Vorahnungen hat. In der Woche vor meiner Verhaftung tauchte das Bild aus »Blow« mit dem Mädchen, das auf der Bank sitzt und auf ihren Vater wartet, aus meiner Erinnerung auf. Ich ahnte, dass etwas Schlimmes passieren würde und meine Tochter und ich in eine ähnliche Lage geraten könnten. Wir wollten eine Wanderung machen, hatten sogar einen neuen Rucksack und Schlafsäcke gekauft, aber es ging nicht, weil das Wetter umgeschlagen war. Wir haben die Wanderung nicht gemacht. Am Tag vor meiner Verhaftung war ich mit den Kindern zu Besuch bei meiner Mutter, auf dem Dorf. Meine Tochter saß neben ihrer Oma auf der Bank und sah mich an, ich musste weg und sollte am nächsten Tag zurückkommen: Ich hatte einen Anruf erhalten und erfahren, dass ich gesucht werde, aber ich wusste nicht weswegen und wollte es herausfinden.

Herausgefunden habe ich es erst nach meiner Festnahme. Fünf Jahre habe ich abgesessen – von meinen zwanzig. Meine Tochter ist inzwischen 15. Ich weiß nicht, wann wir uns wiedersehen, hier mit Sicherheit nicht. Den x-ten Tag sehe ich nun schon diese zwei Szenen vor mir mit dem Mädchen, das auf seinen Vater wartet. Die eine aus dem Film und die andere aus meinem Leben. Und ich weiß nicht, was ich sagen oder tun soll. Wie ich eine Erklärung finden soll für das, was nicht mehr zu ändern ist. Ein einfaches »Entschuldige« reicht da nicht. Ich möchte mich nicht auf einem Foto wie diesem wiederfinden – ein alter Häftling neben seiner erwachsenen Tochter. Es ist schwer, darüber zu schreiben, aber noch schwerer ist es, damit zu leben.

Heute hat meine Mutter Geburtstag. Ich gratuliere dir, meine Liebe.

Tag 92

In der Nacht hatte ich Alpträume. Die Erde ist von außerirdischen Robotern besetzt worden, ich verstecke mich mit anderen Leuten in einer großen Garage, wir versuchen, Waffen zu bauen, um Widerstand zu leisten, werden erwischt, und ich krieche unter ein Auto. Aufgewacht bin ich von etwas anderem – ich habe furchtbar gefroren, vor allem an den Beinen (an dem einen komischerweise schlimmer als an dem anderen), – und von schrecklichen Herzschmerzen. Ich konnte lange nicht wieder einschlafen, habe versucht warm zu werden und auf die Enge in der Brust gelauscht. Als ich irgendwann gegen Morgen doch eingeschlafen bin, habe ich geträumt, dass ich mit meinen halbwüchsigen Kindern in einem Haus wohne, das alt ist, aber uns gehört, die fiesen Nachbarn haben ein Teil von unserem Grundstück für sich abgetrennt – und ich lege mich mit ihnen an.

Am frühen Morgen ist es wirklich kalt draußen. Die Häftlinge unten in der Allee tragen wieder ihre *Buschlats* und die Winterstiefel. Mitte August in Labytnangi. Eine weitere Woche ist zu Ende. Von der Gesundheit her die erste ruhige Woche seit Längerem, wenn man von der Mini-Attacke heute Nacht mal absieht. Richtig komisch, sich nicht als Tattergreis zu fühlen. Mein Körper hat also doch noch ein paar Reserven, ewig reichen die natürlich nicht. Ich hatte ja vermutet, dass der Organismus schon längst alles aufgebraucht hat, der Körper ist aber offenbar klüger. Natürlich wissen sowohl der Doktor als auch ich, dass das nur eine kurze Auszeit ist, eine Pause.

Ich habe mich schon daran gewöhnt, dass es zu meiner Angelegenheit keine neuen Informationen gibt und dass sich nichts tut, also mache ich einfach in alter Manier weiter, bis ich umfalle.

Gestern ist der nächste *Schnippler* zu uns hoch ins Revier gekommen. Ein Kaukasier, ein zäher Typ, einer von den *Muschiki*, der hat sich mit dem *Sawchos* angelegt und in seiner Baracke auf ihn eingedroschen. Angeblich zu Recht, wohl eher zu grob. Die Vergeltungsmaßnahmen und die Rache der Miliz hat er gar nicht erst abgewartet, sondern sich praktisch gleich die Pulsadern aufgeschlitzt. Sie haben ihn zurückgeholt, zusammengeflickt und dann zu uns hoch auf die Krankenstation gebracht: Hallo und herzlich willkommen!

Jeder hat hier seinen eigenen kleinen Krieg, sein Leben, seine kleinen Tragödien.

Tag 93

Seit dem frühen Morgen scheint draußen die Sonne, und es ist spürbar wärmer geworden. Der Herbstanbruch ist vorläufig ausgesetzt. Abrupt und plötzlich, wie immer.

Im Revier geht's seit dem Morgen wieder mal hoch her: Alle sind hektisch am Putzen und Räumen, wieder ist irgendeine Kommission im Anmarsch, sicher wegen meiner Wenigkeit.

Das wichtigste Ereignis des gestrigen Tages waren die Briefe, die sich in den letzten zwei Wochen angesammelt haben, ein ganzes Bündel. Der Abend hat gar nicht gereicht, um sie alle durchzulesen, der Rest kommt heute Vormittag dran. Ich mache mich gleich ans Antworten. Ich schreibe längst nicht allen zurück. Manche Briefe sind total schräg, manche völlig uninteressant – da schreibt dir jemand Fremdes ganze zwei Zeilen und erwartet auf dieses Nichts eine ausführliche Antwort. Diesmal ist viel Gutes und Interessantes dabei. Briefe von meiner Mutter und meiner Cousine, von alten Bekannten und engen Freunden, einfach von interessanten Leuten (sieht man am Text), denen ich am liebsten gleich zurückschreiben möchte. Zwei identische Telegramme von einem Bischof sind gekommen, der schon einmal hier in Labytnangi war, mich unbedingt treffen will und mich bittet, das innerlich mitzutragen. Was er leider nicht gefragt hat: Ob ich das überhaupt will? Wieso zieht es die ganzen Popen hierher, als wäre das ein Ort der Gebetserhörung? Habe ich sie hergebeten? Will ich sie überhaupt sehen? Warum stellen sie sich diese Fragen nicht, sondern »sehen vorher«, dass ich sie erwarte? Jemand anderes hat mir Gedichte geschickt. Eigentlich habe ich für Lyrik nicht so viel übrig, aber das waren Texte von Zhadan und Poloskowa, und die sind richtig gut. Außerdem gab es noch eine Reportage in Tweets – über die Rettungsaktion für einen in den pakistanischen Bergen verunglückten russischen Bergsteiger. Sein Partner war abgestürzt – »davongeflogen«, wie sich sein überlebender und weiter auf Rettung hoffender Freund ausdrückte. Schon letzte Woche kam im Fernsehen, dass er gerettet wurde, aber in dem Brief hier saß er noch da oben auf dem verschneiten Felsvorsprung fest. Ich fand es interessant und spannend, diese eigentlich recht knappen Ausführungen zur Tapferkeit zu lesen. Viele Briefe mit Argumenten, die mich zum Aufhören bewegen wollen. Diese Briefe beantworte ich gar nicht. Ein Ausschnitt aus einem Interview mit Woinowitsch, dem letzten, das er an meinem Geburtstag gegeben hat, zwei Wochen vor seinem Tod spricht er über mich. Seinen Büchern kann ich nicht allzu viel abgewinnen, aber vor ihm als Menschen, Kämpfer, Dissidenten mit einem langen, schweren und aufrechten Leben habe ich Hochachtung. Ein eindeutiges Vorbild für viele, auch für mich.

Heute ist der 14. August. Auf den Tag genau drei Monate Hungerstreik. Das wichtigste Ziel ist nach wie vor nicht erreicht – niemand ist freigelassen worden, und wie sich die Sache weiterentwickelt, ist unklar. Nach den Informationen in den Briefen zu urteilen, habe ich immerhin ein Zwischenziel erreicht: Die ukrainischen Gefangenen sind mittlerweile auf unterschiedlichen Ebenen ein Thema. Aber das ist zu wenig, deswegen geht meine Reise weiter, bis endlich mehr passiert.

Tag 94

In der Nacht wurde ich zum Lagerleiter zitiert und bekam einen Erlass vorgelesen, wonach meine Haftstrafe von zwanzig auf neun

Jahre verkürzt wird. Komische Kürzung, dachte ich mir, und noch komischer war, dass das Papier, das verlesen wurde, gar kein offizielles Schreiben war, sondern aussah wie Kindergekrakel. Als ich aufwachte, wusste ich Bescheid.

Draußen scheint immer noch die Sonne und es ist warm, aber von Zeit zu Zeit kommen Wolken herangestürmt wie Schulkinder in der Pause zum Kiosk, tröpfeln ein bisschen und sind auf und davon – wie nach dem Klingeln.

Die Ruhe in meinem Befinden ist vorüber, wieder tobt und stürmt es abends, jemand schaukelt das Boot auf und trübt das Bild wie bei einem alten Schwarz-Weiß-Fernseher.

Der gestrige VIP-Besuch, der fieberhaft erwartet wurde, war überraschenderweise Soja Swetowa, die Journalistin und Menschenrechtlerin aus Moskau. Sie war die Erste, die mich besucht hat, damals noch im Lefortowo-Gefängnis, mit einer GBK-Delegation, dann ist sie zu den Gerichtsverhandlungen nach Rostow gekommen und hat sich überhaupt die ganze Zeit bemüht, mich unterstützt und sich für mich eingesetzt. Über irgendein öffentliches Gremium hat sie sich nun auch Zutritt zu dieser Festung hier verschafft. Sie ist allein gekommen, aber die Natschalniki aus dem Lager und von der Verwaltung waren bei unserem Gespräch anwesend. Sie hat – wie immer ziemlich verworren – eine Menge Neuigkeiten verkündet, einige sind nützlich, andere nicht.

Die wichtigste war, dass Emanuel Macron letzte Woche mit Wladimir Putin telefoniert und unter anderem auch nach meinem Befinden gefragt hat: Der Typ geht doch drauf, man muss was unternehmen, ihn am besten begnadigen und freilassen. Woraufhin Putin hoch und heilig versprochen hat, er werde seinem französischen Kollegen vollumfänglich Auskunft über meinen Gesundheitszustand erteilen. Das sieht dem russischen Präsidenten ähnlich: Er wird nach einer Sache gefragt und erzählt etwas ganz anderes. Er wird gebeten, eine Begnadigung auszusprechen, stattdessen stellt er eine medizinische Auskunft in Aussicht. Die Jesuiten geben Standing Ovations. Soja war drei Stunden da und hat in dieser Zeit mit ihren löchernden Fragen erst die Natschalniki, dann den Doktor und zum Schluss mich geschafft. Irgendwann ist sie endlich abgezogen, und ich war so kaputt, als hätte ich gerade Kohlen abgeladen.

Gestern, gegen Abend, musste ich dann auch noch zum Gefängnisanwalt, den der Bischof geschickt hatte, der schon seit einer Woche das Gefängnis belagert, um aus irgendeinem Grund zu mir vorzudringen, wahrscheinlich weil er mir was Wichtiges mitteilen will, das ich nicht weiß. Der Anwaltsschnösel war eine feiste Fresse mit dem Gebaren eines ehemaligen Milizionärs. Er hielt mir das Telegramm des Priesters unter die Nase. »Haben Sie das bekommen?« »Ja.« »Möchten Sie ihn treffen?« »Nein.« »Danke.« Ich war wieder draußen, noch ehe ich mich hatte setzen können. Ich hatte zwar sowieso nicht vor, das Gespräch in die Länge zu ziehen, sondern wollte einfach meinen Verzicht auf die Dienstleistungen des Anwalts und der Kirche erklären. Aber im Endeffekt war es so, dass nicht ich, sondern er das Gespräch lenkte, als wäre nicht er zu einem Besuch zu mir, sondern ich zu einem Verhör zu ihm gekommen, es hätte nur noch gefehlt, dass er dem Diensthabenden, der mich begleitete, zugenickt und befohlen hätte: »Abführen«. Es ist eben doch wahr: Einmal Milizionär, immer Milizionär.

Tag 95

Heute hat die Schwester eine persönliche Bestleistung aufgestellt, erst beim vierten Versuch hat sie die Vene getroffen und sogar noch eine Pause gemacht, um eine hysterische Einlage zu geben. Die Venen sind zum Glück schweigsam, sonst könnte ich mir manchmal über mich und die anderen ganz schön was anhören.

Bei uns im Revier hat die Belegung ein weiteres Mal gewechselt: Die bisherigen Patienten wurden alle, einer nach dem anderen, entlassen, dafür ist ein Schwarm *Roter* gekommen. Die Schwerbeschädigten und ich sind die letzten von den Alteingesessenen, die vier Personen, die hier arbeiten, natürlich nicht mitgerechnet. Außerdem ist in die Infektionsbox – ein kleines Isolierzimmer mit separater Toilette, Tür mit Schlüssel, Fenster und Gitter – ein junger Chante eingezogen. Er hat die Windpocken und deswegen ein grüngesprenkeltes Gesicht von der Jodtinktur. Er sitzt den ganzen Tag auf seinem Hocker, schaukelt leicht und singt leise Lieder für die Wand gegenüber. Wir gehen hin und begaffen ihn wie im Käfig. Es ist peinlich, aber er zieht uns magisch an.

Endlich bin ich mit Nabokovs englischem Roman über Professor Pnin durch. Prinzipiell nicht uninteressant, aber das Lesen war eine Quälerei. Die Dialoge und die Handlung habe ich auch ohne Wörterbuch verstanden, aber bei den Beschreibungen kann ich mitunter nicht mal mit Hilfe des Wörterbuchs die feinen und sich wie Schneeflocken in der Hand auflösenden Gedanken und Bilder erfassen. Ein letzter Roman steht noch aus. Den nehme ich mir morgen vor, heute bin ich zu müde.

Gerade habe ich erfahren, dass Putin den Antrag meiner Mutter, mich zu begnadigen, abgelehnt hat, das Gesuch, von dem sie mir vor ein paar Monaten geschrieben hatte und in das alle, auch ich, große Hoffnung gesetzt hatten. Heute ist eindeutig ein schwarzer Tag.

Tag 96

Ich habe ein neues Heft angelegt, besser gesagt, habe A4-Blätter gefaltet und geheftet. Das ist jetzt Nummer fünf. Jedes Mal, wenn ich ein neues Heft für mein Tagebuch beginne, hoffe ich, dass es das letzte ist. Jedes Mal gibt es was zu notieren, und irgendwann ist es zu Ende, im Gegensatz zu diesem endlosen Hungerstreik. Die Pattsituation ist wie befürchtet eingetreten: Sie können es sich nicht leisten, mich oder irgendwen sonst freizulassen, und ich kann es mir nicht leisten aufzugeben. Diesmal habe ich das untrügliche Gefühl, dass ich es nicht bis zum Ende dieses Heftes schaffe.

In der Nacht ein aufgepeitschtes Meer und ein altes Holzschiff, mit mir an Bord. Am Morgen zeigte der Himmel eine Herbstwolkeninstallation. Über Tag wurden die Neuen in der Quarantäne zum Spaziergang, genauer gesagt zum Marschieren in die Allee unter mein Fenster gebracht. Einträchtig liefen fünfzehn Personen mit dem kommandierenden *Bock* an der Spitze unter Beaufsichtigung eines Milizionärs – des dagestanischen Bärs – gehorsam im Gleichschritt: Am Ende der Allee hielten sie, machten kehrt, liefen bis zur Mitte zurück, hielten wieder, drehten sich um, grüßten laut im Chor den Bürger Natschalnik, drehten sich um, marschierten einträchtig gereiht bis ans andere Ende der Allee, machten wieder kehrt und liefen zurück, so ging das Dutzende Male. Als es dem Natschalnik, der die Parade abnahm, langweilig wurde, gab er ein Kommando, woraufhin sich die ganze Prozedur unter dem – schiefen, aber eifrigen – Absingen des patriotischen Liedes »Katjuscha« vollzog. Die Fabrik zur Umwandlung von Menschen in eine Herde willfähriger Zombies arbeitet ununterbrochen.

Tag 97

Draußen ist Nebel, in meinem Kopf auch. Wieder ist der Körper taub. Ständiger Schwindel. Der Puls ist heute wieder kritisch – 40. Das Gewicht wird quäntchenweise weniger, 73 Kilo hat die Waage heute angezeigt. Ich fühle mich sehr schlecht.

Unter den *roten* Neuzugängen im Revier ist auch der *Sawchos*, dem der Kaukasier die Fresse poliert hatte. Den hatten sie schnell zusammengeflickt und ein paar Tage später schon wieder entlassen, und dieses rausgeputzte Arschloch rennt hier auf der Station rum und ist ständig am Rüffeln und Schnüffeln. Einen Auftrag hat er, glaube ich, nicht, die Miliz versteckt ihn vorläufig, weil sie nicht weiß, wohin mit ihm, nach dieser Geschichte ist der Typ als *Sawchos* raus. Er spioniert den Leuten eher aus Gewohnheit nach, insbesondere mir, wenn ich mich wirklich mal mit jemandem unterhalte, macht er gleich lange Ohren und lauscht.

Ich lese den letzten noch ausstehenden Roman von Nabokov – »Die Gabe«. Es geht langsam, zwanzig bis dreißig Seiten pro Tag, mehr schaffe ich nicht, aber es ist interessant. Ich entdecke viele Gemeinsamkeiten mit dem Protagonisten, er ist fast mit mir identisch: geboren am 12. Juli, Kreativität und Einsamkeit, Vertreibung und Erinnerungen an die Kindheit als die glücklichste Zeit, in der alles angelegt wird und sich ein für alle Mal formt.

In den Nachrichten hieß es, dass Putin Merkel besucht und mit ihr umfangreiche Unterredungen führt, unter anderem auch über die Ukraine. Ich bin mir sicher, dass die ukrainischen Geiseln ein Thema sind, und auch, dass sich nichts ändern wird. Wie auch die vielen früheren Treffen nichts geändert haben. Im äußersten Fall, sollte der Druck auf Russland sehr stark werden, erteilt man Auskunft über meinen Gesundheitszustand. Der Doktor war da und hat feierlich verkündet, ich sei ein weiteres Mal im Internet gestorben. Dieses Mal kommt das der Realität schon recht nahe.

Tag 98

Draußen scheint die Sonne, in mir drin ist es leer und dunkel. Als ob sich die Welt verengt hätte und mich erdrücken will. Schwindel und Übelkeit. Während der Infusion ist mir schlecht geworden, sie wurde abgebrochen, außerdem ist wieder eine Vene geplatzt. Ich habe keine Kraft und keine Lust, irgendwas zu machen, zu schreiben oder auch nur zu denken. Das gestrige Treffen zwischen Merkel und Putin endete mit der erwarteten Verkündung von Gemeinplätzen. Fünf Tage muss ich noch durchhalten – bis zu meinem nächsten gesetzten Ziel. Bloß gut, dass ich nirgends hin muss, sondern einfach liegen bleiben kann. Die Erschöpfung hat mich völlig ausgehöhlt, nur die Gewohnheit hält mich noch am Laufen.

Tag 99

Angeblich wird es draußen von Tag zu Tag wärmer. Aber ich merke das nicht groß – ich zittere ständig und habe Schüttelfrost. Die hellen

Phasen am Morgen werden immer kürzer und sind immer weniger hell. Gestern Abend, als ich auf die Toilette ging, hätte ich beinahe das Bewusstsein verloren, ich habe mich in den Speiseraum gerettet und bin auf die Bank und den Tisch gekracht. Ich bin schnell wieder zu mir gekommen, und dann war's auch schon vorbei, aber die Jungs, die da saßen, habe ich ein bisschen verschreckt. Hauptsache, der Doktor kriegt das nicht mit, sonst macht er mir wieder Angst, in letzter Zeit hat er allerdings nicht mal mehr dazu Lust.

Jetzt ist wieder die Rede von einem Treffen im Normandie-Format, im Moment noch ohne Datum. Die nächste trügerische Hoffnung auf die nächsten leeren Unterredungen. Das ist wie der Film über die versuchte Kontaktaufnahme zu Außerirdischen, der letzte, den ich im Fernsehen gesehen habe: Keiner versteht, was sie sagen und was sie überhaupt wollen, alle treten auf der Stelle. So ist es auch bei den Verhandlungen mit Russland. Der Unterschied ist nur, dass die Außerirdischen immerhin friedlich sind, was man von unseren feindseligen Nachbarn nicht gerade behaupten kann.

Mir ist aufgefallen, dass ich wieder sehr verworren rede und noch schiefer schreibe. Ich denke auch nur noch sehr langsam, als wäre mein Kopf voller Nebel und Lärm. Manchmal dauert es ein bisschen, bis mir wieder einfällt, welchen Wochentag oder welches Datum wir haben. Trotzdem versuche ich morgens zu lesen und zu schreiben. Abends habe ich dafür keine Kraft. Abends passiert manchmal etwas ganz Schlimmes, das, wovor ich Angst hatte – dass mir auch im Liegen schlecht wird. Aber ich versuche trotzdem, zu leben und glücklich zu sein, selbst in dieser Situation. Denn wenn ich jetzt ein glücklicher Mensch sein kann, ist es später viel leichter, glücklich zu bleiben. Der Doktor, der mich selbst in einem sehr schlechten Zustand oft lachen sieht, hat gesagt, ich würde auch noch im Sarg lachen. Keine Ahnung, das können wir ja bei Gelegenheit überprüfen, es muss aber noch nicht so bald sein.

Tag 100

Ein kugelrundes Datum, ein ganz großes Jubiläum. Doch von einem Fest und der entsprechenden Stimmung nicht die Spur. Am Morgen war immerhin der Doktor da, hat mir mit einem strahlenden Lächeln zu diesem Ereignis gratuliert und vorgeschlagen, aus gegebenem Anlass eine Torte backen zu lassen. Danach hat sich auch der Lagerleiter die Ehre gegeben, ebenfalls gut gelaunt, als wäre er zum General befördert worden, auch er sprach von einem besonderen Tag, beschränkte sein Angebot allerdings auf ein frisch gekochtes Kissel. Ich möchte gar nichts. Ich bin so kaputt, dass ich mich wahrscheinlich, wenn ich heute entlassen werden würde, noch nicht einmal freuen könnte und nichts mit mir anzufangen wüsste.

Heute fühle ich mich etwas besser, ein kleines bisschen – das Atmen fällt mir nicht ganz so schwer. Ich spüre die Wärme von draußen durchs offene Fenster. Deswegen habe ich sogar den Ventilator eingeschaltet.

Gestern hat hier wieder ein Vor-Ort-Konzil mit Fachärzten in schmaler Besetzung stattgefunden. Der Kardiologe hat gesagt, mit dem Herz sei es weder besser noch schlechter, die Werte seien auch nicht rapide gefallen – und warum ist mir dann so schlecht? Die Antwort hat die Internistin gegeben, die eine fortschreitende Hypoxie, eine Sauerstoffunterversorgung des Gehirns, feststellte. Es wird zu weiteren Ohnmachtsanfällen und anschließend zu irreversiblen Veränderungen im Gehirn kommen, ich verliere langsam, aber sicher den Verstand. Wahrscheinlich hat das schon angefangen. Das Leben im Irrenhaus zu beschließen, ist nicht gerade das schönste Los, aber was kommt, das kommt. Nein, das ist keine Schicksalsergebenheit, sondern nur die Konsequenz daraus, alle seine Fügungen zu akzeptieren, auch wenn diese grausam oder gar gemein sein sollten.

Schon mehr als eine Woche sind keine Briefe gekommen. Erst nachdem ich den Beamten am Morgen daran erinnert hatte, wurden sie im Laufe des Tages gebracht. Ein paar wenige und alle ungefähr eine Woche alt. Dieses Mal gab es wenig Erfreuliches, lauter Probleme. Der Bischof gibt keine Ruhe und will sich in einer wichtigen Angelegenheit unbedingt mit mir treffen. Lässt denn das Wort »Nein« wirklich verschiedene Deutungsmöglichkeiten zu? Immerhin sind wir hier nicht in China ... Mit der Theaterinszenierung und der Verfilmung meines Stückes läuft leider auch nicht alles glatt. Aber sie sind klasse da, geben nicht auf, Anja (die Produzentin) kämpft sich durch und erwartet von mir, dass ich mich voll in den Prozess einbringe. Ich schreibe ihr wieder, dass ich tue, was ich kann, dass sie aber nicht glauben soll, ich säße hier in einem Büro, nur ein bisschen weiter weg. Ich habe ihr geraten, in einer freien Minute mal zu googeln, was Dystrophie, Anämie und Hypoxie bedeuten, damit sie sich eine bessere Vorstellung von meiner aktuellen Verfassung machen kann.

Abends will mich die unermüdliche Soja Swetowa anrufen. Eigentlich kann jeder, der will, ein Telefonat mit mir anmelden. Viele haben es auch versucht, aber in dem knappen Jahr, seit ich hier bin, kriegt nur Soja regelmäßig eine Genehmigung. Offenbar hat sie eine einflussreiche Lobby im FSVD. Ich gehe natürlich hin und spreche mit ihr, aber viel wird dieses weitere hohle Gespräch nicht bringen. Auch alle anderen Gespräche in der letzten Zeit waren hohl.

Tag 101

Trotz der schlimmen, schlaflosen Nacht habe ich mich am Morgen ganz gut gefühlt. Der Dämmerzustand, der mich so plötzlich überkommen hat, lässt offenbar nach. Wie ich sehe und fühle, ist der Sommer zurück in Labytnangi. Der Himmel ist blau und klar, die Sonne hell, die Luft heiß. Die Thermowäsche trage ich trotzdem – entweder bin ich in den letzten Tagen einfach durchgefroren oder es ist so eine Art psychologischer Schutz, keine Ahnung. Jedenfalls sind der Schüttelfrost und der Schwindel weg. Ich hätte nie gedacht, dass mein Organismus so zäh ist, immer wieder passt er sich an die schlechteren Bedingungen an. Die Zahl der Hungerstreik-Tage ist völlig irreal, damit hätte ich nie gerechnet. Allerdings ist unklar, wie es weitergeht, die

Situation ist ausweglos. Was bleibt, ist weiterzumachen, solange der Körper das noch zulässt.

Beim Morgenappell musste ich verwundert feststellen, dass die Krankenstation brechend voll ist – siebzehn Personen, alle Betten sind belegt, außer bei mir im Zimmer natürlich. Angeblich ist das schon seit drei Tagen so, das habe ich gar nicht mitbekommen – mir war nicht danach.

Das Telefonat mit Soja Swetowa hat dann gestern doch nicht stattgefunden – es kam keine Verbindung zustande. Das sind nun nicht die Intrigen der Feinde, wie sie sicher vermutet hat, die Verbindung war wirklich weg, auch jemand anderes aus dem Revier ist nicht zu seinem Anruf gebracht worden.

Ich habe die gestrigen Briefe beantwortet. Habe die nächsten Anweisungen gegeben und Vorschläge für die Verfilmung gemacht, die Entwürfe für die Kulissen kommentiert, die mir der Szenenbildner geschickt hat. Das hat mich zwar angestrengt, aber immerhin habe ich mich etwas aufgerappelt. Arbeit – vor allem wenn sie kreativ ist – belebt, als wäre ich mit den anderen draußen in Freiheit, säße im Nachbarbüro und würde die Dreharbeiten vorbereiten. Die kreative Arbeit war für mich in all den Jahren in der Verbannung überhaupt eine prima Stärkung, vor allem psychisch und geistig, nicht nur während des Hungerstreiks, sie war auch real richtig nützlich. Ich benutze ja immer Hefte für meine Aufzeichnungen; damals hatte ich ungefähr zehn, jetzt, mit denen vom Hungerstreik sind es fünfzehn. In den Durchgangsgefängnissen haben sie mich wirklich gerettet, da wurde ich irgendwohin verfrachtet, in so eine Art Karzer: Metallbett mit angeschweißten Metallschienen – schmal und kalt –, darauf eine Matratze, die so zerschlissen war, dass man praktisch auf dem blanken, von einem Laken bedeckten Gestell lag. Da habe ich dann meine Hefte auf dem Bett verteilt, die paar Wattefetzen, die in dem Inlett steckten, darüber gebreitet und mich hingelegt, dabei habe ich mich möglichst wenig bewegt und selten gedreht, damit die wackelige Konstruktion hält. So haben meine künstlerischen Arbeiten meinem Körper im wahrsten Sinne des Wortes Schutz geboten. Von den paar Sachen, die ich im Moment habe, sind diese Hefte das Wertvollste. Wenn es morgen heißt: zusammenpacken und nur das Wichtigste mitnehmen, nehme ich natürlich diese Hefte mit und schmeiße die ganzen Häftlingsklamotten und mein bisschen Zeug, meine Bücher, Briefe und auch die wenigen Souvenirs, die ich als kleine Geschenke für meine Freunde zusammengetragen habe, kurzerhand weg. Nur dass ich bislang noch keine Aufforderung zum Packen bekommen habe.

Tag 102

Nachts bin ich im Traum geflogen. Nicht mit dem Flugzeug oder mit irgendwelchen anderen Apparaten, sondern einfach so – durch Levitation, und zwar ziemlich hoch und schnell, Angst hatte ich keine. Wenn man im Traum fliegt, wächst man angeblich, als Kind hat man oft solche Träume. Ich kann mich zwar nicht erinnern, als Kind geflogen zu sein, aber als Erwachsener fliege ich – nicht oft, aber immer mal wieder. Vielleicht liegt das daran, dass ich noch nicht erwachsen bin?

Das gute Befinden gestern hat nur bis zum Abend angehalten, dann bin ich wieder in einen Dämmerzustand gefallen, dunkle Kreise und Schwäche haben mich übermannt. Am Morgen hatte ich Herzstechen, und der Kopf war wie Watte, ganz taub. Heute habe ich zum ersten Mal fast erlebt, was eine Ohnmacht nach dem Aufstehen ist. Nach der Infusion ging's mir dann besser.

Manchmal liest sich dieses Tagebuch mit den Notizen über die eigene Befindlichkeit wie das Gejammer eines Gescheiterten. Als heute die Infusion abgenommen wurde, habe ich den Arm so gebeugt, dass ich, als ich hinschaute, ihn quasi zum ersten Mal gesehen habe – schlaffe, hängende Haut, wie am Fuß einer alten Schildkröte. Widerlich. Bin ich denn wirklich so eingefallen?

Gestern war der Chef des Sicherheitsdienstes da und hat mich anderthalb Stunden umkreist wie ein Hai den armen Robinson auf seiner einsamen Insel. Ist mir mit lauter lästigen Fragen auf die Pelle gerückt. Hat einen auf Spionageabwehr gemacht. Irgendwann hat er mir geraten, den Hungerstreik abzubrechen, und die abstrusesten Argumente runtergerattert, wie das Krokodil in dem surrealistischen Gedicht von

Tschukowski, das das brennende Meer mit Pilzen und Törtchen löscht. Große Hoffnungen, mich zu überzeugen, hat er sich allerdings nicht gemacht und es natürlich auch nicht geschafft. Wir haben uns höflich verabschiedet. Das kennen beide Seiten ja nun schon zur Genüge.

Nach der Behandlung ist es heute wieder etwas heller geworden – am Himmel, der am Morgen eine finstere Miene aufgesetzt hatte, und auch in meinem Bewusstsein. Ich habe die Atempause genutzt und Nabokov zu Ende gelesen und damit meine Auseinandersetzung mit seinem Schaffen abgeschlossen. Dieser Roman hier, »Die Gabe«, ist zwar nicht sein bestes Werk, aber trotzdem sehr gut. Wie immer ist er sehr persönlich und autobiografisch gehalten, er thematisiert das Leben russischer Schriftsteller und Dichter im Einzelnen und das Schreiben im Allgemeinen. Das Buch ist interessant, besonders der Teil, in dem es um Tschernyschewski geht. Ich wusste von Tschernyschewski vorher so gut wie gar nichts, nur ganz allgemeine Sachen. Aber dank Nabokovs individuellem Zugang (Tynjanow, den ich auch sehr schätze, hat im Übrigen auf ähnliche Weise über Dichter und Schriftsteller geschrieben) habe ich diese Person kennengelernt und etliches über sie erfahren, aus einem ganz speziellen Blickwinkel heraus. Vor allem habe ich viele Gemeinsamkeiten zwischen Tschernyschewski und mir entdeckt. Er wurde einen Tag vor mir geboren – am 12. Juli (wie auch der Protagonist seines Romans, der ein Buch über ihn schreibt), war zunächst in der Wirtschaft aktiv, fing dann an zu schreiben und entwickelte revolutionäre Ideen, mit sechsunddreißig (wieder genau ein Jahr früher als ich) wurde er aufgrund fingierter Anschuldigungen und falscher Beweise verhaftet, mehr wegen seiner Haltung, nicht wegen konkreter Taten. Er saß zwanzig Jahre, den größten Teil davon übrigens in Jakutien – Ort und Haftdauer haben wir also auch gemeinsam. Die Begnadigung und die Erlaubnis, nach Zentralrussland zurückzukehren, erhielt er in dem Alter, in dem auch ich laut Urteil freikomme. Sechs Jahre später ist er gestorben: krank, arm und einsam. Die Geschichte würdigt ihn als einen derjenigen, die in Russland revolutionäre Ideen entwickelt haben. Er hat ein schmales und durchaus umstrittenes Œvre hinterlassen, das wohl kaum zur Kenntnis genommen worden wäre, hätte es nicht die Geschichte mit seiner Verhaftung gegeben. Bis zu diesem Punkt ist alles sehr ähnlich. Ob ich sein schweres Schicksal auch weiter teilen muss, weiß ich nicht, aber wenn es wirklich so kommt, werde ich nicht hadern. Jeder muss sein Kreuz tragen, so gut er kann.

Tag 103

In der Nacht habe ich von draußen geträumt, von Simferopol. Ich war mit einem flüchtigen Bekannten auf dem Weg zu einer Hochzeit, genauer gesagt zur standesamtlichen Trauung seiner Schwester. Unterwegs ging ich in einen kleinen Laden und kaufte einen Joghurt und ein Brötchen. Ich wollte mit ein paar alten, angelaufenen Münzen bezahlen, aber sie reichten nicht, deswegen beglich ich den fehlenden Rest mit einigen Krümeln, die von dem Brötchen abgefallen waren. Das reichte.

Aus dem wolkigen Morgen ist allmählich ein sonniger Tag geworden. Ich habe am Fenster gestanden und mich gewärmt wie eine Katze. Im Moment geht es mir ganz gut. Gestern Abend hat es mich wieder durchgeschüttelt, aber das kenne ich ja schon. Heute ist der Tag der Unabhängigkeit der Ukraine. Ich spare mir große Worte. Ich schweige einfach im Gedenken an die, die ihr Leben dafür gelassen haben. Die das Wertvollste, was sie hatten, hingegeben haben für etwas, das noch wertvoller ist – für die Freiheit.

Die wer weiß wievielte Woche dieser Odyssee geht zu Ende. Mittlerweile rechne ich schon in Monaten. Heute ist ein Meilenstein. Den nächsten setze ich für den ersten September an – eine weitere Woche für meine Sammelbüchse, in der ich sammle, wozu auch immer. Eine Woche ist nicht viel, eine Woche halte ich sicher noch durch, und dann sehen wir weiter.

Alle Tage haben einen derart monotonen Rhythmus, dass du sie gar nicht unterscheiden kannst. Jede Handlung, ja jede einzelne Geste – wann du aufstehst oder zu Bett gehst, dich aus- oder anziehst, deine Arznei nimmst, den Becher hältst, das Thermometer anlegst, den Arm unter die Infusion schiebst, zur Toilette gehst, dich wäschst, nach der Zahnbürste greifst, das Handtuch hinhängst und so weiter – ist so eingespielt, gleichförmig und öde, dass du dich unweigerlich wie ein Roboter fühlst, wie ein Automat, der nach einem vormals installierten Programm funktioniert. Der nicht lebt, sondern nur funktioniert, der seine Ziele weder kennt noch versteht, genauso wenig wie denjenigen, der ihn eingerichtet hat und irgendwann abstellen wird. Eine emotionale Verheerung.

Ich habe erfahren, dass der FSVD in einem unverhohlen unzufriedenen Ton mitgeteilt hat, dass sich die Kosten für meine Medikamente mittlerweile auf 140.000 Rubel belaufen. Na, dann habe ich dem Feind wenigstens ökonomischen Schaden zugefügt.

Tag 104

Heute ist mir schon am frühen Morgen schlecht. Da hilft nicht mal die Infusion. Das Wetter ist umgeschlagen, Wolken, Grau. Die Bluthochdruck-Patienten im Krankentrakt leiden und ich auch.

Unten in der Allee führt man im einmütigen Marsch und mit dem unvermeidlichen Katjuscha-Gesang die Neuen spazieren, zwanzig Mal und kein Ende in Sicht.

Gestern habe ich mich bei den Natschalniki den ganzen Tag um meine Briefe bemüht und sie am Abend endlich bekommen. Wieder ein ganzer Packen, der sich über die Woche angesammelt hat. In der letzten Zeit hat die Post dauernd Macken und kommt später. Es war ein Brief von meiner Mutter dabei, den sie noch vor unserem letzten Telefonat abgeschickt hatte: Es geht allen gut, ich sehe nur an der Schrift, dass ihre Augen immer schlechter werden. Sie lebt für die Kinder und den Wunsch, mich wiederzusehen und in die Arme zu schließen. Ich auch. Postkarten sind dabei, aus dem Ausland, eine fand ich besonders lustig, aus Amerika, mit Grüßen zum bevorstehenden Weihnachtsfest. Ausführliche, vorzeitige Glückwünsche, fast ein halbes Jahr früher. Andere Briefe betreffen meine künstlerische Arbeit: Die Vorbereitung für die Inszenierung meines Stücks läuft auf Hochtouren, meine tatkräftige Mitwirkung, wenn auch in Abwesenheit, ist nötig, und dann behindert der FSVD den Briefwechsel. Ich antworte allen morgen, heute habe ich keine Kraft, mein Kopf ist leer.

Genau vor drei Jahren sind Sascha Koltschenko und ich verurteilt worden, als Antwort haben wir die ukrainische Hymne gesungen. Damals dachten wir noch, die Sache würde schnell und gut enden. Heute denke ich das nicht mehr. Ich gebe trotzdem nicht auf, selbst wenn ich als Einziger übrig bleibe. Ich habe ständig das Gefühl, dass ich allein bin, dass all die Leute in den Briefen, die Unterstützung, die Welt draußen, jenseits der Mauern gar nicht existieren und es nur diesen Raum gibt, in dem außer mir niemand ist.

Tag 105

In der Nacht habe ich gefroren. Arme und Beine sind unter der Decke ausgekühlt, Ohren und Nase darüber. Von der Kälte bin ich aufgewacht und lange nicht warm geworden.

Am Morgen hat die Sonne durchs Fenster geschaut und irgendwie auch gewärmt. Ich friere wohl eher von innen, dann haben auch noch die Beine angefangen zu zittern. Ich humple wie ein alter Tattergreis auf Krücken. Mein Befinden hat sich auch nicht verbessert.

Ein paar *Rote* sind aus dem Revier entlassen worden, und zwei Jungs von *unterm Dach* sind eingerückt. Von ihren zehn beziehungsweise neun Jahren haben sie jeder schon sieben abgesessen, sie kommen bald raus. Ein Georgier und ein Tschetschene. Die verschärften Haftbedingungen haben sie zusammen mit ein paar anderen bekommen, als sie vor sieben Jahren eine Revolte im Lager angezettelt haben – sie haben die *Böcke* verprügelt und eine Baracke angezündet. Eine alte Geschichte von einem Versuch, sich aufzulehnen hier im Lager. Drei aus der Truppe sind schon entlassen, einer ist gestorben, das Pärchen hier ist noch übrig. Zähe Jungs. Nicht zu vergleichen mit den Quarantäneleichen, die gestern so flott marschiert sind und pausenlos »Katjuscha« geschmettert haben. Die Häftlinge sind heute auch nicht mehr das, was sie mal waren, irgendwie kommen hier nur so verzärtelte Typen an, die scheinbar gestern noch ihrer Mutter am Rockzipfel gehangen haben und dann direkt eingelocht wurden. Keine Ahnung, wie lange man auf mich eindreschen müsste, damit ich so durch die Allee marschiere. Denen reichen zwei kleine Fußtritte oder Backpfeifen während der *Aufnahme* oder ein kurzer Brüller eines Milizionärs. Der Doktor ist am Wochenende hier gewesen. Als er gesehen hat, wie ich vor mich hin vegetiere, hat er wieder gemeckert. Er verstehe nicht, worauf ich eigentlich warte, es bewege sich ja doch nichts. Ich kann es ihm nicht erklären. In einer Woche geht er für zwei Monate in den Urlaub. Er übergibt mich an einen anderen Arzt, einen Koreaner, der aus dem Urlaub zurückkommt und ihn ablöst. Der wird sich natürlich nicht mit mir rumschlagen und mich so schnell wie möglich auf die Intensivstation abschieben. Es fällt mir schwer, mich von meinem Doktor zu trennen, ihm vielleicht auch, aber was soll's. Das Ende der Geschichte wird ohne ihn stattfinden.

Tag 106

Die Nächte werden kälter, aber tagsüber scheint die Sonne, und eigentlich ist es warm. Es geht mir weder besser noch schlechter. Ich versuche jeden Tag zu lesen – damit ich wenigstens irgendetwas mache, sonst baue ich hier völlig ab. Ich habe die Novellen von Galsworthy angefangen, sie aber nach der dritten wieder weggelegt. Ist einfach nicht meins. Altbacken, schematisch, schulmeisternd und eintönig. Der Text riecht nach Omas Rumpelkiste. Das ist schon mein zweiter Versuch mit diesem Autor. Der erste – die »Forsyte-Saga« – ist schon lange her und war auch erfolglos. Jeder hat nun mal andere Vorlieben. Dafür ist mir ein Roman von Remarque in die Hände gefallen, den ich noch nicht kannte, obwohl ich den Autor sehr mag und dachte, ich hätte von ihm schon alles gelesen. Remarque hat sehr starke Sachen und mittelmäßige, quasi Remakes und Überarbeitungen von früheren Werken. Die zentralen Themen in seinen Büchern sind: Krieg, Heimatlosigkeit, Tod, Liebe, Freundschaft und das Leben. Die ewigen

Gegenspieler und Nachbarn. Hier handelt es sich um einen Roman über den Zweiten Weltkrieg: Ein deutscher Soldat kommt auf Heimaturlaub von der Ostfront, um sich von dieser Hölle etwas zu erholen, aber sein Haus ist nicht mehr da. In direkter wie in übertragener Bedeutung[41]. Remarque war nicht in diesem Krieg, der Erste hat ihm gereicht, er ging in die Emigration, möglichst weit weg von dem Grauen, das sich in seiner Heimat anbahnte. Er verfügte jedoch über ausreichend Erfahrung sowie Einfühlungsvermögen und Talent, um auch den Zweiten Weltkrieg und seine Folgen und wahrscheinlich jeden anderen Krieg beschreiben zu können. Angeblich kann jeder Mensch mindestens ein gutes und ehrliches Buch schreiben – über sich selbst, nur ein Schriftsteller ist in der Lage, mehr als eins zu schreiben. Denn Begabung ist die Fähigkeit, sich in andere hineinzuversetzen. Mir kam allerdings etwas anderes in den Sinn. Wie sehr mich nämlich diese ganze deutsche Kriegs- und Vorkriegshysterie und die Propaganda an das heutige Russland erinnern. Sollte Putin morgen die Ukraine überfallen, nicht verdeckt, sondern offen (oder irgendein anderes Land), folgt ihm die trunkene Menge freudig und macht auch noch vieles andere mit. Die Leute wollen nicht aus den Fehlern anderer Völker lernen und auch nicht aus ihren eigenen.

Tag 107

Das Wetter und mein Befinden sind unverändert. In meinem Inneren herrscht Frost, und das Rauschen in den Ohren ist wieder da, es schaukelt, mir fallen die Augen zu.

In dieser Woche sollte mein Anwalt kommen und mir neue Informationen bringen. Positives erwarte ich nicht, bislang ist von ihm nichts zu sehen. Stattdessen wurde mir gestern ein Brief übergeben. Ein einziger. Ein offizieller Brief. Um ihn mir auszuhändigen, kam eine ganze Delegation. Es ist der Bescheid der regionalen Begnadi-

---

41 Es geht um Remarques Roman »Zeit zu leben und Zeit zu sterben« (Anm. d. Übersetzerin).

gungskommission, in dem steht, dass nur ich persönlich um Begnadigung ersuchen kann, nicht aber meine Mutter oder irgendwer sonst. Das wusste ich ja nun schon lange. Aber das offizielle Papierchen dazu ist eben erst gestern eingetroffen. Interessant war daran nicht der Inhalt, sondern die Zustelldauer. Zwei volle Wochen. Die Entfernung, die der Brief von Salechard bis Labytnangi zurückgelegt hat, beträgt ungefähr zehn Kilometer. Es ist die Nachbarstadt. Man sieht sie von der zentralen Allee aus, da in der Ferne, hinter dem Fluss. Wahrscheinlich setzen sie Postschildkröten ein, um solche Entfernungen in solchen Fristen zu bewältigen. Bei Remarque habe ich gelesen, dass der Protagonist, der auf Heimaturlaub kam, seine Eltern nicht vorfand und nur das zerbombte Haus sah. Kurz darauf wurde ihm auf der Post ein Päckchen ausgehändigt. Das hatte ihm seine Mutter an die Front geschickt, und da er nicht erreichbar war, stellte man es dem Absender wieder zu. Drei Wochen. Hin und zurück. Aus dem deutschen Hinterland an die russische Front und zurück, im Kriegsjahr '43 – in drei Wochen. Im heutigen Russland schafft man es doppelt so schnell, auf eine Entfernung von zehn Kilometern. Ein Krieg würde die Sache wahrscheinlich nicht beschleunigen, die Ursachen liegen woanders.

Tag 108

Eine schlaflose Nacht. Am Morgen Regen und Herzschmerzen.

Der gestrige Tag verlief anders als sonst. Der Vormittag verging oder besser gesagt zog sich wie üblich. Am Nachmittag musste ich zum Doktor in die Sprechstunde. Er konstatierte, dass ich in letzter Zeit ziemlich schlaff geworden sei und er meine gewohnt positivdynamische Einstellung vermisse. Ich antwortete ihm, dass man von einer leeren Batterie nicht viel verlangen könne. Allmählich nahm das Gespräch eine politische Wendung, und er kam mir wieder mit seinen großrussischen Interessen, Ambitionen und Ansätzen. Ich explodierte und griff ihn an und merkte gar nicht, wie ich mich dabei aufrappelte.

Dann bekam ich die Post und zwei Protokolle. Das erste dokumentierte die Entnahme eines Taschentuchs aus einer Postsendung und die Überstellung desselben in die Aufbewahrungskammer zu meinen übrigen Sachen von draußen. Das zweite dokumentierte die Vernichtung von zwei Teebeuteln und einem Tütchen löslichen Kaffees, die mit dem Brief eingeschmuggelt worden waren. Ich weiß nicht, was mich mehr zum Lachen bringt – die bürokratischen Regeln dieses Systems oder die Tatsache, dass mir jemand solche Dinge schickt. Was haben diese Leute überhaupt im Kopf? Wollen sie, dass ich mir mal einen Tee mache und meine Kummertränen abwische?

Aber die Briefe waren gut. Von solidarischen Bürgern aus dem freien Frankreich, aus der Ukraine, Ausführungen, dass die Dinge bei uns im Land während meiner Abwesenheit gar nicht so schlecht liefen, die Bitte durchzuhalten, weil die Freilassung kurz bevorstünde, die Bitte, aufzuhören, weil ich doch was erreicht hätte, auf die Gesundheit zu achten, denn wir »retten dich auf jeden Fall«. Am wichtigsten war allerdings der Brief von meinen beiden Mitstreiterinnen Schenja und Nastja, die zu dem Filmteam für mein Stück dazustoßen wollen. Deswegen habe ich gestern den ganzen Abend Antwortbriefe geschrieben – in erster Linie an sie, um ihnen Hinweise zur Organisation und zur künstlerischen Umsetzung zu geben. Zur selben Zeit war auf der Station ein tüchtiges Gewusel, jeder wollte dringend was von mir, ich war am Anschlag. Dann war ich müde, aber es war eine angenehme Müdigkeit, von einer Arbeit, die mich nicht ausgelaugt, sondern mich im Gegenteil inspiriert und so stark angeregt hat, dass ich nicht einschlafen konnte. Dieses Tempo bin ich nicht mehr gewöhnt, aber es passt besser zu mir als rumzuliegen und mich auf der Pritsche zu wälzen, ich koste das Leben gern aus, volle Kraft voraus.

Heute gab's eine Infusion mit verkürztem Programm: Die Aminosäuren sind wieder einmal aus. Ohne sie wird es mir in ein paar Tagen richtig mies gehen. Aber im Moment ist meine Stimmung gut und mein Befinden auch.

Die Wolken haben sich aufgelöst, die Sonne scheint durchs Fenster, ich wärme mich wie eine rollige Katze. Das Leben geht erst mal weiter. Hoffentlich bleibt es so erfüllt.

Tag 109

Der Herbst ist über das Lager hereingebrochen – mit feinem Regen, Wind und Wolken. Jetzt ist es sicher mit der Wärme vorbei. Der August war ohnehin für diese Breiten mehr als anständig. Die Tage werden immer kürzer, und die Zeit rast.

Nach den Aminosäuren sind hier auf der Station auch andere wirksame Präparate ausgegangen, die jeden Tag in mich reingepumpt wurden und dank derer ich mich noch gehalten habe. Es gibt nur noch Glukose und Salze. Eine neue Lieferung ist angekündigt. Bis dahin wird es wahrscheinlich mühsam. Aber mir ist schon alles egal. Ich habe es satt, zu warten und mir Sorgen zu machen. Der Doktor hat für diesen Zustand irgendeinen klugen medizinischen Begriff, aber ich kann ihn mir nicht merken. Irgendwie was mit Abfall, ach, sei's drum.

Gestern habe ich wieder Briefe bekommen. Wenige, aber dafür sind sie aktueller und werden jetzt öfter ausgehändigt. Das ist besser als einmal in zwei Wochen ein riesiger Stapel.

Immer wieder schneidet sich irgendwer die Pulsadern auf. Gestern haben sie noch einen *Schnippler* zu uns hoch gebracht. Er hatte vor anderthalb Monaten schon mal Hand an sich gelegt, jetzt geht er in die zweite Runde – und das nur in der Zeit, seit ich hier bin, für ihn ist es schon das zehnte Mal. Seine ganzen Arme sind von schlecht verheilten Wunden übersäet. Der Grund? Hat sich *unterm Dach* mit einem Milizionär angelegt. »Ich schneide mir die Pulsadern auf!« »Na, mach doch!« Und er hat es gemacht. Revier. Der Doktor hat ihn geflickt. Am Unterarm neue Narben unter den weißen Binden.

Habe Remarques Roman über den Zweiten Weltkrieg zu Ende gelesen. Nicht sein bestes Werk, aber es hat mir gefallen. Ein bisschen zu viel Pathos und direkte Darstellung der antifaschistischen und kriegsfeindlichen Haltungen des Autors. Vielleicht hängt es damit zusammen, dass er das Buch aus der sicheren Entfernung in der Emigration geschrieben hat und dass deshalb manche Ereignisse und Konflikte etwas künstlich wirken. In seinen frühen Werken über den Ersten Weltkrieg war alles genauer, substantieller und eher angedeutet. Dort werden einem die wichtigen Dinge nicht direkt auf dem Tablett serviert, dort liest man sie zwischen den Zeilen, sie wirken nach, brennen sich ins Gedächtnis. Vielleicht hat das etwas damit zu tun, dass er damals über Dinge geschrieben hat, die er selbst gesehen und erlebt hat, vielleicht war es auch einfach nur Eifer und Inspiration. Wer weiß das schon. Das Geheimnis eines guten Buches wie auch das eines guten Films lässt sich meiner Meinung nach nicht ergründen.

[…]

Tag 110

In der Nacht habe ich von unserem alten roten Auto geträumt: Es stand vor unserem Haus im Dorf. Ich warf einen Blick durchs Seitenfenster – mein Vater hinterm Steuer, angetrunken. Ich bot ihm an, mich ans Steuer zu setzen, aber er lehnte ab. Meine Mutter stieg hinten ein, krank oder missgelaunt, und sagte auch, mein Vater solle sie fahren und ich solle inzwischen die Infusion vorbereiten. Ich betrat das Haus, ging in mein altes Zimmer und hantierte mit dem Plastikschlauch und den Flüssigkeiten … Dann bin ich aufgewacht. So oft wie in den drei Monaten Hungerstreik habe ich noch nie von meinen Eltern geträumt.

Heute ist es trocken. Aber die Sonne hat immer mehr Mühe, über den Horizont zu steigen und die endlosen Wolkenkolonnen zu durchbrechen. Es ist kühl.

Die Schwestern malträtieren weiter meine Venen. Das Gewicht lag heute bei 72,5 Kilo. Eigentlich geht es mir besser, bis auf die drohenden Ohnmachten. Ich stehe auf – und schon wird mir schwarz vor Augen, ich spüre, wie das Blut aus dem Kopf herausströmt. Ich kneife die Augen zusammen und halte mich irgendwo fest. Ein paar Sekunden später strömt etwas Heißes in mein Gehirn zurück. Wie Wasser. Es wird besser, ich öffne die Augen und setze meinen geplanten Weg fort. Alles ist wieder an seinem Platz, nur leicht verschoben.

Unsere Katze hat heute Morgen eine kleine Maus gefangen und stolziert durch alle Zimmer, um allen die zuckende Beute zu zeigen. Nachdem sie ihren Triumphzug durch die Station beendet hat, sucht sie sich mit ihrem halbtoten Opfer einen Platz im Flur, um das Lieblingsspiel aller Katzen zu spielen: die letzte Chance. Beim dritten Versuch ist die Maus erledigt.

Auf unserer kleinen Station dürfen manchmal Häftlinge, die gar nicht richtig krank sind, aus unerfindlichen Gründen bleiben, und andere, die kaum laufen können oder gerade Hand an sich gelegt haben wie der von gestern, sind ratzfatz wieder draußen. Das sind die Spielchen und Spitzfindigkeiten des Sicherheitsdienstes, der einen auf Spionageabwehr macht, Intrigen schmiedet und Schlingen legt. Viele Häftlinge tappen hinein, freiwillig oder unfreiwillig. Den Rotschopf haben sie jetzt schon mehr als einen Monat hier auf der Station abgestellt. Aber aus anderen Gründen: Er macht diese Spielchen mit der Verwaltung nicht mit und läuft Sturm gegen das System, indem er die verschiedenen Instanzen mit Beschwerden über das Lager bombardiert, von denen die meisten allerdings hier drin versanden. Draußen war der Rotschopf mit den Skinheads unterwegs und hat vorzugsweise zugereiste Tadschiken umgebracht – weswegen er im Alter von neunzehn zu dreiundzwanzig Jahren verknackt wurde. Die Hälfte hat er schon abgesessen. In der Zwischenzeit hat sich sein Verhältnis zu den Migranten mit Sicherheit nicht verbessert, aber immerhin hat er kapiert, dass er sich auch auf andere Weise verwirklichen kann. Er ist belesen und kennt sich bei Filmen aus, hat Geschmack und Esprit, weiß in Wirtschaft und Politik Bescheid, ein Oppositioneller und Extremist. Mit dem kann man sich gut unterhalten. Menschen wie er sind in diesem System selten anzutreffen. Weil er sich – wenn auch nur kurz – mit mir unterhalten hat, haben sie ihn jetzt wieder in der Mache. Die Miliz versucht auch hier, um mich herum eine Entfremdungszone zu errichten. Ich habe allerdings von mir aus gar keinen großen Drang, mich mit anderen Häftlingen zu unterhalten – ich weiß ja, wie gefährlich und konfliktträchtig diese Kontakte für sie werden können, und bei den meisten lohnt es sich auch gar nicht.

Tag 111

Der nächste Meilenstein ist erreicht. Dreieinhalb Monate Hungerstreik. Ich fühle mich heute ganz gut, deswegen setze ich mir die nächste Frist in zwei Wochen, auf den 14. September, das sind dann vier Monate. Es ist ja gar kein Ende abzusehen. Weder ich noch irgendwer anders hätte gedacht, dass ich so lange sitzen und hungern würde.

Der russische Sänger Iossif Kobson und das Oberhaupt der VRD Alexandr Sachartschenko sind gestorben. Der erste an Krebs und am Alter, der zweite am Hexogen und daran, dass er zu viel wusste. Ich glaube weder an eine Strafe Gottes noch an die imaginären Saboteure, die den obersten Bürgerwehrler in einem Café mit dem sakralen Namen »Separ« in die Luft gesprengt haben sollen. Mehr als deutlich ist der Kommentar eines Korrespondenten vom Ort des Geschehens: »Dieses Café mit dem vielsagenden Namen ist seinerzeit von Mitgliedern der Bürgerwehr eröffnet worden ...« Und bald ist ihre Zeit auch schon abgelaufen – der FSB räumt seine Strohmänner fein säuberlich aus dem Weg. Doppelter Nutzen: Man kann erstens eine genehmere und gefügigere Person installieren und zweitens die Ukraine beschuldigen, den Friedensprozess zum Scheitern gebracht zu haben. Aber er wird nicht scheitern – nach ein bisschen Tamtam und Geschrei wird er fortgesetzt, zumal ja ein weiteres Hindernis beseitigt ist. Putin hat keine Lust mehr, im Donbass zu kämpfen, nichts als Verluste, der Konflikt in Syrien bringt ihm mehr Gewinn. Jedenfalls hat er den Angehörigen der beiden Verstorbenen sein Beileid ausgesprochen. Ich fühle weder mit Separatisten noch mit ihren Lobhudlern.

Der 1. September. Tag des Wissens. Meine Kinder gehen ab heute wieder zur Schule. Weit entfernt von mir. Mein Anwalt ist in dieser Woche nun doch nicht gekommen, auch meine Cousine hat schon einen ganzen Monat lang nicht geschrieben, deswegen weiß ich nicht einmal, ob sie es denn geschafft haben, meine Tochter wie geplant nach Kiew zu holen, oder ob sie doch wieder in das lästige Gymnasium in Simferopol muss.

Im neuen Schuljahr drücken auch viele Knackis die Schulbank, ein Drittel hat hier nicht mal einen Sekundarschulabschluss. Der FSVD achtet streng darauf, deswegen werden die überalterten Schüler, von denen einige schon knapp dreißig sind, in die hiesige Gefängnisschule gebracht, wo der Lehrer durch ein Gitter von den Schülern getrennt ist. Mit Fibel und Zwiebel ziehen die Burattinos zur Schule ...

Tag 112

Ich habe geträumt, dass ich an einem See angle, genauer gesagt, dass ich die Fische mit Brotkrumen anfüttere. Ein albinoweißer, mit Glubschaugen, kam direkt an die Oberfläche geschwommen und zupfte an dem aufgeweichten Brot. Ich warf sofort die Angel aus, das gleiche Brot am Haken, aber der Fisch bekam einen Schreck und tauchte ab.

Morgen. Schon den zweiten Tag tropft Regen aus dem grauen, löchrigen Himmel. Es geht mir so leidlich, wenn man davon absieht, dass es in der Brust drückt und sticht und ich kaum Luft kriege.

Vor Kurzem habe ich den Doktor in seinem Sprechzimmer beobachtet, wie er seinen Vorgesetzten Bericht über meine Gesundheit erstattet hat. Während der Untersuchung klingelte es auf dem Festnetz. Der Doktor schaute auf das Display mit der Nummer, nahm den Hörer ab, sagte ein Wort, legte auf und widmete sich wieder seiner Arbeit. Das Wort lautete »relativ«. Offenbar rufen sie ihn jeden Morgen aus dem Stab an und fragen ihn nach meinem Befinden. Um seine Zeit nicht mit leeren Gesprächen zu verplempern, äußert er diese universelle, vieldeutige und gleichzeitig nichtssagende Formulierung: »relativ«. Ich glaube, die Beamten am anderen Ende der Leitung bringt das jedes Mal in eine Zwickmühle, aber das kümmert den Doktor wenig. Ab morgen hat er Urlaub. Schade, ohne ihn wird es hier viel langweiliger.

Eines der Hauptprobleme im Gefängnis ist für mich und viele andere, dass es keine Gelegenheit gibt, sich mal zurückzuziehen, allein zu sein. Dass du die ganze Zeit unter Milizkontrolle und Videoüberwachung stehst, ist halb so schlimm. Aber du hast rund um die Uhr, jeden Tag, während der ganzen Haftzeit pausenlos nicht gerade angenehme Leute um dich herum, in deiner Zelle oder Baracke. Immer in der Gruppe, immer ist jemand da. Gemeinsam schlafen, essen, waschen, zur Toilette und so weiter. Reden. Mit den meisten hast du außer dem Knast keine gemeinsamen Themen, deswegen dreht sich's meistens darum. Aber du gewöhnst dich dran. Sowohl an die körperliche Nähe als auch an die psychische. Und plötzlich brichst du aus diesem Kreis aus – kommst in eine Einzelzelle, in eine Isolierzelle oder, so wie ich jetzt, in ein Einzelzimmer im Revier – und du merkst, wie gut das tut, dass du Raum für dich hast, dass du allein bist und keinen um dich herum hast außer einer lästigen, ständig entwischenden und schier unsterblichen Fliege. An diesen komfortablen Zustand gewöhnst du dich schnell. Mit Schaudern denke ich daran, dass ich im Fall der schändlichen Aufgabe meiner Position in die überfüllte Baracke zurückmuss. Das ist ein weiterer motivierender Faktor.

Tag 113

Nachts saß ich im Restaurant mit einem fremden Pärchen an einem Tisch. Erst war ich allein, dann setzten sie sich zu mir. Ich bestellte verschiedene Gerichte, überwiegend Fisch – gebraten, üppig und geschmacklos, teuer –, deswegen konnte ich die Rechnung zunächst nicht begleichen, obwohl das eigentlich kein Nobellokal war.

Am Morgen wenig Sonne und viele Wolken. Bislang kein Regen, aber er wird wohl noch kommen.

Ich habe die Verschnaufpause der letzten Tage genutzt und einen weiteren Roman von Remarque gelesen, über deutsche Emigranten – eines seiner liebsten Themen, über das er ehrfahrungsgesättigt schreiben kann. Erinnert an seinen berühmten »Arc de Triomphe«. Jeder richtige Autor schreibt ja sozusagen immer über ein und dasselbe, wenn auch auf verschiedene Weise, und konstruiert so seine Welt.

Bei Remarque existiert sie auf jeden Fall, und ich begebe mich gern für eine gewisse Zeit hinein, obwohl es für die Protagonisten alles ziemlich eng ist. Es ist interessant, seine Empfindungen und Einlassungen zur Emigration mit denen von Nabokov zu vergleichen – sie beschreiben in ihren Romanen ja ungefähr die gleiche Zeit und die gleichen Länder. Wenn man ihre stilistischen Unterschiede mal außer Acht lässt, geht es bei Nabokov eher um Armut und Reflexion über die verloren gegangene vertraute Heimat. Bei Remarque um Elend und Benachteiligung, für Erinnerungen ist da kein Raum, weil viele es auch schon vorher schwer hatten und ihre einzige Aufgabe jetzt darin besteht, irgendwie durchzukommen und dabei die eigene Würde nicht zu verlieren. Mit Remarque kann ich mehr anfangen. Morgen kommt der letzte Roman von ihm dran, den ich noch nicht gelesen habe – »Die Nacht von Lissabon«. Offenbar auch über vagabundierende Emigranten.

Womöglich geht meine helle Phase jetzt zu Ende. Ohne die wirkungsvollen Präparate überrollt es mich wieder, der Körper und die Extremitäten werden taub, als hätte ich darauf gelegen, das Herz sticht, im Kopf hämmert's. Die neue Schwester ist, als sie die Infusion gelegt hat, über meinen Hausschuh gestolpert, der neben dem Bett stand, und der ist in die Mitte des Zimmers gesegelt. In den nächsten zwei Stunden war sie noch ein paar Mal da, um die Infusionsflaschen zu wechseln, und jedes Mal ist sie dem mitten im Zimmer liegenden Schuh mit Bedacht ausgewichen und hat so getan, als wäre der Schuh gar nicht da, ja, sie hat es nicht einmal geschafft, ihn einfach mit dem Fuß an seinen alten Platz zurückzukicken. Sehr bezeichnende Abscheu. Wir Häftlinge werden hier eben nicht als vollwertige Menschen angesehen, und diese Berührungsängste erstrecken sich auch auf unsere Sachen. Halb so schlimm, selbst daran gewöhnt man sich.

Für die nächsten Tage erwarte ich meinen Anwalt, ein paar Briefe und irgendwas Neues.

Tag 114

Schon die dritte Nacht habe ich von Fisch geträumt. Dieses Mal von Salzfisch und Dörrfisch. Ich bin die Reihen auf einem Markt abgelaufen und habe mir die ausliegende Ware angeschaut. Dann ist noch etwas passiert, aber daran kann ich mich nicht mehr erinnern.

Am Morgen hat draußen die Sonne geschienen, eigentlich ist es warm, aber mir ist trotzdem eiskalt. Die schwarze Welle wogt und überrollt mich. Wenn ich die Augen schließe, sehe ich allerdings weiße Kreise und Ringe, als hätte ich zu lange in eine Glühbirne geschaut. Trotzdem lese ich noch ein bisschen Remarque.

Wieder bin ich verblüfft von der Geschwindigkeit der europäischen Post: Zehn Tage aus dem faschistischen Deutschland nach Österreich, dann ging der Brief nach Frankreich, dann irrte er drei Tage durch Paris auf der Suche nach einem deutschen Emigranten ohne Adresse. Und das Mitte der 1930er Jahre. Achtzig Jahre später dauert es in Russland zwei Wochen, ehe ein Brief einen Fluss überquert hat – schwimmend wahrscheinlich. Außerdem hat mich die Ähnlichkeit zwischen der Presse des Dritten Reiches und der im heutigen Russland frappiert: »Die Leitartikel der Zeitungen waren entsetzlich. Sie waren verlogen, blutrünstig und arrogant. Die Welt außerhalb Deutschlands erschien ihnen degeneriert, heimtückisch, dumm und zu nichts anderem nütze, als von Deutschland übernommen zu werden.«

Der Lärm um Sachartschenko hat sich erwartungsgemäß schnell gelegt. Im Fernsehen ging es wieder um das Minsker Abkommen, das alternativlos sei und an das Kiew sich nicht halte. Wer die Situation eskalieren lässt, steht außer Frage. Putin hält die Lage im Donbass in einem Schwebezustand und ist damit ganz zufrieden. So versucht er die Ukraine irgendwie an der Kandare zu halten und vor allem Poroschenko bei den in einem halben Jahr anstehenden Präsidentschaftswahlen loszuwerden. Ich fühle mich als ein kleines Element in diesem großen Spiel. Nicht das Wort »Randfigur« und schon gar nicht die damit verbundene Bedeutung nehme ich für mich an oder akzeptiere ich. Alles oder nichts. Ganz vorn oder ganz hinten.

Tag 115

Ein erstaunlich heiterer und sonniger Tag für Anfang September in diesen Breiten. Ich wärme mich am Fenster, fühle mich ganz gut und bin gelassen. Lese mit Vergnügen Remarque. Ich weiß nicht, wie lange dieser wundervolle Zustand anhält, aber ich bin froh, dass das Schicksal mir hin und wieder diese kleinen Atempausen schenkt. Ohne sie wäre es wirklich schwer.

Der hiesige Menschenrechtsbeauftragte war wieder da, wie immer in Begleitung einer ganzen Kommission von Milizbeamten. Er kommt nie ohne Gefolge. Mindestens sieben Personen, für seinen Rang ist das wahrscheinlich die untere Grenze. Zwei Monate lang habe ich seinen gefärbten Schnauzbart nicht gesehen – er hatte Urlaub. Er wird wahrscheinlich selbst dann, wenn ich im Sarg liege, behaupten, ich sähe gut aus. Wieder schwafelte er wirres Zeug – von Märtyrern, Helden, vom nachlassenden Interesse der Medien, von der »nicht globalen« Reichweite der Angelegenheit, von den im Sande verlaufenen Austauschverhandlungen – er gab noch weitere Melodien von seiner alten Platte zum Besten. Stellte Fragen und redete sofort weiter, ohne eine Antwort abzuwarten oder sie bis zum Ende anzuhören. Er erzählte von seiner Frau, einer Gynäkologin und Homöopathin, und von seinem fünfzehnjährigen Enkel, den er zu einem Fußballcamp auf die Krim begleitet hatte. Das Trainingslager fand in einem Fußballstützpunkt wenige Kilometer von meinem Elternhaus statt – wenn ich nach Simferopol musste, bin ich immer dort vorbeigekommen. Solche Zufälle gibt es. Ich habe mir seinen Reisebericht angehört – und es war, als wäre ich an den vertrauten Orten gewesen. Aber ich war froh, als der Menschenrechtsbeauftragte nach langen, sich wiederholenden Verabschiedungen endlich gegangen war.

Der Koreaner, die Urlaubsvertretung für meinen Doktor, ist nicht besonders erpicht darauf, Kontakt zu mir aufzunehmen und sich mit mir zu unterhalten, soll mir nur recht sein, wenn er sich ein bisschen von mir fernhält. Heute hat er schließlich kurz bei mir reingeschaut – um herauszufinden, seit wie vielen Tagen ich mich im Hungerstreik befinde, und dann war er mit der offiziellen Kommission noch mal da.

Der Anwalt, der eigentlich schon letzte Woche kommen sollte, ist nicht eingetroffen, genauso wenig wie die Post. Ich glaube nicht, dass das Absicht ist, das fällt einfach zusammen. Das passiert ja oft – mal mau, mal wow. Mal passiert gar nichts, mal überschlagen sich die Ereignisse und Neuigkeiten.

Tag 116

Schon seit gestern Abend ist es draußen neblig und feucht. Das Herz zieht sich zusammen, als hätte ich eine bittere Praline gegessen, ungefähr seit derselben Zeit. Nachts konnte ich lange nicht einschlafen, wahrscheinlich weil ich aufgeputscht war wegen der Briefe, die ich gestern gegen Abend bekommen hatte.

Da waren ein paar kurze, die manchmal nur aus wenigen Wörtern bestanden, Briefe, die jemand offenbar mit einem Übersetzungsprogramm geschrieben hatte, sie alle hatten ein Ziel – mich zu unterstützen. Es gab noch ein paar Schreiben von Leuten mit seltsamen Anwandlungen und noch seltsameren Darstellungen und Erzählungen, die ihren Briefen beilagen. Kollateralschäden der Popularität, wenn du von den stadtbekannten Verrückten Post kriegst. Ein paar Sendungen waren von Freunden – Grüße aus einer völlig anderen Welt, wie ein Brief von Aschenputtel nach ihrem Umzug ins Schloss. Frustrierend waren die Informationen zur Inszenierung meines Stücks – was sie vorhaben, geht in die völlig falsche Richtung. Mit meiner heutigen Antwort und dem Schreiben, das ich meinem Anwalt mitgebe, will ich intervenieren und die Arbeit in die richtige Richtung zu lenken. Dima kommt morgen. Das hat mir der stellvertretende Lagerleiter mitgeteilt. Für diese Nachricht hat er gestern anderthalb Stunden auf mich eingeredet, ich solle den Hungerstreik beenden. Sie bereiten ihnen massive Schwierigkeiten, wissen Sie das? Und dass mein Land wegen ihres Präsidenten Schwierigkeiten und jeden Tag Tote an der

Front hat – ist das nichts? Gespräche, Überredungsversuche, Eiertanz, irgendwann ist der Natschalnik unverrichteter Dinge wieder abgezogen. Zum Ende hin hat er noch versucht, mich mit meiner Mutter zu kriegen: Angeblich würden ihr nachts Leute Telefonstreiche spielen und ihr erzählen, ich sei freigelassen worden. Verflucht sollen sie sein mitsamt der ganzen russischen Miliz!

[…]

In der Post von gestern war auch etwas Lustiges: Lech Wałęsa, der polnische Revolutionär und Ex-Präsident, will mich für den Friedensnobelpreis nominieren. Ob die überhaupt richtig im Bilde sind: wo ich bin und wo der Nobelpreis? Womit hätte ich den verdient? Die *Balanda* zu verweigern, ist noch keine große Leistung.

Tag 117

Kalt und trübe. Äußerlich und innerlich. Frieren und Schütteln. Heute habe ich die Dauer erreicht, die Martschenko im Hungerstreik war, mit dem ich manchmal verglichen werde. Er war ein sowjetischer Dissident und hungerte ebenfalls für die Freilassung von politischen Gefangenen. Die meiste Zeit wurde er zwangsernährt. Damals ist keiner freigelassen worden, obwohl das schon unter Gorbatschow und während der Perestroika war. Wegen seines kritischen Gesundheitszustands brach Martschenko seinen Hungerstreik nach einhundertsiebzehn Tagen ab, wenige Tage später starb er im Krankenhaus. War wohl auch das Herz. Wie bei mir. Ich bin gespannt, wie viele Tage ich länger durchhalte als er. Vielleicht kriege ich den Rekord ja auch gar nicht mehr mit.

Sie versuchen immer noch, mir mit dem Schreckgespenst der Insuffizienz Angst einzujagen – es käme zu irreversiblen Veränderungen an den Organen, die bleibende Schäden hinterlassen, wenn nicht gar zum Tod führen. Aber das ist mir egal. Außerdem macht noch eine Schauergeschichte hier aus der Gegend die Runde. Vor ein paar Jahren ist in dem berüchtigten Straflager »Polareule« in Charp, einem Dorf hier ganz in der Nähe, ein *Ller*, ein zu lebenslanger Haft verurteilter Sträfling, in den Hungerstreik getreten. Was er erreichen wollte, war nicht ganz klar, aber nach drei Monaten Essensverweigerung, mit künstlicher Ernährung wie bei mir, hat er die Aktion abgebrochen und ist dann eine Woche später an einem Herzinfarkt gestorben. Ich höre mir diese Geschichten immer schweigend an, und nach mehrstündigen Unterredungen erkläre ich dann zum wiederholten Mal, dass ich nicht aufhören will. Pattsituation und Sackgasse. Keiner weißt, wie's weitergeht. Aber nichts ist ewig. Vor allem gibt's kein ewiges Leben und keinen ewigen Hungerstreik.

Tag 118

Heute regnet es, als würde es bis zum Ende aller Zeiten nicht mehr aufhören. Wieder Schmerzen und Schwindel. Am Morgen wäre ich beinahe zusammengeklappt, nur die Wand hat mich gerettet. Jetzt geht das wieder los.

Gestern ist endlich mein Anwalt gekommen. Einen Monat lang ist er nicht dagewesen, hat sich etwas verspätet und bleibt auch nur einen Tag. Die Miliz konnte natürlich nicht umhin, das auszunutzen und mich zu schikanieren. Dima war schon seit dem Morgen im Lager, um neun Uhr früh kam der Anruf aus der Zentrale, ich solle mich fertigmachen für den Anwalt und nicht zur Infusion. Ich wusste, dass sie mich sowieso nicht vor Mittag abholen würden. Gekommen sind sie dann gegen vier, nachdem sie mich und meinen Anwalt fast den ganzen Tag hingehalten haben. Sie haben ihn die ganze Zeit bekniet, er solle mich überreden, den Hungerstreik zu beenden, sonst würden sie sich was einfallen lassen. Im Endeffekt hatten wir gerade mal zwei Stunden für unser Gespräch. Das Wichtigste haben wir besprochen, und ich habe noch schnell ein paar wichtige Briefe für draußen fertiggemacht, die nicht durch die Zensur kämen und die ich nicht vorher schreiben konnte, weil sie mir sonst bei der Durchsuchung weggenommen worden wären. Ich habe einige Briefe beantwortet, die er mitgebracht hatte, aber viele habe ich nicht geschafft, und vor allem hat mir die Zeit gefehlt, die vorbereitenden Unterlagen für die Verfilmung meines Stücks durchzusehen: Kostüme und Drehorte. Der Mitarbeiter kam und brach das Treffen ab: Der Arbeitstag ist zu Ende! Schweine! Billige Bullentricks! Mein Anwalt will mir die Unterlagen über die Lagerverwaltung zukommen lassen, aber das klappt mit Sicherheit nicht, das war schon mehrmals so, dass sie nichts weitergeleitet haben. Im Gegenteil, sie versuchen noch, das irgendwie gegen mich zu verwenden, mich zu schinden und zu schleifen, in der letzten Zeit haben sie mich sowieso auf dem Kieker, offenbar machen sie ihnen da oben wegen meines Hungerstreiks ganz schön die Hölle heiß. Ich bin also zurück ins Revier und war selbst wütend wie ein Dämon. Weil ich vieles nicht geschafft hatte, weil der Anwalt keine erfreulichen Nachrichten für mich hatte: Meine Ex-Frau hat meine Tochter nicht nach Kiew gelassen, und die Verhandlungen über den Gefangenenaustausch sind endgültig zum Erliegen gekommen. Meine Cousine schreibt, die ganze Welt stünde hinter mir, aber das reicht Putin offenbar nicht. Der Einzige, der sich noch nicht für mich verwendet hat, ist Trump, angesprochen wurde er schon, aber da braucht man sich keine Hoffnungen zu machen. Bleiben noch die Außerirdischen. Ich stelle mir das bildlich vor: Die Aliens landen mit ihrem Raumschiff auf dem Roten Platz, sie werden von einer Delegation in Kokoschniks mit Brot und Salz empfangen, in ihren Vier-Finger-Pfoten halten die menschenähnlichen Wesen ein Plakat mit der Aufschrift: »Freiheit für Senzow!« Verwirrung. Putin geht darüber hinweg. Peskow gibt eine unverständliche, glatte Erklärung ab. Die Aliens fliegen unverrichteter Dinge ab.

Während meiner Abwesenheit ist lauter überflüssiges Volk von der Krankenstation entlassen worden – endlich mehr Platz und mehr Ruhe. Der Rotschopf hat ein Päckchen bekommen mit Clips auf einer CD und einen Musikabend veranstaltet, während ich an meinem auf den Abend verlegten Tropf hing. Die Zimmertür war offen, zu meiner inneren Beruhigung drang aus dem Fernseher »Kämpfer des Lichts« mit dem einmaligen Sergej Michalok, bereits mit der Band »Brutto«. Was für ein überraschendes und nettes Geschenk nach diesem langen und widerlichen Tag.

Tag 119

Schon eine ganze Woche ohne Aminosäurepräparate; ihr Fehlen macht sich unangenehm bemerkbar, aber vielleicht haben sie auch gar keinen Einfluss mehr. Ich verstehe gar nichts mehr von meinem Zustand und dem, womit alles zusammenhängt. Schwindel und Nebel im Kopf. Der Körper wird ständig von Kälte- und Schmerzwellen geschüttelt, zum Glück sind Krämpfe eher selten. Ich stehe sehr langsam und vorsichtig auf, wegen der ständig drohenden Ohnmacht. Ich denke immer langsamer und kann mir kaum noch etwas merken. Konzentrationsschwund.

Trotzdem halte ich weiter an meinem Tagebuch und am Lesen fest. Mindestens ein paar Sätze täglich ins Tagebuch schreiben und ein paar Seiten lesen. Mit Remarque bin ich endlich fertig, jetzt kommt John Steinbeck dran. In der Bibliothek sind tatsächlich seine sämtlichen Werke vorhanden. Bis jetzt habe ich seinen berühmten Roman »Früchte des Zorns« und ein paar kürzere Sachen gelesen. Der Roman hier heißt »Jenseits von Eden«. Ein dicker Schinken. Ich bin erst am Anfang, aber er gefällt mir sehr. Überhaupt ist mir aufgefallen, dass ich von den ausländischen Autoren am liebsten Amerikaner aus der ersten Hälfte des 20. Jahrhunderts lese: Hemingway, Salinger, Faulkner, Wilder, Fitzgerald und jetzt eben Steinbeck. Ich weiß eigentlich gar nicht warum, die älteren Klassiker der Weltliteratur sprechen mich weniger an, obwohl ich da auch etliches gelesen habe.

Heute habe ich für mich vier Hauptregeln formuliert, nach denen ich lebe: Mach das, was du willst, hab keine Angst, gib nie auf, verlass dich nur auf dich selbst. Irgendwie so.

Tag 120

[...]

Gleichbleibendes Befinden. Mein Gewicht hat die 72 Kilo unterschritten. Ich werde immer dünner. Gestern habe ich mir einen Film im

Fernsehen angeschaut: »Forrest Gump«. Ich habe ihn schon ein paar Mal gesehen, ich mag ihn, kenne ihn auswendig und habe ihn mir trotzdem mit Vergnügen ein weiteres Mal angesehen. Der Film ist sehr gut gemacht, und zwar in jeder Hinsicht. Ich habe noch niemanden getroffen, dem er nicht gefällt. So müsste man filmen können! Die vorletzte – finale – Szene, in der der Protagonist am Grab seiner Geliebten steht, mit ihr spricht und weint, berührt mich komischerweise überhaupt nicht. Bei einer früheren Episode jedoch, wo er erfährt, dass er einen Sohn hat, steigen mir jedes Mal Tränen in die Augen. Das zeigt einmal mehr, dass eine vom Drehbuch vorgesehene rührselige Szene nicht funktioniert, während eine andere, zweitrangige, irgendwie nebensächliche Szene sehr bewegend ist. Darin liegt die Magie des Films, die man erleben, aber kaum kreieren und schon gar nicht planen kann. In diesem Film ist das gelungen, mehrmals sogar. Das möchte ich auch gern lernen, wenigstens eine absolut perfekte Szene möchte ich irgendwann drehen.

Tag 121

In der Nacht habe ich irgendwelchen Mist geträumt. Einem Zoowärter habe ich geholfen, einer Giraffe mit Bürsten den Hals zu putzen, die wollte mich beißen, hat aber nur den Ärmel meiner Jeansjacke erwischt. Wie die Sache ausgegangen ist, weiß ich nicht, denn die Krim wurde an Iran angegliedert, und als ich am Ende eines Sonnenblumenfelds angekommen war, bin ich aufgewacht. Draußen wechseln Regen, Sonne und Wolken. Das Herz zieht seit dem frühen Morgen wie ein alter jaulender Hund.

Endlich sind hochwirksame Präparate eingetroffen, und die Infusionen sind jetzt wieder lange und langweilig. Vielleicht rapple ich mich damit ja wieder ein bisschen auf. Die Schwestern gehen eine nach der anderen in Urlaub, sie vertreten sich gegenseitig und kämpfen blindwütig mit meinen Venen, ich schalte ab und schaue nur noch zu. Der Koreaner, der mich jetzt betreut, kümmert sich kaum um mich – ich habe ihn nur zweimal flüchtig gesehen, für mein Befinden hat er sich nicht interessiert. Ist vielleicht auch besser so, gibt ja genug andere, die Interesse zeigen.

Es ist immer noch kalt. Unten in der Stadt wurde letzte Woche angeblich schon die Heizung eingeschaltet. Das Lager hat sein eigenes Kesselhaus, aber hier hat man es nicht eilig, Dampf zu erzeugen. Richtig: An den Sträflingen kann man ruhig sparen.

Ich lese Steinbeck.

Tag 122

Ob das nun von den neuen Medikamenten kommt oder von etwas anderem, jedenfalls fühle ich mich heute ganz erträglich, direkt ein Lichtstreif mitten in den Wolken. Die Verlangsamung und die Schwäche sind natürlich immer noch da, aber wenigstens ist mir nicht mehr schlecht. An das verzögerte Sprechen, Handeln und Denken habe ich mich schon gewöhnt wie an so vieles. Auch daran, dass mein Verstand nicht mehr scharf, sondern dumpf ist.

Das wichtigste Ereignis des gestrigen Tages war, dass ich meine Mutter anrufen durfte. Das ging dieses Mal ganz schnell – normalerweise lassen sie einen Antrag auf ein Telefongespräch gern mal einen Monat liegen und dann geht er aus operativen Überlegungen vielleicht sogar ganz verloren. Dieses Mal durfte ich gleich am nächsten Tag anrufen. Zu Hause ist alles in Ordnung, alle sind gesund und munter, das ist das Wichtigste. Meine Tochter ist immer noch auf dem Sprung nach Kiew, trotz der ganzen Widerstände, und die Chancen stehen nicht mal schlecht. Meine Mutter hat sich eine neue Waschmaschine gekauft, eine Delegation Finnen hat sie besucht. Mein Sohn war in einem Erholungsheim am Meer, ist eigentlich zufrieden zurückgekommen, hat jedoch etwas abgenommen. Das ist allerdings die Einschätzung einer Großmutter, die machen bekanntlich Glück und Wohlergehen der Enkel am Ernährungszustand fest. Die Kinder konnte ich nicht sprechen, sie waren in der Schule.

Gleich nach meiner Rückkehr in den Krankentrakt habe ich meine Briefe bekommen. Ein paar nur, aber einer war von meiner Mutter, so hatte ich heute sogar eine doppelte Unterhaltung mit ihr. Die Unterlagen zur Verfilmung meines Stücks, die mein Anwalt dabei hatte, wurden mir natürlich nicht ausgehändigt – die Miliz sucht Haken, mit denen sie mich hochnehmen oder mich einfach zappeln lassen kann. Vergebliche Mühe!

Schon drei Tage ohne Nachrichten – der Fernseher ist kaputt; kein großer Verlust. Dafür hat der Rotschopf mit der Post Ausdrucke von drei Augustnummern der Nowaja Gaseta bekommen. Stand viel Interessantes drin, auch über mich. Die Welt bleibt mit mir zusammen dran. Ich habe meine Leute gebeten, sie sollen mir demnächst in den Briefen Artikel aus der Nowaja Gaseta schicken und die vom Pech verfolgten Unterlagen zur Inszenierung von »Numbers«.

Gestern war der Koreaner mit einem seiner Fachrichtung und Orientierung nach undefinierbaren Arzt von draußen hier. Während der mich berührte, sprach er kurz mit dem Vertreter der koreanischen Medizin. Er ist ganz in Ordnung und ein guter Fachmann, er reduziert einfach die Kontakte zu seinen Patienten auf ein Minimum. Das ist uns beiden recht, obwohl ich zu meinem alten Doktor natürlich eine sehr enge Bindung hatte. Aber was währt schon ewig.

Tag 123

[…]

Morgens Regen und Dämmer, obwohl der Tag längst angebrochen ist. Herbstliches Matschwetter, das richtig gemütlich wirkt, wenn man den Tag zu Hause verbringt. Ich muss an die glücklichen Zeiten denken, noch vor dem Film, als bei mir alles gut war. Die Familie war zu Hause, das Business lief, Geld war mehr als genug vorhanden, das neue Auto vorm Haus wartete nur darauf, gefahren zu werden. Alles vergeht, aber ich bedauere nichts, denn das war auf jeden Fall eine Sackgasse. Auf der Stelle zu treten, bedeutet auf jeden Fall den moralischen Tod, für mich zumindest. Jetzt freue ich mich einfach am Leben, dass ich es habe und dass es ist, wie es ist: vielseitig, schwer und interessant. Eine leichte Bewegung. Hoffentlich immer vorwärts.

Gestern war die helle Phase sehr kurz – am Nachmittag überkam es mich wieder, und zwar plötzlich und abrupt. Offensichtlich wieder der Wetterumschwung. Das Herzstechen hat erst heute Morgen aufgehört.

Gestern hat wieder so eine Art lokales Konzil stattgefunden: Drei Ärzte von draußen haben mich nacheinander untersucht. Der Kinderarzt hat festgestellt, dass das Herz noch schlägt; der Psychiater, dass ich noch nicht verrückt bin, und der Endokrinologe, dass die Flüssigkeiten in meinem Körper noch zirkulieren. Der Koreaner war kurz da und mein alter Doktor wohl auch, wahrscheinlich ist er extra deswegen gekommen. Ich wurde aber nicht zu einem persönlichen Gespräch geladen, deswegen habe ich mich vielleicht auch getäuscht. Wundern würde es mich nicht, denn am gestrigen Tag und besonders abends hatte sich die Welt zusammengerollt.

Ich habe ein Dutzend Briefe bekommen und sehe sie durch. Nichts Wichtiges, auch nicht zu meinem Stück, vielleicht versuchen die *Operatiwniki*, mich an diesem Punkt zu treffen, und rücken die Korrespondenz nicht raus. Gemeinheit ist eine Konstante in der Logik und im Zynismus der Miliz. Wie immer sind Briefe aus dem Ausland, aus der Ukraine und aus dem Land der verschrobenen Gestalten dabei. Ein paar Briefe von alten, sehr entfernten Bekannten, die ich höchstens ein oder zweimal getroffen habe. Bei denen klingt's dann immer so: Wir konnten uns lange nicht entschließen, dir zu schreiben (vier Jahre); als wir dich kennengelernt haben, wussten wir ja gar nicht, wer du bist, jetzt denken wir jeden Tag an dich. Tja, da weißt du nicht so recht, was du denken und schon gar nicht was du antworten sollst. »Die menschliche Seele ist unergründlich«, wie ein alter Kumpel von mir zu sagen pflegte (der er war, ehe er sich während der Annexion der »Volkswehr der Krim« angeschlossen und mich bei den oppositionellen Kräften angezinkt hat). Glauben die Verfasser jetzt tatsächlich, mich zu kennen?

Endlich ist die Heizung angeschaltet worden. Die Heizkörper lassen Wärme zwar bislang nur erahnen, aber das gibt diesem trüben Tag immerhin einen Funken häuslicher Behaglichkeit.

Tag 124

Heute ist wieder eine Kommission dagewesen. Draußen heißt es mal wieder, ich läge im Sterben, also sind sie gekommen, um das zu überprüfen. Haben mich untersucht, angefasst – kalt und hart an manchen Stellen, aber noch nicht das letale Stadium. Genau in dieser Zeit – als ich am Tropf hing – ist wieder eine Vene geplatzt, und das Aminosäurepräparat ist unter die Haut gelaufen. Dass die Vene dann anschwillt und die Stelle wehtut, ist halb so wild, schlimmer ist, dass es ewig dauert, bis sie verheilt, und vor allem wird mir schlecht, wenn die Lösung nicht an die richtige Stelle fließt. Deswegen hat mich die Kommission nicht gerade in bester Verfassung angetroffen und mir vorsichtig angeboten, mich zu retten, so lange es noch nicht zu spät ist. Ich habe nur schwach den Kopf geschüttelt, woraufhin sie winke, winke machten und von dannen zogen.

Die Heizung wärmt nur sich selbst, aber es ist immerhin eine moralische Unterstützung.

Vor Kurzem war ein Jubiläum, das mir erst jetzt, ein paar Tage später, eingefallen ist. Vor zehn Jahren habe ich meine Filmkarriere gestartet, als ich bei den Aufnahmen für meinen ersten Kurzfilm zum ersten Mal »Action!« rief. Es war ein heißer September auf der Krim. Wir drehten unseren ersten Film, inspiriert und einträchtig. Der Prozess war viel angenehmer und spannender als der Stoff. Damals habe ich noch nicht gesehen, was ich drehe, ich dachte, es läuft alles prima. Tiere, Kinder und das Meer lassen sich am schwersten filmen. Weil sie unberechenbar sind. Wir hatten ein Kind und das Meer. Aber das war natürlich nicht der Grund, warum es nicht klappte. Nichts gelingt gleich beim ersten Mal. So etwas Kompliziertes wie ein Film schon gar nicht. Und wir hatten ja auch keine Erfahrung – für alle war es der erste Film. Ein Außenstehender, der uns am ersten Tag bei der Arbeit beobachtet hat, meinte allerdings, nur die ersten zwei Stunden hätte ich überfordert gewirkt, dann hätte ich agiert, als würde ich schon ein Leben lang Filme drehen.

Das liegt wohl weniger daran, dass ich mir sehr schnell Dinge aneigne, sondern daran, dass sich die Fähigkeiten zügig entwickeln, wenn man einen Film vom Anfang bis zum Ende macht und alle Fäden in der Hand hält. Meine Erfahrungen aus der Wirtschaft, mit Menschen, im Cybersport sind mir natürlich sehr zugute gekommen, deswegen hat die ganze Organisation und Planung gut funktioniert. Mit den Leistungen im künstlerischen Bereich – so minimal sie auch waren – hat es bis zum Film »Gamer« gedauert. Natürlich hätte ich in zehn Jahren viel mehr schaffen können. Allerdings habe ich von den zehn Jahren ja viereinhalb im Gefängnis gesessen, und die anderen sind damit draufgegangen, dass ich mir erst mal ein paar Fähigkeiten aneignen und mir einen Namen machen musste, das ist sehr wichtig, dauert aber in der Anfangsphase sehr lange. Ja, ich wurde abgeschossen, als ich gerade am Aufsteigen war, doch ich kann alles nachholen und noch viel mehr erreichen. Hauptsache, ich komme hier raus, ehe ich alt bin. Hauptsache, ich komme hier raus. Hauptsache, ich komme raus.

Tag 125

Im Traum war ich an einem Schusswechsel im Wald beteiligt – entweder war es im Zweiten Weltkrieg oder in einem Computerspiel. Dann bin ich in einem Ferienort mit zwei jungen Frauen und einem Einjährigen auf dem Arm spazieren gegangen. Unsere Beziehung war unklar, wahrscheinlich waren es Verwandte. Wir sind in ein Café gegangen und haben dort gesessen, sie gingen weg, ich bin geblieben und habe abgeräumt. Als ich das Café verließ, haben wir uns wiedergetroffen, sie waren ausgelassen und angetrunken, das Kind hatten sie verloren, denn es war schon dunkel. Im Gefängnis sind die Träume markanter und spannender als die Wirklichkeit. Und manchmal auch realer, dann weißt du nicht mehr, was wirklich ist und was nicht, was Alptraum und was Rettung.

Draußen ist es grau und feucht. Im Zimmer ist es nicht heiß, nicht mal warm, aber auch nicht kalt. Wenigstens habe ich in den letzten zwei Tagen nicht mehr gefroren.

Vier Monate Hungerstreik sind vorbei. Ich fühle mich wie in einem dunklen Wald. Woher ich komme und wohin ich gehe, wo der Weg ist – alles ist unklar. Ich bewege mich tastend weiter. Das Ziel und der Weg liegen hinter hohen umzingelnden Bäumen verborgen. Gehen muss ich dennoch – hier stehen zu bleiben, würde erst recht zu nichts führen.

Die nächste Frist setze ich mir wieder etwas später – am 1. Oktober. Ich glaube zwar nicht, dass sich bis dahin etwas tut. Überhaupt glaube ich nicht mehr daran. Ich fühle mich heute erstaunlich gut. An solchen Tagen denke ich, dass ich sogar bis Neujahr durchhalte! An schweren Tagen fühlt es sich so an, als wäre ich dann nicht mal mehr am Leben. Ich bewege mich langsam weiter. Von Kiefer zu Kiefer, von Kiefer zu Kiefer.

Tag 126

Gestern ist mir schlecht geworden, ganz plötzlich und auf einen Schlag. Ich saß abends mit den Jungs im Fernsehraum, wir haben uns unterhalten. Auf einmal wurde mir übel und schwindelig, sogar im Sitzen. Ich hab mich zu meinem Bett geschleppt und bin hineingefallen. Und bis zum Einschluss nicht mehr aufgestanden. Heute ist mir immer noch schlecht und ich sehe Kreise. Bislang kam die Verschlechterung immer wie ein rollender Stein, gestern war es wie ein Lawinenschlag. An Tagen wie diesen scheint mir selbst der 1. Oktober unerreichbar und vergeblich, von Neujahr gar nicht zu reden. Heute liege ich wieder die meiste Zeit.

Tag 127

Montag. Ein weiterer sinnloser Tag. Herbst und Halbdunkel. Matsch und trübes Wetter draußen. Dafür sind die Heizkörper etwas mehr auf Touren und das Zimmer ist warm, der Körper auch, allerdings nur äußerlich. Der flotte junge Staatsanwalt und der Lagerleiter haben mir in Begleitung des koreanischen Arztes einen Kontrollbesuch abgestattet. Und sich davon überzeugt, dass ich noch lebe und mehr oder weniger gesund bin. Die zentrale Allerweltsfrage des Staatsanwalts: Bewege ich mich noch selbstständig fort? Nach seinem gespannten Blick zu urteilen, wartet er ungeduldig darauf, dass mir die Beine versagen.

Habe Steinbecks Roman zu Ende gelesen. Im Großen und Ganzen nicht schlecht, aber so richtig begeistert bin ich nicht. Eine Neufassung des alten biblischen Themas von Kain und Abel am Beispiel von zwei Generationen aus einer amerikanischen Familie in einem Tal in Kalifornien. Es gibt viele Figuren, die meisten sind interessant, aber irgendwie kann ich mich mit keiner einzigen richtig identifizieren, deswegen fehlt mir das nötige Maß an Empathie und innerer Anteilnahme. Fast alle verhalten sich so, wie ich es nicht machen würde. Vielleicht würde ich, wenn ich an ihrer Stelle wäre, ihre Dummheiten und Fehler nicht begehen, dafür aber andere Fehler machen. Die eigenen Dummheiten und Fehler sind einem aber nun mal näher. Ich versuche, mir heute oder morgen die Bücher von Steinbeck zu besorgen, die ich noch nicht gelesen habe. Er ist ja trotzdem ein sehr guter Autor.

Tag 128

Draußen ist richtiges Unwetter. Wind und Regen unterziehen die Scheiben in den Rahmen einer Festigkeitsprobe und prüfen die Stabilität der Leitungen an den Masten. Unsere Station ist in einem alten Holzhaus untergebracht, hier ist es viel wärmer als in den Steinbaracken, die bedeutend später gebaut wurden. Weil unser Häuschen auf Dauerfrostboden steht, »läuft und atmet« es: Ständig reißt und knirscht der Dachboden wie die Knochen bei einem Rheumakranken. Besonders gut hört man das in der nächtlichen Stille. Am Anfang dachte ich immer, da läuft jemand über die Dielen, irgendwann habe ich mich an das feine Knacken des Holzes gewöhnt. Vielleicht kommt das davon, vielleicht auch von etwas anderem, jedenfalls ist das Dach in unserem Haus kaputt, und es tropft durch die Decke. Der zum Dienst angetretene neue Inspektor hat die Pfütze gesehen und gesagt, bei mir würde es »durchs Dach tropfen«. Ich antwortete, mit meinem Dach sei so weit noch alles in Ordnung und für Reparaturen am Krankenhauseigentum sei ich nicht verantwortlich. Er merkte, dass ich ihm irgendwie frech gekommen war, reagierte aber nicht, wiederholte nur leise für sich meine Antwort, offenbar um sie nicht zu vergessen und sie dem Apparat vollständig zu Gehör zu bringen.

Für die Infusion nehmen sie jetzt dünnere Nadeln, um die Venen wenigstens halbwegs zu schonen, jetzt dauert die Prozedur doppelt so lange, aber die blöden Dinger reißen nicht nur am Anfang, sondern auch mittendrin.

Gestern haben sie den Rotschopf fortgeschleppt. Erst kam ein Mitarbeiter und hat ihn zu einem Gespräch mitgenommen, dann haben sie seine Sachen geholt. So ist das hier im Lager immer: Sie nehmen dich mit und sagen nicht, wohin, dann holen sie deine Sachen, damit keiner mitkriegt, wohin du verlegt wirst. Den Rotschopf haben sie wahrscheinlich in eine kalte Zelle in der Sicherheitsabteilung gebracht, in die *Petrowka* – so heißt dieser Ort hier, damit der Typ nicht ständig Stunk macht und zur Besinnung kommt. Gagarin hat's mit dem Fliegen zu weit getrieben, der Rotschopf mit dem Schreiben von Eingaben. Gestern ist Post gekommen, ungefähr ein Dutzend Mails. Die meisten von irgendwelchen aggressiven Omas, die mir mit verschiedenen Schreckgeschichten Angst machen wollen, damit ich endlich aufhöre, mich selbst zu ruinieren. Dann noch ein paar Durchgeknallte und – ein Brief von meinem Team, das an der Verfilmung meines Stücks arbeitet. Offenbar kommen sie jetzt gut voran und haben sich aufeinander eingestellt. Das freut mich sehr! Das Casting läuft schon. Mein Kumpel, für den ich die Hauptrolle geschrieben habe, wurde angenommen. Ich wollte, dass er sich der Rolle als würdig erweist, dass er der beste Kandidat ist. In meiner Arbeit gibt es keine Freundschaftsdienste.

Tag 129

Im Traum habe ich mit den Jungs Fußball gespielt, dann meiner Mutter im Haushalt geholfen, weil sie sich nicht wohlfühlte. Dann war ich entweder bei einer Kundgebung oder bei einem Festappell, wo alle in Reih und Glied standen, mit Fahnen, viele mit Waffen, auch ich trug ein Gewehr über der Schulter. Während ich meine Leute suchte, ging ich in einen Laden, um Lebensmittel zu kaufen, aber die Verkäuferin brauchte so lange, um mich zu bedienen, dass sich die feierliche Versammlung schon aufgelöst hatte, als ich wieder auf die Straße trat. Zu Hause war mein Vater – aus irgendeinem Grund mit einem Bart wie Hemingway – verärgert, weil ich lange weg gewesen war und ihm nicht bei der Reparatur des Schweinestalls geholfen hatte. Dort war jetzt tatsächlich ein neuer Metallzaun, davor stand ein gemästetes Schwein und schaute mich an. Verworrenes Zeug wie immer.

Gestern hat der Knast den ganzen Vormittag auf irgendeinen wichtigen Staatsanwalt gewartet, sodass die Sträflinge ausnahmsweise mal nicht in Formation laufen und »Eins, zwei, eins, zwei« marschieren mussten. Als ich durchs Fenster das schweigend dahintrabende Häuflein Häftlinge sah, dachte ich erst, ich würde noch schlafen. Der Staatsanwalt ist dann gar nicht gekommen, und so ging der Drill am Nachmittag wieder los. Abends hatte ich plötzlich hohen Blutdruck, und das Herz hat gehämmert, als würde es von vier Leuten verfolgt und wollte eingelassen oder besser gesagt aus der Brust gelassen werden. Diese Art special effect hatte ich heute zum ersten Mal. Allerdings begreife ich die Reaktionen meines Körpers schon lange nicht mehr und unternehme auch keine Versuche, sie zu analysieren. Ich lebe so vor mich hin.

Heute habe ich meinen Doktor gesehen, aber nur kurz und von Weitem, er ist nicht näher gekommen, angeblich hat er einen akuten Atemwegsinfekt und will mich nicht anstecken. Vielleicht stimmt das, vielleicht hat man ihm aber auch nur geraten, sich aus verschiedenen Gründen von mir fernzuhalten. Das Gefängnis ist ein Ort, an dem du das Vertrauen in andere Menschen endgültig verlierst. Vielleicht ist das in der Freiheit auch so, aber da kann man sich leichter verstellen. Obwohl die Häftlinge in der Fähigkeit, sich zu verstellen, unschlagbar sind. Es ist eine überaus verschlossene und misstrauische Welt, in der ich jetzt lebe. Aus der Bibliothek haben sie mir die gesammelten Werke von Steinbeck rangeschleppt. Das reicht eine Weile, den Titeln nach zu urteilen habe ich die Hälfte allerdings schon gelesen. Habe seinen Erstling über den Pirat Henry Morgan begonnen, kindlich geschrieben, aber stellenweise interessant.

Tag 130

Ich lebe ein festgefügtes und eintöniges Leben: Es passiert nichts, selbst die abendliche Übelkeit stellt sich immer um dieselbe Zeit ein. Es kommt mir so vor, als wäre es schon immer so gewesen, als ginge es schon ewig und würde bis in die Unendlichkeit andauern. Die Eintönigkeit der derzeitigen Lage setzt mir irgendwie am meisten zu. Ob mein Tagebuch irgendwann diese Mauern verlässt und Verlegern in die Hände fällt? Und wenn ja, pressen sie dann vielleicht, nachdem sie es gelesen haben, die Lippen aufeinander, lassen die Arme sinken und sagen: »Ja, schon irgendwie interessant, aber diesen ganzen monotonen Mist können wir doch nicht so abdrucken.«

Im Revier lebt Ramis. Lebt ist der richtige Ausdruck, denn er ist schon vier Jahre hier. Von den fünfzehn, die er hinter sich hat, und den achtzehn, die sie ihm aufgebrummt haben. Er hat AIDS im Endstadium, Gelbsucht und noch haufenweise Begleiterkrankungen. Sein Bein stirbt ab. Selbst auf Krücken läuft er nur mit Mühe. Er hat furchtbare Schmerzen und muss immer Medikamente nehmen. Ramis hat sich erst im Gefängnis mit AIDS angesteckt, als ihm jemand ein Tattoo gestochen hat, unter den hiesigen hygienischen Bedingungen. Zwei Gesuche auf vorzeitige Entlassung hat er schon eingereicht, beide wurden abgelehnt. Das zweite in dieser Woche. Der Staatsanwalt hat in seiner Akte alte Strafen gefunden, von vor fünf Jahren, der Richter hat sich darauf berufen und die vorzeitige Freilassung abgelehnt, obwohl sein Gesundheitszustand so schlecht ist, obwohl er nicht mehr lange zu leben hat. Das Lager hat auch keine Anstrengungen unternommen, damit er freikommt. Er hat immer zu den Schwarzen gehört, war ein *Muschik* und ein schwerer Junge – hat sich schon in jungen Jahren in krumme Dinger reinziehen lassen. Jetzt ist er über vierzig und hat nur noch einen Wunsch: zu Hause, bei seiner Familie zu sterben. Dieser Wunsch wird ihm verwehrt. Der Apparat bittet nur für die eigenen Leute – für die *Roten*, für die, die singen, also mit der Lagerverwaltung kooperieren. Ramis kann nur mit einem Attest vorzeitig entlassen werden, wenn sein Ende absehbar ist, damit er mit seinem Tod dem Knast nicht die Statistik verdirbt. Aber er hat Angst, dass er dann gar nicht mehr transportfähig ist und es nicht mehr bis in sein Heimatdorf schafft.

Tag 131

Heute Morgen bin ich davon erwacht, dass ich im Traum gelacht habe. Das ist mir lange nicht mehr passiert, hier gibt's ja auch selten was zu lachen.

Der Tag draußen ist schön – kein Regen, kein Wind, keine schweren Wolken. Blauer Himmel und Sonne, herbstliche Streicheleinheiten. Das ist sehr selten für den Polarkreis zu dieser Jahreszeit.

Damit setzt sich mein Glück von gestern fort: Ich habe nämlich einen Brief von meiner Tochter bekommen. Sie hatte mir, wie sich herausstellt, im Laufe des zu Ende gegangenen Sommers mehrfach geschrieben, aber die Post hat mich nicht erreicht. Dieses Mal hat sie eine Mail über meine Freunde verschickt, und die ist angekommen.

Sie schreibt über sich, wie sie den Sommer verbracht hat, was sie weiter vorhat und vor allem, dass sie mich sehr unterstützt, mich liebt und auf mich wartet. Sehr erwachsene Worte von einem so nahestehenden und dir nicht nur äußerlich ähnlichen Menschen. Ich bin sehr froh und stolz, dass meine Tochter so verständig und zielstrebig ist. Der beste Tag seit Langem.

Aus der Vene wurde Blut abgenommen. Es lief zögerlich in die Ampulle und war dunkelbraun, fast schwarz. Die Krankenschwester trug mir auf, den Ärzten mitzuteilen, dass mein Blut sehr dickflüssig sei. Ich weiß – das ist ein schlechtes Zeichen, ich merke, wie viel Mühe das Herz in letzter Zeit hat, das Blut durch den Körper zu pumpen. Nur wem soll ich das überhaupt mitteilen, wo mich die Ärzte meiden wie einen Aussätzigen?

Der stellvertretende Lagerleiter war da, wieder hat er lustlos auf mich eingeredet, ich solle den Hungerstreik abbrechen, und ist dann auf meine künstlerische Arbeit zu sprechen gekommen, wahrscheinlich hat er erwartet, dass ich mich nach den verschwundenen Unterlagen für mein Stück erkundige. Ich habe da keine Neugier erkennen lassen. Aber offenbar haben sie draußen, hinterm Zaun, deswegen Alarm geschlagen und auch weil das letzte Treffen mit meinem Anwalt so abrupt beendet wurde. Der Milizionär hat sich nicht wirklich gerechtfertigt, sondern eher versucht, den ganzen Ärger auf meinen Verteidiger abzuwälzen – wie oft und wo überall der nun schon daneben gehauen hätte. Am Ende seines Monologs teilte er mir mit, sie hätten die Unterlagen bekommen, durchgesehen und heute oder am Montag würden sie mir ausgehändigt. Wahrscheinlich kriege ich sie heute noch, aber wetten würde ich nicht darauf. Zum Abschied sagte er, ich glaubte, ich hätte den goldenen Fisch gefangen, würde aber doch eigentlich vor einem Scherbenhaufen stehen. Ich habe nicht versucht, diese Metaphern aus dem Kopf des Bürgers Natschalnik zu entschlüsseln, sondern mich einfach höflich für seine Mühe bedankt und verabschiedet. Heute ist trotzdem ein sehr schöner Tag.

Tag 132

Alles geht langsam, zögerlich, wie eine Schildkröte, die nach dem Laichen zum Meer zurückkriecht.

Heute waren es 71 Kilo. Wie meine Werte und das EKG sind, weiß ich nicht, diese Angaben werden mir nicht mehr mitgeteilt. Wahrscheinlich sind sie nicht besonders nach dem, wie's mir geht.

Die sehnlichst erwarteten Unterlagen wurden mir gestern Abend wie erwartet ausgehändigt. Spät, aber immerhin. Heute schicke ich dem Team meine Kommentare und Hinweise. Es ist so schon schwer genug, den kreativen Prozess aus der Ferne zu leiten, und dann noch diese ständigen Verzögerungen und Störungen. Die zufälligen und die absichtlichen. Ich glaube trotzdem an mein Team und hoffe, dass das, was ich schreibe, was nützt und noch rechtzeitig kommt.

Heute habe ich ein weiteres Werk von Steinbeck zu Ende gelesen: »Das Tal des Himmels«. Ein Erzählband oder ein aus mehreren eigenständigen Kapiteln bestehender Roman über ein Tal in Kalifornien. Spielt ja eigentlich auch keine Rolle. Vor allem ist es ein interessanter und origineller Schmöker über die Menschen und das Leben. Authentisch, lustig und traurig wie das Leben selbst. Ich habe es mit großem Gewinn und angenehmem Nachhall gelesen. Wenn man der Biografie des Autors Glauben schenken darf, hat er mit diesem Buch seinen Stil und sein zentrales Thema gefunden und zu seinem Höhenflug angesetzt.

Obwohl sich gestern Abend das Wetter – und daraufhin auch mein Gesundheitszustand – verschlechtert hat, scheint heute Morgen wieder die Sonne und wärmt mich, so eine Art Abschiednehmen vor dem langen sonnenlosen Winter. Was morgen sein wird, ist unklar, in jeder Hinsicht. Heute jedenfalls ist es warm und angenehm. Wieder ein sehr guter Tag. Auch heute habe ich wieder im Traum gelacht.

Tag 133

Die guten Tage sind vorüber. Das Wetter ist abscheulich geworden, Tropfen fallen auf die Betonwege und in die Gehirne. Blutdruck und Puls sind im Keller. Ein Zustand, als hätte mir jemand mit dem Beilrücken auf den Kopf geschlagen. Gestern Abend kam noch ein stechender Schmerz im Magen dazu, als hätte ich eine *Ratsche* – eine Klinge verschluckt. Das hat mir grade noch gefehlt. Vielleicht hat sich der Magen daran erinnert, dass ihm seit vier Monaten das normale Essen fehlt? Gegen Morgen wurde es wie immer etwas besser.

Einmal, das muss jetzt ungefähr zwanzig Jahre her sein, bin ich mit meiner zukünftigen Frau ans Schwarze Meer gefahren, nach Aluschta. Und da habe ich im Wasser eine Boje gesehen, keine wie man sie auslegt, um den Badebereich für die Urlauber abzugrenzen, sondern viel weiter weg. Sie war klein, ein roter Punkt, zwei, drei Kilometer entfernt, schätzte ich. Ich wollte hinschwimmen. Ich kann ziemlich gut schwimmen und habe dabei gern ein Ziel. In diesem Fall hatte ich ein ganz konkretes Ziel. Es war bewölkt und nicht zu warm, keine allzu hohen Wellen, gute Bedingungen also für eine kleine Schwimmtour. Ich schwamm los. Ich schwamm eine Stunde, zwei. Ich ruhte mich ein bisschen aus, wechselte die Schwimmart und schwamm weiter. Die Boje wurde größer, kam aber nicht näher: Ich hatte mich in der Entfernung um mehr als das Doppelte verschätzt. Ich drehte mich um – wegen der Entfernung und den Wellen war das Ufer nicht mehr zu sehen, nur noch die Berge hinter dem Strand. Nach zweieinhalb Stunden, als ich schon fünf oder sechs Kilometer hinter mir hatte, wurde mir klar, dass ich es nicht bis zur Boje schaffen würde, und dass ich, selbst wenn ich sie erreichte, nicht mehr genügend Kraft für die Rücktour hätte. Dabei war die Boje wirklich schon ganz nah – vielleicht noch 200 Meter entfernt – eine große rote Tonne zur Befestigung von Schiffen an der Reede. Ich machte kehrt – kurz vor dem Sieg, der aller Voraussicht nach eine Niederlage gewesen wäre. Der Wind war aufgefrischt und die Wellen wogten, deshalb schwamm sich die Rücktour immerhin leichter. Ich hatte nur Angst, dass ich einen Krampf bekommen könnte. Ist aber nicht passiert. Anderthalb Stunden später erreichte ich das Ufer und blieb bis zum Abend kraftlos auf dem Handtuch liegen.

Es kommt mir so vor, als würde ich jetzt wieder auf diese Boje zu schwimmen. Nur dass mein Einsatz jetzt höher ist: Leben gegen Freiheit. Ich hoffe, dass ich dieses Mal nicht umkehren muss, bevor ich das Ziel erreicht habe.

Tag 134

Heute habe ich geträumt, wie ich mit meiner – noch ziemlich jungen – Mutter an einem See spazieren gehe, der in einem ehemaligen Tagebau in der Nähe unseres Dorfes angelegt worden ist. Meine Labradorhündin ist auch dabei. Im Nebel sind wir auf einen Hügel gestiegen und einer deutschen Patrouille in die Arme gelaufen. Die Hündin hat die Soldaten angebellt, der Unteroffizier wollte sie erschießen und mich gleich mit. Ich bekniete ihn – aus unerfindlichen Gründen auf Englisch –, das nicht zu tun, und zeigte ihm, dass die Hündin gehorcht, indem ich sie Kommandos ausführen ließ. Letzen Endes hatte der Deutsche Mitleid und rührte uns nicht an. Der Traum ist mir im Gedächtnis geblieben. Die Labradorhündin ist vor zwei Jahren gestorben, meine Rückkehr wird sie nicht erleben.

Gestern Abend habe ich Ramis besucht, er wohnt mit einem anderen Dauerpatienten in einem eigenen kleinen Zimmer am Ende des Flurs, und sie haben einen kleinen Fernseher. Das Bild ist schlecht, aber besser als gar nichts. Wir haben uns die Nachrichten der Woche mit Kisseljow angesehen. Da habe ich mitbekommen, dass aufgrund von Wahlbetrug die Ergebnisse der Regionalwahlen in etlichen Regionen Russlands annulliert wurden und dass die Assad-Anhänger in Syrien mit einer russischen Rakete ein russisches Aufklärungsflugzeug mit der fünfzehnköpfigen Besatzung an Bord abgeschossen haben, aus Versehen natürlich, aber jetzt sind wieder die Juden schuld. Zu mehr bin ich nicht gekommen, die Oberpusche des Reviers kam angerannt und hat mich eindringlich aufgefordert, nicht in die anderen Krankenzimmer zu gehen, sondern in meinem Zimmer zu bleiben. Nicht mal am Sonntagabend verschonen sie einen mit ihrer heimlichen Überwachung.

Gleich nach dem Einschluss kam der stellvertretende Lagerleiter, um sich zu erkundigen, wie es mir geht. Die Sänger haben ihre Augen und Ohren überall.

Dreimal am Tag werden die Temperatur, der Puls und der Blutdruck gemessen. In den letzten Tagen war der verdammte Blutdruck sehr niedrig. Als die Schwester gestern 70/50 gesehen hat, wollte sie mir etwas geben, um den Tonus zu erhöhen, aber ich habe abgelehnt, ich werde ja sowieso schon dauernd mit den ganzen Präparaten vollgestopft. Wie Erdölarbeiter bohren die Schwestern die Innenflächen meiner Arme an, um blutführende Adern zu finden. Seit zwei Tagen haben sich zu den gewohnten special effects des Hungerstreiks noch Schnupfen und Halsschmerzen gesellt. Eigentlich habe ich nichts Kaltes getrunken und bin auch nicht draußen gewesen; wo ich mich erkältet habe, weiß ich nicht. Natürlich lüfte ich regelmäßig, versuche aber, Zugluft zu vermeiden. Bloß nicht richtig schwer krank werden, mit dem geschwächten Organismus hat eine Infektion leichtes Spiel. Vom Toilettenfenster aus bietet sich ein herrlicher Blick auf einen Teil der Stadt und den nahen Wald. Die Bäume haben sich gelbgold gefärbt, im dichten Morgennebel sieht das sehr schön aus, wie im Film. Aber lange am Klofenster zu stehen und aus einem kleinen Fenster zu glotzen, ist selbst für einen kreativen Häftling zu viel.

Tag 135

In der Nacht bin ich mit zwei Freunden in zwei aneinander geketteten Booten über einen stillen Fluss geglitten. Wir kamen auf die Idee, aufs Meer hinaus zu fahren und eine Bucht zu überqueren. Wir fuhren bis zur Flussmündung hinauf, beschlossen aber an einer Biegung, an einem Laden haltzumachen, um für unterwegs Bier zu kaufen.

Wir legten zusammen, und ich betrat den Laden. Als ich drin stand, wurde mir klar, dass es in der Bucht windig und kalt werden würde und es deshalb sinnvoller wäre, etwas Wärmendes zu nehmen, also habe ich Kognak und Snacks verlangt. Später habe ich mit Klassenkameraden aus der Grundschule ein Brettspiel gemacht, während wir auf die Lehrerin warteten. Als sie kam, habe ich lange gebraucht, um das Spiel wieder im Karton zu verstauen, bis zum Morgengrauen.

Am Morgen war so ein dichter Nebel, dass vom Toilettenfenster aus weder die Stadt noch der Wald zu sehen waren – nur das Dach der Nachbarbaracke.

Gestern hat mein Doktor exakt für eine Minute bei mir reingeschaut. Er sah munter aus, offenbar ist er wieder gesund. Auf meine Frage, wie es ihm ginge, antwortete er auf seine unnachahmliche Art, besser als mir. Meine Werte waren beschissen, und er prophezeite mir gelassen binnen der nächsten Tage den Zusammenbruch. Nicht, dass mich das nun besonders beunruhigt hätte – diese negativen Prognosen höre ich nun schon die ganzen vier Monate und lebe immer noch. Bezüglich der Gesundheit bin ich mir da nicht mehr so sicher. Mein Körper scheidet weniger Wasser aus, als er aufnimmt, das sieht man am Wasserhaushalt. Das Gewicht ist fast um ein Kilo nach oben gegangen, das Gesicht aufgedunsen. Das sind keine guten Zeichen – die Nieren schaffen es nicht mehr. Abends ist mir immer noch schlecht, wie nach Plan, morgens ist es besser.

Ich lese weiter Steinbeck. Ich habe einen Erzählband über das Leben eines Jungen auf einer Ranch gelesen, der hat mir gefallen – glücklich die, die eine Kindheit in der Natur hatten. Dann eine kürzere Novelle, vom Stil und Inhalt her hatte sie eher etwas von einem Drehbuch oder einem Drama. Sie spielte auch auf einer Ranch und hat mir auch gefallen, war allerdings traurig – über unerfüllte Träume, aber eigentlich geht es in allen Werken von Steinbeck darum. Jetzt lese ich »Die Straße der Ölsardinen«, über das Leben der Bewohner einer Straße in einer Kleinstadt am Meer. Lustig, lebensnah, gut und traurig zugleich. Vielleicht mag ich den Autor deswegen so gern, und ich bin ja nicht der Einzige.

Tag 136

Draußen hängt ein bleierner Herbsttag. Der Wald, der zwei Tage lang im Nebel nicht zu sehen war, hat in dieser Zeit die Feuchtigkeit aufgesogen und sich von goldflammend in dunkelbraun gefärbt. Es ist frappierend, wie schnell sich in der Übergangszeit die Natur im Norden verändert. So war es auch im Juni. Damals hat sich der Wald praktisch innerhalb von zwei Tagen aus einer Reihe kahler Pfähle in ein grünes Dickicht verwandelt. Nun hat sich die Tundra da draußen wieder stark verändert und Herbstfärbung angenommen. Hastig kostet die Natur die Wärme des kurzen Sommers aus, wie ein Matrose auf dem Landgang das schnelle Vergnügen sucht.

Die Krankenschwester, die unlängst aus der Elternzeit zurückgekehrt ist, frischt ihre Fähigkeiten auf Kosten meiner Venen auf. Heute hat es immerhin beim vierten Versuch irgendwie geklappt, aber die Vene hat trotzdem nicht bis zum Ende der Infusion durchgehalten – sie ist gerissen und angeschwollen wie ein Schlauch, auf den jemand getreten ist. Dafür bin ich glücklicherweise nicht schlimm krank geworden, der Hals feuert und brennt nicht mehr. Aber in letzter Zeit kriege ich immer schlechter Luft: Es fühlt sich stickig an, als würde es an Sauerstoff fehlen. Ich lüfte regelmäßig, und durchs Fenster kommt frische Luft herein, aber sie ist herbstlich, feucht.

Gestern war der Chef des Sicherheitsdienstes da und wollte rauskriegen, worüber ich mich mit dem Rotschopf denn so ausführlich und vertraulich ausgetauscht hätte. Sodass er von der Krankenstation wegverlegt werden musste. »Welche Gemeinsamkeiten haben der Extremist und der Terrorist denn entdeckt?«, staunte er geschwollen und hoffte offenbar, dass auch ich diesen primitiven Kalauer amüsant fände. Dass man sich zum Beispiel über Filme unterhalten kann, ist für ein misstrauisches Milizionärshirn nicht zu erfassen.

Gestern habe ich Briefe bekommen. Nur wenige, aber gute, sachliche. Die Vorbereitungen für die Verfilmung des Stücks laufen gut. Die anfänglichen Probleme und Missverständnisse sind offenbar ausgeräumt, das Team hat sich gefunden. Warten wir ab, wie es weitergeht und welche neuen Probleme auftauchen. Immer mehr Briefe mit ausführlichen und mit Argumenten untersetzten Aufforderungen, den Hungerstreik zu beenden. Manche ukrainische Politiker würden doch nur auf meinen Tod warten, davon hätten sie doch mehr als von meiner Freilassung. Da können sie lange warten! Wir werden noch Purzelbäume schlagen!

Tag 137

Ich habe das nächste Heft für mein Tagebuch angelegt, genauer gesagt aus Kopierpapierseiten geheftet. Das sechste schon. Ich dachte, das vorherige würde das letzte sein, aber falsch gedacht. Dieses Mal stelle ich keine Vermutungen an und mache keine Vorhersagen.

Gestern Abend hat mich mein Doktor untersucht. Er hatte tagsüber wieder kurz reingeschaut, und mein Anblick hatte ihm nicht gefallen. »Der stirbt, und du schaust heimlich zu«, so sein Fazit. Er war tatsächlich krank gewesen, jetzt ist er fast wieder gesund, hustet aber noch ein bisschen. Obwohl der Doktor eigentlich im Urlaub ist und seine Aufgaben an den Koreaner übergeben hat, kommt er ab und zu rein, um die Hand am Puls zu haben, besonders an meinem. Jetzt muss er allerdings auf eine mehrwöchige Dienstreise nach Russland, und deswegen wollte er mich vor seiner Abreise noch einmal gründlich untersuchen.

Besonders mein abgefallener Puls und mein niedriger Blutdruck machen ihm Sorgen. Es wurde ein EKG gemacht, und das hat es bestätigt: Rhythmusstörung, zeitweise fällt die Herzfrequenz auf 34 Schläge pro Minute ab. Der Doktor hat sofort Gegenmaßnamen eingeleitet: Es wurden Proben genommen und wegen der späten Stunde mit einem Kurier ins städtische Krankenhaus geschickt, außerdem wurden intensivmedizinische Maßnahmen ergriffen – ich bekam Spritzen und Infusionen. Schließlich hat der Doktor in seiner Wut die ärztlichen Vorgesetzten in Moskau angerufen, damit sie genauso alarmiert sind wie er, dass ich sterbe, weil ihm das allein keinen Spaß macht. Die Infusionen gingen über den Einschluss hinaus. Die Laborergebnisse waren ruckzuck da. Kurz gesagt ist alles schlecht, aber es gibt auch noch was Neues: Es wurden Leberfermente nachgewiesen – der Organismus verzehrt allmählich die Leber.

Der Doktor ist noch in der Nacht weggefahren, aufgelöst, und ich habe nach den Präparaten bis zum Morgen durchgeschlafen wie tot. In den letzten Tagen wurde ein Liter überschüssiges Wasser ausgeschieden, das aufgedunsene Gesicht ist zu seiner Skelettform zurückgekehrt. Die Nieren funktionieren noch, aber offensichtlich haben sie bereits Aussetzer. Ich merke wieder, wo sie sitzen. Wenn du auf einem Seil über dem Abgrund balancierst, ist das nicht besonders schrecklich, wenn du nicht nach unten schaust. Aber gestern habe ich dahin geschaut. Nichts Gutes. Ich schaue wieder nach vorn, aber das Ende des Seils sehe ich nicht. Nebel.

Tag 138

In der Nacht habe ich mit einem Kumpel einen schneebedeckten Pass erklommen – in der Hoffnung, auf der anderen Seite Frühling und Wärme zu finden. Als wir uns endlich rübergequält hatten, waren auf der anderen Seite nichts als Schnee, Winter und Kälte. Die Lagerverwaltung fand es draußen recht warm und hat deshalb die Heizung abgestellt. Ich rette mich mit meinem Heizlüfter, einem kleinen Heizer mit Ventilator. Nachts ist es trotzdem kalt, sogar in Socken.

Der schöne Wald vorm Toilettenfenster hat endgültig seine Pracht verloren. Binnen einer Woche hat er sich von gelb-rot zu grau-schwarz verfärbt, als sei aus einem Festkleid ein Putzlappen geworden.

Dieser Tage habe ich mir die Haare schneiden lassen und mich rasiert. Einer Schwester ist das aufgefallen, sie hat gesagt, dass ich »jetzt richtig jung aussehe«. Ich habe mich immer noch nicht daran gewöhnt, dass ich schon alt bin.

[...]

Der Fernseher ist repariert worden, jetzt hat er nur noch einen Sender, das erste russische Fernsehen, wann es wieder mehr geben wird, ist unklar, denn der Empfänger ist durchgeschmort. Gestern habe ich Nachrichten geschaut. Dieser alte Stiefel erinnert mich an das Programm »Wremja« zu Sowjetzeiten. Es hat sich nichts geändert, nicht mal der Titel.

Die Post funktioniert offenbar wieder besser. Ich habe ein paar Briefe bekommen, die haben aber nichts Neues gebracht: In Bezug auf die ukrainischen politischen Gefangenen tut sich gar nichts. Stillstand und keinerlei Bewegung. Und das nicht zum ersten Mal.

Im Lager wird wieder irgendeine hochrangige Kommission erwartet. Alle rennen auf der Krankenstation rum und bringen alles auf Hochglanz. Der Koreaner hat sogar angeordnet, meine Infusion mittendrin abzubrechen. Wozu das gut sein soll, keine Ahnung. Die Miliz will mich auf gar keinen Fall während einer laufenden Behandlung zeigen: Den Kontrolleuren gegenüber heißt es immer, ich werde bestens medizinisch versorgt, aber öffentlich zeigen möchte man diese Versorgung lieber nicht. In den meisten Maßnahmen der Miliz sucht man vergebens nach einem Sinn oder einer Logik.

Irgendwie ist mir schon seit dem Morgen schlecht.

Tag 139

Gestern war ein überaus ereignisreicher und noch dazu schwerer Tag. Die Kommission, die so dringend erwartet wurde, bestand nur aus einer einzigen Person, einer Frau aus der Moskauer Hauptverwaltung, der Vorgesetzten des Doktors. Sie war es, bei der er vor einigen Tagen angerufen und sich beklagt hatte, dass wieder eine akute Verschlechterung meines Zustandes eingetreten sei. Alarmiert kam sie angeflogen und war genau zum rechten Zeitpunkt da: Gegen Mittag ging es mir deutlich schlechter. Eigentlich tat mir alles weh, vor allem aber das Herz und die Nieren. Ohne die aktuellen Werte abzuwarten, ordnete die Inspektorin eine sofortige Überstellung in die städtische Klinik an. Zuerst rügte sie den Doktor dafür, dass er mich nicht ausreichend beobachtet hatte, dann kam der Koreaner dran, dem ich zwar offiziell zugeteilt war, der mich aber in den letzten Tagen keines Blickes gewürdigt hatte. Er brummelte tatsächlich, er würde jeden Tag nach mir sehen, natürlich habe ich ihn vor der Frau Oberst aus Moskau nicht bloßgestellt. Dann ging's ins Krankenhaus. Schnell wurden ein Transport und eine Eskorte organisiert, wieder ohne Hunde, Maschinengewehre, Handschellen und sogar ohne Nacktfilzen. Hauptsache – lebend hinbringen.

Geschafft. Wieder wurde ein Konzil mit dem genialen Intensivmediziner an der Spitze anberaumt. Der war dieses Mal nicht boshaft, sondern sogar ungewohnt korrekt. Zuallererst hörte er mein Herz ab und stellte nur eine Frage: »Warum ist er in diesem Zustand gelaufen? Lagerung – nur liegend, Transport – nur auf einer fahrbaren Trage. Das Herz kann jeden Moment anfangen zu rasen, jetzt schlägt es sehr unregelmäßig.« Dann untersuchten mich die anderen Fachärzte, nahmen Proben, fuhren mich auf der Liege zum EKG und zum Ultraschall. Eine Stunde später lagen die Ergebnisse vor, und kein einziges war positiv. Ischämische Veränderungen am Herz, eine vergrößerte und sich langsam zersetzende Leber, verstopfte Senknieren, Atrophie des Magen-Darm-Traktes, Unterbrechung des Blutkreislaufs, Anämie des Gehirns und so weiter und so fort. Der Intensivmediziner sagte, zwar unterstütze er meine politische Position – womit er die Blicke der anwesenden Milizionäre auf sich zog –, aber hier sei man am point of no return. Er könne nicht sagen, welche der vorliegenden Prozesse überhaupt noch reversibel seien, jedenfalls könne er mich in diesem Zustand nicht entlassen, und er ordnete an, mich auf die Intensivstation zu bringen. Denn weder Medikamente noch Nährlösungen könnten mich jetzt und im Weiteren retten, jetzt gäbe es nur noch die Ernährung, wenn nötig, auch mit Zwang. Es ging noch eine weitere Stunde mit Unterredungen ins Land, an der die Inspektorin und andere Personen beteiligt waren. Meine Argumente, die Zwangsernährung sei vom Europäischen Gerichtshof für Menschenrechte verboten worden, und wenn die Klinik das täte, würde sie die internationalen Gesetze verletzen und damit einen Riesenskandal heraufbeschwören, beeindruckten den Intensivmediziner überhaupt nicht. Er sagte, er sei zuallererst Arzt und ich Patient, und er sähe, dass ich ihm unter den Augen wegstürbe, und deswegen müsse er handeln. Und dass er sofort den Psychiater rufen würde, der konstatieren würde, dass ich nicht mehr in der Lage sei, meinen Zustand und die entstandene Situation adäquat einzuschätzen.

Ich konnte mein Befinden wirklich kaum noch wahrnehmen und einschätzen, weil ich mich schon an meinen präkollaptischen Zustand gewöhnt hatte. Gestern war ich allerdings tatsächlich sehr verlangsamt gewesen, und meine Zunge hatte sich beim Sprechen verheddert. Die Situation erinnerte an die vom Juli, als am selben Ort die Entscheidung über die Nährstoffgabe gefallen war. Jetzt stand es wieder Spitz auf Knopf. Schließlich schrieb ich eine Zustimmung zu einer geringen Nahrungsaufnahme und einen Verzicht auf die Krankenhauseinweisung. Der Intensivmediziner war nicht zufrieden, er verstand, dass ich das nur schrieb, um mich seinem Zugriff zu entziehen, den Hungerstreik aber nicht beenden würde. »Wenn er weiter die Nahrung verweigert, bringen Sie ihn wieder her«, sagte er abschließend, an die Milizionäre gewandt. »Eine Woche macht er vielleicht noch mit, wenn er nicht schon früher kollabiert ...«

Tag 140

Ich habe geträumt, ich sei in ein Holzhaus mit einem großen verwilderten Garten gezogen, zusammen mit anderen Leuten. Offenbar Familienangehörige, aber irgendwie auch Fremde, sie erkennen mich nicht, ich sie jedoch schon. Kein schöner Traum. Die letzten Nächte habe ich schlecht geschlafen.

Das Herz tut mir ständig weh. Unter der Zunge habe ich einen neuen Begleiter mit Namen Validol. In diesen Tagen sind mein Doktor und die Inspektorin aus Moskau ständig hier, im Krankentrakt, kümmern sich und beraten sich, obwohl Wochenende ist. Der Koreaner war heute auch da und ist, um den bislang fehlenden Umgang zu kompensieren, eine geschlagene Stunde, während ich am Tropf hing, um mich herumscharwenzelt. In der Hauptsache hat er geredet – weil mir das Reden in letzter Zeit ziemlich schwerfällt –, über alles Mögliche, nur nicht über meinen Zustand. Besser als nichts. Er ist eigentlich ein guter Kerl, kein Fiesling, ist halt ein bisschen gleichgültig gegenüber anderen Exemplaren der Spezies Mensch.

Ich bekomme jetzt zweimal am Tag eine Infusion, morgens und abends. Ich kann nicht sagen, dass es besser oder schlechter wird. Ich schaukle wie auf einem Nebelbett, auch wenn ich liege.

In der Nacht war der Sicherheitschef hier oben auf der Station und hat rumgeschnüffelt.

Draußen kriecht der Winter heran, immerhin haben sie die Heizung wieder angestellt, und die Heizkörper verströmen eine angenehme Wärme. Aber innerlich spüre ich immer noch ein Frösteln und Zittern – Tremor der Extremitäten. Oder habe ich das schon länger?

Was Gutes: Ich habe aktuelle Briefe und fast die ganze Nowaja Gaseta von September bekommen! Danke den netten Menschen draußen, die sie für mich abonniert haben, obwohl es hieß, das ginge nicht. Aber das kam von den Leuten aus dem Apparat, und denen kann man ja bekanntlich nicht trauen. Jetzt habe ich eine Beschäftigung für meine »hellen« Momente, obwohl sie eigentlich keine mehr sind – alles ist mit einem grauen Schleier überzogen. Lese die Nowaja. Die führen da tatsächlich noch immer einen Kalender zu meinem Hungerstreik! Sie sind klasse, geben nicht auf, genauso wenig wie viele meiner Freunde und Mitstreiter, die ich noch nicht einmal kenne.

[...]

Tag 141

In der Nacht hat es gefroren, aber am Morgen war es sonnig und wolkenlos. Ich schlafe immer noch sehr schlecht, entweder wegen dieses ständigen Drucks auf der Brust oder wegen einer gewissen Unruhe. Irgendwie bin ich rastlos. Tagsüber ist es mit den Infusionen und dem Validol ein bisschen besser. Am Morgen wieder ein aufgedunsenes Gesicht. Komatöser Zustand.

Ich lese die Nowaja. Viel Spannendes. Über die Wahlen in Russland, an denen sich niemand beteiligt hat, stattdessen haben die Leute protestiert – gegen den Wahlbetrug und die Rentenreform. Die Polizei hat mit Schlagstöcken auf sie eingeprügelt. Im Fernsehen davon freilich kein Wort. Dort wird berichtet, dass die Duma das entsprechende Gesetz einstimmig verabschiedet hat, hundertprozentige Einmütigkeit also. Das reinste Nordkorea. Da allerdings zwischen dem Willen der »Volksvertreter« und dem Volk selbst eine ziemliche Kluft ist, bleibt immer noch die Hoffnung, dass dieser faulige Kürbis früher oder später platzt. Hauptsache, er bespritzt uns alle dann mit was auch immer, bloß nicht mit Blut. Erschüttert hat mich eine andere Meldung in der Zeitung, in der es hieß, dass in irgendeiner nordkaukasischen Republik der Stadtrat eines Ortes beschlossen hat, offenbar auch einstimmig, die Straße des Friedens in Stalin-Straße umzubenennen. Sehr bezeichnend. Wir tauschen einen friedlichen Namen gegen den Namen des Teufels.

Im Revier ist ein neuer Bursche eingeliefert worden, ein junger Tadschike. Strotzt nicht gerade vor Intelligenz, ein zäher Typ, ein Streber, hält sich streng an den Knastkodex und brennt darauf, selbst ein *Wor*, eine hohe kriminelle Autorität, zu werden. Er lehnt das gesamte Milizsystem ab, bis hin zum Tragen einer Marke, eines Ehrenzeichens, Kontrollen und andere. Solche wie er sind in diesem Lager eine Seltenheit, sie werden schlimmer fertig gemacht als alle anderen. Vierzig Tage haben sie ihn in der Zelle des Sicherheitsdienstes, in der so genannten *Petrowka*, malträtiert, in der ich auch zweimal gesessen habe. Ein trauriger Ort. Er redet nicht darüber, was sie da mit ihm veranstaltet haben. Seine Ausführungen beschränkten sich auf ein: »Alles, wozu ihre Fantasie gereicht hat.« Ich weiß ja, wie sie die Leute hier foltern und quälen. Nachdem sie es nicht geschafft hatten, den Tadschiken körperlich zu brechen, haben sie ihm ein bisschen Zeit gegeben, dass die Wunden verheilen, und ihn dann in eine Baracke verlegt, dort haben sie psychischen Druck auf ihn ausgeübt und ihm Fallen gestellt, um ihn zu kompromittieren und bloßzustellen. Um seinen Kopf aus der Schlinge zu ziehen, hat er sich die Pulsadern aufgeschnitten, vom Ellenbogen bis zur Hand. Zweiundvierzig Stiche, jetzt ist er hier im Revier, ruht sich aus, atmet durch. Dann muss er wieder in den Kampf, so schnell lassen sie ihn nicht in Frieden.

Die Moskauer Inspektorin ist gestern Abend zurückgeflogen, um ihren Vorgesetzten Bericht zu erstatten. Zum Abschied hat sie mir die Hand geschüttelt und von verborgenen körperlichen Reserven und geistigen Kräften gesprochen. Den Doktor haben sie heute für ein paar Wochen nach Russland geschickt, entweder auf Urlaub oder dienstlich oder einfach so. Als die beiden weg waren, kam gleich eine Delegation von Natschalniki. Und haben angedeutet, dass es jetzt jederzeit wieder zurück ins Krankenhaus gehen könnte, ohne Konzil, gleich auf die ITS. Sie wollen mich in die Enge treiben.

Tag 142

Nach dem langen Schlafmangel war diese Nacht wie ein schwarzer Abgrund. Am Morgen ist draußen kalter Nebel. Es schüttelt mich leicht. Ich spüre förmlich, wie ungleichmäßig das Herz schlägt.

Ich merke, dass ich manchmal ein und denselben Satz mehrmals lesen muss – weil ich mich schlecht konzentrieren kann. Ich habe einen Artikel über die »Terroristen von Pensa« gelesen, auch ein großer Fall, ähnlich wie unserer: unbewiesene Bezichtigungen der Vorbereitung von Terroranschlägen, basierend auf den Aussagen der Verdächtigen, erpresst unter Folter. Es ist nicht das erste Mal, dass ich von diesen neuerlichen Verleumdungen des FSB höre. Die Jungs lassen sich nicht kleinkriegen, sie widerrufen ihre Geständnisse, machen die Folterungen öffentlich, aber es wird weiter Druck auf sie ausgeübt. Einem aus der Gruppe haben die FSB-ler gedroht, er würde, wenn er sich nicht schuldig bekennt, »nach Sibirien zu Senzow« kommen.

Dass ich das noch erleben muss: Jetzt muss ich schon als Kinderschreck herhalten ...

Die Häftlinge ziehen sich im Fernsehraum die ganze Zeit den einzigen verfügbaren Sender rein, den »Ersten russischen«. Außer den stupiden Nachrichten, die Russland so in den Himmel heben, dass einem der Atem stockt, und in denen der Westen als unweigerlich verwesend und absterbend dargestellt wird, laufen noch Polizeiserien und Talkshows. In diesen Talkshows, die wie gurgelnde menschliche Abwasserleitungen klingen, werden die Ärmel hochgekrempelt, um vor aller Augen die ganze schmutzige Wäsche zu waschen: wer mit wem vor zwanzig Jahren geschlafen hat, wessen Kinder das sind, wer von wem schwanger ist und ob das nicht eine ganz normale Vergewaltigung war. Tussen streiten mit Weibern, Säufer mit Junkies, Minderbemittelte mit Barbies. Alle schreien und fallen übereinander her, kratzen sich die Augen aus und gehen sich an die Wäsche. Das russische Fernsehen hat selbst die unterste Ebene durchbrochen und ist in die Hölle abgestürzt, aus der es jetzt jeden Abend sendet. Die Knackis schauen sich das an, ohne mit der Wimper zu zucken. Ein derart selbstvergessenes Interesse habe ich schon in einem anderen Gefängnis beobachtet: Dort saßen ein Dutzend minderjährige Mörder, die erst im Gefängnis erwachsen geworden waren, und verfolgten begeistert ... einen neuen amerikanischen Trickfilm.

In dieser Woche soll mein Anwalt kommen. Es muss eine Entscheidung getroffen werden, ehe jemand für mich entscheidet. Ich spüre förmlich mit jeder Faser meines Körpers, wie ich in einzelne Teile zerfalle.

Tag 143

Das Herz drückt nicht mehr nur, ich spüre ständig einen stechenden Schmerz. Nicht gut. Ich merke: Irgendetwas ist da nicht in Ordnung. Das war vorher nicht. Verbesserungen zu erwarten, wäre ja auch komisch.

Ich habe in meiner Zeitung von zwei dilettantischen russischen Spionen gelesen, »Touristen«, die nach Großbritannien gefahren waren, um die Kathedrale von Salisbury zu bestaunen und gleich noch einen früheren GRU-Mitarbeiter zu vergiften. Ein Glück, dass sie das nicht ganz geschafft haben, der Oberst und seine Tochter haben überlebt, im Gegensatz zu einem versehentlichen Opfer – einer dortigen Einwohnerin. Englische Detektive haben sie aufgespürt und der ganzen Welt Fotos und Beweise vorgelegt. Russland hat wie immer behauptet: »Es gibt sie nicht« und die zwei Nieten ins heimische Fernsehen gezerrt, wo sie ihre Unschuld beteuern mussten. Das wirkte nicht besonders glaubwürdig. Es gab keine ausgearbeitete »Legende«, Lolek und Bolek, zwei Pappfiguren ohne sozialen Rückhalt, als hätte man sie erst gestern beim GRU auf einem 3D-Drucker hergestellt. Ganz am Anfang, als der Anschlag gerade erst bekannt geworden war, hatte ich tatsächlich Zweifel: Kann sich die russische Staatsmacht wirklich so dämlich anstellen? Wie es aussieht, ja, und offenbar sogar noch dämlicher! Das alles erinnert mich stark an die brutale Polonium-Vergiftung von Alexander Litwinenko, die von britischen Detektiven ebenfalls vollständig aufgeklärt wurde. Das bringt mich zu einem allgemeinen Fazit: In Russland sind Stierlitz und seinesgleichen ausgestorben, in England hingegen sind Sherlock Holmes' Erben noch immer auf dem Posten.

Gestern habe ich Post bekommen. Wie im guten Hause: morgens und abends. Einen Haufen Briefe und Karten. Unterstützung, Spinner, Künstlerisches und Offizielles. Ich habe die nötigen Antworten verfasst, unter anderem auch eine wütende an den Filmproduzenten. Ich lehne es ab, weiter mit Leuten wie ihm zusammenzuarbeiten, die mir vorschreiben wollen, was und wie ich etwas zu machen habe. Nach der gescheiterten und gefloppten Inszenierung meines zweiten Films habe ich beschlossen, meine zukünftigen Filme selbst zu produzieren. Wegen der außergewöhnlichen Umstände hier im Gefängnis habe ich das Ruder wieder einer anderen Person überlassen. Und wieder ist es eine unerfreuliche Geschichte, wenn auch etwas anders gelagert. Damals hatte sich alles anderthalb Jahre lang hingezogen, und hier wollen sie nun alles in einem Affenzahn durchziehen, in anderthalb Monaten. Die Inszenierung wird ja sowieso auf alle Festivals eingeladen, weil mein Name drunter steht. Schade, dass die

Zensur keine Briefe mit unflätigem Vokabular durchlässt, sonst würde ich noch ein bisschen deutlicher werden, um mir auf der anderen Seite Gehör zu verschaffen! Ich bin nicht so leicht aus der Ruhe zu bringen, aber wenn das jemand schafft, sollte er sich besser in Acht nehmen – mein Ätzen hinterlässt Brandwunden. Ich bin so wütend, dass ich mich bis jetzt noch nicht beruhigt habe, so wütend, dass ich sogar meinen Hungerstreik vergessen habe, ich und mein sich stumm stellender Körper. Allerdings weiß ich: Nach einem derartigen Stress kriege ich von ihm eine Antwort, die sich gewaschen hat.

Tag 144

Ich weiß nicht, ob es besser oder schlechter ist. Das Herz zieht tags wie nachts, ob ich sitze oder liege, in jeder Position. Gestern Abend habe ich versucht, ein bisschen im Flur auf und ab zu gehen, aber das hat auch nicht geholfen.

Draußen regnet es schon den zweiten Tag. Der Tadschike legt sich in letzter Zeit dauernd mit der Miliz an – er verlangt, dass er in den Lagerladen geführt wird, damit er sich wenigstens mal was zu rauchen kaufen kann. Gestern haben sie ihn dann tatsächlich hin gebracht, aber seitdem ist er nicht mehr wiedergekommen. Wahrscheinlich haben sie ihn immer noch in der Mache, in der *Petrowka* irgendwo.

Gestern ist fast die ganze zweite Tageshälfte dafür draufgegangen herauszufinden, wie viele Nummern der Nowaja Gaseta mir ausgehändigt worden sind. Während ich gerade die letzte Ausgabe las, in der sich die Redaktion in einer Notiz fragte, ob ich ihre Zeitung wohl erhalte, stand plötzlich wie aus dem Nichts ein kleiner Natschalnik vor mir und wollte genau das wissen. Ich sagte ihm, ich hätte die Septemberausgaben erhalten, und zählte alle Nummern auf. Er nickte, ging weg, kam aber fünf Minuten später mit einem Blatt Papier wieder und verlangte eine schriftliche Bestätigung. Die gab ich ihm. Der Beamte ging, aber nur, um mit neuen Fragen zurückzukommen: Ob ich nicht noch weitere Zeitungen erhalten hätte? Nein, antwortete ich. Danach verschwand der Milizionär endgültig. Kurz darauf kam der Koreaner – er war gerade angerufen und in derselben Angelegenheit befragt worden. Ich wiederholte meine Angaben, und er ging. Eine halbe Stunde später kam noch ein anderer Beamter mit einer neuen Liste von Zeitungsausgaben, die ich angeblich hätte erhalten haben müssen, und die Geschichte ging von vorn los. Diese Unerschütterlichkeit der Milizionäre und diese Unterschiede in der Behandlung regen mich auf: Beim Sicherheitsdienst rollen sie den Tadschiken in eine Matratze, und hier rennen sie irgendwelchen Zeitungen vom August hinterher. Augenwischerei und Verlogenheit.

Ich muss an einen Brief aus der letzten Post denken, der mich ergriffen hat. Von einem Jungen (oder doch eher einem Mann) mit sechsunddreißig, aus der Westukraine, der als Fahrer eines Lieferwagens mit der Aufschrift »Brot« arbeitet. Er schrieb, er hätte bald Geburtstag, Besuch würde er aber wie immer keinen bekommen, weil er keine Freunde hätte. Der traurige und ehrliche Text eines Menschen mit einer deutlichen, wenngleich nicht gravierenden psychischen Störung. Ich musste gleich an Forrest Gump und an meinen Sohn denken, der bis jetzt auch keine Freunde hat. Ich würde dem jungen Mann gern etwas schreiben, ihn irgendwie aufbauen, stärken, sein – wenn auch entfernter und nicht wirklich vertrauter – Brieffreund werden. Aber ich habe keine Briefmarken mehr, und ich kann ihm jetzt nicht schreiben.

Jemand ist gekommen und hat mir mitgeteilt, dass meine Verlegung auf die Intensivstation für morgen geplant ist. Ich hätte noch einen Tag Zeit zum Nachdenken. Es war keine boshafte Ankündigung.

Tag 145

Ich habe irgendwelchen Mist geträumt.
Draußen regnet es in Strömen.
Zum ersten Mal in dieser Zeit habe ich heute keine Herzschmerzen. Was für eine Erleichterung!

Gestern ist der kontrollierende Staatsanwalt mit der hiesigen Leitung dagewesen. Er hat mir einen Haufen Fragen gestellt, die ich alle im einsilbigen Schnellmodus mit Ja und Nein beantwortet habe. Dann haben er und der Leiter abwechselnd die kalten Heizkörper befühlt, sich erstaunt gezeigt, sie ein zweites und ein drittes Mal befühlt, wovon sie aber nicht warm wurden. Dann ging's wieder um die Einweisung ins Krankenhaus und die Zwangsernährung.

Gestern ist die vermisste Nummer der Nowaja Gaseta aufgetaucht, die die Miliz mit versammelter Mannschaft bei mir gesucht hatte. Sie fanden sie schließlich bei sich und brachten sie mir. Es war ein großes Paket, aber es enthielt außer ein paar Augustausgaben nur einige Nummern vom September, die ich schon hatte. Offenbar hat jemand die Zeitung zweimal für mich abonniert, genauer gesagt haben sie zwei verschiedene Personen für mich abonniert. So ist es immer: erst mau, dann wow. Erst kommt keiner, dann rennen einem alle die Bude ein.

In einer Augustnummer fand ich ganz überraschend ein Interview mit meiner Mutter, mit einem Foto, wie sie in unserem Hof sitzt. Ein einfühlsamer, berührender Text. Über mich, die Kinder, über sie selbst, über meine Kindheit. Darüber, wie die Enkel Angst hatten, dass sie nach meiner Festnahme ebenfalls verschwinden würde. Darüber, wie sie die Zähne zusammenbeißen, mich und sich gegenseitig unterstützen, sich nicht unterkriegen lassen und die Hoffnung nicht aufgeben. Was für eine tolle Mama und was für tolle Kinder ich habe. Danke, dass es euch in meinem Leben gibt, ihr seid mein Leben. Ich liebe euch. Sehr.

Von der Post ist eine Benachrichtigung gekommen, dass auf meinen Namen zwei Päckchen aus Großbritannien und eins aus Moskau eingetroffen sind. Die ersten beiden wiegen etwas über ein Kilo, das letzte weniger. Ich habe auf alles verzichtet – ich erwarte von niemandem ein Päckchen.

Heute ist es genau ein Jahr her, dass ich hier in diesem Lager angekommen bin. Als ich aus dem Lager in Jakutien abgeholt wurde, wollte mir keiner sagen, wohin die Reise geht – Geheimhaltung auf dem Sondertransport. Erst bei den letzten Transfers habe ich zufällig erfahren, dass ich nach Jamal fahre. Meine Mitreisenden haben mir sofort ihr Beileid ausgesprochen, viele wussten, dass es ein schrecklicher Ort ist. Als ich den *Awtosak* verlassen hatte, ging's gleich los, es folgte die sogenannte *Aufnahme*: ein Rudel Milizionäre, Masken, MPs, bellende Hunde, Nacht, Scheinwerfer, alle brüllen und schreien, die Häftlinge müssen rennen, mit den schweren Koffern, die sie nicht wegwerfen dürfen; wir werden von einem Natschalnik zum nächsten gehetzt: stell dich gefälligst vor, wie es sich gehört, grüß korrekt, bleib stehen, renn los, bleib stehen, die Langsamen, manchmal auch alle anderen, werden mit Tritten und Hieben angetrieben. Immer so weiter, eine Hatz durch die Hölle der Begrüßungszeremonie, nur für dich gemacht, damit du begreifst, wo du hingeraten bist. Dann, drinnen, wirst du gefilzt, deine Sachen fliegen im hohen Bogen aus der Tasche, zum Schluss musst du sie schnell wieder einsammeln, denn das Hetzen und Erniedrigen geht weiter. Sie lassen sich was Neues einfallen und dann noch was und noch was. Eine sehr lange Nacht, die nur ein Ziel hat – die Neuen zu demütigen, zu zertrampeln, zu brechen. Wer zu widersprechen versucht – von körperlichem Widerstand ganz zu schweigen – wird in ein separates Zimmer geführt, zum *Grillen*, und dann mischt sich eine weitere Stimme in den allgemeinen Chor, in den Lärm und das Geschrei – sehr dünn und hoch. Eine der unangenehmsten Nächte meines Lebens, die ich gern vergessen würde, wenn ich könnte.

Heute ist der entscheidende Tag: Entweder mein Anwalt kommt oder ich muss in den einfühlsamen Armen des Begleitschutzes auf die Intensivstation. Die Uhr im Gang ist stehen geblieben. In Erwartung einer Lösung ist wahrscheinlich sogar die Zeit stehengeblieben.

Mein Anwalt ist früher gekommen. Ich möchte die Entscheidung selbst treffen. Ich habe eine Erklärung über den Abbruch des Hungerstreiks ab dem morgigen Tag verfasst. Ich fühle mich sehr mies, im Mund der widerwärtige Geschmack des Scheiterns. So unehrenhaft endet die Chronik eines Hungerstreiks.

**Viereinhalb Schritte.
Erzählungen**

Robert

Robert hatte bei einer Explosion ein Auge verloren. Zuvor war ihm schon ein Finger abgerissen worden, etwa zu der Zeit, als er sich das Bein verstaucht hatte. Verbrennungen hatte er zu verschiedenen Zeiten erlitten, üppig und vielgestaltig waren die Male auf seinem Körper. Wer Robert im Waschraum sah, brauchte starke Nerven. Robert schenkte dem keine Beachtung. Sorgfältig seifte er seinen langen Bart und die grauen Borsten ein, ohne sich über seine Verstümmelungen Gedanken zu machen, hin und wieder zog er sich die Unterhose über den Bauchnabel. Robert hing dem Islam an, und zwar in seiner extremen, radikalen, fundamentalen Form. Gemäß den religiösen Vorschriften sollte ein Mann vor niemandem seine Geschlechtsorgane entblößen, nicht einmal den Bauchnabel. Sich in der Unterhose zu waschen, war ein bisschen umständlich, aber Robert schenkte dem keine Beachtung.

Normalerweise haben Häftlinge einen Haufen Zeug, das sie immer mitnehmen, wenn sie in eine andere Zelle umziehen. Robert besaß nur eine halbleere Tüte. Er bekam nie Päckchen, aß nur *Balanda* und das, was die Mithäftlinge ihm anboten, er brauchte nichts weiter. Wenn er keinen Tee hatte, trank er abgekochtes Wasser. Wenn die Gefängniskost Fleisch enthielt – das unmöglich halal sein konnte –, verzichtete Robert und aß stattdessen nur Brot. Da es um seine Zähne nicht zum Besten bestellt war, weichte er es in Wasser ein.

Robert parodierte gekonnt und witzig Putins Gang, er spielte gut Schach und las mit Hilfe einer Wasserflasche, die ihm die Lupe ersetzte, die Zeitung; mit dem einen Auge, das ihm nach der Explosion geblieben war, sah er nämlich schlecht, und eine Brille hatte er nicht. Als ihm mitfühlsame Menschenrechtlerinnen eine Brille schenkten, bedankte er sich, las aber weiter mit seiner Wasserflasche.

Robert war still und bescheiden. Die Religion war sein Ein und Alles, ihr opferte er sein Leben und würde ihr, wenn es nötig war, auch andere Leben opfern. Wenn er nicht gerade betete oder Allah pries, studierte er den Koran, machte sich Notizen, sang einzelne Suren auf

Arabisch, und auch wenn er die Bedeutung der Wörter nicht immer verstand, sah er doch in diesen Handlungen einen Sinn.

Robert hielt sich für einen echten Mudjahed. Das war nicht immer so.

Geboren wurde er als Tatare und lebte in Baschkirien. Dann zog er weg und studierte Militäringenieurwesen. Machte Anfang der 1980er seinen Abschluss und blieb noch zehn Jahre in der Armee, gründete eine Familie, bekam zwei Töchter. Und eine Wohnung vom Staat in einer der zahllosen Militärstädte dieses riesigen Landes. Eine sowjetische Durchschnittsfamilie, die sogar einmal Urlaub am Meer machte. Bald jedoch war's mit der Sowjetunion vorbei, die Verkleinerung der Armee traf auch Robert. Die Familie kehrte ins heimatliche Baschkirien zurück, er fand Arbeit als Ingenieur in einer Fabrik. Aber mit dem Land ging es in rasendem Tempo bergab, und so war er schon bald auch diese Stelle los. Robert schlug sich mit Gelegenheitsjobs durch: vom Taxifahrer bis zum Bauhelfer. Manche konnten aus dem Chaos Anfang der 1990er Kapital schlagen. Robert nicht.

Das Leben nahm seinen Lauf, die Töchter wurden erwachsen, die Familie lebte ärmlich, kam aber irgendwie über die Runden, es reichte sogar für ein Auto aus einheimischer Produktion. Robert wurde fünfzig, doch das Glück war nicht in Sicht. Also versuchte er, es anderswo zu finden, in der Religion, und zwar in ihrer radikalsten Form. Anfangs führte er Gespräche mit denen, die sie schon praktizierten, dann las er Bücher, ging regelmäßig in die Moschee, betete, änderte seine Lebensweise und sein Denken, und plötzlich war Robert ein anderer Mensch: Er ließ sich einen Bart wachsen und fand Erfüllung und inneren Frieden, im Gegensatz zu seiner Familie, der diese Veränderungen Angst einjagten. Seine Frau und seine Töchter wehrten sich gegen seine Versuche, in ihrer kleinen Familie die Gesetze der Scharia einzuführen. Robert fand kaum noch Jobs, nicht mal mehr als Bauhelfer, weil kaum ein Arbeitgeber bereit war, die Arbeitszeiten den Gebetszeiten anzupassen. Roberts neue Freunde, die überwiegend auch Fundamentalisten waren, hatten ähnliche Probleme. Einige waren schon ausgereist, andere standen kurz davor. Es ging nach Wasiristan, in eine Bergregion in Pakistan, wo man nach den Gesetzen der Scharia lebte und sich allein Gott unterwarf. Für Robert und seine Brüder das Paradies auf Erden. Deswegen wollte Robert auch dorthin. Wenig überraschend lehnte seine Familie es ab, ihn zu begleiten. Robert verkaufte das Auto, damit er die Reise bezahlen konnte, ließ sich von seiner Frau scheiden, indem er nach islamischem Brauch dreimal vor Zeugen die Scheidungsformel »Ich verstoße dich« aussprach, und machte sich auf den Weg in das vermeintlich verheißene Land.

Robert fuhr nicht allein, sondern mit gleichgesinnten Weggefährten. Halblegale Touristen auf einer wenig frequentierten Route ohne Rückfahrkarte. Die Erzsunniten, wie sie sich selbst nannten, reisten über die Türkei in den Iran, überquerten in Begleitung lokaler Guides illegal die pakistanische Grenze und gelangten irgendwann auf Eseln und zu Fuß ins heiß ersehnte Wasiristan. Eine alpine, schwer zugängliche Gegend, wo früher nur paschtunische Hirten in kleinen Dörfern gelebt hatten und sich die Roberts dieser Welt sammelten, um unter der Führung ergrauter Häupter ihr frommes Werk zu tun – das Paradies auf Erden zu errichten und zum Dschihad ins benachbarte Afghanistan zu ziehen. Allerdings war das Leben im Paradies karg und schwer. Robert schenkte dem keine Beachtung, denn endlich war er unter seinesgleichen, die so lebten, wie es sich gehörte: Die Männer trugen lange Bärte, die Frauen Tschador, es gab Steinigungen, Züchtigungen mit der Peitsche und andere mittelalterliche Gepflogenheiten. Arbeit gab es allerdings kaum und also auch kein Geld. Robert half der Gemeinde, so gut er konnte, seine Glaubensbrüder versorgten ihn aus Dankbarkeit und Mitleid. So eine Art Kommunismus nach muslimischem Verständnis.

Wie jeder rechtgläubige Muslim hätte Robert heiraten sollen, und er unternahm sogar einen ernsthaften Versuch. Im Dorf lebte eine Witwe, sie war über vierzig und hatte drei Kinder. Der älteste Junge, ein Teenager, war als Familienoberhaupt bei der Brautwerbung anwesend. Es kam zu Verhandlungen, aber in Sachen Liebe und Familienglück wurde keine Einigung erzielt. Robert war nicht mehr der Jüngste, sah nicht besonders gut aus und seine Habe bestand in nichts als dem, was er auf dem Leib trug, also wurde sein Antrag abgelehnt. Robert nahm das jedoch nicht weiter tragisch, schließlich war er nicht hergekommen, um eine Familie zu gründen, sondern um gegen die Ungläubigen, die den wahren Glauben unterdrückten, in den Dschihad zu ziehen. Dieser Heilige Krieg war gegen die verdammten Amerikaner ausgerufen worden, die sich im benachbarten Afghanistan eingemischt hatten und seine Brüder dort nicht nach ihrer Fasson leben ließen, sondern ihnen mit dem Bajonett ihre verdammte Demokratie aufzwingen wollten. Deswegen zogen die empörten wasaristanischen Kameraden regelmäßig durch die Berge, um ihren afghanischen Brüdern in ihrem kleinen Dschihad zu Hilfe zu kommen. Robert versuchte ein paar Mal, sich anzuschließen, aber da er gesundheitlich ziemlich angeschlagen und nicht mehr ganz jung war, taugte er nicht zum Kämpfer. Deswegen ließ man ihn im Stützpunkt, wo jemand mit Ingenieurkenntnissen nützlich war.

Die Tatsache, dass es auf ihrem Staatsgebiet einen unkontrollierten Landesteil gab, nahm die pakistanische Regierung weniger feindlich als vielmehr gelassen zur Kenntnis. Die Kämpfer aus Wasiristan ließen die Regierungstruppen in Ruhe und benahmen sich für dortige Verhältnisse ziemlich anständig, ihrem heiligen Zorn gegen die Ungläubigen ließen sie im Nachbarland freien Lauf, indem sie dort immer wieder glaubensschwache Afghanen und verdammte Amerikaner töteten, die die Afghanen von ihrem Glauben abzubringen versuchten. Das wäre alles halb so wild gewesen, aber den vor Ort stationierten Amerikanern missfiel diese Situation. Sie wussten von dem Taliban-Nest in den Bergen, und die Islamisten, die nur ausschwirrten, um möglichst viele amerikanische Soldaten samt ihren Verbündeten und wer ihnen sonst noch unter die frommen Finger kam zu töten, gingen ihnen gegen den Strich. Die Pakistanis hoben ohnmächtig die Hände, gegen diese nicht anerkannte Bergrepublik haben wir leider keine Handhabe. Wie soll man bitteschön einen friedlichen Paschtunen von einem militanten Robert unterscheiden? Große Mühe gaben sie sich allerdings nicht: Die ortsansässigen Hirten und ihre Gäste standen den Pakistanis jedenfalls näher als die zugereisten Baptisten. Irgendwann riss den Amerikanern der Geduldsfaden: »Bombardieren, die Taliban machen dort alle platt!« Strategische Flieger wurden nicht eingesetzt – ein flächendeckendes Bombardement ihres Territoriums hätten die Pakistanis wohl kaum für gut befunden, deswegen entschlossen sich die Amerikaner zu einem punktuellen Beschuss mit Hilfe von Drohnen. Diese Taktik war ebenso nutzlos, würde aber weniger Opfer kosten, und ein, zwei Dutzend Wahhabiten würde man schon erwischen. Diese Entscheidung fiel offenbar im Pentagon, und so wurde ein wahrer Drohnenschwarm auf das arme Wasiristan losgelassen: kleine Modelle zur Beobachtung und große zur direkten Vergeltung. Sobald sie einen weißen, lautlosen Punkt am Himmel entdeckten, flohen die Hirten, ihre Frauen, Kinder und Greise entsetzt und suchten in Erwartung eines Raketenschlags Zuflucht in Kellern und Höhlen.

Auch Robert und seine Brüder mussten sich in Sicherheit bringen. Was hätten sie dem kleinen weißen Punkt, der die tödlichen Raketen abfeuerte, schon entgegensetzen können – die Mudjaheddin waren eine arme Truppe und hatten keine eigene Flugabwehr. Eines Tages beschlossen die Rebellenführer, einen Luftabwehrkrieg gegen Amerika zu beginnen. Diese verantwortungsvolle Aufgabe wurde ausgerechnet Robert übertragen – so würde er nicht länger durch Felsspalten kriechen müssen, sondern konnte den Dschihad direkt von hier aus führen und all seine Kenntnisse und Erfahrungen als Ingenieur einbringen. Robert willigte freudig ein. Er hatte noch nie Sprengstoff hergestellt, Raketen gebaut und schon gar keine sprengstoffbesetzten Raketen entwickelt, jetzt aber würde er auf diese Weise die amerikanischen Drohnen zur Strecke bringen. Robert wollte nicht länger umsonst Roggenfladen essen und Chai trinken, sondern der Gemeinschaft nützlich sein, und er hoffte dabei auf die Unterstützung durch Gott und das Internet. Darum sandte er dem Ersten Gebete und dem Zweiten Google-Anfragen und eröffnete in einem ehemaligen Schafstall ein Konstruktionsbüro, das er selbst leitete und dessen einziger Mitarbeiter er war.

Das erste Ergebnis war ein aufgerissenes Labordach und ein abgerissener Tüftlerfinger. Die Führer nickten wohlwollend mit den ergrauten Köpfen – und die Experimente gingen weiter. Bei der Konstruktion der zweiten – leistungsstärkeren – Rakete berücksichtigte Robert alle im ersten Versuch gesammelten negativen Erfahrungen sowie die Ratschläge all derer, die in anderen Ländern ähnliche Kollisionen bereits durchgemacht, überlebt und sie mit ihren unversehrt gebliebenen Fingern im Internet beschrieben hatten. Die Versuche wurden unter freiem Himmel im Beisein einiger Schaulustiger – die vorsichtshalber Abstand hielten – durchgeführt. Auch dieses Mal hob die Rakete nicht ab, obwohl sie sich alle Mühe gab, denn es krachte und qualmte gewaltig. Von diesem Moment an zog Robert ein Bein nach, sein Körper sah auf dieser Seite aus wie halbgares Grillgut. Ob diese Versuche die militärischen Absichten der verdammten Amerikaner beeinflussten, ist nicht bekannt, aber selbst wenn sie etwas von der Bedrohung ahnten, zeigten sie sich unbeeindruckt und setzten ihre computergesteuerten Angriffe auf die Lehmhütten der Hirten fort.

Als die Führer gesehen hatten, mit welchem Eifer und Erfolg Robert sich selbst verstümmelte, stoppten sie auf ihrer nächsten Versammlung die Entwicklung der dritten Rakete, weil sie berechtigterweise davon ausgehen mussten, dass der Tüftler ihren Start nicht überleben würde. Da sie um sein unermüdliches Engagement als Ingenieur, das sich zu echtem Fanatismus entwickelt hatte, wussten und das destruktive Ergebnis sahen, kamen sie zu dem Schluss, Robert lieber dort einzusetzen, wo echte Menschen in die Luft gesprengt werden sollten. Sie waren viel leichter zu treffen als der kleine weiße Punkt am Himmel. Die greisen Häupter beratschlagten weiter und gaben Robert eine neue Aufgabe: Er sollte nach Hause zurückkehren und dort einen Dschihad beginnen. Robert willigte freudig ein. Nicht, dass es ihn unbedingt zurück nach Russland zog, er wollte einfach seinen Teil beitragen, Frieden und Gerechtigkeit auf Erden zu errichten, selbst wenn dafür ein paar hundert Ungläubige in die Luft gesprengt werden mussten.

Die Führer stellten eine Gruppe von drei Männern mit russischem Pass zusammen, statteten sie mit ein paar tausend Dollar sowie umfassenden Anweisungen aus und schickten sie mit einer Sondermission über die bekannte Route zurück in die Heimat. Fußmarsch, Esel, Iran, Bus, Türkei, Flugzeug, Russland, Bahnhof, Allahu Akbar! Als Sprengmeister sollte Robert für den technischen Teil des Projektes verantwortlich sein, der junge Kommandeur für die Organisation, der dritte für irgendwas anderes, notfalls sollte er den anderen einfach zur Hand gehen. So weit, so gut.

Vor seiner Abreise schaute Robert bei einer befreundeten Familie vorbei, mit der er aus Baschkirien nach Wasiristan gekommen war. Auch nachdem das Familienoberhaupt im letzten Jahr beim Dschihad in Afghanistan ums Leben gekommen war, pflegte Robert weiterhin den Kontakt zu dessen Witwe und den beiden Kindern, vor allem zu dem älteren Jungen. Der war zehn und besuchte die örtliche Koranschule, die Medrese, eine andere gab es ja nicht, denn es galt die Scharia. Dem Jungen fiel es schwer, alles war auf Arabisch, es ging hauptsächlich um den Islam und alles war sehr streng. Robert fragte nach der Schule, der Junge erzählte, aber nur widerwillig, und erinnerte sich wehmütig an seine alte Schule, die er in Russland besucht hatte. Dort hatte es ihm mehr Spaß gemacht, nach dem Unterricht hatte er sich immer mit Freunden getroffen. Hier hatte er keine Freunde. Robert redete dem Jungen immer wieder gut zu und fragte ihn, ob er, wenn er erwachsen sei, für seinen getöteten Vater Rache nehmen würde. Bei dieser Frage traten dem Jungen oft Tränen in die Augen, er senkte den Blick und rang sich ein »Ja« ab. Dann nickte Robert zufrieden und strich ihm kurz über den Kopf. Als er das letzte Mal bei ihnen war, um sich vor der langen Reise zu verabschieden, beschwor ihn die Witwe, sie mitzunehmen, aber Robert weigerte sich und verließ umgehend das Haus, wieder einmal musste er feststellen, dass Frauen des Teufels und wankelmütig im Glauben waren.

Am nächsten Tag zog die Gruppe durch die Berge in Richtung iranischer Grenze. Dieses Mal war die Überquerung länger, beschwerlicher und teurer. Mit Müh und Not schafften sie es bis Teheran, und der junge Kommandeur, der entweder die Lust oder die Geduld verloren hatte, beschloss, den Weg zu verkürzen und einen Direktflug zu nehmen. Nachdem er für den Rest des Geldes Tickets nach Moskau gekauft hatte, führte er seine Truppe entschlossenen Schrittes zum Gate und hielt sich für klüger als die alten und weisen Häupter, die dieses Vorgehen streng verboten hatten. Alt und weise waren die Führer nicht etwa deshalb, weil sie selbst derart riskante Missionen unternommen, sondern weil sie bereits andere Roberts auf die Reise geschickt hatten und wussten, was auf dem Flughafen von Teheran passierte, wenn man sich dorthin traute. Wie zu erwarten war, wurde die Troika trotz ihrer frisch geschorenen Bärte und gültigen Tickets bei der Grenzkontrolle festgenommen. Schließlich saßen im iranischen Geheimdienst keine Idioten, auf die Ammenmärchen von einer verpassten Visaverlängerung wegen intensiver religiöser Studien irgendwo im Landesinneren fielen sie nicht herein. Als man die Spezialeinheit aus Wasiristan für drei Wochen eingelocht und herausgefunden hatte, dass die Burschen im Iran noch nichts angestellt hatten, beschloss man, sich ihrer zu entledigen. Auf Staatskosten wurden sie ins erstbeste Flugzeug nach Moskau gesetzt, zum Abschied kriegten sie einen Stempel mit *Abschiebung* und *Einreisesperre* in ihren Pass. Roberts Mitstreitern gefiel das, sie wollten sowieso nicht zurück, sondern so schnell wie möglich Selbstmordattentäter werden, um zu den Jungfrauen ins Paradies zu kommen.

Der russländische Grenzbeamte in Scheremetjewo studierte aufmerksam die Pässe mit den iranischen Stempeln, betrachtete die drei verdächtig bartlosen Gestalten und bat sie in einen separaten Raum zum Gespräch. Dort empfing sie ein Beamter mit einem ausdruckslosen Gesicht, das noch grauer war als sein Anzug. Auch er studierte aufmerksam die Gesichter und die Pässe und rief weitere Kollegen zu Hilfe. Robert sah sich schon ins Gefängnis wandern. Leute mit solchen Gesichtern und in solchen Anzügen würden dem Märchen von den drei vergesslichen Studiosi, die sich im erhabenen Alter von dreißig, vierzig und fünfzig dem vertieften Studium der verschiedenen Strömungen des Islam gewidmet hatten, wohl kaum Glauben schenken. Doch die drei kamen nicht in Haft, ein paar Stunden später ließ man sie laufen. Die Truppe ahnte, dass man sie beobachten würde, trotzdem hielten sie an ihren Plänen fest, da sie glaubten, dass ihnen die Beschattung auffallen und Gott ihnen ganz sicher zu Hilfe kommen würde, da sie ja hehre Ziele hegten.

Im Moskauer Umland gab es einen gleichgesinnten Kameraden, seine Kontaktdaten hatte der Trupp von den grauhaarigen Führern. Die Wasaristaner suchten ihn auf. Ob er sich freute und mit ihrem Besuch rechnete, weiß man nicht, jedenfalls jagte er die Brüder nicht davon, sondern überredete eine Nachbarin, seinen drei aus dem Nichts aufgetauchten Verwandten eine Wohnung zu vermieten. Er selbst lebte mit seiner Familie im Erdgeschoss, die neue Verwandtschaft zog im ersten Stock ein, der Altbau hatte zwei Stockwerke und zwei Aufgänge. Der neue Gast in dieser tödlichen Show gab den Neuankömmlingen ein bisschen Geld fürs Alltägliche und bezahlte die Miete für die Wohnung oder versprach doch wenigstens, das demnächst zu tun. Der junge Kommandeur suchte sich eine Arbeit als Taxifahrer, denn die Taliban-Dollar waren schnell ausgegeben, aber Geld für Essen und Sprengstoffmaterial wurde trotzdem gebraucht.

Einen Monat lang lebten sie unauffällig, da sie sich beobachtet glaubten, doch als sie nichts Verdächtiges bemerkten, fing Robert an, aus dem, was er so zur Hand hatte, seine Höllenmaschine zu bauen. Leider oder zum Glück ereilte sie dasselbe Schicksal wie die Raketen in Wasiristan. In der Küche wurde der Fensterrahmen herausgedrückt, und Robert erhielt – nunmehr auf der anderen Seite – eine ungleichmäßige Bräunung. Aber nicht einmal nach dieser Explosion im Haus gab die Möchtegern-Terroristen-Truppe ihren Stützpunkt auf und harrte weiter aus, wahrscheinlich erwarteten sie, dass irgendein Abschnittsbevollmächtigter sie festnahm. Dem Vierten im Bunde, dem Bruder aus dem Moskauer Umland, gelang es irgendwie, der Wohnungsbesitzerin die Sache zu erklären und die Wogen zu glätten, ein neuer Fensterrahmen wurde eingesetzt, und Robert führte seine Minenproduktion mit dreifachem Eifer fort. Bald jedoch tauchte ein neues Problem auf – der junge Kommandeur war verschwunden.

Er war wie immer am Morgen zur Arbeit gegangen, aber nicht zurückgekehrt, er ging auch nicht ans Telefon. Das Verschwinden ihres Anführers hatte das Vorauskommando der Laienmudjaheddin misstrauisch werden lassen, sie trauten sich nicht mehr vor die Tür.

Draußen ging der November zu Ende, der erste spärliche Schnee fiel. Nach drei Tagen Warten hatte das Sonderkommando das Frieren satt und ging zum Angriff über. Sie brachen die Tür auf, warfen diensteifrig ein paar Blendgranaten, drangen allerdings nicht in die Wohnung ein, sondern forderten die Bewohner auf, sich zu ergeben. Robert konnte sich nicht ergeben, selbst wenn er gewollt hätte: Von der Detonation der Granate hatte er eine leichte Gehirnerschütterung, sein Auge war nach innen gedreht, was ihn vorübergehend handlungsunfähig machte. Er lag im Flur und stöhnte leise, während sich seine zwei Gefährten im Wohnzimmer verbarrikadierten. Das Sonderkommando dachte, man hätte sie beim ersten Mal nicht richtig verstanden, warf zwei weitere Blendgranaten und eine Gasgranate, zur Abwechslung wahrscheinlich, und forderte alle Mann auf, sich zu ergeben. Robert kam zu sich und rang nach Luft wegen des Gases, er kroch in Richtung der Stimmen und der frischen Luft. Sie zerrten ihn auf die Straße, zogen ihn warum auch immer bis auf die Unterhosen aus, drückten sein Gesicht in den Schnee und forderten alle anderen auf, sich zu ergeben, da sonst die Wohnung gestürmt würde. Die beiden anderen begriffen, dass sie jetzt an der Reihe waren, und schwangen sich durchs Fenster nach draußen. Die Uniformierten dachten, das sei ein Fluchtversuch, vielleicht dachten sie auch gar nichts, jedenfalls erschossen sie den Ersten direkt im Fenster und den Zweiten, nachdem er einen Fuß auf den Boden gesetzt hatte. Nachdem die Männer vom Einsatzkommando gesehen hatten, dass ihre Taktik erfolgreich war, warfen sie noch ein paar Granaten und forderten weiter dazu auf, sich zu ergeben. Da keiner weiter herauskam, stürmte das Kommando schließlich die Wohnung. Dort fanden sie weder weitere Terroristen noch Waffen oder Sprengstoff. Roberts Halbfertigprodukte erschienen den Einsatzkräften wenig überzeugend, sie kratzten sich am Kopf und stellten heimlich ein paar Knarren vager Herkunft in einen Schrank. Robert, der die ganze Zeit im Schnee klaglos vor sich hin gefroren hatte, zogen sie schließlich hoch und brachten ihn ins Gefängnis. Dass irgendwo da in einer Schneewehe noch sein Auge steckte, hatten sie leider nicht bemerkt.

Seinen jungen Kommandeur sah Robert erst ein Jahr später wieder, vor Gericht. Er freute sich, denn er hatte gedacht, der wäre ebenfalls umgekommen. Aber die Freude währte nur kurz: Der Ex-Anführer hatte mit den Ermittlern einen Deal gemacht, für die Hinweise an den FSB kriegte er sieben Jahre und trat nun gegen Robert als Zeuge auf. Der einäugige Bärtige gestand ebenfalls, ließ sich aber nicht mit dem Feind ein, sagte sich nicht von seinen Überzeugungen und schon gar nicht von der Religion los und verhehlte auch die eigentlichen Ziele ihrer Reise nicht, was ihm schlussendlich siebzehn Jahre einbrachte. Robert schenkte dem allerdings keine Beachtung, denn als das Urteil verkündet wurde, war es gerade Zeit für das nächste Gebet – und er dachte an etwas anderes, wirklich Wichtiges.

David

David war Armenier, im Gesicht trug er einen Amish-Bart, auf den Schultern das Stern-Tattoo eines Verbrecherbosses und im Herzen den Islam. Jede einzelne Sache war für sich genommen nichts Besonderes, aber dass alles in einem Menschen zusammenkam, war doch eher ungewöhnlich.

David kam aus einer wohlhabenden Familie. Als sie vor fünfundzwanzig Jahren von Jerewan nach Moskau übersiedelte, war sie das allerdings noch nicht. David war damals erst ein Jahr, deswegen konnte er sich nicht mehr an Armenien erinnern, anders als sein älterer Bruder, der in der alten Heimat immerhin den Kindergarten besucht und deswegen noch eine vage Vorstellung von der fernen Stadt in den Bergen hatte. Zur Familie gehörten auch noch eine echte armenische Mutter und ein geschäftstüchtiger armenischer Vater, und so ging es mit ihnen am neuen Ort langsam, aber stetig bergauf. Einkommensschwache armenische Familien, die ihre Heimat schon lange verlassen haben, sind selten, vor allem in Moskau. Der Vater eröffnete in den 90ern sein erstes Restaurant und war die meiste Zeit dort, führte das Geschäft und sprach im Kreise vieler Freunde rege den eigenen Speisen und Getränken zu. Selbst mit vereinten Kräften schafften sie es nicht, das Geschäft zu ruinieren, es prosperierte einfach. Die Mutter führte den Haushalt, organisierte den Alltag, kümmerte sich um das Essen und um die Kinder. Ab und an machte der Vater mit einem Glas Kognak in der Hand Anstalten, seine Söhne zu erziehen, aber größtenteils waren sie sich selbst überlassen, vor allem David.

Als Kind ging David statt zur Schule in einen Computerspielklub. In der ersten Tageshälfte absolvierte er seine Besuche sozusagen illegal, und wenn der Unterricht vorüber war, aß er zu Hause zu Mittag, gab seiner Mutter einen Kuss und kehrte – nunmehr legal – in den Computerklub zurück. Da sein Vater zu dieser Zeit bereits das dritte Restaurant eröffnet hatte, konnte David unter keinen Umständen, ja nicht einmal wenn er für seine Kumpels dauerhaft die Spielgebühren im Klub übernommen hätte, sein Taschengeld vollständig ausgeben. Als sein Vater in der Mittelstufe pausenlos mit Anrufen aus der Schule behelligt wurde, nahm er sich David wieder einmal zur Brust und gab ihm seinen Chauffeur, damit dieser seinen Sprössling zur Schule fuhr und dessen Anwesenheit sicherstellte. David stieg aus, ging zum Schulgebäude, wartete, bis das Auto abgefahren war, und schlug dann den gewohnten Weg zum Computerklub ein. Dass David so gut wie nie anwesend war, schlug sich allerdings nicht in den Noten nieder, denn sein Vater gehörte zu den wichtigsten Sponsoren der Schule. Außerdem hatten sich die Lehrer so sehr an die kostenlosen Feiern in Papas Restaurants zum Ende jedes Schulhalbjahres gewöhnt, dass es ihnen nicht im Traum eingefallen wäre, den Sohn schlechter als mit einer Zwei zu bewerten. Umso mehr, als auch sein Bruder die Schule besuchte, ein ehrlicher und ruhiger Junge, der völlig zu Recht seine Einser mit Sternchen erhielt, weswegen im Verständnis der Lehrer immerhin ein gewisses Maß an Gerechtigkeit gewahrt blieb.

In den höheren Klassen ging David abends in die Sporthalle und machte Kampfsport, an den Wochenenden zog er mit seinen Freunden durchs Viertel und suchte Anlässe, um seine erworbenen Fähigkeiten anzuwenden. Meistens blieb David in den Keilereien auf der Straße Sieger, da er immer mehr Freunde hatte, als seine Gegner zusammenbrachten, das galt auch für Passanten, wenn es nicht gerade eine Supersportskanone war, die die Truppe von Halbstarken einfach wegpustete. Dieser abgefahrene Lebensstil verschaffte David während seiner Schulzeit die verschiedensten Abenteuer nach ein und demselben Muster. Gegen Ende seiner Mittelschuljahre geriet David endgültig auf die schiefe Bahn und tauchte in die Romantik der Ganovenwelt ein. Als Zeichen der Zugehörigkeit ließ er sich auf der Schulter eine Windrose stechen und hielt sich von da an für eine Autorität im Milieu des Viertels.

Als David mit der Schule fertig war, bekam er ohne Aufnahmeprüfungen einen Studienplatz an der Kaufmännischen Abteilung der Wirtschaftshochschule, dort studierte auch schon – gewissenhaft wie eh und je – sein älterer Bruder, der Vater war im Förderverein, weswegen für alle, die mit der Familie zu tun hatten, der Name positiv besetzt war, der Studienplatz für den Jüngeren fiel nebenbei ab. Als Student setzte David seinen bisherigen Lebensstil fort, die Computerspiele und Keilereien im Viertel wurden lediglich nach und nach, zu einem großen Teil zumindest, von Autos, Mädchen und Saufgelagen ersetzt. Mit diesen vielen Interessen hätte selbst ein seriöser Student keine Zeit zum Lernen gefunden, David erst recht nicht. Trotzdem bestand er alle Prüfungen, da Papi zu jener Zeit schon einen florierenden Großhandel für Baumaschinen unterhielt, dessen Umsatz in die Millionen ging, anfangs in Rubel, später in Dollar. Der Bestand an Wohnungen, Autos und anderem Wohlstandsplunder wuchs und wuchs. Papi hatte keine Zeit mehr, vor allen Prüfungen in der Hochschule anzurufen, deswegen nahm David die Sache selbst in die Hand, indem er die Prüfungen einfach kaufte, denn über Bargeld, so die Meinung seiner Eltern, sollte ein Junge aus gutem Hause nicht zu knapp verfügen. Die Mutter war sehr stolz auf ihren älteren Sohn, während sie den jüngeren umso mehr liebte.

Nachdem David fünf Jahre lang alle Veranstaltungen an der Hochschule versäumt hatte, wurde ihm ein Abschlusszeugnis ausgehändigt, mit dem er sich erfolgreich bei seinem Vater verdingte. Dort war bereits sein älterer Bruder tätig, der, obwohl er dieselben Startbedingungen wie David hatte, sein Diplom mit Auszeichnung bestand, zu einer Schlüsselfigur im Unternehmen und später zu Papas rechter Hand wurde. David dagegen arbeitete in etwa so, wie er studiert hatte – er tingelte von einer Stelle zur nächsten und zog einen Rattenschwanz aus Chaos, Problemen und Konflikten hinter sich her. Ihm stand eher der Sinn nach neuen Klamotten, Amüsements und Reisen zu allen möglichen Fleckchen dieser Erde. Was nicht hieß, dass er aufgrund seines Wohlstands keine Probleme gehabt hätte, sie waren nur anderer Natur: Der eine überlegt, wer ihm vielleicht bis zum nächsten Zahltag was leihen könnte, der andere findet das Meer vor Bali schmutzig oder hat einen Kratzer an seinem neuen Mercedes.

Obwohl die Brüder so verschieden waren, hatten sie ein gutes Verhältnis zueinander. Sie heirateten ungefähr zur gleichen Zeit, bezogen eigene Wohnungen, schafften sich Kinder an und wandten sich dem Islam zu. Für ihre Eltern kam das äußerst überraschend, da sie inmitten der Alltagssorgen und Schwierigkeiten, die aus der heraufziehenden Weltwirtschaftskrise resultierten, etwas Wichtiges und Finales, das mit ihren Kindern vor sich ging, nicht wahrnahmen. Die Umsätze fielen, der Dollar und die Kosten stiegen; die Titanic des Familienunternehmens, das vom Import lebte, bekam ein Leck und geriet in Schieflage. Die Brüder gingen unterdessen regelmäßig in die Moschee. Obwohl der Vater schon längst sein Headquarter aus dem Restaurant ins Büro verlegt hatte, hielt er doch an seinen alten Gepflogenheiten fest und lenkte die Geschicke wie eh und je mit einem Glas Kognak in der Hand. Ob es nun an dieser schlechten Angewohnheit, an den geschäftlichen Turbulenzen oder doch am Alter lag, jedenfalls bekam er eine Leberzirrhose. Er verbiss sich den Schmerz, schenkte sich noch einen anregenden Tropfen ein und versuchte wie der Kapitän eines sinkenden Schiffes, das Ruder doch noch herumzureißen: Er wollte den Umsatz halten und eine Marktnische finden, ohne die Preise merklich zu erhöhen, er machte Verlust in der Hoffnung, dass die Krise zu Ende gehen, der Dollar sinken und sich alles wieder einrenken würde. Aber die Krise ging weiter, der Dollar sank nicht und nichts renkte sich wieder ein. Es kamen Schulden, die Wohnungen, Autos und Restaurants wurden verkauft, um das Geschäft am Laufen zu halten, aber es nützte nichts – die Probleme türmten sich, der Vater war nicht mehr manövrierfähig, das Schiff sank und riss alle Passagiere mit in die Tiefe. Die Brüder führten unterdessen in ihren Familien die Scharia ein.

Die Mutter, die sich schon ziemlich zeitig ihre ergrauten Haare färben musste, rieb sich zwischen ihrem Mann, ihren Söhnen und den lauthals klagenden Schwiegertöchtern auf, die keine strenggläubigen Muslime werden wollten. Aber auch sie scheiterte bei dem Versuch, die zerfallende Familie zusammenzuhalten. Das Geschäft lag darnieder, an Aufrappeln war nicht zu denken, außer Schulden waren der Familie nur noch eine letzte große Wohnung und ein vorletztes Auto geblieben, dem Vater stand eine Lebertransplantation bevor, und die Brüder gingen nach Syrien, um gegen die Ungläubigen zu kämpfen, alles andere kümmerte sie herzlich wenig. Sie weihten niemanden in ihre Pläne ein, schon gar nicht ihre Frauen, die nicht bereit waren, ihnen zuliebe einen Schleier zu tragen, geschweige denn einen Patronengürtel. Davids älterer Bruder hatte zu diesem Zeitpunkt bereits zwei Kinder von einer Frau, David hatte auch zwei, aber von unterschiedlichen Frauen, so schnell konnte er seine alten Gewohnheiten dann doch nicht abstreifen. Doch auch die Kinder waren für die beiden kein Grund zu bleiben.

Die Brüder packten ihre Sachen und reisten ab, ohne jemandem Bescheid zu sagen. David nahm außer seinem Koffer eine andere Frau mit, die bereit war, ihn zu begleiten. Sie hatte noch kein Kind von David, das würde aber bald geboren werden, vor allem jedoch teilte sie Davids Ansichten, was die Verbreitung der Religion betraf. Erst als sie schon vor Ort waren, informierten die Brüder ihre Angehörigen über ihren Weggang.

Ein Jahr lang taten die Brüder in Syrien all das, was man in einem Krieg so tut: Sie schossen auf fremde und begruben eigene Leute, sie feuerten aus Granatwerfern und flohen vor Bombardements, sie besetzten Lagerhallen und Wohnhäuser, richteten sich ein, nahmen Geiseln und setzten sie für Geschäfte ein, sie folterten und exekutierten Gefangene und glaubten ernsthaft, ein gottgefälliges Werk zu tun. Fünfmal pro Tag, wie es sich für einen rechtgläubigen Muslim gehört, brachten sie Gott Gebete dar und sehnten sich nur nach einem: ein gutes Werk zu vollbringen, um schneller ins verheißene Paradies zu gelangen – und wenn dafür Millionen Ungläubiger dran glauben mussten.

Ab und an telefonierten die Brüder mit ihrer Mutter, aber das waren Unterhaltungen mit der Vergangenheit. Die Mutter schaffte es kaum noch, mit Färben das Grau ihrer Haare zu überdecken, der Vater hatte eine neue Leber, aber besser ging es ihm nicht, die Wohnung hatten sie verpfändet, mit Davids zweiter Frau verstand sich die Mutter besser als mit der ersten, die Enkel waren gesund und vor allem waren ihre Söhne noch am Leben in einem Krieg, von dem eine einfache armenische Mutter nichts begriff. Die Nachricht, dass David nun eine dritte Frau hatte und sie noch einmal Großmutter geworden war, nahm die Mutter gelassen auf, das war das geringste von all ihren Problemen. Jedes Mal, wenn sie ihre Söhne bat, sich eines Besseren zu besinnen und nach Hause zu kommen, legten die Brüder auf. Also fragte sie nicht mehr, um wenigstens den Kontakt nicht zu verlieren, das war immerhin besser, als im Ungewissen zu bleiben und die Verbindung abzubrechen, wie es der Vater getan hatte. Mütter halten immer zu ihren Kindern, egal was sie machen.

Davids Charakter und Temperament hatten sich im Krieg als tauglicher erwiesen als zu Friedenszeiten, im Handumdrehen hatte er es zum Kommandeur gebracht, sein stiller Bruder wurde sein Stellvertreter. Beide standen bereits auf der Fahndungsliste der russischen Behörden, bald würde der Fall an Interpol gehen. Irgendwann brauchte David – ob nun für private Zwecke oder für einen Auftrag – einen legalen Pass. Am einfachsten und billigsten war es, sich dieses Dokument in der benachbarten Ukraine ausstellen zu lassen, in der vom Präsidenten bis zum Straßenbahnkontrolleur alle korrupt waren. David traf eine vage Vereinbarung bezüglich des Preises und der Übergabemodalitäten, nun musste er nur noch nach Kiew reisen und den Pass abholen, dann konnte er als freier Vogel davonflattern, ohne sich über Fahndungen – auch internationale – weiter Gedanken machen zu müssen.

Er übergab seinem Bruder das Kommando für die Truppe, küsste Frau und Kind und begab sich quasi in diplomatischer Mission in die Ukraine. Fatalerweise war dort gerade eine Revolution gegen die erwähnten korrupten Strukturen im Gange, deren Kulanz David sich hatte zunutze machen wollen. Wäre er nur wenige Monate früher gekommen, als der ganze Aufruhr noch in weiter Ferne lag, wäre alles gutgegangen, aber David erwischte den denkbar ungünstigsten Moment. Aus Angst vor der Intervention ausländischer Söldner, amerikanischer Spezialeinheiten und Aliens entschloss sich das Janukowytsch-Regime zu einer direkten Zusammenarbeit mit dem russischen Geheimdienst und nutzte dessen Fahndungslisten, auf denen auch David stand, und zwar an durchaus prominenter Stelle. Und so ging ihnen eine Fliege auf den Leim, der eigentlich für andere Fliegen ausgelegt worden war, und der islamische Gotteskrieger wurde Opfer einer fremden Revolution, die er schlichtweg nicht zur Kenntnis genommen hatte, weil er vollkommen von seinem Krieg in Anspruch genommen war. Die ukrainischen Grenzbeamten ließen ihn nicht einreisen, stempelten ihm *Abschiebung* in den Pass und setzten ihn in einen Flieger nach Moskau.

David flog auf dieser zuvor nicht geplanten Route und ärgerte sich, dass der Deal mit dem Pass geplatzt war, freute sich jedoch, dass er so seine Mutter und seinen kranken Vater würde besuchen können, denn er hoffte, dass der russische Geheimdienst so schnell von seiner Ankunft nichts erfahren würde. Er konnte ja nicht ahnen, wie eng die Behörden in den beiden Nachbarländern mittlerweile zusammenarbeiteten. Kaum hatte er einen Fuß auf die russländische Gangway gesetzt, wurde er von irgendwelchen Leuten gefesselt, die sich scheinbar wie Spinnen von der Decke hatten herabfallen lassen.

David wurde die Beteiligung an illegalen Kampfverbänden und terroristischen Aktivitäten zur Last gelegt. Schon seit Längerem kursierte im Internet eine Videobotschaft von ihm, in der er mit unmaskiertem Gesicht und in Kampfmontur alle Brüder zum Dschihad aufrief, leugnen war also zwecklos. Obwohl die Jungs vom Geheimdienst auch ohne Bildmaterial im Bilde waren. David legte ein Geständnis ab und einigte sich mit dem Ermittler auf einen Kompromiss: Da er allein angeklagt war, brauchte er niemanden zu verpfeifen und hatte sich nichts vorzuwerfen. Er würde, so versprach man ihm, glimpflich davonkommen, was auch eingetreten wäre, hätte sich nicht David aufgrund seines Charakters mehrmals täglich mit den Ermittlern angelegt und der außergerichtlichen Einigung zugestimmt, um sie später zu widerrufen. Im Endeffekt erhielt er fünf Jahre Regelvollzug, was immer noch wenig war. Er war einer der Ersten, der für eine Teilnahme am Syrien-Krieg verurteilt wurde, sein Strafmaß war gering, weil man in Russland damals noch nicht wusste, was für eine solche Tat angemessen war, hatte doch der russische Geheimdienst diesen Hitzköpfen beinahe noch das Ticket gelöst, damit sie in Syrien kämpfen und nicht etwa im Kaukasus. Keiner wollte, dass sie wiederkamen, weswegen Rückkehrer auch verurteilt wurden. David hatte Glück, fünf Jahre waren später das Strafmaß für diejenigen, die auch nur mit dem Gedanken gespielt hatten, nach Syrien zu gehen.

Die Mutter sah ihren Sohn erst im Käfig des Moskauer Lefortowo-Gerichts wieder. Mit seinen vierundzwanzig Jahren hatte es David schon auf drei Ehen gebracht. Seine erste Frau war Georgierin, die zweite Armenierin, die dritte Dagestanerin. Mit jeder Frau hatte er ein Kind, ungefähr im gleichen Alter. Dabei war er kein Polygamist. Nur Liebhaber melodramatischer Serien vermochten dieses logische Rätsel zu lösen, David indessen verstand weder etwas von Rätseln noch vom Kino, er lebte einfach nach eigenem Gutdünken. Die Kinder kannten ihren Vater hauptsächlich von Fotos oder von kurzen Begegnungen im Gerichtssaal durch die Scheibe. Davids letzte Frau war mit ihrem Kind in Syrien geblieben, weil sie nicht wusste, was sie sonst machen sollte, aber offenbar kümmerte man sich dort um sie.

Trotz der schwierigen materiellen Lage versorgte die Mutter David im Gefängnis mit Lebensmitteln und traute sich sogar, ihm Hausmannskost zukommen zu lassen, was bei der strengen Kontrolle eigentlich unmöglich war, aber armenische Mütter finden Mittel und Wege. David schenkte der üppigen Verpflegung und den persönlichen und finanziellen Problemen seiner Familie herzlich wenig Beachtung. Er hatte nur Gott, wollte nichts als ihm dienen, nur das machte ihm Freude und gab ihm inneren Frieden. Wie es sich gehörte, betete er fünfmal am Tag, nach einem Plan, den er peinlich genau, auf die Minute, einhielt. Außerdem verrichtete er auch alle anderen Rituale, Fürbitte und Lobpreis und versuchte den Koran im Original zu lesen. Er versuchte auch alle Verhaltensregeln einzuhalten, die er aus der vorhandenen Literatur abgeleitet und nach den eigenen Vorstellungen ergänzt hatte. Während des Salāt drehte er das Olivenölfläschchen mit dem Etikett zur Wand, weil darauf eine Frau abgebildet war. Er ertappte und rügte sich selbst für die Verwendung verbotener Wörter, nicht nur Flüche, sondern auch anderer unerwünschter Ausdrücke. David versank ins Gebet, und wenn er Allah dankte, kamen ihm dabei fast die Tränen, seine Inbrunst führte zu großen Blasen an Knien und Stirn. Wenn David nicht betete oder irgendwelche anderen religiösen Rituale verrichtete, verwickelte er einen Mithäftling gern mal in ein Gespräch, selbst wenn dieser sich vielleicht gerade nicht mit ihm unterhalten wollte oder mit etwas anderem beschäftigt war. Das hielt David nicht auf, seine armenische Direktheit und Gesprächigkeit brachen sich Bahn. In den Momenten der Geselligkeit vergaß er die Selbstkontrolle, scherzte und lachte, dann stutzte er, hielt inne, weil er glaubte, etwas Sündhaftes getan zu haben. In den darauffolgenden Gebeten bat er Gott dafür um Vergebung.

Für Putin hatte David eigentlich nur Verachtung übrig wie für alles, was mit seiner Religion nichts zu tun hatte. Als ihm kurz vor seiner Verhandlung jemand den Vorschlag machte, dem Fundamentalismus abzuschwören, sich den Bart abzunehmen und öffentlich vor der Fernsehkamera seine Taten zu bereuen, lehnte er das rigoros ab und trat zum wiederholten Mal von der außergerichtlichen Einigung zurück.

David träumte oft vom Krieg und von seinem Bruder. Als man ihm sagte, ein Geschoss habe ihn derart zerfetzt, dass man nicht einmal mehr sterbliche Überreste begraben konnte, wunderte er sich nicht weiter, ganz so als hätte er es schon gewusst, aus seinen Träumen oder Gebeten, und als wäre er darauf vorbereitet gewesen. In seinem Verständnis war sein Bruder jetzt schon im Paradies, und David wartete nur noch auf den Moment, um ihm nachzufolgen.

Die Mutter wollte nicht wahrhaben, dass ihr Ältester umgekommen war. Sie wartete immer noch auf ihn, genauso wie auf Davids Freilassung, und verstand nicht, dass keiner von beiden je zu ihr zurückkehren würde.

Der Waggon

Auf dem Bahnhof sieht man ihn immer mal. Meist steht er auf einem bewachten Stumpfgleis und wird erst kurz vor Abfahrt an einen Zug angehängt. Er sieht aus wie ein ganz normaler Waggon, hat aber nur auf einer Seite Fenster, die hinter einem engmaschigen Gitter verborgen liegen. Diese Fenster werden nie ganz geöffnet, sondern nur ein kleines Stück aufgezogen, sodass schmale Lüftungsschlitze entstehen. Die Scheiben sind fast immer schmutzig, es ist nichts zu erkennen, von den Reisenden und ihren Begleitern versucht allerdings auch niemand hineinzuschauen, denn an dem Waggon hängt das Schild »Post«. Was sollte an der Post interessant sein? Nichts. Echte Postwaggons haben gar keine Fenster, diese hier schon, denn sie befördern keine Briefe und Päckchen, sondern lebende Menschen. Die meisten Reisenden auf dem Bahnsteig würden wahrscheinlich ein Stück zurücktreten, wenn sie wüssten, dass in diesen Waggons Sträflinge sitzen. Denn für die meisten sind sie keine Menschen.

Dabei findest du dich schneller in einem solchen Waggon wieder, als du denkst, das kann jeden treffen. Du kaufst Gras mit einem Freund, der gar keiner ist, sondern ein Strohmann von der Miliz, und schon bist du ein Drogendealer und wanderst für acht Jahre in den Bau. In einer Kneipe oder in einem Klub rasselst du im Suff mit jemandem zusammen: Die Spelunke ist knackend voll, es kommt zu einer Rauferei, geht drunter und drüber, einer wird niedergestochen, an dir findet man Blut, das eine arme Schwein stirbt im Krankenhaus, das andere – du – kriegt zehn Jahre Sonderhaft, weil es kein Geständnis ablegen will, und so was mögen die Richter nicht. Vielleicht haben auch irgendwelche bewaffneten Uniformträger Gefallen an deinem Business gefunden, und du willst nicht teilen oder es ihnen für'n Appl und 'n Ei überlassen, schon bist du ein kapitaler Betrüger, der sich oder den Staat ausnimmt. Es gibt die unterschiedlichsten Wege in den Waggon »Post«, in dem du mit den anderen armen Schweinen durch das doppelt vergitterte Fenster und den schmalen Spalt hinaus auf den Bahnsteig schaust, um wenigstens einen flüchtigen Blick auf das große freie Leben und die Menschen zu werfen, die dir nach all den Jahren im Knast fremd geworden sind und die du vermisst. Nach all dem Metall, Beton, Draht und all den verriegelten Räumen im Knast hast du große Freude daran, die Menschen zu beobachten, die da draußen in Ruhe vor sich hin laufen. Alles, was du siehst, bereitet dir Vergnügen: im Frühling oder Sommer das frische Grün, die Sonne und die weiten Wolken, die Häuser, die Autos, die Piroggen-Weiber, der Passant mit seinem Koffer, die junge Frau mit ihrem Handy, das Kind, das mit seinem Eis beschäftigt ist.

Die Sträflinge reden über Autos, Klamotten, Handys. Manche haben die Novitäten, die auf dem Bahnsteig wie auf einer Bühne präsentiert werden, noch mitgekriegt, andere sind schon länger im Bau und haben keinen Schimmer. Vor allem aber beobachten sie die Leute – Menschen sind eben am interessantesten. Da hält einer Ausschau nach bekannten Gesichtern, und es scheint ihm, als habe er »den da schon mal irgendwann gesehen«, das Gehirn ergänzt und lässt die Phantasie sprießen für das nach Eindrücken hungernde Bewusstsein. »Siehst du die Schnecke da! Da drüben, in dem roten Trainingsanzug! Total geil!« Die junge Frau ist fünfzig Meter weit weg, sie dreht sich rum und ist in Wirklichkeit ein Kerl – der Waggon bebt unter dem Gelächter und dem Spott über den Blindfuchs. Ein Vagabund undefinierbaren Alters torkelt am Waggon vorbei, eine Flasche Bier in der Hand. Er bemerkt die zig Augenpaare, die ihn durch die Ritzen aufmerksam verfolgen. Das Hutzelmännchen dreht sich um, lächelt mit seinem zahnlosen Stoppelmund, hebt die Hand zum Teufelsgruß und schreit aus voller Kehle: »A.U.E! Es leben die Ganoven! Tod den Knastbullen!« Einmütig schallt die Antwort aus dem Waggon zurück. Erbost reißt der Wachmann die Fenster bis zum Anschlag zu. Im letzten Streifen Licht schimmert der Alte: Er schlägt das Jackett über die knochige, tätowierte Brust und zieht – zufrieden mit sich und in dem Gefühl, seine Pflicht getan zu haben – von dannen. Vermutlich ist er mehr als einmal mit einem Waggon wie diesem gereist und unternimmt nicht mehr als einen kleinen Gang in die Freiheit, viele Häftlinge sehen in ihm ihre Zukunft.

Mit einem Ruck schließt sich das Guckloch nach draußen. Die Vorstellung ist vorbei. Bald geht's los, der Waggon setzt sich in Bewegung. Unterwegs werden die Fenster vielleicht wieder geöffnet. Dann kann man stundenlang Felder und Wälder begaffen, das ist auch nicht übel, aber kein Vergleich mit einem spannenden, belebten Bahnhof.

Der Stolypin-Waggon hat sich seit Solschenizyns Zeiten kaum verändert. Dieselben Haftabteile für die Verurteilten, sieben Mann pro Abteil. Der hintere Teil des Waggons ist abgetrennt – dort, hinter der Tür am Gangende, ist in zwei Vierer-Liegewagen der Wachdienst untergebracht. Die Zellen haben keine Fenster: drei Holzwände und die vierte Wand – am Gang – wird von einem Gitter mit einer Tür und einer Fressluke ersetzt. Jede Zelle verfügt rechts und links über je drei Liegen wie in der Holzklasse, auf der mittleren ist noch eine weitere Pritsche, die zum Mittelgang hin ausgeklappt wird. Macht insgesamt sieben Schlafplätze. Wenn normale Menschen mitfahren würden. Für den Sträflingstransport liegt die Norm bei zwölf, in der Praxis kommen jedoch oft bis zu sechzehn Personen auf ein Abteil. Das ist die Mathematik des staatlichen Strafvollzugs.

Jeder Häftling hat eine oder zwei Taschen. Es ist furchtbar eng. Bepackte Heringe in einem Fass. Aber irgendwie finden trotzdem alle Platz. Geschlafen wird abwechselnd auf den oberen Liegen, unten sitzt man übereinander und auf den Taschen. Fast alle rauchen. Das ist zwar eigentlich verboten, aber keiner hält sich dran, die Knackis pfeifen drauf. Wenn der Waggon steht, gibt es so gut wie keine Frischluft, und er steht oft, den größten Teil seiner langen Reise.

Auf dem Gang patrouilliert ständig eine Wache, ohne Waffe, aber mit einem Knüppel: Die Sträflinge sind zwar hinter Gittern, bewacht werden müssen sie aber trotzdem, man weiß ja nie. Der Rest der Wachmannschaft hält sich in den Dienstabteilen auf, acht Mann, bewaffnet, für alle Fälle. Wenn heißes Wasser ausgegeben oder jemand zum Abort geführt wird, kommen sie heraus. Dreimal pro Tag geht die Fressluke auf, und wer will, bekommt vom Wachmann aus einem großen Teekessel heißes Wasser. Der Staat versorgt seine Gefangenen unterwegs mit Kaltverpflegung, und die Leute machen sich im Plastikgeschirr eine Suppe oder einen Tee. Dreimal pro Tag darfst du zur Toilette: einzeln, unter strengster Bewachung, die Hände auf dem Rücken. Wenn du über den Gang läufst, kannst du einen flüchtigen Blick auf die Mitreisenden in den anderen Zellen werfen, mit denen du dich sonst nur über Rufen verständigen kannst. Deine Notdurft auf dem widerwärtigen Abort solltest du zügig verrichten, schließlich müssen alle mal. Nur äußerst selten gibt es in den Toiletten Wasser, über den Geruch auf dem Eimer schweigt man besser.

Für die Entfernung, die ein normaler Waggon an einem Tag zurücklegt, braucht ein Stolypin-Waggon viermal so lange. An jedem Ort, an dem es ein Durchgangsgefängnis gibt, wird der Wagen abgehängt und auf ein bewachtes Abstellgleis geschoben. Häftlingstransporter mit bewaffneten Wachleuten und Hunden fahren vor, laden Häftlinge ein oder aus und fahren wieder ab. Der Stolypin muss warten, bis der nächste passende Zug kommt. Manchmal einen ganzen Tag oder eine ganze Nacht an Nebenbahnhöfen oder Bahnübergängen, auf Stumpfgleisen oder am Ende eines Bahnsteigs stehen. Der Häftling kennt das – sitzen und warten. Das ganze Leben im Gefängnis besteht aus sitzen und warten, und im Haftzug ist das nicht anders. Der Stolypin-Waggon steht länger, als er fährt, und trotzdem hat die Fahrt mehr Dynamik als das Sitzen im Gefängnis. Die Fahrt im Stolypin-Waggon ist die einzige Möglichkeit einer unentgeltlichen Reise, die der Strafvollzug dem Gefangenen bietet. Alle

Häftlinge träumen vom Reisen, vor allem wenn sie noch nie gereist sind und vielleicht niemals reisen werden. Aber im Knast schmieden sie Pläne für Unternehmungen wie auch für vieles andere, ihr neues Leben zum Beispiel, das sie beginnen, wenn sie rauskommen: ohne Alkohol, Drogen, Diebstähle und Gewalt – all das, was sie hierher ins Gefängnis gebracht hat. Vermutlich werden sich diese Träume – wie so vieles andere auch – nie erfüllen, aber in allen Zellen, die einen Fernseher haben, gehören Dokus über Reisen und ferne Länder zu den beliebtesten Sendungen.

Wenn der Wagen auf einem toten Gleis steht, inhalierst du nur Rauch und Brodem, Luft, die du oder andere schon geatmet haben. Im Winter ist es stickig und kalt, im Sommer stickig und heiß. Unheimlich stickig ist es. So stickig, dass an manchen Haltepunkten, an denen der Stolypin den ganzen Tag in der prallen Sonne steht, die Feuerwehr geholt wird, damit sie Wasser auf die Konservenbüchsen mit den lebenden Menschen spritzt, weil sonst einige, auch Leute vom Wachdienst, auf der Strecke bleiben. Man möchte kaum glauben, dass noch im 21. Jahrhundert Menschen wie Vieh transportiert werden, aber es ist so.

Das Interessante im Stolypin sind die Leute. Man macht sich bekannt, tauscht sich aus. Wer bist du, wo kommst du her, wo geht's hin, wie lange musst du? Weiß vielleicht jemand, wie's da so ist, an der Endstation? Beschissen oder erträglich? Wer hat das Sagen, die Häftlinge oder die Wärter? Davon hängen die Lebensbedingungen derer ab, die in diesen Käfigen reisen. Die Menschen sind verschieden, wie auch ihre Schicksale.

Der dreißigjährige Lümmel, der eher wie ein Halbstarker aussieht, rückt inzwischen das siebte Mal ein, wieder wegen Diebstahl. Er erzählt lispelnd, wie sie ihm das vorletzte Mal im Zentralgefängnis alle Schneidezähne ausgeschlagen hätten, »Sägemühle« – ein paar Knastbullen hatten sich an frühere Fehltritte von ihm erinnert. Neugierig wie ein Kind lauscht Lümmel den Geschichten über ferne Länder und Reisen, schaut dem Erzähler in die Augen und lächelt komisch mit seinem eingefallenen Greisenmund.

Die Geschichten über Japan, den Krabbenfang, das Meer, die Stürme und Gefahren spinnt der Kecke, er war schon zweimal bei einer solchen Tour dabei und hat so viel erlebt, dass ihm die Anekdoten nicht ausgehen. Jetzt ist er auf dem Weg nach Sibirien, zehn Jahre hat er vor sich, die er wohl nicht bis zum Ende absitzen wird, denn AIDS und Gelbsucht werden im Lager kaum behandelt. Aber der Kecke bläst keine Trübsal und lacht mit Lümmel: Um den Tod wird hier kein Aufhebens gemacht, um den fremden nicht und um den eigenen auch nicht. Anders als um ein Päckchen Tee oder eine Schachtel Zigaretten, die sind jetzt und hier wichtig.

Neben ihm sitzt der Rekrut Pascha, der hat es immerhin bis zum Unteroffizier gebracht, aber nicht bis zu seiner Entlassung geschafft – einen Monat vor Schluss haben sie ihn eingebuchtet, weil irgendwer in seiner Einheit eine MP geklaut hatte. Jetzt ist er unterwegs in den Knast in seiner Heimatstadt, wo ihn eine Frau und zwei kleine Kinder erwarten, das jüngere hat er noch nie gesehen, weil es geboren wurde, als der Vater schon hinter Gittern saß. Außerdem erwarten ihn Lager und Schande. Strafbataillone gibt es heute nicht mehr, Soldaten kommen ins normale Gefängnis. Pascha spürt seine Erniedrigung besonders deutlich, anders als viele andere Häftlinge in diesem Waggon, genau wie sie hofft er, dass sich das Blatt zum Besseren wendet, dass sich alles klärt, dass er freigesprochen wird, es war ja nicht sein Gewehr, so ungerecht kann es doch nicht zugehen! Leider doch, und sogar noch viel schlimmer.

Der Waggon mit den vergitterten Fenstern und dem Schild »Post«, strotzend vor Menschen und Ungerechtigkeit, rollt weiter durch das große finstere Land. Direkt am Gitter sitzt Fünfundzwanzig, sein Spitzname spielt auf die Knastjahre an, die er auf dem Buckel hat. Er raucht viel und redet wenig. Fünfundvierzig ist er, die Falten und die Augen packen noch mal fünfzehn Jahre drauf. Mit achtzehn ist er eingerückt und war seitdem nur ein einziges Mal draußen, für ein paar Jahre. Sieben Jahre muss er noch brummen, in denen er weder besser noch jünger noch klüger wird. Und die fünf Toten, die auf sein Konto gehen – ein paar hat er mitgebracht, ein paar drinnen erledigt – werden auch nicht wieder lebendig. Hier hat keiner Mitleid mit den Opfern. Hier klagt keiner den anderen an. Hier teilen alle dasselbe Schicksal – das Gefängnis.

Ganz weit hinten in der Zelle hat sich ein gutmütig wirkender älterer Kader verschanzt, dessen Knastname – Hottab – wie die Faust aufs Auge passt. Er ist schon weit über siebzig. Wenn er mal was ablässt, trifft er ins Schwarze, witzig und versiert. Ein ruhiger und harmloser Langstrafiger, der jedoch altersbedingt ein paar Schrullen hat. Er hat es sein Leben lang nicht geschafft, eine Familie zu gründen, denn er stand mehr auf Frauen und Keilereien. Seine Kämpfe hat er überwiegend mit dem Messer ausgetragen, was sich für das Leben seiner Widersacher häufig als ungünstig erwies – deswegen musste Hottab immer wieder einfahren, jedes Mal wegen ein und desselben Paragrafen. Irgendwann führte ihn das Schicksal ins Altersheim, stellte ihm aber auch dort einen Gegner in den Weg. Und das im wahrsten Sinne des Wortes: Zur Fernsehzeit versperrte dieser Gegner Hottab nämlich die Sicht. Der Flegel hatte keine Ahnung vom wilden Temperament des Neulings und reagierte überaus lässig, um nicht zu sagen grob, auf dessen Bitte, zur Seite zu treten, und als er begriff, mit wem er es zu tun hatte, war es schon zu spät – da steckte die Pieke schon tief in seinem Bauch. Der Streithahn kam in die Klinik und danach ins Leichenschauhaus. Hottab kam wie immer ins Gefängnis. Hier gibt er nun in gelassener Manier den Jüngeren gute Ratschläge und schnuppert immer mal wieder an der duftenden Seife, die einer von den Jüngeren dem alten Sack geschenkt hat. Die Gespräche reißen Tag und Nacht nicht ab, immer gibt es Leute, die wach sind.

Die Häftlinge werden im Stolypin-Waggon nach Haftordnung und Kaste sortiert. Die erste Unterteilung richtet sich nach den offiziell verhängten Haftbedingungen, die zweite orientiert sich an der inoffiziellen Zugehörigkeit. Außer dem Regelvollzug und den verschärften Haftbedingungen gibt es noch eine Sonderordnung für die sogenannten Gestreiften und eine für die Lebenslänglichen. Der Regelvollzug und die verschärften Haftbedingungen sind klar, darüber entscheidet das Gericht je nach Schwere der Tat, die Sonderordnung greift meist für Rückfalltäter und wird bei Wiederholungstaten ein und derselben Art verhängt. Lebenslänglich kriegt man nicht einfach so: Die Ewigen haben meistens einen Haufen Menschen auf dem Gewissen, manchmal reichen allerdings auch schon ein paar Milizionäre oder ein einziger Richter. Die Lebenslänglichen fahren im selben Waggon, kriegen aber immer eine separate Zelle am Ende des Wagens und stehen unter Sonderbewachung, sie werden immer in Handschellen geführt, sogar zur Toilette. Für die Leben, die sie zerstört haben, müssen sie hart büßen. Ihre Lager sind die schlimmsten. Wie es dort zugeht, weiß keiner so genau. Bekannt ist lediglich, dass die *Ller* oft Straftaten von anderen auf sich nehmen, um dem Lager wenigstens für kurze Zeit zu entkommen und im Zentralgefängnis mal durchzuatmen – so lange das Verfahren andauert, in dem sie alles auf ihre Kappe nehmen und das sie so lange wie möglich hinauszögern. Die Lebenslänglichen reden eigentlich nicht: Es gibt Dinge, die lassen sich nicht erzählen, Dinge, über die man besser schweigt oder die man, noch besser, vergisst.

Und dann gibt's noch die Tatverdächtigen und die Siedlungshäftlinge. Mit den Ersten ist alles klar – sie wurden noch nicht rechtskräftig verurteilt, und wer seine Strafe in einer Siedlung absitzen darf, hat mit einem belanglosen Paragrafen das große Los gezogen: Unterhaltspreller, Promillefahrer, die noch keinen umgenietet haben, Wilderer und andere harmlose Typen. Sie kriegen ein, höchstens zwei Jahre. Aber gerade diejenigen, die eigentlich glimpflich davongekommen sind, drehen am schlimmsten am Rad – sie gehen an die Decke und machen sich und andere verrückt. Wer nun bis zum Abwinken über seine im Vergleich zu den anderen läppische Strafe lamentiert, wird veranlasst, den Mund zu halten, sich auf die obere Pritsche – die *Palme* – zu verziehen und bis zum Ende seiner lächerlichen Haftzeit *anzuklappen*.

Wie im normalen Leben, so lassen sich auch im Knast nicht alle Regeln einhalten. Häftlinge unterschiedlicher Vollzugskategorien sollten getrennt reisen, weil sie auch in verschiedene Lager kommen. Die Erst- und Zweitverbüßer, mit Regelvollzug oder verschärften

Haftbedingungen, werden ihre Strafe auch separat verbüßen, aber im Stolypin-Waggon lässt sich das nicht einrichten, hier hat der Chef der Wachmannschaft auch so seine liebe Not: Er soll sich bei der Einteilung an der Haftart orientieren und dann auch noch auf die Kaste Rücksicht nehmen, über die in keiner Strafvollzugsordnung etwas steht, die aber für die Häftlinge viel wichtiger ist als die offizielle Zuordnung, denn das betrifft sie ganz direkt. Auch die FMs werden getrennt untergebracht. FMs, die Früheren Mitarbeiter, sind straffällig gewordene Beamte der Miliz, des FSB, der Staatsanwaltschaft und andere Angehörige der bewaffneten Organe. Genau genommen fallen auch Richter unter die Kategorie FM, aber eher begegnet man in einem Stolypin-Wagen Elvis Presley als einem Richter. Der Wachdienst trennt die FMs auf jeden Fall von den restlichen Inhaftierten, sonst würden die Häftlinge gleich an Ort und Stelle ihre Gerechtigkeit durchsetzen und Selbstjustiz üben.

Die meisten Sträflinge gehören zur schwarzen Kaste, zu den *Muschiki*, nach hiesigem Verständnis leben sie ein Leben als anständige Häftlinge. Sie halten zusammen und sind die tragenden Pfeiler der kriminellen Welt: Sie leben richtig und folgen den Traditionen und Regeln ihrer Kreise. Sie wissen, wie's läuft. Die andere Kaste, auf die die anständigen Häftlinge herabblicken, sind die *Roten*, die *Böcke*, die mit dem Vollzug kollaborieren und in den Lagern verschiedene Posten innehaben, vom Bibliothekar über den Barackenwart bis zum Brigadeleiter, sie haben es auf eine vorzeitige Entlassung abgesehen und spielen den anderen Häftlingen oft übel mit. Die *Roten* sind meistens Einzelgänger, jeder kämpft für sich allein. In den Gefängnissen und Lagern leben die *Böcke* oft getrennt von den anderen, aber im Stolypin geht das nicht immer – dann fahren sie zusammen mit den *Muschiki*. Sie verhalten sich still und werden nicht behelligt, es sei denn, jemand hat persönlich gegen den Knastkodex verstoßen oder Mitinsassen das Leben schwergemacht, sogenanntes *Aas*, *Katzen* und anderes Geschmeiß, die sich in *Schikanierzellen* und *roten* Lagern an anderen Häftlingen vergreifen. Mit denen wird kurzer Prozess gemacht, aber sie im Waggon, während der Verschubung, ausfindig zu machen, ist schwierig, es sei denn, jemand erkennt sie zufällig. An den normalen *Roten* vergreift sich keiner; wie einer drauf ist, darum scheren sich die Häftlinge nicht, verantworten muss man sich nur für konkrete Taten.

Die dritte Kaste, die unterste in der Hierarchie, sind die *Entwürdigten*, die *Hähne*, die Unberührbaren. Vergewaltiger, Schwule, Gelinkte und aus eigener Leichtfertigkeit *Abgesackte*. Diese Gefangenen werden am schlimmsten geschmäht, sie stehen ganz unten. Sie müssen die Klos putzen und für sexuelle Dienste zur Verfügung stehen, das sind ihre Aufgaben im Knast. Sie leben immer getrennt, aber weil es im Waggon so eng ist, werden sie unterwegs oft in die anständigen, in die »normalen« Zellen gesteckt. Auch sie werden nicht behelligt. Sie kennen ihren Platz: Unbemerkt klettern sie auf die oberste Pritsche und machen während der ganzen Fahrt keinen Mucks, runter dürfen sie nur, wenn sie zur Toilette müssen. Wer mit den *Entwürdigten* *Tschifir* trinkt, *schmiert ab* und fährt selbst in den *Hahnenstall* ein. Von dort gibt es kein Zurück in die Reihen der anständigen Häftlinge.

Manchmal fahren im Stolypin auch Tiere, Unmenschen, die den Hass der anderen auf sich ziehen, die Kinderschänder. Sie werden immer isoliert, sie kommen in eine *Schatulle*, eine Sicherheitszelle, weil der Wachdienst Angst hat, dass sie noch vor der Ankunft im Lager getötet werden könnten. Wird so einer über den Gang geführt, gehen die Zellen hoch – Dutzende Hände und Füße fahren durchs Gitter, aus den erbosten Mündern dringt nichts Gutes ans Ohr eines Vorüberlaufenden, der sich an einem Kind vergriffen hat. Er läuft mit gesenktem Kopf und weiß noch nicht, dass das, was ihm die Münder verkünden, Wirklichkeit werden wird – sobald er im Lager angekommen ist. Und es wird sogar noch viel schlimmer kommen: Die Häftlingswelt ist grausam, aber gerecht. Wie alle anderen hofft natürlich auch er auf eine Wende zum Besseren, die jedoch nie eintreten wird.

Manchmal trifft man in einem Stolypin-Waggon auch auf einen *Wor w sakone* – eine echte kriminelle Autorität – einen Ganoven der Extraklasse – oder auf einen *Fechter*, das ist einer, der in die Verbrecherfamilie aufgenommen werden will. Das ist die Elite der Unterwelt, sind die Anführer und Autoritäten. Diese Personen fahren immer separat in Begleitung eines Sicherheitsdienstlers. Selbst von einer indirekten Begegnung mit einem *großen Bruder*, die per Zuruf läuft, profitiert ein normaler Häftling. Die Paten geben nicht nur die Traditionen und ungeschriebenen Gesetze der Verbrecherwelt weiter, bei Streitigkeiten und Konflikten unter den Häftlingen sind sie auch die letzte Entscheidungsinstanz. So einen dicken Fisch trifft man in einem Stolypin-Waggon allerdings selten.

Häufiger anzutreffen und als Mitreisende überaus begehrt sind natürlich Frauen. Sie haben ihre eigenen Lager, oft auch eigene Gefängnisse oder doch immerhin separate Gebäude. Hier im Waggon sind sie in greifbarer Nähe, hinter einer dünnen, wenn auch stabilen Wand. Viele Häftlinge sind auf der Verschubung zum ersten Mal nach langer Zeit wieder in der Nähe von Frauen. Jede Fahrt, bei der Frauen an Bord sind, ist etwas Besonderes. Die Männer fluchen weniger und lassen den Frauen über den Wachdienst Dinge zukommen – Zigaretten oder Süßigkeiten –, und wenn sich die Wärter stur stellen, finden die Häftlinge andere Mittel und Wege: Die Finger wandern durch die Zellengitter, und mit winzigen Berührungen werden kleine Päckchen von Zelle zu Zelle weitergereicht, durch den ganzen Waggon. Die Frauen spüren diese erhöhte Aufmerksamkeit und nutzen sie skrupellos aus: Sie lassen ihre rauen Stimmen schnurren und revanchieren sich für die Päckchen mit Elogen und Avancen. Nach den ersten Präsenten wandern *Schnitzel* hin und her, kleine Zettel mit persönlichen Worten. Man schließt Bekanntschaft, stellt den Kontakt her, die Häftlingspost funktioniert reibungslos und störungsfrei. Alte, routinierte Knackis beteiligen sich nicht an diesem Hin und Her – diese Spielchen sind eher was für die jungen Leute.

Schon am folgenden Tag wird aus der Begegnung der zufällig zusammengewürfelten Paare eine stürmische Affäre, mit scheuen Blicken während des Gangs zur Toilette, mit leidenschaftlichen Berührungen der Finger zwischen den Gittern auf dem Rückweg. Die Verliebten gehen schnell vom Spitz- zum Vornamen über, dann folgen Schatz und Mäuschen, sie schwören sich Liebe und dass sie warten wollen, bis der andere freikommt. Dieses Shakespearsche Drama vollzieht sich vor den Augen Dutzender unfreiwilliger Zuschauer, aber das hält niemanden ab und ist auch keinem peinlich – zu groß ist die Sehnsucht nach etwas Wärme und Freude, die allen Häftlingen im Knast so sehr abgeht. Die größte Leidenschaft entwickeln natürlich die jungen Kaukasier: »Isch schreipe voller Feler, aber was ich sage, brinkt dich zum Schluchtzen.« Hin und wieder wenden sich die Frauen wieder ihren Streitigkeiten zu und schreien, fauchen, spucken und ziehen sich an den Haaren. Die Weiber kennen den Kodex der ehrwürdigen Verbrecherwelt nicht, nach dem Schimpfwörter und Handgreiflichkeiten verboten sind – sie haben ihre eigenen Regeln, genauer gesagt fehlen sie ihnen.

Frauen sind die unnatürlichsten und fremdartigsten Wesen, denen man im Knast begegnen kann. Jeder Häftling, der eine Frau in Begleitung eines Wachmanns über den Gang laufen sieht, stellt sich gleich seine Mutter, Frau, Schwester oder Tochter vor und realisiert, dass das Gefängnis eine der widerlichsten Erfindungen der Zivilisation ist. Niemand sollte im Gefängnis sitzen, eine Frau schon gar nicht. Aber so lange Menschen bereit sind, in Haftanstalten Dienst zu tun, wird es sie geben.

Nacht. Der Waggon lebt sein Leben, transportiert Menschen, die sitzen. Langsam drosselt der Zug sein Tempo, steuert den nächsten Bahnhof an. Vielleicht klappt es, und der Wärter öffnet das Fenster einen kleinen Spalt.

Ljocha Schlitzohr

Ljocha befand sich am Übergang zwischen dem Zustand »habe schon immer gestohlen« und »werde weiter stehlen«, nämlich im Gefängnis. Er war fünfunddreißig, sah aber viel jünger aus und benahm sich auch so, er war gerissen und schlagfertig, was ihm wohl den Spitznamen »Schlitzohr« eingebracht hatte. Frech und fröhlich, die Seele der Truppe. Ljocha gehörte zu den Häftlingen, die sich immer die beste Pritsche sicherten, die am Fenster, möglichst weit weg von der Tür, und schnell jemanden fanden, der ihnen die Tasche trug oder *Tschifir* machte. Er war ein echter Verbrecher, ein Dieb, einer, der vom Stehlen lebte. Diese Profession genoss – neben Räubern und Plünderern – in der Verbrecherwelt ein sehr hohes Ansehen. Das Prestige von Dieben war sogar noch etwas höher, denn ihre Aktivitäten garantierten ihnen ein festes Einkommen bei einem minimalen Risiko, und sollte doch einmal etwas schiefgehen, mussten sie nur mit einem, höchstens zwei Jahren Knast rechnen, selbst wenn sie nicht zum ersten Mal geschnappt wurden. Wenn allerdings jemand zum siebten Mal wegen Diebstahl einfuhr, musste er sich wahrscheinlich schon die Frage gefallen lassen: »Ob das wirklich was für dich ist, Junge?«

Gute Diebe werden selten erwischt. Sie sind umsichtig und genau, arbeiten möglichst allein, und wenn sie wirklich mal zu zweit einen Bruch machen, dann nur mit einem absolut zuverlässigen Partner, damit – falls sie gekrallt werden – einer das Ding auf seine Kappe nimmt. So haut man nicht nur den Komplizen raus, sondern bekommt auch selbst eine geringere Strafe – für Gruppendelikte kann das Strafmaß nämlich doppelt so hoch ausfallen. Professionelle Langfinger schauen auf andere Häftlinge, die aus Versehen im Knast gelandet sind, von oben herab, auf all die Sieger privater Gladiatorenkämpfe, die im Suff ihren Gegner erstochen haben, die Heroinsüchtigen, die sich ihr Gehirn weggespritzt haben, die Drogenhändler und Spekulanten, die gewöhnlichen Junkies, von denen es in den russländischen Gefängnissen nur so wimmelt. Während diese armen Schweine ihre sieben oder zehn Jahre brummen, kommt ein Dieb ein paar Mal raus und wieder rein, dreht draußen ein paar krasse Dinger und macht sich ein schönes Leben. Zu diesem Typ der – erfolgreichen – Diebe gehörte auch Ljocha.

Bis jetzt hatte er nur einmal gesessen. Und selbst das wäre ihm erspart geblieben, wenn er sich vor Gericht genauso zusammengerissen hätte wie während der Ermittlungen. Er und sein Komplize wurden in einem Treppenhaus erwischt, wo sie gerade eine Wohnung ausgeräumt hatten. Als sie die Miliz bemerkten, schmissen sie die Sore einfach in den Müllschlucker, und kurz bevor die Gesetzeshüter sie abführten, verständigten sie sich darauf, dass sie mit der Sache nichts zu tun hätten, sondern zufällig vorbeigekommen wären. Auf dem Revier wurden sie getrennt und drei Tage lange geschlagen, mit kurzen Unterbrechungen, um den Ermittlern eine kleine Atempause zu verschaffen. Die Jungs beharrten indessen auf ihrer Version, und aus den zerschlagenen Mündern kam immer wieder ein und derselbe Satz: »Waren wir nicht. Wissen wir nicht. Warum schlagen Sie uns?« Und es gab ja tatsächlich keine Beweise: Sie hatten weder einen Schlüssel noch einen Dietrich bei sich, der Krempel, den sie in den Müllschlucker geworfen hatten, war weg, vielleicht hatte jemand das Zeug mitgenommen oder die Tüte war einfach nicht gefunden worden, und noch war es in diesem Land nicht verboten, Lederhandschuhe zu tragen und sich im Hauseingang zu irren. Die Ermittler wussten genau, dass sie es gewesen waren, und Ljocha und sein Kumpel wussten, dass sie es wussten, und so ging das Katz-und-Maus-Spiel weiter, man lauerte, wem zuerst die Nerven oder die Zähne ausgehen würden.

Irgendwann geriet die Miliz in Zeitnot. Die Frist, in der man jemanden vorübergehend festhalten konnte, lief ab, Ljocha und sein Komplize wurden dem Gericht vorgestellt, damit Untersuchungshaft angeordnet werden konnte, die Blessuren auf ihren Gesichtern erklärte man damit, dass sie bei der Festnahme Widerstand geleistet hätten. Vollkommen teilnahmslos hörte sich die Richterin die Ausführungen der beiden Mitternachtsschlosser an – die erfundenen über die Wohnung und die wahrheitsgemäßen über ihre Behandlung auf dem Revier – und brummte ihnen zwei Monate U-Haft auf. Ljochas Komplize war schlauer, vielleicht hatten sie ihm auch mit den Schlägen die Sprache ausgetrieben, jedenfalls schwieg er. Ljocha indessen vergaß sich und machte gegenüber der Gesetzeshüterin lauter überflüssige Bemerkungen. Er piesackte sie – zuerst mit anzüglichen, dann mit spitzen Bemerkungen – und irgendwann hatte er einen wunden Punkt erwischt. Die Richterin war sauer, strengte einen Prozess wegen Diebstahls gegen ihn an und verknackte ihn zu zwei Jahren wegen übergriffigen Verhaltens gegen den Richter. Sein schweigsamer Komplize hingegen kam kurz darauf aus Mangel an Beweisen frei.

Ljocha war natürlich bedient, dass er zwei Jahre praktisch wegen nichts bekommen hatte, aber das war noch nicht das Schlimmste, er rückte nämlich mit einer *Totschkowka* ein, einem Aktenvermerk, der ihn als gemeingefährlich einstufte, flankiert vom persönlichen Wunsch der Richterin, ihm das Leben schwerzumachen. Er kam nicht ins Lager, sondern wurde ins PFRSI[42] gebracht, das ist so eine Art Übergangsgefängnis für Verurteilte. Meistens bleiben die Gefangenen da nicht lange, aber Ljocha musste seine gesamte Strafe in dem Loch absitzen, denn dort herrschte ein strenges Regime und man konnte ihn so durchgrillen, wie es laut *Totschkowka* vorgesehen war. Zuerst Filze, die übliche Durchsuchung, und dann ab in den *Affenkäfig*. *Glocke*, *Bunker* – Bezeichnungen gibt es viele, die Bedeutung bleibt die gleiche. Eine winzige Zelle, in der nichts steht außer einer Pritsche, die tagsüber hochgeklappt wird, einem kleinen Metalltisch mit Klappstuhl, der am Boden festgeschraubt ist, und einem Waschbecken, dessen Wasser über ein Rohr in die *Aljonka* läuft. *Aljonka* ist die Bezeichnung für den Knastabort, das klingt eigentlich viel zu schön, *Hockklo* oder *Bello* sind die Begriffe der Häftlinge, die das Loch im Boden treffender beschreiben. Verschlossen wird es mit einer *Ratte*, einem Stöpsel an einem Faden, gefertigt aus einem Brotklumpen mit einer Plastiktüte außenrum. Mit dem selbstgebauten Pfropfen stinkt es weniger aus der Gosse, und mit etwas Geschick schafft man es, die Ausscheidungen durch das Loch zu entsorgen, ein Spülkasten ist bei dem Modell *Aljonka* nämlich nicht vorgesehen.

Um neun Uhr abends klappt der Wärter die Pritsche herunter und gibt die Matratze mit Decke und Kissen aus, der Einschluss wird verkündet. Um fünf Uhr morgens ist Wecken: Das Bettzeug wird eingesammelt, die Liege wieder hochgeklappt. Kontrolle, einstündiger Freigang, dreimal am Tag *Balanda*, das ist alles. Persönliche Gegenstände, Lebensmittel, Zigaretten, Tee oder auch nur irgendeine minimale Haftausstattung sind verboten. Außer der Häftlingskluft am Körper und den Hygieneartikeln ist nichts erlaubt, nicht einmal Bücher und

---

42 Raum, der als U-Haft-Raum dient. Dort verbüßen Gefangene ihre Haft in völliger Isolation.

Hefte, es gibt nur ein doppelt vergittertes Fenster und eine Lampe, die Tag und Nacht brennt. Ein Rasierer wird nur auf Anfrage ausgehändigt, und rasieren ist nur unter Aufsicht des Wachdienstes erlaubt, der aufpasst, dass man sich wegen der Umstände nicht plötzlich aufschlitzt. Einmal pro Woche geht's in die *Banja*, zehn Minuten duschen mit warmem Wasser.

Im Bunker sitzen meistens zwei Leute in einer Zelle, aber die besonders Gefährlichen, zu denen die Verwaltung auch Ljocha zählte, kommen in Einzelzellen. Vorgeschrieben ist eine maximale Unterbringungsdauer in Isolation von fünfzehn Tagen. Deswegen wurde Ljocha nach Ablauf dieser Frist in eine normale, aber leere *Hütte* verlegt, tags darauf kam er zurück in die Isolierzelle. Nach der zweiten Runde ging's wieder in eine normale Zelle und dann wieder fünfzehn Tage in Einzelhaft und immer so weiter. *Bunkerrallye mit Matratze* wird das auch genannt. Nur Auserwählte kommen in den Genuss dieser Sonderbehandlung. Ljocha hatte wahnsinniges Schwein – er bekam ein Einzelabo für die gesamte Haftzeit. Doch er klagte nicht und ließ den Mut nicht sinken. Das lag unter anderem an dem Radio, das direkt vor seiner Tür volle Pulle lief und seine Umgebung nach dem Abspielen der Russländischen Hymne von früh bis spät mit dem allerbilligsten Pop beschallte. In diesen zwei Jahren lernte Ljocha alle Lieder, alle Namen der russländischen Interpreten und ihre Biografien auswendig, denn jeden Tag schmiedete er Pläne zur Massenvernichtung der Popkünstler. Ob man den Häftling absichtlich quälte, um ihm den Verstand zu rauben, oder ob das eine Vorsichtsmaßnahme war, damit er keinen Kontakt zu seinen Nachbarn aufnehmen konnte, blieb unklar. In diesem System steckt nicht hinter jedem Ungemach für den Häftling eine böse Absicht der Milizionäre, manches geschieht auch einfach aus Gleichgültigkeit oder unbedacht. Die Häftlinge glauben das allerdings nicht, und deswegen heißt es bei jeder Kleinigkeit: »Das machen die Knastbullen mit Absicht.«

Häftlinge sind Leute, die wissen, wie sie mit dem Arsch an die Wand kommen. Ljocha wusste es erst recht. Er bat den Wachdienst um einen Stift, um irgendeinen sinnlosen Antrag an die Verwaltung hinzurotzen, schrieb ihn auf dem ausgehändigten Blatt und gab es ab, vorher jedoch hatte er noch schnell ein paar *Schnitzel* mit wirklich wichtigen Bitten verfasst. Und als er zum Hofgang geführt wurde, steckte er die Zettel in kleine Ritzen auf dem Freigelände, die routinierte Häftlinge immer und überall finden. Ein paar Tage später, wenn andere Häftlinge während des Hofgangs seine Zettel entdeckt hatten, fand er dort mal ein paar Zigaretten mit Streichhölzern und Zündpapier, mal einen Schokoriegel, mal ein paar Drops. Ljocha verbrauchte alles an Ort und Stelle, das verbotene Zeug mit auf die Zelle zu schleppen, wäre problematisch gewesen, tags darauf kritzelte er neue Nachrichten, bedankte sich und brachte andere Bitten vor. Es war nicht peinlich, andere Häftlinge, wenn nötig, um Unterstützung zu bitten, peinlich war es, jemandem, der Hilfe brauchte, diese zu verweigern. Merkwürdigerweise glauben alle Leute, Häftlinge seien ausnahmslos böswillig und aggressiv und würden wegen jeder Kleinigkeit den Totmacher ziehen und jeden, der ihnen vors Messer kommt, abstechen. Aber das stimmt nicht. Der Knast ist streng, das sind aber die ungeschriebenen Gesetze und die gegenseitige Hilfe, auf die jeder angewiesen ist.

Wie jeder erfahrene Knacki – und in der Einzelhaft kommt die Erfahrung schnell – hatte Ljocha es drauf, sich zu verstellen und den Kranken zu mimen, um ins Revier zu kommen und sich von seinem lästigen Matratzenmarathon ein bisschen zu erholen. Er gaukelte verschiedene akute Schübe chronischer Krankheiten vor, simulierte neu auftretende Malaisen und rückte so etliche Male auf der Krankenstation ein, war aber nicht besonders zufrieden: dieselbe *Balanda*, die gleichen miesen Bedingungen, und Gesellschaft hatte er auch keine. Nachdem er irgendwie spitzgekriegt hatte, dass im zentralen Justizkrankenhaus mehr zu holen war, schoss er sich darauf ein. Die Häftlinge sagen übrigens nicht: »Sie sind ins Gericht gebracht worden« oder »Wasja ist aus dem Zentralgefängnis überstellt worden«, die Knackis verwenden eine andere Formulierung: »Sie sind auf Verschub«, »Wasja ist aus dem Bunker gekommen.« Der Unterschied mag nicht groß scheinen, aber so entsteht die Illusion, es gebe einen gewissen Entscheidungsspielraum bei einer Ortsveränderung und die Verlegung vollziehe sich nicht unter Zwang. In dem vorliegenden Fall lag die Entscheidung zu fahren oder besser gesagt die Entscheidung über die entsprechenden Handlungen, die das Fahren herbeiführen würden, wirklich bei Ljocha. Die Werte des ewig leidenden gesunden Knackis taugten höchstens für den Besuch des angrenzenden Flurs im hiesigen Revier, deswegen beschloss Ljocha, einen auf verrückt zu machen, um drei Wochen Durchchecken zu ergattern – Urlaub mit besserer Verköstigung. Also fing Ljocha an zu spinnen und abzudrehen, und schließlich kam er in die Gefängnisklapse.

Er war zufrieden, allerdings nur kurz. Die Idee, dass man ihn zu einem echten Verrückten aufs Zimmer legen könnte, war Ljocha nicht gekommen, er hatte gehofft, dort auf andere Simulanten zu treffen und sich mit ihnen einen Bunten zu machen. Bunt wurde es, das Essen war allerdings mies, da hatte er sich mehr versprochen. Das Krankenzimmer in der Gefängnisklinik unterschied sich kaum von einer normalen Zelle, immerhin war es etwas ziviler und geräumiger. Sauber, ruhig, draußen im Gang arbeitete eine Wärterin. Nach der Bude, in der Ljocha notgedrungen ein Jahr lang von morgens bis abends russländische Popmusik gehört hatte, erschienen ihm alle anderen Räume wie selige Gemächer. Er lag in einem Zwei-Mann-Zimmer, sein Mitbewohner war offenbar ein ruhiger und wenig gesprächiger Zeitgenosse, auf die Frage, warum er saß und wie lange, hatte er ausweichend geantwortet. Dass ihm eine Zacke fehlte, hatte Ljocha auf den ersten Blick gesehen, aber was der Säuferwahnsinn tatsächlich anzurichten vermochte, offenbarte sich ihm erst allmählich. Während Ljocha die Mittagssuppe bekam, den Teller an der Fressluke in Empfang nahm und gleichzeitig Kontakt zur Wärterin knüpfte, kippte sich sein Zimmerkollege die Suppe erst selbst über den Latz und dann Ljocha in den Hals. Der gab ihm einen – wenngleich sanften – Klaps aufs Ohr. Sein Kollege nahm Haltung an, streckte den Arm vor und rief mit ernüchterter Stimme: »Geht klar, Ljuba!« Ljocha wusch sich die Gemüsesuppe ab und dachte, nun sei alles vorbei, dabei ging es jetzt erst richtig los.

Die folgenden drei Wochen brachte der Alki a.D. Ljocha zum Wahnsinn. Während er bei einer Untersuchung war, stellte die Schnapsdrossel die ganze Bude auf den Kopf – er suchte die letzte Pulle, die seine Frau irgendwo versteckt haben musste. Ohrfeige und »Geht klar, Ljuba!« Während Ljocha nach einer schlaflosen Nacht, in der er die Unordnung beseitigte, die der Mann der unvergessenen Ljuba in einem Anfall angerichtet hatte, endlich schlummerte, stopfte sein Zimmergenosse Ljochas Sachen in zwei Plastiktüten und wummerte gegen die Tür, damit jemand öffnete, weil er zum Zug musste. Zwei saftige Backpfeifen und ein doppeltes »Geht klar, Ljuba!« – der Zauberspruch gegen alles Übel. Ljocha zählte die Tage, bis er endlich in seine hübsche kleine Einzelzelle zurück durfte. Als der beknackte Alki kurz vor diesem langersehnten Moment plötzlich verlegt wurde, war Ljocha von dessen Gesellschaft schon so zermürbt, dass er von seinem neuen Bettnachbarn, der sich die Decke über den Kopf zog, sich hin und wieder mit dem eigenen Kot beschmierte und unter der Decke Gedichte rezitierte, kaum noch Notiz nahm.

Nach diesem denkwürdigen Ausflug in die Gummihütte saß Ljocha den Rest seiner Strafe auf einer Arschbacke und ohne weitere Vorkommnisse ab. Kaum war er draußen, ging er schon wieder seiner vertrauten und geliebten Beschäftigung nach. Als Andenken an seine Einzelhaft ließ er sich das entsprechende Knasttattoo in den Handrücken stechen: fünf Punkte auf einem Würfel, was so viel heißt wie »allein in den vier Wänden«.

Im ersten Jahr nach seiner Entlassung lief alles wie geschmiert, aber bei irgendeinem Bruch ging wieder was schief, und er wurde zur landesweiten Fahndung ausgeschrieben. Als Ljocha das erfuhr, bekam er auf einmal schreckliche Sehnsucht nach seiner verhassten Tante irgendwo im Süden, die er als Kind ein einziges Mal besucht hatte und nun nach vielen Jahren endlich wiedersehen wollte. Ljocha stürzte los, wurde aber bei einer Passkontrolle geschnappt – »Totaler Zufall, Alter!« Nun ging es wieder in seine Stadt zurück – in einem langen Schub über Moskau, zusammen mit einer Gruppe von Häftlingen, die vor die Überregionale Gerichtspsychiatrische Fachkommission geladen waren, ins berühmte Katzenhaus, zur Begutachtung. Richtige krasse Typen waren nicht dabei, aber Tollkirschen gab es genug, doch mit seiner Erfahrung aus der Klapse war die Einheit für ihn ein Klacks. Er riss Witze am laufenden Band, erzählte lustige Storys aus seinem Leben, räkelte sich auf der untersten Pritsche am Fenster, schlürfte den Tee, den ihm ein Bahner gebrüht hatte, und zeigte einen Trick mit einer Fliege, die auf Befehl ein Streichholz aus der Schachtel zog und es wieder zurückschob.

Wie den meisten Kriminellen waren Ljocha die Politik, die Regierenden und Putin gleichgültig. Er war ein prinzipieller Gegner des Staates, weil er von ihm nichts Gutes erwartete, höchstens eine weitere Haftstrafe. Es war ihm absolut egal, welche Leute im Land das Sagen hatte, ob das Geld waggon- oder nur kartonweise beiseite geschafft wurde – Ljocha würde seinem Geschäft auch ohne ihre Beteiligung nachgehen. Wie jeden anderen Häftling interessierten ihn politische Veränderungen nur bezüglich einer einzigen Frage: »Kommt eine Amnestie?«

Als er verschubt wurde, schmiss er sich in seine Markenklamotten, faltete einen anderen Häftling zusammen, der zwar seine Tasche genommen, Ljochas aber stehengelassen hatte, trieb die ganze Bande zum Ausgang und sondierte inzwischen, wer von den Mitreisenden wohl noch ein paar Reserven hatte und dem deshalb die Ehre zuteil werden würde, neben ihm zu sitzen.

Kutus

Kutus war äußerst freiheitsliebend, und deswegen saß er im Knast. Als Kind hatte er sich gern herumgetrieben und war von zu Hause ausgerissen. Deswegen wurde er geschlagen, derb und oft. Von seiner Mutter und seinem ersten Stiefvater. Später dann von seiner Mutter und seinem zweiten Stiefvater, der den ersten ersetzte, sich aber kaum von ihm unterschied. Sein leiblicher Vater riss die Hufe hoch, als er zum zweiten Mal für fünfzehn Jahre im Bau war. Seiner Frau hinterließ er Kutus und Kutus seine Gene.

Kutus musste in der Ecke auf Buchweizenkörnern oder genau auf der Linie des Linoleums knien, in siedend heißem Wasser baden, weil er irgendwas ausgefressen hatte, er wurde an den Beinen über den Boden geschleift, bis er blutige Schrammen hatte. Das ist alles, was ihm von seiner Kindheit in Erinnerung geblieben ist. Als Souvenir aus dieser Zeit, als er aus dem kleinsten Anlass geschlagen wurde, hat er die Narben von der Wäscheleine, mit der er sehr fest und sehr lange gefesselt worden war. Anlässe lieferte er reichlich. Die Zahl der zerschlagenen Fensterscheiben und Vasen, der ruinierten Möbel und Einrichtungsgegenstände überstieg nach Meinung der Mutter jedes vorstellbare Maß, deswegen war ihr Sohn in der Familie, für die sie um jeden Preis ein trautes Heim schaffen wollte, ein Gejagter und Verstoßener. Kutus büßte in dieser Zeit auch einen Schneidezahn ein, den die Mutter ihm ausgeschlagen hatte, weil Rauchen schädlich war. Den Jungen mit einem Rohrstock zu verprügeln, fand sie weniger schlimm.

Sie lebten eigentlich ganz gut, trotzdem bekam Kutus nie etwas, vor allem keine Süßigkeiten, denn er lernte schlecht und benahm sich noch schlechter. Seinem Stiefbruder – dem Sohn des zweiten Stiefvaters – versagte man indessen nichts: Vielleicht lernte er etwas besser, aber vielleicht wurde er auch einfach nur vorgezogen. Kutus' Großvater lebte auch mit ihnen zusammen. Der Alte konnte nur noch schlecht sprechen und noch schlechter laufen, aber er besaß ein Gewehr. Es wurde vorschriftsmäßig in einem verschlossenen Schrank aufbewahrt, und Kutus wusste, wo der Schlüssel lag. Und eines schönen, von keinerlei Unheil kündenden Tages fügte sich für Kutus alles: Großvaters Gewehr, die fehlenden Süßigkeiten, die kriminelle Veranlagung, zwei Freunde, die etwas älter und noch durchtriebener waren als er selbst, und der kleine Kiosk in der Nachbarstraße. Das Gewehr im Anschlag, raubten sie zu dritt den Kiosk aus. Ihre Beute waren Kaugummis und Schokolade – für einen Zehnjährigen die größten Kostbarkeiten. Und der Kiosk brannte ab. Kutus konnte sich nicht erinnern, dass sie ihn angezündet hatten, vielleicht war er von selbst explodiert, aus Scham oder wegen der Hitze. Seine Eltern fanden diese

Erklärungen wenig überzeugend, sie verdroschen den Sprössling und standen bei ihrem Verhör den Methoden der echten Ermittler ins nichts nach. Kutus legte nur ein Teilgeständnis ab und gab seinen Teil der Beute zurück, was den Kiosk allerdings nicht rettete – der war nämlich total ausgebrannt. Kutus' Eltern ersetzten den Schaden, aber weil ihre Geduld nun wirklich zu Ende war, schickten sie ihren Zögling in eine Besserungsanstalt für minderjährige Straftäter. Einen Käfig, in dem man den ganzen Tag allein auf einer Holzpritsche sitzen musste. Zur Abwechslung konnte man sich auch auf den Boden setzen und nachts schlafen legen. Ein Kindergefängnis. Kann man sich etwas Schrecklicheres vorstellen?

Zunächst verbrachte Kutus drei Monate in dieser Anstalt. Da er sich nicht gebessert hatte, wurde er noch mal eingewiesen. Kutus hatte nie ein eigenes Fahrrad, also fuhr er mit fremden Rädern, er hatte nie eine Konsole, also spielte er auf fremden, nie hatte er Geld oder Süßigkeiten, also nahm er sie sich, mal mit List, mal mit Gewalt. Und immer landete er an ein und demselben Ort – in der Besserungsanstalt. Das ging so lange, bis er zwölf war und man ihn endlich »reinen Gewissens« in einen Jugendwerkhof überstellen konnte. Eine Mutter gab es dort nicht, dafür aber betrunkene Wärter, die die Minderjährigen mit Knüppeln auf die Beine oder in den Rücken schlugen oder manchmal einfach nur zutraten. Den Kontrollbeamten erklärten sie die Blessuren damit, dass sich die Kinder gerauft hätten. Um sie zu schützen, wurden in den Zellen Videokameras installiert, aber die jungen Kerle hatten zu diesem Zeitpunkt schon jedes Vertrauen verloren und demolierten sie, wie auch alles andere, was man kaputtmachen konnte. Einmal sollte Kutus zur Strafe die Toiletten putzen. Er schlug alle kaputt, und von da an musste die ganze Anstalt – auch im Winter – die Außentoiletten im Hof benutzen. Kutus wurde auch von den anderen Anstaltsinsassen geschlagen, von denen, die älter und stärker waren. Nicht weil sie böse waren und er schlecht. Sie schlugen einfach alle, die jünger und schwächer waren. Man konnte ihnen nicht nur Klops und Keks beim Mittagsessen abnehmen, sondern sie auch noch verdreschen. Kutus wehrte sich, so gut er konnte, und die Zahl der Narben auf seinem Kopf nahm zu. Als er größer und kräftiger geworden war, konnte er seinerseits die anderen schlagen und ihnen Klops und Keks abnehmen. Und das nicht etwa, weil er böse und sie, die jüngeren, schlecht waren. Es war einfach normal.

Mit fünfzehn war Kutus wieder zu Hause. Er war immer noch aufmüpfig, aber jetzt traute sich keiner mehr, ihn zu schlagen. Versucht hatten sie es schon, aber sie kamen nicht mehr gegen ihn an – er pfiff drauf, wer da vor ihm stand, und schlug zurück, Autoritäten existierten für ihn nicht mehr. Kutus ging tagsüber in die Fachschule und abends pumpen, immer noch tickte er ab und zu aus. Er war von Natur aus kräftig, und der Sport tat das Übrige. Kutus nahm sogar an mehreren Wettkämpfen teil, gewann Medaillen und Pokale. Mit dem Ausziehen hatte er es nicht eilig, dabei war's ihm weniger um seine Mutter zu tun als ums Essen.

Nachdem er eine Granate in den Unterrichtsraum geschmissen hatte, die unter die Vorderbänke rollte, flog er zum ersten Mal von der Fachschule. Viele kapierten gar nicht, was da passiert war, und wer es kapiert hatte, behielt den Tag für immer im Gedächtnis. Kutus' Eltern drängten darauf, dass der Verweis rückgängig gemacht wurde. Sie begriffen, dass er an der Fachschule immer noch besser aufgehoben war als im Gefängnis, wo er endgültig auf die schiefe Bahn geraten würde. Die Anlässe für seine nächsten Rauswürfe waren nicht weniger abenteuerlich, doch mit vereinten Kräften verhalf man ihm trotzdem zu seinem Abschluss – kurz vor dem Einberufungstermin im Herbst. Zur Erleichterung aller Verwandten ging Kutus mit achtzehn zur Armee.

Marineinfanteristen, so die weit verbreitete, aber irrtümliche Ansicht, sind ausschließlich damit beschäftigt, die Truppenlandung vom Meer aus sowie den Nahkampf zu üben. Kutus' Kameraden übten im Wesentlichen das Sammeln von Pilzen in voller Marschausrüstung. Norm: ein Anhänger Pilze auf einen Zug Marinesoldaten pro Tag. Statt zu schlafen, probten sie nachts den Feuerfall, will heißen, das ganze Lehrregiment lief mit Matratzen und Nachttischen, Kleidung und anderen leicht entflammbaren und schwerbeweglichen Gegenständen raus auf den Übungsplatz. Als Alternative zum Pilzesammeln wurde auf dem bereits erwähnten Platz auch gern mal eine Zeltbauaktion veranstaltet. Als Hilfsmittel waren nur Feldspaten zugelassen, was die Prozedur aus Sicht der Natschalniki nicht nur spannender machte, sondern auch mehr Zeit in Anspruch nahm. Der Tag darauf diente dem sorgfältigen Verschließen der Löcher, die die Kämpfer während der Aktion in die Betondecke gemeißelt hatten. An diesem lustigen Gewusel waren alle beteiligt: Gemischt wurde der Beton im Wirtschaftshof, die zweihundert Meter zwischen Hof und Platz mussten im Laufschritt und in voller Montur zurückgelegt werden, die Kelle in der einen, den Mörteleimer in der anderen Hand – und zwar schnell. Eine unerlässliche Maßnahme für die Stärkung der Verteidigungsbereitschaft des Landes. Diese in unterschiedlichem Maße schwachsinnigen Manöver gingen relativ ruhig vonstatten, wenn der Kommandeur der Einheit nüchtern war. War dieser für die Soldaten glückliche Umstand nicht gegeben und er hielt ein MG in der Hand, wurde aus der Übungs- eine Kampfsituation, denn weder die Waffe noch ihr Träger schwiegen. Der Lieblingsspruch des Kommandeurs lautete: »Ihr seid keine Marineinfanteristen, ihr seid auch keine schwulen Säcke, ihr seid ein Haufen schwuler Säcke.« Das Lieblingsspiel des Kommandeurs bestand darin, einem Rekruten in Schutzweste den Gewehrkolben mit aller Kraft vor die Brust zu knallen und vorzuführen, wie der Verschluss der Kalaschnikow dabei zuckte. Die Waffe lud fast immer durch, dabei konnte sich kaum ein Soldat auf den Beinen halten. Und danach ging's wieder in die Pilze ... Den Monat, als er vor dem großen Appell das Banner am Fahnenmast verkehrt herum aufgehängt hatte, wollte Kutus am liebsten vergessen wie auch all das, was der Kommandeur daraufhin mit ihm angestellt hatte. Erstaunlicherweise schaffte Kutus es nicht nur, die Grundausbildung zu beenden und nicht ins Strafbataillon einzurücken, sondern wurde tatsächlich Marineinfanterist und obendrein noch Sprengmeister. Geschickt tastete er den Boden mit dem Minensucher nach Übungsminen ab, baute aus überlagerten Munitionsvorräten große Stapel und sprengte sie ferngesteuert in die Luft. Für jedes Geschoss bekam er 60 Kopeken. Nach Dienstende überwies ihm das Verteidigungsministerium 250.000 Rubel, und am Tag nach seiner Entlassung kaufte sich Kutus ein Auto.

Nach der Armee zog Kutus zu Hause aus, heiratete und bretterte mit seiner neu erworbenen, gebrauchten Karre durch die Gegend. Schon kurze Zeit später hatte er sie geschrottet, aber kein Geld mehr für die Reparatur, denn das restliche auf seinem Konto eingegangene Geld hatte er fröhlich vertrunken wie auch alle anderen Möpse, die ihm vorher und nachher in die Finger kamen. Das Auto reparierte er eigenhändig und lernte dabei gleich das Richten. Kutus gefielen der Prozess und das Ergebnis seiner Arbeit. Nachdem er in seinem Leben alles Mögliche zerstört und ruiniert hatte, wollte er endlich etwas wiederherstellen. Mit einem Freund zusammen eröffnete er eine kleine Autowerkstatt, und das Geschäft lief ganz gut.

Seine Arbeit in der Werkstatt hielt Kutus nicht davon ab, zu trinken, sich zu raufen und zu klauen, was nicht niet- und nagelfest war. Einmal stahlen er und sein Kumpel einen ganzen Container voller Süßigkeiten, die an Kinder verschenkt werden sollten. Da sie das Spenderlogo trugen, ließen sie sich nicht verkaufen, also schlugen sich die Freunde zunächst den eigenen Bauch voll und gaben den Rest weiter, auch ans Kinderheim. Kurze Zeit später gingen sie bei einem anderen Klau hoch, und Kutus nahm die Sache auf sich, denn sein Kumpel hatte Frau und Kind und Kutus nur eine Frau. Er kam glimpflich davon, zwei Jahre auf Bewährung, und weiter ging's im gewohnten Trott. Als er mal wieder von einer krummen Tour zurückkam, dachte er, sie seien hinter ihm her, und fuhr seine Karre endgültig zu Schrott. Dabei war er gar nicht verfolgt worden, aber was bildete man sich nicht alles ein, wenn man betrunken war?

Seine Frau hatte irgendwann die Nase voll und machte sich vom Acker, was Kutus nicht weiter juckte, da er bereits mit einer alten Bekannten angebändelt hatte. Sie war ein paar Jahre älter, hatte ein Kind im Teenageralter, einen Hundesalon und einen Chihuahua. Jedenfalls waren sie glücklich. Kutus' neue Verwandtschaft war wohlhabend, die neue Schwiegermutter schenkte dem neuen Lieblingsschwiegersohn zur Hochzeit ein neues Auto. Das wäre für Kutus eigentlich ein guter Anlass gewesen, seinen Lebenswandel zu ändern, aber er wollte lieber weitermachen wie bisher, und ehe die Flitterwochen vorbei waren, hatte er den neuen Wagen schon gegen eine Mauer gesetzt. Der Crash hatte es in sich, da war auch in der eigenen Werkstatt nichts machen. Kutus setzte sich mit Vorliebe betrunken ans Steuer, achtete allerdings akribisch auf das richtige Verhältnis von Promille im Blut und gefahrener Geschwindigkeit. Am liebsten schlossen seine Autos Bekanntschaft mit Masten, Zäunen und Straßengräben. Nachdem Kutus seine eigenen Autos in Klump gefahren hatte, seine Frau sich weigerte, ihm ihren Wagen zu überlassen, und die Schwiegermutter keine Anstalten machte, ihm ein neues Vehikel zu kaufen, und sich mit diesem Idioten sowieso nicht mehr abgab, stieg er auf Fremdwagen um. Und fuhr sie im selben Zustand, wie er auch seine eigenen Kisten gefahren war, Angewohnheiten gehen bekanntlich irgendwann in Fleisch und Blut über, und Kutus beherzigte den Ratschlag der Psychologen, nicht gegen den eigenen Willen zu handeln. Mit all den Verfolgungsjagden, von der Polizei errichteten Absperrungen und Warnschüssen hätte man locker eine kleine Krimiserie füllen können. Leider bot das Geschehen wenig Abwechslung. Wenn die Polizisten den Flüchtenden gestellt hatten, konnten sie ihm nicht einmal die Fleppen abnehmen, denn er hatte keine, und das Auto gehörte nicht ihm. Nach einer dieser netten Spritztouren mit einem Auto, das Kutus sich ungefragt bei einem Freund geliehen hatte und mit dem er einen – für seine Verhältnisse – läppischen Unfall gebaut hatte, stellte sich heraus, dass das Gefährt gar nicht seinem Freund gehörte, sondern einer anderen Person, die Kutus nicht kennen wollte und ihn wegen Fahrzeugdiebstahls anzeigte. Es kam zum Prozess. Kutus, der die laufende Bewährungsstrafe noch am Hals hatte, kriegte drei Jahre, was eigentlich nicht wirklich viel war, aber eben nicht auf Bewährung, sondern als echte Haftstrafe, das richtige Gefängnis blieb ihm allerdings erspart, er sollte seine Haft im offenen Vollzug in einer Siedlung absitzen. Siedlungshaft ist weder Knast noch Freiheit, sondern so ein Mittelding. Man schläft in einer eingezäunten Baracke, unter Aufsicht, tagsüber kann man draußen in der Stadt einer

Arbeit nachgehen, ebenfalls unter Aufsicht. Nicht zu vergleichen mit den Schließern und dem Knast hinter Stacheldraht, es wird einfach mehrmals pro Tag kontrolliert, ob man da ist.

Der Siedlungshäftling Kutus nahm eine Arbeit in der Autowäsche auf. Die Bedingungen waren gut, er konnte sich schwarz etwas dazuverdienen und mit fremden Autos protzen. Er durfte nur die Kontrollen nicht verpassen, sonst hieße es, die Häftlingskluft überzuwerfen und in den geschlossenen Vollzug ins benachbarte Lager einzurücken. Nachdem er dieses langweilige Leben ein halbes Jahr durchgehalten hatte, wurde es Kutus' widerspenstigem Geist zu viel – er brach aus und nahm den willenlosen Körper mit. Kutus' Frau wohnte immer noch in derselben Stadt, und ihn hatte man in diese Siedlung hier verfrachtet. Trotz seiner gelegentlichen Besuche und häufigen Anrufe hatte Kutus eines Tages den Verdacht, seine Frau könnte ihn betrügen. Oder nicht das, jemand könnte ihr zu nahe getreten sein, so was in der Art. Er musste also so schnell wie möglich hin und die Sache klären. Nüchtern wäre ihm dieser hehre Gedanke natürlich nie gekommen, aber im Suff war er zu jeder Heldentat bereit, vor allem wenn es galt, eine Prinzessin zu retten. Das Trinken von Alkohol und das Verlassen der Siedlung waren ein schwerer Verstoß gegen die Haftregeln und wurden mit einer sofortigen Überführung in ein geschlossenes Lager geahndet, aber da seine Liebe in Gefahr war, konnte Kutus auf solche Belanglosigkeiten natürlich keine Rücksicht nehmen. Hätte sich dieser Anfall von Romantik tagsüber ereignet, wäre Kutus einfach in der Autowäsche in eine Kiste gesprungen und losgedüst. Da verliebte Helden aber meist im Angesicht der Nacht schmachten, machte sich Kutus in einem Taxi auf den Weg, tausend Kilometer, und sein ganzes – mehr oder weniger ehrlich – erwaschenes Geld ging dafür drauf: Benzin fürs Auto und eine Flasche Wodka, um selbst nachzutanken.

Ob er seine Flamme aus den Fängen der realen und erfundenen Feinde gerettet hat, ist nicht bekannt, jedenfalls musste Kutus nach einer Woche rauschträchtiger Abenteuer in seiner Heimatstadt verwundert feststellen, dass er in der Fernsehsendung »Vorsicht, Fahndung!« gesucht wurde. Da es wider seine Prinzipien war, sich zu ergeben, musste er wiederum fliehen, denn die Sache wurde langsam brenzlig. Kutus ging den Freund, den er bei seiner ersten Haftstrafe rausgehauen hatte, um Geld und Hilfe an, da der nächtliche Taxiritt und die anschließenden Sauftouren seine finanziellen Möglichkeiten auf den Erwerb von ein paar Schokoriegeln und einem Brot reduziert hatten. Der Freund geruhte nicht, sich zu Kutus, der vor dem Hauseingang stand, herabzubegeben, sondern sprach vorsichtig vom Balkon aus mit ihm. Das Gespräch lief nicht so richtig und drehte sich wieder um die Worte »Frau und Kind«. Kutus hatte mittlerweile auch Frau und Kind, wenn es auch nicht sein eigenes war, aber immerhin. Die Verhandlungen verliefen nicht erfolgreich. Wieder hatten er und sein Kumpel völlig verschiedene Ausgangsbedingungen: Der eine stand unten mit dem Rucksack auf dem Rücken, der andere versteckte sich irgendwo oben hinter einer Gardine und flimmerte nicht über den Bildschirm.

Schließlich brach Kutus zu Fuß und unbeschwert, ohne Geld und den früheren Freund, dafür mit Liebe im Herzen aus dem heimatlichen Hafen in die fernen sibirischen Weiten auf. Sein Weg führte ihn größtenteils durch Wälder und dünn besiedelte Gegenden. Kutus mied Straßen und Begegnungen mit Milizionären, aber auch mit deren freiwilligen Helfern, den aufmerksamen Fernsehzuschauern. Er schlief meistens auf Bäumen, an denen er sich mit seinem Gürtel festschnallte – das war sicherer und auch wärmer als auf dem Erdboden. Er hatte Angst vor wilden Tieren, weil er nicht wusste, dass sie ihm ihrerseits aus dem Weg gingen und Kutus sich ohnehin bald kaum noch von ihnen unterscheiden würde. Zum Glück war Sommer, deswegen ernährte er sich unterwegs vor allem von Beeren, während sich die Mücken von ihm ernährten. Einmal versuchte er sogar, in einem Teich mit einem selbstgeknüpften Netz einen Fisch zu fangen, was ihm allerdings nicht gelang. Der Fisch fühlte sich gekränkt von Kutus' Vorstellung von seinen primitiven geistigen Fähigkeiten und schreckte vor seiner komischen Schlinge zurück.

Manchmal kam er in kleinen Dörfern vorbei, in denen er sich was verdienen, essen und übernachten konnte. Am nächsten Morgen machte ihm ein altes Mütterchen für unterwegs ein Päckchen mit Brot, Milch und Tomaten zurecht. Kutus stahl nicht mehr und war weniger rauflustig. Die Arbeit und die Liebe der vergangenen Jahre zeigten ihre positive Wirkung.

Das einfache und erdverbundene Leben im Dorf war tatsächlich so nach dem Geschmack des Vagabunden aus der Stadt, dass er schließlich, nachdem er mehrere Wochen ruhelos umhergestreift war und sich weit von der Zivilisation entfernt hatte, beschloss, sich in einem der Taiga-Dörfer niederzulassen. Eine gewisse Zeit zubringen, abwarten, alles Weitere würde sich finden. Kutus' Fähigkeit, zu planen reichte nicht besonders weit, allenfalls bis Mittag, alles andere war sinnlos, das wusste er, wer konnte schon sagen, was am Abend sein würde.

Kutus war ein kontaktfreudiger und fleißiger Mensch, die Leute mochten ihn und er mochte sie. Er lebte sich ein, nahm eine Arbeit bei der Holzabfuhr an – dort wollte keiner seinen Führerschein sehen und auch nicht wissen, was er vorher gemacht hatte. Kutus half den Leuten im Dorf, manchmal gegen Essen, manchmal auch einfach so, Geld war nicht weiter im Umlauf, dafür gab es einfache und ehrliche Beziehungen. Zwei Säcke Kartoffeln für die Nachbarin und einen für sich zu roden, gehörte nunmehr zu seinen alltäglichen und angenehmen Aufgaben. Er trank zwar immer noch, aber nicht mehr so viel, und setzte sich auch nicht mehr blau ans Steuer, eigentlich unterschied er sich kaum noch von den einfachen Arbeitern vor Ort. Raufereien im Suff gehörten natürlich dazu, das durfte nicht fehlen, schließlich hat ein Dorf kein Theater.

Das Handynetz war schlecht, deswegen ging Kutus auf die Straße oder auf eine Anhöhe, um mit seiner Geliebten in Verbindung zu bleiben. Über sie machten sie Kutus ausfindig. Ein Sonderkommando kam und steckte Kutus ins Gefängnis.

Vor Gericht hatte er wieder Glück. Mit der nicht zu Ende verbüßten ersten Strafe und dem Ausbruch aus der zweiten kriegte er nur ganze vier Jahre, allerdings unter verschärften Bedingungen, wobei die Hälfte als schon abgesessen galt. In einem Anfall von Überschwang oder anderen Gefühlen legte sich Kutus – trotz Handschellen – auf dem

Transport mit dem Wachdienst an. Es gab keinen Prozess, aber Kutus kam nicht nur mit einer zerschlagenen Visage, sondern auch mit dem Vermerk *Böswilliger Rechtsbrecher* im Lager an, der Fluchtabsichten hege und zu tätlichen Angriffen gegen den Vollzug neige. Mit dieser Vita kam er natürlich nicht ins normale Lager, sondern in den Sonderhaftbereich, ein Lager im Lager. Aber Kutus ließ den Kopf nicht hängen, schließlich hatte er nicht mal mehr zwei Jahre vor sich, was ein Furz war im Vergleich zu dem, was man seinen Mitinsassen aufgebrummt hatte, und er vertrieb sich die Zeit mit Briefe schreiben und Warten auf das Wiedersehen mit seiner geliebten Frau, dem dazugehörigen Stiefsohn und dem Hund. Seine Frau wartete sehnsüchtig auf ihn – und schickte ihm entsprechend leidenschaftliche Antwortbriefe. Damit sich das Wiedersehen nicht zerschlug oder verschoben werden musste, machte Kutus jeden Tag autogenes Training: »Bloß nicht irgendwas anstellen, bloß nichts anstellen.«

Im Knast ließ sich Kutus einen schönen Bart stehen, der ihm im Zusammenspiel mit seinem kindlichen Gesicht und den blauen Unschuldsaugen das Aussehen eines Dorfgeistlichen verlieh. Und hätte er nicht die vielen Narben im Gesicht und am Hinterkopf und den ausgeschlagenen Schneidezahn, würde man seine Geschichte wohl kaum glauben.

In letzter Zeit fand Kutus Gefallen am Zeichnen. Zwar verstand keiner, was seine Kugelschreiberwerke darstellten, aber das kümmerte ihn nicht weiter: Seine neu entdeckte Leidenschaft fürs Malen war einfach stärker. Kutus hoffte, dass er zu Neujahr eine Packung Buntstifte geschenkt bekam.

Wasja

Wasja konnte leckeren Plow kochen, mochte klassische Musik, Waffen und zündete gern Menschen in brennenden Fässern an. Und während die Justiz seinen ersten drei Hobbys keine große Beachtung schenkte, stand sie dem letzten äußerst ablehnend gegenüber.

Wasja war in einer Akademikerfamilie aufgewachsen: Seine Mutter war Musikschuldirektorin, sein Großvater sogar Dirigent und sein Vater Staatsanwalt. An seine Kindheit konnte sich Wasja kaum noch erinnern. Sein Großvater war fast eine Berühmtheit, seine Mutter hatte es zwar nicht ganz so weit gebracht, war aber auch eine angesehene Person und setzte natürlich große Hoffnungen in ihren kleinen Wasja. Sein Vater war dienstlich viel unterwegs. Er hatte einen verantwortungsvollen Posten und wurde oft sogar vom sonntäglichen Mittagstisch weggeholt. Damit er mehr Zeit mit seiner Familie verbringen konnte, brachte der Vater seine Arbeit mit nach Hause. In allen Zimmern der geräumigen Wohnung lagen stapelweise Ermittlungsakten herum. Wasja spielte manchmal mit ihnen, sah sich aber immer vor, da der Vater ihn gebeten hatte, vorsichtig zu sein, denn in den Mappen lägen menschliche Schicksale. Zitternd löste der Junge die Schnüre an den Mappen, fand aber kein Schicksal, sondern nur irgendwelche Bescheinigungen, Protokolle und manchmal auch Fotos. Am besten gefielen ihm die, wo nackte tote Tanten drauf waren. Der Vater verbot ihm, sie anzuschauen, aber Wasja tat es trotzdem. Irgendwann bekam der Junge ein Gewehr geschenkt, das mit Plastikkügelchen schoss, und verlor das Interesse an den grauen Mappen. Wie im Übrigen auch der Vater, der sehr viel zu tun hatte, weswegen er dafür keine Zeit fand. Die Unterlagen blieben irgendwo in den Ecken eingestaubt liegen, die Mutter zeterte und bat den Vater, die Verbrecher endlich fortzuschaffen. Wo sich zu dem Zeitpunkt die Menschen befanden, deren Namen auf den Mappen standen, wusste Wasja damals noch nicht, und sein Vater verriet nichts.

Wasja erhielt eine gute Schul- und Hochschulbildung und wurde vom Elternhaus auch an die Kunst herangeführt, trotzdem hatten die Lehrer bei ihm grundsätzlich etwas versäumt. So kam es, dass Wasja nicht nur an Messern und Schusswaffen Gefallen fand, sondern auch an Gewalt als Lebensform. Wenn nun jemand von lauter anständigen Menschen umgeben ist und so was in sich trägt, muss er sich zwangsläufig anpassen und herauswinden, was Wasja schon als Kind perfekt gelernt hatte. Vielleicht entschied er sich deshalb für

Jura als Studienfach und für die Anwaltstätigkeit als Einsatzgebiet und Einkommensquelle. Wasja schaffte das problemlos und bekam so die Möglichkeit, sehr bald ein eigenes, von den Eltern unabhängiges Leben zu führen. Er mietete eine Wohnung, später kaufte er sich eine, probierte etliche Autos durch und noch mehr Frauen. Wasja sah weder gut aus noch hatte er eine tolle Figur oder ein weiches Herz, deswegen waren seine Beziehungen zum anderen Geschlecht eher speziell. Er suchte sich ebenbürtige Partnerinnen, zynisch und platt, die er damit verblüffte, dass jemand noch zynischer und platter sein konnte. Dazu gehörten natürlich auch Restaurantbesuche und Nippes; was Wasja noch brauchte, waren Gefühle, die waren allerdings ziemlich ambivalent: Er benutzte seine Frauen als Fußabtreter, dafür hassten sie ihn, blieben aber trotzdem bei ihm.

Seine Klienten waren auch ziemlich widerliche Typen, was mit dem kriminellen Charakter seiner Heimatstadt zusammenhing. Zu Beginn seiner Karriere trat Wasja nicht etwa in eine angesehene Kanzlei ein oder eröffnete sein eigenes kleines Büro, sondern arbeitete von zu Hause aus. Tagsüber schlief er und stand frühestens am Nachmittag auf, um zunächst ein paar Stündchen vor dem Computer und im Internet zu hängen und später in die Stadt zu fahren: essen, trinken, prassen, Tussen knipsen und dabei arbeiten. Diese Lebensart gefiel Wasja. Zumal seine wichtigsten Klienten jene waren, die ebenfalls die Nacht zum Tag machten und immer wieder in windige Manöver verwickelt wurden, darunter auch in Schießereien. Wenn sie in der Patsche saßen, riefen sie gleich nach dem Vorfall, so lange noch was zu machen war, Wasja an, und der eilte zu Hilfe. Eine gute Kenntnis der Gesetzeslage und der Waffen und andere Dinge betreffenden Vorschriften, Beziehungen zu den jeweiligen Behörden, insbesondere über seinen Vater, und eine geschliffene Sprache verschafften Wasja schnell die nötige Erfahrung und Erfolg in den Prozessen, die Nähe zur Verbrecherwelt gab ihm den Kick, den er brauchte.

Wasja war nicht nur in allen Waffentypen und Strafgesetzparagrafen beschlagen, er erkannte nach ein paar Takten jede klassische Symphonie und hatte generell einen breiten kulturellen und intellektuellen Horizont. Das Lesen von Fachbüchern und Belletristik, die Kenntnis von Fremdsprachen, Reisen ins Ausland und die unterschiedlichsten persönlichen Kontakte ließen Wasja schnell als Persönlichkeit reifen und gaben ihm die Möglichkeit einer umfassenden Selbstentfaltung. Während der Wahlen arbeitete er als Rechtsberater für den Regierungskandidaten und trat in Polit-Talkshows und Fernsehsendungen auf. Das schmutzige Fangbecken der Politik zog ihn unwiderstehlich an, große Perspektiven schienen sich vor ihm aufzutun, als würde er in einem Sessellift zu den Gipfeln der Schweizer Alpen aufsteigen. Hätte es nicht dieses eine »Aber« gegeben. Seine Leidenschaft für Musik kann man realisieren, indem man sie hört, seine Liebe zu Büchern durch Lesen, die Vorliebe für Frauen in allerlei Beziehungen, mit Vorkasse oder ohne, selbst der Hang zu Schießeisen lässt sich beim Ballern auf eine Zielscheibe am Schießstand befriedigen. Aber was ist, wenn einer andere Menschen für minderwertig hält? Oder sich selbst für etwas Besseres? Und das nicht zeigt, indem er die Nase hoch trägt, sondern auf andere Weise? Wenn einer denkt, man müsse diese Frage radikaler angehen? Wenn er meint, manche Menschen verdienten den Tod, nur weil sie eine andere Hautfarbe oder Augenform haben und eine Sprache sprechen, die derjenige nicht versteht und deren Klang ihm deshalb missfällt? Wenn derjenige glaubt, all diese Menschen seien dreckig und beschränkt und würden mit ihrer Anwesenheit nicht nur seine Stadt, sondern das ganze Land, ja den ganzen Planeten beschmutzen? Dass sie es sind, die seine weiße Rasse bestehlen und ausrauben, töten und vergewaltigen. Wenn derjenige Hitlers Geburtstag auswendig weiß, ihn zärtlich Opa nennt und die positiven Seiten des Nationalsozialismus hervorhebt. Dann sind weder Theorie noch Schießstand noch Computerspiel eine Lösung. Dann kommt die praktische Anwendung. Die Umsetzung aller Überzeugungen. Besonders wenn die Hassobjekte zum Greifen nah sind und es viele Gleichgesinnte gibt, die genauso gern ihr Messer zücken, um interethnische Konflikte zu lösen. Sich zu beherrschen, wird dann schwierig. Wasja konnte nicht widerstehen.

Die Ermittler brauchten mehrere Jahre, um herauszufinden, wie viele Mitglieder Wasjas Bande hatte, wer der Anführer war und wie viele Menschen sie getötet, wen sie zerstückelt, verbrannt oder einfach verscharrt hatten. Die Anklage sprach von siebzehn, Wasja selbst von nur sieben Opfern, und beteiligt gewesen sei er eigentlich auch nur indirekt. Seine Erfahrung als Anwalt und auch seine im Grunde angeborene Fähigkeit, sich in jeder Situation aus der Affäre zu ziehen, kamen Wasja sehr zugute. Während des Prozesses gelang es nicht, Wasja eine führende Rolle nachzuweisen, zumal es einen toten Mitstreiter gab, dem man die Leichen anlasten und die Rolle des Führers zuschieben konnte. Von dem Dutzend noch lebender, ehemaliger Bandenmitglieder, die unter Anklage standen, schlossen die meisten eine Vereinbarung zur Aufklärungshilfe und beschuldigten sich gegenseitig, vor allem aber Wasja. Auch Wasja unterschrieb eine solche Vereinbarung, er schwärzte alle anderen an und hetzte sie gegeneinander auf, vor allem aber führte er die Ermittler an der Nase herum. Die kamen nicht mehr weiter, kassierten irgendwann alle außergerichtlichen Vereinbarungen und kickten den Fall zum Gericht – sollten sie sich doch dort die Köpfe zerbrechen. Der Prozess dauerte lange. Die Angeklagten saßen in einem Saal, jedoch in verschiedenen Käfigen, damit sie sich nicht gegenseitig an die Gurgel gingen – das Prinzip der überlegenen Rasse, das sie früher vereint hatte, war nun von einem anderen Prinzip abgelöst wurden: Jeder kämpft für sich allein. Manche erlebten die Urteilsverkündigung noch, andere nicht, manche bekamen lebenslänglich, andere weniger. Auch Wasja drohte *ll*, aber er konnte das irgendwie abbiegen und bekam nur zweiundzwanzig Jahre, worüber er unsagbar froh war. Er war sich zudem sicher, dass er seine Haftzeit nach und nach würde verkürzen können und gemäß der Verordnung über Haftverkürzung nach zehn bis zwölf Jahren vorzeitig freikäme. Jeder Häftling macht sich Hoffnungen, bei Wasja indessen waren sie begründet. Sein Staatsanwalts-Papi, der zwar keine große Lust hatte, nach dieser Geschichte mit seinem Sohn noch weiter Umgang zu pflegen, legte sich für ihn ins Zeug und ging direkt nach Prozessende in den Ruhestand.

Draußen ließ Wasja Frau und zwei Kinder zurück. Aber eigentlich hatte er sich nie groß für sie interessiert, weder vor dem Absturz noch danach. Sie standen ihm in nichts nach: Die Kinder hatten noch gar nicht gemerkt, dass sie einen Vater hatten, und seine Frau wollte nichts mehr von ihm wissen. Er hatte sie erst kurz zuvor geheiratet, vor der Geburt der Kinder, zusammengelebt hatten sie allerdings schon länger. Besser gesagt, hatte sie in seinem Haushalt gelebt, aber eher wie ein Hund oder wie eine Waschmaschine. So hatte Wasja sie jedenfalls behandelt. Er sagte, er hätte sie auf der Straße aufgelesen, damit sie nicht verreckte. Das schleuderte er ihr entgegen, als er ihr irgendwann all seine Seitensprünge und Abartigkeiten gestand, die er allerdings gar nicht für solche hielt. Sie schwieg, wie es sich für ein Haushaltsgerät gehörte, wusch die Wäsche, kochte und putzte. Seitdem die Kinder da waren, kam Wasja gar nicht mehr nach Hause: Für Weinen und Windeln hatte er nichts übrig. Er amüsierte sich lieber mit seinen Gespielinnen. Die Rechnung dafür bekam er präsentiert, als er schon im Knast saß. Seine Frau ließ sich scheiden, trug ihn aus dem Grundbuch aus und entzog ihm das Sorgerecht. Wasja juckte das nicht weiter, er war sich sicher, dass er, wenn die Zeit gekommen war, seine Ex samt der Bälger aus der Wohnung fegen würde. Nur die Mutter stand ihm noch bei. Mütter halten meistens zu ihren Kindern. Trotz der ganzen Schande, wenn alle es wissen und auch der Sohn zugibt, dass er ein Mörder ist, glaubt sie weiter an ihn und wartet. Briefe und Päckchen, Hoffnung und Liebe. Jede Mutter hängt an ihrem Kind.

Während der mehrjährigen Ermittlungen saß Wasja in einem üblen Gefängnis in seiner Heimatstadt. Schlimm daran war weniger, dass er fast die ganze Zeit in einem Sondertrakt in einer Einzelzelle verbringen musste, in die praktisch kein Tageslicht fiel. Und auch nicht, dass die Wärter seine Taten verabscheuten und ihn – mit oder ohne Grund – lange und grausam schlugen, sondern dass in dieser Anstalt das *Aas* das Sagen hatte und nicht der Vollzugsdienst. Es gab *Schikanierzellen*, es gab Folterbunker, und es gab diese fiesen kleinen U-Haft-Löcher. Wenn du geschlagen, in die Mangel genommen und erniedrigt wirst, ist das noch längst nicht das Schlimmste, was dir an einem traurigen Ort wie diesem passieren kann. Manchmal stecken sie dich in deine Reisetasche und lassen dich eine Woche lang schmoren – nur der Kopf schaut heraus, und einmal am Tag kriegst du was zu trinken. Nicht gerade ein toller Zeitvertreib, verschnürt in den eigenen Klamotten, im eigenen Kot und Urin zu liegen, aber das Wichtigste ist, dass dir keiner auf den Kopf pisst, sonst wanderst du unweigerlich in den *Hahnenstall*. Diese Willkür kommt vom *Aas*, den *Katzen*, Häftlingen, die sich aus den verschiedensten Gründen nicht an den Knastkodex halten und mit dem Vollzug kooperieren, um ihre Ruhe zu haben und sich bessere Haftbedingungen zu verschaffen. Sie revanchieren sich, indem sie andere Gefangene quälen – auf Geheiß der Anstaltsleitung oder der Ermittler, wenn zum Beispiel ein U-Häftling nicht gestehen will. Meistens lassen sich Leute darauf ein, denen es Spaß macht, andere zu schleifen und zu schikanieren, vor allem wenn sie keine Konsequenzen fürchten müssen. Die schlimmsten Sadisten werden von den kriminellen Autoritäten zu *Aas* erklärt, und in den Zentralgefängnissen und Lagern kursieren Listen mit ihren Namen. Wenn ein anständiger Häftling einer solchen Laus begegnet, ist er eigentlich verpflichtet, es mit ihm *aufzunehmen*, das heißt, ihn zu schlagen, am besten so, dass er stirbt. In der Praxis kommen viele *Katzen* jedoch ungeschoren davon, denn die wenigsten Häftlinge sind bereit, für fremdes Leid eine neue Strafe in Kauf zu nehmen.

Im *Aasbunker*, einem separaten Trakt auf dem Lagergelände, in dem Wasja in U-Haft saß, wurden die Häftlinge von den *Katzen* nicht nur brutal geschlagen und übel schikaniert, sondern auch auf grausamste Weise vergewaltigt. Die Handlanger warfen eine Matratze in den Gang, darauf das Opfer, das die Leitung bestimmt oder das sie selbst ausgesucht hatten. Einer setzte sich auf den Kopf, die anderen hielten ihn fest und drangen der Reihe nach in ihn ein. Die Schreie hallten durch den ganzen Flur und versetzten die ohnehin verstörten Häftlinge weiter in Schrecken. Den penetrierten Häftling warfen sie in den *Hahnenstall*, und alle warteten voller Angst auf die nächste Runde der sexuellen Exekution, die jeden Moment beginnen und jeden treffen konnte. Die so oder anders geschundenen Häftlinge verbrachten ihre ganze Freizeit stehend mit geschlossenen Beinen und gesenktem Blick neben ihren akkurat gebauten Betten, das *Aas*, das in ihre Zellen schaute, sprachen sie ausschließlich mit Vor- und Vatersnamen an. Unterlief einem Häftling ein Ausrutscher, im wörtlichen oder übertragenen Sinn, und machten ihn die *Katzen* gleich in der Zelle fertig, konnte er von Glück sagen, er hätte auch auf der Matratze im Gang landen können. Wenn sie gerade mal nicht mit dem Schleifen anderer Gefangener beschäftigt waren, gingen die Handlanger in die Turnhalle, schauten Filme, spielten an der Konsole oder fraßen fremde Päckchen leer. Sie verschwendeten keinen Gedanken daran, was sie draußen wohl erwartete, wenn sie denn freikamen, sie lebten im Hier und Jetzt, auch wenn hinter ihrem Namen nicht weniger als drei Kreuze standen – Todesurteile, die die Verbrecherwelt über sie verhängt hatte.

Die Miliz ließ sich in diesem Trakt nicht blicken, nur am Eingang hielt ein einsamer Posten Wache, und auch der stand eigentlich nur Schmiere. Das *Oberaas* rannte jeden Tag zu den Sicherheitsdienstlern in die Verwaltung, erstattete Bericht und nahm neue Aufträge entgegen. Wenn unverhofft eine Kontrollkommission kam, wurden die Regeln plötzlich peinlich genau eingehalten, die *Katzen* zogen ihre Trainingsanzüge aus und die Häftlingskluft an, standen mit den anderen in Reih und Glied, nickten einmütig und sagten, alles sei in Ordnung und Beschwerden lägen nicht vor. Kaum hatte sich die Tür hinter der Kontrollkommission geschlossen, gingen die Quälereien wieder los. Keiner wagte es, Klage zu erheben, *aufzufallen*: Jeder wusste, dass anschließend die Matratze im Gang nur der erste Vorhof auf dem Weg zur persönlichen Hölle wäre. Wasja wurde, so erzählte er, nur im ersten halben Jahr geschlagen und auch das nur von den Milizionären. Dem *Aas* hatte er gleich verklickert, dass er draußen noch seine Leute hatte und man den Schuldigen kaltmachen würde, sobald er rauskam, falls Wasja ein Haar gekrümmt werden würde. Die *Katzen* rührten ihn nicht an, sie beschränkten sich aufs Drohen, manchmal luden sie ihn sogar ein, sich am Matratzengaudi zu beteiligen – als aktiver Part, aber Wasja lehnte ab, er wusste nur zu gut, wie fragil seine Position war und wie schnell er unten liegen konnte.

Erst nach fünf Jahren Haft, als sein Urteil endlich rechtskräftig geworden war, konnte Wasja unter Aufbietung all seiner Kontakte dieses einzeln stehende, zweistöckige Fegefeuer verlassen. Mit eingefallenem Gesicht und zuckenden Händen kam er im Lager an und brauchte lange, um sich an den normalen Haftalltag zu gewöhnen. Aber auch später, wenn man sah, wie schleppend er lief, wie er plötzlich an einer Wand erstarrte oder von seiner Pritsche aus gedankenverloren mit einem seltsamen Lächeln ins Nichts starrte, ahnte man, dass er einiges durchgemacht hatte und dass das nicht spurlos an ihm vorübergegangen war. Wenn einer merkte, dass Wasja ihn beobachtete und taxierte, als wollte er grob kalkulieren, wie viele Autoreifen er unterlegen musste, damit die Knochen wirklich Feuer fingen, war derjenige unangenehm berührt. Wasjas Witze drehten sich meistens um den gewaltsamen Männerfick, das fiel den Leuten in seiner Umgebung auf, und sie machten seine Phantomschmerzen dafür verantwortlich. Auf ihre Anspielungen hin erwiderte Wasja, er hätte mehr als genug gesehen und vor allem mehr als genug Töne und Schreie gehört, von denen Vorgänge dieser Art in seinem letzten Gefängnis begleitet gewesen waren. Man musste ihm glauben, denn keiner konnte das Gegenteil beweisen. Die Worte eines anständigen Häftlings, eines *Muschik*, werden in der Knastwelt nicht in Frage stellt, aber wenn einer beim Lügen erwischt wird, wird er gnadenlos verdroschen, und er hat sein Vertrauen verspielt. Wasja wusste sich gewandt und gepflegt auszudrücken und fand für alle seine Taten eine Erklärung. Draußen ist das eine Sache, in U-Haft ist es etwas anderes und im Lager erst recht.

Untersuchungshaft bedeutet vor allem Isolation, physische Vereinsamung, Beschränkungen und Entbehrungen, die man zu Beginn der Haftzeit, unmittelbar nach dem Verlust der Freiheit, als besonders schlimm empfindet. Die Strafanstalt, in die der Häftling überführt wird, wenn das Verfahren abgeschlossen ist, setzt ihm eher durch die ständige Gegenwart von anderen und den Gefängnisalltag zu. Hier sind immer viele Menschen zusammen, manchmal zu viele. Hier bist du nie allein. Du hast ein paar mehr Freiheiten, mehr Sachen und

Möglichkeiten, es herrscht aber auch eine ganz andere Atmosphäre. Hier bleibt nichts verborgen. Hier kannst du dich nicht verstecken, nicht *abtauchen*. Dich nicht ständig verstellen oder hinter einer Maske verbergen. Hier wird dein Inneres offenbar und verrät dich im schlimmsten Fall. Was du tust oder sagst, macht sofort die Runde, du musst immer auf der Hut sein, denn davon hängen dein Leben und Dasein im Lager ab. Wer ohne zu fragen eine Zigarette nimmt, wird zur *Ratte*, jemandem, der die eigenen Leute beklaut. Solche Typen werden hart angefasst, bewusstlos geschlagen und aus der Gemeinschaft der anständigen Häftlinge ausgeschlossen, dann heißt es, sich zu seinesgleichen zu schlagen: zu den *Roten*, wenn sie so gnädig sind und dich nehmen, oder du gehörst weder hierhin noch dahin, sondern zur sogenannten *Wolle*, zur *Krätze*, zu denen, die allein dastehen, die keine Rechte mehr haben und für den Rest ihrer Haftzeit stigmatisiert sind. Im Knast gibt es viele Anlässe, sich Titulierungen wie *Schnapphans* oder *Rosette* einzufangen. Es gibt schwerwiegende, folgenreiche Momente, die über dein Dasein, deine Kaste oder sogar über dein Leben entscheiden, und kleinere Schnitzer, die nur deine Reputation und die Haltung zu dir beeinflussen. Auch draußen ist dein Name nicht unwichtig, aber drinnen ist er manchmal von entscheidender Bedeutung.

Wasja war in alltäglichen Dingen ziemlich nachlässig, und das kam bei seinen Mithäftlingen nicht gut an. Seltsamerweise stehen Gefangene im Ruf, in Dreck und Chaos zu leben. Das stimmt aber nicht. Jeder anständige Häftling achtet auf sein Äußeres – das ist seine Visitenkarte –, aber auch auf Ordnung und Sauberkeit an dem Ort, wo er untergebracht ist: in seiner Zelle oder Baracke. Das ist nicht etwa eine Anweisung von oben, die Leute organisieren sich selbst. Um Durcheinander und Tuberkulose zu verhindern, denkt man bei der Kleidung, beim Essen und auch sonst an die Hygiene. Wer das nicht weiß, kriegt es beigebracht. Erst mit Worten, dann notfalls mit Ohrfeigen. In Filmen sieht es immer so aus als, als würden die Häftlinge ständig aufeinander losgehen und die Messer zücken, bis die Körper blutüberströmt zu Boden sinken. Das stimmt aber gar nicht. Der Boden in den

Zellen ist immer sauber. Im Lager ist das die Aufgabe der *Entwürdigten*, in den U-Haft-Zellen und in den Bunkern übernehmen das die *Muschiki*, denn da gibt's keinen *Hahnenstall* mit Bedienpersonal, weil die *Entwürdigten* getrennte Zellen haben. Damit man gegen einen anständigen Häftling die Hand oder gar das Messer erhebt, muss schon etwas Außerordentliches vorgefallen sein, da geht es dann in der Regel um die Ehre, die Würde, ums Leben oder deinen Platz in der Hierarchie. Deine Tat musst du aber entsprechend *verklaren* – mit Argumenten erläutern. Sonst wirst du selbst *abgebürstet* – windelweich geprügelt oder aus der Kaste der anständigen Häftlinge verstoßen. Deswegen lassen es die Häftlinge bei Streit und Konflikten möglichst nicht zu Handgreiflichkeiten kommen, sondern versuchen sich mit Worten und in Gesprächen zu einigen. Eigentlich sollten solche Gespräche ruhig und höflich ablaufen, das klappt aber oft nicht. In den Wortgefechten, den *Scharmützeln*, muss man nicht nur möglichst gut Rotwelsch sprechen, die ungeschriebenen Gesetze und Traditionen kennen, die eigenen Worte und Handlungen erklären können, sondern auch in der Lage sein, den Gegner *wegzubeißen* oder zu *schassen*. Häftlinge wissen, wie der Hase läuft, es ist zwecklos, ihnen gegenüber etwas *aufzuhübschen* oder *umzulutschen*, indem man aus Schwarz Grau und danach Weiß macht.

Mit seinem grenzenlosen Egoismus und seiner totalen Unfähigkeit, Fehler zuzugeben, selbst wenn sie noch so offensichtlich waren, hatte sich Wasja schnell die Ablehnung und Missbilligung seiner Mitinsassen zugezogen. Das reichte von der Anzahl der getöteten Menschen bis hin zu den achtlos hingeworfenen Socken und nicht rechtzeitig gespülten Bechern. Die Leute hatten Wasja mit seinen Tricks im Handumdrehen durchschaut und behandelten ihn entsprechend. Er schoss einen Bock nach dem anderen – kleine und große – und kriegte dafür eins auf den Deckel und nicht nur auf den.

In Abhängigkeit vom Ziel des Gesprächs und der Position seines Gegenübers leugnete Wasja entweder seine Beteiligung an den Morden oder gab zu verstehen, die siebzehn Leichen seien nur jene gewesen, die man gefunden hatte. Dabei spielte das überhaupt keine Rolle, denn im Knast kann ja, von wenigen Ausnahmen abgesehen, keiner was rausfinden oder zu deiner Tat vorbringen. Was du angestellt hast, ist deine Sache. Aber es gibt Dinge, nach denen du nicht nur gefragt wirst, sondern die deinen Platz in der Gemeinschaft bestimmen. Sexualverbrecher und vor allem Kinderschänder werden so rangenommen, dass es eine gewisse Zeit dauert, bis sie – mehr schlecht als recht – wieder laufen können. Sie kommen zu ihresgleichen in den *Hahnenstall*, wo sie bis zum Ende ihrer Haftzeit tagaus tagein die Böden wischen und die Klos putzen. *Pusher* – Leute, die mit Drogen gehandelt haben, mit *Tod*, wie man im Knast sagt, und die dafür ihr Gewissen verkauft haben, werden einfach von den Aktivitäten ausgeschlossen, und sie müssen während ihrer gesamten Haftzeit die anständigen Häftlinge mit Geld oder Zigaretten versorgen. Abgesehen von Marihuana unterliegen starke und synthetische Drogen in Gefängnissen und Lagern einem strikten Verbot, das von den kriminellen Autoritäten ausgesprochen wird, weil sie wissen, wie viele Menschen, auch in den Lagern, deshalb draufgegangen sind. Und dann gibt es da noch die Skrupellosen – Leute, die draußen ein Kind, eine Frau oder einen alten Menschen, eine schwache oder hilflose Person also, umgebracht oder jemanden grundlos oder aus purer Lust getötet haben. Auch sie müssen Rede und Antwort stehen und werden von den gemeinsamen Häftlingsaktivitäten ausgeschlossen.

Wasja galt als Skrupelloser, obwohl er sich selbst als Bandit bezeichnete und das im Gegensatz zu allen anderen auch für zutreffend hielt. Wasjas dürre, schwankende Gestalt und sein kugelrunder, kahler Schädel machten auf kaum jemanden Eindruck, anders als die leeren Augen des Psychopathen, als den er sich nicht sah, er glaubte ernsthaft, das rudelweise Attackieren und Niedermetzeln von einsamen Migranten in finsteren Straßen mache einen Banditen aus. Im Knast versuchte keiner, ihn davon abzubringen. Hier interessiert es keinen, wofür einer sich hält. Das Lager ist eine Menge einsamer Menschen, die nach den grausamen Gesetzen eines Wolfsrudels leben. Hier leben und überleben nur die Starken, die Schwachen werden verdrängt. Dabei kommt es mehr auf die innere Verfassung und weniger auf die körperliche Kraft an. Hier kannst du dich nicht hinter Bildung, Kultur und Etiketten verstecken. Wie alt du bist, spielt keine Rolle, was zählt, ist, wie lange du gesessen hast. Wer du draußen warst, juckt keinen, wichtig ist, wer du drinnen bist. Draußen war Wasja wichtig oder hielt sich vielleicht auch nur dafür, aber im Lager lief das nicht. Er half anderen Häftlingen bei juristischen Dokumenten und sie revanchierten sich wie üblich mit Tee oder Zigaretten, *Aufmerksamkeit* bedeutet im Knast nämlich immer etwas Handfestes. Mit Wasja konnte man sich über die unterschiedlichsten Themen unterhalten, er kochte gut und gern, konnte originell sein und Witze reißen, nicht nur über fremde Ärsche. Manchmal schien es, als wären die ganzen Leichen, die angeblich auf sein Konto gingen, gar nicht seine Opfer, als hätte er höchstens dabei gestanden, bis jemanden unverhofft einer dieser schneidenden Blicke traf. Und er diese Grabeskälte heraufziehen spürte.

Arturik

Arturik lebte mit den *Entwürdigten*, der untersten und am meisten geächteten Häftlingskaste im Lager. Ihr Wohnort, der *Hahnenstall*, war von den anderen getrennt und lag am Anfang der Baracken, in der Nähe der Toiletten, deren Reinigung zu ihren Aufgaben gehörte. Außer den Latrinen mussten die *Hähne* auch die Böden schrubben, den Müll entsorgen und noch etliche andere schmutzige und gemiedene Arbeiten verrichten. Sie aßen auch getrennt und hatten ihr eigenes Geschirr. Wer aus einem Hahnennapf gegessen oder aus einem Hahnenbecher getrunken hatte, war *abgeschmiert*, hatte *sich eingesaut* und stieg damit zu den *Entwürdigten* ab.

Hahnensachen zu nehmen oder einen *Hahn* zu berühren, barg ebenfalls Gefahren. Wenn jemand einem *Hahn* seine alte, nicht mehr benötigte Kleidung überließ, ihm eine Zigarette oder auch ein Streichholz gab, falls dieser sich gewagt haben sollte, ihn darum zu bitten, reichte man es so, dass man den anderen dabei nicht berührte, oder legte es einfach ab, und der andere nahm es. Den *Entwürdigten* blieben selbst die kleinen Annehmlichkeiten verwehrt, die den anderen Häftlingen zustanden: mit allen anderen zusammen zu essen, fernzusehen, zum Sport zu gehen, sich mit jemandem zu unterhalten, der nicht zu ihresgleichen gehörte. Wenn sie nicht gerade eine der niederen Arbeiten verrichten mussten, saßen die *Entwürdigten* meistens auf ihren Pritschen oder auf einer extra Bank, die in einer Ecke vor der Baracke stand, möglichst weit weg von den anderen Bänken. Selbst die Runden im Freikäfig, diesem speziell für den Hofgang vorgesehenen Bereich, wurden ihnen häufig nicht gestattet, damit sie die anständigen Häftlinge nicht durch ihre Gegenwart behelligten. Die *Hähne* waren immer und überall die Letzten, sie mussten allen anderen den Vortritt lassen und dabei zu Boden blicken.

Die *Entwürdigten* führen im Lager ein überaus trostloses Leben, was allerdings nicht von ungefähr kommt. Meist sind es Sexualverbrecher und Kinderschänder, die in den *Hahnenstall* einrücken müssen. Früher wurden sie nach der Ankunft im Lager erst mal halbtot geprügelt, dann vergewaltigt und schließlich in den *Stall* geschickt, wo sie ein jämmerliches Dasein erwartete: Schläge, Schikanen, Latrinen putzen und ständige sexuelle Gewalt. Das hat sich inzwischen geändert, heute werden sie bloß noch geschlagen und nicht mehr vergewaltigt, diese Form der Lynchjustiz durch die Häftlinge wurde abgeschafft: von den kriminellen Autoritäten. Heutzutage gehen die *Hähne* die sexuellen Kontakte quasi freiwillig ein und werden als *Arbeiter* bezeichnet. Dafür schenkt man ihnen *Aufmerksamkeit* in Form von einem Päckchen Tee, einer Schachtel Zigaretten oder Lebensmitteln, häufig ist bei diesen Beziehungen trotzdem ein gewisser Druck im Spiel. Manche *Hähne* kommen dabei auf den Geschmack und bahnen dann von sich aus solche Kontakte an, unter den *Entwürdigten* gibt es genügend, die latent oder offen schwul sind. Wer bei passiven Praktiken erwischt wird, wandert sofort in den *Hahnenstall*. *Den Löchrigen losdrehen* nennt man das. Er gesellt sich zu den *arbeitenden Hähnen*, die ihre Arbeit nicht mit der Hand, sondern mit einem anderen Körperteil verrichten. So jemandem die Hand zu geben, ist *voll daneben*, aber aufbocken kann man schon. Die Hygieneregeln nehmen im Gefängnis bisweilen rituelle Formen an.

Manche verlotterten Häftlinge wandern nicht wegen sexueller Handlungen in den *Hahnenstall*, sondern wegen ihrer Lebensweise. Erfahrene Häftlinge achten normalerweise sehr auf Sauberkeit und Hygiene. Wer sich nicht wäscht, sich vernachlässigt und schmutzige, speckige Kleidung trägt, gilt schnell als Schmutzfink. Die diesbezügliche Frotzelei ist halb so wild. Wer sich allerdings die Füße da gereinigt hat, wo sich alle anderen das Gesicht waschen, sich mit fremdem Kot oder Urin *eingesaut* oder Geräte angefasst hat, mit denen der Kackeimer geschrubbt wird, dessen Reinlichkeit wird *in Frage gestellt*, oder er wird als *Abgeschmierter* gleich in den *Hahnenstall* verwiesen.

So einer war Arturik. Er hatte niemanden vergewaltigt, aber weil er ein Schmutzfink war, kam er zu den *Entwürdigten*. Seine Unsauberkeit und sein Gestank stachen selbst unter ihnen heraus. Er trug eine Mütze, die noch vom Postboten Petschkin stammen musste, sie war immer schmutzig und feucht, wie alles an ihm. Alle *Hähne* sehen irgendwie schmuddelig aus – das fällt sofort auf wie auch der ewig gehetzte Blick, aber bei Arturik war es noch mal schlimmer, er war der Assi unter den *Entwürdigten*. Die normalen Häftlinge schlugen ihn, weil er ein Schmutzfink und ein Trollo war, die *Hähne* im Prinzip auch, nur mit dem Unterschied, dass die *Muschiki* mit einem Stock oder einem Stiefel auf ihn ein einprügelten, um sich selbst nicht *einzusauen*, während seinesgleichen einfach das nahmen, was ihnen gerade unter die Finger kam. Arturik lieferte genügend Anlässe, ihn zu bestrafen, doch oft genug verstand er gar nicht, was er tat. So streckte er womöglich einem Neuen, der gerade angekommen war, die Hand hin und ließ ihn damit aus Versehen *absacken*. Oder er ging zur Miliz und erzählte, was in den Baracken so vor sich ging, verzinken, das war so ziemlich das Letzte, was ein Häftling tun konnte. Oder er brachte eben die Häftlinge mit seinem Aussehen und seinem Verhalten gegen sich auf. Artur war ein Schmutzfink und ein Trollo, und er pfiff nicht, weil er jemanden reinreiten wollte, sondern weil er einfach manchmal nicht wusste, was er tat. Arturik war geistig zurückgeblieben. Nicht so schlimm, dass er nicht hätte zur Schule gehen können oder wegen Unzurechnungsfähigkeit seiner Verurteilung entgangen wäre, aber doch immerhin so, dass er die Schule nicht beendet und sich unter den normalen Häftlingen nicht bewährt hatte, was normalerweise kein Ding war. Arturik hatte es nicht geschafft.

Arturik machte immer alles falsch, obwohl man ihn eigentlich gar nichts weiter machen ließ. Nicht einmal die normalen Arbeiten der *Hähne* ließ man ihn verrichten. Bestenfalls durfte er die Kippen und den Müll auf dem Freigelände auflesen, aber selbst das nur unter Aufsicht. Doch auch bei dieser Aufgabe hatte er Mühe und machte Fehler. Und gleich setzte es wieder was. Wenn wirklich mal ein Tag verging, an dem er keine Rüffel und Kopfnüsse eingesteckt hatte, war das für ihn ein wahrer Festtag. Diese Tage waren höchst selten, und alle anderen verliefen immer gleich. Am Morgen jagten ihn die Mithäftlinge mit seiner stinkenden Matratze so früh wie möglich vor die Tür, er saß den ganzen Tag auf der *Hahnenbank* neben dem Müllplatz und ging alle Vorübergehenden um Kippen an. Manchmal hatte er Glück und bekam eine ganze Zigarette. Allerding musste er dafür singen. Arturik hatte nicht das geringste musikalische Talent und beherrschte von jedem Lied höchstens vier Zeilen. Sein Repertoire war begrenzt, doch sein Vortrag zuverlässig. Oft allerdings war sein Auftritt für umsonst, denn man enthielt ihm die versprochene Zigarette vor, da er angeblich schlecht gesungen hätte. Also begann er, das Lied von Neuem zu intonieren, aber der Raucher hatte seine Kippe schon weggeworfen und war weitergegangen, ohne das Ende des Vortrags abzuwarten. Arturik unterbrach sein Lied und suchte nach dem Stummel, und wenn er noch glomm, schaffte er manchmal ein paar hastige, gierige Züge. Fand er eine erloschene Kippe, stand er vor einem neuen Problem: Wie sie entzünden?, denn Arturik hatte nie Streichhölzer. Dann musste er wieder betteln oder singen, oft auch beides zugleich. Wie alle *Entwürdigten* ging auch Arturik mit seinem eigenen Geschirr in den Speisesaal, wo man ihm wieder einen extra Hocker zuwies, abseits von den ohnehin getrennt essenden *Hähnen*. Wenn du im Lager nicht mal im eigenen Stall einen Vertrauten hast, ist das Leben schwer. Selbst wenn du einfältig bist.

Arturik saß den lieben langen Tag auf seinem kleinen Bänkchen Er durfte weder im Freikäfig noch im Lager herumlaufen – er hätte ja sich oder anderen Schaden zufügen können. Obwohl es für ihn eigentlich gar nicht mehr schlimmer kommen konnte, sein Platz war am alleruntersten Ende der Häftlingsleiter. Er saß bei Wind und Wetter draußen. Manchmal lief er vor der Bank ein bisschen auf und ab, aber mehr als ein paar Schritte nach links und rechts waren nicht erlaubt, sonst setzte es wieder Hiebe. Auch zur Toilette und in die *Banja* durfte er nur in Begleitung eines anderen *Hahns*. Allerdings hatten die meisten *Entwürdigten* keine große Lust, sich mit ihm abzugeben, nur hänseln wollten sie ihn alle. Lediglich bei starkem Regen oder Schneesturm durfte Arturik tagsüber in die Baracke – sonst musste er warten, bis es dunkel war, erst kurz vor dem Einschluss schlüpfte er mit seiner ewig feuchten Matratze ins Haus, kroch auf die obere Liege und machte bis zum Morgen keinen Mucks. Die kleinste Bewegung, sogar das Drehen im Schlaf von einer Seite auf die andere, wurde von seinen Zellengenossen missbilligt. Jeder, der Arturik bei seinen kurzen Gängen in der Baracke, die meist zur Toilette führten, begleitete, hielt es für angebracht, ihn mit einem Fußtritt oder einem fiesen Spruch Beine zu machen. Die Trantüte schüttelte nur den gesenkten Kopf und wollte alles schneller und besser machen, schaffte es aber nie.

Die Miliz behandelte Arturik herablassend und wäre ihn gern losgeworden, weil er ihnen ständig Probleme machte. Wenn er nicht beaufsichtigt wurde, war er dauernd verschwunden. Im besten Fall wurde das gleich bemerkt und nicht erst beim Abendappell, dann konnte sich die Suche nämlich bis zum nächsten Morgen hinziehen. Die Miliz leuchtete mit Taschenlampen die entferntesten Winkel des Lagers aus, und die *Entwürdigten* wurden losgejagt, ihn an den Pfahlbaracken zu suchen, wo sich der Ausreißer mit Vorliebe versteckte. Ewig lasen sie ihn in irgendeiner Schmuddelecke auf und expedierten ihn unter Aufsicht zurück zu seiner Truppe, wo ihn natürlich nichts Gutes erwartete. Die Lagerverwaltung hätte Arturik gern früher entlassen, damit er ihnen nicht weiter lästig fiel, aber eine Haftverkürzung könnte man frühestens in ein paar Jahren erwirken, und ihn zu *aktivieren*, das heißt aus gesundheitlichen Gründen vorzeitig freizulassen, kam nicht in Frage, weil er nicht verrückt genug war.

Arturik durfte nicht mit den anderen zusammen zweimal am Tag auf den Exerzierplatz zum Lagerappell gehen – er verfolgte das Antreten der Einheiten von seiner Bank aus. Manchmal, ermutigt durch ein paar Zigaretten, lief er an den Zaun des Freigeländes und sang auf Bestellung – halblaut und nicht sehr deutlich – ein paar von seinen Lieblingshits und tanzte dazu. Arturik tanzte ungefähr so, wie er sang, aber sein Vortrag brachte immer etwas Abwechslung in den öden und langen Appell. Wenn er gute Laune hatte, setzte er sich manchmal in den Schwan, der aus umgespritzten Reifen gebaut worden war, holte Schwung und versuchte abzuheben. Dann war der Appell alles andere als langweilig – den Häftlingen genügt oft der kleinste Anlass, um in Lachen auszubrechen. Die Knackis sind überhaupt ein lustiges Völkchen, oft reißen sie Witze und lachen, sonst wäre das Leben allzu trist, aber sie lächeln fast nie.

Einige Häftlinge waren der Meinung, Arturik würde nur *gaukeln* – so tun, als ob, um ins Krankenhaus zu kommen. Aber Arturik *gaukelte* nicht, er war wirklich krank. Manchmal ließ er sich allerdings auch extra was einfallen: Mal war sein Hals steif, mal konnte er ein Auge nicht öffnen, mal rann ihm der Speichel aus dem Mund und ließ sich nicht stoppen, er lief und lief. Das war dann ein noch traurigerer Anblick – ein Trollo, der auf Trollo macht.

Arturik war tatsächlich oft auf der Krankenstation. Sie befand sich in einem anderen, größeren Lager, in das sämtliche schwerkranken Häftlinge aus dem ganzen Verwaltungsbezirk gebracht wurden. Die Zustände und das Futter waren dort etwas besser, die normalen Häftlinge waren in Zimmern untergebracht, und solche wie Arturik kamen in Käfige, denn sie galten als unbändig. Offenbar durfte er trotzdem manchmal raus. Arturik gefiel es in der Klinik, und deswegen wollte er immer wieder hin. Augenscheinlich behagte ihm das Leben in einem Tierkäfig mehr als in einem Lager mit anderen Menschen. Kaum war Arturik wieder zurück, machte er schon wieder Anstalten, auf die zentrale Station zu kommen. Allzu oft wurde er aber nicht dorthin verlegt, in der Klinik konnte ihn auch keiner gebrauchen, denn ihn zu behandeln, brachte nichts, und Medikamente gab es auch keine. Tabletten gegen Geisteskrankheit waren nicht nur drinnen Mangelware, sondern auch draußen. Deswegen saß Arturik weiter auf seiner Bank, bettelte um Zigaretten und nervte alle Passanten mit der Frage: »Wissen Sie nicht, wann der Schub in die Klinik geht?« Ungefähr nach einem Monat, wenn ihm Antworten wie »morgen« oder »bald« nicht mehr genügten, nahm er die Situation selbst in die Hand und rannte, getrieben vom brennenden Verlangen, in den Klinikkäfig zurückzukommen, in die Zentrale und schnappte sich dort die Tüte mit seinen Sachen. Natürlich brachte ihn die Miliz als Antwort auf diese Intervention nirgendwo hin, sondern schickte ihn zurück in seine Baracke, aber er hatte es nicht eilig und blieb bis kurz vor dem Einschluss auf der Treppe vor der Zentrale sitzen.

Manchmal wollte Arturik nicht ins Krankenhaus, sondern nach Hause, zu seiner Mutter. Dann wurden alle Passanten vor der Baracke nicht mehr nach dem Schub gefragt, sondern: »Wissen Sie nicht, wann ich entlassen werde? Ich muss doch nach Hause, zu meiner Mutter, nach Pokrowsk!« Arturik begriff nicht, dass nicht mal seine Mutter ihn sonderlich vermisste. Sie hatte ihn während der gesamten Haftzeit nur ein einziges Mal besucht, sein Vater war gar nicht gekommen – er hatte eine Autowerkstatt und konnte sich nicht freimachen. Hin und wieder schickte ihm seine Mutter ein Päckchen. An solchen Tagen schlug ihn keiner, das war wie eine Art Geburtstag, und plötzlich fanden sich unter den *Entwürdigten* lauter Freunde. Sie machten sich zusammen über die Lebensmittel her, wobei Arturik ihnen in nichts nachstand und sich den Bauch vollschlug, als wäre es das letzte Mal. Wenn er mit seinen Kameraden die Zigaretten geteilt hatte, setzte er sich auf seine Bank und rauchte eine nach der anderen, bis zur letzten, sogar wenn drei ganze Schachteln für ihn abgefallen waren. Die Ratschläge, sich doch für den nächsten Tag noch etwas aufzuheben, ignorierte er. Einen nächsten Tag gab es in seinem Leben nicht, so viel war klar.

Wenn Arturik nicht um Zigaretten bettelte, keine Lieder sang und sich nicht für die Krankenstation rüstete, saß er auf seinen angestammten Platz, malte mit einem Stöckchen Figuren in den Schlamm oder in den Schnee und brummelte vor sich hin. Er schalt jemanden, stritt sich, erzählte etwas, manchmal lachte er. Seine Kommunikation beschränkte sich auf diesen inneren Monolog oder Dialog, denn von den Kontakten mit seinen Mitmenschen hatte Arturik nichts Gutes zu erwarten. Am wenigsten mochte er Fragen nach seiner Großmutter – er verstummte immer, wenn ihn jemand darauf ansprach. Arturik saß im Knast, weil er sie mit einer Schöpfkelle erschlagen hatte, sie hatte sich geweigert, ihm ihre Rente für Wodka zu überlassen. Die Rente war klein, die Großmutter alt und die Kelle schwer.

Luntik

Luntik saß auf seinem Hocker und sorgte im Wohnbereich der Baracke, einem langen Gebäude mit zwei Reihen Stockbetten, für Ordnung. Die Betten waren penibel gebaut: Die Laken waren über die Decken gezogen, die Kissen standen gerade, die Handtücher mit dem Waffelmuster zeigten in eine Richtung, weiße Faltung hieß das, daran erkannte man ein *rotes* Lager. Wenn ein Häftling sein Bett nicht exakt genug gebaut hatte oder sein Handtuch schief hing, ging Luntik zu ihm hin, machte ihn darauf aufmerksam und bat ihn, das zu richten. Das war Luntiks Arbeit. Betrat ein Häftling den Bereich vor 18 Uhr und wühlte zu lange in seinem Nachttisch, ging Luntik zu ihm hin, erinnerte ihn daran, dass es verboten war, sich tagsüber im Schlafbereich aufzuhalten, forderte ihn auf zu gehen und blieb so lange neben ihm stehen, bis er gegangen war. Das war Luntiks Arbeit. Wenn ein Mitarbeiter der Lagerverwaltung während eines Routinerundgangs oder aus irgendeinem anderen Anlass das Gebäude betrat, sprang Luntik von seinem Hocker auf und lief nebenher, er begleitete ihn, falls der Beamte etwas wissen wollte oder ihm etwas auftrug. Manchmal schickte ihn der Vollzugsbedienstete los, einen Häftling zu holen und für eine Routinedurchsuchung zu seinem Schlafplatz zu bringen, dann rannte Luntik los und suchte die Baracke nach ihm ab. Manchmal drehte der Beamte auch einfach im Vorbeigehen eine

Matratze um und zerwühlte jemandem das Bettzeug – ließ die Pritsche *hochgehen*. Einfach so, um einem Häftling, den er nicht mochte, eine reinzuwürgen, oder auf Anweisung von oben, wenn sie einen Renitenten gerade in der Mache hatten. Kleine Ränke der Miliz. Und weil die Häftlinge in der Baracke aus unerfindlichen Gründen ständig die Pritsche wechseln mussten, fragte der Inspektor, damit er nicht lange suchen musste, einfach Luntik, wo dieser oder jener Gefangene lag. Luntik rannte vor und zeigte dem Beamten eilfertig das glatte, vorschriftsmäßig gebaute Bett, das sich eine Sekunde später in ein zerwühltes Nest verwandelt hatte. Wenn der Milizionär seinen Rundgang beendet hatte und gegangen war, suchte Luntik in der Baracke nach denen, deren Pritschen *hochgegangen* waren, und wies sie an, ihr Bett neu zu richten. Auch das war seine Arbeit, und er tat sie durchaus nicht ungern.

Luntik war ein *Roter*, ein *Bock*, ein *Aktivist*, ein Barackenwart. Für diese Leute gab es viele Bezeichnungen, die Bedeutung war ein und dieselbe. Das waren Häftlinge, die mit der Verwaltung kollaborierten und halfen, das System im Lager aufrechtzuerhalten. Die anständigen Häftlinge, die *Muschiki*, die *Schwarzen*, hatten mit ihnen nichts am Hut. Manche hassten sie mehr, andere weniger, aber verachtet wurden alle. In den *schwarzen* Lagern, die es gab, ordneten sich die *Roten* den *Muschiki* unter und wagten nicht, den Blick zu heben oder laut zu werden. In den systemtreuen Lagern hatten die *Roten* das Sagen. Nicht alle natürlich, vor allem die *Sawchosy* und die *Aktivisten* auf den wichtigen Posten, die an der Spitze der kleinen lokalen Machtpyramide standen, solche wie Luntik rannten und wuselten unten herum. Die *Muschiki* hielten sich von diesem System fern, für die Verwaltung zu arbeiten, *ging für sie gar nicht*, war *voll daneben*. Deswegen wurden sie von der Miliz über die *Böcke* geschliffen, damit sie nicht etwa rebellierten, sich zusammenschlossen und das System zu Fall brachten. Die Verwaltung zog in solchen Lagern besonders harte Saiten auf. Es ging im Wesentlichen gegen die Unbeugsamen, diejenigen, die sich nicht brechen ließen, die nicht auf Knien in den Sicherheitsdienst rutschten, um sich als Kollaborateur anzudienen. Die *Böcke* halfen den Milizionären, die bestehende Ordnung aufrechtzuerhalten, da sie ihnen Vorteile und Prämien verschaffte, je höher man nach oben kletterte, umso mehr Annehmlichkeiten gab es. Nach hiesigen Maßstäben, versteht sich. Luntik war ein kleines Licht und machte einfach brav seine Arbeit als Barackenwart, er schlug niemanden und drohte noch nicht mal. Wie wollte auch ein schlaksiger Junkie von Anfang zwanzig einen vierzigjährigen Banditen, der wegen schweren Raubes mit Waffengewalt und Todesfolge seine fünfzehn Jahre saß, schlagen oder bedrohen? Trotzdem blieb diesem kraftstrotzenden Verbrecher, der sich als *Muschik* an den Ehrenkodex hielt und sich nicht mit der Miliz einließ, nichts weiter übrig, als zähneknirschend sein weißes Waffelhandtuch zu richten – unter den Argusaugen von Luntik, der ihn zurechtgewiesen hat. Natürlich könnte er Luntik auf der Stelle mit bloßen Händen abfiedeln, aber das wäre ein gefundenes Fressen für die Miliz und für ihn gleich noch mal ein Zehner obendrauf. Oder er könnte ihn zum Krüppel schlagen: Dafür würde ein einziger Hieb reichen, und er bekäme ein paar Jahre Nachschlag. Der Schleimer würde allerdings im Handumdrehen durch den nächsten Arschkriecher ersetzt werden – es wimmelte hier im Lager nur so von Leuten, die für ein paar Annehmlichkeiten und die Aussicht auf vorzeitige Entlassung liebend gern als Barackenwart tätig wurden. Der *Muschik* könnte ihm natürlich auch eine Ohrfeige verpassen, ihn anpöbeln oder einfach ignorieren. Dann aber würde Luntik sofort zum *Sawchos* rennen, der wiederum gleich in der Zentrale anklingeln und schlimmstenfalls den Alarmknopf drücken würde. Dann würden die Springerstiefel der Eingreiftruppe auf den Beton knallen und die Knüppel rhythmisch gegen die Handschellen schlagen. Der Delinquent würde in die Dienststube geschleppt, wo ihm die Stiefel und Knüppel Töne entlockten. Erst gegen Abend käme er in die Baracke zurück, hinkend, wütend und still. War es nicht das erste Mal, würde man ihn nach der Dienststube auf Kurzurlaub zu den Leuten vom Sicherheitsdienst schicken, dort würde er nicht mehr geschlagen werden, sondern dürfte sich ein paar Tage ausruhen, eingewickelt in eine Matratze oder eingesperrt in einen safeartigen Schrank. Wenn er zurückkäme, wäre er ganz still, und laut würde er nur noch sagen: »Jawohl, Bürger Natschalnik!« Deswegen richtete der Ex-Gangster sein Handtuch schweigend aus und entfernte sich leise fluchend.

Im Laufe eines Tages musste Luntik alle Vorkommnisse, Ereignisse und Verstöße in der Baracke notieren. Wenn er etwas Verbotenes hörte, sah oder entdeckt zu haben glaubte, holte er einen kleinen Zettel raus, eine *Totschkowka*, und schrieb es auf. Auch das gehörte zu seiner Arbeit. Alle *Roten* in der Baracke machten das. Abends mussten die Zettel beim *Sawchos* abgeliefert werden. Wer nichts abgab, kriegte eine Ohrfeige für fehlenden Eifer. Luntik war sehr beflissen, manchmal gab er gleich zwei oder drei Zettel ab. Wenn der *Sawchos* diese schriftlichen Tagesberichte bekommen hatte, sortierte er sie und schrieb eine Zusammenfassung, ein Exemplar bekam der Oberzinker im Lager, das andere ging an den Sicherheitsdienst. Das systematische, pausenlose Bespitzeln und Denunzieren war ein Teil des Repressionssystems. In den Baracken gab es keine Videoüberwachung, sie wurde von drei Dutzend Augen- und Ohrenpaaren ersetzt. Die *Roten* bespitzelten im Übrigen nicht nur die *Muschiki*, sondern auch ihresgleichen, sie verpfiffen sich gegenseitig und intrigierten gegen die eigenen Leute, gegen Fremde, gegen alle, um möglichst gut dazustehen, aus der Scheiße raus- und die Pyramide raufzukommen und andere hinunterzustoßen.

Ein wabernder Sumpf menschlicher Niedertracht – das war die Atmosphäre, die in diesen Baracken herrschte. Luntik nahm sie offenbar nicht wahr, er mochte seine Arbeit und gab sich Mühe, sie gut zu machen.

Die Baracke, in der Luntik lebte, war nicht groß, ungefähr sechzig Mann. Fast die Hälfte waren *Böcke*, unterschiedlich hoch aufgestiegen und tief gesunken, zwei Dutzend *Muschiki*, die ihre Anständigkeit in unterschiedlichem Maße bewahrt hatten, was an diesem widerlichen Ort sehr schwer war, daneben noch die *Entwürdigten* und andere *Wolle*: ehemalige *Aktivisten*, die wegen Verstößen oder fehlender Tauglichkeit von ihrem Posten geflogen waren, *Freiwil-*

lige, die auf eigenen Wunsch zusätzliche Arbeiten verrichteten, vor allem Schnee fegten und Müll wegräumten. Die Baracke war eine der kleinsten im Lager, in den anderen lebten zweihundert, dreihundert Mann. Dort saßen in jedem Bereich zwei, drei Luntiks, aber das prozentuale Verhältnis der Kasten war in etwa dasselbe. Es gab sehr viele *Rote*. Wo sie herkamen, wusste Luntik nur zu gut. Die grausamen Aufnahmeprozeduren der früheren Jahre, als praktisch alle Neuen gebrochen wurden und die Blutlachen während Quarantäne nicht trockneten, hatte er nicht mehr erlebt, aber davon gehört, als er im Stolypin-Waggon hierher unterwegs war, und auch, dass der Milizhund zu grüßen und das Schlagholz zu küssen war. Luntik hatte nicht vor, für einen Knastkodex, den er nicht verstand, zu leiden. Deswegen genügte das Brüllen des ersten Beamten, dem er im Lager begegnete, und er schlug sich zu den *Roten*. Wie praktisch alle anderen auch. Wer sich für standhaft hielt, wurde an Ort und Stelle verdroschen, bis er ebenfalls bereit war, sich der *roten* Herde anzuschließen. Wer es nicht begreifen wollte, wurde zum Sicherheitsdienst gebracht und kam drei Tage später als anderer Mensch zurück. Er sagte keinen Ton mehr, unterschrieb alles und muckte nicht auf. Laut Statistik hielt nur einer von zehn Häftlingen durch und knickte nicht ein. Wer so eisern war, wurde noch monatelang nach seiner Verlegung in den allgemeinen Lagerbereich gestriezt und gegrillt, erst dann ließ man ihn mehr oder weniger in Ruhe und knöpfte sich den nächsten Renitenten vor. Kaum hatte sich ein solcher Krieger, im festen Glauben, die Hölle und den Schwachsinn für immer hinter sich zu haben, zu den *Muschiki* an den Tisch gesellt, die ihm die Hand schüttelten, auf die Schulter klopften und: »Klasse, Kumpel, gelandet« riefen, rückten ihm auch schon scharenweise Luntiks mit ihren Zinkerzetteln, ihren schief hängenden Handtüchern, offenen Knöpfen, holperndem Gleichschritt und tausend anderen Dingen auf die Pelle.

Luntik hatte einen arglosen Charakter und ein noch gutmütigeres Gesicht: offen, kindlich, abstehende Ohren. Deswegen hatten sie ihm im Gefängnis auch diesen Spitznamen verpasst, weil er Ähnlichkeit mit der gleichnamigen Trickfilmfigur hatte. Luntik war eigentlich nicht schlimmer als die anderen *Böcke*, er tat, was man ihm sagte, und sagte den anderen, was sie zu tun hatten, trotzdem hassten ihn alle in der Baracke, auch die anderen Bazillen. Und er wusste nicht warum. Er versuchte doch einfach nur, seine Arbeit gut zu machen. Wenn es die *Roten* mit den *Muschiki* zu arg trieben, lehnten diese sich vielleicht auf, sogar in Lagern wie diesem hier konnte das vorkommen. Dann ertönte der Ruf »Auf die *Böcke*!«, und ein paar verzweifelte Häftlinge hetzten das Aktivistenrudel durch die Baracke, schwangen Hocker und Fäuste, während diese in irgendeine Ritze rutschten, unter eine Pritsche krochen und beteten, dass die Miliz ihnen möglichst schnell zu Hilfe kam. Luntik hatte von solchen Geschichten gehört und sich schon eine Nische ausgeguckt, in die er sich im Falle eines solchen Tumults flüchten würde, denn er war der erste Kandidat, den sie hopsnehmen würden, so viel war klar.

Luntik war in der Ukraine geboren und aufgewachsen. In einem kleinen Dorf bei Odessa. Aber das Familienleben gestaltete sich schwierig. Seine Mutter liebte ihn nun mal nicht. Er erwiderte ihre Abneigung, und seit er denken konnte, war er von zu Hause ausgerissen, wie oft, wusste er nicht mehr. Wohin er lief, war ihm egal, Hauptsache, fort von diesem Haus, in dem er nicht geliebt wurde. Luntik wurde immer irgendwann geschnappt und grausam geschlagen. Seine Mutter und sein Stiefvater fochten diesbezüglich wahre Wettkämpfe aus, keiner wollte dem anderen den Sieg überlassen. Ihre neuen gemeinsamen Kinder ließen sie mehr oder weniger in Ruhe, immerhin verbläuten sie sie nicht so schlimm wie Luntik. Die Kinder waren jünger und nicht so aufsässig und wurden mehr geliebt. Als Luntik schließlich so groß war, dass er es bis zu seiner Tante ins Nachbardorf schaffte, blieb er bei ihr. Das Leben war auch dort kein Zuckerschlecken, aber immerhin schlug ihn die Tante nicht und setzte ihn nicht vor die Tür, sie scheuchte ihn lediglich für einen Kanten Brot hin und her und ließ ihn im Stall wohnen.

Als er mit Ach und Krach die neunte Klasse geschafft hatte, ging Luntik an eine Fachschule für Lebensmittel mit angeschlossenem Internat, möglichst weit weg von seiner Tante mit ihrem Stall und den harten Brotkanten. An dem neuen Ort hatte er es eigentlich ganz gut: Er bekam ein eigenes Bett, genug zu essen, eine Ausbildung und nach drei Jahren einen Abschluss als Koch. Aber so weit musste er es erst einmal schaffen, denn im Internat wurde er auch geschlagen, vielleicht nicht jeden Tag, dafür umso schlimmer. Den einen machen ständige Schläge wütend und bringen ihn dazu, Sport zu treiben und stärker zu werden, den anderen brechen sie und stoßen ihn auf die unterste Sprosse der sozialen Leiter hinab. Luntik wurde weder ein erfolgreicher Kampfsportler noch ein sadistischer Psychopath, er lernte es, sich nicht zu widersetzen und sich anzupassen. Im Speisesaal den älteren Jahrgängen seinen Klops abzutreten, ihnen die Socken zu waschen und im Kiosk Bier zu holen. Als Luntik seine Ausbildung beendet hatte, nahm er keine Arbeit als Koch auf, nicht etwa, weil er nicht wollte, sondern weil man ohne Beziehungen nicht mal als Koch eine Stelle bekam. Er wusste nicht wohin und hätte an seiner alten Schule nur zu gern noch mal von vorn angefangen, vielleicht hätten sie ihn dann nicht sofort wieder geschlagen, aber die Einrichtung nahm ihre Absolventen kein zweites Mal auf.

Nachdem er ein gutes Jahr herumgezogen, herumgestreunt, herumvagabundiert war und das Schicksal eines nomadisierenden Ritters mit Kochabschluss gründlich satt hatte, kam Luntik nach Kiew. Dort hatte er riesiges Glück, denn er ergatterte eine Stelle als Hausmeister. Dem einen oder anderen mag diese Arbeit vielleicht wenig prestigeträchtig oder gar dreckig erscheinen, nicht so Luntik. Er hatte eine eigene Wohnung, auch wenn es eine Dienstwohnung war, immerhin war es keine Hundehütte. Die Arbeit nahm täglich nur ein paar Stunden in Anspruch, die frühe Morgenstunde sowie das Laub, der Schneefall, der Müll und die Penner verlangten ihm einiges ab. Aber Luntik meisterte das tapfer und gewissenhaft, und vor allem verfügte er jetzt über Freizeit und Geld. Und während er bisher zwar über massenhaft Freizeit verfügt hatte, diese aber in der Hauptsache für zwei Fragen draufgegangen war: »Wie kriege ich was zu fressen und wo kann ich schlafen?«, so konnte er jetzt, da er Wohnraum und Einkommen hatte, seine freien Stunden mit angenehmen Dingen verbringen. Er las, schlenderte durch die Stadt, kaufte ein und kochte, erstand ein Handy mit einem großen Display und versuchte sogar, eine Freundin zu finden. Mit diesem Ansinnen war er allerdings schon früher, bei den Dorfschönen im Internet, gescheitert, deswegen klemmte es mit den Mädels hier in Kiew erst recht. Aber er gab nicht auf und übte erst mal mit den unterschiedlichen und verfügbaren Mädels, von denen es im Netz nur so wimmelte.

Es lief eigentlich nicht schlecht, und Luntik erwog sogar, auf einen Computer zu sparen. Dieses Vorhaben war allerdings nicht so einfach umzusetzen – ein Telefon auf Raten zu kaufen, war erheblich einfacher. Luntik war nämlich ein junger alter Junkie. Schon während der Lehre hatte er eine Vorliebe für Gras, für Pot entwickelt, oft hatte er sich bei jemandem für eine Tüte oder ein paar Züge eingeschleimt. Zumal die heimatlichen Steppen im Süden voll waren von diesem für Luntiks junges Leben so wichtigen Gewächs. Für Botanik hatte er nichts übrig und verstand davon nichts, er war einfach versessen auf Cannabis. In getrockneter Form, wenn möglich die Blüten, am besten im brennenden Joint. Aber das war in seinen frühen Jugendtagen. Als Luntik dann fast erwachsen war oder sich zumindest dafür hielt, stieg er, nachdem er nach Kiew gekommen war und ein bisschen was verdiente, auf etwas Festeres und Schärferes um – auf künstliches Marihuana – Spice. Spice gibt es in verschiedenen Zusammensetzungen: von Mischungen, die gleich beim ersten Zug reinhauen, bis zu solchen, die zwei Tage anhalten. Luntik probierte sie alle. Da er viel Freizeit hatte und noch mehr Spice-Sorten im Angebot waren, reichte sein Geld nur noch fürs Essen und die monatliche Handyrate. Weder für den Computer noch für die anderen verführerischen Dinge, mit der die Stadt der Versuchungen lockte, waren Mittel vorhanden.

Also machte sich Luntik auf die Suche nach einem Nebenjob. Und dank Telefon und Internet (wo es tatsächlich außer den nackten Weibern auch noch überaus nützliche Informationen gab) hatte er schnell etwas gefunden. Ein echter Verdienst! Sehr gutes Geld! Eine richtige Riesensumme im Vergleich zu seinem Hausmeistergehalt. Die Sache hatte nur einen Haken, er musste nach Russland fahren, und Luntik hatte nicht mal genug Geld, um seine Mutter zu besuchen, von der Summe, die die Reise ins Nachbarland kosten würde, ganz zu schweigen. Luntik verspürte genau genommen keine große Lust, seine Mutter zu sehen, was wahrscheinlich auf Gegenseitigkeit beruhte. Sie hatten sich seit fünf Jahren nicht mehr gesehen und etwa genauso lange nicht mehr miteinander gesprochen. Seine Lust, nach Russland zu gehen und dort Geld zu verdienen, war dafür umso größer. Aber er verfügte über keinerlei Mittel, was er den weit entfernten Arbeitgebern auch freimütig mitteilte. In der Antwort hieß es – da, schau her –, das sei kein Problem und das Unternehmen würde die Reisekosten für einen so wertvollen Mitarbeiter übernehmen. Wenn er erst verdiente, könne er alles zurückzahlen. Und mit dem Verdienen würde es schon bald und in großem Umfang losgehen. Das glaubten sie zumindest, und Luntik glaubte es auch. Worin denn die Arbeit bestünde, wollte er zu guter Letzt noch wissen. »Handelsvertreter und Kurier«, wurde ihm beschieden. ›Na, das kommt mir entgegen‹, dachte Luntik. Unter einem Händler stellte er sich so ein Zwischending zwischen Koch und Hausmeister vor. Er bekam ein elektronisches Ticket zugeschickt und fuhr los. Vorläufig hatte er noch nicht gekündigt, sondern erst mal Urlaub genommen, falls etwas schiefgehen sollte, konnte er wieder zurück. Luntik hatte Erfahrung und wusste, wie der Hase lief. Dachte er jedenfalls. Als er an Ort und Stelle ankam, stellte sich heraus, dass er Drogen verkaufen sollte, das ihm wohlvertraute Spice. Er freute sich richtig – das war doch sein Metier, warum hatten sie ihm das denn verheimlicht, er wäre trotzdem gekommen, vielleicht sogar schneller. Die Arbeit war nicht weiter schwer: Er musste ein Paket an einer Stelle abholen und an einer anderen ablegen. Die Anweisungen kamen per Telefon und Internet, wo auch die ganze bisherige Kommunikation stattgefunden hatte, persönliche Treffen hatte es keine gegeben. Luntik verstand, dass das alles geheim war: Die Sache war nicht ganz legal. Später dann, wenn er erst ans Verdienen kam, würde er seine geheimen Arbeitgeber schon noch treffen und sich vielleicht sogar mit ihnen anfreunden, wenn sie erst gesehen hätten, was für ein zuverlässiger und netter Typ er war.

Gleich beim ersten Deal ging er hoch. Zuerst verstand und glaubte er nicht, dass alles so schiefgegangen war, und wusste nicht, was er falsch gemacht hatte. Er erzählte den Onkeln von der Miliz offen und ehrlich, wie sich alles zugetragen hatte. Sie schlugen ihn nicht einmal besonders schlimm. Luntik zeigte seinen ukrainischen Pass und rechnete fest damit, dass dieser Umstand und auch seine ernsthafte Mitwirkung bei den Ermittlungen dazu führten, dass er mit einer Bewährungsstrafe, vielleicht sogar mit einem geringen Bußgeld davonkam. Er kriegte acht Jahre. Luntik war schockiert und merkte erst im Gefängnis, dass er nicht der Einzige war. Mehr als die Hälfte der russländischen Strafgefangenen saß wegen Drogen. Längst nicht alle haben gedealt, die meisten konsumieren den Stoff nur, aber verurteilt werden sie wegen der Verbreitung von Drogen, denn die Miliz braucht eine gute Statistik bei der Bekämpfung des Drogenhandels. Die Strafe, die Luntik zunächst irreal, riesig, unendlich erschien und fast so lang war die Hälfte seines bisherigen Lebens, lag an der untersten Grenze dessen, was der Paragraf hergab. Manche bekamen zehn oder fünfzehn Jahre, manche mehr. Ein paar Glückspilze kamen auch mit fünf Jahren davon. Dafür mussten sie allerdings jemanden verpfeifen. Das hätte Luntik liebend gern getan, aber er hatte niemanden – das Verfahren betraf nur ihn, die digitalen Auftraggeber, seine imaginären Freunde, verschwanden in den Weiten des Internet, und die Miliz gab sich keine große Mühe, sie zu finden, obwohl Luntik immer wieder betonte, das »sind alles sie.« Nachdem Luntik länger in U-Haft gesessen hatte, dämmerte ihm langsam, dass es ziemlich viele solcher Ex-und-Hopp-Idioten aus der Ukraine gab, die es auf das schnelle Geld abgesehen hatten. Das Prinzip war immer ein und dasselbe: Jemand suchte übers Internet Arbeit, wurde nach Russland geholt, auf eigene Kosten oder mit einem bezahlten Ticket, ein, zwei Deals – und aus die Maus. Verfahren. Paragraf. Urteil. Schuhgröße.

Als Luntik im Lager ankam, ging die Zahl seiner ukrainischen Klone schon in die Dutzende. Und das war nur eine Anstalt. Wenn Luntik in der Lage gewesen wäre, all das zu analysieren und zu verallgemeinern, hätte er begriffen, dass er unfreiwillig Beteiligter und

Opfer einer großen Provokation geworden war, für die ziemliche viele Kräfte und Ressourcen aufgeboten wurden. Dabei wollte man weniger die russländischen Gefängnisse mit blauäugigen Luntiks füllen, als vielmehr allen zeigen: »Jetzt seht ihr mal, wer hier in Russland mit Drogen handelt – die Ukrainer.« Und er hätte begriffen, dass eine großangelegte Aktion wie diese ohne Rückendeckung von Seiten der russländischen Ordnungshüter und Geheimdienste undenkbar war und die Anweisung von ganz oben kam, denn es ging ausschließlich darum, in Zeiten des Post-Krim-Konflikts zwischen den beiden Ländern die Ukraine zu verleumden.

Luntik und die anderen jungen Kerle aus der Ukraine, die sich von der Aussicht auf schnellen Gewinn hatten verführen lassen und sich anschließend in einem Lager im Norden wiederfanden, dachten über so etwas nicht nach. Was auch nicht verwunderlich war, denn sie waren in das Land des Aggressors gekommen, um mit Drogen handeln, die nichts als Tod und Leid brachten, taten das aber nicht aus politischem Kalkül, sondern einfach nur, um Geld zu verdienen. Wie viele Landsleute und Gleichaltrige in den Schützengräben des Donbass ihr Leben ließen, war ihnen im Grunde egal.

Nach der Ankunft im Lager ließ sich Luntik zuallererst einen fürs Ausland frankierten Briefumschlag geben und schrieb seiner Mutter einen Brief. Dein missratener Sohn sitzt jetzt im Gefängnis, schick mal ein Päckchen und Geld, und überhaupt, wir müssen doch in Verbindung bleiben, schließlich sind wir eine Familie und vielleicht lieben wir uns sogar. Ein paar solcher Briefe hatte er schon aus dem Zentralgefängnis geschrieben, aber keine Antwort bekommen. Luntik gab nicht auf und bombardierte seine Mutter nunmehr aus dem Lager Monat für Monat mit rührenden Briefen. Aber es kam nie eine Antwort. Langsam hatte er sich an die neuen Lebensbedingungen angepasst. Er saß jeden Tag auf seinem Hocker und sorgte in seinem Barackenbereich bis zum Abend für Ordnung, danach löste ihn ein anderer Barackenwart ab, und Luntik konnte sich seinen Sachen widmen. Das waren nicht viele: An seine Mutter schrieb er nicht jeden Tag, er spielte Schach, las oder sah fern. Allerdings konnte jeden Moment ein besser gestellter *Bock* kommen und ihm eine Aufgabe übertragen. Luntik war hauptsächlich mit dem Erbringen von Dienstleistungen beschäftigt, er *sauste*, wie man es hier nannte. Er kochte Tee und servierte ihn dem *Sawchos* in seinem Büro, wo sich oft die *Oberböcke* trafen, er spülte ihre Tassen und Teller, machte ihre Betten, wechselte die Bezüge, brachte ihre Kleidung in die Wäscherei. Ihre Socken musste er nicht waschen, dafür gab es jemanden anders, der noch eine Stufe unter Luntik stand. Für dieses Hopp-hopp gaben ihm die *Aktivisten* Tee und Süßigkeiten oder eine Kopfnuss. Zigaretten bekam er keine, denn der Babyjunkie rauchte nicht und hatte noch nicht mal im Knast damit begonnen. Vielleicht hätte er sogar angefangen, aber er hatte nie Kippen, und die anderen gaben ihm nichts ab.

Die Tage gingen ins Land, und in Luntiks Leben änderte sich nichts. Er hatte noch nicht mal ein Jahr rum, wenn alles glattlief, hatte er vielleicht noch vier vor sich. Wenn er patzte und von seinem Posten flog, vielleicht auch mehr. Noch mehrere Jahre dieses eintönige Leben, in dem er von allen gemieden wurde, und dann würde es so weitergehen, nur auf der anderen Seite des Zauns. Luntik marschierte mit den anderen in den Speisesaal und in die *Banja*, in den Klub zu Vorträgen und zu den täglichen Appellen. Das Leben eines einfachen *Bocks*, der auf einer unteren Stufe der Pyramide stand, unterschied sich nur unwesentlich vom Dasein eines gewöhnlichen Häftlings. In diesem Lager waren die Tage besonders eintönig, der Montag war nicht vom Freitag zu unterscheiden. Nur die Besuche, die es ein paar Mal im Jahr gab, ein Anruf pro Monat oder auch ein Brief konnten etwas Abwechslung in den grauen Häftlingsalltag bringen. Aber Luntik bekam keinen Besuch, er hatte niemanden, den er anrufen konnte, und auf Post wartete er auch nicht mehr. Er hatte keine Freunde, keiner wollte sich mit ihm unterhalten, nicht mal von seinen eigenen Leuten, den *Roten*. Worüber er nachdachte, wenn er da so auf seinem Hocker saß, war unklar. Über irgendetwas musste er wohl nachdenken, wenn er die Stirn runzelte, die Augenbrauen hochzog und mit den Lippen Wörter formte. Luntik wusste noch nicht, dass der nächste Tag ein Festtag werden würde, dass er am nächsten Tag einen Brief von seiner Mutter bekommen würde.

Glossar

Symbol für den Hitlergruß, symbolisiert den achten Buchstaben im Alphabet: HH Heil Hitler!

ANTI-TERROR-EINHEITEN
Bezeichnung für die militärischen Einheiten, die die ukrainische Armee im Kampf gegen die Separatisten im Donbass (ATO, Anti-Terror-Operation) einsetzt

ARTJOM DSJUBA
Fußballspieler in Russland

ATHOS
Einer der drei Musketiere aus dem gleichnamigen Roman von Alexandre Dumas

A.U.E.
Abkürzung für: *Arestantskij Uklad Edin* – Die Häftlingswelt ist eins – Slogan der kriminellen Subkultur

AUTOMAIDAN
Protestbewegung im Rahmen des Maidan in der Ukraine 2014, in der Protestierende in Autokorsos durch die Stadt fuhren

AWTOSAK
Gefangenentransporter, Symbol für staatliche Gewalt

BALANDA
Wassersuppe

BANJA
Russische Sauna, die in erster Linie der Körperreinigung dient

BERKUT
Spezialeinheit der ukrainischen Miliz, die während der Maidan-Proteste 2014 eingesetzt wurde und Menschenrechtsverletzungen beging

BUSCHLAT
Gefangenenjoppe

CHANSON
Liedgattung, in der der schwere Alltag und die Regeln der Unterwelt besungen werden, entstanden im 19. Jahrhundert, weitere Entfaltung zur Sowjetzeit

CHOCHOL
Pejorative Bezeichnung für »Ukrainer«, bezieht sich auf die von Ukrainern oft praktizierte, vom Russischen abweichende Aussprache des »g« als »h«

DER ACHTE TAG
Anspielung auf Thornton Wilders Roman »Der achte Schöpfungstag«

DER GEKREUZIGTE JUNGE
Eine Fernsehsendung, die am 12. und 13. Juli 2014 in den Abendnachrichten des russischen Fernsehens ausgestrahlt wurde. Die Sendung erschien im Rahmen der russischen Berichterstattung über den Ukrainekrieg und trug offiziell den Titel »Eine geflüchtete Frau aus Slowjansk erinnert sich, wie vor ihr der kleine Sohn und die Frau eines Milizsoldaten hingerichtet wurden«. Der Fernsehbericht enthielt falsche Aussagen einer angeblichen Augenzeugin, die behauptete, dass ukrainische Soldaten die Einwohner von Slowjansk gefoltert und einen dreijährigen Jungen gekreuzigt hätten.

DNEWALNYJ
In der Insassenhierarchie vieler russischer Strafanstalten üblicherweise ein Häftling, der verschiedene Arbeiten für den ranghöheren *Sawchos* erledigt. Letzterer bildet ein Bindeglied zwischen Leitung und Häftlingen der Anstalt.

FRÜHLING IN DER SARETSCHNAJA-STRASSE
Anspielung auf den gleichnamigen sowjetischen Film von Marlen Chuzijew und Felix Mironer

FSB
Russischer Geheimdienst

GAZELLE
Kleintransporter des russischen Autoherstellers Gorkowskij Awtomobilnyj Zawod (GAZ)

GOTT SCHÜTZE DEN ZAREN
Russische Nationalhymne von 1833 bis 1917

GRU
: Abkürzung für: *Glawnoje Raswedatelnoje Uprawlenije* – Hauptnachrichtendienst, Geheimdienst des russischen Militärs

HOTTAB
: Der Spitzname nimmt Bezug auf die Figur des Zauberers Hottab in Lasar Lagins Kinderbuch »Zauberer Hottab«

HUNDERT JUNGS, DIE ES AUF DER INSTYTUTSKA ERWISCHT HAT
: Anspielung auf Nebesna Sotnja, die Himmlische Hundert, die Männer, die während der Auseinandersetzungen auf dem Maidan im Februar 2014 ums Leben gekommen sind

KOBSON
: Iossif Kobson, aus der Ukraine stammender russischer Sänger und Unterhaltungskünstler

KRUG
: Michail Wladimirowitsch Krug, Sänger, Interpret des *Chanson*

LEFORTOWO
: Lefortowo-Gefängnis, heute Untersuchungsgefängnis, zu Sowjetzeiten berüchtigtes KGB-Foltergefängnis in Moskau

LIEDMIX
: https://www.youtube.com/watch?v=0bSyBKhDyLY, Warja Strischak, Imperskij Duch ili Bosche, Zarja Chrani

LUNTIK
: Figur aus der russischen Trickfilmserie »Luntik und seine Freunde«, Hauptheld der Serie, der auf dem Mond geboren wurde, daher stammt auch sein Name, er hat violettes Fell und zwei Paar Ohren.

DMITRI MALIKOW
: Russischer Schauspieler, Sänger, Komponist und Plattenproduzent

MANDAT IM SMOLNY
: Anspielung auf die Oktoberrevolution, Lenin im Smolny

MELDONIUM
: Präparat, das zur Herzstärkung dient, aber auch als Dopingpräparat bekannt ist

OKEAN ELZY
: Ukrainische Rockband mit Kultstatus

OPERATIWNIK
: Von operativnaja tschast' (russ. Sicherheitsdienst), Teil des Strafvollzugsdienstes, der sich mit dem Aufdecken von Straftaten im Gefängnis befasst. Oft gehen vom Sicherheitsdienst Misshandlungen und Demütigungen der Gefangenen aus. Die Mitarbeiter werden als Operatiwniki bezeichnet.

PARUBIJS
: Andrij Wolodymyrowytsch Parubij, ukrainischer Politiker, der mehrfach die Parteizugehörigkeit wechselte

POSTBOTE PETSCHKIN
: Figur aus Eduard Uspenskijs Kinderbüchern, gilt als schlau, gerissen und geldgierig

IGOR PROKOPENKO
: Linientreuer russischer Journalist

PROSTOKWASCHINO UND ONKEL FJODOR
: Trickfilm »Die Drei aus Prostokwaschino«

RUSLANA
: Ukrainische Sängerin, Tänzerin und Maidan-Aktivistin

SACHARTSCHENKO
: Alexander Sachartschenko, zeitweilig Oberhaupt der selbst proklamierten und international nicht anerkannten Volksrepublik Donezk

SAWCHOS
: Häftling, der für die Ordnung in bestimmten Lagereinheiten (Zelle, Baracke) zuständig ist und das Bindeglied zwischen Leitung und Häftlingen darstellt, Kalfaktor

JURIJ SCHEWTSCHUK
: Sowjetischer Rocksänger der Gruppe *DDT*

SILOWIK
: Sammelbezeichnung für bewaffnete Amtspersonen aus Sicherheitsorganen des Staates, ihr Einfluss hat seit den 1990er-Jahren massiv zugenommen.

STAKAN
: Von stakan (russ. Glas), Gitterkäfig, in dem man eingesperrt wird und lange stehen muss

STIERLITZ
Person, die in allen Situationen einen Ausweg findet, Stierlitz ist der Protagonist in einer Buchserie von Julian Semjonow über die Zeit des Kalten Krieges

STOLYPIN-WAGGON
Viehwagenähnlicher Zugwaggon. Da man damit bequem große Mengen an Gefangenen transportieren konnte, wurden sie zu Sowjetzeiten zum Sträflingstransport in großem Stil in die entlegenen Straflager des Gulag in Sibirien eingesetzt.

TITUSCHKI
Junge, sportliche Männer, die gegen die Protestierenden auf dem Maidan mit illegalen und brutalen Methoden gekämpft haben

TSCHIFIR
Bis heute in russischen Haftanstalten gern konsumierter hochkonzentrierter Schwarzteesud mit berauschender und stimulierender Wirkung

VOLKSWEHR DER KRIM
Freischärler auf der Krim

WWP
Wladimir Wladimirowitsch Putin

VIKTOR ZOI
Sowjetischer Rocksänger, Frontmann der Band *Kino*, Pionier des russischen Rocks

ZITAT AUF S. 119
Aus: Nowaja Gaseta Nr. 55, 28. Mai 2018

ZITAT AUF S. 298
Nach: Remarque, »Die Nacht von Lissabon«, Kiepenheuer & Witsch, S. 36

Danksagung

Für die mutter- und fachsprachlichen Konsultationen und den produktiven Austausch über die Übersetzung bedankt sich die Übersetzerin herzlich bei Mark Belorusez, Chrystyna Nazarkewytsch, Nelia Vakhovska, Sofija Onufriv, Walter Schade, Alexis Wolf, Pieke Biermann und der Übersetzergruppe des deutsch-ukrainischen Vice-Versa-Stammtischs.